한국문학연구총서 02

Character and Modernity

성격과 모더니티

한국근대소설에 나타난 인간상

오양진 지음

청동거울

머리말

'문화 연구'의 문화적 민주화에 대한 새로운 찬동 앞에서 우리는 좀 더 신중해야 한다. 과거의 문학 연구가 절대화했던 꼼꼼히 읽기(close reading)와 같은 방법이 원텍스트를 물신화하는 편협한 본질주의라는 것을 안다. 왜 아니겠는가? 과거 문학을 바라보는 자세 속에는 너무 문학만을 생각하는 입장이 지배적이었던 것이 사실이다. 어찌 문학만으로 충분하겠는가? 그러나 현재 파라텍스트를 원텍스트와 동등화하는 문화 연구(cultural studies)의 지배도 문제이기는 마찬가지다. 학문적 관심의 대상이 문학보다 현실에 집중되는 동안 문학적 뉘앙스에 대한 섬세한 이해들은 손상되어 가고 있다. 우리는 이렇게 문학을 망치면서 거친 이해와 감수성으로 삶과 현실도 망치고 있다. 원텍스트에 대한 구성주의적 접근이 판을 치는 탓에 작가가 창조한 세상에 탐닉하며 세심하고 열정적으로 의미를 길어올리려는 욕망이 힘을 잃고 있는 것처럼 보인다. 요즘 각 대학의 문학 전공자들과 수강자들은 문학이 아니라 온통 생활의 역사라 칭할 만한 내용만을 주고받는다. 문학을 자료로만 이용하는 '문화 연구'는 우리로 하여금 섬세함의 정신을 상실하게 만드는 것만은 아니다. 차별을 차이로 인식하는 '문화 연구'의 흐름은 모든 종류의 텍스트를 담론적 순환 과정의 일부로 간주하는 소위 문화 비평의 메타 게임을 장려하면서 지적 쾌락주의나 허무주의에 빠져들게 한다. 그런 맥락에서 볼 때 문학적 인간상과 사회적 현실의 복잡한 관련성에 주목하고

자 하는 일종의 소설사회학적 접근이 되고 있는 이 책은 절충적 시도로
비칠지 모른다. 실제로 이 책은 원텍스트를 존중하며 문학 텍스트의 의
미와 뉘앙스에 섬세하게 다가가고자 하는 본질주의를 따라가면서도, 원
텍스트의 지위를 파라텍스트로 하강시키며 문학 그 자체보다 문학이 놓
인 역사적 현실에 대한 이해를 중시하는 구성주의를 참고한다. 그러나
이 책은 시류를 곁눈질하는 기회주의적 우물쭈물이라기보다는 뉘앙스와
현실 사이에서 균형을 잡으려는 보수적 우물쭈물에 더 가깝다. 대세가
바뀌기야 하겠는가마는, 우리가 무언가를 획득하는 순간에 잃어버리는
것이 있다는, 어쩌면 그것이 획득한 것으로는 절대 대체할 수 없는 진정
중요한 것일 수도 있다는 점에 대해서는 다들 동의해주리라 믿는다.

　2018년 무술년 올해로 쉰 살이 되었다. 이 책이 작은 기념비가 되어
주었으면 하는 바람이다. 오십이면 지천명(知天命)이라 했지만, 눈과 귀
는 자꾸 어두워져 현실의 흐름조차 가늠하기 어렵다. 하지만 많은 분들
의 후의가 있어 현실의 삶을 그럭저럭 지탱해나가는 것일 터이고, 이런
지적 결실도 맺게 된 것이 아닌가 한다. 감사의 인사를 올릴 분들이 적
지 않다. 먼저 공부 핑계로 삶을 무책임하게 통과하던 시절, 생활의 곤
핍함을 대신 감당해주신 부모님과 처부모님께 머리를 숙인다. 그 분들
의 인내와 미덕이 아니었던들, 이 오십의 삶이 온전하지는 못했을 것이

다. 아내 지연과 딸 주희, 그리고 아들 세영의 웃음과 사랑이 없었더라도 마찬가지였을 것이다. 이 책이 보답이 될 리 만무하지만, 그들에게 조그만 위로가 되었으면 좋겠다. 다음으로 대학원 시절부터 학교에 자리 잡기까지 항상 문학과 삶에 대해 모범이 되어주셨던 스승 이남호 선생님과 윤석달 선생님 두 분께도 감사의 말씀을 올린다. 그 분들이 아니었다면, 이 오십의 수준은 참담한 지경이었을 것이다. 술 마시고 밤새워 토론하며 함께 공부했던 선후배와 동료들에게도 고마운 마음을 전한다. 이제는 대부분 대학의 선생들이 되었지만, 그들과의 열정 넘치는 시간이 없었다면, 또 그들이 나의 어려움을 함께 나누고 지지를 보내주지 않았다면, 이 오십이라는 현재는 존재하지 않았을 것이다. 한국체육대학교의 이도연, 선문대학교의 문한별, 인천대학교의 전병준, 강용훈, 공주대학교의 박수현, 조지매이슨대학교의 정영아 교수 등에게 감사하다는 말을 전한다. 동시에 연락이 끊겨버린 나의 거의 유일한 친구이자 문우였던 임영석에게도 꼭 고맙다는 말을 건네고 싶다. 영석아, 고마워. 그 밖에도 많은 분들의 후의가 있었지만 일일이 호명하지 못해 죄송하다. 너무 섭섭해하지 않으셨으면 한다. 끝으로 이 책을 출간하는 데 따뜻하고 정성스러운 관심을 보여주신 인하공업전문대학교의 서재원 교수님과 바쁘신 가운데서도 적극적이고 실질적인 도움을 주신 춘천교육대학교의 조은숙 교수님께는 진심 어린 감사의 마음을 전한다. 두 분의 호의와 배려가 아니었다면, 이 책은 다른 운명을 맞게 되었을 것이다. 그리고 출판 현실이 녹록지 않은데도 선뜻 출간을 결정해주신 조태봉 선생님과 청동거울 식구들에게도 감사의 말씀을 전한다.

2018년 5월
오양진

|차 례|

서론

/

성격과 모더니티

이 책은 한국근대소설에 나타난 인간상을 탐구한다. 총 19개의 장에서 다루어지는 것은 1910년대의 이광수의 소설로부터 1950년대의 손창섭·장용학의 소설을 거쳐 1970년대의 홍성원의 소설에 이르기까지 대략 60여 년 동안의 한국근대소설사를 형성해간 주요 작품이다. 탐구의 초점은 그 소설작품에 그려진 인간의 이미지, 즉 인간상인데, 여기서 계몽적 교사상으로부터 사변적 혼란 속에서 탄생한 비인간의 형상을 거쳐 도시문명의 핏기 없는 일상성에서 벗어나고자 한 야성적 인간상에 이르는 다양한 인간의 이미지가 그 윤곽을 드러낸다.

물론 한국근대소설을 대상으로 인간의 이미지를 해명하고자 하는 문학적 탐구는 구태의연한 것으로 비칠지 모른다. 소설작품에 나타난 인간상을 탐구하는 일은 인물 연구의 형태로 오랫동안 빈번하게 문학 연구의 주제가 되어온 것이 사실이다. 하지만 그렇게 된 것은 연구 주제의 관습적 되풀이라는 측면이 없는 것은 아니지만 그 주제의 특별한 중요성을 반영한다. 근대 개인주의의 성장과 함께 개인이 세상 사람들과 공유하는 보편적 페르소나(persona)보다 그들과 구분되는 독특한 캐릭터(character)로서 정의된 일과 이에 상응해 그러한 문학적 형상화의 흐름이 크게 부상한 일은 근대적 삶과 현실의 유동적 복잡성과 관련된다.[1] '탈마법화'의 세속화 과정에서 삶의 척도와 방향을 잃어버린 근대적 현실은 모순과 부조리에 가득 찬 것이 되어버린 탓에 고전적 유형화를 통해 그려진 인물들로는 더 이상 삶과 현실의 문제를 다루기 어렵게 된 것이다. 이제 우리가 공유하는 것보다 우리를 구별해주는 것이 훨씬 더 의미심장해진 것인데, 이것은 근대소설에 등장하는 개성적 인물과 그 탐구가 중시되는 이유라고 할 수 있다.

근대소설에 나타난 개성적 인물은 단순히 변덕스럽거나 특이한 캐릭터, 즉 괴짜를 가리키는 것은 아니다. 개성적 인물로서의 괴짜가 집단적 성격과 변별되는 예외적인 기질을 갖는다는 것은 부인할 수 없는 사실이기는 하다. 그러나 근대소설 속에서 형상화되는 그것은 괴짜의 특이한 유별성을 말한다기보다 괴짜 일반의 대표적 유형성을 말한다. '괴짜라는 유형'은 모순된 표현인 듯하지만 개인의 유형을 정한다는 것이 그를 어디에도 비길 데 없는 존재로 구별해내는 것이 아니라 어떤 범주 안에 넣어 무언가를 대변하는 존재로 분류하는 것이라는 점을 떠올려 보면 잘 이해될 수 있다. 그러니까 유형은 인물의 개성을 보존하면서도 그 개성에 넓은 배경을 부여한다는 의미이다.[2] 프리드리히 엥겔스나 게오르그 루카치와 같은 이론가는 이미 '전형' 혹은 '문제적 인물'이라는 개념으로써 한 사람의 강렬한 개성이 특정한 시대의 첨예한 모순을 드러낸다는 사실을 꿰뚫어본 바 있다. 결국 유형이나 전형은 인물 연구가 단순히 문학적 인간, 즉 캐릭터로서의 등장인물만을 대상으로 하는 것이

---

1 근대적 현실의 복잡성과 근대소설에 나타난 개성적 인물의 관계에 대해서는 오탁번·이남호, 『서사문학의 이해』, 고려대출판부, 1999, 145~147쪽 참조.

2 문학작품 속의 인물들은 가장 풍부히 개체화될 때 가장 훌륭하게 여겨진다. 그러나 그 개성적 인물은 일정하게 범주화됨으로써 현실이라는 더 넓은 배경을 가리키는 유형으로 다가올 때 가장 잘 이해될 수 있다. 테리 이글턴, 이미애 옮김, 『문학을 읽는다는 것은』, 책읽는수요일, 2016, 108~119쪽 참조.

아니라 그가 놓여 있는 사회역사적 현실과 그 의미에 대한 것이라는 점을 말해준다.

따라서 각 시대는 그 시대의 모순과 문제를 반영하고 드러내는 캐릭터를 낳는다고 할 수 있다.[3] 이와 관련하여 미하일 바흐친의 다음과 같은 진술이 암시하는 바는 작지 않다. 문학작품에서 "인간은 세계와 함께 성장하고, 자신 속에 세계 자체의 역사적 성장을 반영한다. […중략…] 성장하는 인간의 형상은 여기서 자신의 사적인 성격을 극복하기 시작하고 […중략…] 완전히 새롭고 활짝 열린 역사적 존재의 공간으로 나아간다."[4] 이러한 이해에 문학 연구자들이 항시 주의를 기울여온 것은 아니지만 문학적 인간상과 사회역사적 현실의 복잡한 관련성에 주목한 예는 수없이 많다. 가령 리오 로웬달의 『문학과 인간상(Literature and the Image of Man)』이라는 책은 가장 대표적인 경우에 해당할 것이다. 그는 작가의 상상력이 빚어낸 인물이나 상황의 경험을 그것들이 실제로 유래한 시대의 풍토와 관련짓고 문체, 구성, 주제라는 개인적 방정식을 사회역사적 방정식으로 바꾸어 놓아야 한다는 전제하에 셰익스피어, 세르반테스, 괴테, 입센 등과 같은 작가들의 작품을 탐구하고 있다.[5] 말하자면 로웬달은 사회역사적 현실이 개인성이라는 필터를 통해 재현되는 것이 곧 문학이라는 관점을 보여준다.

누군가는 문학작품을 자율적 존재이자 고립된 매체가 아니라 사회역사적 현실과 상호작용하는 것으로 간주하고 그 텍스트의 안과 밖을 동시에 참조하는 일종의 문학사회학을 여기서 상기할지 모른다. 구태의연

---

3 등장인물 특히 주인공의 성격과 시대의 문제가 가지는 개략적인 관련성에 대해서는 오탁번·이남호, 앞의 책, 154~156쪽 참조.
4 이것은 사실 역동적인 '입체적 인물'이 정태적인 '평면적 인물'을 압도하는 근대소설 전반의 보편적인 특징으로 보아도 크게 무리가 없다. 미하일 바흐친, 김희숙·박종소 옮김, 「교양소설과 리얼리즘 역사 속에서의 그 의미」, 『말의 미학』, 도서출판 길, 2006, 305~306쪽.
5 리오 로웬달, 유종호 옮김, 『문학과 인간상』, 이화여대출판부, 1984, 10쪽 참조.

함도 함께 떠올릴 공산이 크다. 왜냐하면 문학사회학은 문학과 사회 사이의 관련성을 소박한 반영론의 입장에서 다룬다는 오해에 근거를 두고 사실상 시대와 문학의 굳건한 결합을 강박적으로 강조한 과거의 철지난 이론 정도로 간주되고 있기 때문이다. 물론 속류 문학사회학의 경우라면 그것이 반드시 틀린 것은 아니다. 하지만 그것은 문학사회학적 접근이 갖는 문학 연구로서의 의의를 과소평가한 단순하고 성급한 결론이라고 할 수 있다. 실제로 문학사회학은 문학작품이란 '반영'을 통해 사회역사적 현실에 매몰되어 있기보다는 '관여'를 통해 사회적 모순과 역사적 문제를 부정하거나 폭로하는 일종의 이데올로기 해독제로 기능한다는 관점까지를 포함한다. 다시 말해 문학사회학은 문학작품이 사회역사적 현실에 대한 리얼리즘적 순응 형태일 뿐만 아니라 모더니즘적 저항 형태이기도 하다는 점을 인식하는 데까지 도달해 있는 것이다. 뤼시앙 골드만의 아이러니 개념과 알튀세주의자들의 거리 개념, 그리고 프랑코 모레티의 상징 개념 등은 문학작품이 사회역사적 현실과 연관된 이데올로기적 반영물이 아니라 그것과 무관하거나 그것을 치환하고 탈자연화하는 예술적 창조물이라는 견해에 익숙하다.[6]

그런 의미에서 이른바 문학사회학은 강조점에 따라 크게 두 가지 관점으로 나누어진다. 하나는 이데올로기 내지 사회역사적 현실이란 작품을 이해하기 위한 배경 자료일 뿐이라는 문학적 관점이고 다른 하나는 문학작품이란 개인적인 경험을 통하여 이데올로기나 사회역사적 현실을 확인해주는 보조 자료라는 사회학적 관점이다. 물론 문학사회학의 가능한 형태는 그러한 두 가지 관점 사이의 긴장을 유지하고 균형을 성

---

[6] 예술은 이데올로기 내부에서 그 이데올로기 내에 현재하지 않는 것을 암시하는 거리를 만들어내는 아이러니의 상징 체계라는 것이 뤼시앙 골드만, 피에르 마슈레나 프레드릭 제임슨 등과 같은 알튀세주의자들, 프랑코 모레티 등이 공유하는 생각이다. 다시 말해 그들은 예술은 이데올로기적인 것을 이데올로기로서 보이게 한다고 주장한다. K. M. 보그달, 문학이론연구회 옮김, 『새로운 문학 이론의 흐름』, 문학과지성사, 1994, 106~136쪽 참조.

취하는 데서 다양하게 찾을 수 있다. 그러나 완벽한 균형이라는 것이 사실상 소망적인 사고에 지나지 않는 것이라면 문학에 대한 사회역사적 접근의 실천적 사례들은 문학이 사회역사적 현실에 대해 말하면서도 거리를 둔다는 문학적 관점을 드러내거나 문학이 사회역사적 현실과 갖는 거리에도 불구하고 밀접한 관련을 지닌다는 사회학적 관점을 드러낼 수밖에 없다. 결론적으로 한국근대소설에 나타난 인간상을 탐구하는 이 책은 그러한 문학적 관점과 사회학적 관점 사이에서 연구 대상으로서의 문학작품의 특성에 따라, 그리고 그 작품이 놓인 시대적 맥락에 맞추어 인간의 이미지를 파악한 문학사회학적 접근의 결과물인 셈이다.

『성격과 모더니티─한국근대소설에 나타난 인간상(*Character and Modernity─Images of Man in Korean Modern Novels*)』이라는 이 책은 속류 문학사회학의 구태의연하고 소박한 관점을 반복하지 않고 그처럼 문학과 사회 사이의 복잡한 관련성을 존중하는 문학사회학의 소중한 유산을 계승하고자 한다. 그렇게 하는 가운데 한국근대소설에 나타난 인간의 이미지, 즉 사회역사적 의미를 지닌 인간상을 해명하고 궁극적으로는 한국근대소설사가 내포하고 있는 1910년대부터 1970년대에 이르는 사회역사적 현실의 주요 변곡점과 이와 관련된 사회적, 문화적, 역사적 변동 과정을 성기게나마 조망하고자 한다.

먼저 이 책의 전반부(1장~10장)에서는 일차적으로 이광수, 김동인, 현진건, 나도향, 최서해의 소설을 대상으로 인간상을 탐구하는 가운데 개인을 지지하면서도 사회를 포기하지 않을 수 있다는 근대적 사회화의 계몽주의적 이상이 와해되어 간 과정이 그려지는데, 여기서 '교사'와 '상인', '예술가'와 '혁명가'라는 인간의 이미지가 그 윤곽을 드러내게 될 것이다. 다음으로 김유정과 이상의 소설을 통해서는 전통적 권위와 관습에 의해 결속된 남녀관계가 근대적 주체화에 따른 개인적 감정의 오만과 배신으로 점철된 남녀관계로 대체되는 과정이 '희극적 인간'의 이미지로서 드러나고, 또 채만식과 염상섭의 소설을 통해서는 서술자의 위상 변화를 고찰하는 가운데 풍자적 도덕주의가 경제적 이해관계를 내면화한 냉소적 무도덕주의로 이행해간 과정에서 '판사'와 '은행원'이라는 인간상이 드러나게 될 것이다. 이태준 소설의 경우에는 그의 단편을 초점화하면서 젊음의 형식으로서의 근대소설, 즉 노블에 대한 내재적 비판이라는 차원에서 의도적으로 선택된 늙음에 대한 상징적 형식이란 관점이 부각되는데, 이때 '노인'이라는 인간의 이미지가 작동하는 방식이 탐구된다. 그리고 정비석, 오영수, 김동리의 소설을 대상으로는 세계의 탈마법화 과정에 상응하며 자연의 주체성이 인간의 주체성으로 대체되는 자연의 세속화 과정을 보여주면서 '종교적 인간', '자연인', '세속적 인간'이라는 인간상이 자라났다가 스러져가는 경로가 탐색된다.

이어서 이 책의 후반부(11장~19장)는 우선 손창섭, 장용학, 이호철, 황순원의 소설을 통해 한국전쟁이라는 사변적 현실이 초래한 세계 상황으로서의 아이러니의 맥락에 말려 인간성에 내재하는 '비인간'이 전경화되는 과정에서의 불길한 인간상의 형성을 보여주는가 하면 그러한 사변적 현실 속에서 전쟁의 트라우마와 거대한 상실의 슬픔을 자기 삶의 일부로 만들며 그와 더불어 살아가는 방법을 탐구하면서는 '애도하는 인간'이라는 고결한 인간 이미지의 탄생 이야기를 들려준다. 다음으로는 김승옥, 이청준, 최인훈, 이호철, 서정인의 소설을 대상으로 인간상이 탐구된다. 여기서 논의의 초점은 일단 장르문학의 서사적 문법, 예컨대 환상, 메타, 격자, 멜로, 공포, 추리 등이 본격문학 속에 차용되면서 일어나는 변형이다. 하지만 그 과정에서 부각되는 것은 전쟁 이후 산업화 과정의 부조리와 더불어 형성된 '조직 인간', '편집자', '장인', '소비자', '소시민', '탐정' 등의 인간상인데, 이들은 그 시대의 모순과 문제에 순응하는 인간의 이미지와 그것들에 저항하는 인간의 이미지를 함께 포함한다. 끝으로 김승옥과 홍성원의 소설의 경우에는 반복성과 획일성으로 구조화된 산업사회적 일상으로 인해 자연적인 생기와 활력을 빼앗기고 만 사람들의 일탈적 삶에 대한 갈망으로부터 '야성적 인간'의 이미지를 도출한다.

이 책의 각 장은 한국근대소설에 나타난 인간상을 탐구한다는 일관성과 연속성으로 묶여 있다. 그러나 각 장은 식민지 근대화 초기부터 한국전쟁을 거쳐 산업화 시대에 이르는 시대 상황과 그때그때 결부되어 독립적으로 소설작품의 인간상을 탐구하고 있기에 관심이 가는 시대, 혹은 작가에 따라서 어느 장을 먼저 읽어도 무방하다. 그럼에도 이광수의 소설로부터 홍성원의 소설에 이르는 각 장의 논의는 문학사적 흐름에 입각해 배치되어 있기 때문에 순서를 지켜 읽는다면 사회역사적 현실에 결부된 인간상의 윤곽과 그 변화를 좀 더 선명하게 들여다볼 수 있지 않을까 한다.

1부

/

개인과 사회 1917~1927

1장 / 계몽의 위안

이광수 소설과 교사

1. 상징적 형식으로서의 소설

프랑코 모레티에 따르면 소설은 근대의 '상징적 형식'이다.[1] 근대의 특정한 정신적 내용은 이미지라는 소설의 특정한 물질적 기호와 연결되고 동일시된다는 것인데, 여기서 우선 근대의 특정한 정신적 내용은 '이동성(mobility)'과 '내면성(interiority)'으로 요약된다. 새로운 이익사회가 전통적인 공동사회를 대체하면서 근대의 사회적 공간은 전대미문의 이동성을 강요하고 불안한 내면성을 만들어냈다는 것이다. 그런가 하면 모레티는 근대의 그러한 정신적 내용은 외적인 역동성과 내적인 불안정성이라는 젊음의 이미지에 의해 정확하게 전달되는 것으로서 젊음은 말하자

---

[1] 여기서 '상징적 형식'은 모레티 식 소설사회학을 구축하기 위한 선험적 전제이다. 그에 따르면 서사시와 달리 소설은 한 문명의 물질적이고 상징적인 기반을 이야기하는 것이 아니라 오히려 그 문명이 이미 정상적으로 작동되고 있음을 전제로 하는데, 그 이유는 소설적 묘사의 대상이 되는 일상성은 사회관계들의 도전받지 않는 안정성을 요구하기 때문이다. 따라서 모레티의 소설사회학 안에서 근대소설은 미학적 관점에 따라 안정된 사회관계에 대한 거부를 표현하는 장르가 아니라 사회학적 관점에서 그러한 사회관계에 대한 승인을 함축하는 상징들을 내포하는 장르로 가정된다. 그런가 하면 하나의 소설이 놓인 사회역사적 맥락에 대한 승인을 그 소설의 상징들 안에서 찾아낼 수 있을 때, 그 소설은 이른바 '상징적 적법성'을 지니는 것으로 파악된다. 프랑코 모레티, 성은애 옮김, 『세상의 이치』, 문학동네, 2005, 25~42쪽 참조.

면 소설의 핵심적인 상징이 된다고 말한다.

그러나 모레티는 이동성과 내면성이 소설 속의 젊음을 근대의 중요한 '상징'으로 만들었다고 할 때, 젊음이라는 그 근대적 상징의 무정형한 성질은 다시 '형식'이 되기 위해 젊음과 정반대되는 특성, 즉 어떤 제한과 종결을 선험적으로 확립해야 한다고 덧붙인다. 다시 말해서 근대소설은 젊음의 무한한 역동성을 핵심으로 하면서도 오로지 그 핵심을 저지하는 데 동의함으로써만 자신이 처한 근대를 상징적으로 적법하게 재현할 수 있다고 지적한다. 그에 의하면 결국 근대의 '상징적 형식으로서의 소설'은 역동성과 제한, 불안정성과 종결이라는 이항대립을 통해 불가피하게 내재적으로 모순적인 것이 된다.

아울러 그러한 대립은 '근대적 사회화의 이중적 본질'을 나타내는 것으로도 규정될 수 있다.[2] 모레티에 따르면 실제로 그 사회화는 크게 두 가지 차원에서 진행되는데, 하나는 객관적이고 전문적인 것으로 제도화된 교육의 목적인 사회 질서로의 '기능적 편입'을 목표로 하는 사회화 과정이고, 다른 하나는 주관적이고 일반적인 것으로 문학의 목적인 사회 질서의 '상징적 적법화'를 목표로 하는 사회화 과정이다. 말하자면 학교나 감옥과 같은 제도들은 개인적인 감정이나 신념과 상관없이 '행위'를 사회화하려 한다면, 반면 문학과 예술은 개인의 '영혼'을 사회화하는 데 목적이 있다는 것이다. 그리고 후자의 경우에는 개인과 사회의 연속성을 억압적인 '강요'가 아니라 다소 의식적인 '동의'를 통해 이루려고 한다는 것이 특징적이라고 지적한다.

이처럼 개인과 사회의 연속성을 가정하는 것은 근대적 사회화에서 계몽주의적 이상으로 표출된다. 그런데 이것은 바로 우리의 근대를 최초로 재현했다고 평가받는 이광수 문학에 대한 우리의 근본적인 전제로서

---

2 모레티는 행위의 사회화와 영혼의 사회화를 구분하고, 이것을 '근대적 사회화의 이중적 본질'이라 규정한다. 프랑코 모레티, 앞의 책, 28~29쪽 참조.

도 유효하다. 물론 이러한 전제가 완전히 새로운 것은 아니다. 김동인의 「조선근대소설고」(1929)[3]로부터 김붕구의 「신문학 초기의 계몽사상과 근대적 자아」(1964)[4]에 이르기까지 이광수의 이른바 '계몽주의 문학'은 개인의 권리를 강조하는 '정육론(情育論)'의 낭만적 미학과 사회적 의무에 역점을 두는 '수양론(修養論)'의 공공선이 결합되어 있는 것으로 이해되었다.[5] 그러나 이 논의들에서 미(美)와 선(善)은 이광수라는 상징적 형식에 통합된 대립이라기보다는 대체로 문학과 사상 사이의 지양 불가능한 모순으로 파악되었다.

사실 전환적인 논의는 김현·김윤식의 『한국문학사』(1973)를 기점으로 이루어지는데, 이들은 이광수의 미의식과 윤리의식 사이의 모순을 친일 이데올로기와의 연관성을 통해 해소하고 문학사 연구의 세대교체를 이루게 된다.[6] 그리고 이것을 계기로 연구자들은 미학과 공공선의 동질성을 가정하며 마침내 이광수를 일관된 계몽주의자로 규정하는 데 도달한다.[7] 그러나 그들은 이광수 문학의 계몽주의적 일관성에서 정치와 분리

---

3 김동인, 「조선근대소설고」, 『김동인전집』 제16권, 조선일보사, 1988 참조.

4 김붕구, 「신문학 초기의 계몽사상과 근대적 자아」, 『한국인과 문학사상』, 일조각, 1964 참조.

5 문학의 자율성을 강조하는 문학에 대한 근대적 규정으로서의 이른바 '정육론'(「금일 아한청년과 정육」(1910), 『이광수전집』 제1권, 삼중당, 1962)과 문학과 도덕의 동질성을 강조하는 문학에 대한 전근대적 규정으로서의 '수양론'(「문사와 수양」, 『이광수전집』 제16권, 삼중당, 1962) 사이의 충돌은 한동안 이광수 문학의 모순으로 간주되었다. 그러나 최근에 '정육론'이 1920·30년대 모더니스트들의 구상과 동일한 것이 아니라는 것이 밝혀지게 되면서 '정육론'과 '수양론'의 모순은 오히려 일관성으로 간주되고 있다.

6 김영민, 「남·북한에서의 이광수 문학 연구사 정리와 검토」, 『춘원 이광수 문학 연구』, 국학자료원, 1994, 186~188쪽; 최영석, 「민족의 마모된 비석, 이광수 해석의 역사」, 『작가세계』, 2003년 가을호, 55~63쪽 참조.

7 김현·김윤식의 논의 이후에 이광수의 계몽주의적 일관성을 논증하는 연구들은 황종연의 논문(「문학이라는 역어(譯語)」, 『한국문학과 계몽담론』, 새미, 1999)을 도화선으로 해서 일종의 폭발적인 유행을 이룬 것으로 보인다. 물론 그 논의들은 대개 계몽주의적 일관성 안에서 이광수의 친일 행위와 결합된 파시즘의 혐의를 찾아내는 데 집중되고 있다. 가까운 예로는 김현주, 「이광수의 문화적 파시즘」, 『문학 속의 파시즘』, 삼인, 2001; 「공감적 국민=민족 만들기」, 『작가세계』, 2003년 여름호; 『이광수와 문화의 기획』, 태학사, 2005; 김예림, 「근대적 미와 전체주의」, 『문학 속의 파시즘』, 삼인, 2001; 「이광수의 미 이념」, 『작가세계』, 2003년 여름호 등이 있다.

된 문화적 파시즘의 친-체제적 논리를 적발하는데, 말하자면 민족적 정체성의 기반을 상실한 식민지 상황에서 계몽주의적 감정 교육을 통한 사회적 통합을 말한다는 것은 '순전한 공상'을 넘어 일제에 협력하는 전체주의적 '문명화 기획'이 된다는 것이다. 따라서 계몽주의의 일관성이 아니라 계몽주의의 변질이 그들의 요점이라고 할 수 있다.

결국 오늘날 이광수의 문학, 특히 그의 소설은 개인과 사회 사이의 내재적 모순을 종합하는 한국 계몽주의 시기의 상징적 형식으로 파악되지만, 불운하게도 식민지적 근대의 특수성이라는 맥락에 얽혀 그 상징적 적법성은 박탈당한 상태이다. 그런데 과연 우리의 근대를 재현한 이광수 소설에서 그 상징적 적법성을 박탈하는 것은 여지없이 타당한 일일까? 학교와 같이 행위를 사회화하는 '기능적 적법성'의 문제라면 식민지 상황이라는 역사적 맥락에서 정당성을 획득하는 일은 어려울지 모른다. 그러나 문학처럼 영혼을 사회화하는 '상징적 적법성'의 문제라면 생각을 조금 달리 해야 하지 않을까? 그렇지 않다면 이광수에게서 상징적 적법성을 박탈한 논자들이 지지하는 심미주의도 제대로 평가하기 어렵다. 바로 이것을 검토하는 데 이 장의 목적이 있다.

물론 상징적 적법성을 박탈한 논의들 편에서 보면, 이광수의 소설이 암시하는 정치적이고 윤리적인 자가당착의 증거는 많다. 그 중에서도 특히 일제의 식민 통치가 절정에 이르는 1939년 『문장』지에 발표된 단편 「무명」은 제국의 감옥에서 '합법성'을 옹호하며 도덕적 우월성을 과시하는 괴상한 인물이 등장한다는 점에서 가장 첨예한 예로 거론되곤 한다.[8] 그런 의미에서 「무명」이 빠진 자가당착은 무엇보다도 이광수 문

---

8 송욱과 김현주의 논의가 대표적인데, 전자는 「무명」의 주인공이 윤리적인 우월성을 발현할 때마다 합법성이라는 터무니없는 관념을 들고 나온다는 사실을 꼬집고, 후자는 그 합법성이라는 관념을 통해 주인공의 윤리적인 우월성이 정신과 신체의 훈육과 감시로 귀착된다고 비판한다. 송욱, 「일제하의 한국 휴우머니즘 비판, 자기기만의 윤리」, 『문학평전』, 일조각, 1963, 57쪽; 김현주, 「공감적 국민=민족 만들기」, 앞의 책, 77쪽 참조.

학의 상징적 적법성을 가늠하는 시금석이라고도 할 수 있는데, 이 장이 「무명」을 중심으로 전개되는 이유이다.

2. 계몽의 위안

상징적 적법성의 문제를 다루기 전에, 먼저 이광수의 소설이 우리 근대의 '상징적 형식'으로서 자격을 갖는다는 사실로부터 출발해보자. 말할 것도 없이, 이광수는 안정적인 전통사회를 대체한 혁신적인 근대사회의 성격, 즉 근대성(modernity)의 딜레마를 분명히 의식하고 있었고, 나아가 개인성과 사회화의 요구 사이에서 가장 조화로운 해결책을 찾아내려고 했다. 이것은 물론 개인과 사회의 융합이 외부의 법적 강제가 아니라 내면적인 법의 동의를 기초로 해서만 이룩될 수 있다는 것을 전제로 한 상징적 차원의 것이었다. 이광수의 소설이 우리 근대의 단순한 시원적 지점이 아니라 여전히 유효한 본질적인 지점인 것은,[9] 그와 같이 개인의 자유와 사회적 행복의 통합을 낙관적 확신 속에서 명징하게 재현해냈기 때문이다.

　『여러분은 오늘 그 광경을 보고 어떻게 생각하십니까.』
　이 말에 세 사람은 어떻게 대답할 줄을 몰랐다.
　한참 있다가 병욱이가,
　『불쌍하게 생각했지요.』

---

9 최근의 논의들은 이광수의 문학을 단순한 시원적 지점으로서조차 인정하지 않으려 한다. 아버지의 자리를 부정하는 데서 지적 쾌감을 느끼는 이른바 문화적 좌파들은 근대성이라는 미완의 기획을 완성하기 위해 요청되어야 할 이광수의 계몽주의 패러다임을 부정하며 이른바 해석의 난장을 펼쳐 보이고 있다. 이것은, 가령 다음의 논의에서 매우 노골적으로 드러난다. 최영식, 앞의 글, 64쪽 참조.

하고 웃으며,

『그렇지 않아요?』한다.

오늘 같이 활동하는 동안에 훨씬 친하여졌다.

『그렇지요, 불쌍하지요! 그러면 그 원인이 어디 있을까요?』

『물론 문명이 없는 데 있겠지요—생활하여 갈 힘이 없는 데 있겠지요.』

『그러면 어떻게 해야 저들을⋯⋯저들이 아니라 우리들이외다⋯⋯저들을 구
제할까요?』

하고 형식은 병욱을 본다. 영채와 선형은, 형식과 병욱의 얼굴을 번갈아 본
다.

병욱은 자신이 있는 듯이,

『힘을 주어야지요! 문명을 주어야지요.』

『그리하려면?』

『가르쳐야지요! 인도해야지요!』

『어떻게?』

『교육으로, 실행으로.』[10]

삼랑진 수해 주민을 위한 자선 음악회 장면에 이어지는 이 대목은 바
로 『무정(無情)』(1917)의 유명한 클라이맥스인데, 여기서 형식·병욱·영
채·선형 네 사람은 '우리들'의 '문명'을 위해 '교육'과 '실행'을 결심한
다. 사실 형식과 약혼 이후 선형은 기생방을 출입한다는 그에 대한 소문
때문에 그의 외모까지도 탐탁지 않았던 차였고, 형식을 잊지 못하는 영
채는 병욱의 조언 덕분에 사랑보다 정절을 앞세웠던 자기 생활의 속박
을 깨달은 이후였다. 그런데 만일 낭만주의적 패러다임에서라면 극단적
인 행동으로 이어졌을 법한 그런 감정적 갈등의 드라마는 놀라울 정도

---

10 이광수, 「무정」, 『이광수전집』 제1권, 삼중당, 1962, 310~311쪽.

로 아주 손쉽게 공공선을 향한 유대감으로 바뀌는데, 이것은 바로 근대적 사회화를 위한 계몽주의적 이상의 서사적 반영이라고 할 수 있다.

그러나 너무 쉽지 않은가? 그들이 정말 사회적 의무에 대해 저마다 자발적으로 공감하는 것처럼 보이는가? 실제로 클라이맥스에 나타나 있는 '공감(sympathy)'[11]은 개인적 감정의 사회화에서 자발성에 기초한 심리학적 내용이라기보다는 타율성을 토대로 한 교육학적 형식, 즉 교육자와 피교육자의 관계만을 암시하는 것으로 보인다. 왜냐하면 '교육'이라는 계몽주의적 '실행'에 대한 공감은 이형식의 교육자적 권위에 거스를 수 없이 압도되어 있기 때문이다. 결국 1917년의 이광수는 주관적 영혼과 객관적 행위를 종합한 교양소설(Bildungsroman)의 '성장'을 구체화하고 있었던 것이 아니라, 주관적 개인보다는 객관적 제도에 역점을 두는 이른바 교육소설(Erziehungsroman)의 '관계'만을 포착하고 있었던 셈이다.[12] 무엇보다도 '실행'이 강조된 것은 그 결정적 증기라고 할 수가 있다.

비유하자면 1917년의 이광수는 '영혼의 문학'을 '행위의 학교'와 완전히 구분하지 않은 채 근대적 사회화를 목표로 했던 것이다. 물론 장편 『무정』의 '실행'은 1910년 합방 이후 전개된 것이지만, '문명'을 도모하려는 계몽주의적 기획이 '우리들'로 표상되는 '민족'을 향한 것이었다는 점은 그 '학교'의 상징적 적법성을 구제하는 것으로 보인다.[13] 그렇지만

---

11 이광수가 말하는 '공감'의 의미는 민족 구성원에 대한 동정적 동료애로부터 확장되어 나온 것이다. 전 장면에서 음악회를 개최하며 병욱이 말하는 것을 보라. "병욱은 세 사람을 대표하여,/『저희는 음악을 알아서 하려 함이 아니올시다. 다만 여러 어른께서 동정을 줄시사 함이외다. 더구나 행리 중에 보표(譜表)가 없으니 따로 외워 하는 것이라 잘못 되는 것도 많을 것이올시다.』"(이광수, 「무정」, 앞의 책, 308쪽.)

12 가령 김현주는 이광수의 『무정』에 나타난 감정교육은 동의와 억압, 자율성과 의무 사이의 복잡한 갈등을 통과하면서 '성장'의 개념을 구체화하고 있다(「공감적 국민=민족 만들기」, 앞의 책, 69쪽)고 본다. 그러나 성장의 개념은 좀 더 섬세한 접근이 필요하다. 개인성의 주관적 전개를 그린 '발전소설'과 교육자의 입장에서 관찰된 객관적 과정의 '교육소설'을 종합한 형식이야말로 그 성장의 개념을 구체화한 교양소설의 본령에 해당하는 것이라는 점에서 교사의 권위에 압도되어 있는 이광수의 『무정』은 교양소설보다는 교육소설에 가깝다고 볼 수 있다. 프랑코 모레티, 앞의 책, 45쪽 참조.

이것은 1939년의 이광수에게는 적용되지 않는다. 다시 말해 「무명」에서는 일제의 식민 통치가 중반을 넘어 절정으로 치닫고 있던 시기를 배경으로 하고 있음에도 불구하고 "법을 어기는 것이 내 뜻에 맞지 아니"[14]한다는 이른바 합법성의 관념을 가진 교사가 등장하는데, 이처럼 식민지 상황에 대한 법률적 승인을 통해서는 상징적 적법성이 결코 유지될 수 없기 때문이다. 개인적 감정과 사회적 요구의 종합이라는 근대적 사회화의 과제는 '우리들'로 대변되는 민족적 정체성의 기초를 떠나서는 성립할 수 없는 것이다.

그런 의미에서 이광수의 소설을 우리 근대의 상징적 형식으로서 지속시키기를 원하는 논의들이 「무명」을 '불교의 구원 사상'을 바탕으로 '극한 상황 속의 인간'에 대한 깊은 통찰을 보여주는 당대 최고의 작품으로 상찬하면서 역사적 맥락을 제거하고 문학적 허구라는 보편성의 차원으로 끌고 갔던 것은 이해할 만한 일이었다.[15] 하지만 근대적 사회화의 모순적 공존, 즉 개인의 자유와 사회적 행복의 조화와 균형을 촉진하려는 계몽주의적 시도는 「무명」에서조차 여전히 유지되고 있다는 것은 부인할 수 없는 사실이다. 그러나 기존의 해석과 다른 그런 해석이 수반하게 되는 위험이 있는데, 이를테면 1939년의 이광수에 대한 계몽주의적 이해는 이광수라는 상징적 형식의 적법성을 위협하는 사회역사적 맥락을 다시금 부각시키기 때문이다. 그러나 이광수 문학의 역사적 의미를 규

---

13 이광수의 민족은 특수한 것이었다는 주장도 있다. 가령 김현주에 따르면 이광수가 말하는 민족과 국가의 표상은 유길준이나 신채호의 국가에 대한 표상과 다르다. 그의 민족은 법적, 정치적 실체로서의 국가가 아니라 내적 권위, 즉 감정과 애정을 바탕으로 한 자연스러운 권위에 바탕을 둔 가족적 구조로 상상된다는 것이다. 김현주, 「공감적 국민=민족 만들기」, 앞의 책, 72쪽 참조.

14 이광수, 「무명」, 『이광수전집』 제6권, 삼중당, 1962, 453쪽.

15 김윤식의 논의가 대표적이다. 그는 "「무명」을 두고, 식민지하의 법 준수를 윤에게 설명하는 '나'의 설교가 얼마나 낮은 수준이며 식민지 체제 긍정인가에 대한 비판은 이 허구성의 참뜻을 염두에 둘 때 비로소 가능해질 것이다"(김윤식, 『이광수와 그의 시대 2』, 솔출판사, 1999, 282쪽)라고 기술한 바 있다. 그러니까 여기서 역사적 맥락은 허구를 통해 소거된다.

정하는 계몽주의적 기획은 거기서 새로운 양상을 띠며 상징적 적법성의 위기를 가까스로 비켜간다.

……이 때에 「진상!」하고 부르는 소리가 들렸다. 고개를 들어 돌아보니 일방 창으로 윤의 머리가 쑥 나와 있었다. 그 얼굴은 누르스름하게 부어 올라서 원래 가느다란 눈이 더욱 가늘어졌다. 나는 약간 고개를 끄덕여서 인사를 대신하였으나, 이것도 물론 법에 어그러지는 일이었다. 파수 보는 간수에게 들키면 걱정을 들을 것은 물론이다.

『진상! 저는 꼭 죽게 됐는 게라. 이렇게 얼굴까지 퉁퉁 부었능기라우. 어젯밤 꿈을 꾸닝게 제가 누런 굵은 베로 지은 제복을 입고 굴건을 쓰고 종로로 돌아다니는 꿈을 꾸었지라오. 이게 죽을 꿈이 아닝기오?』

하는 그 목소리는 눈물겹도록 부드러웠다.

[…중략…]

『진상! 나무아미타불을 부르면 죽어서 분명히 지옥으로 안가고 극락 세계로 가능기오?』

하고 그 가는 눈을 할 수 있는 대로 크게 떠서 나를 바라보았다. 나는 생전에 이렇게 중대한, 이렇게 책임 무거운 질문을 받아 본 일이 없었다. 기실 나 자신도 이 문제에 대하여 확실히 대답할 만한 자신이 없었건마는 이 경우에 나는 비록 거짓말이 되더라도, 나 자신이 지옥으로 들어갈 죄인이 되더라도 주저할 수는 없었다. 나는 힘있게 고개를 서너 번 끄덕끄덕 한 뒤에,

『정성으로 염불을 하세요. 부처님의 말씀이 거짓말 될 리가 있겠읍니까?』

하고 내가 듣기에도 엄청나게 큰 목소리로 엄청나게 결정적으로 대답을 하였다.[16]

---

16 이광수, 「무명」, 앞의 책, 486~487쪽.

이 장면은 1937년 서대문 형무소에서 병감 생활을 겪은 작가의 자전적인 체험을 바탕으로 한「무명」의 결말 부분인데, 여기서 이광수의 문제는 일단『무정』의 문제와 같다. 사기죄로 투옥된 윤은 애초에 불평과 원망이 가득한 성미 급한 사람으로 악담과 식탐, 호기 등을 통해 다른 이들을 배려할 줄 모르는 안하무인의 인간이었다. 그런 이기적 인간이 눈물겹도록 부드러운 목소리로 참된 진리에 맹목일 수밖에 없는 '무명(無明)'의 상태를 벗어나 종교적 귀의를 고백하고 있다. 그러나 기존의 논의에서 종종 강조되고 있는 것과 달리, 윤의 회심에서 결정적인 것은 비유컨대 불교의 '명(明)'이 아니라 계몽의 '광(光)'이라고 할 수 있다. 왜냐하면 윤의 회심은 '종교의 위안'으로 이해될 수도 있지만, 그 종교적 회심에서 교사의 목소리를 회복하는 주인공 편에서 보면 그것은 여전히 계몽의 가능성을 확인해주는 것이기 때문이다.

다만 여기서 계몽은 교육의 현실이 아니라 한 교사에게 심리적인 위안으로만 작용한다. 따라서 이 소설에서는 계몽의 대상이 되는 마법적 종교마저도 그 계몽의 방법으로서 발견되고 있는 셈이다. 말하자면 불법(佛法)을 포함한 모든 법에 대한 존중을 통해 개인적 자유는 사회적 의무에 종속되어야 한다는 계몽주의적 신념은 여전히 유지되는 것인데, 물론 이 과정이 순탄치만은 않다. 한 정치범의 방관 속에 방화범이 사기범을 타이르고 사기범이 사기범을 단죄하는 자유주의적 무질서가 드러내는 것처럼, 서로가 서로를 가르치려 드는 왜곡된 교육학적 형식은 이광수의 분신이라고 해야 할 그 정치범의 교육자적 권위를 거의 붕괴시킨다. 그리고 결국 인간적 악덕의 교정에 대한 계몽주의적 희망을 좌절시킨다. 이것은 감옥이 계몽을 제도적으로 관철시키는 장소가 아니라 오히려 계몽의 신념을 약화시키는 절망의 공간으로 비치는 것으로 암시된다. 그런데 이러한 계몽의 절망은 한 악한이 고백하는 종교적 회심의 순간에 '계몽의 위안'으로 탈바꿈하게 된다.

갑자기 교사의 소명감을 회복한 "큰 목소리"가 살아난 것인데, 이때 핵심은 종교가 계몽의 지위를 복원했다는 사실이다. 하지만 분명한 것은 그 지위는 회심의 결과로서 주어진 것이지 회심의 원인이 아니라는 점이다. 다시 말해 윤의 종교적 귀의를 나타내는 '회심(conversion)'은 교육학적 관계에서 유래하는 계몽의 빛 그 자체가 아니라 심리학적 자발성으로부터 촉발된 '계몽의 위안'이라는 점에서 『무정』과 다르다. 「무명」의 새로움은 바로 여기에 있다. 교사의 권위와 무관한 상태에서 무명을 벗어난 인물이 가리키고 있는 것처럼, 개인적 자유의 사회화가 처한 '교육소설'적 '관계'의 위기는 이번에는 제도적인 객관성보다는 개인의 주관성에 무게 중심을 둔 소위 '발전소설(Entwicklungsroman)'의 '각성' 속에서 힘겨웠지만 평화롭게 종결된다.[17] 결국 1939년의 이광수도 영혼과 행위를 변증법적으로 결합한 교양소설의 '성장'에는 미치지 못했던 것인데, 왜냐하면 죽음을 앞두고 각성에 이른 때늦은 '영혼'은 '행위'를 보증할 수 없기 때문이다.

하지만 그럼에도 불구하고 계몽의 위안에서 오는 '행복'이라는 사회적 감정만큼은 너무도 뚜렷하다. 물론 식민지 상황이라는 역사적 맥락 속에 놓인 합법성의 관념이 한국의 근대를 재현했다는 이광수 소설의 상징적 적법성을 부정하고 있는 것은 틀림없는 사실이다. 그러니까 식민지하의 법 준수를 윤에게 설명하는 주인공의 설교가 얼마나 낮은 수준이며 식민 체제 긍정인가에 대한 비판은 비록 '허구성의 참뜻'을 염두에 둔다 하더라도[18] 불가피한 일이라고 할 수 있다. 그러나 「무명」에

---

17 『무정』과 「무명」은 교사의 권위를 통한 각성과 자발적인 각성 사이의 차이를 뚜렷하게 보여준다. 전자에서는 이형식의 교육자적 권위가 암시하는 것처럼 교육자의 입장에서 관찰된 객관적 과정을 강조하고 있는 '교육소설'의 양태가 선명하다면, 후자의 경우는 윤의 각성이 드러내는 자발성이 가리키고 있는 것처럼 개인성의 주관적 전개를 그린 '발전소설'의 양상이 선명하다. 물론 김윤식은 이러한 구별이 선명할 수 있는지를 질문하는데, 가령 교육소설과 교양소설의 차이를 말하기 어렵다고 지적한다. 김윤식, 『이광수와 그의 시대 1』, 솔출판사, 1999, 576쪽 참조.
18 김윤식, 『이광수와 그의 시대 2』, 솔출판사, 1999, 282쪽 참조.

나타난 교사의 심리 속에 가까스로 살아남은 '계몽의 위안'은 행위의 문제와 무관한 영혼의 문제에다 자신을 한정함으로써 사회역사적 맥락을 잃지 않고서도 상징적으로 적법한 형식으로서의 자격을 갖게 된다.

3. 행복 대 자유

이것은 좀 더 보충될 필요가 있다. 왜냐하면 '행위의 학교'와 '영혼의 문학'을 구분하는 것은 자의적이라는 비판이 있을 수 있기 때문이다. 사실 영혼의 문학은 행위의 학교에 영향을 줄 수 있다. 이것은 마치 마음 먹은 일이 반드시 행동으로 옮겨지는 것은 아니지만 행동으로 옮겨질 공산이 큰 것과 같은 이치다. 따라서 행위의 착오와 파탄이 예측된다면 영혼의 상태는 전혀 중요한 것이 아닐지 모른다. 그러나 그것은 '중요한 것'이라기보다는 '필요한 것'이다. 말하자면 내면적 동의를 기초로 한 개인성의 이상적인 사회화는 종교적 행복이 아니라 세속적 행복을 겨냥한 계몽주의적 근대성에서 반드시 요청해야 하는 명제인 것이다. 식민지 상황이라고 해서 개인성과 사회성을 조화시키는 근대 문명의 기초적 과제가 포기될 수는 없는 일 아닌가? 이 토대를 부정한다면 이광수에게서 상징적 적법성을 박탈한 논자들이 지지하는 심미주의, 즉 문학을 사회의 반대편으로 규정하는 일 또한 부정될 수밖에 없다. 가령 김동인의 「광염 소나타」(1929)에 나타나는 범죄에 어떻게 상징적 적법성을 부여할 것인가?

그 뒤에 이 도회에서 일어난 알지 못할 몇 가지 불은 모두 제가 질러 놓은 것이었습니다. 그리고 불이 있던 날 밤마다 저는 한 가지의 음악을 얻었습니다. 며칠을 연하여 가슴이 몹시 무겁다가, 그것이 마침내 식체와 같이 거북하고 답답하게 되는 때는 저는 뜻없이 거리를 나갑니다. 그리고 그러한 날은 한 가지 방화 사건이 생겨나며, 그날 밤에는 한 곡의 음악이 생겨났습니다.

[…중략…]

선생님은 이제 제가 쓰는 일을 이해하여 주실는지요. 그것은 너무도 기괴한 일이라 저로서도 믿기워지지 않는 일이었습니다. 저는 그 송장을 타고 앉았습니다. 그리고 그 송장의 옷을 모두 찢어서 사면으로 내던진 뒤에, 그 발가벗은 송장을 (제 힘이라 생각되지 않는) 무거운 힘으로써 높이 쳐들어서, 저편으로 내어던졌습니다. […중략…] 그날 밤에 된 것이 〈피의 선율〉이었습니다.

[…중략…]

저는, 그날 밤 혼자 몰래 그 여자의 무덤을 찾아갔습니다. 그리고 칠팔 시간 전에 묻어 놓은 그의 무덤의 흙을 다시 파서 그의 시체를 꺼내놓았습니다.

푸르른 달빛 아래 누워 있는 아름다운 그의 모양은 과연 선녀와 같았습니다. 가엾게 눈을 닫고 있는 창백한 얼굴, 곧은 콧날, 풀어헤친 검은 머리, —아무 표정도 없는 고요한 얼굴은 더욱 처연함을 도왔습니다. 이것을 정신이 없이 들여다보고 있다가, 저는 갑자기 흥분이 되어—아아 선생님, 저는 이 아래를 쓸 용기가 없습니다. 재판소의 조서를 보시면, 저절로 알으실 것이올시다.

그날 밤에 된 것이, 〈사령(死靈)〉이었습니다.

[…중략…]

—(중략) 이리하여 저는 마침내 사람을 죽인다 하는 경우에까지 이르렀습니다.

그리고 한 사람이 죽을 때마다 한 개의 음악이 생겨났습니다. 그 뒤부터 제가 지은 모든 것은 모두 다 한 사람씩의 생명을 대표하는 것이었습니다.[19]

여기서 작곡가이자 피아니스트인 백성수의 '방화, 사체 모욕, 시간, 살

---

19 김동인, 「광염 소나타」, 『한국문학대표작선집 13』, 문학사상사, 1993, 263~267쪽.

인, 온갖 죄'[20]는 정당화될 수 있을까? 말할 것도 없이 행위의 차원이 아닌 영혼의 차원에서만 백성수는 찬탄의 대상이 될 수 있다. 「광염 소나타」의 또 다른 등장인물 음악 비평가 K씨의 말을 들어보자. "힘있는 예술, 선이 굵은 예술, 야성으로 충일된 예술, —우리는 이것을 기다린 지 오랬습니다. 그럴 때에 백성수가 나타났습니다. 사실 말이지 백성수의 그의 예술은 하나하나가 모두 우리의 문화를 영구히 빛낼 보물입니다. 우리 문화의 기념탑입니다. 방화? 살인? 변변치 않은 집 개, 변변치 않은 사람 개는 그의 예술 하나가 산출되는 데 희생하라면 결코 아깝지 않습니다."[21] 온갖 범죄가 영구히 빛나는 문화적 보물이라는 의미를 획득할 수 있는 것은 바로 인간의 힘과 야성을 억압하는 제도적 문명에 대한 영혼의 저항이라는 낭만적 차원에서만 가능한 것이다.

그렇지 않고 만일 학교와 같이 행위를 사회화하는 기능적 적법성의 문제를 포함한다면 그것이 공동체적 질서의 맥락에 수용되는 것은 불가능한 일이 된다. 백성수의 범죄를 행위의 지침이 아니라 영혼의 격률로서 수용할 때, 비로소 김동인의 소설은 개인적 감정의 사회화가 야기하는 부작용, 이른바 근대적 문명의 획일성이 지닌 위험을 반성하며 개인의 자유로운 영혼을 그 근대화에 대한 반대편으로 정립하는 미적 근대성(aesthetic modernity)의 심미주의적 발현으로 이해될 수 있다.[22] 이처럼 행위와 영혼을 구분함으로써 범법 행위들에서 낭만적 부정(否定)의 의미를 읽어내는 미학적 이해 방식은 김동인의 소설이 상징적 적법성을 얻기

---

20 김동인, 앞의 글, 267쪽.
21 김동인, 위의 글, 268쪽.
22 이런 지적을 대변하는 논의로는, 가령 김윤식의 언급이 있는데, 그는 다음과 같이 말한다. "그는 아주 풀어져 계몽주의적 상태에 떨어진 문학을 미술과 같은 순도 높은 예술로 끌어올리고자 마음먹고, 그 일을 감행해 간 근대인이다. 『창조』지 9권이 모두 그 노력 속에 포함된다. 그는 이광수 문학에 맞서 '참예술'을 내세웠다. 정확히 말해 그에게는 '문학'이란 말은 없고 그 대신 '예술' 또는 '참예술'만이 있었다. 소설을 예술이라고 우기고 그런 신념을 가졌던 것이다."(김윤식, 「문학사와 미술사와의 만남—김동인과 김관호」, 『김윤식 선집 1—문학사상사』, 솔, 1996, 284쪽.) 바로 이 '예술로서의 소설'에서 '미적 근대성'은 탄생하게 된다.

위해서 필수적이다. 결국 영혼의 차원에서 '범법'이라는 개인적 행위를 근대 문명에 대한 미학적 반성과 결합할 수 있다면, 마찬가지로 '합법'이라는 관념을 계몽의 위안과 결합하는 방식으로의 사회화의 요구도 충분히 가능하다. 심미주의적 근대성을 기초 짓는 '행위와 영혼의 분리'가 계몽주의적 근대성에 적용되어서는 안 될 이유가 없는 것이다.

요컨대 이광수의 '합법성의 관념'과 김동인의 '반문명의 관념' 사이의 차이는, 기존의 논의에서처럼 전자는 역사적 맥락을 망각하고 있는 데 반해 후자는 역사적 맥락을 기억하고 있다는 차이로 보아서는 안 된다. 합법성이라는 것이 의심스럽다면 역시 반문명이라는 것도 의심스러운데, 왜냐하면 이광수의 경우는 국가라는 물리적 기반의 부재가 거론될 수 있지만 김동인의 경우에는 문명이라는 정신적 토대의 부재가 거론될 수 있기 때문이다. 그러나 뿌리 없는 관념은 문학이 다른 제도와 달리 '행위의 학교'가 아니라 '영혼의 학교'라는 점에서 결함이 아니라 불가피한 것이다. 이것은 문학이 현실과 직접적으로 관련될 때조차 수사학적 차원과 결부되는 이유인데, 이러한 수사학(rhetoric)을 염두에 두지 않는다면 김동인은 근대적 미학과 퇴폐주의를 혼동한 미숙한 창조자가 되고 이광수는 계몽주의자의 가면을 쓴 파시스트라는 편향되고 성급한 이해로 나아가게 된다.[23]

따라서 진정한 차이는 두 관념의 역사철학적 차이에 있다. 즉 이광수가 처음으로 보여준 것처럼 교사의 합법적인 중개에서 개인의 권리와 사회적 의무의 조화를 통해 형성된 행복이라는 공동체적 감정은 '질서'

---

23 이광수 문학 속의 파시즘을 부각시키는 논의들은 사실 계몽주의적 근대성을 낭만주의적 근대성으로 대체하고 미적 근대성에 관한 동의를 표현하는 논의들이라고 할 수 있다. 그것들은 객관적이고 중립적인 논의들이라기보다는 미학주의에 대한 신념을 후원하기 위한 당파적 이해에 가깝다. 2000년대 이후 1920년대 동인지 문학의 미적 근대성에 대한 집중적인 부각 또한 동일한 맥락에서 일어난 현상이라고 할 수 있다. 대표적인 연구들로는 김철·신형기 외, 『문학 속의 파시즘』, 삼인, 2001; 김현주, 『이광수와 문화의 기획』, 태학사, 2005 등이 있다.

의 이념에 대한 계몽주의적 수사학과 관련되는 것이라면, 반대로 김동인이 제시한 바 있듯이 천재의 범죄 본능을 통한 근대적 사회화에 대한 반발과 저항으로서 형성된 개인적 감정은 질서에 대한 안티테제로서의 '자유'의 이념에 대한 낭만주의적 수사학과 관계되는 것이다.[24] 말하자면 김동인의 행복은 도발과 유희의 부산물로서 안정을 흔드는 파괴적인 것이기 때문에 언제나 종결을 모르는 혁명의 약속과 관계되는 데 반해 이광수의 행복은 도발과 유희의 반대로서 계승과 안정을 의미하는 개선의 이해와 관련되는 것이다. 물론 우리는 먼저 이광수의 계몽주의 문학에서 상징적 적법성을 찾지 않으면 안 되는데, 왜냐하면 토대에 대한 부정은 토대 없이 성립할 수 없기 때문이다.[25]

4. 영혼의 형식으로서의 「무명」

오늘날 이광수 문학, 특히 그의 소설은 개인과 사회 사이의 내재적 모순을 종합하는 상징적 형식으로 파악됨과 동시에 불운하게도 한국적 근대의 특수성 속에서 그 상징적 적법성을 박탈당한 상태이다. 사실 상징적 적법성을 박탈한 논의들 편에서 보면 이광수의 소설이 암시하는 정치적이고 윤리적인 자가당착의 증거는 많다. 그 중에서도 특히 일제의 식민 통치가 절정에 이르는 1939년에 발표된 단편 「무명」은 제국의 감

---

24 김동인의 자유주의 수사학은 단재 신채호의 무정부주의적 수사학으로 번안될 수 있다. 이것은 일체의 권위를 부정하고 혁명을 통해 변형에 대한 갈망을 영원히 지속하려는 감정을 지지한다. 오늘날 한국문화 전반에서 일종의 정통성을 형성하게 된 것은 이광수 식의 계몽주의가 아니라 바로 신채호와 김동인 식의 혁명적 미학주의이다. 김윤식, 「단재사상의 문제점」, 『김윤식 선집 1-문학사상사』, 솔, 1996, 223~233쪽 참조.
25 만약 이광수의 문학에서 김동인의 문학에 이르는 역사철학적 과정을 친일 행위의 적발이라는 민족주의적 열광 속에서 희석시켜 버린다면 사회적 행복의 반대편에 위치하게 되는 것은 개인의 자유가 아니라 세상의 무질서가 될지 모른다.

옥에서 합법성을 옹호하며 도덕적 우월성을 과시하는 시대착오적 인물이 등장한다는 점에서 가장 첨예한 예로 거론되곤 한다.

그런데 과연 우리의 근대를 재현한 이광수 소설에서 그 상징적 적법성을 박탈하는 것은 여지없이 타당한 일일까? 물론 학교와 같이 행위를 사회화하는 기능적 적법성의 문제라면 식민지 상황이라는 역사적 맥락에서 정당성을 획득하는 일은 어려울지도 모른다. 그러나 소설처럼 영혼을 사회화하는 상징적 적법성의 차원이라면 생각을 조금 달리 해야 하지 않을까? 그렇지 않다면 이광수에게서 상징적 적법성을 박탈한 논자들이 지지하는 심미주의도 이해되기 어렵다. 바로 이것을 검토하는 데 이 장의 목적이 있었다. 말할 것도 없이 이광수 문학의 상징적 적법성을 가늠하는 시금석이라고도 할 수 있는 문제적인 작품 「무명」은 이 장의 중점적인 논의의 대상이 되었다.

『무정』에서 「무명」에 이르는 이광수 소설의 과제는 무엇보다도 사회적 의무를 개인의 욕망 안에 부착시키는 데 있었다. 그렇다면 근대의 자유로운 개인이 자신의 자유를 제한하는 데 자발적으로 동의하도록 만들어야 하는데, 이것은 대체로 교사의 권위와 가르침에 대한 각성과 공감을 통해 가능한 것이었다. 그러나 이 공감이 우리들을 묶어주는 민족적 연대감일 때는 실행에 관계된 행위의 사회화조차 문제가 되지 않았지만, 우리들의 행위를 길들이는 식민지적 합법성에 대한 것일 때는 영혼의 사회화에서 종결되어야만 했다. 이광수의 「무명」은 바로 그 증거였다.

물론 행위의 학교와 영혼의 문학을 구분하는 것은 자의적이라는 비판이 있을 수 있었다. 영혼의 문학은 행위의 학교에 영향을 줄 수 있기 때문인데, 이것은 마치 마음먹은 일이 반드시 행동으로 옮겨지는 것은 아니지만 행동으로 옮겨질 공산이 큰 것과 같은 이치였다. 따라서 행위의 착오와 파탄이 예측된다면 영혼의 상태는 전혀 중요한 것이 아니었다. 그러나 그것은 중요한 것이라기보다는 필요한 것이었다. 말하자면 내면적 동의를 기초로 한 개인성의 이상적인 사회화는 종교적 행복이 아니라 세속적 행복을 겨냥한 계몽주의적 근대성에서 반드시 요청해야 하는 명제였다.

만약 행위와 영혼의 분리를 승인하지 않는다면 이광수에게서 상징적 적법성을 박탈한 논자들이 지지하는 심미주의도 그 적법성을 박탈당할 수밖에 없었다. 가령 계몽주의 패러다임에 대한 안티테제로서의 심미주의에 상징적 적법성을 부여한 예로서의 김동인의 경우, 행위의 형식과 영혼의 형식 사이의 분리를 전제하지 않았다면 어떻게 되었겠는가? 김동인의 「광염 소나타」(1929)에 나오는 백성수의 범법 행위들이 문명에 대한 반성과 결합되려면 그의 소설은 당연히 행위의 형식으로부터 분리된 영혼의 형식으로 간주되지 않으면 안 되었다. 만일 범법을 영혼의 격률이 아니라 행위의 지침으로 수용하게 된다면 범죄 행위의 낭만적 정당화를 통한 비판적 부정이라는 미학적 의미는 상실되고, 결국 백성수에게 바치는 미학적 찬사는 그에 대한 비난으로 바뀔 수밖에 없었다.

요컨대 이광수의 「무명」은 우리의 근대를 재현하는 데 있어 행위의 형식으로서는 적법하지 않지만 영혼의 형식으로서는 적법한 셈이었는데, 결국 식민지 상황이라는 국가적 기반의 부재에도 불구하고 이광수는 행위와 영혼의 분리를 통해 개인과 사회의 통합이라는 근대적 사회화에 대한 계몽주의적 이상을 유지했다고 할 수 있었다. 물론 이것은 적극적인 의미에서 이광수가 식민지의 법은 우리의 법이 아니므로 모든 범죄는 곧 정의가 된다는 민족주의적 오류로부터 거리를 두고자 했던 것으로 이해될 수도 있다. 식민지 상황이라고 해서 개인성과 사회성을 조화시키는 근대 문명의 기초적 과제가 범죄적 충동에 압도되어 포기될 수는 없기 때문이다.

2장 / 교환의 사회학
김동인 소설과 상인

1. 근대적 자아의 탄생, 그 이후

리오 로웬달은 자신의 유명한 책『문학과 인간상(Literature and the Image of Man)』의 서론에서 다음과 같이 말하고 있다. "작가의 상상력이 빚어낸 인물이나 상황의 경험을 그것들이 실제로 유래한 역사적인 풍토와 관련 짓는 것이 문학사회학자들의 소임이다. 그는 주제와 문체라는 개인적인 방정식을 사회적인 방정식으로 바꾸어 놓아야 한다."[1] 말하자면 문학사회학적 접근은 사회적 관계가 개인성이라는 필터를 통해 재현되는 것이 곧 문학이라는 관점을 지지하는 것이다. 물론 그렇다고 해서 문학사회학이 문학과 사회 사이의 관련성을 소박한 반영론의 입장에서 다룬다고 생각하는 것은 성급한 결론이다.

실제로 최근의 문학사회학은 문학이란 반영을 통해 사회적 현실에 매몰되어 있기보다는 관여를 통해 사회적 관계를 부정하거나 폭로하는 일종의 이데올로기 해독제로 기능한다는 관점으로까지 나아간다. 가령 마

---

1 리오 로웬달, 유종호 옮김,『문학과 인간상』, 이화여대출판부, 1984, 10쪽.

슈레와 발리바르, 제임슨과 이글턴과 같은 알튀세주의자들은 낭만적 암시에서 아방가르드적 부정에 이르는 자율성 미학의 핵심, 즉 문학과 예술은 사회적 관계와 연관된 이데올로기의 반영물이 아니라 그것과 무관하거나 그것을 치환하고 탈자연화하는 창조물이라는 견해를 공유하고 있다.[2] 그러나 로웬달이 지적한 바 있는 것처럼 작가는 '사실을 정확하게 기록하는 기계'도 아니지만 '어수선한 꿈을 꾸는 막연한 신비론자'도 아니다.[3]

그런 의미에서 이른바 문학사회학은 강조점에 따라 크게 두 가지 관점으로 구분된다고 할 수 있다. 하나는 이데올로기 내지 사회적 현실이란 작품을 이해하기 위한 배경 자료일 뿐이라는 문학적인 관점이고 다른 하나는 문학작품이란 개인적인 경험을 통하여 이데올로기나 사회적 현실을 확인하기 위한 보조 자료라는 사회학적인 관점이다. 물론 문학사회학의 가능한 형태는 그러한 두 가지 관점 사이의 긴장을 유지하고 균형을 성취하는 데서 찾을 수 있다.[4] 그러나 완벽한 균형이라는 것이 사실상 소망적인 사고에 지나지 않는 것이라면 문학에 대한 사회적 접근의 실천적 사례들은 문학이 사회에 대해 말하면서도 거리를 둔다는 문학적 관점이거나 문학이 사회와 갖는 거리에도 불구하고 밀접한 관련을 지닌다는 사회학적 관점이 될 수밖에 없다.

김동인의 「감자」(1925)를 통해 서사적 재현과 당대의 사회적 현실의 관련성을 해명하는 일종의 소설사회학을 목표로 하는 이 장은 당연히

---

2 실제로 알튀세르는 과학과 이데올로기와 예술이 갖는 미묘한 차이들에 초점을 맞춘다. 그에 따르면 과학이 이데올로기적 효과들의 보이지 않는 구조를 드러내는 반면에 예술은 이데올로기 내부에서 그 이데올로기 내에 현재하지 않는 것을 암시하는 거리를 만들어낸다. 다시 말해 예술은 이데올로기적인 것을 이데올로기로서 보이게 한다는 것이다. 그리고 알튀세르의 입장은 피에르 마슈레와 프레드릭 제임슨 등과 같은 알튀세주의자들에 의해서 계승된다. K. M. 보그달, 문학이론연구회 옮김, 『새로운 문학 이론의 흐름』, 문학과지성사, 1994, 106~136쪽 참조.
3 리오 로웬달, 앞의 책, 10쪽 참조.
4 김인환, 「한국문학의 사회사 문제」, 『기억의 계단』, 민음사, 2001, 22~33쪽 참조.

후자의 관점이 우세한 것이 되어 있다. 이런 관점을 택하게 된 데에는 두 가지 이유가 있다. 첫째는 어떤 문학작품이 사회적 현실에 관련되면서 그것을 벗어난다는 자율성 이론은 형이상학적 당위론일지도 모른다는 문제의식으로부터 온다. 실제로 모레티는 근대소설이 주된 묘사의 대상이 되는 일상성은 사회관계들의 도전받지 않는 안정성을 요구한다는 점에서 문학작품은 사회관계의 거부가 아니라 승인을 상징화하는 형식이라고 설득력 있게 정의한 바 있다.[5] 또 다른 이유는 좀 더 실질적인 것이다. 그동안 김동인 소설에 관한 논의들은 단순한 사조적 이해를 극복한 이후에도 주기적으로 리얼리즘 미학과 모더니즘 미학을 규범으로 하여 그의 소설에 대해 각기 상반된 평가를 내리는 해석의 교체 현상을 보여주고는 했는데, 바로 그러한 이해의 당파성을 조화시키는 데 사회학적 분석의 중립성이 어떤 입각점을 제공하리라 판단했기 때문이다.

　예를 들어 리얼리즘론을 평가의 기준으로 삼았던 김흥규[6]는 김동인 소설들이 다양한 형태에도 불구하고 비속한 세계에 처한 무력한 개체들의 참담한 전락 과정을 일관되게 그리고 있다고 지적하면서 결정론적 비관주의가 작가 김동인의 세계 인식의 한계라고 규정하고, 나아가 그의 예술가소설이 보여주는 광기의 영웅주의조차 비속한 삶의 지배만을 확인해주는 역설적 선택에 지나지 않는다고 비판한다. 김흥규에 따르면 결국 김동인 소설들은 예외 없이 비역사적이고 자연주의적인 경향에 함몰되어 있다. 반면에 모더니즘론에 따라 자아의 절대화와 미의 탐구를

5 모레티 식 소설사회학은 조금 급진적으로 보일 수도 있다. 그에 따르면, 서사시와 달리 소설은 한 문명의 물질적이고 상징적인 기반을 이야기하는 것이 아니라 오히려 그 문명이 이미 정상적으로 작동되고 있음을 전제로 하는데, 그 이유는 소설적 묘사의 대상이 되는 일상성은 사회관계들의 도전받지 않는 안정성을 요구하기 때문이다. 따라서 모레티 식 소설사회학 안에서 근대소설은 미학적 관점에 따라 안정된 사회관계에 대한 거부를 표현하는 장르가 아니라 사회학적 관점에서 그러한 사회관계에 대한 승인을 함축하는 상징들을 내포하는 상징적 형식으로 가정된다. 프랑코 모레티, 성은애 옮김, 『세상의 이치』, 문학동네, 2005, 25~42쪽 참조.
6 김흥규, 「황폐한 삶의 초상과 환상―김동인 소설의 세계상과 사조적 특질에 관한 재검토」, 『문예사조사』, 민음사, 1986.

결합한 심미주의의 공식을 지지하는 황종연[7]에게 김동인 소설을 관통하는 것은 오히려 미적인 삶의 추구인데, 이것은 정신적으로 미숙한 젊은 이에게 고유한 허위의식의 단순한 발로에 불과한 것이 아니고, 멀게는 18세기 유럽 낭만주의의 예술 개념과 이어져 있고 가깝게는 일본 백화파의 낭만적 애기주의와 연결되어 있는 절대적 부정성의 원리를 구현하는 것으로 파악된다. 황종연에 의하면 그의 소설은 근대문학 형성에 필수적인 낭만적 주체성의 정당한 한국적 형성이다.

말할 것도 없이 이 논의들이 보여주는 「감자」에 대한 해석들도 조화되기 어려운 대립각을 이루고 있다. 우선 김흥규는 복녀의 전환적인 변화에서 비속한 삶과 타협하고 경쟁하는 타락한 자아를 보고 결국 그녀의 파국에서 세계의 횡포에 대한 저항이 아니라 "비속한 삶의 파멸적 자기운동"[8]을 읽는다. 이와는 다르게 황종연은 「감자」를 자세한 분석의 대상으로 삼고 있지는 않지만 복녀의 변화에서 엉뚱함(extravagance)이라는 특성, 즉 "생활의 모든 속박으로부터 해방된 어떤 특별한 경험의 순간"[9]을 읽으며, 좌절된 것이기는 하지만 오히려 비속한 세계를 넘어가는 낭만적 동경을 본다. 과연 두 사람의 이해는 서로 다른 가치판단의 규범만을 확인시켜줄 뿐인가?

그렇지 않다. 말하자면 두 사람의 해석은 각각 근대적 방향을 이루는 것의 한 면만을 부각시키고 있는 것으로 생각된다. 즉 한 사람은 육체성에 대한 복녀의 자각이 가리키는 것에 주목하여 근대적 자아가 역사적으로 형성되는 의의를 강조하고, 다른 사람은 육체성에 매몰되어버리고 마는 복녀의 운명이 가리키고 있는 그 자아의 어두운 역사적 전개를 비판하고 있을 뿐이다. 앞으로 드러나겠지만 근대적 자아의 탄생(황종연)이

---

7 황종연, 「낭만적 주체성의 소설─한국근대소설에서 김동인의 위치」, 『김동인 문학의 재조명』, 새미, 2001.
8 김흥규, 앞의 글, 347쪽.
9 황종연, 앞의 글, 83쪽.

타락한 자아(김홍규)에 귀결되고 마는 사회역사적 과정을 드러낸다는 「감자」에 대한 사회학적 이해 속에서 앞선 두 논자의 해석은 충돌하는 것이 아니라 다시금 결합될 수 있는 것으로 보인다. 물론 김동인에 대한 소설사회학적 접근은 그가 언제나 대결의식으로 마주했던 이광수 문학의 사회학적 의미가 비교의 대상으로 거론될 때 좀 더 선명한 논점을 제공해 준다. 그러니까 당대의 사회적 현실과 관련된 근대적 자아의 탄생과 이 자아의 어두운 행로는 이광수 문학의 계몽주의 패러다임의 붕괴와 밀접한 관련을 가진다고 할 수 있다.

2. 계몽의 불안

이광수의 계몽주의 패러다임과의 급격한 단절이 김동인의 문학사적 위치를 결정한다는 생각은 문학과 사회의 복잡한 관련성이라는 맥락에서 보면 너무 단순한 견해이다. 사정은 훨씬 미묘하고 복잡하다. 기존의 논의가 이미 정식화한 것이지만,[10] 이광수는 안정인인 전통 사회를 대체한 혁신적인 근대 사회의 성격이 지닌 딜레마를 분명히 의식했을 뿐만 아니라 자신의 소설에서 개인성의 지지와 사회화의 요구 사이에서 가장 조화로운 해결책을 찾았다고 확신했다. 이것은 물론 개인과 사회의 융합이 외부의 법적 강제가 아니라 내면적인 법의 동의를 기초로 해서만 이룩될 수 있다는 것을 전제로 한 서사적 차원의 것이었다. 그러나 개인

---

10 여러 논자들을 통해 이광수의 이른바 '계몽주의 문학'은 개인의 권리를 강조하는 '정육론(情育論)'의 낭만적 미학과 사회적 의무에 역점을 두는 '수양론(修養論)'의 공공선이 결합되어 있는 것으로 이해되었고, 이것은 개인성과 사회성의 조화라는 계몽주의적 관념의 실현으로 간주되었다. 물론 최근에는 그 계몽주의적 관념에서 전체주의에의 동조를 읽어내려는 탈신화화의 독법이 제기되기도 했다. 김동인, 「조선근대소설고」, 『김동인전집』 제16권, 조선일보사, 1988; 김붕구, 「신문학 초기의 계몽사상과 근대적 자아」, 『한국인과 문학사상』, 일조각, 1964; 김현·김윤식, 『한국문학사』, 민음사, 1973 등 참조.

성을 지지하면서도 사회를 지탱할 수 있다는 근대적 사회화에 대한 계몽주의적 확신이 문학사에서 오래도록 지속되지는 못했는데, 낭만적 개인성과 전통적 공동체를 통합할 수 있다는 그 확신은 김동인의 「감자」에서부터 점차 좌절의 그림자를 드리우기 시작하기 때문이다.

> 그 겨울도 가고 봄이 이르렀다.
> 그때 왕서방은 돈 백원으로 어떤 처녀를 하나 마누라로 사 오게 되었다.
> 『흥!』
> 복녀는 다만 코웃음만 쳤다.
> 『복녀 강짜 하겠구만.』
> 동네 여편네들이 이런 말을 하면, 복녀는 흥 하고 코웃음을 웃고 하였다.
> 내가 강짜를 해? 그는 늘 힘있게 부인하고 하였다. 그러나 그의 마음에 생기는 검은 그림자는 어찌할 수가 없었다.
> 『이놈 왕서방. 네 두고 보자.』
> 왕서방이 색시를 데려오는 날이 가까왔다. 왕서방은 아직껏 자랑하던 길다란 머리를 깎았다. 동시에 그것은 새색시의 의견이라는 소문이 퍼졌다.
> 『흥!』
> 복녀는 역시 코웃음만 쳤다.
> 마침내 색시가 오는 날이 이르렀다. 칠보 단장에 사인교를 탄 색시가, 칠성문 밖 채마밭 가운데 있는 왕서방의 집에 이르렀다.[11]

이 대목 이후에 무슨 일이 벌어졌을까? 복녀는 '마음에 생기는 검은 그림자'를 이기지 못하고 결국 신랑 신부의 방안으로 침입하여 강짜를 부리고 왕서방과 드잡이를 하다가 마침내 낫까지 휘두른다. 그러나 결

---

11 김동인, 「감자」, 『동인전집 7』, 홍우출판사, 1964, 369쪽.

과는 복녀의 죽음으로 나타난다. 왕서방에게 낫을 빼앗긴 그녀는 피를 쏟으며 고꾸라지고 마는 것이다. 사실 복녀를 사로잡은 어두운 마음의 그림자는 애초에 계몽주의적 서광(曙光)에서 시작된 것이었다. 게으른 남편 때문에 기자묘 솔밭에 송충이 잡는 인부로 나섰다가 매음을 통해 육체성의 유쾌함을 발견하게 된 복녀는 "한 개 사람이 된 것 같은 자신"[12]을 얻음으로써 불완전하게나마 전통적인 도덕의 세계에 매몰되어 있던 자기존중의 열정, 즉 근대적 자아에 대한 일정한 각성을 보여준 바 있었다. 만일 이광수의 경우였다면, 그것은 아마도 계몽주의가 합법화한 교육적 소명 속에서 갈등 없이 사회화의 요구와 조화되었을 것이다. 왜냐하면 계몽주의 패러다임에서 개인성은 사회화의 요구와 대립하는 낭만적 요소라기보다는 근대적 사회화의 완성을 위한 계기라고 할 수 있기 때문이다.

가령 『무정(無情)』(1917)의 유명한 클라이맥스인 삼랑진 수해 주민을 위한 자선 음악회 장면에서 형식·병욱·영채·선형 네 사람은 '우리들'의 '문명'을 위해 '교육'과 '실행'을 결심한 바 있는데, 사실 형식과 약혼 이후 선형은 기생방을 출입한다는 그에 대한 소문 때문에 그의 외모까지도 탐탁지 않았던 차였고, 형식을 잊지 못하는 영채는 병욱의 조언 덕분에 사랑보다 정절을 앞세웠던 자기 생활의 속박을 깨달은 이후였다. 여기에도 분명히 복녀의 '강짜'까지는 아니더라도 자기존중의 열정에서 촉발된 시기와 원망이라는 개인적인 감정의 앙금, 즉 어두운 마음의 그림자가 충분히 드리워져 있었다. 그런데 이런 감정적 갈등의 드라마는 교사적 소명 의식 속에서 아주 쉽게 공공선을 향한 유대감으로 통합되었다. 이른바 '미적 교육'의 이념[13]이 보존되었던 것이다.

---

12 김동인, 앞의 책, 367쪽.
13 실러의 '미적 교육'의 이념에서 두드러지는 개인의 형성과 사회화의 통합이라는 명제가 근대소설의 출발지점에 놓인 교양소설에서 그 서사적 표현을 얻는다는 모레티의 지적은 개인성을 지지하면서도 사회화의 요구를 포기하지 않는 이광수의 계몽주의 소설을 이해하는 데 시사하는

그러나 김동인의 주인공은 더 이상 이광수의 교육적인 소명을 확신하지 않는다는 듯이 개인성에 대한 감각적인 향유와 과도한 탐닉으로 나아간다. 그녀는 어두운 마음의 그림자를 떨쳐내지 못하고 그것에 휩싸이고 마는 것이다. 물론 복녀의 변화는 삶을 즐겁게 누리고자 하는 향락주의적 욕망을 암시하는 것으로 볼 때 명백히 자기존중의 열정에서 오는 낭만적 자아의 각성이라는 차원과 밀접한 관련을 갖는다.[14] 그리고 이것은 무엇보다도 이광수의 '정육론'에서 구체화된 바 있는 개인적 감정의 낭만적 특권을 '수양론'이 표상하는 사회적 이해관계 속에 정립해야 한다는 계몽주의적 요구와 결합될 가능성을 갖는 것이다. 하지만 이광수와 달리 김동인은 그러한 계몽주의의 요구, 즉 개인을 지지하면서도 사회를 포기하지 않는다는 근대적 사회화의 이상 안에 잠복해 있던 개인성과 사회성 사이의 모순을 첨예하게 드러낸다. 말하자면 이광수는 계몽주의적 소명 안에서 '문명'과 '교육'에 대한 동의를 요청함으로써 개인과 사회의 통합이라는 모순적인 과제를 이상주의적으로 해결한 반면 김동인은 그러한 해결 대신 그 해결의 어려움을 직시하고 있는 것이다.

요컨대 김동인의 「감자」에 이르러 복녀의 변화와 파국이 암시하는 것처럼 계몽주의의 빛과 그것이 동반하는 그림자는 양립할 수 없는 모순으로 드러나게 된다. 이것은 특히 삼랑진 수해 주민을 위한 '자선' 음악회의 '공간'이 복녀가 발휘하는 '처세'의 진보적 '시간'으로 대체되는 것과 무관하지 않다. 다시 말해 변화와 진보라는 관념이 지배하는 근대적 공간[15]은 이상주의의 존재론적 원환으로 인해 고정된 사회적 연관의 안락한 공간성에다가 시간의 역동성을 부과하면서 동시에 '불안'을 끌어

바가 크다. 프랑코 모레티, 앞의 책, 67~73쪽 참조.
14 황종연, 앞의 글, 89~94쪽 참조.
15 물론 복녀의 공간은 교육적 실행이 미치지 못한 곳이라는 점에서 계몽주의의 가능성이 완전히 무산된 것은 아니라고 할 수 있다. 그러나 그러한 공간의 존재는 동시에 계몽주의적 실행이 지닌 취약성을 반영하는 것으로 이해될 수도 있다.

들이는데,[16] 이런 맥락에서 시간의 불안은 '검은 그림자'의 진정한 실체라고 할 수 있다. 그러니까 변덕스러운 왕서방에게 애정을 요구하는 복녀에게 불안은 자연스러운 것인데, 「감자」의 경우에 애욕과 결합된 복녀의 사랑에 개입하는 그 불안한 시간성은 변덕에 대한 일종의 심리적 방어기제라고 할 수 있는, 하지만 그녀의 자아가 사회적 요구와 결합되는 것을 방해하는 부담스러운 열정을 야기한다. 계몽주의적 확신을 대체한 자기존중의 열정, 바로 여기에서부터 근대적 사회화에 대한 계몽주의적 관념의 좌절이 시작된다.

> 복녀의 송장은 사흘이 지나도록 무덤으로 못갔다. 왕서방은 몇 번을 복녀의 남편을 찾아갔다. 복녀의 남편도 때때로 왕서방을 찾아갔다. 둘의 사이에는 무슨 교섭하는 일이 있었다. 사흘이 지났다.
> 밤중 복녀의 시체는 왕서방의 집에서 남편의 집으로 옮겼다. 그리고 시체에는 세 사람이 둘러앉았다. 한 사람은 복녀의 남편, 한 사람은 왕서방, 또 한 사람은 어떤 한방 의사─. 왕서방은 말 없이 돈주머니를 꺼내어, 십원 짜리 지폐 석장을 복녀의 남편에게 주었다. 한방 의사의 손에도 십원 짜리 두 장이 갔다.
> 이튿날, 복녀는 뇌일혈로 죽었다는 한방의의 진단으로 공동묘지로 가져갔다.[17]

김동인이 선택한 결말이다. 한 여자의 내면에서 일어났던 열정의 드라

---

16 모레티에 따르면 근대소설에서 묘사와 같은 공간적인 비유는 평정과 조화라는 관념을 전달하고 서사와 같은 시간적인 차원은 변화와 불안을 암시한다. 그리고 모레티는 이 둘의 화해는 계몽주의 패러다임의 핵심이라고 지적한다. 그러나 이것을 문학사적 전개에 적용해 보면 공간적인 비유가 압도적인 이광수에서 시간적인 차원이 우세한 김동인으로 문학사의 무게중심이 옮겨간다고 가정해 볼 수 있다. 이광수의 서사와 김동인의 서사가 갖는 차이는 좀 더 상세한 분석을 필요로 하는 일이지만 이광수에게는 계몽주의의 대중화, 즉 공간적인 확장이 서사적으로 우세하고 김동인에게는 계몽주의의 실패와 인생의 위기로 대변되는 시간적인 변화가 그의 서사를 지배한다. 프랑코 모레티, 앞의 책, 90~101쪽 참조.
17 김동인, 앞의 책, 370쪽.

마는 마침내 삶의 파국으로 귀결되었다. 이것은 무엇보다도 개인의 주관적 열정과 사회의 객관적 이해관계 사이의 간극을 두드러지게 보여준다. 여기서 '열정'과 '이해관계'가 조화로운 결합을 보여주지 않고 일종의 대립항을 이루게 되었다는 서사적 결론이 가리키는 것은 명백한데, 이광수의 계몽주의 패러다임의 와해가 그것이다.[18] 그러나 그것은 급격한 단절이라기보다는 완만한 변화에 해당한다. 왜냐하면 「감자」의 경우 김동인은 결말의 파국을 통해 주인공의 주관적인 순간에 대한 낭만주의적 격려를 보여주기보다는 부담스러운 열정이 수반하는 반사회성의 위험을 강조하고 있는 것으로 보이기 때문이다. 그러니까 서술자의 풍자적 논평에서 예고되고 있듯이,[19] 결말에서 강조된 것은 그러한 순간의 좌절에서 낭만적인 동경의 절실함을 상기시킨다기보다는 주인공의 열정이 사회적 경계를 환기시켜야 할 만큼 과도한 것이었다는 생각을 떠올리게 한다. 그렇다면 이해관계 속에서 열정을 조율해야 한다는 근대적 사회화의 기획은 「감자」에서 완전히 포기되지는 않은 것처럼 보인다.

사실 근대의 사회화는 전통적인 공동체 사회에서처럼 존재론적 조건의 필연적 결과가 더 이상 아니다. 그것은 하나의 과정으로만 성립한다. 이 과정은 젊고 역동적이며 주관적인 순간을 장려하며 열정의 지지를

---

18 허쉬먼에 따르면 열정의 개념이 이해관계 개념으로 대체되는 과정은 자본주의의 탄생과 결합된다. 이것은 열정을 갈무리하는 김동인의 결말에 나타난 '교섭'에서 자본주의적 이미지를 연상하는 것을 가능하게 해준다. 앨버트 허쉬먼, 김승현 옮김, 『열정과 이해관계』, 나남, 1994, 17~71쪽 참조.

19 이 점은 문체 분석이나 서술 기법에 대한 분석을 통해서도 짐작해 볼 수 있다. 복녀의 욕망에 대한 부정적인 판단은, 가령 「감자」에는 권위적이고 주관적인 통제자로서 그 세계에 간섭하고 판단하는 서술자의 존재가 감지된다는 지적을 통해 그 소설의 자연주의적 객관주의가 사실은 위장된 것이라고 주장하는 황도경의 문체에 대한 분석으로 일단 암시되고, 「감자」의 서술자는 「오몽녀」의 서술기법과 비교할 때 윤리적인 이념의 주체가 되어 소설의 세계를 전횡하는 강력한 지배자와 같다고 지적하는 정연희의 서술기법에 대한 분석에서 보다 확연해진다. 김동인의 경우 윤리적 계몽주의의 주제는 「발가락이 닮았다」(1932)나 「김연실전」(1939)에 이르기까지 지속되기도 한다. 황도경, 「위장된 객관주의—문체로 읽는 「감자」」, 『김동인 문학의 재조명』, 새미, 2001, 74~75쪽; 정연희, 「김동인과 이태준의 서술기법 비교연구—「감자」와 「오몽녀」를 중심으로」, 『현대문학이론연구』 제15호, 2001, 310쪽 참조.

표명하는가 하면 반대로 그 우유부단한 방황과 그 속에 깃든 자기 파괴의 위험을 강조하며 열정의 관리를 시도하기도 한다.[20] 복녀에 대한 김동인의 태도에서처럼 말이다. 말하자면 작가는 「감자」를 통해서는 이해관계를 벗어난 열정의 파국을 그림으로써 열정의 관리를 역설하는 이광수의 계몽주의 패러다임을 불안하게나마 일정하게 지속하고 이후 두 편의 소설 「광염(狂炎)소나타」(1929)와 「광화사(狂畵師)」(1935)에서는 범죄적인 향락과 초월적인 삶에 대한 낭만적 동경의 형상을 통해 사회화의 반대편에서 개인적 열정에 대한 강력한 지지를 보여주었던 것이다. 결국 김동인은 앞으로 그가 매진하게 될 낭만주의 패러다임으로 넘어가기 전에 계몽주의의 잔영 속에서 이른바 '계몽의 불안'을 아주 분명하게 보여주고 있었던 것으로 보인다.

이처럼 김동인은 과도한 열정의 관리에서부터 열정적인 예술의 광기에 대한 예찬에 이르는 자신의 서사적 전개 과정을 통해 근대적 사회화 과정의 모순과 어려움을 첨예하게 부각시킨다. 하지만 그렇다 하더라도 「감자」의 위치는 과도기적인데, 낭만적 개인성을 지지하며 획일적인 사회적 통합에 저항하는 「광염소나타」와 「광화사」의 오만하고 거친 예술혼으로 나아가기에 앞서, 아직 『무정』의 이상주의 패러다임이 근대화 초기에 가정했던 계몽의 위안에 관련되어 있기 때문이다. 그러나 복녀의 파국이 시사하는 것처럼 김동인은 근대성의 도래에 따라 활성화된 시간의 네트워크인 사회적 공간에 대한 탐색이 성공할 수도 있지만 실패할 수도 있다는 근대적 삶의 시간성과 역동성을 환기함으로써 계몽주의를

---

20 근대 이전의 사회화는 수직적 위계에 근거하고 있었기 때문에 개인적 열정을 제어할 사회적 필요성이 크지 않았다. 그러나 위계의 붕괴에 기초한 근대화 과정은 개인적 열정을 지지하게 되면서 불가피하게 사회화를 관철시키기 위한 특별한 노력이 요구되었다. 왜냐하면 열정을 관리하지 않으면 개인들을 사회적 네트워크 속에 끌어들일 수 없었기 때문이다. 따라서 학교나 군대, 문학이나 예술 등의 근대의 사회적 제도는 모두 그러한 열정의 관리에 일정하게 복무하였다. 프랑코 모레티, 앞의 책, 121쪽 참조.

불안과 결합하고 있다. 복녀의 열정은 저지되었지만 파국을 불사할 만큼 그 염원은 너무도 강렬하다는 것이 확인되었기 때문이다. 이제 김동인의 '불안한 계몽주의'[21]는 개인성을 그 자체로 보존하면서도 그것에 사회적 요구를 부과하는 이른바 이광수적 총체성이 더 이상 유지될 수 없을지 모른다는 의심을 재현한다.

결론적으로 복녀의 파국은 두 가지 의미로 해석이 가능하다. 일단 그것은 주관적 욕망이 객관적 가능성 속에서 조율되지 않을 때 무의미한 방황과 자기 파괴의 위험에 직면할 수 있다는 계몽주의적 경고로 이해된다. 그리고 여기서 오는 계몽의 위안은 시간의 역동성에서 초래된 불안에도 불구하고 일정하게 유지된다. 그러나 더 중요한 의미는 복녀의 죽음이 상징적 차원에서이기는 하지만 왕서방과 복녀의 남편과 한방의, 이 세 남자의 협잡에 연결됨으로써 사회화의 객관적 가능성이 환상이자 허위일지 모른다는 계몽주의적 이상에 대한 의문과 회의를 촉발한다는 사실에 있다. 즉 복녀의 과도한 열정에도 사회화의 요구를 무시한다는 윤리적인 문제가 내재해 있지만, 세 남자의 협잡이 상징하는 열정의 사회적 저지에도 그 부도덕과 가혹함으로 인해 혐의점을 발견할 수 있다는 것이다. 이런 맥락에서 사회적 경계를 초과하는 복녀의 욕망은 어쩌면 그 초과의 부담에 반응하는 사회의 성격을 알아내고자 하는 일종의 리트머스 시험지일지도 모른다. 실제로 「감자」는 그 시험지에 '교섭'이라는 비정한 두 글자가 나타나게 함으로써 마침내 이광수의 사회와는 구분되는 새로운 사회의 신원을 노출시킨다.

---

[21] 장수익은 이 논의와 마찬가지로 김동인에게서 계몽주의적 주제를 읽는다. 그러나 그는 김동인이 계몽성을 벗어나 자율성 쪽으로 기울어지는 신문학 운동의 귀착점을 보여준다고 지적하면서도, 그러한 주제의 포기가 곧바로 문학과 현실의 대립이라는 자율성 패러다임으로 이끌려갔다고 판단한다. 우리의 논의와 구분되는 지점이 바로 여기인데, 장수익은 자연주의와 유미주의 경향의 작품들을 하나로 묶어 계몽적인 동기를 상실한 자율적 내용을 갖는 작품들로 간주한다. 장수익, 「김동인 소설과 근대 문학의 자율성」, 『김동인 문학의 재조명』, 새미, 2001, 233~234쪽 참조.

3. 교환의 사회학

기존의 연구에 따르면 식민지적 제약하에서 한국 자본주의의 형성과 전개는 1910년대의 '토지조사사업'을 통한 원시적 자본 축적기를 통해 임금 노동자를 양산함으로써 1920년대에는 자본주의적 상품 경제를 일상적으로 구축하게 된다.[22] 따라서 김동인이 제시한 '교섭'은 1925년경에 이미 정상적으로 작동하고 있던 자본주의의 사회적 일상성을 상징적인 방식으로 재현하고 있는 것으로 보아도 무방하다. 물론 기존의 논의도 「감자」에서 교섭으로 구축된 사회적 일상의 성격에 대해 주목해 왔는데, 서두에서 결말까지 복녀가 겪는 사건은 모두 돈에 관련된 것으로서 그녀는 무엇보다도 '교환가치가 지배하는 세계'에 속한다는 지적은 대표적인 예라고 할 수 있다.[23] 그러나 그 교환의 세계가 개인의 생존 방식을 왜곡하는 부도덕하고 탐욕스러운 원리라는 지적은 좀 더 자세히 분석될 필요가 있다. 왜냐하면 교환의 세계가 복녀를 타락시켰다는 단순한 지적만으로는 주인공의 변화와 처신에서 근대적 사회화가 결렬되어 가는 과정이 잘 드러나지 않기 때문이다.

복녀는, 원래 가난은 하나마 정직한 농가에서 규칙 있게 자라난 처녀였었다. 이전 선비의 엄한 규율은 농민으로 떨어지자부터 없어졌다 하나, 그러나 어딘지는 모르지만 딴 농민보다는 좀 똑똑하고 엄한 가율이 그의 집에 그냥 남아 있었다. 그 가운데서 자라난 복녀는 물론 다른 집 처녀들 같이 여름에는 벌거벗고 개울에서 멱 감고, 바짓바람으로 동네를 돌아다니는 것을 예사로 알기는 알았

---

22 물론 '식민지 자본주의설'을 부정하며 일제의 주도 하에서 진행된 일체의 자본주의적 사회 변화를 반(半)봉건적인 성격을 갖는 것으로 그 의미를 제한하는 민족주의적 관점을 지닌 논자들도 있다. 이에 관한 논란은 김정식, 「일제하 한국경제구조변동에 관한 연구」, 『한국항만경제학회지』 제13집, 1997, 623~626쪽 참조.

23 김흥규, 앞의 글, 345~346쪽 참조.

지만, 그러나, 그의 마음속에는 막연하나마 도덕이라는 것에 대한 저품을 가지고 있었다.

　그는 열 다섯살 나는 해에 동네 홀아비에게 팔십 원에 팔려서 시집이라는 것을 갔다. 그의 새서방(영감이라는 편이 적당할까)이라는 사람은 그보다 이십년이나 위로서, 원래 아버지의 시대에는 상당한 농민으로서 밭도 몇 마지기가 있었으나, 그의 대로 내려오면서는 하나 둘 줄기 시작하여서, 마지막에 복녀를 산 팔십 원이 그의 마지막 재산이었다. 그는 극도로 게으른 사람이었다. 동네 노인의 주선으로 소작 밭 개나 얻어주면, 종자만 뿌려둔 뒤에는 후치질도 안하고 김도 안매고 그냥 버려 두었다가는, 가을에 가서는 되는대로 거두어서 「금년은 흉년이네」하고 전주집에는 가져도 안가고 자기 혼자 먹어버리고 하였다. 그러니까 그는 한 밭을 이태를 연하여 붙여본 일이 없었다. 이리하여 몇 해를 지내는 동안 그는 그 동네에서는 밭을 못얻으리만큼 인심과 신용을 잃고 말았다.[24]

　이 대목은 「감자」의 서두인데, 주인공 복녀의 성장 배경과 결혼 생활의 추이를 요약적으로 제시하고 있다. 그런데 이것은 단지 개인적 삶의 과정에 대한 평범한 묘사에 그치는 것이 아니라, '선비'의 딸이 '팔십 원'의 중매를 통해 '농군'의 아들과 결혼하는 일이 암시하는 것처럼 규율과 도덕에 기초한 전통 사회의 안정성이 화폐를 매개로 하여 새롭고 불안을 조성하는 자본주의적 역동성으로 대체되는 과정에 대한 서사적 압축이기도 하다. 말하자면 매매를 통한 복녀의 결혼은 앞선 세대의 안정된 삶을 보장하던 전통적인 수직적 위계가 신분의 표지가 제거된 화폐가 도입됨으로써 합리적인 교환이라는 이해관계로 수평화된 사회적 국면을 지시하고 있다. 뿐만 아니라 그 수평화에 따른 이동성(mobility)의 증대에서 느리고 예견할 수 있는 안정된 삶의 지위가 빠르게 변화하는

---

24 김동인, 앞의 책, 364쪽.

사회적 공간에 대한 불안정한 탐색 과정으로 대체되었다는 사실 또한 가리킨다.

물론 이해관계와 결합된 근대적 수평화와 이동성의 증대는 전통적인 안정성이 상실된 절망적 결과이기도 하지만 새로운 불안정성이 사회적 상승의 기회를 만드는 희망의 계기이기도 하다. 그리고 바로 여기서 근대적 처신의 형태, 즉 분별력을 활용한 근대적 위선으로서의 기회주의(opportunism)[25]가 탄생하게 된다. 말할 것도 없이 복녀의 변화에서 일어난 처음의 성공은 그런 맥락에서 이해될 필요가 있다. 그러니까 복녀가 교환의 세계에 처음 진입하였을 때 그녀는 게으른 남편 때문에 '칠성문 밖 빈민굴'로 '밀려나오게' 된 절망적 상황에도 불구하고 기회를 잡기 위한 분별력을 지속적으로 발휘한다. 일차적으로 그녀는 타인의 동정을 구하는 빌어먹는 일에서 유독 수입이 좋은 사람들을 발견하고 있다. 그리고 마침내 그녀는 기자묘 솔밭에 송충이 잡는 인부로 쓰이게 된 절호의 기회를 놓치지 않는다. 젊은 여인들이 매음으로 일을 안 하고도 공전을 더 많이 받는 것을 이상하게 여기던 복녀는 '반반한' 미모를 이용해 사회적 상승의 기회를 붙잡는다. 나아가 그녀는 왕서방과의 우연한 만남에서 매음의 부가가치를 높여 '빈민굴의 한 부자'가 되기까지 한다.

그러나 결정적인 전환이 다가온다. 왕서방과의 만남에서 벼락출세의 기회를 잡은 복녀는 "동네 거지들한테 애교를 파는 것을 중지"[26]하며 기회주의를 포기하는데, 왕서방이 보장하는 수입과 거지들에게서 오는 수입을 결합하지 않고 후자를 버린다. 이는 이해관계의 합리성이라

---

25 근대적 사회화에서 개인의 자율성과 사회적 통합이 양립할 수 없는 선택이 되면서 야기된 것은 계몽주의적 이상의 상실이기도 하지만, 삶의 여정과 함께 '네가 마주친 모든 것이 너의 삶을 만들어가는 데 사용될 수 있음'을 뜻하는 사회적 상승에 대한 '기회'의 출현이기도 하다. 모레티에 따르면 결국 여기서 근대적이고 역사적인 위선의 유형인 기회주의가 탄생하게 된다. 프랑코 모레티, 앞의 책, 156~162쪽 참조.
26 김동인, 앞의 책, 369쪽.

는 측면에서 볼 때 매우 문제적인 처신이라고 할 수 있다. 왜냐하면 교환의 세계에서 합리적 분별을 통해 가능한 교환의 규칙을 따르지 않는다는 것은 그러한 현실에 대한 적응의 노력을 포기함으로써 이동성이라는 근대적 원리에 기초해 성공이 나락으로 전환되는 사회적 실패를 야기할 위험이 있는 비합리적인 행동이기 때문이다. 사실 복녀가 보여주는 기회주의의 포기는, 교환의 세계가 구축한 이동성의 네트워크가 예기치 않았던 희망을 가져다주는 충만한 것이면서도 개인적 욕망들의 충돌을 수반하므로 항상 불만스러운 내면성(internality) 또한 만들어내는 것이라는 점에서, 잠복된 것의 표출이라는 의미가 강하다.[27] 다시 말해 거러지들 대신 어엿한 소작인을 선택한 일에서 감지되는 것은 분명 자기 존중의 열정이다. 그리고 결국 복녀는 왕서방이 새색시를 들이는 일을 계기로 열정이 합리성을 압도하는 상태에 직면하게 되는 것이다. 이것은 사회적 이해관계의 합리성과 개인적 열정의 내면성 사이의 충돌을 정확히 포착한다.

결론적으로 이동성의 네트워크를 효과적으로 이용할 줄 아는 복녀의 분별력과 기회주의는 왕서방과의 만남을 계기로 일단은 그녀에게 벼락출세의 기회가 되지만, 그 이동성이 동반하는 불만의 내면성에 말리게 되면서 복녀의 마음에 드리워지기 시작한 열정의 그림자는 자신의 출세를 보장하던 기회주의를 거부하고 교환을 중지하게 함으로써 그녀가 획득한 사회적 상승의 과정을 교환의 세계로부터 후퇴시키도록 만든다. 이를테면 냉정한 상인(merchant)의 세계에서 준수되어야 하는 교환의 규칙은 분별력을 잃고 교환을 중지한 복녀의 불만스럽고 불안한 내면성 속에서 망각되어버리고 결국 복녀는 세 남자의 교섭, 즉 강력한 자본주

---

27 말하자면 전근대적 안정성이 해체되는 근대적 과정이 도입하는 개인적 욕망의 수평화가 그렇지 않으면 형성되지 않았을 갈등과 경쟁을 통해 이른바 '기회주의적 내면성'을 형성하고, 당연히 모든 내면적 욕구가 충족될 수 없다는 데서 그것은 불만스러운 것이 된다는 사실이다.

의의 힘에 의해 곧바로 교환의 세계로부터 배제되고 마는 것이다.[28] 이러한 과정에서 드러나는 것이 이른바 '교환의 사회학'이라는 메커니즘임은 말할 것도 없다. 그러나 여기서 좀 더 주목해야 할 점은 '개인의 형성과 사회화의 분열'이 이제 자명해졌다는 사실이다. 이때 같은 시기에 발표된 「오몽내(五夢女)」(1925)에 대한 이해는 지금까지의 분석에 대한 적절한 예증이 된다.

지참봉은 여편넨 달아나고, 눈은 멀고, 재물은 없고, 누구든지 자살한 것으로 알게 되었다. 남은, 이젠 오몽내는 찾기만 하면 내것이라 하고 서수라로 웅기로 싸다녔으나 허탕만 잡고 오륙 일 만에 돌아왔다. 돌아와 보니 오몽내는 어디선지 하루 앞서 멀쩡해 돌아와 있는 것이다. 남은 오몽내를 만나자 잠깐 어쩔 줄을 몰랐다. 그간 자기가 범죄 중에 가장 큰 것을 범하면서까지 애먹은 생각을 하면, 또 어떤 놈과 어디로 가 그렇게 여러 날씩 파묻혀 있다 온 생각을 하면 당장 잡아다 족치고 싶으나 이왕 지나간 것보다는 앞으로의 욕심이 목 밑에서 꿀꺽거린다. '인전 내 해다' 하는 느긋한 손으로 유들유들한 오몽내의 볼을 꾹 집었다 놓으면서,

"앙이 어드루 바람이 났읍데?"

[…중략…]

남순사는 슬그러미 오몽내를 위협하였다. 너의 남편이 죽은 것은 너 때문이니까 너는 살인자나 마찬가지다, 네가 잡혀가지 않을 길은 하나밖에 없다, 그 길은 내 첩이 되는 것이다, 하고 달래기도 하였다.

그러나 오몽내는 남순사의 첩노릇보다는 금돌의 아내 노릇이 이름부터도 나은 것이요 정에 들어서도 그랬다. 오몽내는 우선 남이 쌀말부터, 이부자리부터

---

28 이런 맥락에서 이광수의 작품이 계몽의 위안을 추구하는 인간, 즉 교사의 영향력을 보여준다면 김동인의 작품은 교환의 사회를 살아가는 기회주의적 인간, 즉 상인의 힘을 보여준다. 그런 의미에서 복녀의 실패는 상인의 세계에서 살아남기 위해 필요한 상인의 정체성을 포기한 대가라고 할 수 있다.

끌어들이는 대로 받아들였다. 그리고는 금돌이와 내통을 해 동산(動産)이란 것은 놋숟갈 한가락까지라도 모조리 배로 빼어내었다. 그리고 남순사가 오마던 자정이 가까워 올 임시에 오몽내까지 배로 뛰어나왔다.

　이들의 배는 이 밤으로 돛을 높이 달고 별빛 푸른 북쪽 하늘을 향해 달아났다.[29]

　이태준의 처녀작 「오몽내」의 마지막 장면인데,[30] 이 소설은 종종 김동인의 「감자」와 동일한 모티프를 가진, 이른바 도상학적 유사성을 보여주는 것으로 거론되는 작품이다. 예를 들어 돈에 팔려 한 남자와 살게 된 여자, 한 여자의 자유 분망한 애정 행각, 여주인공을 둘러싼 세 남자 등 두 소설은 모두 동일한 모티프와 흡사한 착상을 보여준다. 그러나 이 두 작품은 유사한 모티프를 가지고 서로 전혀 다른 주제를 형상화하고 있는데, 이것은 특히 결말에서 결정적인 차이로 드러난다. 우선 「감자」에서 여주인공은 한 남자(왕서방)에 대한 애정 때문에 모든 것을 돈으로 환산하는 자본주의의 규칙을 거슬렀다가 교환의 사회적 현실로부터 제거되는 반면에 이태준의 「오몽내」는 앞선 인용문이 나타내는 것처럼 주인공이 한 남자(금돌)에 대한 자신의 애정을 관철시키기 위해 교환의 사회적 현실을 속이는 데 성공함으로써 그 현실을 벗어난다. 전자는 이해관계가 모든 열정을 흡수하는 데 비해 후자는 열정이 이해관계를 배척한다.

　다시 말해 「감자」는 주인공이 자신의 욕망을 세 남자의 '교섭'으로 암

---

29 이태준, 「오몽내(五夢女)」, 『이태준문학전집 1』, 깊은샘, 1995, 27~28쪽.

30 여기에 인용된 작품은 개작된 이후의 작품, 즉 1939년 작이다. 따라서 한 가지 난점이 생기는데, 원작과 개작의 차이가 크다는 사실이다. 그러나 이태준은 『이태준 단편선』(박문출판사, 1939)에 개작된 작품을 실을 때 서두에 다음과 같은 변을 붙였다. "이 作品은 오직 나의 處女作이란 愛着에서 여기 걷운다. 모델 小說이 아닌 것, 여기 나오는 現實도 지금은 딴판인 十五六年前 옛날임을 말해 둔다." 이러한 변을 고려하면, 1939년의 「오몽녀」에서 1925년의 「오몽녀」에 재현된 현실을 유추하는 것이 터무니없는 일은 아닐 것이다. 여기서는 1939년 「오몽녀」를 정본화한 『이태준문학전집 1』, 깊은샘, 1995에 수록된 텍스트를 대상으로 한다. 민충환, 『이태준 연구』, 깊은샘, 1988, 183~189쪽 참조.

시된 자본주의적 현실 안으로 들여놓는 데 실패하는 결말을 통해 '교환의 사회학'이 지배하는 비속한 사회의 이해관계를 강조하는 반면 「오몽내」에서 주인공은 두 남자의 교섭 사이에서 한 남자에 대한 자신의 '바람'을 관철시킴으로써 '교환의 사회학'이 지배하는 세계를 따돌리며 궁극적으로 낭만적 열정을 완성한다. 그러나 서로 다른 차이에도 불구하고 두 경우 모두 이제 사회적 현실은 개인의 자율성과 사회적 통합을 양립할 수 없는 선택 사항으로 만들고 있다. 요컨대 이태준의 「오몽내」는 김동인의 「감자」에 대한 일종의 거울상을 이루며 당대에 정상적으로 작동하고 있던 '교환의 사회학'에 대한 또 하나의 증거가 된다. 결국 김동인의 자연주의적 현실과 이태준의 낭만주의적 이상은 동시에 1920년대 초 한국사회에서 '개인성과 사회화의 분열'은 더 이상 철회할 수 없는 확고한 현실이 되었다는 점을 상기시킨다.

정리하자면 사회적 예속을 거부하고 그것에 무관심하려는 자의 자기존중의 열정이 한 작품에서는 교환의 사회학에 의해 압도되어 있고 다른 작품에서는 '별빛'의 낭만주의로 관철되고 있다. 그리고 여기서 바로 이광수의 계몽주의적 총체성은 하나의 환상임이 폭로되고 만다. 그러니까 1925년경 두 작가는 개인과 사회의 통합이라는 이상적인 계몽주의 패러다임이 붕괴되어 있던 현실을 한 사람은 교환의 사회학이라는 자연주의적 현실을 통해, 또 다른 사람은 개인적 욕망의 충족이라는 낭만주의적 이상을 통해 그려내고 있다. 그러나 「감자」의 자연주의적 현실성은 낭만주의와 함께 등장한 것이라 하더라도 논리적으로 볼 때 계몽주의를 낭만주의가 대체해가는 문학사적 과정에 필수적인 중간항이라는 의미를 갖는다. 왜냐하면 교환의 사회학이라는 비속한 현실을 전제하지 않으면 그러한 현실에 대한 문학적 반응으로 제기된 낭만주의를 이해하는 것은 불가능하기 때문이다.[31]

4. 개인과 사회의 분열

이 장은 김동인의 「감자」에서 서사적 재현과 당대의 사회적 현실의 관련성을 해명하는 일종의 문학사회학을 목표로 하였다. 그동안 김동인 소설에 관한 논의들은 단순한 사조적 이해를 극복한 이후에도 주기적으로 리얼리즘 미학과 모더니즘 미학을 규범으로 하여 그의 소설에 대해 각기 상반된 평가를 내리는 해석의 교체 현상을 보여주고는 했는데, 이러한 이해의 당파성을 조화시키는 데 사회학적 분석의 중립성이 어떤 입각점을 제공하리라 판단했기 때문이다. 특히 「감자」는 서로 대립하는 이해들의 논쟁점을 부각시키는 해석학적 기반으로 작용해왔다는 점에서 주된 분석 대상이 되었다. 사실 기존의 대립적 이해들은 강조점의 차이에서 오는 해석들이었고, 따라서 「감자」에 대한 사회학적 접근을 통해 그러한 상반된 해석들이 조화될 수 있으리라 기대되었다.

한마디로 「감자」의 사회학은 '교환의 사회학'이라고 할 수 있었다. 소설의 주인공 복녀는 우선 근대적 이동성의 네트워크를 활용하는 분별력 있는 기회주의자로서 왕서방과의 만남에서 교환가치를 창출하고, 이것을 벼락출세의 계기로 만들었다. 그러나 그 이동성이 동반하는 불만의 내면성에 휘말리게 되면서 복녀의 마음에 드리워지기 시작한 열정의 그림자는 기회주의를 거부하고 교환을 중지하게 만들어버림으로써 그녀

---

31 여기서 1920년대 초반 나도향에게서 이미 뚜렷했던 낭만주의는 우리의 논의에서 하나의 난점을 이룬다. 우선 이태준의 「오몽내」는 나도향이 도입한 낭만주의 패러다임을 내면화한 작가가 김동인의 자연주의적인 도상들을 새로이 배치하고 있는 것으로 보면 쉽게 이해될 수 있다. 그러나 논리적으로 교환의 사회학 다음에 와야만 하는 낭만주의는 김동인에 앞서는 나도향의 존재로 인해 이해할 수 없는 것이 된다. 어떻게 된 것일까? 계몽주의 패러다임이 붕괴되면서 출현한 자연주의적 현실과 뒤를 이은 낭만주의적 이상 가운데 후자가 나도향에 의해 먼저 포착되었고 전자는 김동인의 「감자」에 이르러 포착된 것으로 이해할 수 있다. 이것은 미술사가 앙리 포시용의 다음과 같은 말에서 암시된다. "역사란 일반적으로 너무 이른 것과 현재의 것 그리고 뒤늦은 것 사이의 갈등에 불과하다." (앙리 포시용, 『형태의 생명』. 다카시나 슈지, 김영순 옮김, 『미의 사색가들』, 학고재, 2005, 54쪽에서 재인용.)

가 교환의 세계로부터 배척당하는 결정적인 순간이 되고 말았다. 다시 말해 냉정한 상인의 세계에서 준수되어야 하는 교환의 규칙은 분별력을 잃고 상혼을 상실한 복녀의 불만스럽고 불안한 내면성 속에서 망각되고 말았고 결국 복녀는 세 남자의 교섭 과정을 통해 곧바로 교환의 세계로부터 추방되었던 것이다. 이런 맥락에서 사회적 경계를 초과하는 복녀의 욕망은 그 초과의 부담에 반응하는 사회의 성격을 알아내고자 하는 일종의 리트머스 시험지로 작용하였다. 그리고 실제로 김동인의 「감자」는 그 시험지에 '교섭'이라는 비정한 두 글자가 나타나게 함으로써 마침내 새로운 사회의 신원을 노출시켰다.

이것이 소위 자본주의적인 교환의 세계가 자신의 사회학을 정상적으로 작동시키고 있던 당대의 현실을 포착하는 「감자」만의 방식이었는데, 여기서 '개인의 형성과 사회화의 분열'은 이제 자명한 것이 되었다. 이때 문학사적으로 부각되는 것은 교환의 사회학을 통해 이광수의 계몽주의적 총체성은 하나의 환상임이 폭로된다는 점이었다. 말하자면 이광수는 자신의 소설에서 자기존중의 낭만적 열정과 사회화의 요구라는 현실적 이해관계 사이에서 조화로운 해결책을 찾았다고 확신했지만, 김동인은 「감자」를 통해 개인을 지지하면서도 사회를 지탱할 수 있다는 근대적 사회화에 대한 계몽주의적 확신이 붕괴되었다는 사실을 마침내 확인시켜 주었다. 결국 「감자」는 '비속한 삶의 파멸적 자기운동'에만 함몰되어 있지도, 반대로 '생활의 모든 속박으로부터 해방된 어떤 특별한 경험의 순간'에만 탐닉하고 있지도 않았다. 오히려 「감자」는 근대적 생활의 어떤 특별한 순간들이 상인이 지배하는 비속한 교환의 세계 속으로 빨려 들어가 버리는 사회역사적 과정을 아주 상징적인 방식으로 재현하고 있었다.

3장 / 상인에 대한 반대
현진건 소설과 예술가

1. 서사적 인간상

이 장은 현진건의 소설 「빈처」(1921)에 나타난 인간상을 분석하고 그 사회적 의미를 고찰하는 데 목적이 있다. 우선 소설의 등장인물이 사회적 현실과 관련된다고 할 때 그 인물들이 사회적 현실에 대한 순응의 형식인가 아니면 저항의 형식인가 하는 질문이 있을 수 있는데, 이것을 판별하는 일은 통상 어려운 미학적 문제로 간주된다. 당대의 왜곡된 사회적 현실에 대한 순응적 재현이 그 왜곡에 대한 저항적 인식을 촉발한다는 루카치 식 아이러니의 개념은 사실 그러한 문제에 대한 잠정적인 해결책일 뿐이다.[1] 왜냐하면 왜곡에 대한 재현이 왜곡에 대한 판단과 저항이 된다는 인식론적 해법은 동시에 재현이 모방과 정당화를 부르게 되는 존재론적 변이의 가능성을 포함하기 때문이다. 실제로 소설의 등장

---

[1] 루카치는 아이러니라는 개념을 통해 소설의 등장인물이 사회적 현실의 단순한 반영물이 아니라 그 현실의 왜곡되고 타락한 양상에 대한 비판을 재현한다고 보았다. 왜냐하면 왜곡 그 자체의 성공적인 표현은 왜곡되지 않은 기준의 존재를 전제한다고 확신했기 때문이다. Georg Lukacs, *The Meaning of Contemporary Realism*, trans. J. and N. Mander, London: Merlin Press, 제럴드 그라프, 박거용 옮김, 『자신의 적이 되어가는 문학』, 현대미학사, 1997, 70쪽 재참조.

인물이 사회적 현실의 일부일 뿐이냐 그 현실의 잉여를 암시하느냐 하는 비평적 논의는 해결 없는 논란만 불러일으키는 경우가 많다. 그렇다면 소설의 등장인물을 통해 한 시대를 표상하거나 그 시대의 정수를 파악하는 사회학적 해법의 중립성이 오히려 더 가치 있는 일일지 모른다.[2]

물론 사회사의 어느 순간과 특별한 관련을 가지는 것으로 보인다 할지라도 소설은 미학의 한 형식으로서 사회적 현실로부터 독립된 자율성의 영역이라는 것을 고집하는 사람들에게 이른바 '사회적 표현'[3]으로서의 소설이라는 관점은 언제나 작품을 그 내용에만 주목하여 그것을 현실의 참고자료로만 다루는 사회학적 환원주의라는 비난에 직면해 왔다. 그러나 형식이라는 개념이 소설작품뿐만 아니라 사회적 현실에도 관련된다는 사실을 종종 망각하는 순전한 형식주의에 골몰했던 경우를 제외한다면 소설과 사회의 관련성에 대한 가정은 단순한 형태로나 복잡한 형태로나 거의 모든 사람들에게 또 언제나 일반적인 전제이기도 하였다.

실제로 현진건 소설에 대한 논의들 또한 문학의 사회적 관련성을 전제하는 것은 물론이거니와 대체로 소설작품에 대한 사회학적 접근을 주된 방법으로 하는 것이었음을 보여준다.[4] 그러나 현진건 소설을 사회적

---

2 미하일 바흐친에 따르면 근대소설에서 등장인물로서의 인간상은 세계와 함께 성장하고 자신 속에 세계 자체의 역사적 성장을 반영한다. 성장하는 인간의 형상은 여기서 제한된 형태로나마 사적인 성격을 극복하기 시작하고 완전히 새롭고 활짝 열린 역사적 존재의 공간으로 나아간다. 물론 바흐친의 그러한 언급은 교양소설의 문제 설정을 고찰하는 과정에서 나오게 된 말이다. 그러나 역사적 존재로서의 인간상이라는 것은 그런 특정한 양식에 국한되는 특징만은 아닐 것이다. 그것은 사실 역동적인 '입체적 인물'이 정태적인 '평면적 인물'을 압도하는 근대소설 전반의 보편적인 특징으로 보아도 크게 무리가 없다. 미하일 바흐친, 김희숙·박종소 옮김, 「교양소설과 리얼리즘 역사 속에서의 그 의미」, 『말의 미학』, 도서출판 길, 2006, 305~306쪽 참조.

3 미셸 제라파, 이동렬 옮김, 『소설과 사회』, 문학과지성사, 1977, 22쪽.

4 현진건 소설에 대한 논의들은 초창기에는 문학작품을 기법의 측면과 사조의 맥락에서 다루는 소박한 형식주의를 벗어나지 못했다. 그러나 본격적인 논의가 시작되면서 1960년대부터는 소설의 기법이나 구조를 작가의 현실관이나 사회의식과 결합하는 점진적인 방향전환을 통해 1970년대에 이르면 마침내 이른바 '문예사회학적 연구'가 현진건 소설에 대한 논의들에서 거의 압도적인 방법론이 된다. 이주형, 「현진건 문학이 연구사적 비판」, 『현진건 연구』, 새문사, 1981, 64~71쪽 참조.

표현으로서 다루는 기존의 논의들은 당대의 복잡한 현실에 대한 서사적 분석이자 종합으로서의 소설이라는 현상분석적인 사회학의 관념과 결합되어 있었던 것이 아니라 사실 식민지적 상황으로만 단순하게 요약된 시대적 현실에 대한 작가의 의식이자 응전으로서의 소설이라는 가치판단적인 문예비평의 개념과 결합되어 있었다. 이것은 특히 「빈처」(『개벽』 1921년 1월호), 「술 권하는 사회」(『개벽』 1921년 11월호), 「타락자」(『개벽』 1922년 1월~4월호) 등처럼 작가 자신의 신변적인 체험을 기초로 하여 식민지 지식인상을 형상화한 현진건의 초기 소설들에 대한 부정적 언급들에서 두드러진다.

예를 들면, 최원식에게 현진건의 초기 소설들에 나오는 등장인물은 대개 일제의 기만적인 회유책에 마비된 현실의 한 단면에만 매몰되어서 개인과 사회의 갈등을 추상화하고 "세계사적 모순의 현장인 식민지 사회라는 특수성"을 외면함으로써 당대의 사회를 '상투형'으로 제시하는 것으로 비판된다.[5] 또한 신희교는 현진건 소설의 주인공이 현실과 대결을 벌이는 것이 아니라 동화되고 있을 뿐만 아니라 그의 초기작들에 나타난 현실은 "개념적으로 요약되거나 추상적으로 진술된 것이며 식민지 상황의 테두리에 미치지 못하는 현실"[6]에 지나지 않는다고 지적한다. 그런가 하면 현진건의 소위 신변체험적 소설들에 대한 긍정론의 경우조차도[7] 거의 동일하게 식민지 상황 그 자체가 사회적 현실의 막연한 핵심을 이룬다.

이처럼 현진건 소설의 등장인물들을 통해 암시된 작가의 현실관이나 사회의식의 정당성을 심문하는 문예비평적인 논의들은 소설에 대한 사회학적 접근을 표방하면서도 식민지적 현실이라는 역사적 좌표에 압도

---

5 최원식, 「현진건 문학의 사회적 가치」, 『현진건연구』, 새문사, 1981, 82~85쪽 참조.
6 신희교, 「현진건의 초기 소설 연구—주인공의 현실 대응을 중심으로」, 『어문논집』 제28집, 안암어문학회, 1989, 217쪽.
7 김교봉, 「현진건 문학의 민족문학적 성격 연구」, 『어문학』 제55집, 한국어문학회, 1994, 88~89쪽.

당함으로써 현진건의 초기작들이 드러내고 있는 당대의 사회적 현실에 대한 구조적인 탐색을 대개는 작가의 현실인식과 대응의지를 비판하는 일로 대체해왔다. 물론 몇몇 논자들의 경우는 현진건의 초기 작품들과 시대 상황과의 구조적인 관련성을 파악하려 함으로써 사회학적 외연 속에서 진행된 문예비평의 내포를 바꾸겠다는 의지를 표출한 바가 있다. 그러나 현진건의 등장인물들은 "개인적인 욕망에 얽매여 사회적 비상을 실현하려는"[8] '반지성적 모습'을 보여준다는 결론에서 드러나는 것처럼 사실상 문예비평의 영향력은 지속된다.

물론 비교적 최근의 논의들은 다소 진전된 논의를 보여주고 있는 것 같다. 가령 현진건의 초기작에 나타난 현실을 간단히 식민지 상황으로 요약해버리는 일 대신에 식민지 시대를 살아간 한 지식인의 '산문의식'이나 '자의식'을 통해 그의 소설을 당대의 현실에 대한 구조적인 상관물이자 식민지의 근대적 일상에 대한 서사적 표현으로서 간주하는 것과 같은 방식이다.[9] 말하자면 그러한 논의들에서 마침내 소설이란 사회적 상황이 개인성을 매개로 하여 재현된다는 사회적 표현으로서의 문학이라는 관점이 정당하게 구현된 셈인데, 이로써 현실과의 접촉면이 제한적이라는 신변체험적 성격에 매몰되지 않고서도 현진건의 초기 소설의 사회적 의미를 탐구할 수 있는 발판이 일정하게 마련된 것이라고 할 수 있다.

---

8 현길언, 「현진건 소설의 구조와 그 사회적 의미—초기 소설을 중심으로」, 『한국언어문학』 제22집, 한국언어문학회, 1983, 266쪽.

9 그렇지만 이 논의들에도 소설 주인공의 의식이나 내면에 투영되어 있는 현실만을 강조함으로써 당대의 사회적 현실에 대한 탐구를 아이러니(irony)처럼 작품에 내재되어 있는 형식에 대한 구조적인 해명으로 대체하고 있다. 물론 그것은 현진건의 아이러니를 당대의 사회적 성격을 포괄하는 근대성의 표현으로 간주한다는 점에서 현진건 소설에 대한 사회학적 접근의 한 형태라고 할 수 있다. 정연희, 「근대소설의 형성과 현진건 초기소설의 산문의식에 관한 연구」, 『현대소설연구』 제27호, 현대소설학회, 2005, 195~200쪽 참조; 고인환, 「현진건 소설에 나타난 식민지 지식인의 근대적 자의식 연구—〈빈처〉, 〈술 권하는 사회〉, 〈타락자〉를 중심으로」, 『어문연구』 제51집, 어문연구학회, 2006, 58~59쪽 참조.

이 장은 바로 여기에서부터 출발하고자 한다. 그러니까 이 장은 앞선 연구 성과들을 토대로 소설과 사회와의 관련성을 전제하는 문학작품에 대한 사회학적인 접근을 통해 현진건의 소설, 특히 당대의 사회적이고 역사적인 국면을 상징적인 방식으로 집약하고 있는 것으로 판단되는 「빈처」를 중심으로 1920년대 식민지 초기의 사회적 현실을 분석하는 데 목적을 둔다.[10] 물론 「빈처」의 사회적인 의미에 대한 탐구는 그 소설에 등장하는 인물들을 분석함으로써 일종의 서사적인 인간상을 도출하는 과정과 결합될 것이다. 여기서 '서사적 인간상(narrative image of man)'이라는 말은 특정한 소설작품 속에서 사회적 변화와 관련하여 드러나게 되는 인간의 이미지를 뜻하는 개념이다.[11]

2. 교양인의 존재론

계몽주의의 시기를 통과할 때 무엇보다도 교육은 개인성과 사회성 사이의 모순에 대한 가장 조화로운 해결책이었다. 실제로 이광수의 『무정』(1917)은 출세라는 개인적 야망과 계몽이라는 사회적 과제를 '교육'의 비전 안에서 갈등 없이 결합하였다. 바로 이 때문에 형식과 병욱, 영채와 선형 네 사람에게 교육의 실행을 위해 유학을 결심하는 일은 그들 모두의 개인적 포부를 성취하는 일과도 크게 다른 것이 아니었다. 그러나 개인성의 지지와 사회화의 요구 사이의 행복한 통합은 얼마 후 좌절되고

---

10 현진건 자신도 한 편의 문학작품을 두고 "시간과 장소를 떠나서는 아모것도 존재치 못하는 것" 이라고 전제함으로써 암시적으로나 문학의 사회적 관련성 내지는 사회적 표현으로의 문학이라는 관념을 두드러지게 강조한 바 있다. 현진건, 「조선혼과 현대정신의 파악」, 『개벽』, 제65호, 1926, 34쪽.
11 서사적 문학작품이 시간의 흐름 속에서 드러낸 인간의 이미지, 즉 서사적 인간상의 탐구 가능성에 대해서는 리오 로웬달, 유종호 옮김, 『문학과 인간상』, 이화여대출판부, 1984, 3쪽 참조.

말았는데, 김동인의 단편 「감자」(1925)는 그것의 전형적인 서사적 표현이었다. 말하자면 사회적 협잡으로 야기된 한 여자의 비참한 결말은 개인성과 조화를 이룬다는 사회화의 가능성이 허위일지 모른다는 의문을 불러일으키고 '교섭'이라는 두 글자를 통해 마침내 자본주의적 교환의 체계라는 새로운 사회적 일상을 드러내게 되었다. 그렇다면 이광수가 천명한 바 있는 '교육'에 어떤 변화가 일어났던 것일까?

6년 전에(그때 나는 16세이고 저는 18세였다) 우리가 결혼한 지 얼마 아니 되어 지식에 목마른 나는 지식의 바닷물을 얻어 마시려고 표연히 집을 떠났다. 광풍에 나부끼는 버들잎 모양으로 오늘은 지나(支那), 내일은 일본으로 굴러다니다가 금전의 탓으로 지식의 바닷물도 흠씬 마셔보지 못하고 반거들충이가 되어 집에 돌아오고 말았다. 내게 시집올 때에는 방글방글 피려는 꽃봉오리 같던 아내가 어느 결에 기울어 가는 꽃처럼 두 뺨에 선연한 빛이 스러지고 이마에는 벌써 두어 금 가는 줄이 그려졌다.

[…중략…]

내가 외국으로 돌아다닐 때에 소위 신풍조에 띄어 까닭 없이 구식 여자가 싫어졌다. 그래서 나의 일찍이 장가든 것을 매우 후회하였다. 어떤 남학생과 어떤 여학생이 서로 연애를 주고받고 한다는 이야기를 들을 적마다 공연히 가슴이 뛰놀며 부럽기도 하고 비감스럽기도 하였다.

그러나 낮살이 들어갈수록 그런 생각도 없어지고 집에 돌아와 아내를 겪어 보니 의외에 그에게 따뜻한 맛과 순결한 맛을 발견하였다. 그의 사랑이야말로 이기적 사랑이 아니고 헌신적 사랑이었다. 이런 줄을 점점 깨닫게 될 때에 내 마음이 얼마나 행복스러웠으랴! 밤이 깊도록 다듬이를 하다가 그만 옷을 입은 채로 쓰러져 곤하게 자는 그의 파리한 얼굴을 들여다보며,

'아아, 나에게 위안을 주고 원조를 주는 천사여!'

하고 감격이 극하여 눈물을 흘린 일도 있었다.

내가 알다시피 내가 별로 천품은 없으나 어쨌든 무슨 저작가로 몸을 세워 보았으면 하여 나날이 창작과 독서에 전심력을 바쳤다. 물론 아직 남에게 인정될 가치는 없는 것이다. 그 영향으로 자연 일상생활이 말유(末由)하게 되었다.[12]

현진건의 「빈처」에 등장하는 주인공도 마찬가지로 교육을 위해 유학 길에 올랐던 사람이다. 그런데 그는 이광수의 주인공과는 반대로 사회적 계몽에 대한 의무감이 아닌 개인적 차원의 지적 갈망을 위해 "외국으로 돌아다"닌 인물로 등장한다. 따라서 현진건의 주인공은 불가피하게 계몽주의에 협력하는 이광수의 이상화된 현실에서 그 이상이 제거되어 버린 진짜 현실에 직면하게 되는데, 그것은 한마디로 '금전'의 현실로 집약되어 나타난다. 다시 말해 「빈처」의 주인공에게 개인적인 입신을 위한 유학길은 불행히도 "금전의 탓으로 지식의 바닷물도 흠씬 마셔보지 못하고 반거들충이가 되어" 집으로 돌아오는 길이 된다. 그러나 집에 돌아와서도 "무슨 저작가로 몸을 세워 보았으면 하여" 그러한 입신에의 시도를 멈추지 않는다. 하지만 그는 현재 김동인의 인물들이 성공적으로 보여준 바 있는 경제적인 교섭에서도 계속적인 실패를 경험하고 있다.[13]

이처럼 이광수 식 교육 개념의 의미론적 전환과 더불어 현실은 이제 더 이상 개화기와 계몽주의의 시기를 거치면서 그랬던 것처럼 계몽주의

---

12 현진건, 『현진건 단편 전집』, 가람기획, 2006, 71~73쪽.
13 이에 대해 현길언은 당대의 현실에 대한 실증적인 증거를 가지고 다음과 같이 분석한다. "일제의 강점 이후 식민 정책의 수행을 위한 방법으로 근대적 지식인 앨리뜨들을 식민 관료로 등용하기에 이르면서, 식민지 현실에서 수용 당하여야 하는 갈등을 갖게 된다. 그러나 그런 갈등은 신분 상승의 전제에서 어느 정도 극복할 수도 있었다. 문제는 식민지 정책이 자연스런 사회 변동을 의도적으로 차단해 버리는 데서 많은 부작용이 생기고 문화 앨리뜨들이 진출의 길이 제한을 받게 된다. 현실이 그들의 욕망을 충족시켜 주지 못하게 되자 다시 새로운 갈등에 처하게 된다." 그러나 현길언은 문화적 교양인들이 사회 발전이란 공공이상과 결합되지 못하고 자기 개인의 문제에 머물게 될 때, 그리고 현실이 그 교양인들을 수용해 주지 않는다는 사실이 명백해질 때, 그들의 삶의 양식은 바로 '반지성적'인 양상으로 떨어지게 된다고 결론을 내린다. 현길언, 앞의 글, 260~263쪽 참조.

적 요구에 따라 이상적으로 만들 수 있는 재료가 아니다. 사실 교육받은 사람들의 숫자는 능력에 비례해 지위들을 부여해야만 하는 식민지 근대의 경제력을 상회하고 있었으므로 지식인이라 하더라도 생계 수단의 확보에 좌절할 가능성은 어느 곳에서나 높았다.[14] 그리하여 교육받은 사람들에게 기회들이 한정되어 있던 그 사회는 자신들이 마땅히 그래야 하는 만큼 중요하지 않은 이유를 탐색하는 불행한 교양인들을 항상 발견하게 되는데, 여기서 그들의 불행한 의식은 사회와 조화를 이루며 앞으로 나아가기보다는 변화에 저항하며 과거를 다시 불러온다. 한마디로 과거의 이상화인데, 말할 것도 없이 현진건의 주인공이 '연애'의 '신풍조'에 대한 선망을 결혼한 '구식 여자'에 대한 감동으로 덮어버리는 이유는 '낮살'이라는 핑계에도 불구하고 바로 그 때문이다.

「빈처」의 주인공이 스스로에게 읊조리듯 '이기적 사랑'과 '헌신적 사랑'을 구분하고 있는 데서 암시되고 있는 것처럼, 한 교양인의 불행한 의식이 펼치는 상상적인 판단은 소위 '구식' 결혼이란 소유의 차이로 빚어지는 소외의 경험이 아니라 존재의 고양을 이끌어내는 합일의 경험을 형성할 수 있다는 결론에 도달한다. 즉 이기적인 계산과 감정의 소비에 기초한 상품으로서의 근대적인 연애는 '교환의 세계'가 수반하게 마련인 유동적인 재화의 변덕 속에서 정신적인 낭비를 일상화하는 데 반해서 이타적인 헌신과 원조의 축적에 근거한 조화로운 관계로서의 전통적인 결혼은 '유대의 세계'에 고유한 감정의 안정성 안에서 재화의 낭비 없이 정신적인 창조를 가능하게 한다는 것이다. 이런 맥락에서 현진건

---

14 실업률 조사는 1930년이 되어서야 시작되기 때문에 1920년대 초 한국인 실업률을 객관적으로 알 수는 없다. 다만 1930년대의 한국인 실업률 통계를 근거로 1920년대 초의 한국인 실업률을 유추해볼 수 있을 뿐이다. 간단히 말해 당시 조선에 있어서 실업문제란 전적으로 조선인의 문제였고 양적인 측면에서 일본인의 실업은 무시해도 좋을 정도였다. 식민지의 국민들이 받았던 불이익을 상기해 보면 별로 이상한 일도 아니다. 특히 직업적 제한이 따르는 식민지 지식인의 경우는 실업의 고통을 더욱 더 크게 느꼈을 것으로 짐작된다. 허수열, 「일세하 소선의 실업률과 실업자수 추계」, 『경제사학』 제17호, 경제사학회, 1993 참조.

의 문화 엘리트가 '저작가'라는 예술가의 유형에 자신을 동화시키고 그 유형에 훨씬 더 심오한 유대감을 느끼면서 이른바 자본주의적 상인들과 거리를 두는 이유를 알 수 있다.[15]

늦게야 점심을 마치고 내가 막 궐련 한 개를 피워 물 적에 한성 은행 다니는 T가 공일이라고 놀로 왔다.

[…중략…]

그는 성실하고 공순하며 소소한 소사에 슬퍼하고 기뻐하는 인물이었다. 동년 배인 우리 둘은 늘 친척 간에 비교 거리가 되었다. 그리고 나의 평판이 항상 좋지 못했다.

[…중략…]

여하간 이만하면 T의 사람됨을 가히 알 수 있다. 그리고 그가 우리 집에 올 것 같으면 지어서 쾌활하게 웃으며 힘써 재미스러운 이야기를 하였다. 단둘이 고적하게 그날그날을 보내는 우리에게는 더할 수 없이 반가웠다.

오늘도 그가 활발하게 집에 쑥 들어오더니 신문지에 싼 기름한 것을 '이것 봐라' 하는 듯이 마루 위에 올려 놓고 분주히 구두끈을 끄른다.[16]

나는 처가에 가기가 매우 싫었다. 그러나 아니 가는 것도 내 도리가 아닐 듯하여 하는 수 없이 두루마기를 입었다.

[…중략…]

---

15 여기서 사용된 '상인(merchant)'이라는 개념은 말 그대로 자본주의적인 교환 체계 안에서 이윤을 추구하는 모든 종류의 비즈니스맨(businessman)을 가리키는 말인 동시에, 좀 더 포괄적으로는 이해관계에 입각한 열정을 내면화한 근대적인 평균인 또한 의미한다. 이때 그 '이해관계 (interests)'라는 말은 비합리적인 열정을 무력화하는, 이윤 추구와 같은 합리적인 열정을 뜻하는 것으로, 예측성과 불변성을 특징으로 가능한 사회질서를 위한 현실적 기초로 작용하는 인간 관계의 속성을 말하는 매우 근대적인 개념이다. 앨버트 허쉬먼, 김승현 옮김, 『열정과 이해관계』, 나남, 1994, 38~61쪽 참조.
16 현진건, 앞의 책, 65~67쪽.

그중에 제일 내게 친숙하게 인사하는 사람이 있다. 그는 아내보다 3년 맏이인 처형이었다. 내가 어려서 장가를 들었으므로 그때 나는 그에게 못 견디게 시달렸다. 그때는 그가 싫기도 하고 밉기도 하더니 지금 와서는 그때 그러한 것이 도리어 우리를 무관하고 정답게 만들었다. 그는 인천 사는데 자기 남편이 기미(期米)를 하여 가지고 이번에 돈 10만 원이나 착실히 땄다 한다. 그는 자기의 잘사는 것을 자랑하고자 함인지 비단을 내리감고 치감고 얼굴에 부유한 태가 질질 흐른다. 그러나 분으로 숨기려고 애쓴 보람도 없이 눈 위에 퍼렇게 멍든 것이 내 눈에 띄었다.

"왜 마누라는 어쩌고 혼자 오셔요!"[17]

여기 현진건의 주인공이 반대하는 두 상인이 있는데, 은행에 근무하는 T와 일종의 투기꾼인 처형의 남편이 그들이다. 이들은 아주 대립적인 양상을 보여주지만, 사실 은행원과 투기꾼 모두 자본주의적 상인을 대표한다. 우선 은행원 T는 "소소한 소사에 슬퍼하고 기뻐하"는 사교적 인간이자 '이것보다 더 좋은 것을 살 수'[18] 없다며 아내의 양산을 알뜰히 구입하는 검소한 인물로서 베버의 프로테스탄티즘[19]과 결합된 근면한 부르주아와 가족 유사성을 이루고 있다. 반면 투기꾼인 처형의 남편은 아내에 대한 불만을 "눈 위에 퍼렇게 멍든 것"으로 표출하는 무례한 인간이자 시세 차익을 노리며 대담하게 '기미'를 하는 배팅 형 인물, 또 폭

---

17 현진건, 앞의 책, 76~77쪽.
18 여기서는 사치재 그 자체보다 재화를 최적의 조건으로 교환하는 데 성공했다는 자본주의적 상인의 자부심에 주목했다. 물론 양산 자체가 일종의 사치재인 만큼 그것을 자본주의적 상인들의 검소한 행위와 결합하는 일은 모순적으로 보일지 모른다. 그러나 베버와 좀 다른 관점에서 자본주의 발생사를 고찰한 바 있는 좀바르트에게는 사치가 근대 자본주의의 발생에 주요한 인자로 거론되기도 한다는 점에서 T의 자본주의적 상인으로서의 정체성은 여전히 확인될 수 있다. 베르너 좀바르트, 이상률 옮김, 『사치와 자본주의』, 문예출판사, 1997 참조.
19 베버는 자본주의 정신을 프로테스탄티즘에 토대를 둔 부르주아의 윤리적 열정, 즉 착실하고 분수에 만족히고 검소히게 생활하려는 열정으로 파악하였다. 믹스 베버, 박성수 옮김, 『프로테스탄티즘의 윤리와 자본주의 정신』, 문예출판사, 1988 참조.

력을 행사한 아내에게 "비단을 내리감고 치감"게 하는 뻔뻔스런 자로서 마르크스의 영구혁명이라는 관념[20]과 결합된 모험적인 사업가와 상동관계를 지니는 것으로 나타난다.

물론 'T의 사람됨'은 뜻밖에도 현진건의 주인공에게 적대감을 불러일으키지 않고 환대로서 받아들여진다. 그러나 한 상인에 대한 환대는 경제적인 이점 때문에 생겨난 것이 아니라 사회적인 장점 때문에 생겨난 것인데, 말하자면 불행한 교양인이 자신의 인척들로 대변되는 사회적 속물들의 세계로부터 벗어나서 생활의 가치를 새롭게 정의해야 하는 순간 은행원 T는 어떻게 그 세계 속에 자신의 위치를 정해야 하는지를 보여주는 가능한 하나의 모델로서 그에게 다가온다. 그러니까 일단 그 교양인은 거래와 가격으로 구축된 자본주의 시장의 메커니즘을 가장 이질적인 인간들을 이어주고 또 가장 사소한 것에도 의미를 부여하는 건전한 노동의 체계로서 수용하고 있다. 실제로 현진건의 주인공은 "물가 폭등에 관한 이야기며 자기의 월급이 오른 이야기며 주권(株券)을 몇 주 사두었더니 꽤 이익이 남았다든가 이번 각 은행 사무원 경기회에서 자기가 우월한 성적을 얻었다든가"[21] 하는 T의 입담을 '재미스러운 이야기'로 솔깃해 한다.

그러나 불행한 교양인에게 그 가능한 모델은 동일시하기 어려운 대상임이 판명되고 있다. 왜냐하면 '분'으로 감춰보려 했음에도 불구하고 처형의 멍든 눈에서 암시되고 있는 것처럼 자본주의적 시장의 거친 폭력성은 적나라하게 노출되고 있기 때문이다. 이때 현진건의 주인공에 상기되었을 법한 질문은 아마도 이런 것이었음이 분명하다. 노동의 세계를 벗어난 후에 자본주의적 일꾼으로서의 상인은 도대체 무엇인가? 그

---

20 마르크스는 자본주의의 정신적인 분위기를 베버와는 상반된 방식으로 파악하였는데, 말하자면 자본주의는 모험과 내기의 세계로서 모든 신성함의 세속화가 지속적으로 진행되는 영구혁명으로 특징지어진다고 보았다. 마르크스·엥겔스, 이진우 옮김, 『공산당 선언』, 책세상, 2002 참조.
21 현진건, 앞의 책, 67~68쪽.

는 어떻게 살아가는가? 이것은 비단의 화려함과 주먹의 야만성이 결합된 이중적이고 유동적인 상인의 정체성이라는 대답으로 되돌아온다. 그렇다면 현진건의 주인공은 노동의 세계에 나타난 두 가지 사회적 모델 사이에서 조화를 모색하려는 자본주의적 삶의 실험을 포기할 수밖에 없는데, 결국에 건전성의 무게중심은 노동의 세계 안에서 바깥으로 옮겨 간다. 사실 건전성을 그처럼 노동의 세계 바깥과 일치하도록 한 점은 현진건의 「빈처」가 보여주는 가장 획기적인 사회학적 특징이다. 요컨대 '교양인의 존재론'에서 건전성의 무게중심이 보여주는 변동은 노동의 건전성을 추호도 의심하지 않았던 이광수 편에서 보면 매우 낯선 전개가 아닐 수 없다.[22]

3. 자기기만의 사회학

이제 불행한 교양인에게 노동을 기초로 한 사회적 현실은 계몽의 대상이라는 사회적 정당성을 부여받지 못한 채 부당하고 정의롭지 못한 네트워크로 경멸된다. 건전성과 분리된 현실은 마침내 더욱 현실적인 현실이 된 셈인데, 하지만 만일 사회적 현실이 마땅히 그러해야 하는 건전성과 분리됨으로써 경멸의 대상이 된다면 「빈처」의 주인공은 어떻게 마음 깊은 곳에서 경멸하는 세상의 일부로 살아가게 되는 것일까? 이러

---

22 현진건의 주인공에게 자본주의 체제에서 건전한 삶을 실현한다는 목표는 은행원 T와의 관계에서 드러나는 것처럼 일시적인 것으로 나타나지만, 이광수 소설의 계몽주의 패러다임에서 그것은 하나의 이념형으로서 지속적인 것으로 형상화되었다. 즉 이광수 소설에서 교육을 포함한 '노동'과 소설로 대변되는 '예술'은 조화 가능한 것이었다. 여기서 물론 소설은 교육에 포괄되는 요소일 뿐으로 건전성의 무게중심은 당연히 '예술'이 아니라 '노동'에 있었다. 그런데 이것이 김동인이 형상화한 자본주의적 교환의 체계에 이르러 의심스러운 것이 되고 마는데, 마침내 현진건은 「빈처」에 등장하는 처형의 남편을 통해 '노동'과 '예술'이 조화 가능한 것이 아닐 뿐만 아니라 긴진한 삶의 축이 노동에서 예술로 옮겨갔다는 사실을 상징적인 방식으로 드러내게 된 것이다.

한 근본적인 물음에 대해 현진건은 자신의 서사적 페르소나를 통해 개인적 열정과 사회적 이해관계를 통합한다는 이광수 식 관념을 포기하는 것으로 답변한다. 개인과 사회의 균열을 봉합하고 불일치를 줄이는 대신 오히려 현진건은 그러한 모순과 더불어 사는 방식을 지속적으로 강조하는 것처럼 보인다. 이것은 무엇보다도 정신의 추구와 물질의 요구가 병치되는 양상으로 나타난다.

웬일인지 이번에는 그만 불쾌한 생각이 일어나지 아니하였다. 처형이 동서를 믿다거나 무엇이니 하면서도 기차를 놓치면 남편이 기다릴까 염려하여 급히 가던 것이 생각난다. 그것으로 미루어 아내의 심사도 알 수가 있다. 부득이한 경우라 하릴없이 정신적 행복에 만족하려고 애를 쓰지만 기실 부족한 것이다. 다만 참을 따름이다. 그것은 내가 생각해야 한다. 이런 생각을 하니 전날 아내에게 그런 말을 한 것이 후회가 난다.

[…중략…]

"나도 어서 출세를 하여 비단신 한 켤레쯤은 사 주게 되었으면 좋으련만……."

아내가 이런 말을 듣기는 처음이다.

"네에?"

아내는 제 귀를 못 미더워하는 듯이 의아한 눈으로 나를 보더니 얼굴에 살짝 열기가 오르며, "얼마 안 되어 그렇게 될 것이에요!"

라고 힘 있게 말하였다.

나는 약간 흥분하여 반문하였다.

"그러문요, 그렇고말고요."

아직 아무도 인정해 주지 않는 무명작가인 나를 다만 저 하나가 깊이깊이 인정해 준다. 그러기에 그 강한 물질에 대한 본능적 요구도 참아 가며 오늘까지 몹시 눈살을 찌푸리지 아니하고 나를 도와준 것이다.[23]

「빈처」의 결말 부분이다. 현진건의 주인공이 유학에서 돌아온 이후 '보수 없는 독서와 가치 없는 창작'으로 보낸 6년 동안 그의 아내는 항상 사회적 현실의 압력을 함께 인내하는 믿을 만한 조력자였다. 그러나 "예술가의 처 노릇을 하려는 독특한 결심이 있는"[24] 아내라고는 해도 오랜 빈곤과 어려운 살림에 점차 불만을 가지지 않을 수 없었는데, 실제로 은행원 T의 양산으로 변심한 아내는 조력자가 아니라 오히려 주인공을 압박하는 사회적 현실의 대변자가 된다. 주인공은 급기야 아내에게 "막 벌이꾼한테 시집을 갈 것이지 누가 내게 시집을 오랬어! 저 따위가 예술가의 처가 다 뭐야!"[25] 하며 사나운 소리를 해대기까지 한다. 하지만 언제나 '빈처'에게 '동정심'을 가지고 있던 그는 어떤 '열기'에 사로잡혀 마침내 '아내의 심사' 속에 동거하는 '정신의 행복'과 '물질에 대한 본능적 요구' 모두를 인정하고 '흥분' 속에서 그녀에게 '출세'하여 '비단신 한 켤레'를 사주고 싶다는 말을 하기에 이른다. 현진건의 주인공마저 변심한 것인가?

그렇지 않다. 정확히 말하면 현진건의 주인공에게 변심은 대략 절반 정도만 이루어진다. 왜냐하면 그는 이후 처형이 사다준 버선에 감동하는 아내의 모습은 인정하게 되었으면서도 정신적 행복을 향한 예술적 이상을 잊어버리지 않기 때문이다. 오히려 그는 그것을 자신의 내면에다 감춘다. 다시 말해 주인공이 그러한 아내의 모습을 보며 여자의 한심한 영혼을 생각하면서도 '조심스럽게' "묵묵히 아내의 기뻐하는 양을 보고"[26]만 있다는 것은 그의 정체성 뒤에 드러낼 수 없는 숨겨진 정체성이 또 있다는 사실을 보여주는데, 그녀의 모습에 침묵하는 가운데 주인공의 가슴에 드리워진 '밤빛 같은 검은 그림자'는 바로 그의 그런 이중

23 현진건, 앞의 책, 83~84쪽.
24 현진건, 위의 책, 68쪽.
25 현진건, 같은 책, 69쪽.
26 현진건, 같은 책, 83쪽.

성을 암시한다. 말할 것도 없이 숨겨진 자아는 자신의 삶을 정당화할 수 있는 유일한 가치관에 충실하다는 점에서 현진건의 주인공이 감추고 있는 정체성은 그가 겉으로 드러내는 정체성보다 훨씬 더 나은 것이다. 즉 이 숨겨진 세계에서만큼은 '상인'이 아니라 이른바 '예술가'가 승리자가 된다. 자본주의적 현실로부터 배척된 그 가치관은 이제 그의 내면을 통해서만 보존될 수 있다.

이처럼 현진건이 살고 있던 근대적 사회는 언명되어 드러난 가치와 숨겨져 있는 진정한 가치 사이의 모순을 획기적으로 강화시킨다. 따라서 상상 속의 삶을 고집하는 인간이 '남과 같이' 사회적 현존을 유지하기 위해서는 현실과 갈등하는 내면의 법에 대한 위장으로서의 일종의 거짓말을 필요로 할 수밖에 없는데, 이것이 바로 의식적인 '자기기만'이다.[27] 결국 자기기만이란 모순과 더불어 사는 사회적 생존 방식인 셈인데, 물론 주인공의 자존심은 거듭 표면으로 떠올라 실제의 그가 자신을 다르게 생각하는 자기기만의 포즈를 수시로 위협한다. 아내에 대한 분노를 표출할 때가 바로 그러한 순간들이다. 하지만 주인공은 언제나 진정한 가치와 이 가치의 부정을 결합하는 자기기만의 태도를 회복한다. 즉 그는 늘 '계집이란 할 수 없어' 하며 모질어지다가도 "강한 가면을 벗고 약한 진상을 드러내며"[28] '출세'와 '비단신 한 켤레'를 위선적으로 들고 나온다.[29] 이러한 자기기만에 내재된 분명하고도 돌이킬 수 없는

<hr />

27 여기서 『존재와 무』의 서두에 나오는 '자기기만(bad faith)'에 관한 논의를 상기하는 것은 아주 유용하다. 사르트르는 자기기만의 현상을 심리분석에 대한 비평의 형태로 한 가지 일을 하면서 동시에 말을 통해서는 그와 정반대의 이미지를 표현하는 인물을 묘사함으로써 예증하였는데, 그에 따르면 '그 안에 하나의 생각과 그 생각의 부정을 동시에 결합한 모순적 개념을 형성하는 기술'이 바로 자기기만이다. Jean Paul Sartre, *Being and Nothingness*, London, 1957, pp.56~58; 프랑코 모레티, 성은애 옮김, 『세상의 이치』, 문학동네, 2005, 170~171쪽 재참조.

28 현진건, 앞의 책, 73~74쪽.

29 이 위선을 두고 이상섭은 사회적 현실에 대한 지식인 예술가의 심리적 방어기제라기보다는 유아적 특성을 지닌 감상적인 문학청년의 '눈물어린 자기기만', 즉 미숙한 영혼이 빠지기 쉬운 자기연민의 유치한 변형물로 해석하기도 한다. 여기에는 이견이 있을 수 있다. 사실 내면적 이상

사회적 과정은 「빈처」와 유사한 소재를 다른 방식으로 다룬 20년 뒤의
또 다른 소설을 통해 한 번 더 예증될 수 있다. 물론 그곳에서 세상은 훨
씬 더 악화된다.[30]

　　김장철이 지나가자 토끼먹이는 더욱 귀해서 사람도 먹기 힘든 두부와 캐비지
로 대는데 하루에 일 원 사오십 전씩 나간다. 이렇게 서너 달만 먹인다면 그 담
에는 토끼 오십 마리를 한목 판다 하여도 먹이값밖에는 나올 게 없다. 서너 달
뒤에 가서는 토끼 문제뿐만 아니다. 토끼 때문에 이럭저럭 사오백 원이 부서졌
고, 김장하고 장작 두 마차 들이고, 퇴직금 봉지엔 십 원짜리 서너 장이 남았을
뿐이다.
　　"어떻게 살 건가?"
　　어느 잡지사에서 단편 하나 써 달란 지가 오래다. 독촉이 서너 차례나 왔다.
단돈 십 원 벌이라도 벌이라기보다, 단편 하나라도 마음 편히 앉아 구상해 보기
는 다시 틀렸으니 종이만 펴놓을 수 있으면 어디서고 돌아앉아 쓰는 게 수다.
하루는 있는 장작이라 우선 사랑에 군불을 뜨듯이 지피고 '이놈의 토끼 이야기
나 써 보리라' 하고 들어앉아 서두를 찾노라고 망설이는 때였다.
　　"여보? 어디 게슈?"

과 사회적 현실의 어긋남이라는 아이러니한 현실은 계몽주의 시대의 '성숙'이라는 이광수적 가
치가 더 이상 개인적 가능성에 포함되지 못하는 상황을 가리킨다. 따라서 현진건의 주인공이
보여주는 유치함은 단지 개인적인 미숙성과 관련되는 것이 아니라 오히려 개인과 사회의 부조
화에서 '교양'의 가치를 사회적 현실이 아닌 개인적 내면에서 찾게 되는 근대적 과정의 새로운
국면과 관계된다고 할 수 있다. 이상섭, 「현진건의 신변 소설」, 『언어와 상상』, 문학과지성사,
1980 참조.
30 현진건의 「빈처」를 대상으로 한 글에서 현진건의 다른 작품이 아니라 이태준의 「토끼 이야기」
를 비교 분석의 대상으로 한 것은 다소 엉뚱한 것으로 비칠 수 있다. 그러나 이 장은 현진건론
의 일종이 아닌 현진건의 「빈처」를 통해 드러난 당대 사회사의 핵심 국면을 부각시키려는 논의
라는 점에 유념할 필요가 있다. 즉 '자기기만에 내재된 분명하고도 돌이킬 수 없는 사회적 과
정'을, 그것도 좀 더 악화된 사정을 드러내기 위해 「빈처」와 더불어 이와 유사한 소재와 주제를
택하고 있는 20년 뒤의 작품인 「토끼 이야기」를 비교 분석한 것은 오히려 이 장의 논지를 강화
하려는 목적에서 선택된 것이다.

하는 아내의 찾는 소리가 난다. 내다보니 얼굴이 종잇장처럼 해쓱해진 아내는
두 손이 피투성이다.

　[…중략…]

　"당신더러 누가 지금 이런 짓 허래우?"

　"안험 어떡허우? 태중은 뭐 지냈수? 어서 손 씻게 물 좀 떠봐요."[31]

　이태준의 「토끼 이야기」(1941)의 결말 부분인데, 주인공이 '토끼 문제'
로 생계를 걱정하게 된 사연은 이러하다. 신문기자였던 그는 독신으로
살 때나 가장으로 살 때나 언제나 현실적인 생활의 문제로 고민하였다.
통속적인 '신문소설' 따위도 그 때문에 쓰게 되었지만, 그는 언제나 자
신이 진정으로 원하는 '예술욕'을 버리지 못하고 있었다. 그런데 가장의
의무를 짊어지게 되면서 주인공은 이제 "공부고 예술이고 모두 제이 제
삼이 되어버렸다."[32] 그러던 차에 신문이 폐간되자 자신의 결심을 다시
되살릴 기회를 얻게 되는데, 아내의 주장대로 퇴직금을 밑천 삼아 토끼
를 기르기로 한 것이었다. 그는 한가한 생계 수단으로서의 토끼 치기가
공부와 예술에 전념할 수 있는 여력을 제공해주리라는 계산이 있었던
것이다. 하지만 토끼 사육은 바쁜 일과와 경제적 손실로 주인공으로부
터 예술적 의지와 더불어 생계의 수단까지 빼앗아 가고 만다. 물론 그럼
에도 주인공은 '이놈의 토끼 이야기나 써보리라' 생각하지만 이것마저
도 중단된다.

　사실 현진건의 주인공에 비하면 이태준의 주인공은 훨씬 더 현실적이
다. 신문기자라는 어엿한 직업도 있고 돈 되는 신문소설을 쓰기도 하며
직장을 잃었을 때는 퇴직금으로 양토 사업을 벌여 생계를 마련할 수단
도 있다. 그러나 현진건의 주인공과 마찬가지로 그의 생계가 보여주는

---

31 이태준, 『돌다리―이태준문학전집 2』, 깊은샘, 1995, 182~183쪽.
32 이태준, 위의 책, 172쪽.

현실성에는 신문소설 따위가 아니라 자신의 예술적 욕구를 충족시켜줄 '본격소설'에 착수해 보겠다는 주인공의 내면적 갈망이 감춰져 있다. 따라서 사회적 정체성 뒤에 예술적 정체성이 은밀하게 숨겨져 있다는 것은 이태준의 주인공이 현진건의 주인공처럼 진정한 가치와 이 가치의 부정을 결합하는 자기기만의 태도를 가지고 있음을 나타낸다. 그러나 자기기만의 이중성으로 현실과 타협하면서 자아의 이상을 보존하는 「빈처」와는 달리 이태준의 「토끼 이야기」는, 예술적 이상을 향해 틈나는 대로 '돌아앉아' 있는 일조차 중단되고 마는 장면에서 암시되고 있듯이, 그 자기기만의 이중성조차 불가능해진 현실의 압도적인 국면을 보여준다.[33] 물론 이태준의 주인공이 지닌 숨은 내면은 아마 그 와중에도 완전히 와해된 것은 아닐 것이다.

정리하자면 현진건의 주인공이 보여주는 자기기만의 태도가 명백하게 재현하고 있는 것은 '예술적 자아'가 자기기만을 통해 교환의 세계와 결합되는 자본주의적 현실의 아이러니라고 할 수 있다. 다시 말해 자본주의적 현실을 통해 형성된 예술가의 내면이 가리키고 있는 것처럼 현진건의 「빈처」는 겉으로 드러난 것과 속으로 품고 있는 것 사이의 분열이라는 '자기기만의 이중성'을 통해 아이러니가 개인적 차원에서든 사회적 차원에서든 이제 보편적 현실이 되었다는 사회학적 사실을 드러낸다. 그렇다면 아이러니를 구축하는 예술적 자아와 사회적 현실의 괴리는 결론적으로 현진건 소설의 서사적 특징으로 지적되어온 '사실주의'

---

33 1940년대에 이르면 식민지적 굴곡에도 불구하고 한국 자본주의의 발전은 절정에 이른다. 식민지 한국인들의 크나 큰 고통을 수반하는 것이었음에도 불구하고 1931년에서 1945년에 이르는 시기에는 일본 산업자본의 진출이 활발해졌고, 따라서 식민지 조선에 있어서 자본주의적 생산관계는 급속히 발전하게 되었다. 이것은 물론 일제의 만주 침략과 1941년의 미·일 전쟁의 폭발로 가속화된 전쟁 상황이라는 자본주의적 특수 속에서 진행된 것이었다. 사회경제사의 진전과 함께 현진건의 자기기만의 이중성조차 불가능해지는 시기가 다가온 셈이다. 통계 지표는 이를 좀 더 객관적으로 보여주는데, 1940년의 한국인 실업률은 2.2% 정도로(허수열, 앞의 글, 11쪽) 그때부터는 실업이 아니라 노동력 부족이 문제가 되었다. 전석담·최윤규 외, 『조선근대 사회 경제사』, 이성과 현실, 1989, 432~445쪽 참조.

의 현실적인 기초를 이루고 있었던 것인지도 모른다. 그런 의미에서 현진건의 다른 소설들, 가령 「운수 좋은 날」(1924)이나 「B사감과 러브레터」(1925) 등에 대한 그동안의 논의들[34]이 반복해온 아이러니라는 기법 속에는 아이러니한 현실에 대응하는 측면이 있음을 유추할 수도 있다.

4. 모순과 더불어 사는 방식

1920년대에 이르면 식민지적 제약하의 한국 사회는 자본주의적 상품 경제를 일상적으로 구축하게 되었다. 따라서 현실은 이제 더 이상 개화기와 계몽주의의 시기를 거치면서 그랬던 것처럼 계몽주의적 요구에 따라 이상적으로 만들 수 있는 재료가 되는 것이 불가능하였다. 실제로 교육받은 사람들에게 기회들이 한정되어 있던 그 자본주의 사회는 자신들이 마땅히 그래야 하는 만큼 중요하지 않은 이유를 탐색하는 불행한 교양인들을 항상 발견하게 되었다. 그런 의미에서 불행한 교양인에게 자본주의에 동화된 이른바 상인들은 동일시하기 어려운 대상이었는데, 현진건의 「빈처」에 나오는 주인공은 다음과 같은 질문을 떠올리지 않을 수 없었다. 노동의 세계를 벗어난 후에 자본주의적 일꾼으로서의 상인은 도대체 무엇인가? 그는 어떻게 살아가는가? 대답은 비단의 화려함과 주먹의 야만성이 결합된 이중적이고 유동적인 상인의 정체성이라는 것이었다.

그때 현진건의 주인공은 노동의 세계에 나타난 상인들과 조화를 모색하려는 자본주의적 삶의 실험을 포기할 수밖에 없었는데, 비로소 건전성의 무게중심은 노동의 세계 안에서 바깥으로 옮겨갔다. 사실 건전성

---

34 가령 이재선, 「교차 전개의 반어적 구조-〈운수 좋은 날〉의 구조」, 『현진건연구』, 새문사, 1981; 김인환, 「〈B사감과 러브레터〉의 구조 해명」, 『현진건연구』, 새문사, 1981 등.

을 그처럼 노동의 세계 바깥과 일치하도록 한 점은 현진건의 「빈처」가 보여주는 가장 획기적인 사회학적 특징이었다. 그리고 불행한 교양인에게 노동을 기초로 한 사회적 현실은 계몽의 대상이라는 사회적 정당성을 부여받지 못한 채 정의롭지 못한 네트워크로 경멸되지 않을 수 없었다. 이제 「빈처」의 주인공은 어떻게 마음 깊은 곳에서 경멸하는 세상의 일부로 살아가게 되는 것일까? 이러한 근본적인 물음에 대해 현진건은 개인적 열정과 사회적 이해관계를 통합한다는 이광수 식 관념을 포기하는 것으로 답변하였다. 실제로 현진건은 개인과 사회의 균열을 봉합하고 불일치를 줄이는 대신, 오히려 그러한 모순과 더불어 사는 방식에 주목하고 있었다.

말하자면 현진건이 살고 있던 근대적 사회는 언명되어 드러난 가치와 숨겨져 있는 진정한 가치 사이의 모순을 획기적으로 강화시켰고, 따라서 상상 속의 삶을 고집하는 인간이 사회적 현존을 유지하기 위해서는 현실과 갈등하는 내면에 대한 위장으로서의 일종의 거짓말을 필요로 할 수밖에 없었다. 그리고 이것이 바로 자기기만이었다. 이 내면의 세계에서만큼은 상인이 아니라 이른바 예술가가 승리자가 되었다. 결국 현진건의 주인공이 보여주는 자기기만의 태도가 명백하게 재현하고 있는 것은 예술적 자아가 교환의 세계와 결합되는 자본주의적 현실의 아이러니라고 할 수 있었다. 그러니까 현진건의 「빈처」는 겉으로 드러난 것과 속으로 품고 있는 것 사이의 분열이라는 자기기만의 이중성을 통해 자본주의 세계의 아이러니가 개인적 차원에서든 사회적 차원에서든 이제 보편적 현실이 되었다는 사실을 드러내게 된 것이다.

4장 / 이해관계와 열정
나도향·최서해 소설과 혁명가

1. 소설과 역사적 인간상

소설에 등장하는 인물들과 이들의 삶을 통해 한 작가의 이념을 드러내고 또 그 이념의 배경이 되는 역사적 상황을 파악한다는 것이 가능할까? 만약 문학작품이 파악하기 어려운 시대적 경험에 윤곽과 해석을 부여하려는 인간의 영웅적인 노력의 결과라고 한다면, 거기에는 역사적 현실이 집약되어 있으며 또 그에 상응하는 작가의 사상이 결집되어 있지 않으면 안 된다.[1] 이와 관련하여 미하일 바흐친의 다음과 같은 진술은 암시하는 바가 작지 않다. 소설에서 "인간은 세계와 함께 성장하고, 자신 속에 세계 자체의 역사적 성장을 반영한다. …… 성장하는 인간의 형상은 여기서 자신의 사적인 성격을 극복하기 시작하고(물론 어느 정도까

---

1 역사적 존재로서의 인간상과 관련해서 루카치가 『소설의 이론』에서 공식화한 개념인 '문제적 인물'이라는 개념을 떠올릴 수도 있다. 루카치에 따르면 근대소설의 등장인물이란 타락한 세상과 타협하지 않고 그 안에서 진정한 가치를 찾는 존재이기 때문에 언제나 '문제적 인물'이 된다. 그러나 그 문제성은 특별히 역사적 시간의 경계에서 발현될 때에는 커다란 상징성을 띠게 된다는 점에서 루카치가 말한 '문제적 인물'로서의 등장인물에 비해 바흐친이 말한 '역사적 존재'로서의 등장인물은 일종의 기념비적 성격을 띤다. 박혜숙, 『소설의 등장인물』, 연세대출판부, 2004, 97~113쪽 참조.

지이지만), 완전히 새롭고 활짝 열린 역사적 존재의 공간으로 나아간다."[2] 이러한 판단에 문학 연구자들이 항상 주의를 기울인 것은 아니지만, 작가의 이념과 역사적 현실을 제시함으로써 우리에게 한 시대에 대한 이해와 소설의 존재 이유를 제공하는 예는 수없이 많다.

실제로 20세기 초 나도향과 최서해라는 두 명의 소설가는 강렬하고 인상적인 서사적 페르소나의 창조를 통해 소설의 등장인물과 역사적 시간의 관계를 의미심장하게 드러낸다. 두 사람은 모두 비슷한 시기(나도향은 1902년, 최서해는 1901년)에 태어나 젊은 나이(나도향은 25세, 최서해는 31세)에 죽었으며, 또한 작가로서의 중요한 활동도 거의 유사하게 1920년대 중반을 전후한 시기에 집중되었다. 그렇지만 그들은 자신들의 소설을 통해 역사적 존재로서의 인간의 이미지를 상반된 방식으로 그려내면서 서로 대조되고 있다. 좀 더 정확히 말하자면 상이한 역사적 시간과 결합된 인간상(the image of man)을 구축하는데, 나도향은 인간을 권위와 위계로 구조화된 전근대의 수직적 이해관계에 도전하는 개인들로 형상화하고 있는 데 반해, 최서해는 인간을 화폐와 불평등으로 구조화된 근대의 수평적 이해관계에 저항하는 개인들로 그린다. 즉 나도향이 봉건주의에 대항하는 인간을 본 곳에서 최서해는 자본주의에 항거하는 인간을 본 것이다.

물론 기존의 논의들에서 두 작가의 차이는 논란의 여지없이 명백한 것으로 기술되어 왔다. 그러나 그 차이는 낭만주의와 사실주의라는 사조적인 차이를 넘어서는 것은 아니었다. 나도향의 경우는 주로 이성의 지배를 반대하며 감정의 향유를 강조하는 낭만주의적 취향의 작품들이

---

2 물론 이 진술은 교양소설의 문제 설정을 고찰하는 과정에서 나오게 된 말이지만 역사적 존재로서의 인간상이라는 것은 그런 특정한 양식에 국한되는 특징만은 아닐 것이다. 그것은 사실 역동적인 '입체적 인물'이 정태적인 '평면적 인물'을 압도하는 근대소설 전반의 보편적인 특징으로 보아도 크게 무리가 없다. 미하일 바흐친, 김희숙·박종소 옮김, 「교양소설과 리얼리즘 역사 속에서의 그 의미」, 『말의 미학』, 도서출판 길, 2006, 305~306쪽 참조.

주목받았고 최서해의 경우는 대개 교환 관계에 반대하며 계급적 모순을 강조하는 자연주의적 경향의 작품들에 집중되었다. 그리하여 사조적인 논의들을 극복하려는 연구자들은 오히려 1920년대 중반을 전후로 한 두 작가의 작품들에서 이른바 가족적 유사성을 논의하기도 하였다.[3] 하지만 그 이후의 연구들은 두 작가가 보여주는 유사성을 구조적인 분석을 통해 해체하고 다시금 그 차이를 강조하는 양상을 보여주고 있다. 이를테면 나도향에게 빈곤과 계급의식의 문제는 최서해와 달리 부차적인 문제일 뿐이고 그의 경우 그보다 더 중요한 문제는 애정의 문제라는 식이다.[4] 그런데 그 결과 나도향의 인물들은 그 시대의 삶에 뿌리를 둔 역사적 존재가 아니라 소위 낭만적 사랑에 골몰하는 비역사적인 인간으로 이해될 소지를 남긴다. 그리고 최서해 소설의 등장인물들도 본격적인 신경향파 소설에 비할 때 빈부 갈등을 사회구조적인 측면에서 포착하지 못하는 소박성을 보여준다는 지적을 받게 됨으로써 결국 그의 등장인물들도 역사적 존재로서의 의의를 축소당하고 만다.[5]

그러나 전통적인 신분 사회가 붕괴되면서 자본주의적 계급 관계가 구축되고 있었던 1920년대 한국 사회사의 전환적 국면을 동일하게 경험했던 두 작가가 자신들의 서사적 페르소나들을 그러한 역사적 전환에 상응하는 인간의 이미지로 형상화하는 데 열중하고 있었다는 사실에는

---

3 예를 들어 송하춘은 1925년 이후 나도향의 소설은 작가 특유의 개성적인 방향 설정에도 불구하고 빈곤의 문제나 계급의식과 같은 프로문학의 경향성을 수용함으로써 작가가 낭만주의에서 사실주의로 급선회하고 있다고 지적하는가 하면 반대로 1920년대 중반 최서해의 소설은 프로문학 이론의 적용이 아니라 오히려 그 이론의 실례로서 거론되곤 했다며 본격적인 경향문학과의 동질성보다는 생활의 체험을 바탕으로 한 자연발생적인 사실주의에 천착하고 있다고 언급한다. 송하춘에게서 나도향과 최서해 두 작가는 동시대의 다른 빈궁문학과의 유사성을 공유한 작가들로서 이해된 셈이다. 송하춘, 『1920년대 한국소설 연구』, 고려대 민족문화연구소, 1985, 102~185쪽 참조.

4 장수익, 「나도향 소설과 낭만적 사랑의 문제」, 『한국문화』 제23호, 1999, 380쪽; 박헌호, 「나도향과 욕망의 문제」, 『상허학보』 제6호, 2000, 316쪽 참조.

5 장수익, 「최서해 소설과 조선자연주의」, 『어문론총』 제38호, 2003, 296쪽; 홍기돈, 「최서해 소설의 문학사적 의의」, 『비평문학』, 2008, 434쪽 참조.

거의 의심의 여지가 없다. 특히 그들의 소설에서 부당한 대우와 차별적 처우로 고통받는 사람들이 저마다 속박되어 있던 체제와 이해관계를 거부하고 마침내 전복적인 혁명가(revolutionist)의 모습을 보여준다는 점에서 그 역사적 존재로서의 인간상은 기념비적 성격마저 띠게 된다. 물론 한 사람은 전근대의 봉건주의적 예속을 거부하는 신분상의 인간을 말했던 반면, 또 다른 한 사람은 근대의 자본주의적 구속에 항거하는 계급적 인간을 말하였다. 가령 나도향의 소설 「물레방아」(1925)와 그보다 2년 뒤에 나온 최서해의 「홍염」(1927)을 비교해 보면, 그러한 두 사람의 차이를 선명하게 확인해 볼 수 있다.

  이 장은 바로 앞선 두 작품을 통해 나도향과 최서해의 소설에 등장하는 인물들이 거의 동일하게 보여주는 태도, 즉 이해관계의 거부라는 행위에 주목하여 두 작가가 제시하는 인간상을 분석하면서 기존의 논의들에서 약화된 소설 속 등장인물의 역사적 존재로서의 의의를 부각시키는 데 목적이 있다. 말하자면 소설 텍스트의 바깥으로도 눈을 돌려 그 텍스트에 나오는 등장인물들의 성격과 의미를 사회사라는 좀 더 넓은 문맥 속에서 생각해 보고자 하는 것이다.[6] 여기서 두 작가의 인물들이 거부한다는 그 '이해관계(interests)'라는 개념은 비합리적인 열정을 무력화하는 합리적인 열정을 의미하는 것으로 예측성과 불변성을 특징으로 가능한 사회질서를 위한 현실적 기초로 작용하는 인간관계의 속성을 포괄적으로 가리키는 말이다.[7] 다시 말해 나도향과 최서해의 등장인물들은 변화

---

[6] 사실 문학의 형상에서 사회적 상황의 반영만을 읽는다는 것은 일종의 동어반복에 그치고 만다는 지적은 옳다. 그러나 그 바깥으로도 눈을 돌려 본문이 가지는 의미를 사회사라는 좀 더 넓은 문맥 속에서 생각해 보는 것도 전혀 불가능한 일은 아니다. 실제로 근대소설은 미학적 관점에 따라 사회적 상황에 대한 거부와 비판을 표현하는 서술인 동시에 사회학적 관점에서 그러한 상황에 대한 승인과 반응을 내포하는 서술로도 가정된다. 프랑코 모레티, 성은애 옮김, 『세상의 이치』, 문학동네, 2005, 25~42쪽 참조.

[7] 앨버트 허쉬먼에게서 빌려온 이 '이해관계'라는 개념은 물론 역사적 규정을 통해 명예를 중시하는 중세적 열정과 대비되어 합리성과 결합된 근대적 이기주의(시본주의를 규정하는 심성)를 뜻하는 용어이다. 하지만 비합리적 열정의 반대편에서 합리성을 작동시키는 기제로서의 합리적

와 불안정을 제약하는 사회질서의 예측 가능하고 불변하는 그러한 특성을 받아들이지 않고 거부함으로써 새로운 인간상을 보여주게 된다는 것인데, 아울러 거기에는 분명한 차이도 있다.

2. 수직적 이해관계와 뻔뻔스러운 열정

먼저 나도향의 「물레방아」에서 드러나고 있는 이해관계는 무엇보다도 전근대 사회의 봉건성과 결합되어 있다. 다시 말해 신분적 위계질서로 구축된 이른바 '수직적 이해관계'가 「물레방아」에 나타난 이해관계의 모습이다. 물론 이것은 나도향의 「물레방아」가 1925년에 발표된 작품이고 또 그 시기는 우리 사회의 근대화 초창기에 해당한다는 점에서 모호한 서사적 설정으로 이해될지 모른다. 그러나 모든 역사적 과정이 그런 것처럼 근대화 과정 또한 봉건성의 갑작스런 붕괴와 함께 창출되었던 것이 아니라 그것의 점진적인 와해와 더불어 전개되었던 것이라는 사실을 상기할 때,[8] 근대성에 잔류하고 있던 봉건적 이해관계를 서사적으로 형상화한 것은 모호한 것이라기보다는 오히려 사실적인 것이라고 해야 한다. 이 사실이라는 것은 우선 다음과 같이 묘사된다.

열정이라는 그러한 개념은 허쉬먼의 역사적 규정이 지닌 제한적 의미를 넘어서 인간 사회의 동요와 와해를 저지하는 사회질서의 보편적 기초라는 의미로 확장될 수도 있다. 따라서 '봉건적 이해관계'와 같은 명제는 허쉬먼적인 의미에서는 일종의 모순이 될 수도 있겠지만 이 장에서는 좀 더 넓은 '의미에서 변화와 불안정을 제약하는 사회질서의 예측 가능하고 불변하는 특성을 가리키는 것으로 사용된다. 앨버트 허쉬먼, 김승현 옮김, 『열정과 이해관계』, 나남, 1994, 38~61쪽 참조.

8 가령 '낭만적 사랑'의 사회적 구성 과정을 분석하는 논문들에서 그러한 역사적 전개 과정의 복잡성을 확인할 수 있다. 그런 논의들은 대개 혈연에 따른 전근대적인 혼인 행태가 개인적인 감정에 입각한 근대적인 연애결혼으로 대체되는 과정은 분명한 역사적 변천에도 불구하고 그 과정 속에 여전히 가부장적 이데올로기라는 봉건적인 중핵을 은닉하고 있다고 지적한다. 역사적 변화의 지체 과정을 전형적으로 보여주는 대목이다. 최혜실, 『신여성들은 무엇을 꿈꾸었는가』, 생각의나무, 2000, 100~117쪽 참조.

털컹덜컹 홈통이 들었다가 다시 쏟아져 흐르는 물이 육중한 물레방아를 번쩍 쳐들었다가 쿵하고 확속으로 내던질 제, 머슴들의 콧소리는 허연 겻가루가 켜켜이 앉은 방앗간 속에서 청승스럽게 들려 나온다.

쫠 쫠 쫠, 구슬이 되었다가 은가루가 되고 댓줄기같이 뻗치었다가 다시 쾅쾅 쏟아져 청룡이 되고 백룡이 되어 용솟음쳐 흐르는 물이 저쪽 산모퉁이를 십리나 두고 돌고 다시 이쪽 들 복판을 오 리쯤 꿰뚫은 뒤에, 이방원(李芳源)이가 사는 동네 앞 기슭을 스쳐 지나가는데 그 위에 물레방아 하나가 놓여 있다.

물레방아에서 들여다보면 동북간으로 큼직한 마을이 있으니, 이 마을에서 가장 부자요, 가장 세력 있는 사람은 그 이름을 신치규(申治圭)라고 부른다. 이방원이라는 사람은 그 집의 막실(幕室) 살이를 하여 가며 그의 땅을 경작하여 자기 아내와 두 사람이 그날그날을 지내간다.[9]

여기서 근대적인 삶의 추이를 보여주던 1920년대 중반에도 여전히 권위와 위계로 구조화되어 있던 '수직적 이해관계'의 봉건성은 아주 명백하게 드러난다. 왜냐하면 권위에 대한 예속과 신분적 위계를 가리키는 '머슴들'이라는 전근대적 기호가 등장하고 있기 때문이다. 그렇지만 그 봉건적 기호는 신분의 세습에 기초한 양반이라는 표상과 결합되어 있는 것이 아니라 부의 '세력'으로서 재편된 근대적 계급의 표상, 즉 '신치규'라는 '이름'과 결합되어 있다는 점에서 역사적인 변화를 내포한다. '이방원'이라는 인물이 보여주는 '막실(幕室) 살이'라는 라이프스타일은 바로 그러한 변화와 관련되는데, 그것은 분명 머슴의 생활양식이지만 동시에 신분적 굴종을 경제적 예속으로 대체한 새로운 시대의 생활양식이라는 점에서 그러하다. 말하자면 이방원은 경제적인 이유만 아니라면 정당하게 예속의 삶을 벗어날 수 있는 것이다. 그러나 "청승스럽게 들

---

9 나도향, 「물레방아」, 주종연·김상태·유남옥 엮음, 『나도향 전집 上』, 집문당, 1988, 233쪽.

려"오는 '머슴들의 콧소리'가 암시하듯이 이해관계의 그와 같은 유동성에도 불구하고 거기에는 여전히 수직적 이해관계라는 봉건적 중핵이 자리잡고 있다.

그런데 어느 날 갑자기 예측성과 불변성이라는 특징을 통해 사회질서의 현실적 기초로 작용하던 신치규와 이방원 사이의 '봉건적 이해관계'에 위기가 찾아온다. 사실 나도향의 「물레방아」는 그러한 위기의 시작과 종결을 보여주는 소설인데, 도대체 무슨 일이 벌어진 것일까? 발단은 늙은 신치규가 자신의 집에서 머슴살이를 하던 이방원의 처에게 흑심을 품은 데 있다. 즉 한 늙은이의 욕정이 "이지적(理智的)인 동시에 또는 창부형(娼婦型)으로 생긴"[10] 자기 머슴의 아내가 풍기는 묘한 매력 앞에 주책없이 발산된 것이다. 여기에 이방원의 처는 철면피하게 자기 남편을 쫓아내고자 하는 주인의 음모에 가담하는데, 실제로 그녀는 남편에게 가난과 궁핍에 진력이 났다며 의도적인 푸념을 쏟아낸다. 내막을 모르는 이방원은 홧김에 아내를 때리고 술까지 먹지만 "본시 사람이 좋고 마음이 약하고 다정한"[11] 사람이었던 그는 곧바로 아내를 찾는다. 그러나 이방원 방앗간에서 함께 나오는 아내와 신치규를 발견하고는 모든 것을 눈치채게 된다. 이어지는 장면은 다음과 같다.

방원은 한참이나 쳐다보고서 말이 없었다. 생각대로 하면 한 주먹에 때려 눕힐 것이지마는 그러나 그의 머리속에는 아까까지의 상전이라는 관념이 남아 있었다.

번갯불같이 그 관념이 그의 입과 팔을 얽어 놓았다. 어려서부터 오늘날까지 남을 섬겨 보기만 한 그의 마음은 상전이라면 모두 두려워하는 성질이 깊이깊이 뿌리를 박아 놓았다. 그러나 오늘부터는 신치규가 자기의 상전이 아니요, 자

---

10 나도향, 앞의 책, 234쪽.
11 나도향, 위의 책, 239쪽.

기가 신치규의 종도 아니다. 다만 똑같은 사람으로 서로 마주 섰을 뿐이다. 아니다, 지금부터는 치규도 방원의 원수였다. 그의 간을 씹어먹어도 오히려 나머지 한이 있는 원수다.

　　[…중략…]

하고 방원은 주먹으로 사정없이 닥치는 대로 들이 팬다. 나중에는 주먹이 부족하여 옆에 있는 모루돌멩이를 집어서 죽어라 하고 내리친다. 그의 팔, 그의 온몸에는 끓어 오르는 분노가 극도에 달하자 사람의 가슴속에 본능적으로 숨어 있는 잔인성(殘忍性)이 조금도 남지 않고 그대로 나타났다. 그의 눈은 마치 펄떡펄떡 뛰는 미끼를 가로채고 앉은 승냥이나 이리와 같이 뜨거운 피를 보고야 만족하다는 듯이 무섭게 번쩍거렸다. 그에게는 초자연(超自然)의 무서운 힘이 그의 팔과 다리에 올라왔다.[12]

　　물론 이 대목은 치정극에 필수적인 삼각관계에서 일어날 법한 통상적인 위기의 한 장면으로 이해될 수도 있다. 그리고 낭만적인 차원에서는 한 여자를 두고 진정한 열정을 겨루기 위해 두 남자가 벌이는 격한 사랑의 다툼으로 파악해도 무방하다.[13] 만약 이렇게 볼 수 있다면 그 열정을 다투는 시합의 승자는 이방원이 되는데, "형세가 위험하니까 슬금슬금 꽁무니를 빼려고 돌아서서 들어가려"[14]는 순간 신치규는 이미 패배한 것이기 때문이다. 그렇다면 일단 목숨조차 거는 이방원의 열정은 자기보존의 욕구와 노예근성으로 구축된 이해관계의 기존 질서에 순응하지 않고 이것을 넘어가는 낭만적인 사랑의 드라마에 속하는 것으로 보인다.

---

12 나도향, 앞의 책, 241~242쪽.
13 사실 최근의 연구에서는 나도향의 「물레방아」를 열정적인 사랑의 드라마로서 이해하는 것이 아주 일반적인 것이 되어 있다. 이방원과 신치규의 계급적 대립은 이방원과 이방원 처 사이의 사랑의 대립에 비해 부차적이라는 이유에서, 그리고 그 소설 속에서 묘사된 계급적 대립은 빈곤한 삶의 처절함으로부터 거리를 둔다는 이유에서 그러한 이해는 정당화된다. 장수익, 앞의 글, 379쪽; 박헌호, 앞의 글, 316쪽 참조.
14 나도향, 앞의 책, 242쪽.

그러나 「물레방아」는 단순히 한 여자를 놓고 벌이는 낭만적 열정의 시합을 극화하는 데서 그치는 작품은 아니다. 실제로 나도향은 그러한 사랑의 열정을 기존의 이해관계와 조화를 이룰 수 없는 어떤 전환적인 힘으로 묘사하는 경우가 많은데,[15] 이 점은 앞선 장면을 다시금 주목하게 만든다.

사실상 거기서 이방원의 열정은 치정을 목격하고 배신을 확인함으로써 협잡에 대한 분노와 결합되는 사랑의 드라마를 보여줌과 동시에 그러한 과정을 통해 자연적 질서와도 같은 수직적 이해관계의 안정성이 '초자연(超自然)의 무서운 힘'을 통해 와해되는 역사적 드라마를 보여준다. 물론 '아까까지의 상전이라는 관념' 때문에 머뭇거리는 이방원의 모습은 봉건적 이해관계가 여전히 사회적 질서로서의 위력을 발휘하고 있다는 사실을 암시한다. 말하자면 그러한 이해관계의 질서는 그의 마음속에 "깊이깊이 뿌리를" 내리고 있었던 것이다. 그러나 한 남자의 열정은 곧바로 그 '상전'을 '원수'로 바꾸는 획기적인 과업을 이룩하는데, 이것은 바로 봉건적 이해관계의 수직성을 수평화할 수 있는 관념, 즉 '똑같은 사람'이라는 혁명적인 이념의 상기를 통해 가능해진다. 머슴은 마침내 상전을 "주먹으로 사정없이 닥치는 대로 들이 팬다." 정말이지 놀라운 변화가 아닐 수 없다. 그런데 문제는 그러한 역사의 전복적인 변화에서 열정이 모순적인 역할을 하는 것처럼 보인다는 점이다.

---

[15] 가령 신분의 경계를 넘어가는 열정을 극화하고 있는 「벙어리 삼룡이」(1925)도 그런 작품에 속한다. 나도향 소설은 일반적으로 낭만적 열정에 대한 소설적 표현을 통해 감정의 근대성과 이성의 근대성을 대립 항으로 설정하고 감정적 인간으로 하여금 이성적 인간에 대한 반대 명제의 저항적 담지자로 지목함으로써 계몽주의에 대한 부정과 저항이라는 협의의 차원에서 이해되곤 한다. 그러나 그의 소설은 감정의 자율성에 기초한 그러한 열정이 봉건적 위계질서를 배경으로 한 전근대적인 가치체계에 도전하는 혁명적 근대성 전반의 특징이 된다는 광의의 측면에서도 파악될 수 있다. 이처럼 낭만적 부정과 저항이 수반하는 열정의 특징은 복합적이다. 김진수, 『우리는 왜 지금 낭만주의를 이야기하는가』, 책세상, 2001, 111~120쪽 참조.

『자아, 어서 옛날과 같이 나하고 멀리멀리 도망을 가자! 나는 참으로 내 칼로 너를 죽일 수는 없다!』

계집의 눈에는 다시 독이 올라왔다. 광채가 어두운 밤에 번개같이 번쩍거리며,

『싫어요. 나는 죽으면 죽었지 가기는 싫어요. 이제 나는 고만 그렇게 구차하고 천한 생활을 다시 하기는 싫어요. 고만 물렸어요.』

[…중략…]

『에, 여우 같은 년!』

하고 칼 끝을 계집의 옆구리를 향하여 힘껏 밀었다. 계집은 이를 악물고,

『사람 죽인다!』

소리 한 번에 그 자리에 거꾸러졌다. 칼자루를 든 손이 피가 몰리는 바람에 우루루 떨리더니 피가 새어 나왔다. 방원은 그 칼을 빼어들더니 계집 위에 거꾸러져서 가슴을 찌르고 절명하여 버리었다.[16]

이 장면을 보면 열정이야말로 이해관계의 봉건성에 맞서 그것을 와해시킬 수 있는 역사의 원동력이라는 생각은 일단 중지된다. 왜냐하면 "후사(後嗣)가 없어 그러는"[17] 신치규의 봉건적 욕정에 최후까지 조력하고자 하는 이방원의 처 또한 죽음조차 무릅쓰는 자기 남편의 열정을 공유하고 있기 때문이다. 다시 말해 이방원의 처는 폭행죄로 감옥살이를 하고 나서 신치규의 첩살이를 하고 있던 자신을 다시 찾은 남편에게 "죽으면 죽었지" 그의 열정을 따르지 않겠다는 열정을 드러낸다.[18] 그녀가 2년 전에 전 남편의 봉건적 속박을 뿌리치고 이방원과 함께 이곳에서 살림

---

16 나도향, 앞의 책, 247~248쪽.

17 나도향, 위의 책, 235쪽.

18 만약 아내가 승리한 이방원의 열정을 따라갔다면 아마도 이 소설은 이태준의 「오몽녀」(1925)라는 작품과 유사해졌을 것인데, 이해관계를 고착시키는 돈과 그것을 붕괴시키는 열정을 대립시키면서 열정은 돈으로 살 수 없는 것이라는 낭만주의적인 메시지를 전달하게 될 것이라는 점에서 그러하다. 그러나 「물레방아」의 아내는 이방원과 신치규 사이의 열정의 시합이 이방원의 승리로 종결되었는데도 불구하고 승리한 열정에 따르지 않는 문제적인 태도를 보여준다.

을 시작했었다는 사실로 볼 때[19] 그처럼 '구차하고 천한 생활'이 싫다는 그녀의 마지막 항변은 참으로 뻔뻔스러운 데가 있다. 이처럼 그녀의 열정은 '후사'로 표상되는 봉건적 지위의 항구적인 존속을 위한 상전의 욕정과 결합됨으로써 마지막까지 반동적 움직임을 포기하지 않는다. 결국 이방원은 자신을 거부하는 아내를 칼로 찔러 죽이고 자신도 자결하고 마는데, 결과적으로 신치규의 봉건적 욕정만이 살아남고 만다.[20] 요컨대 이방원의 처는 자신을 구원해준 이방원의 열정을 자멸하도록 이끈 뻔뻔스러운 열정의 소유자라고 할 수 있다.

그러나 그 '뻔뻔스러움'이 외면하고 싶은 혁명의 전제임에도 불구하고 그러한 뻔뻔스러운 열정 없이는 혁명은 일어날 수 없다.[21] 왜냐하면 누구보다도 자신이 낫다는 뻔뻔스러움만이 모든 것을 수평화하는 혁명이라는 파괴적인 돌진에 정당성을 부여할 수 있기 때문이다.[22] 이방원이

---

19 나도향, 앞의 책, 247쪽 참조.

20 전 남편의 봉건적 속박으로 벗어나 이방원과 동거하다가 이후 구차하고 천한 삶이 싫다며 봉건적 욕정에 야합하는 이방원의 처는 혁명의 에너지가 반동적 움직임과 결합됨으로써 좌절되어 온 여러 역사적인 위기들을 떠올리도록 만든다. 가령 프랑스 대혁명에 협력했다가 고귀하고 부유한 귀족적인 삶의 상실을 두려워하여 혁명적 수평화를 거부하고 다시 반동적인 움직임을 통해 왕정복고를 도모하는 저 1789년 프랑스 대혁명 이후의 부르주아들이 있다.

21 카뮈는 인간 자신이 자기운명의 주인이라는 근대적인 각성과 시지프라는 신화적인 인물을 결합한다. 그에 따르면 시지프라는 인물은 '뻔뻔스러운 자'이다. 왜냐하면 돌아오겠다고 신들과 약속하고 지옥을 벗어났지만 뻔뻔스럽게 그 약속을 어겼기 때문이다. 말하자면 그는 신들을 배반한 자인데, 이것은 위계적인 신들의 세계로부터 수평적인 인간들의 세계로의 근대적 전환을 말하기 위해 무엇보다 뻔뻔스러움이라는 태도가 필요했다는 점을 암시한다. 알베르 카뮈, 김화영 옮김, 『시지프 신화』, 책세상, 2004, 155~160쪽 참조.

22 '상해죄'로 감옥에 갔다가 3개월 뒤 감옥에서 나오게 된 이방원은 '분한 생각'을 삭이며 자기가 내쫓기고 계집까지 빼앗기게 된 것은 "모두 자기의 돈 없는 탓인 것"(나도향, 앞의 책, 244쪽)으로 생각한다. 이것 또한 '돈 없는 탓'이라는 이방원의 자기 인식에 깃든 돈의 필요성과 가치를 환기함으로써 모든 것을 수평화하려는 이방원의 열정이 뻔뻔스럽게 고조된 이유를 짐작하게 한다. 사람들 간의 차이는 돈의 유무로서 결정되는 것일 뿐 신분적 질서로서 결정되는 것은 아니라는 의식이 바로 그 이유가 되는 것이다. 이처럼 신분적 위계를 수평화할 수 있는 화폐의 힘이 제시된다는 점에서 이방원이 감행한 혁명적인 행위의 역사적 성격은 조금 더 분명해진다고 할 수 있다. 즉 인간의 위계를 돈의 유무로 재편하는 이방원은 논리적 비약일지 모르지만 저 프랑스의 우파적 혁명가와 닮아 있는 것처럼 보인다. 게오르그 짐멜, 김덕영·윤미애 옮김, 「현대 문화에서의 돈」, 『짐멜의 모더니티 읽기』, 새물결, 2005, 18~22쪽 참조.

신치규보다 자신이 낫다는 뻔뻔스러움 없이 어떻게 그 상전에게 도전할 수 있었겠는가? 또 이방원 내외가 저마다 자신이 낫다는 그러한 의식 없이 어떻게 자기 파괴를 무릅쓴 그러한 돌진을 감행했겠는가?[23] 이러한 자기 파괴적 돌진이 혁명의 동력이 되지 못하고 봉건성의 욕정만을 남겨두고 만 것은 뻔뻔스러움이 혁명의 전제가 된다는 사실에 대한 반증이 아니다. 그것은 다만 혁명의 에너지가 반동적 움직임에 이용될 수 있는 가능성을 가리킨다. 뿐만 아니라 이방원의 처는 뻔뻔스러운 열정을 통해 남편의 뻔뻔스러운 열정을 자극하고 기존 체제의 지속을 목표로 하는 '후사'의 계획을 수포로 만들었다는 점에서 궁극적으로는 이방원의 혁명적인 열정을 방해한 것이 아니라 오히려 그것에 가담한 것인지도 모른다. 게다가 이방원의 살인은 이른바 구체제와 이에 협력한 자로부터 오는 악의에 대한 처벌이라는 성격을 띠게 됨으로써 열정적인 혁명가가 보여주는 자기 덕성의 확인이라는 측면이 강하다.

여기서 비로소 열정은 수직적 이해관계의 봉건성을 거부하고 역사의 근대적 전환을 견인하는 태도로서의 위상을 획득한다고 할 수 있고, 마침내 이방원은 혁명가로서의 이미지를 얻게 된다.

3. 수평적 이해관계와 잔인한 열정

한편 최서해의 「홍염」에서 암시되고 있는 이해관계는 나도향의 작품과 달리 수직적 이해관계의 와해 이후 형성된 근대적 개인들의 '수평적

---

23 사실 이방원 역시 뻔뻔스럽기는 마찬가지다. 한 여자를 봉건적 속박에서 해방한 후에 그는 무능함을 순박한 열정으로 가장하며 사실 그녀에게 가난과 궁핍밖에 가져다준 것이 없다. 또 그는 "계집을 치고 화풀이를 하고 난 뒤에 다시 가슴을 에는 듯한 후회와 더 뜨거운 포옹으로"(니도향, 앞의 책, 238쪽) 자기위안을 삼고는 한다. 그런 의미에서 이방원 또한 뻔뻔스러운 열정의 소유자인 셈이다.

이해관계'라고 할 수 있다. 역사적 진전이 있었던 셈인데, 말하자면 그러한 근대적 이해관계에 따라 구축된 자본주의적 계급관계가 「홍염」에 나타난 새로운 이해관계의 모습이다.[24] 실제로 최서해의 소설이 씌어진 1920년대 중반 이후 식민지적 제약하에서이기는 하지만 1910년대의 토지조사사업을 통한 원시적 자본 축적기를 통해 소작인이나 임금 노동자를 양산함으로써 한국 사회는 자본주의적 체제로 구축된다.[25] 물론 자본 없이 노동력을 수단으로 살아야 했던 임금 노동자 중에는 자본주의 체제에 편입되지 못해 간도 지역과 같은 이역만리에서 중국인 지주에게 고용되는 소작인으로 자신의 노동력을 팔아야만 했다. 그리고 이것은 식민지 고국에서와 거의 유사하게 유산계급과 무산계급 사이의 이해관계를 낳았는데, 이 점은 다음 장면에서 분명하게 드러난다.

「문 서방! 그래 올에두 비들(빛을) 못 가프겠소?」

인가는 문 서방 말과는 딴전을 치면서 담뱃대를 쌈지에 넣는다.

「허허 어제두 말했지만 글쎄 곡식이 안된 거 어떡하오?」

「안돼! 안돼! 곡시기 자르되고 모 되구 내가 아르오? 오늘은 받아가지구야 가겠소!」

[…중략…]

인가는 낯빛이 거무락푸르락해서 소리를 고래고래 질렀다. 문 서방은 더 말

---

24 근대 세계에서 일단 완강한 신분구조가 무너지자 근대 초기의 인간들 앞에 놓인 과제는 계급적 기준에서 추락하거나 일탈하지 않고 새롭게 출현한 계급 사회 유형과 행동 모델을 적극적으로 수행하거나 모방하고 그 패턴을 따르거나 변용함으로써 자신의 부류에 맞는 삶을 살아야 하는 도전이었다. 상속받은 속성인 위계로서의 '신분'은 인위적으로, 가령 화폐의 축적과 같은 것으로 만들어진 구성원의 자격이 목적인 '계급'으로 바뀌게 되었다. 신분에서 계급으로 이해관계의 층위가 변화된 셈이다. 지그문트 바우만, 이일수 옮김, 『액체 근대』, 강, 2009, 54쪽 참조.

25 물론 '식민지 자본주의설'을 부정하며 일제의 주도하에서 진행된 일제의 자본주의적 사회 변화를 반(半)봉건적인 성격을 갖는 것으로 그 의미를 제한하는 민족주의적 관점을 지닌 논자들도 있다. 이에 관한 논란은 김정식, 「일제하 한국경제구조변동에 관한 연구」, 『한국항만경제학회지』 제13집, 1997, 623~626쪽 참조.

이 나오지 않았다.

언제나 이놈의 소작인 노릇을 면하여 볼까? 경기도에서도 소작인 생활 십 년에 겨죽만 먹다가 그것도 자유롭지 못하여 남부여대로 딸 하나 앞세우고 이 서간도로 찾아들었더니 여기서도 그네를 맞아주는 것은 지팡살이(小作人)였다. 이름만 달랐지 역시 소작이다. 들오는 해는 풍년이었으나 늦게 들어와서 얼마 심지 못하였고 그 이듬해에는 흉년으로 말미암아 일 년내 꾸어먹은 것도 있거니와 소작료도 못 갚아서 인가에게 매까지 맞고 금년으로 미뤘더니 금년에도 흉년이 졌다. 다른 사람들도 빚을 지지 않은 바가 아니로되 유독이 문 서방을 조르는 것은 음흉한 인 서방의 가슴 속에 문 서방의 용례(금년 열 일곱)가 걸린 까닭이었다.[26]

여기서 수평적 이해관계의 근대성 속에서 새로이 창출된 '계급적 이해관계'는 유산계급과 무산계급을 통해 드러나고 있지 않다. 왜냐하면 그러한 계급적 이해관계가 자본가와 임금 노동자의 관계가 아닌 지주와 소작인이라는 전근대적인 관계로 표상되고 있기 때문이다. 하지만 지주는 생산수단을 소유했다는 점에서 자본가와 유사하고 소작인은 생산수단의 소유 대신 노동력을 판다는 점에서 노동자와 흡사하다고 볼 수 있다. 이것은 특히 '문 서방'이라는 인물이 보여주는 '지팡살이(小作人)'의 생활 방식에서 봉건적 신분질서에 예속되어 있는 전근대적 계급의 굴종적인 태도는 거의 발견할 수 없다는 점과 무관하지 않다. 문 서방이 보여주는 "글쎄 곡식이 안된 거 어떡하오?"와 같은 너무도 당당한 발언에서 그 점을 확인할 수 있다. 사실 중국인 지주 '인가'가 빚을 준 사람이고 문 서방은 빚을 진 사람일 뿐이라는 점에서, 그것은 어쩌면 당당함의 표현이라기보다는 난처함의 표현이라는 것이 맞는 말일지도 모른다. 실

---

26 최서해, 「홍염」, 김성수 편, 『카프대표소설선 I』, 사계절, 1988, 136~137쪽.

제로 최서해가 보여주는 계급적 이해관계는 화폐의 수평화하는 힘에 기초한 자본주의적 이해관계를 반영함으로써 채권자와 채무자 사이의 갈등관계로 설정된다.

그러나 예측성과 불변성을 통해 사회질서의 현실적 기초로 작용하던 문 서방과 인가 사이의 그러한 이해관계는 결정적인 위기를 맞는다. 최서해의 「홍염」은 바로 그러한 위기의 시작과 종결을 형상화하는 소설이라는 것은 말할 것도 없는데, 여기서는 도대체 무슨 일이 있었던 것일까? 앞선 인용문에서 암시되고 있는 것처럼 시작은 소작인 문 서방의 딸 용례가 중국인 지주 인가의 "음흉한 가슴 속에 …… 걸린" 일로 발단된다. 결국 열일곱밖에 되지 않은 어린 소녀에 대한 "전당포 주인과 같은"[27] 한 채권자의 흑심은 한 아버지에게서 딸을 빼앗는 결과를 빚는다. 하지만 문 서방 내외는 "차마 생목숨을 끊기 어려워서 원수가 주는 땅을 파먹게 되었다."[28] 이 때문에 문 서방의 아내는 딸과의 면회를 애걸하다가 피를 토하고 병석에 드러눕는다. 그리고 몹시도 추운 어느 날 문 서방은 죽어가는 아내를 위해서 인가를 찾아간다. 그러나 중국인 인가는 딸의 얼굴 대신 돈 '삼백조'를 문 서방의 손에 쥐여 주면서 그를 쫓아내는데, '분과 설움'을 억누르고 무력하게 돌아온 문 서방은 마침내 아내의 죽음까지 겪고 만다. 다음은 그 이튿날 이어지는 장면이다.

일 동리 사람들과 인가의 집 일꾼들은 불붙는 데 모여들었으나 모두 어쩔 줄을 모르고 떠들고 덤비면서 달려가고 달려올 뿐이었다.

[…중략…]

이런 불 속으로부터 여러 사람이 오고 가는 밭 가운데로 튀어가는 두 그림자가 있었다. 하나는 커다란 장정이요, 하나는 작은 여자이다. 뒷산 숲에서 이것을

---

27 최서해, 앞의 책, 142쪽.
28 최서해, 위의 책, 140쪽.

본 문 서방은 그 두 그림자를 향하고 내리뛰었다. 그는 천방지방 내리뛰었다. 독살이 올라서 불빛에 번쩍이는 그의 눈에는 이 두 그림자밖에는 아무것도 보이지 않았다.

「으윽 끅.」

문 서방이 여러 사람을 헤치고 두 그림자 앞에 가 섰을 때 앞에 섰던 장정의 그림자는 땅에 거꾸러졌다. 그때는 벌써 문 서방에 손에 쥐었던 도끼가 장정 인가의 머리에 박혔다. 도끼를 놓은 문 서방의 품에는 어린 여자의 그림자가 안겼다. 용례가…….

[…중략…]

그 기쁨! 그 기쁨은 딸을 안은 기쁨만이 아니었다. 적다고 믿었던 자기의 힘이 철통같은 성벽을 무너뜨리고 자기의 요구를 채울 때 사람은 무한한 기쁨과 충동을 받는다.

불길은─그 붉은 불길은 의연히 모든 것을 태워버릴 것처럼 하늘하늘 올랐다.[29]

「홍염」의 이 마지막 장면은 사실 생존의 문제를 해결할 수 없을 때 삶으로부터 절망한 인물들이 보여주는 자포자기적인 복수극의 귀결을 보여준다고 할 수 있다. 그런가 하면 이러한 개인적 복수의 차원에서 도덕성이 폭력을 제어하지 못한 결과로 방화와 살인이 자행된 것으로 보는 심리학적 이해도 전혀 불가능하지만은 않다.[30] 그러나 만약 그렇게 이해한다면 '딸을 안은 기쁨'의 순간적인 만족에서 "적다고 믿었던 자기의

---

29 최서해, 앞의 책, 148~149쪽.
30 최근 최서해 소설에 대해서는 그의 대표적인 신경향파 소설들이 일정한 의의와 한계를 가진 계급문학의 초창기 양상으로 간주되며, 이후 목적의식적 문학으로 지양되어야 할 과도기적 양상이라는 통설을 극복하려는 노력의 일환으로 개인적이고 심리적 접근이 이루어지고 있다. 이상진, 「최서해 소설의 폭력과 무의식」, 『현대문학의 연구』 제7집, 1996, 458쪽; 유태영, 「최서해 소설에 나타난 폭력의 성격 연구」, 『한국언어문화』 제23집, 2003, 290쪽 참조.

힘이 철통같은 성벽을 무너뜨리고 자기의 요구를 채울 때 사람은 무한한 기쁨과 충동을 받는다"며 무한한 환희에 사로잡히는 대목은 파악하기 어려운 것이 된다. 오히려 '독살이 올라서 불빛에 번쩍이는 눈'이라는 개인적 분노의 표상은 '무한한 기쁨과 충동'의 인도주의적 환희의 기호와 결합됨으로써 그러한 개인적 복수의 드라마는 사회적 복수의 드라마라는 차원으로 비약한다. 말하자면 억압적인 체제와 이에 협력한 자에게 가해지는 방화라는 참상의 시각화는 사회적 부패를 공개하는 극적인 효과를 성취하게 된다. 실제로 최서해는 다른 여러 작품을 통해서도 그러한 복수의 환희를 기존의 이해관계를 전복하는 어떤 혁명적인 에너지로 간주하는 경우가 많은데,[31] 단순한 우연의 일치라고 보기는 어렵다.

그렇다면 문 서방의 폭력은 '공도'를 '화폐'로 대체한 자본주의적 이해관계의 안정성이 그가 '손에 쥐었던 도끼'로 상징되는 '위대한 공도(公道)'[32]을 통해 전복되는 사회적이고 역사적인 드라마를 이루는 것임에 틀림없다. 물론 죽어가는 아내를 위해 네 번째로 인가를 찾았던 문 서방은 '도끼'를 쥐었던 손에 먼저 '돈'을 쥐지 않을 수 없었는데, 이것은 무엇보다도 근대적 이해관계가 얼마나 집요하고 견고한 것인지를 보여준다. 그러나 아내의 죽음에 맞닥뜨리는 순간 결국 한 남자의 분노와 설움은 독기를 품게 되고 마침내 '철통같은 성벽'과도 같던 이해관계의 질서가 붕괴되고 마는 획기적인 사태가 벌어지고 만다. 즉 "문 서방에 손에 쥐었던 도끼가 장정 인가의 머리에" 박히는 것이다. 그리고 그것을 통해

---

31 가령 억눌린 분노를 끔찍한 폭력으로 표출하는 「기아와 살육」(1925), 「박돌의 죽음」(1925) 등을 예로 들 수 있다. 물론 최서해 소설의 등장인물들이 보여주는 분노와 폭력은 개인적 차원에서 이루어지는 태도와 행위임은 의심의 여지가 없다. 그러나 '위대한 공도' 운운하는 데서 암시되는 것처럼 최서해의 인물들의 분노와 폭력은 자본의 소유 여부에 기초한 근대적 계급관계에서 오는 부당한 처우에 대한 의식과 결합됨으로써 계급적 저항이라는 측면을 가지고 있다. 그리고 여기에 종종 민족적 수난에 대한 복수심이 중첩되는 경우도 많다. 하정일, 「민족과 계급의 변증법─최서해 문학의 탈식민적 성취와 한계」, 『한국근대문학연구』 제6호, 2005, 234쪽 참조.
32 최서해, 앞의 책, 133쪽.

놀랍게도 자본의 유무에 기초한 근대적 이해관계의 수평성을 새로운 수평성으로 대체할 수 있는 관념, 즉 파괴의 '불길'이 창조의 '불길'이 될 수 있다는 혁명적인 이념의 상기가 가능해진다.[33] 그런데 문제는 그러한 전환적인 역사의 국면에서 도덕성은 폭력과 결합됨으로써 혁명의 전제를 껄끄럽게 만든다는 사실이다.

> 「그러지 말고 제발 보여주오! 그러면 내 아내를 데리구 올까? 아니 바람을 쏘여서는……엑 죽어두 원이나 끄고 죽게 내가 데리고 올게 낯만 슬쩍 보여주오, 네? 흑……끅……제발…….」
>
> 이십 년 가까이 손끝에서 자기 힘으로 기른 자기 딸을 억지로 빼앗긴 것도 원통하거든 그나마 자유로 볼 수도 없이 되는 것을 생각하니……더구나 그 우악한 인가에게 가슴과 배를 사정없이 눌리는 연연한 딸의 버둥거리는 그림자가 눈 앞에 언득하여 가슴이 꽉 막히고 사지가 부르르 떨리면서 주먹이 쥐어졌다. 그러나 뒤따라 병석의 아내가 떠오를 때 그의 주먹은 풀리고 머리는 숙었다.
>
> [···중략···]
>
> 「자 이거 적지만!」
>
> 마당에 한참이나 서서 무엇을 생각하던 인가는 백조(白巾)짜리 관체(官帖-돈) 석 장을 문 서방의 손에 쥐었다. 문 서방은 받지 않으려고 했다. 더러운 놈의 더러운 돈을 받지 않으려 하였다. 그러나 지금 붙여먹는 밭도 인가의 밭이다. 잠깐 사이 분과 설움에 어리어서 튀기던 돈은—돈 힘은 굵고 헐벗은 문 서방을 누르지 않을 수 없었다.[34]

---

33 이 불의 상징성과 관련하여 흥미로운 예가 있다. 계급 해방의 이론적 전거가 되었던 마르크스는 신으로부터 불을 훔쳐내 인간들에게 가져다줌으로써 인류에게 해방을 가져다주었다는 점에서 세상을 변화시킨 프로메테우스라는 신화적 인물을 선호했다고 했다. 이것은 불이라는 것이 좌파적 비전 안에서 어떤 의미를 갖게 되는지 잘 보여준다. 그러니까 프로메테우스의 불을 통해 불을 소유한 신과 불을 소유하지 못한 인간의 계급적 불평등이 파괴되고 말았다는 점에서, 결국 모든 것을 집어삼키고 파괴하는 존재로서의 불은 좌파적 혁명의 상징이 되었다고 할 수 있다. 에드먼드 윌슨, 유강은 옮김, 『핀란드 역으로』, 이매진, 2007, 444쪽 참조.

물론 중국인 지주 인가의 '잔인성'을 보여주는 이 장면을 보면 문 서방의 잔인한 폭력이 수반하는 도덕적 결함에 대한 생각은 중지될 수 있을 것처럼 보인다. 실제로 문 서방이 딸의 얼굴이라도 보기를 원하며 죽어가는 아내의 마지막 소원이라도 들어주기 위해 최후로 인가를 방문하는 위의 대목에서 인가가 이러저런 핑계를 대면서 그에게 딸의 얼굴 대신 돈 몇 푼을 쥐어주는 몰인정은 문 서방의 잔인성을 정당화하기에 충분한 것이다. 물론 소설에서는 "중국인은 의심이 많아서 그런다"[35]는 민족적 특성으로 인가가 변호된다. 그러나 변호는 곧바로 철회되지 않을 수 없는데, 왜냐하면 문 서방은 "바람을 쏘여서는 안 되는" 다 죽어가는 병자임에도 불구하고 "원이나 끄고 죽게" 자신의 아내를 데려오기라도 하겠다고 간청을 하고 있기 때문이다. 분노와 설움을 억누르고 아버지이자 남편으로서의 인간적 의무를 다하기 위해 간청한 일을 냉정하게 거절하는 인가는 참으로 잔인한 데가 있다.[36] 요컨대 잔인한 인가는 문 서방의 도덕적으로 문제가 되는 잔인한 폭력에 불가피성을 부여함으로써 혁명의 전제를 정당화하게 된다.

　하지만 잔인한 폭력은 어떠한 경우에도 도덕적으로 정당화되기 어렵다. 문 서방의 채무 불이행으로 중국인 지주 인가에게 딸을 빼앗기는 자본주의적 이해관계의 폭력적 행위가 방화와 살인이라는 또 다른 폭력적 행위를 통해 지양된다고 하더라도 문 서방의 폭력적인 반정립이 범죄자의 절망적 죄의식이 아니라 혁명가의 전복적 환희로 나타나는 일은 도덕률 폐기론을 합법화하는 일종의 무도덕주의라는 비난을 피할 수 없

---

34 최서해, 앞의 책, 142~143쪽.
35 최서해, 위의 책, 140쪽.
36 중국인 지주 인가의 행태는 분명히 부르주아적 자본가의 행태를 연상시키는 측면이 있다. 자신이 소유한 것을 공유한다는 관념에 대해 강한 소유욕으로 응대한다는 점에서 그러하다. 말하자면 인가는 프롤레타리아 혁명이라는 기치를 들고 체제 전복을 이룩했던 저 1917년 러시아 혁명의 안티테제였던 유산계급의 잔인한 소유욕에 기초한 자본주의 체제의 억압성을 떠올리게 만드는 인물이라고 할 수 있다.

다. 그러나 폭력으로 무산계급을 억압하는 자본가와 마찬가지로 폭력으로 그 자본가의 억압을 분쇄하려는 무산계급은 동일한 도덕의 법정에 세울 수 없다는 사회주의적 관념[37]에서 「홍염」은 억압받는 계급의 잔인성에서 도덕적 함의를 탈각시킨다고 할 수 있다. 다시 말해 사회주의적 혁명의 차원에서는 똑같은 폭력으로 투쟁하는 계급들을 초월하는 이른바 역사적 도덕의 법정이 존재한다는 것인데,[38] 여기서 비로소 문 서방의 잔인성은 한 인간의 도덕적 결함으로서가 아니라 전체 역사의 도덕적 진보로서 이해된다.

그런 의미에서 억압받는 무산자들의 폭력적 잔인성이라는 열정의 형태는 자본주의적 이해관계의 견고성을 녹여버릴 수 있는 태도로서 역사의 뜨거운 동력이라는 의미를 보존하고, 그 결과 문 서방은 또 한 사람의 혁명가로서 탄생하게 된다.

---

37 트로츠키는 폭력 혁명을 주창한 레닌의 적수들이 레닌에 대해 무도덕주의라는 비난을 한 데 대하여 다음과 같이 설명한다. "이 무도덕주의라는 것은 목적에 다다르는 데 이바지하기만 한다면 어떤 수단이든 받아들이는 태도를 뜻하는 것으로 보인다. 그렇다. 울리야노프는 교황의 도덕이나 칸트의 도덕, 즉 별이 총총한 천상에서 우리의 삶을 규제한다고 생각되는 그런 도덕의 숭배자는 아니었다. 레닌이 추구한 목적은 너무나도 위대하고 개인을 초월한 것이어서 레닌은 도덕 기준을 이런 목적에 공공연하게 종속시켰다." 결국 사회주의적 관념에서 서로 싸우는 계급을 초월한 도덕의 법정이 존재하는 셈이며 이 법정을 주관하는 것은 이른바 '역사의 여신'이다. 사회주의가 제기하는 '도덕을 넘어서는 역사의 도덕'이라는 관념에 대한 좀 더 자세한 논의는 에드먼드 윌슨, 앞의 책, 590~603쪽 참조.
38 채무로 인해 채권자인 인가에게 딸을 빼앗긴 문 서방의 탄식, 즉 "에구 이놈의 돈이 우리를 죽이는구나!"(최서해, 앞의 책, 139쪽)라는 한탄은 나중에 채권자에 대한 폭력을 통한 환희와 각성으로 바뀌는데, 여기서 암시되는 것은 앞선 이방원의 읊조림과 명백하게 대비된다. 내쫓기고 계집을 빼앗긴 것이 모두 '돈 없는 탓'이었다는 이방원의 자기 인식은 인간적인 삶의 가능성을 봉쇄당한 것이 모두 '돈 탓'이라는 문 서방의 현실 인식에 깃든 '돈에 대한 경멸과 혐오'로 대체되어 있는 것이다. 이처럼 계급적 위계를 신분적 수평화를 통해 은폐한 화폐의 힘에 대한 경멸을 보여준다는 점에 주목할 때 문 서방이 감행한 혁명적 행위의 역사적 성격은 조금 더 분명해진다고 할 수 있다. 즉 화폐의 세계를 혐오하고 있다는 점에서 문 서방은 돈에 기초한 계급적 위계와 근대 자본주의 체제를 붕괴시킨 저 러시아의 좌파적 혁명가들을 닮아 있는 것 같다.

4. 두 혁명가의 초상

소설에 등장하는 인물들과 이들의 삶을 통해 한 작가의 이념을 드러내고 또 그 이념의 배경이 되는 역사적 상황을 파악한다는 것이 가능할까? 이 물음이 이 장의 출발점이었다. 그리고 실제로 20세기 초에 두 명의 소설가, 나도향과 최서해는 각각 「물레방아」와 「홍염」에서 강렬하고 인상적인 인간상의 창조를 통해 소설의 등장인물과 역사적 시간의 관계를 서사적인 방식으로 그려냈다. 말하자면 상이한 역사적 시간과 결합된 인간상을 통해 그 두 소설가는 한 시대의 사회적 상황을 재현함으로써 작가의 사상과 역사적 현실을 표현하였던 것이다. 나아가 그들의 소설에 등장하는 인물들은 저마다 부당한 대우와 차별적 처우로 고통을 주는 고착된 이해관계의 속박을 거부하고 마침내 전복적인 혁명가의 모습을 보여준다는 점에서 그 역사적 존재로서의 인간상은 기념비적 성격마저 띠고 있었다. 차이가 있다면 나도향이 봉건주의에 대항하는 인간을 본 곳에서 최서해는 자본주의에 항거하는 인간을 본다는 점이었다.

우선 나도향의 「물레방아」에서 봉건주의에 대항하는 혁명을 가능케 하는 원동력은 무엇보다도 뻔뻔스러운 열정이었다. 하지만 그것은 혁명의 도덕성과 양립하기 어렵다는 점에서 외면하고 싶은 혁명의 전제였다. 그럼에도 불구하고 나도향은 누구보다도 자신이 낫다는 뻔뻔스러움만이 혁명이라는 파괴적인 돌진에 정당성을 부여할 수 있다는 점에서 그것들 없이 혁명은 일어날 수 없는 것이라는 사실을 보여주었다. 여기서 '뻔뻔스러운 인간'은 마침내 수직적 이해관계의 봉건성을 거부하고 역사의 획기적인 전환을 견인하는 혁명가의 자격을 부여받을 수 있었다. 아울러 이방원이 신치규와 아내의 음모에서 떠올리는 '모든 것이 돈 없는 탓'이라는 자기 인식은 돈의 필요성과 가치를 이해하기 시작했다는 사실을 암시함으로써 그가 감행한 혁명적인 행위의 역사적 성격을 조금 더 분명히 보여주었다.

그런가 하면 최서해의 「홍염」에서는 자본주의에 대한 혁명을 가능케 하는 추진력이 잔인한 폭력으로 나타났는데, 말할 것도 없이 그것은 나도향과 마찬가지로 혁명의 전제를 의심하도록 만드는 도덕적 껄끄러움을 수반하였다. 그러나 폭력으로 무산계급을 사슬로 붙들어 맨 자본가와 폭력으로 그 자본가의 사슬을 끊어버린 무산계급은 동일한 도덕의 법정에 세울 수 없다는 사회주의적 관념을 통해 최서해는 도덕적으로 정당화될 수 없는 행위를 역사적으로 정당화할 수 있었다. 이때 비로소 '잔인한 인간'은 자본주의적 이해관계의 질곡을 거부하고 다시 한 번 역사의 획기적인 전환을 견인하는 혁명가의 자격을 부여받게 되었다. 그리고 문 서방이 딸을 빼앗기고 절망하는 가운데 내뱉은 '모두가 돈 탓'이라는 현실 인식은 돈의 필요성이 돈에 대한 경멸과 혐오로 대체되고 있다는 사실을 보여줌으로써 그의 혁명적인 행위가 지닌 역사적 성격을 조금 더 명백히 드러냈다.

요컨대 두 소설가는 자신들의 소설을 통해 서로 다른 혁명가의 초상을 대조적으로 그려내고 있었던 셈이다. 다시 말해 나도향은 인간을 권위와 위계로 구조화된 전근대의 '수직적 이해관계'에 도전하는 혁명가로 형상화하는 데 반해, 최서해는 인간을 화폐와 불평등으로 구조화된 근대의 '수평적 이해관계'에 저항하는 혁명가로 형상화한다. 이처럼 나도향과 최서해 소설에 나타난 인간상과 역사적 시간의 관련성은 일정한 대비점을 보여주는데, 특히 뻔뻔스러움과 잔인함이라는 정치적 열정의 태도들에서 드러나는 차이점은 아주 흥미로운 것이라고 할 수 있었다. 물론 이방원과 문 서방과 같은 인물들은 작가의 주관적인 창안이기는 하지만 작가도 완전히 알지 못하는 자신의 일부를 대표하고 있는지도 모른다. 그러나 만약 자신의 열정을 추구하는 인간들은 전혀 의식하지 못하지만 보다 숭고한 세계사적 목적에 공헌한다는 이성의 간지라는 헤

겔의 개념을 떠올릴 수 있다면 그러한 혁명가의 정체성은 여전히 보존된다고 할 수 있다.

결과적으로 열정과 폭력을 중심으로 구조화된 혁명의 동력이라는 차원에서 나도향과 최서해는 동일한 지평에 놓인다고 할 수 있고, 그리고 이것은 1920년대 중반을 전후로 한 한국사회의 역사적 시간과 일정하게 관련된다고 할 수 있다. 물론 폭력과 정화의 양식으로 귀결된 두 소설가의 작품은 그 시간 속에 혁명과 폭력의 연관성이라는 골치 아픈 유산을 남긴다.

2부

/

서술과 상징적 형식 1936~1949

5장 / 남녀관계의 불안

김유정·이상 소설과 희극적 인간

1. 역사와 서술

근대소설에서 서술(narration)을 말할 때는 일반적으로 '무엇을 말하는
가'라는 내용의 문제가 '어떻게 말하는가'라는 형식의 문제로 전환된다.
물론 내용과 형식은 따로 떼어놓을 수 없는 유기적 관계를 이루기 때문
에 결국은 둘 다 문제가 되지만 어떤 것을 강조하느냐에 따라 논의의 방
식은 크게 달라진다. 그런 의미에서 서술에 관한 논의는 작가의 전언
(message)보다는 서술자의 담화(discourse)라는 차원에서 접근하는 것이 일
반적이다. 다시 말해 근대소설의 서술은 작가의 전언에 다가가기 위해
서술자의 존재를 투명하게 지워버리는 작품의 개념이 아니라 담화 행위
그 자체를 드러내기 위해 서술자의 위치를 다시금 부각시키는 텍스트의
개념을 선호한다. 이것은 그동안 서사학(narratology)의 방식으로 일컬어
져 왔는데,[1] 말하자면 서사학은 텍스트 그 자체에 주목하여 서술자를 통

---

[1] 서사학에서 담화는 이야기를 텍스트로 만드는 서술의 전체적 국면을 지칭하는 것으로 서사학의
대상이 되는 텍스트의 언어 안에서 담화와 서술은 통상 동일한 것을 지칭한다. 그러나 담화 내
지 담론이라는 용어는 서술 상황을 벗어난 사회문화적 구성을 말하는 일에서조차 확대되고 있

해 이루어지는 자기충족적인 서술 행위를 문제로 삼는다고 할 수 있다.

그러나 이것은 동시에 서사학의 한계를 가리킨다. 사실 문학 텍스트는 자기폐쇄적인 닫힌 전체성으로 완결되는 것이 아니라 다른 텍스트와 서로 관계를 맺고서 문화적 자장의 일부로 개방되는 것이다. 따라서 서사학적 방식의 폐쇄성을 벗어나 텍스트의 바깥을 참조함으로써 텍스트가 전개하는 서술을 좀 더 넓은 문맥에서 바라볼 필요가 있다. 여기서 바흐친이 말하는 서술 개념은 그러한 방식에 일정한 시사점이 되어준다. 실제로 그는 근대소설에서 특징적인 것은 등장인물(character)로 대변되는 인간 자체의 이미지가 아니라 서술자(narrator)의 서술 행위와 관련되는 언어의 이미지로서, 이 이미지의 조직체인 서술에는 어떤 특정한 사회적이고 역사적인 현실이 구현되어 있다고 말한다. 그리고 서술자는 자신의 언어를 통해 등장인물의 행동과 의식이 움직이는 방식을 제한하고 또 등장인물은 그 제한의 수용을 통해 자신의 행동과 의식을 재구성한다는 점에서 그러한 서술의 핵심에는 특정한 시공간을 통해 규정되는 보다 구체적인 서술자가 자리잡고 있다고 덧붙인다.[2]

그렇다면 바흐친의 서술자는 구체적 현실을 드러내는 사회적이고 역사적인 존재로서의 성격을 갖게 되는 셈인데 이것은 바로 이 장의 근본적인 전제가 된다. 왜냐하면 이 장의 목적은 무엇보다도 김유정의 「동백꽃」(1936)과 이상의 「날개」(1936)에 나타난 서술을 비교하는 가운데 특히

어 논의의 혼란스러움을 피하기 위해 최근에는 담화 대신 서술이라는 용어가 보다 빈번하게 사용되고 있다. 정혜경, 『한국 현대소설의 서사와 서술』, 월인, 2005, 22쪽 참조.

2 바흐친은 '서술' 분석의 중요성을 서술자의 역사적 존재로서의 지위로부터 규정하는 데서 한 걸음 더 나아가 그 서술자의 언어조차도 여러 등장인물의 언어들과 대화하는 다성성(polyphony)의 차원에서 환기한다. 그러나 모레티가 날카롭게 지적한 바 있듯이 이질적인 언어들 간의 다성적 대화란 사실상 불가능하다는 점을 상기할 필요가 있다.(프랑코 모레티, 성은애 옮김, 『세상의 이치』, 문학동네, 2005, 352~353쪽 참조) 말하자면 다성성은 일종의 이념이지 문학적 현상은 아닌 셈인데, 오히려 이질 언어들에서 주목해야 할 점은 사회적이고 역사적인 현실에 대한 견해들의 경쟁이고 나아가 그 경쟁들을 발화 주체인 서술자가 장악한 상태에서 어떤 시대의 상황에 대한 일반적인 인식의 중핵을 드러낸다는 점이다. 미하일 바흐친, 전승희 외 옮김, 『장편소설과 민중언어』, 창작과비평사, 1988, 64~190쪽 참조.

서술자의 어조에 주목함으로써 1930년대 중반이라는 동일한 역사적 시공간에 연루된 '남녀관계'의 현실에 대해 각기 다르게 반응하는 인간의 이미지를 도출하는 데 있기 때문이다. 그러니까 김유정과 이상의 서술에서 사회역사적 인간의 이미지는 등장인물이 아니라 서술자로부터 도출될 것인데, 앞서 언급한 것처럼 바흐친이 말한 의미에서의 서술자는 서사의 역사적 정수를 포착하는 데 적절한 입각점이 되어준다는 점에서 그러하다. 물론 기존의 논의들에서 두 작품의 서술은 소홀히 취급되었다기보다는 오히려 아주 자세하게 분석되었다고 할 수 있다.

예를 들어 김유정의 서술은 「동백꽃」과 같은 주요 작품을 대상으로 '문체론'의 차원에서 전통, 아이러니, 해학, 시점 등 서술상의 기법들에 대해 아주 다각적인 조명이 이루어졌는가 하면[3] 이상의 서술은 「날개」를 주된 분석 대상으로 하여 '미적 근대성'의 탐색을 위해 기호 놀이, 상호 텍스트성, 은유로서의 질병 등의 서술적 양상들을 중심으로 매우 정교하고 세련된 논의를 축적했다.[4] 그러나 김유정과 이상의 서술에 관한 논의들은 대체로 작가의 개인적 표현에 유념하는 문체론의 본령을 크게 벗어나지 않을 뿐만 아니라[5] 미적 자의식이나 무의식의 층위에서 일상

---

3 2000년대 이전까지 김유정 소설을 문체론의 차원에서 연구한 업적들에 대한 포괄적인 정리는 유인순의 논문을 참조할 수 있다. 그리고 2000년대 이후 최근의 논의들 가운데 서술론을 미적 근대성과 연결하는 대표적인 논의로는 김양선과 김주리의 논문을 들 수 있다. 유인순, 「김유정 문학 연구사」, 『강원문화연구』 제15집, 1996, 60~65쪽; 김양선, 「1930년대 소설과 식민지 무의식의 한 양상―김유정 소설에 나타난 향토의 발견과 섹슈얼리티를 중심으로」, 『한국근대문학연구』 제5호, 2004, 152~164쪽; 김주리, 「매저키즘의 관점에서 본 김유정 소설의 의미」, 『한국현대문학연구』 제20호, 2006, 312~319쪽 참조.

4 2000년대 이전까지 서술에 대한 분석을 통해 이상 소설의 미적 근대성을 해명하는 논의들에 대해서는 세 권의 책으로 집약된 연구 성과를 정리하고 논평을 덧붙이는 차원현의 논문이 시사적이다. 그리고 2000년대 이후 서술론과 미적 근대성을 결합하는 논의로는 한형구, 이정엽, 김정관 등의 논문이 전형적이다. 차원현, 「이상 읽기의 한 방식」, 『민족문학사연구』 제17호, 2000, 456~469쪽; 한형구, 「기호 놀이의 시학, 난센스의 시학: 이상 문학 연구 서설」, 『한국근대문학연구』 제1호, 2000, 168~174쪽; 이정엽, 「이상 소설 문체의 수사학과 서사구조 연구」, 『한국학보』 제108호, 2002, 203~207쪽; 김정관, 「텍스트의 무의식과 소설적 진실―이상 문학의 텍스트 생산 과정에 대한 정신분석학적 연구」, 『배달말』 제38호, 2006, 300~309쪽 참조.

적인 삶과의 연결과 분리라는 양가적 특성을 통해 이른바 세계의 부정성을 드러낸다는 미적 근대성의 논의로 귀결되는 경우가 많았다.[6] 물론 이러한 규정이 기존의 논의들을 부정하기 위한 것은 아니다. 다만 문학 텍스트를 좀 더 적극적으로 '사회사'와 결합해 문학을 근대 세계에 대한 대응 형태로 파악하고 그 텍스트에 미학적 특권을 부여하는 기존의 논의와는 다소 다른 방식으로 분석을 진행함으로써 좀 더 풍성한 논의의 장을 만드는 데 기여하고자 할 뿐이다.

결국 이 장에서 사용될 서술(자)이라는 개념은 미학적 차원이 아니라 역사적 차원을 드러내는 것이라고 할 수 있다. 문학이란 사회에 대한 '반응 형태'인 동시에 '대응 형태'라는 점에서 사실상 문학 텍스트의 형상에서 역사적 상황에 주목한다는 것은 문학을 그러한 상황의 참조자료로만 간주하는 일종의 사회학주의의 오류를 범할 가능성이 크다는 지적은 옳다.[7] 그러나 텍스트와 사회사를 결합하여 문학의 의미를 역사적인 맥락에서 고찰하는 것이 전혀 불가능한 일은 아니다. 실제로 근대소설은 미학적 관점에 따라 사회역사적 상황에 대한 대응과 비판을 표현하는 서술인 동시에, 사회학적 관점에서 그러한 상황에 대한 반응과 승인

5 사실 문체는 이제까지 연구자들을 몹시 괴롭혀 왔던 모호한 개념이다. 그러나 그들에 따르면 대체로 문체는 작가를 인지할 수 있는 개인적 표현의 특징으로서 서술과는 좀 다른 차원의 개념이다. 개인적 언어 사용이라는 '파롤'로서의 문체와 달리 서술이라는 개념이 수반하게 되는 것은 작자의 개성이 작품 전체를 완전히 감당할 수는 없다는 사실이다. 바로 이런 경우에 일반적으로 텍스트는 주관성의 문체가 아니라 객관성의 서술을 통해 접근 가능한 것이 된다. 물론 텍스트와 문체론을 결합함으로써 파롤이 아닌 언어의 사회적 측면이라는 '랑그'로서의 문체를 말하는 연구자들도 있다. 이시하라 치아키 외, 송태욱 옮김,『매혹의 인문학 사전』, 앨피, 2009, 227~231쪽 참조.

6 예컨대 김양선은 김유정 소설에서 발견되는 향토가 '일정하게 근대의 논리에 포섭되거나 자본주의적 인간관계에 지배'되고 있음에도 불구하고 그것을 '조롱하는 방식'을 통해 '근대의 논리, 중심의 논리에 포착되지 않는 반동적 기운이 가득한 곳'이 되어 있다고 말한다(김양선, 앞의 글, 150~159쪽 참조). 그런가 하면 한형구는 '예술이란 기존의 규칙을 답습하는 데서가 아니라, 기존의 규칙을 무너뜨리고, 새로운 규칙을 창안하는 데서 그 가치가 비롯되는 것'으로 전제하고, 이상이 집요하게 의미라는 규칙을 파괴하는 양상, 즉 '의미 속에서 무의미를 발견하려는 태도'를 읽는다(한형구, 앞의 글, 147~148쪽 참조).

7 김인환,「한국문학의 사회사 문제」,『기억의 계단』, 민음사, 2001, 22~33쪽 참조.

을 내포하는 서술로도 가정된다.[8] 바로 이것은 문학이 출현하는 사회적 상황 속에 그 텍스트를 위치시키는 정당한 순간이 된다. 뿐만 아니라 「동백꽃」과 「날개」는 동일하게 남녀관계의 긴장과 갈등을 주요한 모티프로 삼으면서 역사적 변화에 상응하는 서술을 보여주고 있다는 점에서 그 두 텍스트를 비교하는 일은 무척 흥미로울 것이다.[9] 1930년대에 일상적으로 확립된 남녀관계를 바라보는 서술자들로부터 역사적 존재로서의 인간의 이미지를 추출하는 것은 여기서 비로소 가능해진다.

2. 오만의 수사학

감정을 지닌 인간에 대한 이광수적 규정 이후[10] 근대적인 남녀관계는 아주 불안한 것이 되었다. 왜냐하면 전통적 권위와 공동체의 관습에 의해 결속된 봉건적 남녀관계의 안정성은 근대적 주체성과 개인적 감정의 고양으로부터 불가피해진 자의적인 선택과 우유부단 앞에서 점차 붕괴되고 말았기 때문이다.[11] 가령 현진건의 「빈처」(1921)는 아내의 적극적인

---

8 프랑코 모레티, 앞의 책, 25~42쪽 참조.
9 이 장은 사실 소설에 등장하는 인물들과 이들의 삶을 통해 한 시대를 표상하거나 그 시대의 정수를 파악하는 것이 가능할까 하는 물음에서 출발한다. 그리고 이 장에서 1930년대에 제출된 「동백꽃」과 「날개」, 이 두 편의 소설은 한 시대의 역사적 표상들 가운데 하나인 남녀관계의 문제를 그 정수로서 담고 있다고 간주된다. 물론 그것은 1930년대 남녀관계의 일상 그 자체라고 말할 수는 없다. 다만 문학작품이 역사적 현실의 징후이자 원인이 되어준다는 사회학적 관점에 따라서 「동백꽃」과 「날개」의 서술은 당대의 일상적 남녀관계를 예표적(豫表的)으로 혹은 사후적(事後的)으로 구현하고 있다고 말할 수는 있다.
10 이광수의 '정육론' 이후 한국 사회는 연애에 대한 인식의 변화를 경험하고 남녀관계에서 '총체적인 전환의 계기'를 맞는다. 말하자면 근대 형성기(개화기부터 1920년대 중반까지)의 한국 사회는 인간을 이른바 감정적 자율성을 지닌 '근대적 주체'로 구성함으로써 감정적 주체로서의 개인들 간의 만남으로 근대적 남녀관계의 성격을 역사적으로 조건화하게 된다. 김지영, 『연애라는 표상』, 소명출판사, 2007, 11~29쪽 참조.
11 권위와 관습과 같은 과거의 구속이 사라져버린 역사적 현실로 인해 근대적인 개인들은 감정의 자유를 마음껏 누리게 됨과 동시에 구속을 자유로 대체한 그들의 관계는 감정의 변덕 속에서

불만 토로에 따라 '강한 가면'과 '약한 진상' 사이에서 동요하는 한 남편의 예술가적 자의식을 통해 근대적인 남녀관계의 불안정성을 날카롭게 보여주었다. 물론 그 남편은 자기기만의 태도에 기대어서만 겨우 그러한 관계의 불안을 모면할 수 있었다. 그러나 관습적 권위가 개인의 감정으로 대체되는 데서 온 남녀관계의 불안한 유동성은 1930년대에 이르면 돌이킬 수 없을 정도로 첨예해지는데, 바로 김유정의 「동백꽃」은 그러한 역사적 상황과 무관하지 않은 서술들 가운데 하나라고 할 수 있다. 농촌 남녀의 순박한 사랑 이야기라는 서사적 외연[12] 안에서 새롭게 확립된 일상적 남녀관계의 내포는 우선 서두의 구애 장면에서부터 감지된다.

　　게집애가 나물을 캐러 가면갔지 남 울타리 엮는데 쌩이질을 하는것은 다 뭐냐. 그것도 발소리를 죽여가지고 등뒤로 살멋이 와서

　　"얘! 너 혼자만 일하니?" 하고 긴치않은 수작을 하는것이다.

　　어제까지도 저와 나는 이야기도 잘 않고 서로 만나도 본척만척하고 이렇게 점잖게 지내든 터 이련만 오늘로 갑작소리 대견해졌음은 웬일인가. 항차 망아지만한 게집애가 남 일하는 놈보구ー

　　[…중략…]

　　잔소리를 두루 느러놓다가 남이 드를가봐 손으로 입을 트러막고는 그속에서 깔깔대인다. 별루 웃어울것도 없는데 날새가 풀리드니 이놈의 게집애가 미쳤나 하고 의심하였다. 게다가 조곰 뒤에는 즈집께를 할금할금 돌아보드니 행주치마의 속으로 꼈든 바른손을 뽑아서 나의 턱밑으로 불쑥 내미는것이다. 언제 구었

부유하며 약속과 신의 대신 의심과 우유부단에 개방됨으로써 필연적으로 유동성과 불확실성을 띠게 된다. 리하르트 다비트 프레히트, 박규호 옮김, 『사랑, 그 혼란스러운』, 21세기북스, 2009, 308~316쪽 참조.

12 현진건의 「빈처」가 단순한 현모양처 이야기가 아닌 것처럼 김유정의 「동백꽃」 또한 농촌 남녀의 순박한 사랑 이야기에 그치지 않는다. 그러나 기존의 논의들은 대개 그와 같은 주제적 규정에서 크게 벗어나지 않는 것처럼 보인다. 이남호, 『교과서에 실린 문학작품을 어떻게 가르칠 것인가』, 현대문학, 2001, 345~354쪽 참조.

는지 아즉도 더운 김이 홱 끼치는 굵은 감자세개가 손에 뿌듯이 쥐었다.

[…중략…]

나는 고개도 돌리랴지 않고 일하든 손으로 그 감자를 도루 어깨넘어로 쑥 밀어버렸다.

그랬드니 그래도 가는 기색이 없고 뿐만 아니라 쌔근쌔근 하고 심상치않게 숨소리가 점점 거츠러진다. 이건 또 뭐야, 싶어서 그때에야 비로소 돌아다 보니 나는 참으로 놀랬다. 우리가 이 동리에 들러 온것은 근삼년째 되어 오지만 여지껏 감으잡잡한 점순이의 얼골이 이렇게까지 홍당무처럼 샛쌁애진 법이 없었다.[13]

한 여자와 한 남자가 있다. 두 사람은 '이야기도 잘 않고 서로 만나도 본척만척하고 이렇게 점쟎게 지내든 터'이다. 그리고 여자는 남자에 대한 호감을 먼저 드러내겠다는 용기에도 불구하고 여전히 '발소리를 죽여가지고 등뒤로 살멋이' 다가갈 뿐만 아니라 직접적인 감정 표시를 쓸데없는 '잔소리'로 대신하거나 '남이 드를가봐 손으로 입을 트러막고'는 자기감정의 언저리에서 수줍게 머뭇거린다. 게다가 그녀는 감정을 드러내는 결정적인 순간조차 '즈집께를 할금할금 돌아보'는 조심스러움을 떨쳐내지 못한다. 그런가 하면 남자는 여자를 "걱실걱실이 일 잘하고 얼골 이뿐 게집애인줄"[14]로 알았다는 데서 암시되듯이 그녀에 대해 호감을 가지고 있음에도 불구하고 무뚝뚝하게 거절을 하고 만다. 사실 그는 '어머니'로부터 "열일곱식이나 된것들이 수군수군하고 붙어다니면 동리의 소문이 사납다고 주의를"[15] 받고 있었던 것이다. 이로써 일단 이 서술들은 '집'과 '어머니'로 대변되는 관습적 권위에 구속된 채 아니면 적어도

---

13 김유정, 「동백꽃」, 『원본 김유정 전집』, 강, 2007, 220~221쪽.
14 김유정, 위의 책, 225쪽.
15 김유정, 같은 책, 221쪽.

눈치를 보도록 새침함과 무심함으로 구조화된 전통적인 남녀관계의 봉건성을 드러내고 있는 것처럼 보인다.[16]

그러나 남녀관계에 드리워진 그러한 봉건성의 베일들은 서술자의 상상적 서술에서 점차 떨어져 나간다. 우선 「동백꽃」의 서술자[17]는 '게집애'의 프러포즈를 통해 남성의 능동성과 여성의 수동성을 결합하던 봉건적 남녀관계의 기본적인 형식을 뒤집는다. 무엇보다도 이것은 적극적인 구애가 전통적인 새침함을 대체하는 역사적 전변의 서사적 기원이라고 할 수 있다. 그리고 그녀가 전통 뒤에 숨은 자기감정을 솔직하게 꺼내 보이는 서술에서 남녀관계의 근대성이 본격적으로 점화되는데, '행주치마의 속'에서 나온 '더운 김이 홱 끼치는 굵은 감자세개'가 가리키는 열정의 표상이 바로 그것이다. 서술자는 이 뜨거운 감정의 덩어리들을 통해 관습적 권위와 개인적 감정의 연결고리를 거의 완전히 녹여버릴 셈이다. 그렇지만 그녀의 감정은 과거의 구속을 뿌리친 대가로 자유로움과 동시에 위태로움을 얻는데, 왜냐하면 그녀의 감정적 자유는 상대방의 감정적 자유와 경쟁하지 않을 수 없다는 점에서 실연의 가능성을 안은 고통스러운 모험이 되기 때문이다. '홍당무처럼 샛빨애진' '감

---

16 여자는 '마름'의 딸이고 남자는 그로부터 '배재'를 얻어 살아가는 일종의 소작인의 아들이라는 점이 환기하고 있듯이 김유정의 「동백꽃」은 전근대적 표상들이 지배하는 농촌을 배경으로 한다. 그러나 만일 근대성이라는 것이 눈에 보이는 사회적 관습과 더불어 눈에 보이지 않는 사회적 상상을 포함하는 것이라면 전근대의 가시적 표상과 이것과 불일치하는 근대적 남녀관계에 대한 비가시적 상상이 결합되는 것은 충분히 가능한 일이다. 찰스 테일러, 이상길 옮김, 『근대의 사회적 상상』, 이음, 2010, 43~52쪽 참조.

17 채만식의 「치숙」처럼 작가와 화자가 반드시 일치하는 것은 아니다. 또한 화자와 서술자 또한 언제나 일치하는 것은 아닌데, 전개되는 서사와 이 서사에 대한 태도를 드러내는 어조가 구별될 수 있는 「동백꽃」과 같은 작품이 대표적이라고 할 수 있다. 말하는 자(화자)와 보여주는 자(서술자)의 구별이 필요한 이유이다. 그런 의미에서 「동백꽃」의 '나'는 화자로서 선택되었고 또 그를 통해 근대적 남녀관계의 긴장과 불안이 이야기되고 있지만 이것을 총괄하면서 웃음을 불러일으키는 서술을 통해 그 '나'의 말에서 어떤 태도를 드러내는 것은 서술자라고 할 수 있다. 이처럼 서술자의 문제와 자주 혼동되는 것이 '시점'의 문제이다. 「동백꽃」의 경우는 바로 '나'가 그러한 '초점화자'에 해당하는데, 따라서 「동백꽃」의 서술자는 초점화자인 '나'와 구분되는 존재이다. 이시하라 치아키 외, 앞의 책, 132~135쪽 참조.

으잡잡한 점순이의 얼골'은 그러한 자유의 고통을 가차 없이 요약한다.

그러나 점순이의 침해는 이것뿐이 아니다.

사람들이 없으면 틈틈이 즈집 숫닭을 몰고와서 우리 숫닭과 쌈을 붙여놓는다. 즈집 숫닭은 썩 험상궂게 생기고 쌈이라면 회를 치는고로 의례히 이길것을 알기 때문이다. [⋯중략⋯] / 이렇게 되면 나도 다른 배채를 채리지 않을수 없다. 하루는 우리 숫닭을 붙들어가지고 넌즛이 장독께로 갔다. 쌈닭에게 꼬추장을 먹이면 병든 황소가 살모사를 먹고 용을 쓰는것처럼 기운이 뻗힌다 한다. [⋯중략⋯] / 나는 점순네 숫닭이 노는 밭으로 가서 닭을 내려놓고 가만히 맥을 보았다. 두닭은 여전히 얼리어 쌈을 하는데 처음에는 아무 보람이 없다. [⋯중략⋯] / 그러나 한번엔 어쩐 일인지 용을 쓰고 펄쩍 뛰드니 발톱으로 눈을 하비고 나려오며 면두를 쪼았다. 큰닭도 여기에는 놀랐는지 뒤로 멈씰하며 물러난다. 이 기회를 타서 적은 우리숫닭이 또 날쌔게 덤벼들어 다시 면두를 쪼니 그제서는 감때사나운 그 대강이에서도 피가 흐르지 않을수 없다. / [⋯중략⋯] / 그러나 얼마 되지 않어서 나는 넋이풀리어 기둥같이 묵묵히 서있게 되었다. 왜냐면 큰닭이 한번 쪼이킨 앙갚으리로 허들갑스리 연겊어 쪼는 서슬에 우리 숫닭은 찔끔못하고 막 굻는다. [⋯중략⋯] / 그랬든 걸 이렇게 오다보니까 또 쌈을 붙여 놨으니 이 망한 게집애가 필연 우리집에 아무도 없는 틈을 타서 제가 들어와 홰에서 끄내가지고 나간 것이 분명하다. / [⋯중략⋯] / 나는 대뜸 달겨들어서 나도 모르는 사이에 큰 숫닭을 단매로 때려엎었다. 닭은 푹 엎어진채 대리하나 꼼짝못하고 그대로 죽어버렸다. [⋯중략⋯] / 나는 비슬비슬 일어나며 소맷자락으로 눈을 가리고는 얼김에 엉, 하고 울음을 놓았다.[18]

'점순이'와 '나'의 이 닭싸움의 알레고리는 자신의 감정적 자유를 따

---

18 김유정, 앞의 책, 223~226쪽.

르는 근대적 오만이 관습적 권위에 자신을 내맡기는 전근대적 편견보다 고통스럽다는 사실을 좀 더 극명하게 드러낸다. 실제로 상대방의 감정을 예측할 수 없는 데서 생기는 자유의 고통은 그녀가 자신을 거부한 남자의 '씨암닭'을 붙들고서 "아주 알도 못나라고 그 볼기짝께를 주먹으로 콕콕 쥐여박는"[19] 가학적 행위를 연출하도록 만든다. 물론 애정과 증오가 뒤범벅이 된 고통스러운 '점순이의 침해'는 여기서 그치지 않는데, 이번에는 '틈틈이' 자기의 수탉을 몰고 가서 남자의 수탉과 싸움을 붙인다. '나'는 처음에는 "지게막대기로 울타리나 후려"[20]치는 것으로 감정을 억누르지만 마침내 분노의 감정에 사로잡히게 된다. 그 결과 '꼬추장'을 동원함으로써 여자의 수탉을 '피' 흘리게 만들 뿐만 아니라 심지어는 그 닭을 때려죽이고 '울음'을 터뜨리기에 이른다.[21] 이제 남자 역시 감정적 자유를 폭발시킨 셈인데, 하지만 자유로운 감정들 사이의 대등한 경쟁은 피와 눈물의 고통을 수반하는 치명적인 자존심 싸움으로 남녀관계의 고통은 더욱 처절하고 참혹한 것이 된다.

사실 알레고리는 상징과 대조됨으로써 단순한 문학적 장치가 아니라 세계관에 대한 미학적 유비로서 간주되고는 한다. 다시 말해 상징(symbol)이 권위에 대한 이해와 유기체적인 연대성에 기초한 관습적인 수사학이라면, 알레고리(allegory)는 자의성의 감각과 불완전한 응집력을

---

19 김유정, 앞의 책, 222쪽.

20 김유정, 위의 책, 같은 쪽.

21 남자는 여전히 '울타리'로 대변되는 과거의 관습적 권위에 매달린다는 점에서 '쌈이라면 회를 치는' 여자의 강한 수탉과 '찔끔못하고 막 굻는' 남자의 빈약한 수탉은 그 두 사람이 지닌 감정적 자유의 정도와 비유적인 관련을 맺는 것으로 볼 수 있다. 그러나 여자의 공세에 휘말리면서 '꼬추장'으로 비유되는 남자의 분노는 관습적 권위를 망각할 정도가 되는데, 여기서 그는 마침내 여자처럼 감정적 자유를 획득하는 것으로 보인다. 왜냐하면 그것을 계기로 터져 나오는 '울음'이라는 비유적 요소에서 남자의 감정이 관습적 권위의 구속으로부터 해방되었음을 알 수 있기 때문이다. 권위에 대한 도전에서 터져 나오는 그 울음은 두려움의 소산이기도 하지만 우리의 알레고리 안에서는 해방의 감정과 뒤섞인 것으로도 이해되는 것이다. 이러한 해석은 물론 알레고리가 텍스트의 의미연관을 비유적 요소들의 불안정한 관계성 속에서만 드러내기 때문에 다소 자의적이고 외삽적인 것이라는 불가피한 한계를 갖는다.

토대로 한 혁신적인 수사학이라고 할 수 있는데, 이처럼 어떤 수사학은 단순한 기교 이상으로 세계관의 변화와 맞물리게 된다.[22] 그렇다면 「동백꽃」의 서술에 도입된 알레고리는 봉건적 권위에 대한 구속이 근대적 개인의 감정적 자유로 대체되면서 나타난 유동적이고 불안정한 관계의 수평성과 일치한다는 점에서 아주 적합한 방식의 서술이 되는 셈이다. 그런데 왜 우리는 알레고리라는 그러한 근대적 오만의 수사학적 전개를 따라가며 시종일관 웃게 되는가? 말할 것도 없이 그 웃음은 서술자의 유머러스한 어조에서 오고 있는데,[23] 실제로 불안과 웃음의 연결은 낯설지 않다. 왜냐하면 웃음은 감정적 수평화의 고통에 직면한 근대적 개인들의 당혹감에 대한 일종의 방어 기제가 되기 때문이다. 관계의 불안정성에서 오는 근심의 영향을 웃음으로 넘겨 버리기가 바로 그것이다. 물론 김유정 소설의 서술자는 자유의 고통은 순간적인 '어조의 희극성'만으로는 제어될 수 없다고 생각하는 것처럼 좀 더 견고한 '구조의 희극성'에까지 자신의 웃음을 밀고 간다.

"그럼 너 이담부텀 안그럴터냐?" 하고 무를 때에야 비로소 살 길을 찾은듯 싶었다. 나는 눈물을 우선 씻고 뭘 안그러는지 명색도 모르건만

"그래!" 하고 무턱대고 대답하였다.

"요담부터 또 그래봐라 내 자꾸 못살게 굴터니?"

"그래그래 인젠 안그럴테야!"

---

22 최근에 상징과 알레고리에서 두 가지 근본적인 비유법 혹은 의미의 속성을 조직하는 두 가지 방식을 발견함으로써 미학과 세계관을 연결할 수 있게 하는 논의들이 제출된 바 있다. 프랑코 모레티, 앞의 책, 125~130쪽 참조.

23 가령 점순이는 나를 두고 '바보녀석'이니 '배내병신'이니 하며 놀릴 뿐만 아니라 마침내 "얘! 너 느아버지가 고자라지?"(김유정, 앞의 책, 223쪽) 하는 입에 담지 못할 말까지 꺼낸다. 물론 이 말을 듣고 나는 화를 참지 못한다. 둘 다 웃기는 '숙맥'임에 틀림없는데, 그녀는 그를 낳은 그의 아버지가 고자일 리는 없다는 점에서 아무것도 모르는 숙맥이고, 그 말에 화를 내는 그는 더욱 아무것도 모르는 숙맥이다. 바로 「동백꽃」 전체가 이와 같은 '유머러스한 화법'으로 이루어져 있다. 송하춘, 『탐구로서의 소설독법』, 고려대출판부, 1996, 168~169쪽 참조.

"닭 죽은건 염녀마라 내 안이를테니"

그리고 뭣에 떠다밀렸는지 나의 어깨를 짚은채 그대로 픽 쓰러진다. 그 바람에 나의 몸둥이도 겹처서 쓰러지며 한창 피여 퍼드러진 노란 동백꽃속으로 폭 파묻혀버렸다.

알싸한 그리고 향긋한 그 내움새에 나는 땅이 꺼지는듯이 왼정신이 고만 아찔하였다.

"너말말아?"

"그래!"

조곰 있드니 요 아래서

"점순아! 점순아! 이년이 바누질을 하다말구 어딜 갔어?" 하고 어딜갔다 온 듯싶은 그 어머니가 역정이 대단히 났다.

점순이가 겁을 잔뜩 집어먹고 꽃밑을 살금살금 기어서 산알로 내려간 다음 나는 바위를 끼고 엉금엉금 기어서 산우로 치빼지 않을수 없었다.[24]

처절한 싸움 끝에 여자와 남자가 '한창 피여 퍼드러진 노란 동백꽃속으로' 쓰러지며 화해하는 그 유명한 결말 장면인데, 여기서 「동백꽃」의 '해학적 구성'은 거의 완성된다.[25] 하지만 화해는 잠정적인 것에 지나지 않는다. '명색도 모르건만'이나 '무턱대고'라는 서술들이 암시하고 있듯이 오해의 가능성은 여전히 잔존해 있다는 점에서 그러하다. 이것은 두 사람의 '화해' 이후에 드러난 서사적 동선을 통해서도 짐작해볼 수 있는데, 급기야 여자는 '산알로' 내려가고 남자는 '산우로' 올라간다. 간단히 말해 남녀의 화해는 그 동선을 통해 희석됨으로써 관계의 최종적인 국면이 되기를 거부한다. 말하자면 '점순이'와 '나'의 이해와 화해는 언제

---

24 김유정, 앞의 책, 226쪽.
25 김인환은 'x가 y를 비판한다'라는 문장의 확대에 토대한 '풍자(satire)'라는 구성 유형에 대비해서 'x가 y와 화해한다'라는 문장의 확대에 토대한 구성 유형을 '해학(humor)'이라고 규정한다. 김인환, 『한국문학이론의 연구』, 을유문화사, 1986, 139~142쪽 참조.

든 두 사람의 오해와 침해로 바뀔 수 있는 아이러니의 상태에 놓인 것이다.[26] 그러나 그렇다 하더라도 감정의 자유와 관계의 수평성이 근대적 개인들에게 불안과 변덕을 주입함으로써 그들의 관계를 자의성과 우유부단이라는 위협적인 특성으로 포위한다면 현실적으로는 불가능할지라도 잠정적으로나마 그처럼 화해에 대한 소망을 충족시켜주는 방어적인 서사적 관습을 고안해내는 것이 전혀 놀랄 일은 아니다.[27]

이처럼 해학이나 유머는 근대적 남녀관계의 긴장과 충격을 줄여주는 서술의 양태로 간주되고 결과적으로 이것을 통해 「동백꽃」의 서술자는 그러한 불안한 현상과 더불어 살 수 있게 된다. 물론 이 결과가 단지 서술자에게만 국한되는 것은 아니다. 오히려 그것은 한 사회에 새로이 구축된 일상적 삶에 진입한 근대적 개인들의 일반적인 태도를 대변한다.[28] 이를테면 자신을 그처럼 세상의 아이러니와 분리하지 않고 결합하는 특성을 보여주는 유머는 남녀관계란 영원한 오해의 궤적을 그릴 뿐이라는

---

26 아이러니는 구성 유형으로서는 유머와 양립할 수 없는 것이지만 알레고리와 마찬가지로 세계의 상태에 부합하는 서술의 수사학적 차원에서라면 이에 대한 일종의 방어기제로서의 유머, 즉 어조나 화법의 유머뿐만 아니라 구성 유형으로서의 유머와 얼마든지 결합될 수 있다. 김상태, 「김유정의 〈동백꽃〉—동백꽃의 아이러니」, 『한국 현대소설 작품론』, 문장, 1990, 230~235쪽 참조.

27 근대적인 관계의 불안을 웃음과 해학이라는 차원에서 극복한다는 논의에 한정되었다면 좀 더 명료한 논지가 구축되었을지 모른다. 그러나 그 불안의 잠복성은 '점순이'와 '나'의 마지막 동선을 보면 해학이라는 구조 속에서도 완전히 사라지지 않고 있다. 일종의 아이러니가 잠재되어 있는 셈인데, 모호함을 유발할지 모르지만 그것이 사실이라면 모호함은 감수하지 않으면 안 된다. 그런가 하면 반대물간의 수평적 거리 감각을 보여주는 아이러니는 개인의 감정적 자유에 기초한 관계의 수평성과 결합되어 있는 근대적 세계관을 반영하는 또 다른 수사학이라는 점에서 알레고리와 함께 논의할 가치가 있다. 그리고 이것은 「동백꽃」을 주로 해학의 측면에서 바라본 기존의 연구들과 다른 점이다. 그렇지만 기본적으로 이 장은 그러한 수사학에 반영된 남녀관계의 불안을 극복하려는 움직임이 해학과 유머라는 웃음의 서사적 요소들에 자리잡고 있다고 이해한다.

28 여기서 영화의 내용이 아니라 충격적인 이미지의 연결로 이루어진 그 매체의 특성이 급변하는 도시적 삶의 충격에 대한 근대적 개인들의 적응에 상응하는 것이라고 말했던 벤야민을 상기할 수 있다.(발터 벤야민, 『발터 벤야민의 문예이론』, 반성완 옮김, 민음사, 1983, 226쪽 참조.) 물론 기존의 연구에서 해학이나 유머는 종종 사회적 적응의 차원이 아니라 근대의 부정성에 대한 문화적 대응이라는 차원에서 언급되어 왔다. 그러나 한 시대의 가장 일반적인 수사학적 반응이 이렇게 현존하는 사회적 질서를 지탱하기보다 오히려 그 정당성을 손상시킬 수 있다는 것인지 의문이다.

아이러니[29]의 비애로부터 오는 비전의 근대적 교착 속에서 풍자와 같은 활동적인 삶을 희생하고 그 괴로운 영향을 웃어넘기는 것으로 현실의 고통을 견디는 명상적인 삶의 태도라고 할 수 있다. 이때 유머는 서글픈 것에 대한 코믹한 반응이라는 심리적 차원을 넘어 현명한 자의 체념적 관조라는 철학적 차원을 얻는다. 그러니까 등장인물들이 뭐가 뭔지 몰라 어리둥절한 상태일수록 김유정의 서술자는 좀 더 지혜롭고 심오한 정체성을 획득하게 되는 것인데, 고통스러운 세상을 우울하게 바라보면서도 그 세상의 고통을 호의를 가지고 대하려는 유머리스트(humorist)로서의 자질이 바로 그것이다.

3. 배신의 발생론

그럼에도 불구하고 고통과 절망의 느낌은 근대적 주체성의 도래와 함께 오만한 자아 감각을 획득한 개인들의 관계에서 핵심적인 것이다. 그러니까 근대적 자아는 감정적 자유를 획득함으로써 얻은 관계의 유동성으로 인해 배신의 가능성과 이에 따른 불안감에 노출된다는 점에서 그 절망감은 불가피한 것이 된다. 예를 들어 나도향의 「물레방아」(1925)는 감정의 변덕에 따라 '전남편'에서 '이방원'으로 다시 '이방원'에서 '신치규'로 옮겨가는 한 여자가 지닌 욕망의 추이를 통해 감정적 자유와 결합된 남녀관계의 변화무쌍함을 아주 선명하게 극화한 바 있다.[30] 물론 이

---

[29] 이러한 역사철학적 관계에 대한 이해는 종종 대중적이고 속화된 설명들에서 보다 손쉽게 구할 수 있는데, 이것들은 '화성'과 '금성'처럼 전혀 다른 별세계에 견주어지는 우주론적 비유로부터 '개'와 '고양이'처럼 서로 코드가 다른 동물들에 견주어지는 생물학적 비유에 이르기까지 아주 다양하다. 디트리히 슈바니츠, 인성기 옮김, 『남자』, 들녘, 2002, 13~16쪽 참조.
[30] 졸고, 「낭만적 주체성의 형성과 전개 - 나도향의 경우」, 『우리어문연구』 제19집, 2002, 126~128쪽 참조.

방원은 그녀를 살해한 후 자살함으로써만 그러한 관계의 불안으로부터 벗어날 수 있었다. 그러나 1930년대에 이르면 감정적 자유에 대한 열정적인 추구에서 생겨난 근대적 남녀관계의 절망적인 불안정성은 그와 같은 '배제의 서술'을 통해서는 쉽게 극복될 수 없다는 것이 자명해지는데,[31] 이상의 「날개」는 바로 그러한 역사적 국면에 상응하는 서술을 보여준다. 실제로 비정상적인 부부의 이야기를 통해 드러나게 될 근대적 남녀관계의 정상성은 이 소설의 프롤로그[32]에서부터 암시된다.

나는 또 女人과 生活을 設計하오. 戀愛技法에마자 서먹서먹해진, 智性의 極致를 흘낏 좀 들여다본 일이 있는 말하자면 一種의 精神奔逸者 말이오. 이런 女人의 半─그것은 온갖 것의 半이오─만을 領受하는 生活을 設計한다는 말이오 그런 生活 속에 한발만 드려놓고 恰似 두 개의 太陽처럼 마조 처다보면서 낄낄거리는 것이오. [⋯중략⋯]

꾿 빠이. 그대는 있다금 그대가 제일 실여하는 飮食을 貪食하는 아일로니를 實踐해보는 것도 좋을 것 같ㅅ오 윗트와 파라독스와⋯⋯
그대 自身을 위조하는 것도 할 만한 일이오. 그대의 作品은 한 번도 본 일이

---

31 감정과 욕망의 변덕은 자아의 감정적 자유와 독립성으로 인해 통제할 수 없는 것이 되고 남녀 관계는 배신의 가능성에 따른 불안으로 고통스러운 것이 된 것인데, 이것은 특히 남자 쪽에 좀 더 위협적이고 두려운 것이 되었다. 왜냐하면 남자들은 '낭만적 사랑'이라는 1920년대의 이념적 유행이 수반했던 불안을 가부장제라는 봉건적인 중핵을 통해 억압함으로써 그 이데올로기의 이점을 향유하고 있었기 때문이다. 문학작품들도 이에 상응하는 심미적 형상들을 통해 그 이데올로기를 지원하였는데, 육체와 영혼의 이분법을 전제로 영혼을 특권화하고 '순결한 처녀'라든가 '현모양처'라는 표상을 신화화함으로써 자신의 감정과 욕망에 충실한 이른바 '신여성들'을 부정하고 타락한 가치의 구현자로 서술했던 것이다. 극단적인 경우는 심지어 그 여성들이 자살하거나 살해당하기도 하는 배제의 서술을 구현하기도 했다. 그러나 1920년대를 거쳐 1930년대에 이르면 여성적 자각이 심화되고 보편화되면서 그런 식의 서술은 더 이상 통용될 수 없게 되고 이에 비례해서 남자들의 불안감은 극대화된다. 최혜실, 『신여성들은 무엇을 꿈꾸었는가』, 생각의나무, 2000, 100~117쪽 참조.
32 이 소설의 프롤로그 부분은 실제 서사에 포함되지 않는다는 주장도 있다. 박상준, 「잃어버린 정체성을 찾아서: 〈날개〉 연구(1)」, 『현대문학의 연구』 제25호, 2005, 45~46쪽 참조.

없는 旣成品에 依하야 차라리 輕便하고 고매하리다.

十九世紀는 될 수 있거든 封鎖하야 버리오. 도스토에프스키 精神이란 자칫하면 浪費인 것 같ㅅ오. 유ー고ー를 佛蘭西의 빵 한 조각이라고는 누가 그랫는지 至言인 듯ㅅ싶오 그렇나 人生 或은 그 模型에 있어서 띠테일 때문에 속는다거나 해서야 되겠오? 禍를 보지 마오. 부디 그대께 告하는 것이니……

  […중략…]

女王蜂과 未亡人ー世上의 허고 많은 女人이 本質的으로 임이 未亡人 아닌 이가 있으리까? 아니! 女人의 全部가 그 日常에 있어서 개개 '未亡人'이라는 내 倫理가 뜻밖에도 여성에 대한 冒瀆이 되오? 꿀 빠이.[33]

프롤로그는 "'박제가 되어버린 천재'를 아시오? 나는 유쾌하오. 이런 때 연애까지가 유쾌하오."[34]라는 뜬금없는 서술로 시작되는데, 여기서 서술자[35]의 '연애'에 대한 관심은 '까지가'라는 조사를 통해 부차적인 것으로 나타나지만 주요한 것으로 간주되어야 한다. 왜냐하면 그것은 '여인과 생활을 설계하'는 결혼에 대한 서술과 곧바로 결합하기 때문이다. 그런가 하면 연애와 결혼이라는 일상적 남녀관계에 대해 서술자가 표명한 '유쾌함'의 감정은 '자신을 위조하는 것도 할 만한 일'이라는 구절과

---

33 이상, 「날개」, 『날개ー이상 소설선』, 문학과지성사, 2001, 66~68쪽. 이후 논의에서 한자는 한글로 변형해 표기하는 것을 원칙으로 한다.

34 이상, 위의 책, 66쪽.

35 서술자의 문제와 자주 혼동되는 것으로 '시점'의 문제가 있다. 서술자를 선택하면 자동적으로 시점이 결정된다고 생각하기 쉬운데 반드시 그런 것은 아니다. 서술자가 자신의 시점에서 말하는 것은 아니기 때문이다. 서술자가 어느 특정한 등장인물 속으로 들어가서 그 인물의 시점에서 이야기를 전개하는 경우도 있다. 「날개」의 경우는 바로 '나'가 그러한 '초점화자'에 해당하는데, 그리하여 「날개」의 서술자는 초점화자인 '나'와 구분되는 존재이다. 그러나 프롤로그 부분에서는 서술자가 '나'로 등장하여 직접적으로 자신의 서술을 펼치고 있다는 점에서 그 '나'와 동일한 존재라고 할 수 있다. 이 서술자는 물론 작가의 분신이라고 할 수도 있다. 그러니까 「날개」의 '나'는 프롤로그 부분의 서술자와 본 서사 내의 초점화된 인물-화자로 구분된다고 할 수 있다.

호응하며 '제일 싫어하는 음식을 탐식하는' 반어적 표현의 일종이 되어 오히려 불쾌감을 드러내는 것이다. 따라서 「날개」의 서술자는 남녀관계의 불쾌한 진상을 '흘낏 좀 들여다본 일이 있는' 셈인데, 이것은 무엇보다도 여인과의 생활을 '여인의 반만을 영수하는 생활'로 정의하는 데서 확인된다. 그리고 근대적 남녀의 감정적 자유란 언제나 '반만'의 자유일 뿐이라는 그러한 진상[36]은 '두 개의 태양'이라는 대립하는 주체성의 비유를 통해 불길하면서도 돌이킬 수 없는 사태로 규정되는데, 바로 '박제가 되어버린 천재'란 그처럼 모든 진상을 알면서도 아무것도 할 수 없는 절망적 주체성의 비유이다.

요컨대 '지성의 극치'로서의 통찰력과 '낄낄거리는' 무기력으로부터 오는 그러한 절망감의 서술은 '십구세기'가 봉쇄됨으로써 지금껏 '한 번도 본 일이 없는' 남녀관계가 '기성품'처럼 평범한 것이 되어버린 세상과 관련된다. 다시 말해 서술자는 근대적인 개인들이 감정적 자유에 대한 전념을 통해 관계의 불안정성과 아이러니에 제약된다는 점에서[37] '띠테일'의 여전한 봉건성에도 불구하고 '화'를 보게 되는 20세기와 조우한 것인데, 이것은 '미망인'에 관한 서술로 다시금 구체화된다. 그러니까 이상의 서술자는 죽은 남편을 따르지 못한 아내가 스스로를 낮춰 부르는 그 봉건적인 언어[38]로 하여금 죽은 남편을 따르지 않는다는 반어적 뉘앙

---

36 근대적 남녀관계의 감정적 자유는 한쪽이 다른 쪽을 구속할 근거를 찾을 수 없으므로 감정과 욕망의 변덕에 따라 사랑의 가능성과 배신의 가능성 사이에서 위태롭게 흔들릴 수밖에 없다. 따라서 '여인의 반만을 영수하는 생활'이라는 표현은 근대의 남녀들이 획득한 감정적 자유의 한계를 가리킨다고 할 수 있다.

37 아이러니의 세계란 개별 현상의 의미가 충돌하는 힘들의 결과로서 항상 혼성적인 갈등하는 체계를 가리키는 것으로 이때 모든 의미는 하나로 수렴되는 것이 아니라 언어의 해체와 재결합에 의해 다양하게 구성됨으로써 필연적으로 의심과 해석을 수반하게 된다. 그러니까 대립물 간의 거리감각에 기초한 아이러니의 세계는 유동성과 불안정성을 기초로 구축되지 않을 수 없는데, 배신의 가능성에 노출된 남녀관계도 예외는 아니다. 결국 아이러니는 상징이나 알레고리처럼 세계의 상태에 부합하는 서술의 수사학적 차원으로 사실 「날개」의 프롤로그를 이루는 표현들은 거의 모두 그러한 상태를 반영함으로써 아이러니의 표현이 되어 있다. 송하춘, 앞의 책, 138~146쪽 참조.

스를 품게 함으로써 '고매'한 예의가 아니라 '경편'한 배신을 의미하도록 만든다. 그런 의미에서 '세상의 허고 많은 여인이 본질적으로 임이 미망인'이라는 반어적 인식은 서술자가 어떤 관습이나 윤리의 상실에 기초한 남녀관계의 자유를 바라보는 '가공할 상식'[39]이 되어버린 것인데, '여성에 대한 모독'이었던 '미망인'이 '과'라는 등가성의 조사를 매개로 마침내 '여왕봉'에 등극하게 되는 이유가 여기에 있다.

나는 안해의 밤 외출 틈을 타서 밖으로 나왔다. 나는 거리에서 잊어버리지 않고 가지고 나온 은화를 지폐로 바꾼다. […중략…] 나는 안해 이불 우에 없드러지면서 바지 포켙 속에서 그 돈 五원을 끄내 아내 손에 쥐어준 것을 간신히 기억할 뿐이다. / 잇흔날 잠이 깨였을 때 나는 내 안해 방 안해 이불 속에 있었다. 이것이 이 三十三번지에서 살기 시작한 이래 내가 안해 방에서 잔 맨 처음이였다. / […중략…] / 나는 기운을 얻었다. 나는 그 단벌 다 떨어진 콜텐 양복을 걸치고 배곺은 것도 주제 사나운 것도 다 잊어버리고 활개짓을 하면서 또 거리로 나섰다. […중략…] 그날은 그 일각 대문에서 안해와 안해의 남자가 이야기하고 섯는 것을 맞났다. 나는 모른 체하고 두 사람 곁을 지나서 내 방에 들어갔다. 뒤 니어 안해도 들어왔다. 와서는 이 밤중에 평생 안 하든 쓰게질을 하는 것이다. […중략…] 나는 이불 속에 뚤뚤 말린 채 고개도 들지 않고 안해의 다음 거동을 기다리고 있으니까, 엣소— 하고 내 머리맡에 내려뜨리는 것은 그 갭분한 음향으로 보아 지폐에 틀림없었다. 그리고 내 귀에다 대이고 오늘을낭 어제보다도 좀더 늦게 들어와도 좋다고 속삭이는 것이다. 그것은 어렵지 않다. 위선 그 돈이 무엇보다도 고맙고 반가웠다. / 어쨋든 나섰다. […중략…] 부리낳게

---

38 남편을 따라 죽지 못해 아직 살아 있는 사람이라는 뜻의 미망인이라는 말은 그 어원학적 출처라고 알려진 역사서 『춘추좌씨전』의 용례를 보면, 돌아가신 문왕의 부인이 초나라 재상 자원의 유혹에 직면해 스스로를 낮춰 부르며 남편에 대한 애틋함까지는 아닐지라도 죽은 자에 대한 예의를 표현한 것으로서 봉건적인 남녀관계를 표상하는 용어라고 할 수 있다.

39 이상, 앞의 책, 66쪽.

와보니까 그렇나 안해에게는 래객이 있었다. 나는 그만 너무 춥고 척척해서 얼 떨ㅅ김에 놀하는 것을 잊었다. 그래서 나는 보면 안해가 좀 덜 좋아할 것을 그 만 보았다. [⋯중략⋯] / 나는 코스물을 훌쩍훌쩍하면서 여러 날을 앓았다. 앓 른 동안에 끊이지 않고 그 정제약을 먹었다. 그렇는 동안에 감기도 나았다. [⋯ 중략⋯] / 그러나 다음 순간 실로 세상에도 이상스러운 것이 눈에 띄웠다. 그것 은 최면약 아달린갑이었다. [⋯중략⋯] / 별안간 아뜩하드니 하마트라면 나는 까므라칠 번하였다. 나는 그 아달린을 주머니에 넣고 집을 나섰다. 그리고 山을 찾어 올라갔다. 인간 세상의 아모것도 보기가 싫였든 것이다. [⋯중략⋯] 나는 주머니에서 갖이고 온 아달린을 꼬내 남은 여섯 개[를] 한꺼번에 질겅질겅 씹 어 먹어버렸다. 맛이 익살맞다.[40]

이 '외출'의 알레고리[41]는 여성이 여왕봉에 등극함으로써 남성과 수평 적인 관계를 이루게 된 상황이 수반하는 남녀관계의 절망을 '나'의 네 번에 걸친 외출을 통해 발생론적으로 펼쳐 보이고 있다. 첫 번째 외출은 일단 남녀관계의 새로운 가능성을 확인시켜 주는데, 이것은 무엇보다도 '돈 오원'을 계기로 한 자유의 희망으로 나타난다.[42] 사실 화폐는 사물을 인격화시키는 동시에 인간을 물화시키는 근대의 새로운 악을 가리키는

---

40 이상, 앞의 책, 85~102쪽.

41 외출의 알레고리라는 규정에서 알레고리의 일반적 어의를 생각하면 알레고리의 의미가 너무 확대된 측면이 없지 않다. 그러나 알레고리를 '확대된 비유'라는 포괄적인 규정에서 접근하면 그러한 외출의 과정마저도 알레고리로 부를 수 있다. 다시 말해 알레고리를 전면적인 우화로 간주하는 이른바 우화적 알레고리의 엄격한 범주에서라면 그것은 분명 개념의 지나친 확대로 보인다. 그런데 부분적인 에피소드나 모티프들이 일차적인 함의 이면에서 비유적인 우의로 읽 힐 수 있는 이른바 비유적 알레고리라는 광의의 규정에서라면 그러한 개념의 사용은 어느 정도 허용될 수 있는 것이 아닌가 한다. 실제로「날개」에 나타난 외출의 과정은 남녀관계의 갈등과 절망을 발생론적으로 펼쳐 보이는 비유항들의 우의적 의미연관을 보여주고 있다. 존 맥퀸, 송 낙헌 옮김,『알레고리』, 서울대학교 출판부, 58~61쪽 참조.

42 알레고리는 사물을 인격화시키는 동시에 인간을 물화시킨다는 점에서 근대적 교환관계의 수사 학적 유비가 되는 화폐와 동일한 내적 형식을 가진다. 그런 의미에서 알레고리가 화폐를 하나 의 비유로 도입한 일은 절묘한 서술이 된다고 할 수 있다. 프랑코 모레티, 조형준 옮김,『근대의 서사시』, 새물결, 2001, 129~134쪽 참조.

동시에 인격적인 것과 특수한 것을 유보하고 경제적인 보편성을 실현함으로써 모든 위계에 수평적 성격을 부여하는 새로운 역사의 비전을 지시하는 것이기도 하다.[43] 그런 점에서 '지폐'를 통해 '내가 안해 방에서 잔 맨 처음'에 이르게 된 일은 평등과 결합된 남녀관계의 근대적 환희를 암시하는 서술이 된다.[44] '나'의 두 번째 외출이 '주제 사나운 것도 다 잊어버리고 활개짓을 하'는 희망의 환희와 함께 시작되는 것은 사실상 그 때문이다. 그런데 근대적 남녀관계에 도래한 자유의 가능성은 변화무쌍한 감정적 굴곡을 만들어내면서 그 관계에 특별한 기교를 도입하지 않을 수 없게 되는데, 예의가 바로 그것이다.

실제로 두 번째 외출에서 돌아온 '나'는 '안해와 안해의 남자'를 보고서도 '모른 체하고 두 사람 곁을 지나서' 가고 또 '안해'는 그것을 보상하듯 남편에게 '평생 안 하든 쓰게질'을 선사한다. 말할 것도 없이 「날개」의 그러한 예의는 사회적 유대감을 형성하기 위한 전근대적인 아첨의 방법이 아니라 자유로운 관계의 유동성에 대처하기 위한 근대적인 가면 쓰기에 해당하는 것이다.[45] 말하자면 그것은 자신도 보답을 받으리라는 희망 속에서 타인의 생활에 개입하기를 자제하는 감정 감추기의 기술이라고 할 수 있다. 그러나 이러한 사랑의 기교가 관계의 불안을 완전히 해소할 수는 없다. 왜냐하면 세 번째 외출이 드러내는 것처럼 '녹(노크)하는' 예의는 어느 때고 '얼떨ㅅ김에' 자신의 가면이 벗겨지면서

---

43 게오르그 짐멜, 김덕영·윤미애 옮김, 『짐멜의 모더니티 읽기』, 새물결, 2005, 22쪽 참조.
44 여성이 남성에게가 아니라 남성이 여성에게 평등한 대우를 기대한다는 반어적인 방식이기는 하지만 (이것은 남녀관계의 수평화로 인해 위로 올라가게 된 여성에 대한, 그에 따라 상대적으로 아래로 내려가게 된 남성의 피해의식을 반영하는 서술로 보이지만), 이 대목은 '우ㅅ방'과 '아래ㅅ방'(이상, 앞의 책, 73쪽)이라는 공간적 위계가 함의하는 불평등에 호응하면서 남녀관계가 수평성의 자유를 획득하게 되는 근대적 현실을 암시하는데, 이후에 오는 '억개춤'(이상, 같은 책, 92쪽)은 바로 그러한 자유의 획득에서 오는 역사적 환희를 나타낸다. 한 가지 더 덧붙일 것은 그 자유가 봉건적인 '은화'가 아닌 '갭분한 음향'의 '지폐'로 바꾸어져 표상된다는 점인데, 그 가벼움이 관계하는 것은 말할 것도 없이 관계의 자유라고 할 수 있다.
45 리처드 세네트, 김영일 옮김, 『현대의 침몰』, 일월서각, 1982, 102~106쪽 참조.

'보면…… 좀 덜 좋아할 것'을 노출할 가능성이 있기 때문이다. 그러므로 '정제약'으로 환기된 의심 이후 '최면약' '아달린'으로 촉발된 배신감을 '질경질경 썹'게 되는 네 번째의 외출은 불가피해지는데,[46] 기묘하게도 그 약의 '맛'은 '익살맞다'는 것으로 서술된다. 그렇다면 '인간 세상의 아모것도 보기가 싫'을 정도로 절망적인 상황에서 웃음을 보려는 이상의 서술자는 도대체 어떤 사람일까?

> 너는 그야말로 나를 살해하려던 것이 아니냐고 소리를 한 번 꽥 질러보고도 싶었으나 그런 깅가밍가한 소리를 섯불니 입 밖에 내였다가는 무슨 화를 볼른지 알 수 있나. [⋯중략⋯] / 나는 어디로 어디로 디립ㅅ다 쏘단였는지 하나토 모른다. 다만 몇 시간 후에 내가 미쓰꼬시 옥상에 있는 것을 깨달았을 때는 거이 대낮이었다. / [⋯중략⋯] / 나는 또 회탁의 거리를 나려다보았다. 거기서는 피곤한 생활이 똑 금붕어 지느레미처럼 흐늑흐늑 허비적거렸다. 눈에 보이지 안는 끈적끈적한 줄에 엉켜서 헤어나지들을 못 한다. 나는 피로와 공복 때문에 묽어저드러가는 몸둥이를 끌고 그 회탁의 거리 속으로 섞여 들어가지 않는 수도 없다 생각하였다. / 나서서 나는 또 문득 생각하야보았다. 이 발ㅅ길이 지금 어디로 향하야 가는 것인가를…… / 그때 내 눈앞에는 안해의 모가지가 벼락처럼 나려 떨어졌다. 아스피린과 아달린. / 우리들은 서로 오해하고 있느리라. [⋯중략⋯] / 우리 부부는 숙명정으로 발이 맞지 않는 절늠바리인 것이다. 내나 안해나 제 거동에 로직을 부칠 필요는 없다. 변해할 필요도 없. 사실은 사실대로 오해는 오해대로 그저 끝없이 발을 절뚝거리면서 세상을 거러가면 되는 것이다. 그렇지 않을까? / [⋯중략⋯] / 이때 뚜ㅡ 하고 정오 싸이렌이 울었다. 사람

---

46 물론 '나'는 자신이 먹은 것은 '아달린'이 아니라 '아스피린'이었는지 모른다고 생각하고 '안해'에 대한 의심을 미안해하며 서둘러 집으로 돌아간다. 그러나 이른바 배신의 발생론은 그 집에서 중지되는 것이 아니라 오히려 완성되고 만다. 즉 '나'는 집에서 '보면 좀 덜 좋아할 것'이 아니라 아예 '보아서 않 될 것을 그만 딱 보아버리고'(이상, 앞의 책, 104쪽) '멱살을 잡는' '안해'의 '발악'을 억울해 하면서 마지막 다섯 번째 외출을 감행한다.

들은 모도 네 활 개를 펴고 닭처럼 푸드덕거리는 것 같고 온갖 유리와 강철과 대리석과 지폐와 잉크가 부글부글 끓고 수선을 떨고 하는 것 같은 찰나, 그야말로 현란을 극한 정오다. / 나는 불연듯이 겨드랑이 가렵다. 아하 그것은 내 인공의 날개가 돋았든 자족이다. 오늘은 없는 이 날개, 머릿속에서는 희망과 야심의 말소된 페—지가 딕슈내리 넘어가듯 번뜩였다. / 나는 것든 걸음을 멈추고 그리고 어디 한 번 이렇게 외처보고 싶었다. / 날개야 다시 돋아라. / 날자. 날자. 날자. 한 번만 더 날자ㅅ구나. / 한 번만 더 날아보자ㅅ구나.[47]

주인공 '나'가 절망을 극복하고 상승 의지를 표명하는 것으로서 수없이 오독되었던 그 고약한 결말인데,[48] 이 대목의 서술에서는 절망의 극복이 아니라 오히려 '희망과 야심의 말소'를 확인할 수 있다. 다시 말해 「날개」의 서술자는 '지성의 극치'로서 다시 한 번 남녀관계의 절망이 기초하고 있는 배신의 조건을 상기하는데, 그것은 관습적인 권위가 아니라 내면의 자유에 기초함으로써 '아스피린과 아달린' 중에서 어떤 것이 진실인지를 '섯불니' 말하는 일이 불가능한 세계의 상태로서의 아이러니로 요약된다. 그리고 이상의 서술자는 가치와 의미가 항상 상대적일 뿐인 아이러니의 세계가 '금붕어 지느레미처럼 흐늑흐늑 허비적거'리는 것과 같은 어지러운 회의주의를 촉발하며 언제나 근대적 개인들을 배신의 예감으로 지치게 만든다는 점에서 '눈에 보이지 안는 끈적끈적한 줄'과 같은 것으로부터 헤어 나오지 못하는 그러한 '회탁의 거리'는 불가피하게 '피곤한 생활'이 된다는 것을 지적하는데,[49] 결국 '로직'과 '변해'가

---

47 이상, 앞의 책, 105~109쪽.
48 이러한 오독에 대한 간단한 개관은 박상준, 앞의 글, 40~41쪽 참조.
49 우리는 「동백꽃」의 해학에 대해서처럼 똑같이 물을 수 있다. 한 시대의 상태를 나타내는 가장 일반적인 수사적 양식이 어떻게 현존하는 사회적 질서를 지탱하기보다 오히려 그 정당성을 손상시킴으로써 의심을 촉발할 수 있다는 것일까? 「날개」의 아이러니를 말하는 기존의 논의들은 통상적으로 모더니즘의 관점을 통해 그것이 근대성에 대한 미학적 저항이 된다고 결론짓는다. 이에 대한 검토는 박상준, 위의 글, 41~42쪽 참조.

소용없는 무한한 '오해'가 그 서술자가 사는 세계의 '사실'이 될 수밖에 없다. 이것은 근대의 모든 남녀관계가 '숙명적으로 발이 맞지 않는 절늠바리'로서 서술되는 이유이다.

이처럼 모든 사람들이 '나'와 '안해'처럼 감정적 자유로부터 비롯된 욕망의 변덕과 우유부단에 숙명적으로 제약되어 있다면 그들은 어떻게 그 숙명의 절망감으로부터 자신들을 방어할 수 있겠는가? 아마도 이상의 서술자는 웃음에서 해답을 찾고 있는 것처럼 보인다. 사실 웃음은 '회탁의 거리 속으로 섞여 들어가지 않는 수도 없'는 자에게 근대적 남녀관계의 일상적인 불안에 적응할 수 있는 유용한 태도들 가운데 하나이다.[50] 그렇다면 「날개」의 서술에서 탈출의 가능성이 봉쇄된 남녀관계의 절망적인 아이러니로부터 오는 충격은 통상 '윗트와 파라독스를 바둑 포석처럼 느러놓'[51]는 일종의 방어 기제로서의 웃음으로 극복된다고 할 수 있다.[52] 물론 이상의 웃음은 「동백꽃」의 유머와는 달리 절망과 익살을 연결하고 있기 때문에 무서운 내용을 익살스럽게 드러내는 이른바 블랙 유머가 된다. 그러므로 「날개」의 서술자는 세상에 대한 우울한 호의 속에서 화해의 가능성을 상상하는 유머리스트가 아니라 그 부정적인 세상에 대해 즐거운 악의를 품고서 절망을 예리한 관찰로 대체하는 블랙 유머리스트(black humorist)가 된다. 그리고 이것이 다시 한 번 말하지만

---

50 물론 '날자'라는 강력한 자기암시로 비상과 탈출의 가능성이 제기되기는 하지만 그것은 '겨드랑이 가렵다'는 자조적인 익살과 호응하고 곧바로 '내 인공의 날개가 돋았든 자죽'이라며 과거형이 되어버린다.

51 이상, 앞의 책, 66쪽.

52 이상의 웃음 역시 남녀관계란 영원한 오해의 궤적을 그릴 뿐이라는 아이러니의 비애로부터 오는 비전의 근대적 교착 속에서 풍자와 같은 활동적인 삶을 희생하고 그 괴로운 영향을 웃어넘기는 것으로 현실의 고통을 견디는 명상적인 삶의 태도라고 할 수 있다. 그러나 이것을 근대적인 절망에 대한 일종의 방어 기제로 근대적인 개인들의 일반적인 태도로 간주하는 이 장의 논의와는 다르게 이상의 웃음은 웃음마저 자본주의 체제에 편입됨으로써 급진성이나 전복성을 상실한 공허한 웃음으로 전락한 상황에서 그러한 사회적 웃음을 비웃는 일종의 메타적 웃음이 되고 있다는 식으로 그것의 미학적 성격을 강조하는 논의도 있다. 소래섭, 「1930년대의 웃음과 이상」, 『이상 문학 연구의 새로운 지평』, 역락, 2006, 449~453쪽 참조.

'박제가 되어버린 천재'의 진정한 정체이다.

4. 희극적 인간의 탄생

이 장은 같은 시기에 씌어진 김유정의 「동백꽃」과 이상의 「날개」에 나타난 서술을 비교하는 가운데 특히 서술자의 어조에 주목함으로써 1930년대 중반이라는 동일한 역사적 시공간에서 출현한 남녀관계의 현실과 이에 대해 각기 다르게 반응하는 인간의 이미지를 도출하는 데 목적이 있었다. 여기서 진실하고 순수한 소설은 한 시대에 널리 자리잡고 있는 역사적 조건을 이해하는 데 중요한 통로가 될 수 있다는 바흐친의 서술 개념은 기본적인 전제가 되었다. 그리고 이 장은 서술을 이끄는 서술자의 존재야말로 서사의 역사적 정수를 포착하는 데 적절한 입각점이 되어준다는 바흐친의 논의를 다시 한 번 참조함으로써 김유정과 이상의 서술에 나타난 인간상을 등장인물이 아닌 서술자로부터 도출하였다.

우선 김유정의 「동백꽃」은 농촌 남녀의 순박한 사랑 이야기라는 서사적 외연 안에서 감정적 자유에 기초한 1930년대 일상적 남녀관계의 불안한 유동성에 상응하는 서술을 보여주었다. 특히 '점순이'와 '나'의 닭싸움의 알레고리는 자신의 감정적 자유를 따르는 근대적 오만이 관습적 권위에 자신을 내맡기는 전근대적 편견보다 고통스럽다는 사실을 극명하게 드러내었다. 그리고 알레고리라는 그러한 근대적 오만의 수사학적 전개는 시종일간 웃음을 낳았는데, 이 웃음은 감정적 수평화의 고통에 직면한 근대적 개인들의 당혹감에 대한 일종의 방어 기제가 되었다. 왜냐하면 「동백꽃」의 서술자는 근대적 남녀관계의 긴장과 충격을 줄여주는 해학이나 유머를 통해서만이 그러한 고통과 더불어 살 수 있기 때문이다. 말하자면 유머는 서글픈 것에 대한 코믹한 반응이라는 심리적 차원을 넘어 현명한 자의 체념적 관조라는 철학적 차원에 이어지면서 김유정의 서술자가 명상적인 태도와 정체성을 획득하게 만드는 것이다. 결국 김유정의 서술자는 고통스러운 세상을 우울하게 바라보면서도 그 세상의 고통을 호의를 가지고 대하려는 유머리스트로서 나타났다.

그런가 하면 이상의 「날개」 역시 비정상적인 부부의 이야기라는 서사적 외연 속에서 1930년대에 일상화된 근대적 남녀관계의 정상성을 서술하고 있다. 물론 「날개」는 감정적 자유에 기초한 관계의 유동성을 넘어 그로 인한 배신의 가능성까지 고려한다는 점에서 관계의 불안을 극도의 절망감으로 표출하였는데, 특히 '외출'의 알레고리는 여성과 남성의 수평적인 관계에서 오는 배신의 가능성을 발생론적으로 펼쳐 보이면서 그 절망감을 극화하였다. 그런데 이상의 서술자는 기묘하게도 그 배신의 발생론에서 웃음을 맛보았는데, 그것은 사실 감정적 자유로부터 비롯된 욕망의 변덕과 우유부단이라는 그 숙명의 절망감으로부터 자신을 방어하기 위한 불가피한 태도였다. 물론 이상의 웃음은 김유정의 유머와 달리 절망을 익살과 연결하고 있다는 점에서 이른바 블랙 유머의 성격을 띠고 있다. 결과적으로 이상의 서술자는 세상에 대한 우울한 호의 속에서 화해의 가능성을 상상하는 김유정의 서술자와는 달리 그 부정적인 세상에 대해 즐거운 악의를 품고서 절망을 예리한 관찰로 대체하는 블랙 유머리스트라고 할 수 있다.

1930년대 중반에 첨예화된 근대적 남녀관계의 현실에 상응하는 서술과 더불어 거기에 나타난 「동백꽃」과 「날개」의 서술자에 대한 분석이 된 이 장은 결과적으로 미학적 관점에 따라 사회적 상황에 대한 거부와 비판을 표현하는 모더니즘이나 미적 근대성의 언어로 간주하는 주장과는 좀 다른 시각에서 그 소설들을 사회학적 관점에서 사회적 상황에 대한 승인과 반응을 내포하는 것으로 본 셈이다. 말할 것도 없이 사회학적 관점에서 당시 상황을 소설 속에서 유추해나갔던 것은 소위 '모더니즘'의 관점에서 그러한 문제성을 검토한 기존의 논의들과 유사한 지점이면서 또 다른 지점이 된다. 기존의 논의들에서는 통상적으로 소설작품에 나타난 사회적 사실들에 대한 고찰과 더불어 그 사실들에 대한 비판과 반성이라는 이른바 '미학적 거리'의 유무를 텍스트에서 찾아내려는 것이 대부분이었지만 이 장은 그러한 거리의 요소 또한 당시의 사회적 현실의 일부로서 간주했다. 그러니까 불안정한 남녀관계에서 오는 고통의 영향을 웃어넘겨 버리려는 경향은 특정한 미학적 태도가 아니라 당대 사회인들의 일반적인 태도로 간주될 수 있다는 것이다.

6장/모럴과 속셈

채만식·염상섭 소설과 판사·은행원

1. 서술과 인간상

이 장은 '해방 공간'이라 통상적으로 지칭되는 시기에 발표된 채만식의 「맹순사」(1946)와 염상섭의 「두 파산」(1949)의 '서술'에서 역사적 존재로서의 인간이라는 이미지를 추출해보려는 시도이다. 좀 더 구체적으로 말하면 그 두 편의 소설에 나타난 서술들을 비교하고 특히 '서술자'의 지위에 주목함으로써 동일한 역사적 시간에 각기 다르게 반응하는 인간상(images of man)을 도출하는 데 이 장의 목적이 있다.

해방기에 발표된 소설들 중에서 특별히 「맹순사」와 「두 파산」을 선택한 데에는 두 가지 이유가 있다. 하나는 그 소설들이 이른바 '해방 공간'의 역사적 상황과 아주 밀접하게 관련되어 있다는 점이고, 다른 하나는 채만식과 염상섭의 그 작품들이 '서술'이라는 차원에서 그러한 역사적 상황을 대조적으로 반영하고 있다는 점이다. 주지하다시피 해방기는 "난장판"[1]이자 "난세로 가는 사회"[2]로 진단되었던, 식민지 시기의 연장

---

[1] 천이두, 「현실과 소설」, 『창작과비평』, 1966년 가을호, 433쪽.
[2] 이보영, 『난세의 문학』, 예지각, 1991, 16쪽.

선상에서 국가 건설의 과제를 해결하려는 정치적 비전으로 충만한 시기임에도 불구하고 생존의 문제를 놓고 벌인 경제적 갈등과 친일 문제를 둘러싼 도덕적 갈등으로 사회적 혼란이 첨예화된 절망적인 시기였다.[3] 이러한 상황에 대해 다양한 서술들이 등장했음은 말할 것도 없는데, 특히 그 가운데 채만식의 서술과 염상섭의 서술은 비교의 전형을 이룬다. 이를테면 전자가 현실을 내려다볼 수 있도록 서술자의 지위를 고양시키는 것으로 나타난다면 후자는 현실을 엿보는 것만이 가능하도록 서술자의 자리를 추락시키는 것으로 드러난다.

물론 기존의 논의들이 두 작가가 보여주는 서술상의 차이를 유독 다른 방식으로 규정해왔던 것은 아니다. 그러나 그 차이는 대체로 현실에 대응하는 작가 개인의 기법이나 세계관을 이해하는 문학적 양상으로만 간주되었다. 다시 말해 채만식에 관한 논의들에서 서술자의 고양된 지위는 도덕적 우월성에 입각한 '풍자'의 자리로 설정됨으로써 비판적 현실 인식과 결합되었고[4] 염상섭에 관한 논의들에서 추락한 서술자의 자리는 가치중립성에 기초한 근대적 '제도'로서의 지위를 부여받음으로써 아이러니한 현실 감각과 결합되고는 하였다.[5] 그리고 해방 이후에 발표

---

3 생존의 문제와 관련된 경제적 이전투구가 식민지 시기부터 있어 왔던 것이라면 해방기에 도래한 경제적 갈등은 그러한 이전투구를 첨예화한 것이라고 할 수 있다. 물론 갑작스러운 해방과 더불어 찾아온 자주적인 민족국가 건설의 과제는 좌우익의 이념 갈등으로 일종의 난제가 되었음에도 불구하고 가능성과 비전을 가진 것이었다는 점에서 역사적 위로로 작용했다. 그러나 일제 잔재의 청산이라는 문제에서 기인한 도덕적 혼란상은 경제와 정치 모든 면에 영향을 끼치면서 그러한 어려움을 해결하려는 일의 불가능성과 절망을 증폭시켰던 것으로 보인다. 특히 미군정이 사회의 혼란을 수습하기 위해 식민지 시대 총독부의 행정기구를 그대로 유지하면서 일제 잔재의 청산이라는 과제는 시간이 갈수록 해결하기 어려운 것이 되었다. 김동석, 『한국 현대소설의 비판적 언술 양상』, 소명출판사, 2008, 21~24쪽 참조.
4 김인환, 『희극적 소설의 구조 원리』, 고려대 박사논문, 1981; 우한용, 『채만식 소설의 담론 특성에 관한 연구』, 서울대 박사논문, 1991; 한혜경, 『채만식 소설의 언술구조 연구—서술자의 존재 양상을 중심으로』, 이화여대 박사논문, 1996; 이화진, 「채만식 풍자소설의 성격 재론」, 『국제어문』 제30집, 2004; 유철상, 「식민지 대지주의 몰락 과정과 풍자의 방법—채만식의 〈태평천하〉론」, 『비교문학』 제37호, 2005; 이도연, 『채만식 소설의 세계 인식과 미적 구조』, 고려대 박사논문, 2005 참조.

된 두 작가의 작품들에 대한 논의들도 마찬가지로 그러한 이해를 거의 그대로 관철시킨다. 이를테면 채만식의 해방기 소설은 서술자가 우월한 지위를 통해 현실에 대한 도덕적 비판을 지속하는 소실이고[6] 염상섭의 해방기 소설은 서술자가 여전히 중립적인 자리에서 현실에 대해 미학적 아이러니를 의도하는 소설이라는 식인데,[7] 다만 '풍자'의 변모와 '제도'의 변용을 언급한다는 차별성이 있다.[8] 그러나 이것 또한 대개 두 작가의 작품 세계가 보여주는 문학적 흐름이라는 측면에 한정된다.

문학작품을 현실에 대한 대응 형태로 파악하고 본문(text) 안에 머무르려는 기존의 논의들을 부정할 생각은 없다. 사실 문학의 형상에서 사회적 상황의 반영만을 읽는다는 것은 일종의 동어반복에 그치고 만다는 지적은 옳다.[9] 그러나 그 바깥으로도 눈을 돌려 본문이 가지는 의미를 사회사라는 좀 더 넓은 문맥 속에서 생각해보는 것도 전혀 불가능한 일

---

5 김윤식,『염상섭 연구』, 서울대출판부, 1987; 김승종,『염상섭소설연구─서술 양식 분석을 중심으로』, 연세대 박사논문, 1992; 김정진,『염상섭 장편소설의 아이러니 연구』, 한국외대 박사논문, 1997; 김경수,『염상섭 장편소설 연구』, 일조각, 1999; 최종길,「염상섭의 삼대와 아이러니」,『어문논집』제42집, 2000; 차원현,「유명론의 세계 이해와 개체성의 윤리학」,『민족문학사연구』제22호, 2003; 장수익,「이기심과 교환 관계 그리고 이념─염상섭 중기소설 연구 I」,『한국언어문학』제64집, 2008 참조.

6 김재용,「세계질서의 위력과 주체 부재의 저항─해방직후 채만식의 소설을 중심으로」,『채만식 문학의 재인식』, 소명출판사, 1999; 양현진,「채만식의 희극적 풍자 문학 연구」,『이화어문논집』제21집, 2003 참조.

7 최현식,「파탄난 '생활세계'의 관찰과 기록─해방기 단편소설」,『염상섭 문학의 재인식』, 깊은샘, 1998; 김영택,「염상섭 소설에서 '거리(距離)' 문제」,『한국문예비평연구』제20호, 2006 참조.

8 예컨대 김재용은 채만식의 풍자적 서술이 '주체 부재의 저항'이라는 특수성 속에서 진행된다고 전제하고 해방기 채만식 소설은 혼란한 사회적 상황과 결부되어 그러한 특수성이 도드라지면서 '비판적 어조'에는 변함이 없음에도 불구하고 무엇보다도 '인물에 대한 동정'에 기초한 풍자의 변모를 감지할 수 있다고 지적한다. 또한 그 변화는 비판의 위기와 더불어 '허무주의'라는 작가의 세계관과 연결된다고 한다(김재용, 앞의 글, 165~179쪽 참조.). 그런가 하면 최현식은 염상섭의 가치중립적인 서술이 '제도가 강제하는 효율성 혹은 현실 논리'에 무기력하게 순응하는 방식으로 오해될 여지를 거론하면서 해방기 염상섭 소설의 근대성에 내재하는 미학적 아이러니에서 '최소한의 윤리감각'을 견지하며 제도의 변용을 성취하는 작가의 의지를 읽는다. 말하자면 그에게서 그 변용은 기존의 논의에서 지적되어 온 소위 냉소적인 트리비얼리즘에서 염상섭 소설의 비판적 성격을 구제하는 지점이 된다(최현식, 앞의 글, 126~151쪽 참조).

9 김인환,「한국문학의 사회사 문제」,『기억의 계단』, 민음사, 2001, 22~33쪽 참조.

은 아니다. 실제로 근대소설은 미학적 관점에 따라 사회적 상황에 대한 거부와 비판을 표현하는 서술인 동시에 사회학적 관점에서 그러한 상황에 대한 승인과 반응을 내포하는 서술로도 가정된다.[10] 그리고 바로 이 것은 문학작품이 출현하는 사회적 상황 속에 그 본문을 위치시키는 정당한 순간이다. 그렇다면 「맹순사」와 「두 파산」의 서술은 문학적 대응이 아니라 사회적 반응이라는 차원에서 마침내 해방기의 시공간에 밀착된 역사적 존재로서의 인간상을 배태하는 것이 가능해진다고 할 수 있다.

여기서 바흐친의 '서술' 개념은 그러한 논의에 일정한 시사점이 되어준다. 그는 우선 근대 소설에서 특징적인 것은 등장인물로 대변되는 인간 자체의 이미지가 아니라 서술자의 어조와 관련되는 언어의 이미지인데, 이 이미지의 조직체인 서술에는 어떤 특정한 사회적, 역사적 현실이 구현되어 있다고 말한다. 그리고 이야기되는 내용으로서의 서사가 아니라 오히려 이야기되는 말의 형태나 배열로서의 서술을 분석함으로써 그 말을 운용하는 '서술자'의 존재 방식을 이해할 수 있다고 덧붙인다. 그러니까 서술은 자신의 언어를 통해 등장인물들의 행동과 의식이 움직이는 방식을 제한하고 또 등장인물들은 그 제한의 수용을 통해 자신의 행동과 의식을 재구성한다는 점에서 결국 바흐친의 '서술자'는 사회적 현실을 드러내는 역사적 현존으로서 지위를 갖게 된다.[11] 그런 의미에서

---

10 채만식의 고양된 서술자의 지위가 기존의 논의와는 달리 당대의 모럴이 처한 곤경에 상응하는 것이고 또 염상섭의 추락한 서술자의 자리는 기존의 논의들이 지적하는 미학적 아이러니를 이 룬다기보다는 아이러니한 현실의 일부라는 점에서 사회학적 관점은 더욱 더 필요해 보인다. 프랑코 모레티, 성은애 옮김, 『세상의 이치』, 문학동네, 2005, 25~42쪽 참조.

11 물론 바흐친은 서술 분석의 중요성을 서술자의 역사적 존재로서의 지위로부터 규정하는 데서 그치지 않고 한 걸음 더 나아가 그 서술자의 언어를 여러 등장인물의 언어들과 대화하는 다성성(polyphony)의 차원에서 환기한다(미하일 바흐친, 전승희 외 옮김, 『장편소설과 민중언어』, 창작과비평사, 1988, 64~190쪽 참조). 그러나 모레티가 날카롭게 지적한 바 있듯이 이질적인 언어들 간의 다성적 대화란 사실상 불가능하다는 점에서 다성성은 일종의 이념이지 문학적 현상은 아니라고 할 수 있다(프랑코 모레티, 앞의 책, 352~353쪽 참조). 오히려 바흐친의 이질 언어들에서 주목해야 할 핵심은 사회적이고 역사적인 현실에 대한 견해들의 경쟁이고 그 경쟁들을 발화 주체인 서술자가 장악한 상태에서 어떤 시대의 상황에 대한 일반적인 인식의 중핵을

채만식과 염상섭의 서술에서 역사적 인간의 이미지는 등장인물이 아니라 서술자로부터 도출될 것이다.

2. 모럴의 맥락

식민지 시기의 모럴은 민족의 윤리와 제국의 법률 사이의 불일치로 인해 아주 위태로운 것이었다. 말하자면 살인하지 말라는 제국의 법률에 대한 범죄적 위반이 테러냐 의거냐 하는 의문 속에서 식민지의 모럴은 모호해질 수밖에 없었던 것이다. 실제로 이광수의 「무명」(1939)은 제국의 감옥에서 '합법성'을 옹호하며 도덕적 우월성을 과시하는 문제적인 인물을 통해 식민지 공간의 도덕적 모호성을 예리하게 드러냈다. 물론 그는 계몽주의의 이념을 붙들고서 그러한 도덕적 곤경을 간신히 피할 수 있었다. 그러나 윤리와 법률 사이의 불일치에서 온 식민지 모럴의 모호성은 마침내 1945년 해방의 순간과 함께 해소되는데, 바로 채만식의 풍자소설 「맹순사」는 그로부터 가능해진 서술의 전형이라고 할 수 있다. 다시 말해 해방공간 안에서의 풍자적 서술은 일제에 부역한 전직 순사의 '청백관'이 드러내는 도덕적 마비 상태에 대해 웃음의 처벌을 당당하게 내림으로써 안정된 도덕성을 확인시켜준다. 그리고 보면 우월한 지위에서 죄인을 내려다보며 한껏 고양된 풍자성의 자리란 '법정'을 닮은 것처럼 보인다.

"좌우간, 내가 그만침이나 청백했기망정이지, 다른 동간들 당했단 소리 들었지? 누구는 맞아죽구, 누구는 집에다 불을 지르구, 누구는 팔대리가 부러지구."

드러낸다는 점에서 찾아야 한다. 바흐친의 서술 개념을 차용하면서도 폴리포니의 이념을 떼어낸 이유는 여기에 있다.

푸스스 일어서다가, 비 오는 뜰을 이윽히 내어다보면서, 맹순사는 곰곰이 그렇게 아낙을 타이르듯 한다. 서분이에게는, 그러나 그런 소리가 다 말 같지도 아니한 소리요 억지엣 발명이었다.

"흥, 가네모도상은 그렇게 들이 긁어먹구두, 되려 승찰 해서 부장이 된 건 어떡허구?"

"며칠 가나."

"그렇게만 생각허믄 뱃속은 무척 편하겠수. 여주루 내려갔든 기노시다상넨, 이살 해오는데, 재봉틀이 인장표루다 손틀 발틀 두 개에, 방안 짐이 여덟 개에, 옷이 옥상옷만 도랑꾸루 열다섯 도랑꾸드래요. 그리구두 서울루 뻐젓이 와서 기계방아 사놓구 돈벌이만 잘 허믄서, 활개 펴고 삽디다. 죽길 어째 죽으며, 팔대리가 부러질 팔대린 어딨어?"

"그런 게 글쎄 다 불안당질루 장만한 거 아냐?"

"뱃속에서 꼬룩 소리가 나두, 만날 청백야?"

"아무렴, 사람이 청백하면, 가난해두 두려울 게 없는 법야, 헴."

맹순사는 마침내 양복장 문을 연다. 연방 청백을 뇌던 끝에, 이 양복장을 보자니 얼굴이 간지러웠다. 유치장 간수로 있을 때에, 가구장수 하나가 경제범으로 들어와 있었는데, 서분이가 쪽지 한 장을 그에게다 주어달라고 졸랐다. 못이기는 체하고 전해주었다. 그런지 이틀 만에 이 양복장이 방 웃목에 가 처억 놓여진 것을 보았으나, 그는 내력을 물으려고 아니하였다.[12]

일제에 부역한 자들이 '당했단 소리'가 들려오는 해방기의 엄정한 상황이다. 그러나 아내 되는 '계집'은 "천하에 순사의 아낙 되어 옷 호사를 못하다니, 유감이 깊을지매"[13] 치마 타령으로 남편을 공박하며 '쫑쫑대고' 남편 되는 '사내'는 "팔 년 순사에, 집안 여편네 유똥치마 한 벌 해주

---

12 채만식, 「孟巡査」, 『채만식전집 8』, 창작과비평사, 1989, 261~262쪽.
13 채만식, 위의 책, 259쪽.

지 못할 지경"[14]을 청백 타령으로 아내를 '타이르듯' 자신을 변호한다. 이 한심한 법정 공방에 대한 서술이 조롱조의 웃음을 자아낸다는 것은 말할 것도 없는데, 여기서 그 웃음은 이중자음(ㄸ/ㅉ/ㄲ/ㅃ)의 음운론적 희극과 결합됨으로써 더욱 고조된다. 결국 웃음의 절정은 아내 '서분이'의 치마 타령 상승부의 높은 '음성'이 남편 '맹순사'의 청백 타령 하강부의 낮은 헛기침에 실린 아이러니의 무게로 가라앉으면서 다가온다. '혬.' 이것은 말할 것도 없이 "아뭏든지 큰 것을 먹지 아니하였으니…… 나는 청백하였노라"[15]라는 포복절도할 자부심에서 발화된 것이다. 이로써 「맹순사」는 『태평천하』(1938)의 풍자적 서술을 거의 완벽하게 전유하고 있는 것처럼 보인다.[16]

그런데 웃음의 법정에서 고양된 그러한 서술자의 지위는 어느 순간 특권적인 시점을 벗어난다. 그러니까 「맹순사」의 서술자는 어느 순간 죄 있는 자와 죄 없는 자를 구분하는 단호한 윤리학적 판단을 포기하는데, 왜냐하면 그 서술자는 "얼굴이 간지러웠다"는 죄인의 자기인식을 감지할 뿐만 아니라 심지어는 아내의 '쪽지'가 가리키는 죄인의 알리바이조차 청취하기 때문이다. 물론 그의 '부재증명'에도 불구하고 "못이기는 체하고"라는 서술과 "내력을 물으려고 아니하였다"는 서술은 죄인에게 일종의 미필적 고의가 있었음을 가차 없이 증명한다. 이처럼 '악의 교정'[17]을 위해 부여된 서술자의 지위는 이해와 관용의 가능성이 아니라

---

14 채만식, 앞의 책, 259쪽.
15 채만식, 위의 책, 263~264쪽.
16 여기서 누군가는 '민족의 윤리와 제국의 법률 사이의 불일치'를 말하며 '식민지 모럴의 모호성'에 대한 앞선 언급을 떠올리며 의문을 제기할지 모른다. 도덕적 불확실성으로 동요하던 식민지의 시공간에서 어떻게 서술자의 고양된 지위가 관장하는 『태평천하』라는 그러한 웃음의 법정이 개정될 수 있었을까? 간단히 대답하면 1938년의 풍자적 서술은 식민지 통치 기간에도 지속된 것이 분명한 이른바 잠재적인 '민족주의'로 인해 가능한 것이었다. 말하자면 『태평천하』의 법정은 실질적인 '국가의 법정'이 아니라 상상된 '민족의' 법정일 뿐이었다. 그런 의미에서 「맹순사」의 법정과 1938년의 법정은 다르다고 할 수 있는데, 그것은 미군정으로 인해 완전한 것은 아니었지만 어느 정도 윤리와 법률의 일치로 구조화된 '국가적인' 성격의 법정이었다.

판단과 처벌의 확실성에 복무하도록 규정되어 있다. 그러나 죄인의 자기인식과 알리바이에 주목하는 서술자는 복무규정이 적용되지 않는 예외적인 상황이라도 발생한 것처럼 단호한 윤리학적 판단에서 관용적인 해석학적 이해로 나아간다. '새세상'에는 도대체 무슨 일이 벌어지고 있었던 것일까?

한 일 주일 노마순사를 하인삼아, 맹순사는 편안한 영감 노릇을 하였다. 그러자 노마순사가 다른 파출소로 옮아가고서, 새로 뽑힌 후임자가 오게 되었다.

'대체 누굴꼬?'

노마 때에 겪음이 있는지라, 이런 궁금한 생각을 하면서 신문을 보고 앉았는데, 철그럭하더니

"안녕헙쇼."

하는 소리와 더불어 한 장한이 척 들어섰다.

무심코 고개를 드는 순간 맹순사는

"억!"

하고 놀라면서, 하마 뒤로 나가 자빠질 뻔하였다. 머리가 있는 대로 곤두서는 것 같고, 등에서는 식은땀이 흘렀다.

새 동간은 맹순사를 더 잘 알아보았다. 그는 그 흉악한 상호를 싱긋 웃으면서

"외나무대리서 만났구려?"

"……"

"금새 상성을 했나? 얼음판에 자빠진 황소 눈깔처럼, 눈만 끄먹억허구 앉어서…… 남이 인살 하면 대답을 해야 아니해? 적어도 새조선의 경관으루."

"평안허슈?"

"아뭏든 지질힌 오래 댕기는구려."

---

17 존 드라이든은 "풍자의 진정한 목적은 악의 교정"이라고 했고 다니엘 디포우도 "풍자의 목적은 개심시킴"에 있다고 했다. 아서 폴라드, 송낙헌 옮김, 『풍자』, 서울대출판부, 1978, 2쪽 참조.

강봉세…… 살인강도, 무기징역수 강봉세였다.[18]

　맹순사는 아내의 '구박'보다는 '생활난'에 못 이겨 '군정청 경찰학교'
를 지원했다가 "몇마디 테스트"로 "해방조선의 새순사가 된"[19]다. 그리
고 어이없는 일은 또 생기는데, 새롭게 배속된 '××파출소'에서 그는
'노마순사'와 '강봉세'라는 순사를 연이어 만난다. 노마는 맹순사가 과
거 6년이나 살았던 어느 집에 행랑살이를 하던 이들의 자식으로 학교를
그만두고 놀다가 "조금 더 자라더니, 우미관패에 들어가지고, 밤거리로
행패를 하고" 종종 "사람을 치다 붙잡혀간"[20] 일종의 조직 폭력배였고
노마의 후임으로 온 강봉세는 2년 전 맹순사가 어떤 경찰서 유치장 간
수로 있을 때 안면을 익혔던 살인강도범으로 밥 안 준다고 "네놈의 배때
긴 칼루 푹 찌르면 꿰여지지 말란 법 있대드냐"[21]며 그에게 복수를 다짐
하였던 '흉악한' 무기 징역수였다. 한마디로 기절초풍할 순사들인 것인
데, 말하자면 이 존재들은 해방을 맞은 한 나라의 도덕적 혼란상을 암시
할 뿐만 아니라 그곳의 사회적 무질서를 직접적으로 가리킨다.
　실제로 해방 이후 민족국가의 건설이라는 역사적 과제와 더불어 친일
잔재의 청산이라는 당위에 집중하고 있었음에도 불구하고 한국사회의
현실은 전혀 다른 방향으로 흘러가고 있었다. 다시 말해 미군정은 좌익
과 우익의 이념적 대결이 야기한 해방 정국의 혼란을 수습하기 위한 목
적에서 일제의 통치기구 대부분을 거의 그대로 차용했는데, 그 결과 조
선총독부의 기구는 고스란히 미군정의 기구가 됨으로써 총독부 고위 관
리들을 포함해 하급 관공서의 관리들까지 상당수 새 나라의 관리들로

18 채만식, 앞의 책, 266~267쪽.
19 채만식, 위의 책, 264쪽.
20 채만식, 같은 책, 265쪽.
21 채만식, 같은 책, 267쪽.

유임되거나 재임용되었던 것이다.[22] 말할 것도 없이 「맹순사」의 '노마'와 '강봉세'가 가리키는 것처럼 사회적 혼란을 틈타 범죄자들이 애국자 행세를 하며 그러한 관료 시스템에 편입되는 경우도 적지 않았을 것이다.[23] 요컨대 덜 한 범죄이든 더 한 범죄이든 범죄성이 총체적이 된 사회적 무질서 안에서 도덕성의 왜곡은 불가피한 것이고, 따라서 악덕을 처벌하고 교정하려는 풍자적 권위는 흔들릴 수밖에 없다. 그리고 이것은 바로 「맹순사」의 서술자가 붙들고 있던 모럴의 역사적 상황이었다.

맹순사는 타고난 천품이 본시도 유한 인물이었다. 웬만한 일에는 성 같은 것이 나지를 아니하였다. […중략…] 그렇기 때문에 남과 시비와 갈등 같은 것이 생기는 일이 드물었다. 좋게 말하면 원만이요, 사실대로 말하면 반편스럽고 지조 없고 무능이요 하였다.[24]

옛날의 순사와 꼭같이 차리고 하였건만 맹순사는 웬일인지 우선 스스로가 위엄도 없었고 신도 나는 줄을 모르겠고 하였다. 만나거나 지나치는 행인들의 동정이, 전처럼 조심하는 것 같은, 무서워하는 것 같은 기색이 없고, 그저 본숭만숭이었다. 더러는 다뿍 적의와 경멸의 눈초리로 흘려보기까지 하였다.
   […중략…]
   '쯧, 지금 와서 푸대접 받아도 한무내하지.'

---

22 역사문제연구소 편, 『해방 3년사 연구 입문』, 까치, 1989, 95쪽 참조.
23 문화계의 경우도 크게 다를 바 없었다. 가령 문인들은 연일 '창작 합평회'나 좌담회 등을 통해 친일 문제를 놓고 진지한 반성을 보여주지만 이 자기반성이 변명과 구분하기 어려운 것임은 말할 것도 없었다. 그리고 점차 타인에 대한 비판도 도덕적 무의미에 가까운 것임이 드러나는데, 왜냐하면 사실상 친일을 덜 한 사람과 친일을 더 한 사람의 구분만이 존재할 뿐인 현실에서 비판은 애초부터 도덕적 기반을 상실한 인신공격의 성격을 띨 수밖에 없었기 때문이다. 절도범이 살인범을 나무라는 상황이었던 셈인데, 이 점은 채만식의 또 다른 소설 「민족의 죄인」 (1948~49)에 잘 형상화되어 있다. 「민족의 죄인」에 나타난 친일과 관련된 자기반성이나 타자 비판이 가지는 도덕적 딜레마에 대한 분석은 김동석, 앞의 책, 45~55쪽 참조.
24 채만식, 앞의 책, 261쪽.

'화무십일홍이요, 달도 차면 기우는 법인데, 한때 잘들 해먹었으니 인제는 그 대갚음도 받아야겠지.'[25]

"사상범, 정치범만 석방을 하라니깐, 살인강도꺼정 말끔 다 풀어놨으니, 그놈들이 그래 심청이 그래서야 옳담? 심청머리가 그리구서야 전쟁에 아니 져?"
[…중략…]
"허기야 예전 순사라는 게 살인강도허구 다를 게 있었나! 남의 재물 강제루 뺏어먹구, 생사람 죽이구 하긴 매일반였지."[26]

채만식의 「맹순사」의 처음과 중간과 끝에서 각각 뽑아낸 서술들이다. 만일 풍자가 도덕적인 우월성에 기초하여 서술자의 세계가 포함한 부도덕한 인물에 대한 배제에 집중하는 기법이라면 채만식의 서술자는 풍자에 필요한 날카로운 조롱들을 보여줌에도 불구하고 너무 많은 것을 보며 또한 사려 깊은 현실감각을 지닌다. 사실 풍자에는 질문하고 탐색하는 태도가 끼어들 자리가 거의 없다. 그렇지만 「맹순사」의 서술은 자신의 과녁을 향해 오히려 연민의 감정을 촉발하도록 만드는 배제와 관용의 양면적 혼합물이 되어 있다. 채만식의 서술자는 가령 맹순사의 인물됨에 대한 평가를 '원만'과 '반편' 사이에서 조심스럽게 조율하는가 하면 타인의 '눈초리'에 대한 맹순사의 자격지심에다가 '화무십일홍'의 자기인식뿐만 아니라 '대갚음'의 인정이라는 지극히 도덕적인 양심을 포함시키기도 한다. 나아가 서술자는 맹순사에게 심지어 자신의 통찰력까지 나누어주는데, 순사가 된 살인강도범과 조우했던 맹순사는 마침내 "예전 순사라는 게 살인강도허구 다를 게 있었나"라며 결국 '매일반'이었다고 읊조린다.

---

25 채만식, 앞의 책, 264~265쪽.
26 채만식, 위의 책, 267~268쪽.

이처럼 「맹순사」의 서술에는 해방기의 도덕적 맥락에 상응하는 측면이 있다. 그리고 그것은 분명 풍자에 변화를 가져온 것처럼 보인다.[27] 물론 서술의 양면성이 풍자로 하여금 좀 더 풍부한 심리학적 깊이를 가지도록 만든다고 해서 그 양면성 때문에 채만식의 풍자가 시적 차원의 섬세한 문학이 되는 것은 아니다. 여전히 「맹순사」의 언어는 법정의 언어에 가깝고 그 법정의 목적은 웃음의 처벌에 있으며 이 처벌의 집행은 우월한 지위의 서술자를 통해 이루어진다. 채만식의 서술자는 일종의 판관인 셈인데, 하지만 그는 비유하자면 판사의 자리에서 배심원의 자리로 내려앉은 판관이다. 적어도 예전과 같은 고양된 도덕적 권위를 지니지 못했다는 점만큼은 의심의 여지가 없다. 왜냐하면 웃음의 법정에서 일종의 연민의 드라마가 제작되고 있기 때문이다. 그런 의미에서 「맹순사」의 서술자는 해방기의 사회적 무질서를 바라보며 거의 붕괴된 도덕주의를 기반으로 법정의 언어를 살려내려고 애쓰는 모럴리스트(moralist)와 관련된다고 할 수 있다. 그러나 그가 오래 살아남지는 못할 것이다.

---

27 채만식의 풍자에 나타난 변화에 대해서는 그동안 다양한 해석이 존재했다. 우선 변화보다는 지속을 강조하며 해방기의 사회적 비전에 대한 희망이 오히려 풍자의 부활을 가져왔다는 논의(이도연, 앞의 책, 44~45쪽 참조)가 있다. 그런가 하면 풍자의 변화는 도덕적 관념에 매달림으로써 현실의 구체적 가능성을 포기해버린 허무주의적 태도의 산물이라고 지적하는 논의(정호웅, 『해방공간의 자기비판소설 연구』, 서울대 박사논문, 1993, 39쪽 참조)와 풍자 주체의 부재에 기인한 허무주의 색채의 해방 전 소설의 연장선상에서 그런 소설 또한 냉소적 형태의 허무주의를 반복한다고 말하는 논의(김재용, 앞의 글, 171~173쪽 참조)가 있다. 반대로 풍자의 변화에서 감지되는 그러한 허무주의적 태도가 오히려 풍자의 복잡성에 관여하며 깊이 있는 통찰과 신랄한 비판 정신의 병존을 가능하게 한다는 논의(김동석, 앞의 책, 37~45쪽 참조)도 있다. 그러나 이 장에서는 채만식 서술의 변화가 풍자의 도덕적 기초가 허물어짐으로써 비판적 활력이 떨어지게 된 현실적 상황과 결합된 사실주의적 재현의 소산으로 이해된다.

3. 속셈의 수사학

한편 식민지 시기의 자본주의는 제국주의적 굴절 속에서도 지속적으로 심화되었다. 1910년대의 토지조사사업이라는 원시적 자본의 축적 과정을 통해 임금 노동자를 양산함으로써 1920년대 이후의 식민지는 자본주의적 교환 경제를 일상적으로 구축하였다.[28] 말하자면 식민지는 제국의 중개를 통해 세계 자본주의 체제에 확고하게 편입되고 말았던 것이다. 실제로 김동인의 「감자」(1925)는 교환의 규칙을 수용했다가 내면의 열정에 휘말림으로써 '교환의 세계'로부터 축출되는 한 인물을 통해 식민지 자본주의 체제의 일상성을 상징적인 방식으로 드러냈다. 그리고 마침내 그 자본주의 체제는 미군정과 함께 해방기 한국 사회에 좀 더 깊숙이 부착되었는데, 염상섭의 소설 「두 파산」(1949)은 바로 그러한 사회경제적 현실에 상응하는 서술을 전형적으로 보여준다. 이를테면 염상섭이 제시하는 해방공간의 서술은 교환의 규칙에 따라 채무자와 채권자의 말과 행위를 동등하게 '수작'으로 상대하는 도덕적 무관심을 통해 심화된 자본주의적 이해관계를 드러낸다. 결국 「두 파산」에서 서술자의 자리는 법정이 아니라 '은행'에 유사하다고 할 수 있다.

> "이렇게 거덜거덜할 바에야 집어치우지."
>
> [⋯중략⋯]
>
> 이렇게 운자를 떼는 것을 들으면, 한 발 들여놓고 한 발 내놓는 수작 같기도 하였다. 자동차 동티로 밑천을 홀짝 집어먹힐까 보아서 발을 뺀다는 수작이다.

---

[28] 물론 '식민지 자본주의설'을 부정하며 일제의 주도하에서 진행된 일체의 자본주의적 사회 변화를 반(半)봉건적인 성격을 갖는 것으로 그 의미를 제한하는 민족주의적 관점을 지닌 논자들도 있다. 이에 관한 논란은 김정식, 「일제하 한국경제구조변동에 관한 연구」, 『한국항만경제학회지』 제13집, 1997, 623~626쪽 참조.

한편으로는 이렇게 한참 꿀리고, 학교들은 방학을 하여 흥정이 없는 이 판에, 번히 나올 구멍이 없는 10만 원을 해내라고 못살게 굴면, 성이 가시니 상점을 맡아가라는 말이 나오고 말리라는 배짱 같아 보이는 것이었다. 모녀는 그것이 더 분하였다.

[…중략…]

하여간 이렇게 졸리기를 반달 짝이나 하다가 급기야 8만 원 보증금의 영수증을 옥임에게 담보로 내주고, 출자금 10만 원은 1할 5푼 변의 빚으로 돌라매고 말았다. 옥임으로서는 매삭 2할 배당의 맛도 잊을 수 없었으나, 이왕 상점을 제 손으로 못 휘두를 바에는 이편이 든든은 하였던 것이다.

[…중략…]

점점 더 심해가는 물가에 뜯어먹고 살아야 하겠고, 내남직없이 종이 한 장, 연필 한 자루라도 덜 사갔지, 더 팔리지는 않으니, 매삭 두 자국 세 자국의 변리만 꺼가기도 극난이었다. 그러고 보니 자연 좋지 못한 감정으로 헤어진 옥임이한테 보낼 변리가 한두 달 밀리기 시작했던 것이다. 8만 원 증서가 집문서만큼 믿음직하지 못하다고 기어이 1할 5푼으로 떼를 써서 제멋대로 매놓은 것이 얄미워서, 어디 네가 그 이자를 긁어다가 먹나, 내가 안 내고 배기나 해보자는 뱃심도 정례 모친에게는 없지 않았다.[29]

여기서 '옥임이'는 최악의 인물처럼 보인다. '점점 더 심해가는 물가'의 해방기 경제로부터 가중된 생활난에도 불구하고 그녀는 자본주의적 이해관계의 가장 혐오스러운 특징들로 서술된다. '8만 원 보증금'으로 시작한 정례 모친의 "장사가 잘될 성부르니까"[30] '출자금 10만 원'으로 동업에 나서 "아홉 달 동안에 20만 원 가까운 돈을 벌어갔던"[31] 친구는

29 염상섭, 「두 파산」, 『염상섭 단편선 ─ 두 파산』, 문학과지성사, 2006, 373~375쪽.
30 염상섭, 위의 책, 370쪽.
31 염상섭, 같은 책, 372쪽.

정례 부친의 '자동차 동티'로 불안해지자 '떼를 써서 제멋대로' 투자비를 '1할 5푼 변의 빚'으로 돌리고 요즘에는 "부쩍 재치면서 1할 5부 여덟 달치 변리 12만 원 어울러서 22만 원을"[32] 자신의 채무 변제에 이용하고자 한다. 물론 친구의 '꿍꿍이속'은 "12만 원 변리를 본전으로 돌라매어놓고 변리의 새끼 변리, 손자 변리까지 우려먹자는"[33] 것이다. 이처럼 한 친구에 대한 서술은 다른 사람을 이용하는 기민함과 상대방의 처지에 아랑곳하지 않는 냉정함으로 채워진다. 다시 말해 인정사정없는 '샤일록'[34]을 겨냥하는 이 이중자음(ㅉ/ㅃ/ㄸ/ㄲ)의 새로운 희극은 사실상 「맹순사」의 윤리적 비판에 육박하고 있다.

그러나 「두 파산」의 서술은 곧바로 그 비판을 자신의 윤리적 발판으로 작용하고 있던 또 다른 친구에게도 적용한다.[35] 악한 자와 선한 자를 구분할 수 있도록 했던 비판의 윤리학적 기초마저도 공격하는 것인데, 이러한 시점의 하강은 무엇보다도 악의가 '없지 않았다'던 '정례 모친'의 '뱃심'을 겨냥하고 있다. 사실 그녀의 뱃속에 든 악의는 '상점을 맡아가

---

32 염상섭, 앞의 책, 375쪽.

33 염상섭, 위의 책, 377쪽.

34 당대의 주목할 만한 작가였던 크리스토퍼 말로에게 샤일록은 '악의 전형'이었고, 프란시스 베이컨과 같은 다른 이들에게는 '솔로몬의 지혜를 구현한 인물'이었다. 반면에 셰익스피어에게 샤일록은 기독교적 자선 개념의 반대편에서 새로이 탄생한 '호모 이코노미쿠스'로서 먼 지역과도 소통하고 위험에 지속적으로 자신을 노출시키는 생계 수단을 마다하지 않는 근대적인 인물이었다. 이 장에서 옥임이는 일단 말로적인 샤일록에서 출발하지만 곧바로 셰익스피어적인 샤일록으로서의 정체를 드러낼 것이다. 시어도어 래브, 김일수 옮김, 『르네상스 시대의 삶』, 안티쿠스, 309~310쪽 참조.

35 어떤 의미에서 이것은 현실을 도덕이나 이념과 같은 '단일한 비전'으로 추상화하려는 서술에 저항하면서 대립하는 양쪽 중 어느 한 편을 근본적으로 부정하거나 절대적으로 긍정하는 '극단론'을 끊임없이 회피하고 이것과 저것 어느 한 편의 일방적인 우위를 인정하지 않으며 양자 사이에서 거리를 유지해온 염상섭 서술자의 전반적인 특성에 연결된다. 가령 『삼대』(1931)의 서술자는 판단의 주체와 그 대상의 교대 가능성을 강조함으로써 갈등을 서사적 전개의 핵심에 갖다놓는 바 있다. 여기서 서술자의 자리는 '갈등'의 가능성을 수용하고 '이해관계'를 도덕적이지는 않지만 정당한 인간관계로 인정한다는 점에서 분명 '은행'을 닮았다. 『삼대』에 나타난 그러한 서술을 정신적 태도로서의 아이러니를 통해 해명한 일반적인 논의는 최종길, 앞의 글, 241~245쪽 참조.

라는 말이 나오고 말리라는 배짱'에서 투자비를 회수하겠다며 '못살게' 굴어온 옥임이가 '얄미워서' 생겨난 일종의 분노였다. 하지만 정례 모친의 그 '분'이 다른 사람의 돈을 돌려주지 않을 수도 있다는 그 부당한 '뱃심'으로서 옥임이의 냉정한 '배짱'을 닮아가고 있다는 것은 의심의 여지가 없다. 결과적으로 서술자는 하나의 진리만을 허용함으로써 갈등을 풍자적으로 정리하기보다는 다른 진리의 가능성을 상상함으로써 그 갈등을 냉소적으로 유지하고 있는 것인데, 이때 그러한 냉소는 당연히 '윤리적 무심함'[36]과 분리하기 어려운 것이 된다. 그렇다면 도대체 염상섭의 서술자는 누구란 말인가?

"그래 그 돈은 갚는다는 거야 안 갚을 작정야? 세도 좋은 젊은 서방 믿고 그 떠세루 남의 돈을 무쪽같이 떼먹으려 드나 보다마는, 김옥임이두 그렇게 호락호락하지는 않어⋯⋯."

[⋯중략⋯]

"이거 미처나려나? 이건 무슨 객설야."

[⋯중략⋯]

"그래 내 돈을 곱게 먹겠는가 생각을 해보렴. 매달린 식솔은 많구 병들어 누운 늙은 영감의 약값이라두 뜯어 쓰려구, 이렇게 쩔쩔거리구 다니는, 이년의 돈을 먹겠다는 너 같은 의리가 없는 년은 욕을 좀 단단히 봬야 정신이 날거다마는, 제 사정 보아서 싼 변리에 좋은 자국을 지시해 바친 밖에! 그것두 마다니, 남의 돈 생으루 먹자는 도둑년 같은 배짱 아니구 뭐냐?"

[⋯중략⋯]

---

36 근대사회는 '다시각적으로 흐트러진 세계'로서 그 안에서의 비판은 '풍자적 지식의 강력한 홍소 전통'과 무관한 지점에 있으며 이로 인해 모든 비판은 풍자가 아니라 냉소로 변형된다. 바로 여기서 '모든 문제에 대한 무관심'이 생겨난다. 페터 슬로터다이크, 이진우·박미애 옮김, 『냉소적 이성 비판 1』, 에코리브르, 2005, 17~39쪽 참조.

"누가 안 갚는대나? 돈두 중하지만 이게 무슨 꼬락서니냔 말이야."

"난 돈밖에 몰라. 내일모레면 거리로 나앉게 된 년이 체면은 뭐구, 우정은 다 뭐냐? 어쨌든 내 돈만 내놓으면 이러니저러니 너 같은 장래 대신 부인께 나 같은 년이야 감히 말이나 붙여보려 들겠다던!"

하고 허청 나오는 코웃음을 친다. 구경꾼은 자꾸 꾀어드는데, 정례 모친은 생전 처음 당하는 이런 봉욕에 눈앞이 아찔하여지고 가슴이 꼭 메어 올랐으나, 언제까지 이러고 섰다가는 예서 더 무슨 창피한 꼴을 볼까 무서워서 선뜻 몸을 빼쳐 옆의 골로 줄달음질을 쳐 들어갔다. 뒤에서 발소리가 없으니 옥임이는 저대로 간 모양이다.[37]

정례 모친은 언제 "졸라댈지 불안은 한층 더하"[38]던 차에 드디어 어느 '정류장'에서 친구와 '시비'가 붙는다. 그런데 상대방의 '객설' 운운하는 '떠세'에 아랑곳없이 '김옥임이'는 '호락호락하지는 않'는 정도를 넘어서 빚 독촉으로 기세등등하다. 만일 '체면'과 '우정'의 시대였다면 그녀는 "예전 동무를 쫓아다니며 울리는 고리대금업자로"[39] 서술되며 오히려 '남의 돈 생으루 먹자는 도둑년 같은 배짱'의 당사자로 간주되었을지 모른다. 그러나 옥임이에게는 "남의 욕을 덜 먹는 발뺌이 되는 것이"[40]라도 있는지 "처지가 뒤바뀌어서"[41] '창피한 꼴'을 당한 쪽은 정례 모친이 되고 만다. 이것은 말할 것도 없이 옥임이의 '코웃음'을 용인하는 '구경꾼'이라는 존재로 인해 가능해진 것인데, 말하자면 그들은 '돈'을 매개로 한 '흥정'의 규칙을 따르고 또 전적으로 실용적인 경향을 띤 존재의 상징으로서 '생전 처음'으로 정례 모친의 '돈두 중하지만'이라는 시대착

---

37 염상섭, 앞의 책, 379~380쪽.
38 염상섭, 위의 책, 378쪽.
39 염상섭, 같은 책, 381쪽.
40 염상섭, 같은 책, 381쪽.
41 염상섭, 같은 책, 382쪽.

오적인 발화를 '줄달음질' 치게 만들고 있다. 결국 그 존재들은 '돈만'이 도덕적으로 편안해진 세상이 도래했음을 암시하고 있는 것이다.

실제로 도덕적인 인간관계에서 일어난 그러한 변화는 해방 이후 한국 사회의 자본주의적 성격의 심화 과정과 무관하지 않다. 물론 해방기 은행의 업무를 대체한 고리대금업자의 냉혹한 흥정이 과거 사회적 관계를 규정했던 윤리적 인간의 온정적 미덕을 패퇴시켰다는 것은 자본주의의 심화를 말하는 데 충분한 것은 아니다. 그러나 화폐를 통한 교환이 지배하는 사회가 모든 인격적인 것과 특수한 것을 유보하고 경제적인 보편성을 실현함으로써 도덕적인 위계를 수평화하는 사태를 빚고 말았다는 것은 부인하기 어렵다. 그러니까 도덕적 판단을 경제적 이해로 바꾸어 버린 '구경꾼'의 존재는 무엇보다도 그 사태로부터 유래한 것인데, 더욱 놀라운 것은 「두 파산」의 서술자가 그러한 구경꾼과 타협하려는 시선을 보여준다는 점에 있다. 하지만 모든 것을 가장 낮은 수준으로 귀결시키는 '수평화의 비극[42]이 보편적인 것이 된 세상 속에서는 서술자의 지위마저도 하락하게 마련이라면 그의 자리가 현실을 내려다보는 곳이 아니라 엿보는 것만이 가능한 곳에 배속된 것은 거의 필연적이다. 그리고 이것은 바로 염상섭의 이른바 '속셈'의 수사학이 탄생하는 지점이 된다.

> 국민학교 안에는 벌써 매점이 있어서 어떨까도 하였으나, 여학교만은 시작하기 전부터 아는 선생을 새에 넣고 선전도 하고 특약하다시피 하였던 관계인지, 이때껏 재미를 보는 편이지, 이 장삿속으로만은 꿀리는 속셈은 아니다.
>
> [⋯중략⋯]
>
> 신용 대부로 1할 5푼 변(邊)인데, 동사란 말만 걸고 2할, 2할이 안 될 때도 있었지마는 셈속 좋은 때면 2할 이상의 배당도 차례에 오니, 옥임이 생각에는 실

---

42 게오르그 짐멜, 김덕영·윤미애 옮김, 『짐멜의 모더니티 읽기』, 새물결, 2005, 22쪽.

속으로는 이익이 좀 더 되려니 하는 의심도 없지 않았으나, 그래도 별로 힘드는 일을 하는 것도 아니요, 가만히 앉아서 2할이면,

[…중략…]

한 반절 얹어서 16만 원쯤 해주면 되려니 하는 속셈만 치고 있던 자기가 어리보기라고 혼자 어이가 없어 실소를 하였다. 그러나 십오륙만 원이기로 한꺼번에 빼내는 수도 없으니 이번에 변리 6만 원만 마감을 하고서 본전은 5만 원씩 두 번에 갚자는 요량이었다.[43]

"…… 난 살림이나 파산 지경이지 옥임이는 성격 파산인가 보더군요……."[44]

"마누라, 염려 말아요. 김옥임이 돈쯤 먹자고 들면 삼사십만 원쯤 금세루 녹여내지. 가만있어요."
정례 부친은 앓는 마누라 앞에 앉아서 이렇게 위로하였다.
"옥임이 돈을 먹자는 것두 아니지마는 무슨 재주루."
마누라는 말리는 것도 아니요 부채질하는 것도 아닌 소리를 하였다.[45]

염상섭의 「두 파산」에서 임의적으로 뽑아낸 서술들인데, 은행의 합리성으로 포장된 자본주의적 내면을 가리키는 수사학적 편린들, 가령 '장삿속'과 '셈속'과 '의심'과 '요량'들로 가득하다. 여기에는 앞선 '뱃심'과 '배짱'에다 '꿍꿍이 속'과 '계교'까지 추가할 수 있다. 당연히 이 '속셈'의 세계는 단 한 사람의 예외도 두지 않는데, 옥임이와 정례 모친은 말할 것도 없고 전직 교장이라는 사람은 "이잣돈을 받아 넣고 나서도 또 조르고 두덜대는 소리"[46]를 통해 정례 모친의 사업을 차지하며 심지어

---

43 염상섭, 앞의 책, 367~376쪽.
44 염상섭, 위의 책, 383~384쪽.
45 염상섭, 같은 책, 385쪽.
46 염상섭, 앞의 책, 369쪽.

교장의 위엄을 아는 아이들조차 정례 모친의 구멍가게에서 "공짜 만화를 보느라고…… 옹기종기 몰려"[47] 서 있다. 결국 정례 모친 최후의 도덕적 외침조차 '살림'과 '성격'의 수직적 차별성이 아니라 '파산'의 수평적 동일성으로 소멸되고 "말리는 것도 아니요 부채질 하는 것도 아닌" 속셈의 세계에 속하게 된다. 서술자조차도 예외는 아닌데, 왜냐하면 그는 윤리적 차원에서 벗어난 현실이란 일종의 상식이라는 듯 소설 속의 모든 마음과 행위들을 '수작'으로 간주하기 때문이다.

물론 「두 파산」의 서술자는 수작이라는 냉소적인 말을 통해 그 수작이 지배하는 세계로부터 비판적 거리를 유지하고 있는지도 모른다.[48] 그러나 그 수작을 '말리는 것도 아니요 부채질 하는 것도 아닌' 서술자의 시선이 기본적으로 도덕적 무관심에 기초해 있다는 것은 명백하다. 그러고 보면 「두 파산」의 서술에는 분명 자본주의적 심화 과정의 윤리적 혼란에 상응하는 측면이 있다. 사실 자본주의가 어쩔 수 없이 살아야만 하는 공간이 되었다면 두 가지 선택만이 남는데, 하나는 '옥임이'처럼 자

---

47 염상섭, 위의 책, 365쪽.

48 염상섭의 냉소에 나타난 비판적 거리에 대해서는 다양한 견해들이 있었다. 그러나 '제도로서의 가치중립성'이라는 김윤식의 명제 이후, '아이러니' 개념을 기법과 인식론으로 이해하는 논의가 전개되면서 그 명제에서 비판적 성격을 확증하는 방향이 대세였다. 가령 '사고-파는 경제적 행위의 기반' 위에서 서술되었음에도 불구하고 아이러니의 '네거티브한 정신의 운동'이 '건강한 개체성의 영역'을 구제하게 된다는 논의(차원현, 앞의 글, 162~187쪽 참조)가 있는가 하면 아이러니는 대립하는 어느 쪽에도 '윤리적 무게'를 두지 않지만 '작가의 냉정한 균형감각'이 '사회의 모순과 병리적 현상'을 고발하고자 한 것으로 보인다는 논의(김경수, 「염상섭 단편소설의 전개과정」, 『서강인문논총』 제21집, 2007, 17~18쪽 참조)와 '이기심의 이해와 적용의 철저함' 안에서 서술자의 '중립적 태도'가 보여주는 아이러니에도 불구하고 그 이기심은 인간들의 '보편적 속성'인 동시에 극복되어야 할 '부정적 대상'으로 간주되고 있다는 논의(장수익, 앞의 글, 308~328쪽 참조)가 있다. 또한 '시대현실에 대한 완곡한 풍자와 냉소를 의도하는 트리비얼리즘의 냄새'를 풍긴다면서도 '새로운 윤리를 모색하기에는 너무나 절망적이란 사실'을 환기하는 가운데 아이러니에서 '삶에 대한 최소한의 윤리감각'을 볼 수 있다는 논의(최현식, 앞의 글, 150~151쪽 참조)도 있다. 그러나 한 시대의 가장 전형적인 수사적 양식인 아이러니가 어떻게 현실을 지탱하기보다는 오히려 그 정당성을 의심하고 비판하는 근거가 될 수 있는지 의문이다. 그런 의미에서 바로 이 장은 염상섭의 서술을 해방공간의 한국 사회가 자본주의의 심화로 낳은 '수평화의 비극'에 대한 저항적이고 비판적인 특성이 아니라 순응적이고 방어적인 재현으로 이해한다.

의든 타의든 그것에 순응하는 것이고 또 다른 하나는 「두 파산」의 서술자처럼 모든 것을 이해하면서도 그 누구에게도 공감하지 않는 냉소주의를 품는 것이다. 그렇지만 순응을 최소화하는 것임에도 불구하고 냉소주의조차 윤리적 무심함으로 인해 현실에 대한 일종의 타협이 된다는 점에는 의심의 여지가 없다. 요컨대 염상섭의 서술자는 해방기의 자본주의 심화 과정에 압도되어 도덕관념을 압도하는 경제적 이해관계를 기반으로 은행의 무도덕주의를 내면화한 냉소주의자(cynicist)와 연관된다고 할 수 있다. 불행하게도 그는 아주 오래 살아남을 것이다.

4. 서술자라는 인간

채만식의 「맹순사」와 염상섭의 「두 파산」의 서술들을 비교하고 특히 서술자의 지위에 주목함으로써 동일한 역사적 시간에 각기 다르게 반응하는 인간의 이미지를 도출하는 데 이 장의 목적이 있었다. 여기서 바흐친의 서술 개념은 그러한 논의에 일정한 시사점을 제공하였다. 그에 따르면 근대 소설에서 특징적인 것은 등장인물로 대변되는 인간 자체의 이미지가 아니라 서술자의 어조와 관련되는 언어의 이미지이고 이 이미지의 조직체인 서술에는 어떤 특정한 사회적, 역사적 현실이 구현되어 있다는 것이었다. 그리고 바흐친은 이야기되는 내용으로서의 서사가 아니라 오히려 이야기되는 말의 형태나 배열로서의 서술을 분석함으로써 그 말을 운용하는 서술자의 존재 방식을 이해할 수 있다고 덧붙였다. 결국 서술자는 서사(narrative)의 역사적 정수를 포착하는 데 적절한 입각점이 되어준다는 점에서 채만식과 염상섭의 서술에서 역사적 인간의 이미지는 등장인물이 아니라 서술자로부터 도출되었는데, 그들의 서술은 현실을 내려다볼 수 있도록 고양된 서술자와 현실을 엿보는 것만이 가능하도록 추락한 서술자를 각각 드러내고 있다.

먼저 채만식의 「맹순사」에 나타난 서술은 일단 도덕적 마비 상태에 대해 웃음의 처벌을 내림으로써 안정된 도덕성을 확인시켜주었다. 그러니까 우월한 지위에서 죄인을 내려다보며 한껏 고양된 풍자성의 자리란 법정을 닮은 것이다. 그러나 웃음의 법정에서 고양된 그러한 서술자의 지위는 죄인의 자기인식과 알리바이에 주목하고 단호한 판단에서 관용적인 이해로 나아감으로써 어느 순간 특권적인 시점을 벗어나는데, 이유는 해방을 맞은 한 나라의 도덕적 혼란상과 사회적 무질서라는 역사적 맥락에 있다. 요컨대 덜 한 범죄이든 더 한 범죄이든 범죄성이 총체적이 된 사회적 무질서 안에서 도덕성의 왜곡은 불가피한 것이고, 따라서 악덕을 처벌하고 교정하려는 풍자적 권위는 흔들릴 수밖에 없는 것이다. 물론 채만식의 서술자는 여전히 판관으로서의 지위를 유지했지만 해방기의 도덕적 맥락에 상응하여 배심원의 자리로 내려앉은 판관에 지나지 않았다. 그런 의미에서 「맹순사」의 서술자는 해방기의 사회적 무질서를 바라보며 거의 붕괴된 도덕주의를 기반으로 법정의 언어를 살려내려고 애쓰는 '모럴리스트'와 관련된다고 할 수 있다.

한편 염상섭의 「두 파산」에 나타난 서술은 교환의 규칙에 따라 채무자와 채권자의 말과 행위를 동등하게 간주하는 도덕적 무관심을 드러내고 있다. 말하자면 「맹순사」와 달리 그러한 서술자의 자리는 법정이 아니라 은행에 유사한 것이다. 따라서 동등한 지위로 내려앉아 고객을 상대하는 은행원으로서의 서술자는 비판을 자신의 윤리적 발판으로 작용하고 있던 존재에게도 적용하는 방식으로 비판의 도덕적 기초를 냉소적으로 부정하기에 이르렀다. 그리고 이것은 사실상 돈이 도덕적으로 편안해진 세상이 도래했음을 가리켰는데, 실제로 해방 이후 한국 사회의 자본주의 심화 과정은 화폐를 통한 교환이라는 경제적인 보편성을 통해 도덕적인 위계를 수평화하는 사태를 빚었던 것이다. 서술자조차도 예외가 될 수 없었는데, 물론 그의 냉소주의는 순응을 최소화하는 것이었다. 그러나 그러한 냉소와 결합된 윤리적 무심함은 현실에 대한 일종의 타협이 되었다. 결국 「두 파산」의 서술자는 해방기의 자본주의적 심화 과정에 압도되어 경제적 이해관계를 기반으로 은행의 무도덕주의를 내면화한 '냉소주의자'와 연관된다고 할 수 있다.

  문학작품을 현실에 대한 대응 형태로 파악하고 본문 안에 머무르려는 기존의 논의들을 부정할 생각은 없다. 사실 문학의 형상에서 사회적 상황의 반영만을 읽는다는 것은 일종의 동어반복에 그치고 만다는 지적은 옳다. 그러나 그 바깥으로도 눈을 돌려 본문이 가지는 의미를 사회사라는 좀 더 넓은 문맥 속에서 생각해보는 것도 전혀 불가능한 일은 아니라고 생각한다. 실제로 근대소설은 미학적 관점에 따라 사회적 상황에 대한 거부와 비판을 표현하는 것인 동시에 사회학적 관점에서 그러한 상황에 대한 승인과 반응을 내포하는 것으로도 가정된다. 그리고 바로 이것은 문학작품이 출현하는 사회적 상황 속에 그 본문을 위치시키는 정당한 순간이라 할 수 있다.

7장 / 늙은 형식으로서의 소설

이태준 소설과 노인

1. 노인형 인물의 정치적 의미

이태준 단편의 등장인물들 중에는 노인이 많다. 「불우선생」, 「우암노인」, 「복덕방」, 「영월 영감」, 「뒷방마님」 같은 작품을 대표적인 예로 들수 있다. 사실 그의 단편에는 노인들뿐만 아니라 중년의 아저씨와 아줌마도 나오고 젊은 남녀도 등장하고 심지어 어린 아이까지도 눈에 띈다. 하지만 그들은 대개 근대화 과정 중에 있던 식민지 현실을 따라잡지 못하고 그 현실로부터 뒤처진 인물들이라는 점에서 일종의 유사-노인형 인물들이라고도 할 수 있다. 그러고 보면 이태준 단편에서 노인은 앞서간 현실 편에서 볼 때 언제나 지나간 시절의 삶을 의미하게 되는 그런 과거형 인물들의 애처로운 총칭이 되는데, 물론 그 노인이란 존재는 작가에게 단순한 동정과 연민의 대상으로만 그치지 않는다. 이태준은 매우 의식적으로 과거의 잔류물들에게로 나아간다. 즉 작가는 옛것이 되어버린 존재들에 대한 자신의 특별한 관심이 현실을 거부하고 그로부터 비판적인 거리를 확보하는 유용한 방법이라는 사실을 아는데, 실제로 노인은 생존에 편리하고 유리한 것만을 쫓아 인간됨의 도리와 품위를 망각한 식민지 현실을 비판하기 위해 이태준이 정치적 의미를 부여한 인물형이다. 다시 말해 작가는 근대적 생존의 히스테리 속에서 퇴락해가는 노인들에 주목함으로써 식민지적 환경과 현실로부터 오는 문제들을 알아볼 수 있도록 독자들의 눈을 비판적으로 예리하게 만들기를 원한다. 결국 이태준 단편에 빈번히 등장하는 노인들은 과거의 잔류물들을 대변하는 상징적 존재로서 비현실적인 회고 취미의 차원이 아니라 현실에 개입하는 정치적 감수성의 차원에 닿아 있다고 할 수 있다.

물론 기존의 논의들 역시 이태준 소설에 나오는 노인들에 대한 해석과 평가에서 이와 거의 동일한 견해를 보여준다. 우선 그의 "호고벽(好古癖)"은 90년대 이전까지는 체제와 반체제를 망라해 현실 참여에 대한 시대정신의 경직된 요구로 말미암아 "센티멘탈리즘"(백철)이나 "딜레땅띠즘"(김현·김윤식) 또는 "패배주의"(김우종) 등으로 폄하되었다. 그러나 80년대 후반 월북 작가 해금 조치와 더불어 본격화된 정신적 해금은 이태준의 소위 옛것 애착에 대한 기왕의 평가를 온당하게 수정하는 배경이된다. 일단 이남호가 옛것에 매달리기로 이해되는 이태준 소설의 감수성은 이른바 식민지 근대성에 대한 저항으로서의 효과적인 방편이 된다고 지적한 이후[1] 후속 연구자들 또한 노인을 포함해 오래된 것들에 유별난 애착을 가지는 이태준 문학을 감상적 취미의 결과가 아니라 비판적 질문의 소산으로 파악해왔다. 이를테면 이태준 소설은 '서양추수적 근대주의에 대한 비판적 회의'(황종연)이자 '타락한 근대성을 부정하면서 동시에 새로운 근대성을 추구하는 미적 형태'(서영채) 혹은 '근대화의 도도한 흐름에 탄력적으로 저항하기 위해 계발한 현실 대응 방안'(장영우)이자 '근대적인 규범들을 비판하고 새로운 창작 원리 및 문화 원리를 발견하고자 하는 욕구'(차승기) 등으로 해석될 수 있다는 것이다.[2] 이러한

---

1 이남호, 「이태준 단편소설 연구」, 『한국어문교육』 제3호, 고려대 한국어문교육연구소, 1988, 29~35쪽 참조.

이해와 해석들은 사실 반근대주의로부터 미적 근대성 나아가 탈근대주의라는 관점상의 차이에도 불구하고 모두 이태준 문학이 보여주는 옛것 매달리기의 정치적 의미를 부각시키고 있다.

우리도 이와 같은 기존 논의에 대체로 동의한다. 그런데 여기서 한 가지 의문을 떠올리게 되는데, 바로 옛것에 대한 이태준의 전근대적 애착에서 드러나는 그런 내용의 정치학이 근대소설이라는 새것의 형식을 빌리고 있는 것은 무언가 모순된 것이 아닌가 하는 점이다. 당연히 이태준 소설의 모순이 기존의 연구에서 의식되지 않았던 것은 아니다. 그동안 그것은 타락한 근대를 부정하는 반근대의 지사적 의식과 이에 맞서 독자적인 예술미의 세계를 구축하려는 근대적 예술가의 의식이 길항하는 "처사 의식"(서영채)을 통해 해명되는가 하면[3] 과거를 바탕으로 현재를 반성하고 미래를 전망하는 지혜로서 "온고지신의 정신"(장영우)에 대한 문학적 반향으로 설명되기도 하였다.[4] 그런가 하면 미적 근대성이 사회적 근대성에 미달하면서 결국 근대적 형식이 전통적 세계 속에서 미의식의 원천을 찾아냈던 것이라는 "한국 근대문학의 특수성"(박헌호)을 통해서도 파악되었는데,[5] 이 모든 논의들은 사실 일정한 설득력에도 불구하고 아니 그 때문에 이태준 소설에 명백히 나타나는 내용과 형식의 실제적인 일관성에 대한 파악에서 다소간 둔감한 모습을 보여준다.[6] 그러

---

2 황종연, 「한국문학의 근대와 반근대—1930년대 후반기 문학의 전통주의 연구」, 동국대 박사논문, 1992, 219쪽; 서영채, 「두 개의 근대성과 처사 의식—이태준 작가 의식」, 『이태준 문학연구』, 깊은샘, 1993, 84쪽; 장영우, 「이태준 단편소설의 특징과 의의」, 『달밤—이태준 문학전집 1』, 깊은샘, 1995, 402쪽; 차승기, 「1930년대 후반 전통론 연구—시간·공간 의식을 중심으로」, 연세대 박사논문, 2003, 147쪽 참조.
3 서영채, 위의 책, 84~85쪽 참조.
4 장영우, 앞의 책, 402~403쪽 참조.
5 박헌호, 「이태준 문학의 소설사적 위상」, 성균관대 박사논문, 1997, 216쪽 참조.
6 실제로 내용과 형식을 조화시키는 문제는 이태준이 다가가고자 한 중대한 소설적 목표의 하나였다. 1930년대 중반 이후 대두된 고전부흥론과 동양주의 속에서 식민지 근대성에 대한 대응 이념으로 대두된 유기체론을 배경으로 해서 이태준은 유기체론적 이념을 문학의 핵심에 두었던

니까 기존의 논의들은 이태준 소설의 골동 취미와 상고주의를 언급하는 일과는 별개로 시각적 인물 묘사와 아이러니와 서정성이라는 근대 미학의 요소들을 가지고 이태준 소설의 미적 근대성을 당연한 것으로 가정하거나 수용하는 듯하다.

사실 이태준은 여러 지면을 빌려 옛것의 내용을 담아낼 동방의 형식으로 서구적이고 근대적인 의미의 소설이 걸맞지 않다는 직관을 지속적으로 토로한 바 있다. 그는 예술이란 무엇보다도 속(俗)이 아닌 아(雅)의 표현이며 따라서 그 '아'의 "중독지대인 이 동양에선 서구식 산문소설의 배양이란, 워낙 풍토에 맞지 않는 원예"라고 간주하는 것이다.[7] 물론 작가는 간혹 오래된 수사를 남발하는 "구식 소설"과 달리 "서구식 소설"은 진실한 묘사와 개성적 표현을 중시한다면서 근대적 미의식에 찬동하기도 한다. 그렇지만 "동방정취"에 대한 작가의 존중과 열의를 고려한다면 소설이라는 새로운 형식을 완전히 거부할 수는 없더라도 그 형식에 어떤 변형이 가해졌으리라는 것은 어느 정도 예상할 수 있다. 그리고 이태준의 의도를 무조건 추종할 수는 없다고 해도, 여기서 우리는 작가의 문예관이 그의 소설 창작에 반영됨으로써 노인형 인물들을 통해 전개된 이른바 내용의 정치적 의미에 긴밀히 조응하게 되는 독특한 형식을 발견할 수 있을 것으로 예측하게 된다. 말하자면 이태준 단편의 형식은 노인과 같은 옛것에 매달리는 정치학에 유기적으로 연결됨으로써 이른바 형식의 정치학을 구축하고 있을 것으로 기대하는 것이다. 과연 예스러

것이다. 이태준은 수필집 『무서록』(1941)에서 다음과 같이 말한 바 있다. "'그 내용에 그 형식' 이 소설의 이상이다. 내용이 형식에 승勝해도 병이요, 형식이 내용에 승勝해도 병이다. 내용만 맛보아도 잘못 읽는 것이요 형식만 맛보아도 못 읽는 것이다."(「소설의 맛」)

7 이태준은 동양의 교양을 서구의 그것과 구분하고자 한다. 즉 그는 동양 예술의 표현적 핵심이 속됨이 아닌 우아함에 있다고 판단하고 '속의 표현'인 소설류는 동양의 풍토에 맞지 않는다며 불가피하게 서구식 산문을 받아들일지라도 동양적인 것에 대한 숙고가 필요하다고 지적한다. 이러한 생각들은 「동방정취」, 「명제 기타」, 「고전」, 「동양화」 등 여러 곳에서 강약을 달리 하며 지속적으로 표명되고 있다. 이태준, 『무서록—이태준 문학전집 15』, 깊은샘, 1994, 15~152쪽 참조.

운 내용과 조화로운 전체를 이루게 되는 형식이란 어떤 모습일까? 여전히 그것은 근대소설에 속하는 것일까? 이 장은 이태준 단편의 형식과 내용은 이원화되어 있다는 기존의 가정에 의문을 제기하면서 출발한다.

2. 인물 중심 소설과 서사적 공간의 회화성

이태준 단편에서 시대적 현실에 대해 비판적 질문을 품고 있는 것은 무엇보다도 나이든 사람들이 나오는 소설들이다. 예를 들면 「고향」(1931), 「불우선생」(1932), 「아담의 후예」(1933), 「우암노인」(1934), 「복덕방」(1937), 「패강냉」(1938), 「영월 영감」(1939), 「뒷방마님」(1943) 등이 대표적인데, 여기서 어떤 것은 제목부터가 주인공이 노인이라는 사실을 선명하게 드러낸다. 실제로 이 소설들에는 늙수그레한 중년으로부터 나이가 아주 많은 고령자, 심지어 여성 노인에 이르기까지 다양한 노인형 인물들이 등장한다. 그리고 이태준 단편은 그러한 노인들이 처한 삶의 곤경과 난관을 통해 노인이라는 존재의 연륜과 미덕을 외면해버리는 식민지 근대화의 버릇없고 경박한 현실을 날카롭게 지적한다. 다시 말해 부모와 선배 세대에 속한 이태준의 노인들은 무엇보다도 시간의 경과와 더불어 쌓인 생활의 연륜을 통해 높고 낮은 지위에 상관없이 삶의 성숙한 국면에 도달한 사람들이라고 할 수 있는데, 도리와 미덕 대신 유리와 이득만을 구하는 일이 곧 세상의 이치가 되어버린 현실은 재빠른 처신과 영악한 변신에 능란한 젊음의 유동적인 가치만을 고양시킴으로써 바로 나이든 사람들을 무가치한 존재로 경멸하게 된 것이다.[8] 결국 이태준 단

---

8 베버에 따르면 진보 과정에 기초한 근대화는 발전의 무한성을 전제함으로써 그 발전의 절정이란 영원히 도달할 수 없는 현실을 가리킨다. 따라서 베버는 근대인들은 생명의 유기적 순환 속에서 삶의 완숙성과 포만감으로 말년을 맞이하고 또 그렇게 함으로써 존경의 대상이 되었던 노

편에서 식민지 시대의 현실과 거리가 먼 노인형 인물들은 "골동품"(「고향」)이나 "불쌍한 늙은이"(「아담의 후예」) 등으로 명명되는데, 이런 "시대 전체에서 긴치 않게 여기는, 찌싯찌싯 붙어 있는 존재"(「패강냉」)들을 향한 서사적 관심은 말할 것도 없이 근대화에 기초한 식민지적 환경과 현실에 대한 정치적 비판의 성격을 띠게 된다. 다음과 같은 장면에서 젊은 이들이 노인들을 대하는 방식은 사실 그런 비판을 드러내는 비근한 예에 지나지 않는다.

> 주인아씨는 얼굴이 새빨개지며 뒤에 따라 들어서는 시어머니더러,/ "뭘 해서 비누는 그렇게 헤피 써요. 새로 산 지가 그 새 메철이나 돼서……"/ 하고 눈살을 찌푸렸다./ "그새 빨래한 생각은 안 하냐? 내가 비불 뭐 씹어 먹어 없애갔냐."/ 하기는 하면서도 시어머니는 며느리를 바로 쳐다보지도 못하고 도로 밖으로 나가버린다. 마루에 앉았던 색씨들은 모두 시시닥거리던 기분이 깨어져 식모로만 알았던 주인집 마님의 모양을 내려다보다가 밖으로 사라져 버리는 바람에 모두 눈을 주인아씨에게로 돌렸었다. 그리고 한 색씨가 물었다./ "어머니야?"/ "어머니는 무슨 내다 버릴 어머니, 그이 어머니야."/ "그이 어머니라니?"/ "우리 집 양반 어머니란 말야."/ "그럼 시어머니 아냐?"/ 한즉 주인아씨는 무슨 망신이나 당하는 것처럼 다시 얼굴이 붉어지면서/ "시어머닌 무슨…… 무슨 뭐나 바라고 와 사나 자기 아들한테 와 얻어먹구 있는 게지! 그게 여자도 경제적으로 독립해야 돼. 저게 뭐야. 자기 아들은 자기가 낳기나 했지만 나야 어쨌단 말이야. 왜 날더러 받들란 말이야 홍!"(「박물장사 늙은이」)[9]

년이 그 가치를 상실하게 되었다고 지적한다. 왜냐하면 진보와 발전의 근대적 이데올로기는 끊임없는 갱신의 동력만을 찬양함으로 어떤 성취와 업적도 최종적인 것이 아니라 단지 일시적인 것에 불과하다고 선언하기 때문이라는 것이다. 이와 같은 현실에서, 결국 노년이란 무의미한 사건이 될 수밖에 없다. 막스 베버, 전성우 옮김, 「직업으로서의 학문」, 『'탈주술화' 과정과 근대: 학문, 종교, 정치−막스 베버 사상 선집』, 나남, 2002, 46~48쪽 참조.
9 이태준, 『돌다리−이태준 문학전집 2』, 깊은샘, 1995b, 269~270쪽.

그런데 여기서 주목해야 할 것은 이태준 식의 현실 비판이 형성되는 과정에서 노인과 같은 인물들의 성격은 서사적 행위를 보조하는 것이 아니라 반대로 그 행위가 노인이라는 서사적 성격에 종속되는 것으로 나타난다는 점이다. 가령 「불우선생」에서 빌어먹는 처지에도 호랑이 방귀를 뀌고 산다는 '송 아무개'라는 노인의 기상은 그가 전차에 머리를 다쳐 죽을 고비를 맞게 되는 전환적인 사건에서 꺾이기는커녕 더욱 드높아지고 「복덕방」의 경우 과거 무관으로 호령했던 '서참위'라는 노인의 기개는 시대의 변화로 중개업으로 나앉게 된 영락한 신세에도 불구하고 자기 복덕방에 드나들던 '안초시'가 투자 실패로 자살을 하는 극적인 사건을 만나서도 초라해지는 것이 아니라 오히려 당당해진다. 그런가 하면 「영월 영감」에서도 실패를 두려워하지 않고 금광 사업에 도전하는 '박대하'라는 영감의 위풍은 발파 작업 중에 중상을 입고 최후를 맞게 되는 사건을 통해서 희미해지기보다 더욱 빛나게 되는데, 이처럼 이태준의 단편은 사건이 인물을 지배하는 플롯 중심의 소설이라기보다는 인물이 사건을 압도하는 인물 중심의 소설이라고 할 수 있다. 하지만 그것은 현실의 복잡성을 드러내기 위해 사건의 변화무쌍한 전개와 더불어 도드라지는 개성적 인물에 역점을 두는 근대소설과는 구분된다. 왜냐하면 현실의 한 국면을 나타내려고 그러한 사건 전개에 역행함으로써 새겨지는 평균적 인물을 보여주기 때문이다.

실제로 작가는 "동양 소설에서는 삼국지류의 무용전이기 전에는 서양에서처럼 고층건축과 같은 입체적 설계는 어렵다"[10]고 말하고 자신이 창조해낸 인물들의 평면성을 스스로 암시한 바 있다. 만일 소설의 등장인물을 애초의 성격이 서사의 전개 과정에서 수시로 변화하는 입체적 인물(round character)과 처음 그대로의 성격을 유지하며 변하지 않는 평면적

---

10 이태준, 「생활양식과 입체적구성」, 『조선일보』, 1937년 7월 5일자; 이태준, 앞의 책, 1994, 62쪽에서 재인용.

인물(flat character)로 구분할 수 있다면 이태준 단편에 나오는 인물들은 대체로 후자에 속하는 셈이다.[11] 사실상 「불우선생」과 「복덕방」과 「영월 영감」 등에서 주인공들은 현새 불행한 말년을 보내고는 있으나 한때 사회의 주역이었다는 자존심을 굽히지 않는 채 살아가는 노인들로서, 서사적 사건의 굴곡 많은 변화에도 그 성정의 변함없음이 뚜렷하다. 물론 이때 누군가는 이태준 단편에 나오는 주인공들의 평면적 성격에서 '사실'보다 '전범'을 중시했던 전대 서사의 단순한 성격화를 발견하고 그것을 근대소설을 쓰는 작가가 드러내는 작법 상의 결함이라 단정할 수도 있다. 그러나 이태준이 그리고 있는 인물들의 변함없는 평면성은 현실의 변화에 아랑곳하지 않는 편벽됨과 고지식함을 가리키는 것이라기보다 그 변화를 짊어지고서 인종으로 처신하는 담담함과 한결같음을 일컫는 독특한 특성이라는 점에 유의해야 한다. 그들은 겉보기에는 단순한 사람들처럼 보이지만 실상은 아주 복잡한 사람들인 것이다. 이 성격상의 특이점은 소실로 얻은 자식 때문에 가풍이 어지럽게 된 말년의 상황을 우울하지만 담담하게 수용하는 어느 '노인'(「우암노인」)의 경우나 한 가문에 헌신했으나 그 가문의 몰락을 계기로 노년을 양로원에서 보내는 처지에도 한결같이 살뜰함을 잃지 않는 '침모'(「뒷방마님」)의 경우에는 심지어 일종의 품위로서 다가오게 된다.

　결과적으로 우리는 이태준 단편이 정적(靜的)인 서사임을 확인하게 되는데, 왜냐하면 분주함과 동적인 행위는 그의 평면적 인물들이 보여주는 변함없음과 이로부터 형성되는 성격상의 품위와는 어울릴 수 없는 것이기 때문이다. 그렇다면 사람들을 다치게 하고 초라하게 만들며 몰

---

11 입체적 인물은 상대적으로 복잡하고 미묘한 캐릭터를 말하고 반대로 평면적 인물은 단일한 관념이나 특성을 표상하는 캐릭터를 말한다. 그리고 이런 분류는 현실 세계의 복잡성을 실감나게 보여주는 인물과 그렇지 못한 인물을 의미하는 것으로 종종 근대 미학 상의 위계를 갖는다. E. M. 포스터, 이성호 옮김, 『소설의 이해』, 문예출판사, 1993, 76~88쪽 참조.

락에 이르도록 하는 식민지 근대성의 유동하는 현실에 직면해서도 이런 변화무쌍한 현실의 편이 아니라 그처럼 조용하고 느릿느릿한 이들의 편에서 정적인 서사를 구축한다는 것은 다분히 비판적인 선택이 아닐 수 없다. 특히 근대적인 의미의 서사, 즉 근대소설(modern novel)은 전대의 규범적 의미가 해체된 새로운 현실에 대한 반응으로 불안하지만 역동적인 의미 탐색을 가치화함으로써 동적인 젊음을 강조하는 형식으로 규정된다는 점에서[12] 그것을 거역하는 이태준 서사의 형식적 특성은 마침내 그의 단편이 가진 정치적인 의미를 확정하게 된다. 다시 말해 이태준 단편은 노인들을 통한 내용의 정치학에 조응하는 형식적 대응물을 구축하게 되는 셈인데, 「박물장사 늙은이」(1934)에서 제목이 가리키는 그대로 현실의 변화에 따라가지 못하는 노인인 동시에 전진적인 시대적 성격과는 반대로 순환적인 동선을 가질 수밖에 없는 철지난 직업인이 등장하는 것도 의미심장하다. 실제로 이 소설의 여주인공은 잡화를 팔러 돌아다니는 자신의 동선을 통해 여학생을 금전으로 유린하는 남성이나 시어머니를 식모 부리듯 하는 며느리, 그리고 젊은 과수댁을 회절하게 만들어 죽음에 이르도록 한 영감 등 식민지 근대화에 따른 급속한 시대 변화와 더불어 타락해가는 현실의 단면들을 보여주며 이태준의 소설을 비판적인 파노라마로 만들고 있다.

---

12 근대소설에 대한 루카치의 언명 가운데 여행이 끝나자 길이 시작된다는 아이러니한 말 또한 그렇게 규범적 의미가 행위의 전제가 되던 전대의 서사로부터 행위가 규범적 의미에 선행하게 되는 노블이라는 근대적 서사로 옮겨가는 변화를 암시하고 있다. 이와 같이 서구적 의미의 근대소설은 행위와 사건을 중심으로 한 동적인 '젊음의 서사'로 정립된다(프랑코 모레티, 성은애 옮김, 『세상의 이치』, 문학동네, 2005, 25~42쪽 참조). 우리의 경우에도 이런 근대적 의미의 서사에 대한 인식은 여러 곳에서 확인되는데, 가령 안확은 『조선문학사』(1922)에서 조선 후기부터 소설이 본격화되었음을 말하고 "소설은 다 서사시에 속한다. 내면의 묘사보다 외면의 묘사를 중히 여겨 마음의 상태보다 먼저 행동의 모습을 위주하니 사건의 진행과 행동의 변화에 있어서 정밀하게 서술하기를 게을리 하지 않으나 심리의 변화, 감정의 내용에 있어서는 관찰이 느슨하였다."라고 지적하며 근대소설의 동적 성격을 정식화한다(안확, 최원식·정해렴 편역, 『안자산 국학논선집』, 현대실학사, 1996, 128쪽 참조).

이태준 단편의 소위 노인형 서사 형식으로는 물론 순환의 서사보다 회귀의 서사가 훨씬 더 빈번하게 나타난다. 예를 들어 이러한 서사 형식은 어느 중년 사내가 신경을 괴롭히는 문화에 염증을 느끼고 야성에 대한 향수를 만족시키려 학생 시절 친구 윤이 사는 산촌으로 돌아가는 「사냥」 (1942)의 이야기나 교양 없는 시정의 낚시질을 괴로워하던 한 낚시 애호가가 지금은 아무도 없지만 어릴 적 낚시터였던 강원도 산골의 외가를 찾아 돌아가는 「무연」(1942)의 이야기, 또 작가 자신의 분신이라고도 할 수 있는 한 소설가가 번잡한 도시를 벗어나 고완 취미를 충족시키려고 신라의 옛 도시 경주로 거듭 귀환하는 「석양」(1942)의 이야기 등에서 뚜렷하다. 그렇지만 회귀의 서사 역시 아니 오히려 그것이 더 젊고 역동적인 행위에 기초한 전진적 사건 전개에 직접적으로 반하는 이른바 늙은 형식이라는 점에서 훨씬 더 비판적인 서사라고 할 수 있는데, 사실 이태준의 초기작에 해당하는 「고향」부터가 일본 유학을 마치고 고국으로 돌아오는 한 지식인의 여정을 보여주는 것이었다. 이러한 돌아옴이 모두 현실 비판과 정치적 의미에 맞물려 있음은 말할 것도 없다. 그런데 여기서 더욱 의미심장한 것은 그 회귀의 서사들에서 돌아옴이라는 움직임은 이 행위의 목표가 약화되거나 소멸되는 데서 종결된다는 점에 있다. 다시 말하자면 '사냥'(「사냥」)과 '낚시질'(「무연」)과 '글쓰기'(「석양」)라는 목표는 결말에서 각각 "국수나 눌러 먹는다는 핑계"와 "자갈을 물에 쏟는 소리"와 "먼 옛날에 잃어버리었던 '천진'"과 더불어 사라져버리고 만다.

그러나 K는 센티멘털은 금물이라는 편집국장의 부탁을 잊지 않았다. 그리고 이렇게 하는 것이 M사에서 파견한 사명인 줄 느끼며, 잔인한 것을 참고 그 여자의 손목을 잡아다려 보았다. 그러니까 그 여자도 허물없이 끌려 오며 외면하였던 얼굴까지 갖다 대어 주었으나, 그러나 금수가 아닌 다음에야 어찌 그 눈물 젖은 얼굴 위에서 향락을 구할 수가 있으리오. K는 선뜻 손을 놓고 뒤로 물러앉고 말았다. 그리고는 바람벽을 둘러보다가 촛불 가까이 걸려 있는 때묻은 사진 한 장에 눈이 머물렀다. K는 가까이 들여다보았다. 어떤 기골이 청수한 중년 노인의 사진인데 관을 쓰고 중치막을 입고 행전을 치고 병풍을 배경으로, 걸어앉은 것이 보통 서민 같지 않은 사람이다. / "누구의 사진이오?" / 그 여자는 눈물을 씻을 뿐이요, 얼른 대답하지 않았다. K는 진정으로 물었다. 진정으로 집안 사정을 물음에 그 여자도 K의 사람된 품을 믿음인지, 다음과 같이 대강은 이야기하였다. / "아버지 사진이예요. 전에 합방 전에 충청도 서산 고을 사실 때 사진이래요…… 그래 이런 세상이 있어요?" / 그는 설움에 말문이 막히곤 하였다.[13]

「아무 일도 없소」(1931)라는 이태준 초기 단편의 결론부이다. M 잡지사의 기자인 이 작품의 주인공은 상업성에 목을 맨 잡지사들이 선정적인 에로물로 잡지를 도배하는 상황에 밀려 어느 날 밤 유곽 취재를 나선다. 하지만 이 행위는 밀매음을 하게 된 여염집 처녀의 억울한 사연을 접하게 되는 순간 아무 일도 없었다는 듯 그 취재 행위의 목표를 상실하고 약화되는데, 이때 이태준의 서사에서 부각되는 것은 무엇보다도 "어떤 기골이 청수한 중년 노인의 사진"이다. 이 점은 대단히 의미심장한데, 말하자면 「아무 일도 없소」는 평면적 인물들에 기초한 이태준 단편이 행위의 약화나 소멸로서 정적인 서사를 완성하는 과정과 더불어 그 인물을 다시금 초점이 되게 하는 방식을 압축해 보여주는 상징적 서사라고 할 수 있다. 그리고 이것은 동시에 이태준 단편이 인물 중심의 소설로서 입체성보다는 평면성에, 또 동적인 행위보다는 정적인 표정의 포착에 주력하는 일종의 서사적 회화로 부를 수 있는 암시적이지만 결정적인 근거가 된다.[14] 실제로 '불우선생', '우암노인', '영월 영감', '뒷방

---

13 이태준, 『달밤─이태준 문학전집 1』, 깊은샘, 1995a, 148~149쪽.
14 이태준은 스스로도 자신의 첫 창작집 『달밤』(1934) 서문에서 자신의 단편이 갖고 있는 서사적

마님' 등 그 서사의 제목부터가 이미 인물에 대한 묘사적 특성을 암시하는 이태준 단편은 대개가 다 어떤 인물의 초상으로 다가온다. 게다가 그 초상은 거의 노인형 인물들을 대상으로 그려진 것이라는 점에서 또 그들은 세상의 변화 속에 퇴락해가다가 명을 달리 하게 된다는 점에서 「아무 일도 없소」가 보여주는 것처럼 사실상 '서사적 영정(影幀)'에 가깝다.

3. 의미를 전제하는 구성과 범례적 시간의 형식

요컨대 이태준 단편은 노인형 인물들의 초상을 서사적 영정으로 정립하는 인물 중심의 정적인 서사로써 노인이라는 내용의 정치학을 이에 조응하는 늙은 형식의 정치학과 결합한다. 작가는 내용 못지않게 형식을 중시하고 있는 셈이다. 물론 이 비판적 형식은 그의 단편에서 단지 인물 묘사의 정적인 공간성을 구현하는 데서만 확인할 수 있는 것은 아니다. 사실 인물 중심의 소설이라고 해도 거기에는 여전히 끊임없는 대화와 행위가 있고 극적인 사건이 있는데, 그렇다면 근대소설 일반과 마찬가지로 서사적 형태로서의 이태준 단편에도 그런 공간성을 가로지르며 시간이 흐른다고 할 수 있다. 가령 「아무 일도 없소」(1931)에서는 대화로 이루어진 어느 잡지사 편집회의의 한 토막이 서두를 장식하고, 「꽃나무는 심어 놓고」(1933)는 소작인으로 살아가던 향촌의 한 내외가 일본의 흥계로 쫓겨나 도시로 이주해가는 첫 발걸음을 그 시작으로 삼는다. 그런가 하면 초라한 처지로 퇴락해가는 세 늙은이들의 이야기를 들려주는 「복덕방」은 투자에 실패한 한 노인의 자살로 끝나고, 소작마저 빼앗

회화성에 대해 다음과 같이 언급한 바 있다. "나는 이 책을 만들면서 몇 번이나 화가들의 경우를 생각해 보았다. 이 책은 화가들에게 있어 전람회와 같은 나의 개인전이기 때문이다."(이태준, 앞의 책, 13쪽.)

기고 남부여대로 만주로 이주한 농민들이 현지인들의 핍박과 싸우는 이야기 「농군」(1939)의 경우는 핏물로 흥건한 어느 노인의 죽음과 함께 극적으로 마무리된다. 그러나 시간의 형식으로서의 이태준 단편에서 행위와 사건은 근대적인 의미의 소설들과는 달리 대개 사후적으로 의미를 형성하는 것이라기보다는 사전에 결정된 의미를 확정하는 것에 가깝다.

> "자식의 젊은 욕망을 들어 못 주는 게 애비 된 맘으루두 섭섭허다. 그러나 이 늙은이헌테두 그만 신념쯤 지켜 오는 게 있다는 게 있다는 걸 무시하지 말어다구." / 아버지는 다시 일어나 담배를 피우며 다리 고치는 데로 나갔다. 옆에 앉았던 어머니는 두 눈에 눈물을 쭈루루 흘리었다. / "너이 아버지가 여간 고집이시냐?" / "아뇨. 아버지가 어떤 어룬이신 건 오늘 제가 더 잘 알았습니다. 우리 아버진 훌륭헌 인물이십니다." / 그러나 창섭도 코허리가 찌르르 하였다. 자기의 계획하고 온 일이 실패한 것쯤은 차라리 당연하게 생각되었고, 아버지와 자기와의 세계가 격리(隔離)되는 일종의 결별(訣別)의 심사를 체험하는 때문이었다. // 아들은 아버지가 고쳐 놓은 돌다리를 건너 저녁차를 타러 가버리었다. 동구밖으로 사라지는 아들의 뒷모양을 지키고 섰을 때, 아버지의 마음도, 정말 임종에서 유언이나 하고 난 것처럼 외롭고 한편 불안스러운 심사조차 설레였다.[15]

이 장면은 병원 확장에 필요하니 당장에 땅을 팔자는 의사 아들의 욕망과 그 땅은 천지만물의 근거이니 가치를 아는 이들을 찾아 후일을 도모하겠다는 농부 아버지의 신념이 벌이는 충돌을 말하는 「돌다리」(1943)의 일부이다. 그런데 부자간의 갈등이 절정을 이루는 이 대목에서 흥미로운 것은 서로 섭섭해하는 가운데서도 아들의 이해와 아버지의 염려가

---

15 이태준, 앞의 책, 1995b, 240~241쪽.

서로 간의 갈등을 최소화하고 있다는 점이다. 하지만 갈등의 축소로 야기된 서사적 이완 역시 근대소설 작가가 드러낼 법한 작법상의 결함과는 거리가 멀다. 그것은 무엇보다도 사전에 결정된 규범적 의미를 기준으로 이후의 사건들을 구성하는 데서 오는 자연스러운 귀결로 보이기 때문인데, 실제로 땅은 땅을 귀하게 여기는 사람들이 경영해야 한다는 아버지의 신념은 처음부터 작가가 지지하는 고집이기도 하고 마지막에 아들이라는 반동인물로부터도 동의를 얻게 되는 생각이기도 하다. 당연히 그처럼 의미를 전제하는 서사가 「돌다리」에만 국한되는 것은 아닌데, 예를 들어 「불우선생」과 「복덕방」, 「영월영감」과 「뒷방마님」 같은 작품에서도 세상의 모욕과 외면에도 점잖은 위풍과 품위를 잃지 않는 노인들의 인간적 미덕에 대한 의미론적 지지는 사후에 드러나는 것이 아니라 사전에 미리 전제된다. 그리고 그들의 미덕은 극적인 사건을 통해 훼손됨으로써 새로운 의미를 띠는 것이 아니라 그 사건에도 불구하고 지속됨으로써 기존의 의미를 강화한다.

이태준 단편은 결국 사건들의 전개 과정을 통해 새로운 국면들이 종합되어 사후에 의미를 형성하는 근대소설 일반의 구성 원칙을 뒤집고 있는 셈이다.[16] 다시 말해 전제된 의미를 토대로 한 구성적 서술 역시 행위의 약화 내지 소멸에 기초한 인물 묘사와는 또 다른 차원에서 근대소

---

[16] 벤야민은 행위가 의미에 선행하게 되는 근대적 서사로서의 소설과 규범적 의미가 행위의 전제가 되던 전대의 서사로서의 이야기를 구분한 바 있다. 말하자면 이야기에서 소설에 이르는 서사적 형태의 변화는 노인들이 젊은이들에게 자세히 들려주는 경험적 지혜를 사전에 반영하는 이야기의 세계가 스쳐 지나가는 지각들과 순간적으로 소모할 수 있는 사건들이 나중에야 의미를 드러내게 되는 소설의 세계로 전환되었다는 것이다. 그에 따르면 세계의 탈마법화 과정과 더불어 이야기의 중핵이었던 의미와 삶, 본질적인 것과 일시적인 것의 결합이 풀리게 되면서 새로운 현실은 아무런 의미도 부여받지 못하는 아이러니 상태에 처하게 되고 따라서 그처럼 경험적 지혜에 기초한 의미가 붕괴되고 등장하게 된 것은 다만 한순간 속에서만 생명력을 지니는 덧없는 소식들이 된다. 그리고 그는 이것이 결과적으로 소설이라는 근대적 서사에서 경험적 지혜의 쇠퇴와 더불어 의미의 사후적 성격을 야기한다고 지적한다. 발터 벤야민, 반성완 옮김, 「얘기꾼과 소설가」, 『발터 벤야민의 문예이론』, 민음사, 1983, 165~194쪽 참조.

설의 반대편에 섬으로써 이태준의 단편이 스스로를 정치적인 텍스트로 구축하는 또 다른 형식적 특징이 된다고 할 수 있다. 이처럼 이태준 단편은 의미의 중심을 미래가 아니라 과거에 둠으로써 이른바 서사적 근대화에 대해서 다시금 비판적이 된다. 이것은 작가가 종결을 이룩하는 방식, 특히 주동인물의 죽음이라는 서사적 결말에서도 확인되는데, 말하자면 그의 단편에서 죽음은 근대소설처럼 사후적인 의미를 추론하게 되는 파국적 기점이 아니라 사전에 결정된 의미를 완성하게 되는 경험의 종점으로 나타난다. 가령 「아무 일도 없소」의 결말에 나오는 어느 중년 노인의 사진은 서사적 영정에 가까운 것으로 그의 죽음과도 같은 부재를 통해 그의 딸이 매음녀로 전락한 현실의 비극을 상기시키기는 하지만 독립운동을 위해 자신의 일생을 바친 어떤 삶의 위엄을 떠올리도록 만드는 힘이 있다. 그런가 하면 「영월 영감」의 종결 부분에서도 금광 폭발 사고로 인한 한 영감의 종말은 단순히 시대의 운명에 휩쓸려 희생된 무의미한 죽음을 뜻한다기보다는 금 같은 힘의 절실한 필요를 깨닫고 그 신념을 위해 노력한 한 인생의 절정을 의미한다. 「뒷방마님」의 경우도 크게 다르지 않다. 침모로서 헌신한 한 여성 노인의 부음은 인생의 덧없음이 아니라 인고의 세월 속에서 성취한 한 인간의 성숙하고 고귀한 삶을 되비추는데, 이때 우리는 「석양」과 같은 이태준 단편에서 황혼 무렵의 아름다움이 거듭 강조되고 있는 이유를 비로소 알게 된다.[17]

결국 이태준 단편은 일종의 지혜의 서사라고 할 수 있는데, 왜냐하면

---

17 이태준은 자신의 수필 여러 곳에서 이른바 '고령미(高齡美)'를 강조한 바 있다. "나는 차츰 모든 옛사람들 물건을 존경하게 되었다. …… 옛사람들의 생활의 때(垢)는 늙은 여인의 주름살보다는 오히려 황혼과 같은 아름다운 색조가 떠오르는 것이다. …… 시대가 오래다해서만 귀하고 기교와 정력이 들었다해서만 완상(玩賞)할 것은 못 된다. 옛물건의 옛물건다운 것은 그 옛사람들과 함께 생활한 자취를 지녔음에 그 덕윤(德潤)이 있는 것이다."(「고완」) 이태준이 옛것을 아끼는 이유와 노년을 존중하는 이유는 사실상 같다. 즉 그것들은 모두 지나간 삶의 자취들을 담고 있을 뿐만 아니라 그 자취들을 통해 삶의 성숙한 차원을 드러내 보여준다는 점에서 작가가 특별한 애착을 가지는 대상들이 된다. 이태준, 앞의 책, 1994, 138~139쪽 참조.

무의미하게 흘러가는 지각들과 덧없는 사건들의 근대적 서사에서는 어떠한 것도 진정한 경험과 결합되는 그 깊숙한 기억의 자취들이 축적될 수 있을 정도로 오래 머물지 않는 것에 비해 그것은 노인들처럼 과거의 자취를 간직한 존재들을 통해 그러한 세계에 대한 경험과 더불어 현재적 행위들의 방향을 조율하도록 하는 규범적 의미를 제시하기 때문이다. 예컨대 한 노인은 소실의 자식으로 생긴 집안의 우환에 대한 염려를 "바람에 촛불 꺼지듯하는 목숨도 있겠지만 꺼질 듯 꺼질 듯하면서도 한없이 질기게 끌어 나중에는 제 진이 나가떨어지는 그런 떡심 같은 목숨도 있으려니"(「우암노인」) 하는 경험적 지혜에 비추어 가늠하고, 무관의 기개를 버리고 중개업으로 나앉은 한 노인은 그나마 밥은 굶지 않게 된 자신의 처지를 "세상은 먹구 살게는 마련야……"(「복덕방」)라는 세속의 지혜로 다독인다. 또한 시대의 운명에 도전하는 한 영감은 처사 취미를 가진 조카에게 "자연으루 돌아와야 할 건 서양 사람들이지. 우린 반대야. 문명으루, 도회지루, 역사가 만들어지는 데루 자꾸 나가야 돼……"(「영월 영감」)라고 말하며 시대적 현실을 반영한 지혜를 내놓는가 하면, 땅을 놓고 아들과 대립하는 어느 노인은 "땅으루 살며 땅에 야박한 놈은 자식으로 치면 후레자식 셈이야"(「돌다리」) 하며 토착적 지혜로써 따끔한 충고를 던진다. 게다가 이태준의 단편에서는 바보형 인물들조차도 "사람이란 게 그리게 무어든지 끝을 바라고 붙들어야 한다"(「달밤」)며 자기류의 처세술적 지혜를 발휘한다.

이처럼 이태준은 예견할 수 있는 현실 안에서만 느릿느릿 움직이던 정적인 서사 형태 안에 삶의 종결에 의해 완성된 지혜를 규범적 의미로 들여놓고 있다. 그렇다면 시간의 측면에서 서사의 형식을 사건들이 상호 연관되어 의미를 제공해주는 하나의 지속으로 정의할 수 있다고 할 때 이태준 단편에 나타나는 시간성으로부터 두드러지는 것은 그저 무의미하게 흘러가는 근대소설의 크로노스(chronos)가 아니라 전제된 의미와의 관계에서 비롯된 범례들로 충만해 있는 전대 서사의 카이로스(kairos)로 보인다.[18] 사실 「우암노인」과 「영월 영감」과 「돌다리」 등에서 노인들이 가지는 인생의 현자로서의 신념과 지혜는 덧없는 연속성에 기초한 근대적인 시간의 일회성과 파괴성의 거친 위협에 직면하면서도 과거의 기억과 현재의 지각과 미래에의 기대를 하나로 묶는 의미의 영원성 내지 의미의 보존성과 결합된다. 이것은 가령 자신의 기상과 위풍을 꺾을 만한 사건들에도 불구하고 "형형(炯炯)한 정열의 안광"을 빛내며 "때묻은 두루마기 자락을 바람에 날리며"서 있던 한 '중노인'(「불우선생」)에게서 선명하게 시각화된다. 그리고 어느 노인이 관리가 손쉬운 "나무다리"가 있음에도 "미리 바닥을 치고 미리 받침돌만 제대로 보살펴 준다면 만년을 간들 무너질 리 없을" 것이라며 애착을 가지는 "돌다리"(「돌다리」)는 아마도 그러한 보존적인 시간의 영원성을 가리키는 최적의 상징이 될 것이다. 물론 여러 반동인물들에 의해 범례적인 생의 의미가 고지식과 고집스러움으로 폄훼되고 만다면 이태준의 노인들은 단지 '불쌍한 늙은 이들'에 불과할지 모른다. 하지만 놀랍게도 그의 단편에 나오는 조연들은 주동인물로서의 노인들을 대개 무시보다는 존중으로 대한다.

우리는 무조건하고 글소리만에 그에게 경의를 느끼었다. 그리고, / "송선생님?" / 하고 그를 찾아 그 방은 더우니 우리 방에 와 자자고 청하였다. 그는 조금도 사양 없이 우리 방으로 왔다. 그리고 우리가 한 가지를 물으면 두 가지 세 가지씩 자기의 신상담을 비롯하여 조선의 최근 정변이며 현대 사상 문제의 여

---

18 시간성에는 두 종류가 있다. 공허함으로 가득 찬 단순한 시간성, 즉 무한한 연속성의 시간을 말하는 크로노스가 그 하나라면 시작과 종말과의 관계에서 형성된 운명과 의미로 충만한 시간성, 즉 충만한 영원성의 시간을 가리키는 카이로스는 다른 하나이다. 프랭크 커머드는 후자만을 서사의 시간적 특성이라 규정하지만 그 구분을 시간의 형식이라는 차원에서 근대소설과 변별되는 이태준 단편에도 적용하면 크로노스와 카이로스는 각각 근대소설 일반과 이태준 단편에 대응되는 시간 형식의 개념으로도 이해해 볼 수 있다. 프랭크 커머드, 조초희 옮김, 『종말 의식과 인간적 시간』, 문학과지성사, 1993, 46~77쪽 참조.

러 가지와 일본엔 백년지계를 가진 정치가가 없느니, 중국엔 손일선(孫逸仙)이
가 어떠했느니 하고 밤이 깊도록 떠벌렸다. 그때 그의 말 중에 제일 선명하게
기억되는 것은, 자기는 십여 년 전만 하여도 천여 석 추수를 받아 먹고 살던 귀
인이었다는 것과 그 재산이 한말(韓末) 풍운 속에 하룻밤 꿈처럼 얻은 것이라
불순한 재물인 것을 깨닫던 날부터는 물 퍼내 버리듯 하였다는 것과 한동안은
시대일보(時代日報)에도 중요 간부였었고 최근에 중외일보(中外日報)에도 자
기가 산파역을 한 사람 중의 하나였다는 것과, 오늘의 자기는 이렇게 행색이 초
췌해서 서울을 객지처럼 여관으로 돌아다니지만 여섯 식구나 되는 자기 집안이
모두 서울 안에 있다는 것과, 이렇게 여관으로 다니는 것은 집에선 끼니가 간데
없고 친구들의 신세도 씩씩할 뿐만 아니라 친구들이라야 모두 신문사 간부급의
인물들이라 그들의 체면도 생각해야겠고, 또 그네들이 요즘 와선 전날의 기상
(氣象)들이 없어지고 무슨 은행이나 기업회사(企業會社)의 중역처럼 아니꼬움
부리는 것이 메스꺼워 찾아가지 않는다는 것과, 또 이렇게 여관으로 다니면 동
지라 할까 자기 같은 사람도 알아주는 사람을 만날까 함이라는 것, 이런 것들이
다.(「불우선생」)[19]

과거의 영예로부터 보잘것없는 현실로 추락한 '불우선생'은 여관에서
우연히 만난 낯선 젊은이들에게 참으로 많은 말들을 쏟아내고 있다. 그
런데 여기서 주목해야 할 것은 그 말들이 한 무책임한 늙은이의 허세가
되었든 아니면 연륜으로 이룩한 한 노인의 경험적 지혜가 되었든 젊은
이들이 그 장황한 말들에 경의를 가지고서 최대한 귀를 기울이고 있다
는 사실이다. 이 단편뿐만이 아니다. 「영월 영감」에 나오는 조카와 「돌다
리」에 등장하는 아들 또한 나이 든 어른들의 말씀을 함부로 반박하거나
외면하려 하지 않고 공손히 귀 기울이는 태도를 보여준다. 실제로 이러

---

19 이태준, 앞의 책, 1995a, 161~241쪽.

한 경청의 태도는 이태준 단편에서 아주 흔하게 발견되는데 연령의 위계와 상관없을 때도 많다. 예를 들면, 「아무 일도 없소」에서 잡지사 기자는 한 여인의 하소연을 진지하게 듣고 「아담의 후예」에는 장사치들이 한 노인의 사정 이야기를 기꺼이 들어준다. 심지어 바보형 인물들이 나타나는 「달밤」(1933)과 「손거부」(1935)에서 작중화자는 못나고 바보 같은 사람들의 이야기까지 차분히 듣는데, 결국 세계를 경쟁하는 의견들의 체제로 해석하기에 '의심'을 떨쳐버리지 못하는 근대소설을 염두에 둔다면 이태준의 이른바 '경청'하는 서사는 당연히 서사적 근대화에 대한 저항과 비판의 의미를 띠게 된다.[20] 물론 하나의 의미와 단일한 진리만을 허용하는 지혜의 서사로서는 아주 당연한 결과라고 할 수 있다. 그러나 안타까운 것은 그러한 경청의 서사가 이태준 단편에 나오는 노인들의 불행과 파국을 막지는 못한다는 것이다. 그 결과 그들의 말은 어떤 의미에서 일종의 '서사적 유언(遺言)'이 되고 만다.

4. 늙음에 대한 상징적 형식으로서의 소설

결과적으로 이태준 단편은 노인형 인물들의 연륜과 지혜를 서사적 유언으로 정립할 뿐만 아니라 의미의 확실성에 기초한 경청의 서사로써도 노인을 통한 내용의 정치학에 다시 한 번 형식의 정치학을 결합시키고

---

20 프랑코 모레티는 의미의 확실성을 토대로 한 경청의 태도와 의미의 불확실성에 기초한 의심의 태도를 각각 세계와 이 세계 해석의 주체에 대한 상반된 이미지와 연결시키면서 그것들을 서사의 형식적 원리로까지 확장한다. 모레티에 따르면 경청은 전근대적인 이야기 속 주체의 일반적 태도이고 또 의심은 근대적인 소설 속 주체의 보편적 태도이다. 우리는 바로 이 점을 근대소설 일반과 이태준 소설을 구분하는 서사 형식의 원리로 이해하고자 한다. 다시 말해 작중인물들이 다른 인물의 말을 경청하는 것은 그들의 남다른 품성을 보여주는 것으로도 이해될 수 있지만 서사의 근대화 과정이 보여주는 주체의 그러한 태도 변화를 모레티의 논의를 변형하여서 서사 형식의 차이에도 관계시키고자 하는 것이다. 프랑코 모레티, 앞의 책, 123~130쪽 참조.

있는 셈이다. 사실 문학 이론가들은 형식이 내용을 담는 단순한 그릇이 아니라 특정한 내용에 상응하는 상징적 기호라는 데 대체로 동의한다. 그런 의미에서 근대소설이라는 형식은 근대성의 내용을 암시하는 것이 될 수밖에 없는데, 말하자면 규범적 의미가 해체됨으로써 유동성과 불안정성으로 특징지어지는 근대의 정신적 이미지는 이러한 새로운 현실을 반영하며 불안하지만 역동적인 탐색을 가치화하는 형식, 즉 근대적 서사로서의 노블(novel)과 결합된 것이라고 할 수 있다. 여기서 근대소설은 통상 역동적인 행위와 전진적 사건 전개를 통해 동적(動的)인 서사라는 형식적 특성을 가질 뿐만 아니라, 규범적 의미에 대한 의심을 통해 현실과 의미를 분리함으로써 사전의 지혜 대신 사후의 판단을 내놓는 아이러니 형식으로서의 서사적 특성 또한 보여준다. 결국 과거보다 미래에서 가치를 발견하고자 하는 현실에 대한 표현으로서의 젊음(youth)은 근대소설의 정수가 되고, 따라서 근대소설에서는 경청을 토대로 한 느릿느릿한 배움의 과정 대신 의심에 기초한 순간적인 처신과 자기류의 신속한 판단이 고양된다. 실제로 소년부터 청년에 이르는 미성년에 대한 관심이 전 영역에 걸쳐 한국 식민지 근대성의 중핵으로 자리잡고 있었던 것은 우연이 아니었다.

그렇다면 이제 우리는 '이태준 단편'을 젊음의 형식으로서의 근대소설에 대한 비판적 의식에서 의도적으로 선택된 늙음에 대한 상징적 형식이라 불러도 괜찮지 않을까? 이미 살펴본 것처럼 작가는 그저 단순히 노인형 인물을 통해 내용의 정치학을 구상하는 것으로만 머물지 않고 그 내용과 조화를 이루는 형식적 차원의 서사적 창안을 통해서도 정치학을 이룩하였는데, 말하자면 또 하나의 저항이 되기 위해 이태준의 단편은 '젊음의 형식'으로서의 근대소설과 거의 정반대의 형식적 특성을 띠게 된다. 우선 사람들을 상하게 하고 초라하게 만들며 몰락에 이르도록 하는 식민지 근대성의 유동하는 현실에 직면해서도 작가는 이런 변화무쌍한 현실을 무작정 따라 달리는 것이 아니라 그처럼 느릿느릿한 이들의 편에 보조를 맞추며 걷는 독특한 서사를 만든다. 나아가 이태준은 노인들처럼 과거의 자취를 간직한 존재들을 통해 새로운 세계가 놓치고 있는 경험을 준거로 해서 현재적 행위들의 방향을 조율하도록 하는 반근대적인 서사를 구축한다. 요컨대 이태준 단편은 노인형 인물들의 초상을 서사적 영정으로 정립하는 인물 중심의 정적이고 반복적인 서사뿐만 아니라 그 노인형 인물들의 연륜과 지혜를 서사적 유언으로 정립하고 의미의 확실성에 기초한 지혜와 경청의 서사로서도 형식의 정치적 의미를 환기시키는 셈이다. 그런데 여기서 한 가지 드는 의문은 근대 세계 안에서 젊음의 형식 반대편에 자리잡고 있는 그러한 '늙은 형식'을 여전히 소설로 불러도 되는 것일까 하는 점이다.

사실 이태준 단편은 전통을 고집하면서도 무한한 역동성과 더불어 과거의 자취와 함께 축적된 경험이 쓸모없게 되어버리는 식민지 근대와 직간접적으로 관련되어 있다. 그것은 느린 노년의 삶으로는 재현할 수 없는 유동하는 근대성을 곳곳에서 표현하고 있는데, 가령 「꽃나무는 심어 놓고」와 같은 작품에서는 식민지 근대화의 현실이 대책 없이 강요하는 토지 재편 과정에서 가난을 이기지 못하고 도시로 쫓겨 간 어느 가족의 비극적 이야기를 다루는 가운데 작가에게 항상 애착의 대상이 되어 있던 노인마저 그 사회적인 충격의 일부로 형상화한다. 그러니까 도시의 굶주림을 견디지 못하던 가족을 보다 못하고 구걸을 나섰던 아내는 친절을 가장해 "멀끔한 얼굴과 살의 젊음"을 이용하려고 달려든 한 노파에게 속아 영영 집으로 돌아가지 못하고 마는 것이다. 따라서 이태준 단편은 분명 근대의 형식에 속하는 것으로 소설이라 부르는 것이 당연하고 또 그렇게 불러야 마땅하다. 사실 이태준의 소설에는 노인을 통해 시대에 대한 소극적 관찰을 보여주는 경우도 있지만 젊은이들을 통해 식민지 현실을 변화시키고자 하는 적극적 움직임도 있으며, 이는 특히 이태준의 장편에서는 더욱 두드러진다. 하지만 이태준 소설은 그러한 불안하고 역동적인 무한한 젊음의 세계를 배반함으로써 또 일정하게 그 젊음이라는 세계의 정수에 저항하는 데 동의함으로써만 근대성을 재현할 수 있는 것처럼 보인다. 적어도 단편에서는 그 점을 부인하기 어려운 것 같다. 즉 그의 단편은 내용적으로든 형식적으로든 늙음에 대한 서사적 구현을 통해 젊음으로서의 근대는 결코 영원할 수 없다는 사실을 상기시키는 방식으로 서사적 근대화로서의 노블에 비판적으로 관여하는 텍스트가 된다. 바로 이것이 늙은 형식으로서의 기묘한 이태준 단편소설의 정체이다.

3부

/

자연의 세속화 *1936~1966*

8장 / 운문 대 산문

정비석·김동리 소설과 종교적 인간

1. 근대소설과 자연

근대성의 가장 중요한 특성들 가운데 하나는 막스 베버가 말한 바 있는 '탈주술화'의 보편적인 전개라고 할 수 있다. 베버에 따르면 세계가 주술로부터 벗어나는 과정은 우리의 삶은 '신비스럽고 예측할 수 없는 힘들'을 통해 작용한다는 믿음이 모든 존재는 원칙적으로 '계산을 통해 지배될 수 있다는 것'에 대한 믿음으로 대체되는 과정이다.[1] 근대 이전의 세계는 어떤 식으로든 주술적인 힘을 통해 매개된 세계였다. 그러니까 그곳은 모든 삶이 신성한 존재나 도덕적 이상이라는 최고 심급을 통해 결합되는 공간이었다. 그러나 근대 세계는 그처럼 선험적이고 형이상학적인 의미로 구축된 곳과는 근본적으로 다른 세계가 된다. 말하자면 합리성의 진전과 더불어 물리적이고 원근법적인 균질공간에 위치하게 된 모든 존재는 매개 없이 오로지 객관적으로 결정된 질서를 통해서만 관계 맺는 그런 공간이 된 것이다.

---

[1] 막스 베버, 전성우 옮김, 「직업으로서의 학문」, 『'탈주술화' 과정과 근대: 학문, 종교, 정치―막스 베버 사상 선집』, 나남, 2002, 46~47쪽 참조.

이와 같이 새로운 세계는 신의 섭리를 정점으로 구조화된 인간과 우주의 도덕적 질서에 대한 설명을 다시 정식화했는데, 이것은 전근대의 서사가 이른바 '근대소설'로 이행하는 과정에서도 핵심적인 역할을 수행한다. 특히 그 문학적 과정은 '자연'이 제시되는 방식에서 전형적으로 드러난다. 실제로 과거의 서사가 보여주는 자연은 선험적이고 형이상학적 모델로서 '사람이 당연히 추구해야 할 도리와 가치의 관념적 표징'으로 존재했는데 반해 근대소설에 나타나는 자연은 원근법적 좌표를 통해 균질적으로 파악된 물리적이고 객관적인 대상으로서 '개인에 의해 감각적으로 발견된 자연'이 된다.[2] 다시 말해 전자에서 자연을 보는 것은 선험적인 관념으로서 인간이 따라야 할 규범과 도덕의 신성한 근원을 대하는 것이라면 후자에서 자연을 보는 것은 경험적인 존재로서 기술적 수단을 통해 계산 가능한 인간적인 장소를 대하는 것이다. 이러한 자연관의 차이는 산수화와 풍경화의 대비를 통해 자연에서 '개념'을 보는가 아니면 '대상'을 보는가의 차이로 간단히 규정될 수도 있다.[3]

물론 개념으로서의 자연이 대상으로서의 자연으로 옮아가는 문학적 과정이 단선적인 것은 아니었다. 그것은 사실 복합적이었는데, 이를테면 근대소설 안에서 개인의 감각적 경험을 통해 포착된 객관적 실재로서의 자연은 여전히 도덕적 질서의 신성한 근원이 되는 선험적인 관념으로서

---

2 이남호, 「한국 현대문학에 나타난 자연의 모습」, 유종호 외, 『현대 한국문학 100년 ─ 20세기 한국 문학 어떻게 볼 것인가』, 민음사, 1999, 343~349쪽 참조.

3 물론 '산수화'의 전근대적인 세계로부터 '풍경화'라는 근대적인 세계로의 이행에서 자연이 제시되는 방식의 차이에는 좀 더 근원적인 변화가 개입되어 있다. 가라타니 고진은 이렇게 말한다. "주위의 외적인 것에 무관심한 〈내적 인간 inter man〉에 의해 처음으로 풍경이 발견되고 있는 것이다. 풍경은 오히려 〈바깥〉을 보지 않는 자에 의해 발견된 것이다." 그에 따르면 '풍경'은 하나의 리얼리즘적 실재로 간주되지만 어떤 '도착'을 겪고 있어서 그것을 뒤집어 보면 알 수 있듯이 풍경은 어떤 '인식틀'에 의해 발견된 것이다. 풍경은 사실 실재라기보다는 일종의 인식의 소산인 것인데, 여기서 놀랍게도 객관적 대상이라는 것이 주체적 인식의 의해 규정되고 있음이 드러난다. 그 주체적 인식이란 곧 원근법적 시선을 말한다. 가라타니 고진, 박유하 옮김, 『일본 근대문학의 기원』, 민음사, 1997, 26~36쪽 참조.

의 자연과 한데 어우러져 있었다.[4] 실제로 한국의 근대소설은 근대적 합리화의 과정에 적응하면서 인간의 삶과 자연의 개념을 새롭게 정립하지만 또 다른 한편으로는 주술과 마법이 지배하는 전근대적인 공간을 변화시키지 않은 채 거의 그대로 둔다. 여기서 자연이라는 공간은 신성한 힘을 가지고 있을 뿐만 아니라 인간의 삶과 운명에 깊숙이 개입하는 주술적인 것이 되어 있다. 그런가 하면 특정한 작품 안에서도 주술적인 믿음의 원천으로서의 전근대적 자연이 균질적인 생활공간으로서의 근대적 자연으로 단순하게 대체되지 않는다. 그러니까 과거의 자연이 지닌 주술성은 새로운 자연의 합리성과 경쟁하면서 스스로가 그러한 합리성의 원천이라는 의식을 보여주기도 하는데, 이때 하나의 소설작품은 단순하고 명백한 지체 과정이 아니라 복잡하고 미묘한 변형 과정의 증인이 된다.[5]

이것은 바로 정비석의 「성황당」(1937)과 김동리의 「산화」(1936/1947)에 나타난 자연의 성격을 분석함으로써 그 자연에서 일어난 의미론적 변화를 해명하고자 하는 이 장의 기본적인 가정이다. 이 장에서 특별히 「성황당」[6]과 「산화」[7]를 선택한 데에는 두 가지 이유가 있다. 하나는 거의 동

---

4 결국 소설적 근대성의 핵심이 되는 자연의 의미 변화라는 것도 처음에는 몇몇 작가의 상상 속에 있었던 하나의 아이디어가 나중에는 일반적인 문학적 상상을 형성하고 마침내 모든 근대소설에서 아주 자명한 것이 되는 방식으로부터 오는 것이다. 근대소설에서 새로운 것은 급격한 단절이 아니라 점진적인 과정을 거쳐서 오는 셈인데, 역사적 변화의 지체 과정을 전형적으로 보여주는 대목이라 할 수 있다. 그런 의미에서 정비석의 「성황당」은 근대소설이 전개되면서 나타난 김동리 식 자연 개념의 출몰에 거슬러서 자연에 관한 전근대적 상상을 보여주기도 하는 것이다. 찰스 테일러, 이상길 옮김, 『근대의 사회적 상상』, 이음, 2010, 43~44쪽 참조.

5 이것은 모순처럼 보이지만 반드시 모순이라고만 할 수는 없다. 왜냐하면 작가들의 의도는 대개 주술적인 자연에 대한 믿음을 승인하려는 데 있는 것이 아니라 자연을 주술적으로 대하는 사람들의 삶을 제시하려는 데 있기 때문이다.

6 정비석의 「성황당」은 '원시성이 농후한 에로티즘'을 통속적으로 드러낸 작품이라는 부정적 평가를 벗어나서 근래 '인간 본연의 생명력 넘치는 공간'을 제시하는 '원시주의'의 미학이라는 긍정적 맥락에서 조명되고 있다. 심지어 최근에는 '생태학적 상상력'을 선취하고 있는 작품으로까지 부각되고 있는데, 말할 것도 없이 등장인물에 대한 관심에서 자연 배경에 대한 관심으로 논의의 초점이 변화되어 온 셈이다. 그러나 정비석의 「성황당」에 나타나는 자연은 여전히 원시주

일한 시기에 발표된 두 소설이 숯구이로 생계를 유지하는 사람들을 등 장시키고 또 자연에 대한 주술직 믿음을 가진 사람들을 보여준다는 점 에서 표면적인 유사성을 지닌다는 점이고 다른 하나는 정비석과 김동리 의 그 작품들이 자연 개념의 근대적 변형 과정에 대응하며 의미심장한 차이점을 드러낸다는 점이다. 이를테면 전자는 주술적인 자연에 대한 믿음을 유지함으로써 자연의 전근대적인 개념을 보존하는 데 비해 후자 는 정비석의 소설과 마찬가지로 주술적인 자연에 대한 믿음을 유지하면 서도 자연의 새로운 개념화를 이끄는 서사적 아이디어를 포함한다. 말 할 것도 없이 식민지 현실에서나마 근대성을 확보해가던 역사적 상황에 따라 자연의 의미는 아주 다양한 소설적 양상으로 나타났는데, 특히 그 가운데 정비석의 작품과 김동리의 작품은 비교의 전형이 된다.[8]

의적인 배경으로만 간주되거나 등장인물의 원시주의적인 건강성을 뒷받침하는 보조적인 삽화 로서 처리되는 경향이 있다. 조연현, 「애욕의 문학」, 『백민』, 1948.10, 158쪽; 유병석, 「정비석의 〈성황당〉-건강한 원시주의의 예찬」, 『한국 현대소설 작품론』, 문장, 1981, 267쪽; 김미영, 「1930년대 후반기 소설에 나타난 생태학적 상상력-이효석의 〈산〉, 〈들〉과 정비석의 〈성황당〉 을 중심으로」, 『비교문학』 제35집, 2005, 207쪽 참조.

7 김동리의 「산화」는 1936년도에 발표된 작품이다. 이 작품은 '숯구이'라는 토속적인 소재에도 불 구하고 시대적이고 현실적인 범주에 기울어 계급투쟁이라는 이데올로기가 두드러지게 암시된 다. 이 때문에 '식민지 현실의 뛰어난 증인'(염무웅, 「김동리 문학의 현실인식」, 『동리 문학 연 구』 제8집, 서라벌문학회, 1973, 106쪽)이나 심지어 '계급투쟁을 선동하는 문학'(김우중, 「김동 리와 순수문학의 지향」, 『한국현대소설사연구』, 민음사, 1984, 353쪽)이라는 평가를 받았다. 그 런데 작가는 1947년 을유문화사에서 간행된 창작집 『무녀도』에서는 '사회성'을 삭제한 약간 다 른 「산화」를 보여준다. 물론 새로운 「산화」가 이전의 「산화」와 완전히 다른 작품이 된 것은 아니 었다. 적어도 신과 자연과 인간을 유기적인 전체로서 간주하는 주술적 믿음의 문제가 주도적이 라는 점에서 두 작품은 거의 동일한 작품이라고 할 수 있다. 결과적으로 '개작'의 의미가 그렇게 크지 않은 것이다. (김윤식, 『김동리와 그의 시대』, 민음사, 1995, 63~79쪽 참조.) 그리하여 후속 연구들은 1947년에 개작된 「산화」를 대상으로 자연에 대한 주술적 믿음을 바탕으로 하는 김동 리 문학의 본령을 해명하는 양상을 보여주고 있다. 여기서도 텍스트 선정의 그러한 관행은 준수 된다. 하지만 이 장은 기존의 논의와 달리 자연 개념의 근대적 변형 과정에 주목한다. 송하춘, 「김동리의 인간과 자연과 신」, 『탐구로서의 소설독법』, 고려대출판부, 1996, 188~191쪽; 김미 영, 「김동리 문학의 자연관 연구」, 『한국현대문학회 학술발표회 자료집』, 한국현대문학회, 2004, 202~207쪽 참조.

8 여기서 이효석의 작품을 떠올릴 수도 있다. 그러나 그의 작품에 나타난 자연은 정비석의 자연과 김동리의 자연과 구분되면서 다음에 이어지는 미학적 성격을 지니는 것으로 보인다. 이것은 인 간의 욕망이 자연과 결합되는 방식을 비교하면 좀 더 명백하게 드러난다. 우선 정비석 소설에서

과연 전근대적인 자연의 주술적 의미는 어떻게 훼손되었던 것일까? 그리고 자연의 근대적인 의미는 어떤 방식으로 도래하게 되었을까? 이 의문이 바로 이 장의 출발점이다.

2. 운문적 자연

정비석의 「성황당」은 '천마령' 부근의 자연을 배경으로 한다. 이곳은 순이가 남편 현보와 함께 숯을 구워 팔아 생계를 이어가는 생활의 터전이기도 하다. 그러나 풍요와는 거리가 먼 궁핍한 공간임에도 불구하고 그들에게는 근심 같은 것이 없다. 왜냐하면 나무들이 무성한 천혜의 공간이고 따라서 "숯굽기도 끝이 없을 것이니, 먹기 걱정은 영 없"[9]기 때문이다. 그리고 순이에게는 현보가 또 현보에게는 순이가 "떼어버리고는 살 수 없을 만치 사랑스럽다."[10] 그들은 자신들을 낳은 것도 산이고 먹이는 것도 산이며 돌아갈 곳도 산이라는 자연적인 삶에 자족함으로써 생명의 유기적인 순환에서 오는 생에 대한 포만감으로 행복하게 살아간다. 순이와 현보는 사실상 '자연의 한 부분'이 된다는 점에서 자연이 그 자체로 충분한 것처럼 그들의 살림도 그 자체로 충분한 것이다. 물론 살림의 의미와 방향이라는 차원에서 그들의 행복에는 필요한 것이 한 가지 더 있다. '성황님'이 그것이다.

인간의 욕망은 자연에 깃든 신성한 원리에 순종함으로써 도덕적으로 순치된다. 김동리의 소설에서 인간의 욕망은 신성이 제거되었을 뿐만 아니라 자연적 원리조차 초과함으로써 인간적으로 파렴치한 것이 된다. 그런가 하면 이효석의 소설, 가령 「산」(1936)에서 인간의 욕망은 그 욕망이 가지는 자연적 원리를 미화함으로써 자연 그 자체를 미학적으로 신성화한다. 이효석의 경우, 자연의 세속화를 반성하는 역할을 신성이 아니라 미학이 떠맡은 셈이다. 졸고, 「한국 서사문학에 나타난 산(山)의 모습」, 『Journal of Korean Culture』 제3호, 고려대 BK21 한국학 교육 연구단, 2002, 5~7쪽 참조.

9 정비석, 「성황당」, 이남호 엮음, 『한국단편문학선 1』, 민음사, 1998, 346쪽.
10 정비석, 위의 책, 347쪽.

순이는 성황당에 돌 던질 때가 가장 행복스러웠다. 돌을 여남은 개 던지고 나서는 고개를 수그러 한참 배례하고, 잠깐 섰다가 집으로 돌아왔다. 그러자, 현보도 잠이 깨어 옷을 걸치며 마당으로 나왔다. 숯가마에 일하러 가는 것이었다.

[…중략…]

「좀 왔다 가우! 왔다 가라구요!」

하고 순이는 소리를 질렀다.

이윽고 현보는

「와 그루? 와 그래?」

하며 순이에게로 되돌아왔다.

「인자 갈 때 성황당께 비는 것 잊어버렸디요?」

「난 또 큰 변 났다구.」

「그럼, 큰 변 아니구요. 성황님께 불공했다간 큰 변 나는 줄 모르우?」

하면서, 순이는 벌써 돌을 열 개나 넘어 모아다가 현보에게 주면서 던지라고 한다.

현보는 돌을 받아서 공손히 던졌다. 그러고 나서 합장하였다. 현보는 다시 순이를 쳐다보며 웃고 나서 집을 떠날 때에 퍽 행복스러웠다.[11]

순이와 현보는 세상의 모든 '재앙'과 '영광'은 무엇보다도 '성황님'으로부터 온다고 믿는다. 자신들이 행복하다면 성황님의 '은덕'인 것이고 반대로 자신들이 불행하다면 성황님의 '벌'인 것이다. 이러한 주술적 믿음은 순이의 돌아가신 '시어머니' 때부터 전해져오는 것인데, 실제로 그들은 항상 "집 앞에 있는 느티나무 아래 성황당에 가 돌을 던져"[12] 행복을 기원하고 불행에서 보호받기를 기도한다. 주지하다시피 샤머니즘과 같은 원시 종교에서는 신성한 존재들이 종종 세상의 어떤 특성과 동일

---

11 정비석, 앞의 책, 345~346쪽.
12 정비석, 위의 책, 339쪽.

시됨으로써 어떤 동물이나 식물이 믿음의 대상이 되며 심지어 특정한 어떤 공간도 그러한 종교 생활에 필수적인 부분이 된다. 정말이지 어떤 장소들은 신성하다.[13] 순이와 현보에게 세상사가 원래 어떻게 배치되었는지를 상기시키는 '성황당'이 바로 그런 곳인데, 이곳을 통해 그들은 조상들과 관계 맺을 수 있을 뿐만 아니라 신성한 존재와도 연결될 수 있다. 성황님은 결국 인생과 자연의 유기적인 조화를 매개하며 행복한 존재의 원환을 완성하는 신성한 존재로 등장하고 있는 셈이다.

한마디로 순이와 현보가 살아가는 자연은 신성한 공간이다. 이를 좀더 확실히 하기 위해 소설의 전반부에 나오는 '장날'의 에피소드를 주목할 필요가 있다. 단오 날을 앞두고 장에 갔다 돌아온 현보는 '붉은 고사댕기 한 감'과 '흰 고무신 한 켤레'에 대한 기대감과 늦는 남편으로 인한 초조감 사이에서 애타게 기다리던 순이에게 고무신만을 안긴다. 댕기를 사야 할 돈으로 술을 먹은 것인데, 하지만 술에 대한 현보의 욕구와 댕기와 고무신에 대한 순이의 열망이 충돌하며 '풍파'를 일으킬 것이라는 예상은 놀랍게도 빗나간다. 오히려 순이는 '성황님의 은덕'이라며 기뻐하고 현보는 그런 순이를 행복하게 안는다. 애초에 남는 돈 모두를 술먹는 데 쓰겠다던 현보와 댕기와 고무신 모두를 갖겠다던 순이의 지나친 정념은 신성한 자연 공간을 '불안'으로 일그러뜨렸지만 두 사람은 자신들의 정념을 적절히 제어함으로써 그러한 존재의 원환을 복원한다.[14]

---

13 물론 「성황당」에는 종교적인 생활과 모순되는 것처럼 보이는 세속적인 복에 대한 어떤 이해가 있다. 이것은 기독교와 같은 고등 종교에서는 찾아보기 어려운 것이다. 고등 종교는 세속적인 복에 대한 일반적 이해에 근본적으로 의문을 가져야만 하며 어떤 면에서는 그러한 이해를 넘어서는 자세가 요구된다는 생각을 중심으로 한다. 이러한 측면에서 초기의 원시 종교는 오히려 근대의 인본주의와 공통점이 있다. 그러나 근대의 인본주의는 세속적 복이 더 고귀한 어떤 것과 연관될 필요가 없는 것으로 간주한다는 점에서 원시 종교와는 명백히 구별되는 것이다. 이에 대해서는 찰스 테일러, 앞의 책, 92~93쪽 참조.
14 술을 좋아하는 현보가 술을 먹어본 지는 "허 좌상네 제사 때 먹은 것이 마지막이었으니, 장근 두 달이나 되었다."(정비석, 앞의 책, 340쪽.) 그런 현보는 고무신을 사고 남은 돈으로만 술을 먹는다. 잘 참아낸 것이다. 잘 참기는 순이의 경우도 마찬가지다. 그녀는 고무신만으로도 만족

여기서 두 사람의 정념이 붉은 댕기가 아닌 흰 고무신과 결합된 것은 매우 질묘한 것이 된다. 왜냐하면 그것은 "휘어잡으면 한 움큼 되었다가 손을 놓으면 팔딱 제 모양대로 돌아지는 것"[15]이기 때문이다. 그러나 「성황당」에서 붉은 댕기가 상징하는 인간적 정념은 두 사람, 특히 순이 쪽을 지속적으로 휘어잡으려고 든다.

「하하하하하.」

웃음소리가 들려왔다.

순이는 깜짝 놀라 본능적으로 아래를 가리며 맞은편 언덕을 쳐다보니, 숲속에서는 땅꼬바지 입은 산림 간수 긴상이 자지러지게 웃으면서, 순이의 옷을 쳐들어 보였다.

[…중략…]

아까부터 퍼지기 시작한 검은 구름이 이제는 하늘을 휘덮고, 싸늘한 바람이 휘, 지나간다.

굵은 빗방울이 트문트문 떨어진다. 산에서는 나뭇잎 갈리는 소리가 소란하엿다.

덮눌러온 긴상은 순이에게로 와락 달겨들어 가쁜 숨으로

「순이! 정말 말 안 들을 테야?」

「누구래 말을 듣갔다기 추근추근 이래?」

「분홍 갑사 조고리 해줄 거니, 말 들어 웅.」

「싫어 글쎄! 분홍 갑사 조고리 누구래 입갔대기.」

하면서도 아닌게아니라, 순이는 본홍 갑사 저고리가 입고 싶지 않은 것도 아니었다.

그러나, 순이는 긴상의 꼴이 아니꼬웠다.

한다. 따라서 두 사람이 사는 공간은 신성한 자연으로서의 성격과 아울러 정념이 적절히 제어되는 세계로서의 성격을 보여준다고 할 수 있다.
15 정비석, 앞의 책, 344쪽.

현보네 집에 늘 놀러오는 사람 중에 순이를 눈에 걸고 있는 사람이 둘이 있었다. 하나는 긴상이고, 또 한 사람은 산 너머 광산에서 일하는 칠성(七星)이였다.[16]

무더운 여름날 숯 아궁이에서 일하던 순이는 '홧홧' 단 몸을 식히려고 옷가지들을 '훨훨' 벗어던지며 차가운 개울물 속으로 뛰어든다. 이때 그녀는 신성을 매개로 자연과 합일된 인간의 이미지 그 자체가 되는데, 갑자기 '검은 구름'이 출몰하는 것조차 순이가 있는 곳은 신성의 주재하에 만물이 조응하는 그러한 공간이라는 사실과 모순되지 않는다. 말할 것도 없이 '순이를 눈에 걸고 있는 사람' 가운데 한 사람인 '산림 간수 긴상'이 나타나면서 성황님과 자연과 인간이 이루고 있던 존재의 원환은 또다시 일그러지게 된다. 그리고 긴상의 욕정이라는 새로운 정념의 침입과 유혹 앞에 순이는 순간적으로 흔들린다. 붉은 댕기가 이번에는 좀더 강력한 '분홍 갑사 저고리'로 둔갑한 것인데, 하지만 남편 현보를 떠올린 순이는 "올 봄부터 허가 없이 소나무를 찍었다가는 징역가는 법 생긴 줄"[17] 알라는 긴상의 협박에도 '성황님'에 대한 믿음을 통해 지나치다 못해 파렴치한 긴상의 정념을 물리치고 집으로 돌아간다.[18] 그러나 정념의 공세가 이번만큼은 집요하다. 이틀 뒤 읍내에서 순사가 나와 현보를 잡아가버린 것이다.

이제 긴상은 현보 없는 순이의 집 '아랫목'에까지 들어와 그녀를 희롱하려고 한다. 성황님은 도대체 무엇을 하고 계신 것일까? 사실 원시 종

---

16 정비석, 앞의 책, 351~354쪽.
17 정비석, 위의 책, 354쪽.
18 생명의 유기적인 순환이라는 섭리는 해가 뜨면 해가 지고 겨울이 가면 봄이 오고 산 자는 죽은 자가 되는 신성한 자연 공간을 좌우할 뿐만 아니라 「성황당」이라는 서사적 공간을 철저히 지배하고 있다. 간단히 말해 그곳은 '변동'의 공간이 아니라 '반향'의 공간인데, 가령 현보는 장에 갔다가 술 때문에 늦어지기는 하지만 다시 집으로 '돌아오고' 순이는 긴상 때문에 흔들리기는 하지만 역시 다시 집으로 '돌아간다'. 이른바 '반향의 원리'는 사실 소설의 결말 부분까지 지속적으로 관철된다.

교에서는 신이 언제나 호의적인 존재만은 아니라는 감각이 있다. 다시 말해 신은 인간에게 무관심하기도 하고 또는 고통스러운 시험을 부과하기도 한다. 신은 원칙적으로 자비롭지만 그러한 자비는 속죄라든지 아니면 악인의 방해를 통과해야만 실현된다.[19] 그렇다면 잠시 긴상을 피해 "어둠 속에서 돌을 주워가지고 또 성황당 앞으로가, 성황님께 현보가 속히 나오게 해달라고"[20] '치성'을 드리는 순이에게 '칠성이'가 나타난 것은 어쩌면 당연한 것인지도 모른다. 왜냐하면 그는 긴상을 몰아내고 순이를 유혹자로부터 벗어나게 해주는 구원자라기보다는 순이를 정념의 세계로 이끄는 훨씬 더 강력한 유혹자이기 때문이다.[21] 정비석의 소설에서 정념의 집요한 공세는 또 다른 유혹자 '칠성이'와 함께 절정을 이룬다. 실제로 그는 '분홍 항나적삼'과 '수박색 목 메린스 치마'를 미끼로 순이를 '천마령 안골짜기 자기 집'로부터 '삼십 리' 떨어진 곳까지 데리고 간다. 그렇지만 순이는 끝내 돌아오고야 만다.

「이제 가는 데두 산이 많은가?」

「산이 뭐야! 들이 판이디! 그까짓 산 댈까!」

[…중략…]

---

19 원시 종교에서 신은 다른 목적들을 갖고 있으며 그 가운데 어떤 것은 인간에게 고통을 준다. 이 점은 기독교나 불교와 같은 고등 종교들과 유사한 점이기도 하다. 물론 원시 종교의 시험은 철저히 일반 사람들이 이해하는 범주에서의 행복에 봉사하는 것이다. 이를테면 신의 자애로운 목적들은 평범한 세속적 복이라는 측면에서만 규정된다. 이와 대조적으로 고등 종교에서는 세속적인 복을 뛰어 넘는 선의 개념이 있다. 원시 종교와 고등 종교의 그러한 차이에 대해서는 찰스 테일러, 앞의 책, 93~96쪽 참조.

20 정비석, 앞의 책, 360쪽.

21 "칠성이는 돈벌인 긴상만 못해도 생긴 품은 긴상 열 곱 잘생겼다. 그래 순이는 마음을 허하자면 긴상보다도 도리어 칠성이 편이었다. 칠성이가 오늘처럼 이런 곳에서 시달린다면-하고 생각하다가, 순이는 속으로 고개를 설레설레 흔들었다."(정비석, 위의 책, 354쪽.) 이처럼 순이는 긴상의 유혹 앞에서 흔들릴 때 남편 현보다 칠성이를 먼저 떠올릴 정도로 그가 싫지 않다. 그의 유혹이 더 강력할 수밖에 없는 이유이다. 이는 칠성이가 유혹의 미끼로 사용하는 것이 '분홍 갑사 저고리'를 능가하는 것이라는 점에서 암시적으로 드러나기도 한다.

아무리 생각해도 순이는 천마령과 현보를 떠나서는 살 재미도 없거니와 살지도 못할 것 같았다. 더구나 죄를 지으면 성황님이 벌을 준다는데, 삼백 리가 멀다고 벌 못 주랴 싶어 순이는 고대 집으로 돌아가지 않아서는 안 될 것 같았다.

[…중략…]

그까짓 입고 주저앉지도 못하는 옷이라고 생각하니, 조금도 애착이 없었다. 고무신에 발이 홧홧 달아와서 고무신은 벗어 들었다. 순이는 옷을 나무에 걸어 놓고는, 고무신을 든 채 아까 오던 길을 거슬러 힝하니 달음질치기 시작하였다.

[…중략…]

집 앞 고개에 올라서니, 집에서 빨간 불이 비치었다.

「아- 현보가 왔구나!」

순이는 기쁨에 날뛰는 가슴을 안고 고개를 달음질쳐 내려왔다.[22]

칠성이와 더불어 "공연히 사람만 많이 모여서 복작복작한다는"[23] 잘 '아지도 못하는 지방'으로 향해 가던 순이는 성황님의 '벌'이 두려운 나머지 불안해하다가 자신의 집으로 방향을 바꾼다. 순이에게서 칠성이로 대변되는 분열되고 손상된 정념의 시간은 자연이라는 신성한 공간과의 접촉을 상실해서는 안 된다는 오래된 정언명령과 다시금 연결된 것인데, 순이는 돌아온 집 앞에서 마침내 '현보의 기침소리'를 듣는다.[24] 이것이 무엇보다도 '성황님의 덕택'이라는 것은 말할 것도 없다. 그리고 보면 정념의 시간은 순이를 신성함이 깃든 자연으로부터 소외시켰다기보다는

22 정비석, 앞의 책, 351~354쪽.
23 정비석, 위의 책, 370쪽.
24 여기서 다시 한 번 「성황당」의 공간이 신성의 주재하에 만물이 조응하는 자연 공간이라는 사실이 확인된다. 현보가 끌려간 뒤에 신성한 존재의 원환이 일그러지면서 이에 상응하는 자연의 기호들도 불길함을 나타내기 시작한다. '저녁 까마귀'가 울기도 하고 순이네 입을 향하고 '여우'가 울기도 하는 것이다. 물론 순이는 "성황님께 정성이 부족한 탓에 까마귀가 울고 여우가 방정을 떠는 것이라고"(정비석, 같은 책, 365쪽) 믿는다. 그러나 칠성이를 따라 나서던 날 아침, 마치 현보가 돌아오리라는 것을 예견이라도 하듯 길조를 나타내는 '아침 까치'가 순이네 지붕 위에서 운다.

오히려 그녀가 순종해야 하는 자연의 신성한 질서를 완성하는 데 이바지했다고 할 수 있다. 그런 의미에서 '위대한 적막이 깃들여 있는 깊은 산'으로써 표현된 '순이네'의 공간은 생활의 터전으로서의 단순한 자연이 아니라 신성한 섭리 안에서 모든 것이 제자리를 찾는 특별한 자연이 된다. 이곳은 모든 것이 범속한 시간의 직선적인 전개로부터 산란하게 되는 '변동'의 공간이 아니라 바로 그러한 전개가 어떤 경우에든 신성한 공간의 순환적인 통일성 속으로 집결하는 규칙적인 불변의 공간이다.

여기서 「성황당」에 나오는 '들'의 세계를 들여다볼 필요가 있다. '사람만 많은' 그 공간은 '순이네'가 살아가는 자연과 대조되는 세계로 암시되는데, 만일 칠성이가 친구를 배신하고 순이와 그곳에서 새로운 살림을 시작하는 데 성공했다면 아마도 사람들에게 그들의 선택이 가지는 정당성은 문제가 되지 않았을 것이다. 윤리적인 반응들은 시간적 전개 속에 묻히고, 앞으로 다가올 일에 대한 서사적 기대감만을 불러일으켰을 것이 분명하다. 그러나 정비석의 소설이 말하는 자연의 세계는 그 반대이다. 순이와 현보는 가치와 의미라는 가장 어려운 문제들을 신성에 매개된 자연의 근본적인 섭리에 집중시키는 '종교적 인간'이 됨으로써 이야기는 언제나 알 수 없는 어딘가를 향해 앞으로 나아가는 것이 아니라 자꾸 멈춰 서서 이미 모든 것이 자명한 공간으로 회귀한다. 요컨대 「성황당」의 자연은 신성한 공간일 뿐만 아니라 반복적인 리듬이 주도적이고 서사의 전개가 그 리듬에 종속적이라는 점에서 운문적 성격을 드러낸다.[25] 그곳은 수사학적 차원에서 운문이 승리하는 공간인 셈이다. 하지만 승리는 오래가지 못한다.

---

25 어원학적인 의미에서도 산문(prose)은 앞으로 향하는 담론[provorsa]을 뜻하고 운문(verse)은 돌고 도는 순환의 담론[versus]을 뜻한다. 산문이 시간적 전개를 구조화하는 서사 장르와 결합되고 또 운문이 박자의 규칙적인 복귀를 리듬으로 구축하는 시가 장르와 결합되는 이유이다. 물론 장르의 차원에서 그 두 가지 담론이 교차하고 결합되는 경우도 있다. 이상섭, 『문학비평용어사전』, 민음사, 1976, 123~125쪽 참조.

3. 자연의 산문적 변환

김동리의 「산화」는 '운문산 뒷골'이라는 자연이 배경이 된다. '사방 산으로 둘러싸인 뒷골 사람들'은 그곳에서 여름은 농사를 짓고 겨울은 숯을 구워 생계를 이어간다. 그러나 그들은 일 년 내내 "하루도 쉴 새 없이, 소같이 일을 하구서"[26]도 굶어 죽지 않기 위해 솔잎을 먹고 심지어는 풍년이 되어도 "풀뿌리를 캐야 봄을 치르는"[27] 궁핍한 생활을 벗어나지 못한다. 특히 뒷실이는 '산고'를 앞둔 아내가 본래 부지런하고 힘이 좋은 사람임에도 불구하고 건더기 있는 음식으로 원기를 돋우지 못해 "늘어져 누워 신음하는 것을 볼 때"[28]도 무기력하게 입맛만 다신다. 뒷실이의 '찬물이란 별호'는 그와 무관하지 않은데, 왜냐하면 "여간한 큰 변이나 불행이 닥치더라도 놀라 당황한다든지, 흥분하는 법은 없었"[29]기 때문이다. 그러나 그 별명은 성격의 문제를 가리킨다기보다는 사실상 가뭄과 기근이라는 자연의 결핍으로부터 오는 생명의 치명적인 피로감을 암시한다. 물론 뒷실이네의 피로와 무기력을 야기하는 것으로는 '하느님'도 있다.

찬물이는 잠자코 있다.
"곧 죽은 사람이다, 죽은 사람이라, 그래도 인제 겨우 숨을 좀 쉴구만, 아까사 그저 사죽을 틀고 네 구석을 매고 차마 눈으로 못 보겠더라니."
늙은이는 온 얼굴을 비쭉거리며 볼멘소리로 호소하는 것이나, 그래도 아들은 아무런 반응이 없다.
[…중략…]

---

26 김동리, 「산화」, 이동하 엮음, 『김동리 단편선─무녀도』, 문학과지성사, 2004, 36쪽.
27 김동리, 위의 책, 31쪽.
28 김동리, 같은 책, 39쪽.
29 김동리, 같은 책, 33쪽.

"하기사 아무리 세(혀)가 빠지게 해도, 하늘이 비 안주니 헐 수는 없더라만……"

늙은이의 넋두리는 이제 '하느님'에 대한 원망으로 들어가려 한다. 아들의 저녁상을 내다줄 것도 잊은 모양이다. 이때 며느리가 몸을 꿈쩍이며, 무어라고 남편의 저녁상 내올 것을 주의하는 기척이 있자, 늙은이도 그제야 정신이 돌아온 듯 일어나, 시렁 위에서 아들의 저녁상을 내려놓는다. 도토리 가루에다 서속을 넣고, 거기다 여러 가지 풀뿌리를 얼버무려 죽을 쑨 것이다.

"어느 건 아이 밴 에미게는 음식이 젤이라고, 해산도 모도 기름으로 된다는데 일 년 열두 달 풀만 먹고 사는 것이 무슨 주제로 힘을 쓴단? 더군다나 올해사 야속한 하느님이 비까지 안 줘서 쌀알 하나 천신 못하고 있는데…… 무슨 놈의 재앙이 하필 우리 에미 해산에 흉년이 든단 말고?"[30]

뒷실이 어머니는 순이와 현보처럼 세상의 모든 일이 '하늘'의 섭리를 통해 좌우된다고 믿는다. 그런데 그녀의 믿음 안에는 재앙과 결합된 '하느님'이 존재할 뿐 「성황당」의 영광과 결합된 '하느님'은 부재한다. 사실 원시 종교의 신은 자비로우면서도 인간에게 언제나 호의적인 존재만은 아니었다. 그러나 「산화」의 재앙은 사람들이 추종하는 신성한 질서를 완성하는 것이 아니라 그들을 그 신성한 질서로부터 소외시키는 것이 되어 있다. 무엇보다도 며느리의 '해산'에 '흉년'이 든 것과 그로 인해 농산물을 신위에 올리는 '천신'의 의례조차 지킬 수 없게 된 것은 그 점과 무관하지 않다. 결국 자신이 신성한 존재와 연결되어 있다는 뒷실이 어머니의 믿음은 ''하느님'에 대한 원망'을 통해서만 드러나는 최소한의 것이 되는데, 이러한 주술적 믿음은 뒷실이와 그의 아내에게서는 그 흔적조차 찾아보기 어렵다. 실제로 그들에게 '하느님'은 신성한 존재이기는커녕 '무심'하고 '야속한' 존재조차도 아니다. 그는 있어도 그만 없어

30 김동리, 앞의 책, 36~37쪽.

도 그만인 존재일 뿐이다.

간단히 말해 뒷실이네가 궁핍하게 살아가는 자연은 신성이 쇠퇴해가는 공간이라고 할 수 있다. 신과 자연과 인간이 이루는 존재의 원환이 붕괴되고 있다는 점은 소설의 전반부에 나오는 '뽕 도둑질' 에피소드에서 보다 분명하게 확인된다. 준비 없이 누에치기를 시작한 뒷실이의 아내는 먹여야 할 뽕이 부족하게 되자 할 수 없이 뽕을 훔친다. 그러나 그녀의 마지못한 도둑질이 혐오스럽다는 듯이 누에들은 뽕을 먹지 않고 죽어버린다. 자족적인 자연이 "사람이 너무 첨염(청렴-인용자)해도 못쓴다"[31]는, 정념이 제어되지 않는 세계를 용납하지 않는 것은 놀랄 만한 일이 아니다. 그런가 하면 뽕 주인인 '윤참봉네 맏아들의 첩'은 뒷실댁의 도둑질을 단죄하며 "남의 것을 욕심내서 함부로 훔쳐가려고 해서는 허구한 세월에 하루 이틀도 아니요 도저히 살 수가 없는 법"[32]이라며 '설교'를 늘어놓는다. 이것은 '사람 사는 법'이 신성이 매개하는 자연의 법을 이탈함으로써 매우 모호한 것이 되었음을 암시하는데,[33] 왜냐하면 그녀는 '첩'이라는 자신의 신원이 가리키는 것이기도 하지만 뒷실이 아내의 '욕심'을 능가하는 탐욕스러운 윤참봉네의 일원이기 때문이다. 하지만 탐욕이 곧 법이 되는 세상에서 뒷실이의 '도리깨질'은 그녀가 아니라 자기 아내를 향할 수밖에 없다.

　　늙은이는 너무나 흥감해서 어디부터 먼저 이야기해야 좋을지 두서를 못 차린다.

---

31 김동리, 앞의 책, 37쪽.
32 김동리, 위의 책, 41쪽.
33 신성한 실체의 위력 아래 있는 세계에서는 사실에 대한 관찰과 가치판단 사이의 차이가 존재하지 않음으로써 절대적인 도덕의 주재하에 삶은 안정된 모습을 보여준다. 반대로 가치판단의 절대적인 척도인 신성이 더 이상 힘을 발휘하지 못하는 세계는 '아이러니'처럼 모순적인 상황에 직면하게 되는데, 모든 '설교'가 해석의 가능성을 수반하는 그러한 아이러니에 함몰됨으로써 삶은 도덕적 모호성 속에서 불안정한 모습을 띠게 된다. 프랑코 모레티, 성은애 옮김, 『세상의 이치』, 문학동네, 2005, 228~234쪽 참조.

[…중략…]

"어디메요, 저를 보고 드리는 게 아니라 올해가 참봉 어른 환갑이라고, 소 한 마리 잡은 셈치고 이렇게 헐값으로 온 동네에 노나 드리는 게랍데다."

[…중략…]

얼마 전부터 병이 들어 있던 소가 지난밤에 죽었다. 윤참봉은 머슴과 의논하고 이것을 아주 고기로 팔 계획을 세웠다. 백정들 같이 중간 이익을 보지 말고 현 시가대로 소 값만 계산해서 실비로 부근의 모든 소작인들과 이웃 사람들에게 나눠 보낼 작정을 했던 것이다. 그것이 마침 이 낌새를 알고, 군청 축산계에서 출장 나온 사람이 있어, 윤참봉이 평소에 이러한 출장원들을 홀대해왔으니만큼 이 출장원이 윤참봉네 소청을 준엄히 거절을 해서, 할 수 없이 아까운 황소를 땅속에 묻지 아니하지 못했던 것이다. 출장원은 현장까지 따라가서 완전히 다 묻은 것을 보고, 그제야 읍내로 들어갔다. 이렇게 되고 보니 아무리 아까운 황소지만 도리가 없고, 그렇다고 그대로 손해만을 볼 수도 없고 하여, 머슴에게 일임한 것같이 해서 다시 그 소를 땅에서 파오게 한 것이다. 병이 들어 죽은 소요, 이미 땅속에까지 묻혔던 것이라 파내오긴 왔지만 빛깔이며 냄새며 도저히 속이고 팔 수는 없어, 그저 그만큼 짐작할 사람은 짐작하고, 모르는 사람에게 설명까지는 하지 않고 대강 이리저리 처분해 넘기게 되었던 것이다.[34]

이것은 환갑을 맞은 윤참봉이 "온 동네 사람들에게 거의 공으로 나눠 먹이다시피 헐값으로 처분한 쇠고기 이야기"[35]가 분명 아니다. '손해'를 보지 않으려고 병들어 땅에 묻어버린 '황소'를 다시 파낸 그가 빛깔과 냄새로 보아 도저히 속이고 팔 수 없는 쇠고기를 뒷골 사람들에게 속여 판 이야기이다. 그리고 보면 윤참봉이 '이익'을 보려고 자연의 유기적인 순환 과정에 인위적으로 개입한 것은 신성을 모독한 것이라고 할 수 있

---

34 김동리, 앞의 책, 43~48쪽.
35 김동리, 위의 책, 47~48쪽.

는데, 왜냐하면 죽은 것은 땅으로 돌아가 산 것을 위한 먹이의 원천이 되어야 한다는 것이 바로 자연의 섭리이기 때문이다. 그러니까 자연과 인간을 매개하며 존재의 원환을 이루던 신성이 주재하던 세상은 이제 자연과 인간의 조화를 방해하고 그것을 파괴해버린 탐욕의 화신을 통해 지배된다.[36] 그리고 이 사실은 모든 사회적 언행이 범속한 시간 안에서 일어난다는 의미와 함께 사람들의 정체성이 믿음이라는 과거의 주술성으로부터 정념이라는 현세성 형식으로 이행하고 있음을 가리킨다. 물론 「산화」에서의 범속성은 종교의 부재를 말한다기보다는 종교가 다른 장소로 밀려났다는 사실을 말한다.

실제로 뒷실이 어머니는 "회갑 기념으로 헐값에 나눠준 귀물의 음식을 보고"[37]는 고마운 '하늘'을 말하고 '산신님'을 생각하는 유일한 사람으로 나온다. 그녀의 모습은 썩은 냄새가 난다며 불평을 하는 손자 한쇠의 합리적인 반응과 극단적 대비를 이루는데, 여기서 일단 주목해야 할 것은 종교적인 태도가 늙은이에게서만 겨우 그 명맥이 유지되고 있을 뿐 젊은이들과는 무관한 것이 되어 있다는 세대론적 변화이다.[38] 그런가 하면 뒷실이의 어머니가 젊은 손자의 망령됨을 대신하여 모든 죄를 자

---

36 윤참봉은 '읍내'에서 '뒷골'로 들어와 무지한 사람들을 상대로 "장리벼를 준다 현금을 대부한다 하여"(김동리, 앞의 책, 45쪽) 뒷골 부근의 좋은 토지를 모두 차지하며 겨울에는 뒷골 사람들 모두 그에게 숯을 구워 바치지 않을 수 없도록 만들었다. 그리고 그의 맏아들은 첩과 함께 마을 입구에서 고리대금업을 하며 잡화와 '고뿌술'을 팔아 치부하고 또 둘째 아들은 '송아지'라는 인물의 아내를 정부로 빼앗고 화물 자동차로 뒷골 사람들이 만든 숯을 내다 팔아 돈을 모은다. 여기서 그 맏아들과 첩이 보여주는 치부의 과정은 특별히 주목할 만하다. 그들은 '부드럽고 배부른 막걸리'를 마시던 뒷골 사람들의 취향을 바꾸어 '고뿌술'을 유행시키는데, 그 '왜소주'는 "막걸리에서 정기만 뽑아낸 거"(김동리, 위의 책, 46쪽)라는 말이 암시하듯이 동네 사람들의 살림과 영혼을 사로잡는 것이 된다. 윤참봉네는 탐욕스럽게도 모든 것을 빨아들이는 셈인데, 소설의 후반부에 등장하는 '감동이'에 얽힌 삽화가 뜻하는 것도 그와 무관하지 않다. 뒷실이네의 강아지는 결국 윤참봉네의 개로 산다.
37 김동리, 같은 책, 50쪽.
38 세대론적 변화는 소설의 서두에서 일명 '송아지'라 불리는 젊은이가 나무를 할 때 부르는 노래에서도 엿볼 수 있다. "이 나무 넘어간다/에라에라 넘어간다/심심산 이후후야/건너 산으로 물러가자/어제 벼른 무쇠 도끼에/낙락장송이 다 넘어간다."(김동리, 같은 책, 30쪽.) 여기서 그에게 나무가 주는 혜택은 신성으로부터가 아니라 자신이 '어제 벼른 무쇠 도끼'로부터 온다.

백하고 늙은이의 속죄를 받아달라며 절을 올리는 산신님의 거처는 더욱 의미심장한 변화를 암시한다. 말하자면 그곳은 '북쪽 산'이라는 집으로부터 멀리 떨어진 공간으로서 「성황당」의 "집 앞에 있는 느티나무 아래"와는 커다란 지리적 차이를 보여준다. 산신님이 너무도 멀리 떨어져 있었던 탓일까? 결국 뒷골 사람들은 탐욕의 화신이 초래한 그 부패한 쇠고기를 먹고 모두 식중독에 걸리고 마는데, 뒷골의 파국은 마침내 뒷실이의 아내가 '죽은 아이'를 낳고 눈을 감는 데서 절정을 이룬다.[39] 그리고 뒷골 여기저기에서는 '죽어가는 사람들의 천동 같은 소리'가 어지럽게 울린다.

"아야!"
"사람 살려라!"
골목골목이 죽어가는 사람들의 천동 같은 소리가 울려 나왔다. 윤참봉네 죽은 쇠고기를 먹은 사람은 한두 집이 아니었고, 먹은 사람은 거게 중독이 들었다. 이리하여 집집마다 죽어가는 사람들의 외치는 소리가 밤이 깊어갈수록 산골에 울렸다.

[…중략…]
산에 있던 사람들도 모두 마을로 내려왔다. 숯굴마다 불이 났다.

[…중략…]
"아무러나, 엊그제부터 홍하산에 산화가 났더라니."
한 노인이 이렇게 말하자 또 한 사람이,

---

39 뒷실이의 아내 또한 '소같이 일을 하는 사람'이었다는 점에서 여기서 다시 한 번 '병든 소'의 모티프는 변주되는 셈이다. 다시 말해 윤참봉네의 병들어 죽은 소는 뒷실이네의 병들어 죽을 소, 즉 뒷실이의 아내를 예고한다. 그런데 이것은 「산화」의 공간이 신성이 부재하게 된 장소임에도 불구하고 아직은 신성이 발현되는 곳임을 가리키는 것이기도 하다. 왜냐하면 뒷실댁은 부정적인 형태이긴 하지만 자연과 합일된 인간의 이미지를 드러내면서 신성의 주재하에 만물이 조응하는 그러한 공간이라는 사실을 증명하고 있기 때문이다.

"홍하산에 산화가 나면 난리가 난다지요?"

하고 물었다.

"난리가 안 나면 큰 병이 온다지."

그러자, 또 한 사람이,

"그보다 이 몇 해 동안 도통 산제를 안 지냈거든요."

이렇게 말하자 또 다른 사람이 이에 덩달아,

"옛날 당산제를 꼭꼭 지낼 땐 이런 변이 없었거든."

하는 사람도 있었다.[40]

사람들이 식중독에 걸려 죽어가고 뒷골에서 마주 보이는 '홍하산'에서는 언제부터인가 불이 번지고 있다. 이때 뒷골 사람들은 '산제'를 규칙적으로 지키지 않은 일을 불현듯 떠올리고 그 불을 신성한 존재의 징벌로서 어렴풋이 느낀다. 그러나 자신들의 삶 속에 신성이 관여하고 있다는 느낌의 갑작스러운 상기조차도 뒷골 사람들에게 닥친 파국의 시간을 되돌리지는 못한다. 그들에게는 먼 '산화'보다는 '숯굴'의 불이 더 가깝고도 생생한 것인데, 이를테면 이 불은 제어되지 않는 정념의 시간이 신성의 자리를 밀어내고 뒷골의 자연 공간을 지배하고 있음을 암시하는 상징이 된다. 그런 맥락에서 뒷골의 불과 더불어 발생한 '먼 산 불'은 신성이 발현된 사건이라기보다는 원인이나 의미에서 전혀 관계없는 일이 단일한 시간의 직선 위 동일한 지점에서 그저 함께 일어난 동시적 사건일 뿐이다.[41] 결국 '육독으로 죽어가는 사람들의 이야기'가 파국적으로

---

40 김동리, 앞의 책, 66~68쪽.

41 이러한 시간의 이해방식은 신성함이 지배하는 시간의식에 의해 구축된 위계적인 질서와 가치로부터 본질적으로 부정되었던 동질성을 가정하게 만든다. 사건들은 이제 하나의 차원에서만 존재하고 그것들은 거기에서 더 멀거나 가까운 시간적 거리에서만 자리를 잡으며 동일한 종류의 다른 사건들과 인과관계를 맺는다. 고귀한 시대에 대한 거부이자 순수하게 범속한 것으로서의 시간이라는 성격에 대한 가정이 일반화된 것인데, 바로 '동시성'이라는 근대적 시간관념이 도래한 것이다. 찰스 테일러, 앞의 책, 150~153쪽.

전개되는 뒷실이네의 공간은 바로 그러한 전개가 어떤 경우에든 신성한 공간의 순환적인 통일성 속으로 회귀했던 「성황당」의 시간과는 달리 모든 것이 시간의 직선적인 방향을 따라 전개되는 범속한 자연의 성격을 갖는다.

여기서 윤참봉의 "둘째 아들이 송아지의 처를 화물차에 싣고 어디론 지 달아나버렸다는"[42] 「산화」의 마지막 부분에 나오는 이야기에 주목할 필요가 있다. 소문처럼 떠도는 소식이지만 그것은 분명히 사실일 것인데, 이것은 칠성이가 순이를 데리고 달아나는 데 실패했던 「성황당」과 극명하게 대조되는 대목이다.[43] 만일 식중독 사건으로 윤참봉네가 몰락함과 동시에 '송아지의 처'가 떠나지 않고 남편과 있었다면 아마도 이야기는 정당성의 문제를 둘러싼 윤리적 반응들로 마감되었을 것이 틀림없다. 그러나 김동리의 소설은 존재의 원환이 붕괴되어버린 세속화된 자연을 배경으로 하면서 유기체적 순환과 안정감의 영역이 아니라 서사적 진전과 기대감의 영역과 결합된다. 다시 말해 뒷골 사람들은 '세속적 인간'이라는 정체성을 가지게 됨으로써 가치와 의미라는 문제 대신 시간적 전개 속에서 다가올 일에 대한 서사적 흥미를 선택한다. 이처럼 「산화」의 자연은 서사의 전개가 반복적인 리듬을 망각 속에 묻어버리는 산문적 전환을 보여주는데, 말하자면 그곳은 수사학적 차원에서 산문이 승리하는 공간이 되는 셈이다.[44]

---

42 김동리, 앞의 책, 67쪽.

43 가정과는 달리, 뒷골의 자연은 정념이 제어되지 않고 넘치는 공간이다. 가령 뒷골의 젊은이 '송아지'는 윤참봉 집 머슴살이로 모은 돈 '사십 원'으로 아내를 맞아들이는데, 그녀는 "송아지한테는 좀 과한"(김동리, 위의 책, 55쪽) 여자이다. 그리고 이 지나침은 유부녀를 유혹해 떠나는 윤참봉의 둘째 아들이 보여주는 또 다른 지나침과 결합된다. 이처럼 「산화」는 지나친 정념이 지나친 정념을 낳고 이끄는 시간의 직선적 전개를 벗어나지 않는다.

44 뒷골 사람들이 산제를 '꼭꼭' 지내던 일을 그만두었다는 대목은 특별히 흥미롭다. 이것은 규칙성의 파괴가 산문적 전환 과정의 핵심축이 되고 있음을 가리킨다. 앞서 언급한 것처럼 앞으로 향하는 담론인 '산문'은 '운문'과 달리 균일한 리듬과 박자의 규칙적인 복귀를 모른다. 따라서 산문에는 모든 것이 가능하다는 무모한 감각이 지배하게 되는데, 불행하게도 세계의 산문화는

4. 산문적 자연의 도래

정비석의 「성황당」과 김동리의 「산화」에 나타난 자연의 성격을 비교함으로써 그 자연에서 일어난 의미론적 변화를 해명하는 것이 이 장의 목표였다. 「성황당」과 「산화」는 거의 동일한 시기에 발표되었을 뿐만 아니라 숯구이로 생계를 유지하는 사람들을 등장시키고 또한 자연에 대한 주술적 믿음을 가진 사람들을 보여준다는 점에서 일단 표면적인 유사성을 지닌다. 그러나 정비석과 김동리의 그 작품들은 서로 다른 방식으로 자연 개념의 근대적 변형 과정에 반응하며 의미심장한 차이점을 드러내고 있다. 이를테면 전자는 주술적인 자연에 대한 믿음을 유지함으로써 자연의 전근대적인 개념을 보존하는 데 비해 후자는 정비석의 소설과 마찬가지로 주술적인 자연에 대한 믿음을 유지하면서도 자연의 새로운 개념화를 이끄는 서사적 아이디어를 포함하고 있다.

우선 「성황당」의 자연에서는 사람들이 자연적인 삶에 자족함으로써 생명의 유기적인 순환에서 오는 생에 대한 포만감으로 행복하게 살아간다. 그리고 '성황님'은 인생과 자연의 유기적인 조화를 매개하며 행복한 존재의 원환을 완성하는 존재로 등장한다. 한마디로 그곳은 신성한 공간이다. 물론 정념이 사람들을 유혹해 종종 그 신성한 원환을 불안하게 일그러뜨리기도 하지만 그것은 사람들을 신성함이 깃든 자연으로부터 소외시키는 것이 아니라 오히려 그들이 순종해야 하는 자연의 신성한 질서를 완성하는 데 이바지한다. 정념과 유혹의 시간을 사는 순이가 알 수 없는 어딘가를 향해 앞으로 나아가다가도 언제나 종교적인 정체성을 잃지 않고 이미 모든 것이 자명한 공간으로 끊임없이 회귀하는 것은 바로 그 증거였다. 그런 의미에서 「성황당」의 자연은 생활의 터전으로서의

그 이후로 패배를 당한 적이 없다.

단순한 자연이 아니라 신성한 섭리 안에서 모든 것이 제자리를 찾는 특별한 자연이라고 할 수 있다. 다시 말해 그곳은 모든 것이 범속한 시간의 직선적인 전개로부터 산란하게 되는 변동의 공간과는 '삼백리'만큼 떨어진 공간이다. 결국 정비석의 자연은 규칙적인 불변의 공간으로서 반복적인 리듬이 주도적이고 서사의 전개가 그 리듬에 종속적이라는 점에서 운문적 성격을 드러낸다.

이와 달리 「산화」의 자연은 가뭄이나 기근과 같은 자연의 결핍으로부터 오는 생명의 치명적인 피로감이 지배하고 있다. 그리고 자신들이 신성한 존재와 연결되어 있다는 사람들의 믿음은 '하느님'에 대한 원망을 통해서만 드러나는 최소한의 것이 되어 있다. 사실 그는 있어도 그만 없어도 그만인 존재일 뿐이다. 간단히 말해 그곳은 신성이 쇠퇴해가는 공간이었는데, 실제로 자연과 인간을 매개하며 존재의 원환을 이루던 신성이 주재하던 공간은 자연과 인간의 조화를 방해하고 그것을 파괴해버린 윤참봉과 같은 탐욕의 화신들을 통해 지배되는 곳이 된다. 그러니까 이 사실은 모든 사회적 언행이 범속한 시간 안에서 일어난다는 의미와 함께 사람들의 정체성이 믿음이라는 과거의 주술성으로부터 정념이라는 현세성 형식으로 이행하고 있음을 가리킨다. 결국 「산화」의 자연은 서사의 전개가 반복적인 리듬을 망각 속에 묻어버리는 산문적 전환을 드러내면서 어떤 경우에든 신성한 공간의 순환적인 통일성 속으로 회귀했던 「성황당」의 공간과는 달리 모든 것이 시간의 직선적인 방향을 따라 전개되는 범속한 공간의 성격을 나타낸다. 말하자면 신성이 '북쪽 산'으로 밀려나버린 그곳은 수사학적 차원에서 산문이 승리하는 공간인 것이다.

이처럼 정비석의 「성황당」과 김동리의 「산화」에 나타난 자연의 성격은 미묘한 변화와 일정한 대조를 이루면서 자연 개념의 의미론적 변화를 보여준다. 다시 말해 자연 개념의 산문적 전환 과정은 존재의 원환으로서 행복하게 닫힌 '운문의 세계'가 붕괴되고 이것이 시간의 직선적인 전개로부터 산란하게 되는 '산문의 세계'에 개방되는 세속화 과정에 일치한다고 할 수 있다.

9장 / 숭고로서의 자연
오영수 소설과 자연인

1. 자연이라는 배경

그동안 오영수 소설은 꾸준한 논의의 대상이기는 했지만 활발히 논의되지는 못했다. 기존의 논의들을 검토해보면[1] 그 이유를 짐작해볼 수 있는데, 거기서 발견되는 것은 오영수 소설이 농어촌의 토속적인 공간을 배경으로 인정 넘치는 순박한 인물들을 등장시켜 자연과 인간이 조화되는 원시적 건강성의 세계를 매력적으로 드러낸다는 통념이다. 말하자면 그 매력은 오영수의 소설에 대한 지속적인 논의의 근거가 되었던 반면 그의 소설에 대한 적극적인 논의는 그 매력에 대한 통념에서 장애를 만났던 것으로 보인다.[2] 물론 어떤 작가의 서사적 세계에 대한 통념이 항

---

1 이화형, 「인정과 긍정의 미학」, 『어문논집』 제14·15합집, 고려대학교, 1973, 194~205쪽; 민현기, 「오영수의 〈갯마을〉─자연과 인간의 융화」, 이재선·조동일 편, 『한국 현대소설 작품론』, 문장, 1990, 309~316쪽; 신희교, 「신세대 소설의 구조와 의미」, 송하춘·이남호 편, 『1950년대의 소설가들』, 나남, 1994, 335~357쪽; 이재인, 「자연의 서정적 이해와 본질적 인간 긍정」, 『인문논총』 제7집, 경기대학교, 1999, 27~67쪽; 송준호, 「오영수의 〈갯마을〉 연구」, 『한국언어문학』 제49집, 한국언어문학회, 2002, 321~337쪽; 심지현, 「오영수 초기 소설에 나타난 토속의 양상」, 『국어국문학』 제145집, 국어국문학회, 2007, 263~282쪽 참조.
2 매력에 대한 통념에 더해 그 매력이 가지는 현실적 한계에 대한 통념 또한 오영수 소설을 적극

상 논의의 장애가 되는 것은 아니다. 그것은 오히려 새로운 논의의 입각점이 되어줌으로써 진전된 논의를 이끌어내는 경우가 많다. 그러나 오영수의 경우 그의 소설에 대한 통념은 깊고 섬세한 해석의 적합한 외연이라기보다는 그러한 해석을 대체해버리는 단순하고 거친 이해의 진부한 내포라는 인상을 준다.

　사실 오영수의 작품들이 "서정적 분위기에 심취하도록 유도해주고 자연의 질서에 순응하고 융화함으로써 원시적인 건강성을 유지하는 인간들을 부각시키고 있"[3]다는 언급이 온당한 이해에서 벗어난 것은 아니다. 또 "토속적인 인물을 긍정하고, 그들의 '삶'을 운명론적 관점 혹은 사람 사는 이치의 원상으로 제시한"[4]다는 지적 또한 빗나간 이해라고 말할 수는 없다. 문제는 단순하고 거친 이해가 가지는 일정한 타당성이 오히려 좀 더 깊고 섬세한 이해를 위한 해석의 의지를 가로막아 왔다는 점이다. 최근에는 이러한 문제의식에서 오영수 소설을 새롭게 조명하려는 시도들이 전개되고 있는데, 가령 자연과 인간의 조화된 세계가 생태적 가치[5]를 포함한다거나 자연에 순응하는 삶이 여성적 가치[6]를 나타낸다는 논의들이 있다. 그러나 새로운 이해들은 마찬가지로 기존의 논의들에서 확립된 내포를 넓게 확장한 것이기는 하지만 이전의 내포를 심화함으로

적으로 검토하고 논의하는 데 장애가 되어 왔다. 토속성과 인정주의와 서정성을 추구하는 오영수의 창작 태도가 현실 도피로 나타난다는 시각에서 오는 리얼리즘적 통념이 대표적인데, 어떤 의미에서는 그러한 통념이 더 큰 장벽이 되었다. 김동리를 시작으로 문덕수, 천이두, 김병걸, 이화형을 거쳐 김윤식 등으로 이어지는 이른바 리얼리즘적 시각을 취한 논의들이 형성한 통념에 대한 비판적 검토는 강헌국, 「소망과 현실─오영수의 소설」, 『국제어문』 제38집, 2006, 313~316쪽 참조.

3 이재인, 앞의 글, 30쪽.

4 심지현, 앞의 글, 282쪽.

5 김인호, 「오영수 소설에 나타난 생태학적 상상력」, 『국어국문학논문집』 제18집, 동국대학교, 1998, 53쪽; 임명진, 「작가 오영수의 생태학적 상상력」, 『한국언어문학』 제70집, 한국언어문학회, 2009, 298쪽 참조.

6 구수경, 「오영수 소설에 나타난 식물적 상상력과 순응의 미학」, 『현대소설연구』 제45호, 한국현대소설학회, 2010, 107~109쪽 참조.

써 오영수 소설에 대한 온전한 이해에 도달한 것은 아니다.

만약 자연과 인간이 조화되는 순응적 삶이 더 이상 진전시킬 수 없는 오영수 소설의 본질적 의미라면, 여기서 다음과 같은 의문이 생겨나는 것은 불가피하다. 즉 오영수의 소설은 정비석의 작품 「성황당」(1937)과 어떻게 구별되는 것인가 하는 질문 말이다. 실제로 정비석의 소설도 자연적인 삶의 건강성 속에서 원만하게 살아가는 사람들의 모습을 거의 동일한 방식으로 보여준다.[7] 그렇다면 오영수 소설에 대한 기존의 통념은 피상적인 이해의 결과인 동시에 그의 소설이 지닌 독특하고 개별적인 의미를 희생한 결과이기도 한 셈인데, 이를테면 오영수 소설의 깊고 정확한 내포에 도달하는 일은 그의 작품에 대한 온전한 이해에 도달하는 일일 뿐만 아니라 그의 서사적 세계가 지닌 독창성을 확인하는 일이 된다. 오영수 소설에 대한 접근에서는 결국 이해의 확장에 앞서 해석의 심화가 필수적이라고 할 수 있다. 그리고 이것은 이 논문이 오영수의 대표작이라고 할 수 있는 단편 「갯마을」(1953)에 집중하고자 하는 이유이기도 하다.

일반적으로 「갯마을」은 토속적인 인간들의 원시적 건강성을 통해 이른바 문명적인 삶의 대안을 드러낸다는 그의 소설에 대한 기존의 통념을 확증해주는 대표적인 작품으로 간주된다. 자연과 인간의 조화라는 의미론적 아이디어는 물론 그 소설을 이해하는 일에서 통념적인 해석의 중핵이 되어 있다. 따라서 이 논문은 무엇보다도 그러한 아이디어를 반성하는 일에서 시작하고자 한다. 왜냐하면 조화라는 관념은 인간들이 펼치는 행위의 현존이 그것의 배경이 되는 자연과 구분된다는 가정을

---

7 오영수의 「갯마을」에 대한 비교 대상으로 정비석의 「성황당」이 선택된 것은 일차적으로 자연과 인간이 조화되는 순응적인 인간의 삶이라는 동일한 주제를 가지고 있다는 이유 때문이다. 그러나 「성황당」에 나타나는 조화와 순응은 신성화된 자연에 대한 철저한 예속으로부터 오는 것이라는 점에서 오영수의 「갯마을」과 결정적인 차이를 갖는다. 이것은 아마도 두 작품이 보여주는 시간적 거리와 무관하지 않을 것이다.

숨기고 있는데, 이것은 사실상 「갯마을」을 비롯해 오영수 소설 전반에 대한 심화된 해석을 저해하고 온전한 이해를 방해해온 주요한 가정이기 때문이다. 말할 것도 없이 하나의 소설 안에 인간의 현존과 그 배경이 되는 것은 구체적인 전체로서 이미 융합되어 있는 것이지 그것들이 서로 별개의 것으로 있다가 조화를 이루는 것은 아니다. 소설적 행위의 배경은 그 행위의 현존에 대해 단순한 매개변수가 아니라 항상 내적 연관을 이루는 연산자로 기능하는 것이다. 그러니까 문제는 조화 그 자체가 아니라 구체적인 조화의 방식이라고 할 수 있다.

바흐친의 시공성(chronotope)이라는 개념은 그러한 논의에 일정한 참조점이 되어준다.[8] 그는 문학작품 속에 예술적으로 표현된 시간과 공간 사이의 내적 연관을 '시공성'이라고 부르면서 문학예술 속의 시공성에서는 공간적 지표와 시간적 지표가 용의주도하게 조직된 경험적 전체로서 인간적 현존의 이미지를 크게 좌우한다고 말한다. 그에 따르면 '시공성'은 기존의 소설 이론에서 다루어왔던 배경이라는 단순한 개념과 달리 플롯 속에 포함된 소극적인 요소가 아니라 플롯을 만드는 적극적인 바탕이다. 말하자면 '시공성'은 "이야기의 마디가 맺어지고 풀어지는 곳"이라는 것이다. 그런가 하면 바흐친은 '시공성'이 배경의 공간적 성격에다가 시간을 결합함으로써 특정한 서술을 정체되고 폐쇄된 의미로 제한하지 않고 역동적이고 개방적인 의미로 풀어놓음으로써 그 서술에 경험적이고 사회적이며 역사적인 성격을 부여하게 된다고도 말한다.

요컨대 이 논문은 배경이 현존의 소극적인 요소가 아니라 그 현존의 적극적인 바탕이 된다는 것을 전제로 삼을 것이다. 그러니까 자연이라는 배경은 정적인 무대장치가 아니라 등장인물들의 행동과 의식이 움직이는 방식을 제한하고 또 등장인물들은 그 배경이 제한하는 것을 수용

---

8 미하일 바흐친, 전승희·서경희·박유미 옮김, 「소설 속의 시간과 크로노토프의 형식—역사적 시학을 위한 소고(小考)」, 『장편소설과 민중언어』, 창작과비평사, 1988, 458~460쪽 참조.

함으로써 자신의 행동과 의식을 구성하는 동적인 플롯 그 자체가 된다는 가정에서 출발할 것이다. 이를 토대로 이 장은 오영수의 「갯마을」에 나타난 자연과 인간의 복잡한 관련성으로부터 오는 특정한 경험을 좀 더 섬세하게 이해함으로써 그 소설에 역사철학적 지평을 부여하는 데 목적을 둘 것이다.

2. 신성과 분리된 자연과 숭고

오영수의 「갯마을」은 'H라는 조그만 갯마을'을 배경으로 한다. 그곳은 사람들이 바다라는 광막한 자연을 생활의 터전으로 삼고 살아가는 어촌이다. 따라서 겉으로 보기에 「갯마을」의 자연은 정비석의 「성황당」에 나오는 깊은 산골과 다를 바가 없는 공간처럼 보인다. 왜냐하면 「성황당」에서도 사람들은 '천마령 안 골짜기'에서 자연적인 삶의 방식을 택해 생계를 이어갔기 때문이다. 그러나 「갯마을」에 제시된 지리적 지표의 하나는 오영수의 자연이 정비석의 자연과는 좀 다른 성격을 지니고 있음을 가리키는데, 바로 "서(西)로 멀리 기차 소리를 바람결에 들"[9]을 수 있는 곳이라는 점에서 그러하다. 정비석의 산골이 기차로 대변되는 소위 근대적 문명 세계로부터 '삼백리'의 거리를 두고 있던 데 비한다면 그것은 오영수의 어촌이 기척의 형태로나마 그 세계에 좀 더 근접해 있음을 암시한다. 게다가 그 공간이 신문을 직접 구해볼 수 있는 곳이라는 점은 그러한 근접성의 결정적인 증거가 된다.[10] 하지만 갯마을이 문명의 토대를 갖춘 세계로부터 아직 '멀리' 있다는 것을 부인하기는 어렵다.

---

9 오영수, 「갯마을」, 『오영수 전집 1』, 현대서적, 1968, 309쪽.
10 마을 사람들은 후리막 주인이 구해 가지고 온 '신문 한 장'을 통해 '원양 출어'를 나갔던 많은 어선들이 폭풍을 만나 행방불명이 됨으로써 영원히 돌아오지 못한다는 사실을 알게 된다. 오영수, 위의 책, 319쪽 참조.

배는 떠났다. 가는 사람이나 보내는 사람이나 그들의 얼굴에는 희망과 기대
가 깃들어 있을 망정 조그만 불안의 그림자도 없었다.

바다를 사랑하고, 바다를 믿고, 바다에 기대어 살아 온 그들에게는, 기상대나
측후소가 필요치 않았다. 그들의 체험에서 얻은 지식과 신념은 어떠한 이변(異
變)에도 굽히지 않았다. 날(出漁日)을 받아 놓고 선주는 목욕 재계하고 풍신과
용신에 제를 올렸다. 풍어(豊漁)도 빌었다. 좋은 날씨에 물때 좋겠다, 갈바람이
라 무슨 거리낌이 있었으랴!

하늘과 바다가 맞닿는 곳, 솜구름이 양떼처럼 피어오르는 희미한 수평선을
향해 배는 벌써 까마득하다.[11]

실제로 오영수의 갯마을에서 살아가는 사람들은 문명화 이전의 주술
적 믿음을 거의 그대로 간직하고 있다. 노인들은 바닷가 마을에 "유독
과부가 많은 것"을 두고 "뒷산이 어떻게 갈라져서 어찌 어찌돼서 그렇
다느니, 앞바다 물발이 거세서 그렇다느니"[12] 하고 또 마을 사람들 모두
들 그렇게 믿고 있다. 뿐만 아니라 그들은 원양 출어의 일자가 정해지면
목욕재계를 하고 '풍신'과 '용신'에게 제사를 올리며 '풍어'를 빈다. 그리
고 마침내 배가 떠날 때 "가는 사람이나 보내는 사람이나 그들의 얼굴에
는 희망과 기대가 깃들어 있을 망정 조그만 불안의 그림자도" 비치지 않
는다. 아마도 「갯마을」에 등장하는 사람들은 주술적 믿음을 통해 신성한
존재와 행복하게 연결되어 있음에 틀림없다. 이때 성황님에 대한 믿음
안에서 행복감으로 충만하던 정비석의 인물들을 다시 한 번 떠올리게
되는데, 결과적으로 정비석의 '삼백리'와 오영수의 '멀리'의 차이는 그
다지 크지 않은 것인지도 모른다.[13] 그러나 바닷가 마을 사람들에게서는

---

11 오영수, 앞의 책, 317~318쪽.
12 오영수, 위의 책, 309쪽.
13 사람들이 신성한 존재에 대한 주술적인 믿음을 간직하고 있다는 유사성에 비한다면 오영수와

문명화 과정의 어렴풋한 기미가 감지된다.

무엇보다도 갯마을 사람들은 신성에 대한 주술적 믿음과 자연에 대한 경험적 이해 사이에 있다. 그들이 출어 일자를 전후로 해서 '불안' 대신 '희망과 기대'를 품게 되는 것은 초월적 존재에 대한 믿음 때문이기도 하지만 사실 반복되는 '체험에서 얻은 지식과 신념' 때문이기도 하다. 다시 말해 "좋은 날씨에 물때 좋겠다, 갈바람이라"서 아무런 '거리낌'도 없었던 것이다. 그런 의미에서 "바다를 사랑하고, 바다를 믿고, 바다에 기대어 살아 온" 사람들이 어떤 이변에도 굽히지 않았던 것은 신들의 보살핌 덕택이 아니라 오히려 체험적인 지혜 덕분이라고 해야 맞다. 왜냐하면 거기서 믿음은 경험을 좌우하는 것이 아니라 그저 확증해주는 것에 지나지 않기 때문이다. 마을 사람들이 보여주는 제의와 기원은 오히려 순전한 믿음의 형태라기보다는 일종의 습관적 행위일 가능성이 높은데, 말하자면 사람들은 자연적이고 경험적인 것에 관심을 집중시키고 있는 셈이다. 가령 배가 떠나간 이후에 마을의 두 노인이 '변의 징조'를 발견하는 방식, 즉 자연이 신들의 자리를 밀어내고 있는 일에서 그것은 분명히 확인된다.[14]

두 노인은 더 말이 없었다. 그 새 구름은 해를 덮었다. 바람도 딱 그쳤다. 너울이 점점 커왔다. 큰 너울이 올 적마다 물컥 갯냄새가 코를 찔렀다. 두 노인은 말없이 일어나 말없이 헤어졌다. 그들의 경험에는 틀림이 없었다. 올 것은 기어코 오고야 말았다. 무서운 밤이었다. 깜깜한 칠야. 비를 몰아치는 바람과 바다의 아

___

정비석의 두 작품에서 주요한 서사적 공간이 되어 있는 어촌(바다)과 농촌(산)이라는 자연 공간 사이의 지리적인 차이는 커다란 의미를 갖는 것 같지 않다. 차이는 오히려 그러한 존재와 인간의 관계 변화에서 온다.

14 다시 말해 그들의 경험은 믿음에 우선하고 있는 셈이다. 물론 그러한 경험의 세계는 '기상대와 측후소'가 상징하는 과학적 합리성을 필요로 하지 않는다는 점에서 그것과 구분되는 경험적 합리성의 세계라고 부를 수 있다. 오영수, 앞의 책, 318쪽 참조.

우성, 보이는 것은 하늘로 부풀어 오른 파도뿐이었다. 그것은 마치 바다의 참고 참았던 분노가 한꺼번에 터져 흰 이빨로 뭍을 마구 물어뜯는 것과도 같았다. 파도는 이미 모래톱을 넘어 돌각담을 삼키고 몇몇 집을 휩쓸었다. 마을 사람들은 뒤 언덕배기 당집으로 모여들었다. 이러는 동안에 날이 샜다. 날이 새자부터 바람이 멎어가고 파도도 낮아갔다. 샌 날에 보는 마을은 그야말로 난장판이었다.[15]

물론 자연의 재앙을 미리 파악할 수 있게 되었다고 해서 곧바로 그 재난을 통제할 수 있게 된 것은 아니다. 그러니까 사람들이 조금 더 현명해지기는 했지만 즉시 자연적인 재난에 대한 대응력을 갖추게 된 것은 아닌데,[16] 자연에 대한 경험적 이해로부터 예감된 임박한 재난에 대해 사람들이 침묵하고 있는 것은 바로 그 점을 가리킨다. 이것은 경험적 지혜의 성격을 대표하는 두 노인조차 "말없이 일어나 말없이 헤어졌다"는 사실로도 증명된다. 예측대로 자연계에 도사리고 있던 통제 불가능한 힘으로서의 자연은 마침내 마을을 덮친다. 그리고 자연재해가 밤사이 마을을 휩쓴 결과 "샌 날에 보는 마을은 그야말로 난장판"이다. 자연의 재난이 더 이상 신들의 징벌과 같은 도덕적 필연의 문제가 아니라 합리적 우연의 문제로 다가올 때 결국 자연은 언제나 들이닥치는 것이 된다. 그러고 보면 신성과 분리된 자연의 엄습에 직면한 사람들이 모여들었던 곳은 주술적 조치를 위한 '당집'이라기보다는 사실 합리적 처신을 위한 '언덕배기'였다고 할 수 있다.[17]

---

15 오영수, 앞의 책, 318~319쪽.
16 자연에 대한 경험적 이해를 보여준다는 점에서 오영수의 「갯마을」(1953)은 「성황당」(1937)의 주술적인 믿음의 세계와 구분되는 근대적인 세계를 드러낸다고 할 수 있다. 이것은 두 작품 사이에 가로놓인 16년의 시간적 거리가 의미하는 것이기도 하다. 물론 「갯마을」은 정비석의 작품에 비해 상대적으로 근대적 문명 세계에 보다 가까이 있는 것은 사실이지만 자연에 대한 통제력을 거의 소유하고 있지 못하다는 점에서 그 작품이 아직 본격적인 근대에 도달하지 못한 것 또한 사실이다. 왜냐하면 근대는 자연에 깃든 주체성을 박탈하고 인간이 스스로의 삶을 지배하며 자연의 힘을 길들일 수 있게 된 시대로 간주되기 때문이다. 지그문트 바우만, 함규진 옮김, 『유동하는 공포』, 산책자, 2009, 142~145쪽 참조.

이제 경험적 자연의 세계는 신성에 결속된 세계와 달리 궁극적 확실성이 지배하는 공간이 아니라는 점에서 재난의 우연성은 예측의 필연성을 완전히 압도하게 된다. 즉 '비를 몰아치는 바람'과 '하늘로 부풀어 오른 파도'는 일종의 경험적 지혜의 구현물이라고 할 수 있는 '돌각담'을 삼켜버리고 마는 것이다. 아울러 인간의 경험과 의지에 도전하고 모든 것을 작게 만드는 무한히 큰 그것은 바닷가 마을 사람들에게 '무서움'이라는 감정적 반응을 불어넣는데 말할 것도 없이 그것은 숭고의 성격을 띤다. 왜냐하면 숭고의 감정은 불가해한 방식으로 사람들을 압도해 오는 낯선 자연이 무한의 관념을 전하면서 경험적이고 인간적인 것에 위협이 될 만한 힘을 보여줄 때 생겨나는 것이기 때문이다.[18] 사람들은 신성에 대한 주술적 믿음이 희미해지기 시작하던 바로 그 순간 자연의 숭고성을 무엇보다도 두려움 속에서 경험하게 된 셈인데, 말하자면 경험적인 합리성을 통해 자신감을 얻은 마을 사람들이 자연의 압도적인 힘이 구축하는 숭고한 공간 안에서 만난 것은 역설적이게도 자신들의 '취약함'이라고 할 수 있다.

바다는 언제 그런 일이 있었던가 하듯 잔물결이 안으로 굽은 모래톱을 찰싹대고, 볕은 뜨거웠고, 하늘은 남빛으로 더욱 짙었다.

그러나 고등어 배는 돌아오지 않았다. 마을은 더 큰 어두운 수심에 잠겼다.

---

17 여기서 누군가는 "바다의 참고 참았던 분노가 한꺼번에 터져 흰 이빨로 뭍을 마구 물어뜯는 것"이라는 구절에 주목할지 모른다. 그러나 바다의 분노라는 표현 역시 자연을 의인화하는 단순한 비유적 표현 이상은 아닌 것으로 보인다.

18 숭고는 비자연적인 대상에 부적합한 감각적 재현에 의존하고 있다. 즉 그것은 자연이라고 부르는 외부 세계의 소멸을 경험하게 하면서 지각하는 자로서의 인간의 위치를 위협한다. 그리고 그 위협이 인간의 주관적 본성의 경험인 숭고라는 감정을 촉진시킨다. 그러니까 버크와 후에 등장하는 칸트에게 숭고의 감정은 이전의 애디슨에게서 나타나는 것처럼 순수한 쾌락이 아니다. 잠재적인 위험을 감지하는 두려움이나 무시무시하게 거대하고 강력한 대상에 대해 느끼는 원치 않는 불쾌감에 가깝다. 피터 키비, 이화신 옮김, 『천재─사로잡힌 자, 사로잡은 자』, 쌤앤파커스, 2010, 63~77쪽 참조.

이틀 뒤에 후리막 주인이 신문을 한 장 가지고 와서, 출어한 많은 어선들이 행방 불명이 됐다는 기사를 읽어 주었다. 마을 다시 수라장이 됐다. 집집마다 울음소리가 그치지 않았다. 이틀이 지났다. 울음에도 지쳤다. 울어서 해결될 문제가 아니었다.

─설마 죽었을라고─이런 한 가닥 희망을 가지고 아낙네들은 다시 바다로 나갔다. 살아야 했다. 바다에서 죽고 바다로 해서 산다. 해순이는 성구가 돌아올 것을 누구보다도 믿었다. 그 동안 세 식구가 먹고 살아야 했다. 해순이도 물옷을 입고 바다로 나갔다.[19]

이른바 자연의 탈신성화 과정은 인간의 승리가 아니라 뜻밖에도 자연의 승리를 보여준다. 신적 주체성이 제거된 자연은 숭고한 엄습을 통해서 주체가 된 인간의 환희를 곧장 약한 존재로서의 인간의 절망으로 대체한다. 다시 말해 바다의 난폭한 힘은 '난장판'이 된 마을을 '더 큰 어두운 수심'에 잠기게 함으로써 또 한 번 '수라장'으로 만드는데, 돌아올 때가 되어서도 배는 돌아오지 않았고 이틀 동안이나 집집마다 울음소리가 그치지 않았던 것이다. 물론 "울어서 해결될 문제가 아니었다."[20] 그렇지만 숭고한 자연의 힘 앞에서 어떻게 해볼 길 없는 무력한 존재들임에도 불구하고 마을 사람들은 다시금 "바다로 해서" 살 길을 찾는다. 만일 탈신성화로 인해 자연에 대한 제의적 협의와 노력이 무의미하다면 그처럼 "살아야 했다"는 것은 불가피한 것이라고 할 수 있다. 사실 자연에 대한 주술적 설명을 더 이상 기대하지 않게 된 그들에게 그보다 더

---

19 오영수, 앞의 책, 319~320쪽.
20 요컨대 경험적 합리성에 대한 집중으로부터 갑작스럽게 맞이하게 된 숭고의 감정은 갯마을 사람들에게 비탄과 무기력이라는 해결책 없는 고통을 감내하도록 요구한다. 신들의 의도와 무관한 맹목적인 움직임을 보여주는 자연은 인간의 고통이 어떤 의미를 지니는지에 대한 납득할 만한 답변을 제공할 수 없다는 점에서 그러한 고통은 훨씬 더 가혹한 것이 된다. 이때 자연과 융합된 인간이 문명의 대안을 암시한다는 기존 논의들이 재검토될 필요성은 더욱 커진다고 할 수 있다.

중요한 일이 있을 리는 없다. 여기서 인간의 힘을 위협하며 강타해 들어오는 자연의 숭고성은 드디어 사람들로 하여금 실천적인 행위를 촉발하는 것이 된다.

3. 주체로서의 인간과 겸손

일단 오영수의 「갯마을」에 나타난 실천적 행위는 "바다에서 죽고 바다로 해서 산다"는 자신들의 자연적 운명에 대한 불가피한 굴종처럼 보인다. 그것은 인간의 지혜와 힘으로는 어쩔 수 없는 것에 대한 일종의 체념과 결합됨으로써 "먹고 살아야" 하는 일이 중심이 되는 자연적 원리에 그대로 흡수되는 것을 의미하는 듯하다. 그런 의미에서 마치 바다가 '잔물결'로 시치미를 떼며 "언제 그런 일이 있었던가 하듯" 마을 사람들은 자신들의 본래 모습을 되찾고 다시 바다로 나가게 되는 것인지도 모른다.[21] 주인공 해순이도 남편 성구가 돌아오지 못했지만 시어머니와 시동생을 포함한 '세 식구'의 생계를 위해 마찬가지로 물옷을 입고 바다로 나갔다. 그러나 자연의 원리에 대한 그러한 순응이 주술적 설명이 아니라 실천적 행위로부터 가능해지는 순간 인간은 자연으로부터 주체성을 넘겨받게 된다고 할 수 있다. 왜냐하면 마을 사람들의 순응적인 삶은 자연에 수동적으로 흡수된 결과라기보다는 능동적으로 가담한 결과이기 때문이다. 이 점은 그들이 자신들의 고통과 대면하는 방식에서 특별히 잘 드러난다.

---

21 가령 「갯마을」에 같은 달에 난 아이가 다섯이나 된다는 사실이 가리키는 것도 다르지 않다. 같은 고장 사람들이 패를 짜 같은 날 출어했다 같은 날 돌아오다 보니 같은 달에 난 아이들이 많을 수밖에 없다. 마을 사람들에게는 종족보존의 욕망과 출산의 패턴조차도 자연적인 삶의 방식으로부터 오고 있는 셈이다. 오영수, 앞의 책, 316쪽 참조.

제사를 이틀 앞 두고 해순이 시어머니는 해순이에게

「얘야, 성구 제사나 마치거든 개가하두룩 해라!」

「……」

「새파란 청상이 어찌 혼자 늙겠노.」

해순이는 그저 머엉했다.

「가면 편할 자리가 있다. 그 새 여러 번 말이 있었으나, 성구 첫제사나 치르고
보자고 해왔다. 너도 대강 짐작이 갈 게다.」

해순이는 자꾸 낯이 달아올랐다. 상수가 틀림 없었다. 해순이는 고개가 자꾸
만 무거워갔다.

「과부가 과부 사정을 안다고, 나도 일찍 홀로 된 몸이라 그 사정 다 안다. 죽
은 자식보다 너가 더 애처럽다. 저것(시동생)도 인젠 배를 타고 하니 설마 두
식구야……」[22]

자식이나 남편을 바다에 빼앗기고 말았다는 점에서 마을 사람들의 고
통이 큰 것은 말할 것도 없지만 그 누구의 고통도 해순이 시어머니의 그
것보다 크지는 않다. 그녀는 남편을 잃고 '일찍 홀로 된 몸'일 뿐만 아니
라 1년 전 풍파로 자식 성구와도 사별하고 만 상태인 것이다. 게다가 그
녀는 며느리의 '개가'라는 고통스러운 문제조차 떠안게 되는데, 아마도
그 문제로 인해 해순이 시어머니는 자식을 잃은 고통을 더욱 뼈저리게
느꼈을 것임에 틀림없다. 그런데 의외로 그녀는 성구 첫제사를 이틀 앞
두고 며느리가 "그 새 여러 번 말이 있었"던 상수에게 가는 일을 허락하
는 결정을 내린다. 사실 상수는 상처를 하고 바닷가 마을 자신의 이모
집에 와 유숙하다가 어느 날 밤 남편을 잃고 독수공방하던 해순이를 덮
치려고 했던 인물이고 또 '새파란 청상'인 해순이는 그 당시 상수를 시

22 오영수, 앞의 책, 328쪽.

어머니의 기척으로부터 '슬그머니' 감싼 일조차 있다.[23] 그렇지만 해순이 시어머니는 크고 작은 눈치가 없지 않았음에도 불구하고 그 모든 일을 감내하고 며느리의 개가를 승인한다.

이처럼 해순이 시어머니에게서 고통을 감수하는 인간적 태도는 그것이 수반하게 마련인 악의적인 감정의 자연을 넘어가고 있다. "과부 사정은 과부가 안다"는 공감은 "성구 제사나 마치거든"이라는 말에 숨은 원망을 끌어안으면서 "설마 두 식구야"라는 자기위안을 통해 "죽은 자식보다 너가 더 애처럽다"는 위로에 도달한 것이다.[24] 그렇다면 숭고한 자연으로부터 온 재난은 인간의 취약성을 환기하고 사람들을 그 자신들의 못남으로만 안내한 것이 아닌 셈인데, 아마도 자연의 압도적인 힘은 사람들이 그 못남을 새롭고 좀 더 도움이 되는 것으로 전환하도록 만든 것처럼 보인다. 실제로 그것은 사람들에게 한계의 인식과 겸손한 태도를 불러오는 순간이자 사람들이 그 겸손이라는 미덕을 근거로 자연과는 독립된 존재로 거듭나는 계기가 된다.[25] 말하자면 자연이 해순이 시어머니

---

23 해순이는 '뒷간' 평계로 시어머니의 기척으로부터 자신을 덮친 사내를 놓아주고 그 사내를 거부하지 못했던 자신의 모습에 놀란다. 이 일에 대해 해순이 시어머니가 무언가를 눈치챘다는 사실은 다음 날 암시되는데, 그녀는 밥상 앞에서 "애야, 잘 때는 문을 꼭 닫아 걸고 자거라"라고 충고하는 것이다. 물론 해순이는 자신의 방에 침입한 사내가 상수라는 사실을 나중에 알게 되는데 그 일이 있고 나서 자신에게 접근해온 인물이 바로 상수였기 때문이다. 결국 상수의 노골적인 접근에 처음에는 '칼을 휘두르는 해순이'였지만 곧 그녀는 "눈시울이 자꾸만 부드러워갔"다. 오영수, 앞의 책, 322~327쪽 참조.

24 더 놀라운 것은 그녀의 태도는 절망과 체념으로부터 온 무관심의 양상이 아니라 고통이라는 대가를 치른 용서의 도덕성에서 비롯되고 있다는 점이다. 영국의 비평가 테리 이글턴은 다음과 같이 지적한다. "용서의 무無대가성은 또한 그 대상(상품 형식과 마찬가지로)의 가치를 떨어뜨릴 위험이 있다. 자비는 명랑한 무관심의 양상을 취해서는 안 된다. 견뎌 낸 상처의 대가를 측량하고 그 고통을 느낌으로써 그 너그러움의 값을 치러야 한다." (테리 이글턴, 김지선 옮김, 『반대자의 초상』, 이매진, 2010, 222쪽.)

25 자연의 숭고는 일반적으로 실재가 아닌 상상력의 양태로 경험되는 것이다. 만일 인간이 문자 그대로의 실재의 공포와 조우한다면 그는 아마도 파멸하고 말 것이다. 그러나 자연에 대한 상상된 공포로부터 도움을 얻을 수 없는 정신은 즉시 자신의 '주관성이 가진 백신'에 의해 '면역력'을 얻고 불쾌감을 쾌감으로 전환하면서 새로운 종류의 주체성을 획득한다. 그는 믿을 수 없을 만큼 자신감이 넘치게 되는 것이다. 이것이야말로 숭고에 대해 칸트가 설명하고 있는 실질적인 변증법이다. 리처드 커니, 이지영 옮김, 『이방인, 신, 괴물』, 개마고원, 2004, 231~237쪽 참조.

의 자신감을 깎아내리는 순간 그녀는 그것의 숭고함에 버금가는 도덕적 숭고함을 통해 자연적 욕망에 기초한 자기보존과는 차원이 다른 처신으로 나아간다고 할 수 있다. 당연히 숭고한 처신을 보여주는 사람이 해순이 시어머니만은 아니다.

이날 밤 한 사람의 희생이 있었다. 윤 노인이었다. 그의 며느리 말에 의하면 돌각담이 무너지고 파도가 축담 밑까지 들어밀자 윤 노인은 며느리와 손자를 앞세우고 담 밖까지 나오다가 무슨 일로선지 며느리는 먼저 가라고 하고 윤 노인은 다시 들어갔다고 한다. 그러고는 아무것도 모른다는 것이다.[26]

여기서 윤 노인은 자신의 경험적 지혜에 기대어 마을에 닥칠 자연의 재난을 미리 예측했던 노인들 중 한 사람이었다. 하지만 그의 예상은 훨씬 더 멀리 미쳤던 것으로 보인다. "무슨 일로선지"에 대한 일종의 서사적 추론에 지나지 않는 것이기는 하지만 윤 노인은 이번 풍파로 자식이 돌아오지 못하리라는 것과 그로 인해 자신이 며느리의 삶에 큰 짐이 되리라는 것까지 어렴풋이 예감했던 것 같다. 따라서 그는 자연이 마을을 위협하고 파괴하자 며느리와 손자를 앞세우고 담 밖까지 나오다가 스스로 다시 그 재난 속으로 들어가 자신의 책임을 다하기로 결심했음이 거의 틀림없다.[27] 이러한 자기희생의 처신은 해순이 시어머니의 경우처럼 자연에 대한 굴종으로부터 자연으로부터의 자유에로 이행함으로써 마찬가지로 도덕적 숭고성을 띠게 되는데, 그것은 심지어 자연에 대한 인간의 우월성조차 드러내는 것처럼 보이기도 한다. 윤 노인이 보여주었

---

26 오영수, 앞의 책, 319쪽.
27 해순이 시어머니와 유사한 한 남성의 그러한 행위로 볼 때 오영수의 「갯마을」에 등장하는 인물들이 사는 세계가 문명화된 삶과 단절된 자연적인 공간이라고 전제하고 그러한 공간이 여성적인 가치를 환기시키면서 남성들이 주도해온 문명적 가치들을 비판하고 반성하는 의미를 지닌다는 여성주의적인 이해는 재검토될 필요가 있다.

·

던 것처럼 자연의 폭력 앞에 무릎 꿇어야 하는 존재의 취약함을 그 폭력 속으로 걸어 들어가는 선택의 대담성으로 전환시킨 일은 무엇보다도 인간의 주체성이 자유와 더불어 책임이라는 관념에 도착하게 된 사실을 가리킨다는 점에서 그러하다.

　그러나 책임을 동반한 자기희생의 숭고한 처신을 인간의 힘에 대한 순전한 자신감의 소산으로 간주할 수는 없다. 왜냐하면 자연으로부터의 자유를 경험하는 일에서 인간이 자의로 다룰 수 없는 그 대상에 대한 외경심 없이는 그것은 잘못되기 쉬운 것이기 때문이다. 이것은 가령 해순이가 상수를 따라간 곳, 그리고 얼마 후 그가 전쟁 때문에 징용으로 끌려가 버리자 그녀가 바다를 그리워하며 "맥이 탁 풀렸다"[28]는 그곳에서 상징적으로 나타난다. 인간의 힘에 대한 자만과 결합된 전쟁과 징용의 공간이 초래하는 것은 도덕적 힘이라기보다는 바로 체념적 무기력인 것이다. 사실 진정한 자유의 위력은 윤 노인이 보여준 것처럼 초월적인 것과의 단절이 아니라 그것에 대한 타협 속에서 형성된다.[29] 1년 만에 해순이가 떠났던 갯마을로 다시 돌아가는 이유도 거기에 있는데, 물론 이것은 주체성의 포기가 아닌 주체성의 회복을 위한 것이라는 점에서 자연에 대한 순전한 굴종도 아니다. 요컨대 자연이라는 숭고한 대상에 깃든 초월성과 관계하며 순전한 자만과 순전한 굴종 사이의 균형점이라는 겸손의 자리로 다가설 때 주체로서의 인간은 비로소 자유의 도덕적 본질과 만나게 되는 것이다.

---

28 오영수, 앞의 책, 331쪽.

29 숭고는 신성이 제거된 자연의 초월적 성격과 관련되는 것이고 이것은 초월성이 반드시 신적 존재로부터 오는 것만은 아니라는 사실을 알려준다. 종교적 배경에 의지하지 않고서도 초월성에 대한 감각을 유지할 수 있는 셈이다. 그리고 인간의 주체성을 위한 자유가 그러한 초월성과의 단절을 통해 정복과 지배의 자세와 결합되면 그 자유를 제약하는 무기력을 낳는 반면 역설적이게도 초월성과의 타협을 통해 겸손과 책임의 태도와 결합되는 경우는 그 자유의 도덕적 힘을 고양시킨다. 다시 말해 인간의 통제 범위를 넘어서서 주어진 것과 끊임없이 타협하는 것에 자유의 본질이 놓인다고 할 수 있다. 마이클 샌델, 강명신·김선욱 옮김, 『생명의 윤리를 말하다』, 동녘, 2010, 127~147쪽 참조.

누가 어깨를 흔든다. 소스라치고 깨어 보니 그의 시어머니다. 해순이는 벌떡 일어나 가슴을 여미면서

「우짜고, 그 새 잠이 들었던가베―」

시어머니는 언제나 다름 없는 부드럽고 낮은 소리로

「애야 문을 닫아 걸고 자거라!」

남편 없는 며느리가 애처러웠고, 아들 없는 시어머니가 가엾어 친딸 친어머니 못지 않게 정으로 살아가는 고부간이다. 그러나 이 날 밤만은 얼굴이 달아올라 해순이는 고개를 들 수가 없었다. 그의 시어머니는 언젠가 해순이가 되돌아오기 전에도

「애야 문을 꼭 걸고 자거라!」고 한 적이 있었다. 그날 밤의 기억이 너무나 생생하게 떠올랐기 때문이었다. 모든 것을 다 알고 있는 그의 시어머니다. 어쩌면 해순이의 오늘은 이 「애야 문을 닫아 걸고 자거라……」는데 요약될는지도 모른다.[30]

　　　　•

결국 해순이가 돌아온 곳은 자연을 정복함으로써 인간의 우월성이 지배하는 자만의 공간이 아니라 자연에 승복함으로써 인간의 겸손함과 주체적 책임이 결합된 자유의 공간이다. 이것은 시어머니의 '부드럽고 낮은 소리'에서 다시금 확인되는데, 해순이는 "애야 문을 닫아 걸고 자거라"는 그 소리를 상수가 침입한 당시에도 들은 적이 있었다는 사실을 불현듯 떠올리고는 자식을 잃은 슬픔을 끌어안고서도 겸손한 처신으로서 며느리의 개가를 허락했던 시어머니의 고통과 도덕을 깨닫는다. 이를테면 해순이 시어머니는 자연의 힘에 대한 겸허한 수용을 통해 자연으로부터 온 고통과 자유로부터 온 도덕을 결합시키는 올바른 주체성의 구현자로 드러난 셈인데,[31] 이때 그러한 자유는 자만과는 달리 사람들을

---

30 오영수, 앞의 책, 314쪽.

무기력이 아니라 활력으로 안내한다. 그리고 이것은 말할 것도 없이 갯마을에서 다시 새로운 출발을 보여주는 해순이의 삶의 성격이 되는데, 해순이는 조금 떨어진 멸치 후리막에서 꽹과리 소리가 들려오면 그곳으로 달려가 많으면 많은 대로 적으면 적은 대로 '「짓」'이라고 해서 잡어들을 나눠받고 '가장 풍성하고 즐거운 때'를 보내는 것이다.[32]

  말하자면 자연을 지배할 수 있다는 자만은 고통에서 인간의 전적인 책임이라는 관념을 낳아 무기력과 결합되는 데 반해 자연의 숭고성으로부터 온 겸손함의 자유는 고통이 인간의 책임만은 아니라는 관점에서 활력으로 이어진다. 이러한 겸손의 방식은 하루아침에 남편을 잃은 다른 '떼과부들'에게서도 확인하게 된다.[33] 그녀들은 수동적인 비탄에 사로잡혀 무언의 무기력함에 처하고 만 것이 아니라 어느 새 과거의 사건에 대한 강박적 집착을 벗어나서 '딱다그르' 웃는 것이다. 그녀들의 웃음은 무엇보다도 과거에 미래를 제공하고 자포자기의 숙명론에서 자기 재생의 자유로 이동하는 능동적 실천이 되고 있는 셈인데, 그렇다면 고통을 피하지 못하는 자연인들의 모습에는 고통을 받아들이는 방법이 있음을 아는 그러한 자유인들의 이미지가 숨어 있었다고 볼 수 있다. 사실 이것이야말로 오영수의 자연인들이 가지는 매력의 핵심인데, 한마디로 '갯마을 사람들'은 인간이 자연의 숭고함에 비추어 아무것도 아니라는

---

31 이것을 단지 작가적 이상의 서사적 투영으로만 간주해서는 안 된다. 자연으로부터 오는 고통을 겸허하게 수용함으로써 자유로운 사람들은 세상과 동떨어진 이상 안에서만 살아가는 추상적 존재가 아니라 오히려 세상 속에서 쉽게 발견할 수 있는 현실적 존재이다. 가령 자연에 대한 외경심을 갖춘 낭만주의자나 운명의 불가피성을 수용하는 세속적 인간의 형태로 나타날 수 있다.

32 오영수, 앞의 책, 309~310쪽 참조.

33 마을의 풍파로 떼과부가 된 아낙네들이 들려주는 다음의 대화 장면을 보라. "「떼과부년들이 모여서 머 시시닥거리노?」 / 보나마나 칠성네다. 만이 엄마가 「과부 아닌 게 저러면 밉지나 안체?」 / 칠성네도 다리를 뻗고 펄석 앉으면서 「과부도 과부 나름이지 내사 벌써 사십이 넘었지만……이년들 쾌니 서방 생각이 나서 자도 않고……」 / 「말도 마소, 이십 전 과부는 살아도, 사십……」 / 「시끄럽다, 이년들아, 사내녀석들 한 두룸 몰아다 갈라 줄 테니……」 / 「성님이나 실컷 하소」 / 모두 딱다그르 웃는다."(오영수, 위의 책, 321쪽.) 여기에는 말줄임표로 암시된 상대방에 대한 연민과 공감뿐만 아니라 활기가 가득하다.

것을 아는 데서 오는 겸손의 평화를 굴종이 아닌 자유의 결과로서 아름
답게 보여준다.

4. 자연인과 자유인

이 장은 오영수의 「갯마을」에 나타난 자연과 인간의 복잡한 관련성과
특정한 경험을 좀 더 섬세하게 이해함으로써 오영수 소설에 대한 해석
의 지평을 심화하는 데 목적을 두었다.

먼저 갯마을 사람들이 보여주는 제의와 기원은 순전한 믿음의 형태라
기보다는 일종의 습관적 행위에 가까웠는데, 왜냐하면 거기서 믿음은
경험을 좌우하는 것이 아니라 그저 확증해주는 것에 지나지 않기 때문
이다. 실제로 마을 사람들이 자연의 재난들에 굽히지 않았던 것은 신들
의 보살핌이 아니라 오히려 체험적인 지혜 덕분인데, 노인들의 예측이
보여주는 것처럼 그들은 사실상 자연적이고 경험적인 것에 관심을 집중
시키고 있다. 하지만 신적 주체성이 제거된 자연은 숭고한 엄습을 통해
서 주체가 된 인간의 환희를 곧장 약한 존재로서의 인간의 절망으로 대
체하고 만다. 경험적인 합리성을 통해 자신감을 얻은 마을 사람들이 자
연의 압도적인 힘이 구축하는 숭고한 공간 안에서 만난 것은 역설적이
게도 자신들의 취약성이었던 것이다. 결국 자연의 탈신성화는 인간의
승리가 아니라 뜻밖에도 자연의 승리로 귀결된다.

그러나 인간의 힘을 위협하며 강타해 들어오는 자연의 숭고성은 갯마
을 사람들이 자연에 대한 주술적 설명을 더 이상 기대하지 않게 되었다
는 점에서 그들로 하여금 실천적인 행위를 촉발하는 것이 된다. 말하자
면 숭고한 자연으로부터 온 재난은 인간의 취약성을 환기하고 사람들을
그 자신들의 못남으로만 안내한 것이 아니었다. 사실 그것은 사람들에

게 한계를 인식하게 하고 겸손한 처신을 불러오는 순간이자 사람들이 그 겸손이라는 미덕을 근거로 자연과는 독립된 존재로 거듭나는 계기였다. 자연이 사람들의 자신감을 깎아내리는 순간 그들은 그것의 숭고함을 닮은 도덕적 숭고함을 통해 아주 다른 존재방식으로 이행해 나아갔던 것이다. 이처럼 자연이라는 숭고한 대상에 깃든 초월성과 관계하며 겸손의 자리로 다가섰을 때 주체로서의 인간은 자유의 도덕적 본질과 만났다. 실제로 해순이 시어머니는 자연의 힘에 대한 겸허한 수용을 통해 자연으로부터 온 고통과 자유로부터 온 도덕을 접합시키는 올바른 주체성의 구현자로 드러났다. 아울러 그러한 자유는 사람들을 무기력이 아니라 활력으로 안내했는데, 왜냐하면 자연을 지배할 수 있다는 자만과 달리 자연의 숭고성으로부터 온 겸손함의 자유는 고통이 인간의 책임만은 아니라는 관점에서 활력으로 이어졌기 때문이다.

요컨대 자연에게서 주체성을 박탈하는 과정의 어느 지점에서 숭고의 형태로 그 자연이 경외감을 자아내는 시대에 살았던 오영수의 자연인들은 이른바 문명화 과정이 수반하게 되는 자연으로부터의 자유라는 관념에서 자만이 아닌 겸손이라는 아주 다른 종류의 자기보존을 체현하고 있다. 오영수의 「갯마을」에 이르러 자연과 인간의 관계는 자연으로부터 주체성을 박탈하고 인간 스스로가 주체성을 행사하는 이른바 근대적인 전회를 이룩했다. 그러나 그 전회는 자연에 대한 세속적인 이해와 곧바로 결합되었던 것이 아니라 자연의 숭고성으로부터 오는 초월적 차원에 대한 경험을 통해 주체성을 겸손이라는 태도와 결합하는 특별한 단계를 거치게 되었던 것이다. 한마디로 갯마을 사람들은 인간이 자연의 숭고함에 비추어 아무것도 아니라는 것을 아는 데서 오는 겸손의 평화를 굴종이 아닌 자유의 결과로서 아름답게 보여주는데, 사실 이것이야말로 오영수의 「갯마을」이 가지는 매력의 핵심이기도 하다. 만약 인간들 스스로 말고는 숭배할 대상이 없다는 사실에서 오는 자만과 불안의 느낌에 시달리게 된 오늘날의 삶을 떠올릴 수 있다면 그러한 매력은 일종의 현재성조차 띠게 된다고 할 수 있다.

10장 / 자연의 풍경화
김동리 소설과 세속적 인간

1. 크로노토프와 자연

이 장은 시공성이라는 개념을 통해 김동리의 「까치 소리」(1966)에 나타난 자연의 시공간적 특성을 분석하는 데 일차적인 목적이 있다. 그리고 그것을 소설의 등장인물들이 보여주는 의식과 행위에 연관시킴으로써 「까치 소리」가 형상화하는 특정한 경험의 역사철학적 성격을 해명하는 것은 이 장의 궁극적인 목적이다.

소설에서 배경(setting)이 되는 시간과 공간은 그동안 분리해서 논의하는 것이 일반적이었다. 그러나 시간과 공간은 항상 통합되어 존재하며 서로 분리될 수 없는 어떤 범위를 이룬다.[1] 우리의 삶이 특정한 시간과 공간에 함께 얽혀 있듯이 소설 속의 삶도 특정한 시간과 공간에 동시적으로 연루되어 있다. 그렇다면 소설 속의 시간과 공간을 분리해서 이해하는 것보다 그것을 시공간이라는 하나의 개념을 통해서 이해하는 것이 자연스럽다. 마찬가지로 소설 안에서 그 시공간적 배경과 등장인물의

---

1 시간과 공간의 결합에 대한 철학적이고 자연과학적인 인식에 대해서는 여홍상 엮음, 『바흐친과 문학 이론』, 문학과지성사, 1997, 152~156쪽 참조.

삶 또한 서로 분리하기 어려운 밀접한 관련성을 지닌다. 하나의 소설 안에서 인물들의 삶과 그 배경은 서로 별개의 것이 아니라 통합된 것으로서 긴밀하게 연관된다. 말하자면 소설 속 인물들에게 시공간적 배경은 자신들의 삶이 펼쳐지는 단순한 무대가 아니라 그들의 삶을 전개하며 규정짓는 복잡한 실체로 기능한다. 이처럼 시공간이라는 하나의 개념은 시간과 공간 그리고 인물의 삶을 구체적인 전체로서 간주하는 소설에 대한 새로운 이해를 드러낸다.

미하일 바흐친은 크로노토프(chronotope)라는 용어를 통해 소설에 대한 논의에 그러한 이해를 도입한다. 그 용어는 그리스어로 시간을 의미하는 크로노스(chronos)와 공간을 의미하는 토포스(topos)라는 말의 합성어로 우리말로는 대체로 '시공성'이라 번역된다. 바흐친은 시공성이라는 개념을 소설 속에 표현된 시간과 공간 사이의 내적 연관으로 정의하면서 소설의 시공성은 시간적 지표와 공간적 지표가 유기적으로 조직된 경험적 전체로서 등장인물의 현존을 크게 좌우한다고 말한다. 시공성은 기존의 소설 이론에서 다루어왔던 배경이라는 단순한 개념과 달리 플롯 속에 포함된 소극적 요소가 아니라 그것을 형성하는 적극적 바탕이 된다는 것이다.[2] 다시 말해 시공간적 배경은 소설 속 인물들의 현존이 점유하는 정적인 무대가 아니라 그들의 의식과 행동이 작동하는 방식을 규정하고 또 그들은 그 규정 속에서 자신들의 생각과 행위를 영위하는 동적인 플롯 그 자체라고 할 수 있다. 여기서 우리는 소설 속에 배경으로 표현된 자연이라는 시공성이 등장인물과 분리된 별개의 요소가 아니라 그 현존을 규정하는 유기적 바탕이라는 사실을 이해할 수 있다.

가령 어떤 소설들은 자연의 시공성을 형이상학적인 성소로서 제시하는데, 자연은 거기서 신성한 존재가 관장하는 마법적이고 신성한 시공

---

2 미하일 바흐친, 전승희·서경희·박유미 옮김, 『장편소설과 민중언어』, 창작과비평사, 1988, 458~460쪽 참조.

간으로 나타난다. 그리고 그것은 그에 대한 주술적 믿음을 간직한 등장
인물들의 현존을 규정하면서 그 소설의 플롯을 원환적인 통일성의 안정
된 형태로 만든다. 정비석의 「성황당」(1937)이 가장 대표적인 경우이다.
그런가 하면 또 어떤 소설들에서 자연은 반대로 단지 근대적인 풍경으
로 제시될 뿐이어서 그 시공간은 신성한 존재의 특권적 거주지가 아니
라 인간들의 균질적인 생활공간으로 드러난다. 따라서 주술적인 믿음을
상실한 등장인물들은 거기서 자연의 마법적인 주체성을 부인하는 근대
적 개인이라는 신원을 드러내는 경우가 많다. 오영수의 「갯마을」(1953)
을 예로 들 수 있는데, 물론 그 소설은 신성한 자연을 숭고한 자연이 대
체함으로써 여전히 원환적인 통일성의 플롯을 유지한다. 그리고 보면
자연이라는 시공성은 전근대적인 것과 근대적인 것으로 구분되는 셈인
데, 이처럼 시공성이라는 개념은 어떤 공간에다 시간을 결합함으로써
하나의 소설 안에 등장하는 인물들의 삶을 상징적이고 추상적인 의미로
제한하지 않고 구체적이고 현실적인 의미에 개방함으로써 그들의 삶을
사회적이고 역사적인 성격과 결합하게 된다.

　결국 소설 속 등장인물의 현존이 특정한 형태로 형상화된다는 말은
그 소설이 특정한 시대의 역사적 시공성을 구현한다는 말이다.[3] 여기서
정비석과 오영수 이후에는 그 자연의 시공성이 어떻게 나타나게 되는지
궁금하지 않을 수 없다. 모든 종류의 형이상학적인 결속을 끊어버린 근
대적 개인의 오만, 즉 자기 확신을 통해 자연의 탈마법화 과정이 진행되
고 나면 자연의 시공성이 구축되는 서사적 방식은 최종적으로 어떤 형
태를 띠게 될까? 이것은 우리가 김동리 「까치 소리」(1966)에 특별히 관심
을 가지게 된 이유이다. 김동리 소설에 대한 기존의 연구는 그동안 미적

---

3 크로노토프는 형식적 구성범주로서 문학작품 내 인간의 이미지를 결정적으로 좌우한다. 소설
　속에 표현된 "인간형상은 언제나 본질적으로 크로노토프적이다."(미하일 바흐친, 앞의 책, 261
　쪽.)

근대성, 근대의 초극론이나 탈근대성 그리고 반근대주의 등의 이념적 형태를 규명하는 데 바쳐져 왔다.[4] 그리고 「까치 소리」는 특히 근대의 과학적 세계관과 그 분열적 삶의 양상들을 거부하는 반근대주의의 지표 안에서 논의되는 경우가 많았다. 다시 말해 모든 서사적 요소들을 그 지표로 환원하면서 근대성의 반대편에 있는 자연과 인간의 유기체적 '습합'이라는 합일 상태를 분석의 결론으로 제시하고는 하였다.[5] 그러다 보니 자연과 인간의 관계에 대한 소설의 실상을 오해한 측면이 있는데, 이것은 「까치 소리」에 대해 우리가 관심을 가지게 된 또 다른 이유이다.

요컨대 이 장은 정비석과 오영수 이후의 소설들에 나타난 자연이라는 시공성에 대한 궁금증을 김동리의 「까치 소리」를 통해 해결하고자 할 뿐만 아니라 자연의 시공성이라는 개념을 통해 김동리 문학의 이념적 지표 속에 감추어져 온 그 소설의 서사적 핵심에도 다가가고자 한다.

2. 자연의 풍경화 혹은 아이러니의 기원

김동리의 소설에서 자연이라는 시공간적 배경은 등장인물들의 의식과 행동을 좌우하는 중요한 서사적 요소일 경우 대개 자연이 신과 인간을 주술적으로 매개하는 전근대적인 공간으로 드러난다. 예컨대 김동리의 초기작 「산화」(1936)만 하더라도 마을을 덮친 식중독과 산불은 결국 사람들에게 '산제'를 규칙적으로 지키지 않은 자신들의 과오에 대한 신

---

4 김동리 소설과 문학에 대한 기존의 연구들에 대한 비판적 검토는, 이찬, 「김동리 비평의 '낭만주의' 미학과 '반근대주의' 담론 연구」, 『어문논집』 제54호, 민족어문학회, 2006, 350~353쪽 참조.
5 최근의 논의들 가운데 예컨대 김미영, 「김동리 문학에 있어서 자연의 의미」, 『어문학』 제44호, 한국어문학회, 2004, 151~180쪽; 강숙아, 「김동리 소설구성이론과 작품의 형상화 연구」, 『배달말』 제38호, 배달말학회, 2006, 255~281쪽; 임영봉, 「김동리 소설의 구도적 성격」, 『우리문학연구』 제24집, 우리문학회, 2008, 341~371쪽 등.

령스러운 존재의 징벌로 다가온다. 그러나 신과 자연과 인간의 유기적인 결속이 유지되는 정비석과 오영수의 자연에 비추어 보면 김동리의 자연에는 미묘하지만 결정적인 변화가 감지된다. 그의 자연은 신성한 힘을 통해 인간의 삶과 운명에 깊숙이 개입하는 것이라기보다는 사람들이 그렇다고 믿고 생각하는 것에 지나지 않는다. 말하자면 그 힘은 존재론적 실체가 아니라 인식론적 환영에 불과하다. 심지어 김동리 소설에서 신과 인간을 결합하는 신령스러운 자연의 힘에 대한 믿음은 노인들과 같은 몇몇 구세대에게만 겨우 잔존해 있다. 환영조차 그 힘을 잃어가고 있는 것인데, 30년 뒤에 발표된 「까치 소리」는 바로 그러한 믿음의 점진적인 쇠퇴가 초래한 서사적 귀결을 보여준다. 소설의 초반부에 나오는 두 그루의 나무는 그 출발점이다.

—마을 한복판에 우물이 있고, 우물 앞뒤에 늙은 회나무 두 그루가 거인 같은 두 팔을 치켜든 채 마주 보고 서 있었다. 몇 아름씩이나 될지 모르는 굵고 울퉁불퉁한 둥치는 동굴처럼 속이 뚫린 채 항용 천 년으로 헤아려지는 까마득한 세월을 새까만 침묵으로 하나 가득 메우고 있었다.

밑동에 견주어 가지와 잎새는 쓸쓸했다. 둘로 벌어진 큰 가지의 하나는 중동이가 부러진 채, 그 부러진 언저리엔 새로 돋은 곁가지가 떨기를 이루었으나 그것도 죽죽 위로 벋어오른 것이 아니라 아래로 한두 대가 잎을 달고 드리워진 것이 고작이었다.

둘 중에서 부러지지 않은 높은 가지는 거인의 어깨 위에 나부끼는 깃발과도 같이 무수한 잔가지와 잎새들을 하늘 높이 펼쳤는데, 까치들은 여기만 둥지를 치고 있었다.

앞 나무에 둘, 뒤 나무에 하나, 까치 둥지는 셋이 쳐져 있었으나 까치들이 모두 몇 마리나 그 속에서 살고 있는지는 아무도 똑똑히 몰랐다. 언제부터 둥지를 치기 시작했는지도 역시 안다는 사람은 없었다. 나무와 함께 대체로 어느 까마득한 옛날부터 내려오는 것이거니 믿고 있을 뿐이었다.

　[…전략…] 아침 까치가 울면 손님이 오고, 저녁 까치가 울면 초상이 나고 [… 중략…] 한다는 것도, 언제부터 전해오는 말인지 누구 하나 알 턱이 없었다. 그래서 그런지, 아침 까치가 유난히 까작거린 날엔 손님이 잦고, 저녁 까치가 꺼적거리면 초상이 잘 나는 것 같다고, 그들은 은근히 믿고 있는 편이기도 했다.[6]

　여기서 자연이라는 시공성은 '늙은 회나무 두 그루'와 그 가지들 위에 놓인 '까치 둥지' '셋'으로 구축된다. 일단 마을 한복판에 있는 두 그루 회나무는 '거인 같은 두 팔'이라는 은유가 가리키는 것처럼 자신들의 가지로서 범상치 않아 보이는 존재의 위용을 드러낸다. '천 년으로 헤아려지는 까마득한 세월'이라는 거대한 시간을 살아왔다는 그 오래된 나무들의 밑동은 영원한 존재로서의 신성한 위엄조차 뿜어내는 것 같다. 그런가 하면 회나무 위 세 개의 까치둥지에는 "아침 까치가 울면 손님이 오고, 저녁 까치가 울면 초상이 나고 …… 한다는" 신화적인 의미가 부여됨으로써 그 나무들을 중심으로 한 마을 전체는 사실상 주술적인 분위기로 충만한 듯 보인다. 그러나 그 회나무는 '늙은' 것일 뿐만 아니라 가지들도 온전한 상태가 아니다. 실제로 두 가지 중 하나는 "중동이가 부러진 채"고 그 언저리 곁가지엔 "한 두 대가 잎을 달고 드리워진 것이 고작"이다. 게다가 이 쇠락의 이미지 속에서 '까치 소리'의 신화 또한 실체적 진실이 아니라 믿음의 환영으로 드러나고 만다. 그것은 마을 사람들이 확신을 가지고 겉으로 드러내는 믿음이 아니라 다만 속으로만 가늠해보는 '은근'한 믿음일 뿐이라는 점에서 그 믿음조차 약화된 것이 거의 확실하다.

　그런데 「까치 소리」가 흥미로운 것은 그러한 자연의 시공성이 「산화」

---

6 김동리, 「까치 소리」, 『김동리 단편선—등신불』, 이동하 엮음, 문학과지성사, 2005, 244~245쪽.

와 같이 소설의 말미에 강조되는 것이 아니라 소설의 초두에서부터 부각된다는 사실이다. 이것은 말할 것도 없이 그 소설이 신성에 대한 믿음의 점진적인 쇠퇴를 하나의 결과로서 제시하는 데서 그치지 않고 그것을 원인으로 하는 이후의 사태, 즉 그 믿음을 완전히 상실해가는 과정에 주목하리라는 것을 가리킨다. 무엇보다도 주인공 봉수가 군대에 들어간 사이 부쩍 심해진 '어머니의 기침병'에 얽힌 이야기는 그 과정의 정확한 예증이라고 할 수 있다. 어머니에게는 전에도 기침병이 있었지만 아들 봉수가 군대에 가고 반년쯤이 지난 뒤부터 습관성 질병이 된다. 그녀는 손님이 온다는 아침 까치의 울음소리에 아들이 돌아올지 모른다는 기대를 걸었다가 실망이 거듭되자 까치가 울 때마다 기침을 터뜨리는 것이다. 이때 어머니의 기침은 까치 소리의 신화적인 의미로부터 오는 기대와 아들의 부재라는 현실적인 사건으로부터 오는 실망의 반복적인 결합이 믿음의 완전한 상실을 초래한 데 따르는 고통과 절망의 환유에 해당한다.[7] 주술적 자연은 이제 마법의 소멸로 인해 어떤 의미도 깃들 수 없는 무의미한 풍경이 되고 만다.[8] 하지만 자연의 풍경화라는 그런 시공성의 변화에도 불구하고 어느 날 아들은 돌아온다.

내가 군에서 (명예 제대를 하고) 돌아왔을 때—그렇다, 나는 내가 첨으로 집

---

[7] 기대와 실망의 반복적인 결합이 주술적 믿음을 그 믿음의 상실과 절망으로 바꾸었다는 사실은 모진 기침 끝에 오는 어머니의 외침이 과거의 '오오, 하느님!' '사람 살려주!'에서 현재의 '아이구 봉수야!' '날 죽여다오'로 바뀌어 있는 것에서도 확인된다. '하느님'이 지시하는 신성은 '봉수'가 가리키는 인간성으로, 그리고 삶에 대한 소원은 죽음에 대한 갈망으로 대체되고 있는 것이다. 김동리, 앞의 책, 247쪽 참조.

[8] 가라타니 고진에 따르면 '풍경'은 하나의 리얼리즘적 실재로 간주되지만 어떤 '도착'을 겪고 있어서 그것을 뒤집어 보면 알 수 있듯이 사실 풍경은 어떤 '인식틀'에 의해 발견된 것이다. 풍경은 실재라기보다는 일종의 인식의 소산인 것인데, 여기서 놀랍게도 객관적 대상이라는 것이 주체적 인식의 의해 규정되고 있음이 드러나고 그 주체적 인식이란 곧 원근법적 시선을 말한다. 여기서 원근법적 시선이란 주술적이고 마법적인 전근대적인 인식이 믿음의 상실을 통해 근대의 경험적이고 객관적인 인식으로 대체된 결과로서 출현한 것이라고 할 수 있다. 가라타니 고진, 박유하 옮김, 『일본 근대문학의 기원』, 민음사, 1997, 26~36쪽 참조.

에 돌아왔을 때부터 얘기하는 것이 순서일 것 같다. 그러니까 내가 우리 동네에 들어서면서부터의 이야기가 된다. 그렇다, 내가 우리 동네 어귀에 들어섰을 때 제일 먼저 내 눈에 비친 것은 저 두 그루의 늙은 회나무였다. 저 늙은 회나무를 바라보자 비로소 나는 내가 고향에 돌아왔다는 실감이 들었던 것이다. 저 볼 모양도 없는 시꺼먼 늙은 두 그루의 회나무, 그것이 왜 그렇게도 그리웠을까. 그것이 어머니와 옥란과 정순이 들에 대한 기억을 곁들이고 있었기 때문이었을까. 아니 그것이 고향이 가진 모든 것을 상징하고 있었기 때문일까. 오오, 늙은 회나무여, 내 마음이여, 우리 어머니와 옥란과 그리고 정순이도 잘 있느냐─나는 회나무를 바라보며 느닷없는 감회에 잠긴 채 시인 같은 영탄을 맘속으로 외치며 동네 가운데로 들어섰던 것이다.

나는 지금 '어머니와 옥란과 그리고 정순이'라고 했지만 사실은 정순이와 어머니와 옥란이라고 차례를 바꾸고 싶은 것이 나의 솔직한 심정이었는지도 모른다. 왜 그러냐 하면, 내가 그렇게 살아서 고향으로 돌아올 수 있는 것은 오로지 정순이에 대한 그리움 하나 때문이라고 해도 좋았기 때문이었다. 이렇게 말하면 나는 돌아가신 아버지와 병들어 누워 있는 어머니에 대한 불효자요 가련한 누이동생에 대한 배신자같이도 들릴지 모르지만, 나로 그 마련된 죽음에서 탈출케 한 것은 정순이라는 사실을 나는 의심할 수 없는 것이다.[9]

봉수가 돌아온 것은 얼핏 '고향'의 주술적인 마법을 증명하고 자연의 신화적인 의미를 복원하는 것처럼 보인다. 왜냐하면 그것은 어머니의 간절한 기대를 실망이 아닌 충족과 결합하는 것이기 때문이다. 실제로 그는 "회나무를 바라보며 느닷없는 감회에 잠긴 채 시인 같은 영탄을 맘속으로 외치며 동네 가운데로 들어"서고 있다. 그러나 봉수의 귀향은 문제의 해결이 아니라 문제의 연속이 되는데, 사실 봉수는 어머니를 위해

---

9 김동리, 앞의 책, 255~256쪽.

서가 아니라 애인 '정순이에 대한 그리움 하나'로 돌아온 것이라는 점에서 그러하다. 다시 말해 그는 귀향을 통해 의미와 사건의 어긋남에 기초한 믿음의 상실을 해소하는 것이 아니라 오히려 스스로 완성한다. 이것은 봉수와 약혼했던 정순이 그가 군대에 간 사이 그의 친구 상호와 결혼을 해버린 일에서 더욱 명백하게 드러난다. 입대와 전쟁이라는 '그 마련된 죽음'으로부터 살아 돌아온 봉수를 맞이한 것은 사랑의 충족이 아니라 사랑의 배신이 되고 마는 것이다.[10] 고향의 충만한 의미와 양립할 수 없는 배반의 잔인한 현실은 결국 봉수로 하여금 믿음의 상실을 통해 어머니의 고통을 공유하도록 만드는데, 귀향 이후 사랑하는 여인의 의미로부터 오는 기대와 그녀의 배신이라는 현실적 사건으로부터 오는 실망의 반복적인 결합은 마찬가지로 그의 삶도 절망으로 이끈다.

요컨대 그러한 절망은 봉수를 단번에 압도하지 않는다. 어머니가 믿음을 상실했던 이전의 과정에서 이미 일어난 일처럼 기대와 실망의 반복적인 교차와 더불어 의미와 사건의 분리에 기초한 절망은 그에게 점진적으로 도래한다. 그러니까 기대가 실망을 거쳐 절망에 이르기까지는 몇 번의 우여곡절이 있게 된다. 우선 정순이 상호의 '속임수'에 넘어갔다는 여동생 옥란의 이야기는 봉수의 꺼져가던 기대감을 다시금 되살린다. 친구 상호가 정순과 결혼하기 위해 봉수의 '전사 통지서'를 가짜로 꾸몄다는 말을 듣게 된 것이다. 봉수는 곧 정순을 만나서 잘못된 사태를 돌이키려 애쓴다. 그녀가 '새침한 침묵'으로 머뭇거리자 실망한 그는 이

---

10 봉수의 귀향이 문제의 해결이 아니라 문제의 연속이라는 증거는 어머니의 기침병이 계속되고 그녀의 고통과 절망이 해소되지 않는 데서도 확인된다. 이것은 봉수의 고향 마을에 주술과 마법이 힘을 잃고 모든 사건의 의미가 불확실성 속에 빠져버린 절망적인 상황이 지속되고 있다는 증거인데, 돌아온 봉수가 그런 어머니의 기침 소리를 들을 때마다 그녀의 '목을 눌러주고 싶은 충동'에 휩싸이는 것 또한 그 때문이다. 말하자면 봉수의 충동은 어머니의 목을 누름으로써 기침을 막아보겠다는 것으로 모든 것이 무의미해진 삶의 절망을 받아들일 수 없다는 거부의 상징적인 몸짓이라고 할 수 있다. 그러나 그는 어머니를 회피함에 불구하고 절망적인 삶의 무의미를 종결시키는 것이 아니라 오히려 그것에 말려들고 만다. 김동리, 앞의 책, 248~251쪽 참조.

번엔 그녀의 마음을 좀 더 끌어당기기 위해 자신의 귀향이 '조작한 부상'으로 가능한 것이었고 또 오직 그녀만을 위한 것이었다고 절박하게 털어놓는다.[11] 그렇지만 두 사람의 행복을 되찾자는 봉수의 요구에 확실한 대답 대신 고개만 끄덕이던 정순은 "그 일은 제가 알아서 하겠어요"라는 애매모호한 말을 남기고 자리를 뜬다. 물론 처음에 봉수는 어떤 기대감 속에서 그 말을 긍정의 대답으로 수용하지만 기다림이 길어지자 그것은 또다시 실망감으로 바뀌고 며칠이 지난 후에 봉수는 마침내 상호의 여동생 영숙이 가져온 '정순의 편지'로 인해 회복할 수 없는 절망에 빠지고 만다.

나는 편지를 두 번이나 되풀이해 읽었다. 내용이 복잡하다거나 이해하기 힘든 말이 들어 있었기 때문이 아니었다. 무언지 정순이의 운명 같은 것이 거기서 느껴졌기 때문이었다.

'정순이는 이런 여자였어. 참되고 총명하고 다정하고 신의 있는. 그러나 강철같이 굳센 여자는 아니었어. 순한 데가 있었지. 환경에 순응하는. 물론 지금도 그녀가 나에게 거짓말을 하거나 자기 자신을 속이고 있는 것은 아니야. 그러나 환경에 순응하고 있는 거야. 그녀를 결정하는 것은 그녀 자신의 의지이기보다 그녀를 에워싼 그녀의 환경이겠지.'

나는 편지를 구겨서 바지주머니에 쑤셔넣은 뒤 영숙을 불렀다.

"숙이 나한테 전한 편지 누구 거지?"

"언니 거예요."

영숙은 얼굴을 붉히며 대답했다.

---

11 봉수는 여러 전투에서 동료들이 거의 다 죽었을 때조차 매번 살아 돌아옴으로써 '불사신'이라는 별명을 얻는다. 그러나 정순을 두고 죽을 수 없는 그는 사람의 힘과 운이 한도가 있는 이상 이대로 전장에 남아 있을 수 없다고 생각한다. 따라서 그는 스스로 총을 쏠 수 있는 손가락, 즉 식지와 장지 두 개를 고의로 절단함으로써 귀향하게 된다. 김동리, 앞의 책, 277~279쪽 참조.

"무슨 내용인지도 알지?"

"……"

영숙은 갑자기 얼굴이 홍당무같이 새빨개지며 대답을 하지 않았다.

"난 영숙일 옥란이같이 믿고 있어. 알면 안다고 대답해줘, 알지?"

"……"

영숙이 이번에는 고개를 끄덕여 보였다.[12]

일단 정순이 돌아오지 않을 것이라는 절망은 그녀가 보냈다는 편지로
서 잠시 유예되는 듯하다. 왜냐하면 그 편지에는 '계획한 일이 발각되어
지금은 집안에 붙잡혀 있고 기다려만 준다면 언제든 가출을 감행하겠지
만 너무 조급하게 기다리지는 말아 달'는 내용이 담겨 있었기 때문이
다.[13] 하지만 이 내용을 알고 있느냐는 봉수의 질문에 영숙의 얼굴이 "홍
당무같이 새빨개지"는 것이 암시하는 것처럼 "환경에 순응하는" 듯 보
이는 그 편지마저 정순의 것이 아니라는 사실이 드러난다.[14] 지금까지
거듭된 기대와 실망의 교차는 그에게 더 이상 희망을 불어넣지 못하고
최종적인 절망과 결합되는데, 이제 주술적 믿음뿐만 아니라 인간적 믿
음까지 상실되었다고 말할 수 있다. 어머니는 삶의 의미를 오직 신화에
대한 믿음에 걸지만 주술의 배반으로 절망하고 아들은 그것을 사랑에
대한 믿음에 집중시키지만 애인의 배신으로 절망한다. 말하자면 어머니
와 아들은 자연적인 것이 신화적인 것을 상실하고 나서 인간적인 것과

---

12 김동리, 앞의 책, 283~284쪽.

13 김동리, 위의 책, 282~283쪽 참조.

14 그 편지는 사실 상호의 여동생 영숙이 써가지고 온 것처럼 보인다. 고3인 그녀는 그동안 오빠
친구 봉수에게 남다른 애정을 품어왔음에도 불구하고 아니 오히려 그 때문에 누구보다도 그의
고통과 절망에 절실한 공감을 느꼈을 것임에 틀림없다. 따라서 정순의 편지를 자기 마음대로
조작하려 했던 것은 이미 오빠의 아내가 된 것에 순응하려는 정순을 대신해서 그의 절망을 다
독이며 희망과 기대를 불어넣으려는 조숙한 감상 때문이었으리라 추측된다. 특히나 봉수의 여
동생 옥란에 의하건대 그녀는 책을 많이 읽는 소녀라는 점에서 그러한 충동적인 개입의 가능성
은 충분하다고 할 수 있다. 김동리, 같은 책, 282쪽 참조.

결합되었지만 그것조차 믿음의 상실 과정을 되돌리지 못했다는 점을 차례로 보여준다.[15] 기대와 실망의 반복적인 결합이라는 서사적 전개의 그러한 결과와 더불어 「까치소리」에 나타난 자연의 시공성은 의미와 사건의 분리에 기초한 근대적 성격을 완전히 표출하게 된 셈이다.

이것은 분명히 주요한 역사적 전환들 가운데 하나이다. 신화에 대한 주술적 믿음으로부터 오는 선험적인 의미가 모든 사건에 필연성을 부여하고 인간들을 원환적인 안정감으로 감싸던 시절이 있었다. 그러나 자연 따위에 깃든 의미와의 신성한 연관을 잃어버리게 되는 순간 그것은 모순과 역설에 노출됨으로써 우연성과 불확실성이라는 경험의 어지러운 맥락 속에서 동요하게 된다. 즉 신성한 자연과 달리 풍경으로서의 자연은 궁극적 의미나 확실성을 통해 모든 존재와 사건들을 충만하게 결속하는 전근대적인 방식을 떠난 것이다. 말할 것도 없이 김동리 소설에서 주동인물들이 불안정과 고통 나아가 파국적인 절망감에 빠지고 만 이유도 여기에 있다. 그리하여 자연이 단지 실재로서의 풍경이 되어 의미와 사건이 분리되는 새로운 시공성의 형성은 드디어 인간의 삶에서 참으로 심란한 서사적 결과를 탄생시키는데, 그것은 바로 세계의 속성으로서의 아이러니(irony)의 등장이다. 이러한 속성은 의미와 사건의 분리를 정식화하고 모든 사건에 대한 가치판단을 유보함으로써 결국 불안하고 애매한 의식이 지배하는 근대 세계의 우유부단한 특성을 구축한다.[16] 요컨대 아이러니는 근대적인 문화와 의식의 근본 전제로서 자연으

---

15 서구의 경우에도 마찬가지다. 자신의 신경계통에 이제 영생에 대한 희망이나 주술적인 의미에 대한 믿음이 지워지고 나서 인간의 기대는 자연적인 것과 인간적인 것에 집중되었다. 어떤 의미로는 자연적인 것과 인간적인 것이 마법적인 것과 주술적인 것을 밀어낸 셈인데, 자연의 자리에서 사라진 형이상학적 의미는 곧 실존적 무의미로 대체되고 자연은 선험적 의미로 충만한 신성한 주체성이 아니라 경험적으로 의미가 부여되어야 할 객관적 대상 즉 풍경으로 남게 된 것이다. 찰스 테일러, 이상길 옮김, 『근대의 사회적 상상』, 이음, 2010, 85~105쪽 참조.

16 아이러니는 과거에 어떤 것을 말하면서 다른 것을 뜻하는 표현 기법과 그 효과를 아우르는 수사법의 일종이라는 제한된 의미로만 사용되었다. 그런데 아이러니에 대한 비평이 심화되면서 그것은 점차 소설 구성의 토대나 세계 인식의 양상으로까지 간주되고 있다. 그러나 최근 연구

로부터 마법과 주술이 빠져나간 이후 사건이 의미로부터 또 서사가 판단으로부터 분리될 때 도래하는 시공성이라고 할 수 있다.[17]

3. 파국적 결말의 의미

「까치 소리」는 한마디로 의미로부터 분리된 사건 내지 판단으로부터 분리된 서사라고 할 수 있다. 따라서 그 소설의 사건들, 나아가 서사 전체는 의미와 판단의 미결정성으로 인해 우유부단한 아이러니에 깊이 연루된다. 이것은 예컨대 "쿨룩은 연달아 네 번, 네 번, 두 번, 한 번, 한 번, 여섯 번, 그리고 또다시 세 번이고 네 번이고 두 번이고 여섯 번이고 종잡을 수 없이 얼마든지 짓이기듯 겹쳐지고 되풀이되곤 했다"[18]는 어머니의 불규칙한 기침들에서도 은연중에 드러난다. 그런가 하면 이 기침병이 보여주는 상징적 아이러니는 아들 봉수의 삶 전체를 통해서는 서사적 아이러니로까지 확장되는데 그 또한 종잡을 수 없기로는 마찬가지다. 그는 우선 '동네가 다 아는 수재'로 출발하지만 전쟁의 발발과 함께 징병됨으로써 사지의 '군인'이 된다. 하지만 그는 그곳에서 "같이 나갔

자들은 아이러니에 대한 20세기 비평의 그런 암묵적인 동의에 의문을 제기하면서 아이러니로부터 오는 불균형적인 전망에서 의미론적 애매성과 변화무쌍한 판단들을 찾아내고 자신의 마음 안에서 텍스트의 구조적 복잡성을 재생산해내는 사람들은 평균적인 대다수가 아니라 이론적인 소수라고 지적한다. 그리고 아이러니가 전혀 다른 방식으로 기능한다며 그것을 안정적인 시점에 대한 의심과 회의의 능력이라기보다는 오히려 그러한 시점을 필요로 하는 불안하고 애매한 의식의 현실이라고 말한다. 이러한 아이러니 개념의 변천에 대해서는 박유희, 『1950년대 소설의 반어적 기법 연구』, 고려대 박사논문, 2002, 13~19쪽 참조.

17 물론 「까치 소리」의 아이러니처럼 의미와 사건의 분리로 인한 우연성과 불확실성에 빠진 상황은 해방적인 신선함도 있다. 그것은 전통과 권위 같은 신화적인 실체의 위력이 더 이상 힘을 발휘하지 못함을 의미하기 때문이다. 그것은 인간에게 자유를 부여한다. 그러나 김동리는 궁극적 의미나 확실성을 통해 원환적인 통일성을 지니던 선험적 고향의 안정감이 붕괴되는 데서 오는 불안과 고통 그리고 절망이 그러한 자유와 해방감보다 훨씬 더 중요하다고 생각하는 듯하다.

18 김동리, 앞의 책, 245쪽.

던 동료들이 거의 다 죽어 쓰러졌을 때도"[19] 살아남음으로써 이번에는 '불사신'이라는 영광의 별명을 얻는다. 그런데 애인에 대한 그리움으로 어려운 결단 끝에 부상을 조작하여 돌아온 고향에서는 실연한 사람이 되고 만다.[20] 신화적 의미가 상실됨으로써 모든 사건들이 모순과 불확실성에 개방되는 그러한 세속적 아이러니가 종결되는 것은 사실상 어떤 죽음에 이르렀을 때이다.

하여간 나는, 다음 순간, 영숙을 안고 보리밭 속으로 들어왔다. 그리하여 그녀의 간단한 옷을 벗기고 그 새하얀, 천사 같은 몸뚱어리를 마음껏 욕보이기 시작했던 것이다. 영숙은 어떤 절망적인 공포에 짓눌려서인지, 그렇지 않으면 일종의 야릇한 체념 같은 것에 자신을 내던지고 있었기 때문인지 간혹 들릴 듯 말 듯한 가는 신음 소리를 내었을 뿐 나의 거친 터치에도 거의 그대로 내맡기다시피 하고 있었다.

그녀는 그때 이미 실신 상태에 빠져 있었는지도 몰랐다. 아니 그보다도, 역시, 자기의 모든 것을, 생명을, 내가 그렇게 원통하다고 울어대던 것의 대가를 대신 나에게 갚아주는 것이라고 생각하고 있었는지도 모른다.

이때 까치가 울었던 것이다. 까작 까작 까작 까작 하는, 어머니가 가장 모진 기침을 터뜨리게 마련인 그 저녁 까치 소리였던 것이다. 그리고 이와 동시 나의 팔다리와 가슴속과 머리끝까지 새로운 전류(電流) 같은 것이 흘러들기 시작했던 것이다.

까작 까작 까작 까작, 그것은 그대로 나의 가슴속에서 울려오는 소리였다. 나

---

19 김동리, 앞의 책, 278쪽.

20 아이러니의 세계에서는 말과 언어 또한 확정된 의미를 지니지 못하는 모호한 표현이 되는데, 이것은 봉수가 애인을 뺏은 친구 상호로부터 처음 듣게 되는 말에서 대표적으로 드러난다. "'할 말이 없네'—이 말을 나는 어떻게 받아들여야 할까. 이것은 미안하단 말일까. 그렇지 않으면 뭐라고 말할 수도 없이 반갑단 뜻일까. 물론 반가울 리야 없겠지만, 옛 친구니까 반가운 체할 수도 있을 것이다."(김동리, 위의 책, 266쪽.) 봉수 자신도 친구의 그 말을 어떻게 받아들여야 할지 난감해하는 것처럼 보인다.

는 실신한 것같이 누워 있는 영숙이를 안아 일으키기라도 하려는 듯 천천히 그녀의 가슴 위에 손을 얹었다. 그리하여 다음 순간 내 손은 그녀의 가느다란 목을 누르고 있었던 것이다.[21]

여기서 봉수는 충동적으로 자신의 애인을 빼앗아간 친구의 여동생 영숙을 거칠게 욕보이고 있다. 그런데 그녀는 "내가 그렇게 원통하다고 울어대던 것의 대가를 대신 나에게 갚아주는 것"인 듯 '그 새하얀, 천사 같은 몸뚱어리'를 가만히 내버려두고, 이때 봉수의 가슴속에서는 또 "어머니가 가장 모진 기침을 터뜨리게 마련인" "까작 까작 까작 까작 하는" 그 아이러니의 신호가 개시된다.[22] 자신의 울분을 갚아주는 여인이 정순이 아니라 영숙이 되었다는 사실은 마침내 절망적인 울분으로 폭발하는데, 봉수는 영숙의 목을 졸라 죽이는 살인자가 되는 것이다. 그렇다면 이러한 결말이 단지 복수의 의미만을 갖는 것은 아닐지도 모른다. 사실 결말로서의 파국이 지연된 일은 아이러니로 하여금 중단을 모르고 울분을 증폭하도록 만들었다는 점에서 그 파국적 결말은 서사적 필연이자 자의적인 전환점으로 나타난다.[23] 실제로 봉수의 삶이 보여주는 아이러니하

---

21 김동리, 앞의 책, 286쪽.
22 이 '가슴속 까치 소리'는 풍경으로서의 자연이 그때까지 진행된 '외부 세계의 소원화', 즉 극도의 내면화를 통해 발견되는 과정을 정확히 포착하고 있다. 이것을 가라타니 고진은 풍경의 발견이란 주위의 외적인 것에 무관심한 '내적 인간'에 의해 처음 발견되었다는 명제로 요약한다. 풍경이 풍경 그 자체가 되었던 것은 결과적으로 내적인 자기가 우위에 있는 근대적 자아의 상태와 관련된다는 것을 뜻한다는 것이다. 가라타니 고진, 앞의 책, 36~56쪽 참조.
23 이것은 벤야민이 "소설에 나타나는 인물들의 삶의 〈의미〉는 오로지 그들의 죽음에 의해서만 비로소 해명될 수 있다는 사실"에 대해 말할 때 의미하고자 했던 것과 유사하다. 그에 따르면 세계의 탈마법화 과정과 더불어 이야기의 중핵이었던 의미와 삶, 본질적인 것과 일시적인 것의 결합이 풀리게 되면서 새로운 현실은 아무런 의미도 부여받지 못하는 아이러니 상태에 처하게 된다. 따라서 의미의 축적에서 오는 경험적 지혜가 소멸하고 등장하게 된 것은 다만 한순간 속에서만 생명력을 지니는 소설적 정보뿐인데, 이것은 새로웠던 그 순간에 바로 그 가치를 상실하는 특성을 보여준다. 이제 삶은 '시간의 힘에 대항하는 투쟁'이라는 지나간 사건에 대한 서사적 기억을 통해서만 의미와 지혜를 얻게 되는데, 소설의 결말이 죽음, 적어도 상징적 죽음으로 나타나야 하는 이유는 바로 여기에 있다. 말하자면 죽음은 지나간 사건들에 대한 기억의 작용이 시작되는 순간이 되는 셈이다. 발터 벤야민, 반성완 옮김, 『발터 벤야민의 문예이론』, 민음

고 이리저리 바뀌는 서사의 무한한 차원은 그러한 전환적인 파국이 아니고서는 잠정적으로나마 소설적 의미를 형성하는 비교적 안전한 시점을 제공할 수 없다. 다시 말해 「까치 소리」처럼 희망이 절망과 결합하고 기대가 좌절과 합체되는 세계의 아이러니로부터 오는 혼돈과 무의미는 죽음이라는 불행한 결말에 의해서만 진정될 수 있다.

　물론 김동리 소설의 결말에 자리잡고 있는 것은 봉수의 죽음이 아니라 영숙의 죽음이다. 그러나 봉수가 그녀를 죽이고 살인자로서 현실과 격리될 것이라는 서사적 추론은 영숙의 죽음에서 곧바로 그의 상징적인 죽음을 환기시킨다. 살인자로서의 운명을 말하게 되는 것은 무엇보다 이 순간인데, 이 불행한 결말은 말할 것도 없이 서사적인 필연으로 그렇게 되는 것이지만 아이러니의 중단과 함께 오는 그러한 정당한 유폐는 뜻밖에도 독자를 고통스러운 망연자실로 몰아간다. 이것은 봉수가 영숙이 가져온 정순의 편지를 읽고 '정순이의 운명'을 예감하면서 보여주었던 절망적인 망연자실[24]이나 이후 그가 영숙을 거칠게 욕보임에도 불구하고 그녀가 보여준 체념적 '실신 상태'[25]와 거의 동일한 것으로 독자에게 모든 것을 수용하라고 말하지만 이해하라고 권하지는 않는다. 말하자면 이해할 수 없는 운명에 대한 수용만이 남는 것인데, 따라서 김동리 소설을 통해 등장한 운명은 고대 비극이나 서사시를 통해 출현했던 운명과 구분된다. 신탁이나 예언을 통해 운명을 미리 알고 있지 않았다는 점에서 운명은 사건의 전제가 아니고 오직 사후(ex post facto)에만 드러난다. 그리고 이 운명의 사후적 성격은 '상황이 이렇지 않을 수도 있었을 텐데'라는 생각을 항상 불러일으키면서도 아무리 부당하더라도 그 살인자로서의 운명이 최종적인 것임을 가리킨다.

사, 1983, 165~194쪽 참조.
24 김동리, 앞의 책, 283쪽 참조.
25 김동리, 위의 책, 286쪽 참조.

단골 서점에서 신간을 뒤적이다 『나의 생명을 물려다오』하는 얄팍한 책자에 눈길이 멎었다. '살인자의 수기'라는 부제가 붙어 있었다.

생명을 물려준다, 이것이 무슨 뜻일까, 나는 무심코 그 책자를 집어들어 첫 장을 펼쳐 보았다. 「책머리에」라는 서문에 해당하는 글을 몇 줄 읽다가 "나도 어릴 때는 위대한 작가를 꿈꾸었지만 전쟁은 나에게 살인자라는 낙인을 찍어주었다"라는 말에 왠지 가슴이 뭉클해짐을 느꼈다. 비슷한 말은 전에도 물론 얼마든지 여러 번 들어왔던 터다. 그런데도 이날 나는 왜 그 말에 유독 그렇게 가슴이 뭉클해졌는지 그것은 나도 잘 모를 일이다. "위대한 작가를 꿈꾸었다"는 말에 느닷없는 공감을 발견했기 때문일까.

나는 그 책을 사왔다. 그리하여 그날 밤, 그야말로 단숨에 독파를 한 셈이다. 그만큼 나에게는 감동적이며, 생각게 하는 바가 많았다. 특히 그 문장에 있어, 자기 말마따나 '위대한 작가를 꿈'꾸던 사람의 솜씨라서 그런지 문학적으로 빛나는 데가 많은 것도 사실이었다.

나는 다음에 그 수기의 내용을 소개하려 하거니와 될 수 있는 대로 그의 문학적 표현을 살리기 위하여 본문을 그대로 많이 옮기는 쪽으로 주력했음을 일러둔다. 특히 내가 재미있다고 생각한 소위 그의 문학적 표현으로서, 그의 본고장인 동시, 사건의 무대가 된 마을의 전경을 이야기한 첫머리를 그대로 옮겨보면 다음과 같다.[26]

김동리의 「까치 소리」는 사실 바깥 이야기의 서술자인 '나'가 내부 이야기의 초점화자인 봉수의 아이러니한 삶을 다루는 액자 형식의 소설이다. 바깥 액자의 서술자는 단골 서점에서 "'살인자의 수기'라는 부제가 붙어 있"는 '『나의 생명을 물려다오』하는 얄팍한 책자'를 우연히 발견하고, '감동적'이고 '문학적'이라는 이유에서 그 수기의 내용을 소개하

---

26 김동리, 앞의 책, 243~244쪽.

고 있다. 우리는 봉수 이야기의 '무대가 된 마을의 전경', 즉 두 그루의 늙은 회나무와 그 가지 위에 놓인 세 개의 까치둥지를 그렇게 하여 처음으로 접했던 것인데, 어쨌든 소설의 내부 이야기에서 제시된 봉수의 운명은 그와 같이 바깥 액자를 통해 한 살인자가 쓴 수기의 내용이라는 사실이 드러나게 됨으로써 이제 완결된다. 그러고 보면 「까치 소리」의 액자 형식은 파국적 결말이라는 형태와 더불어 아이러니가 초래하는 서사의 무한한 변전을 제한하고 소설의 잠정적 의미를 형성하며 안전한 시점을 제공하기 위해 마련된 또 다른 장치로 간주하지 않을 이유가 없다.[27] 왜냐하면 그것은 위대한 작가의 꿈이 살인자라는 현실로 귀착되는 한 인생의 아이러니가 이른바 수기라는 시간을 멈추고 누군가의 운명을 돌이켜보는 사후성 형식에 제약되어 있음을 다시 한 번 확인시켜 주기 때문이다.

그런가 하면 소설적 의미의 바탕이 되는 안전한 시점은 액자 형식뿐만 아니라 그 내부 이야기의 멜로드라마적 성격을 통해서도 형성된다. 만약 서사가 판단으로부터 분리됨으로써 잠정적인 것 이외의 의미론적 확실성이 「까치 소리」라는 담론(discourse), 즉 소설적인 플롯의 차원에서 발견되기 어렵다면 독자가 기대하고 매달리게 되는 것은 그 소설의 또 다른 차원인 이야기(story)가 될 공산이 크다.[28] 그리고 거기서 바로 우리

---

27 여기서 액자 형식의 정체가 소설의 말미에서 드러나는 것이 그 소설의 초두에서부터 확연히 드러난 사실이 중요하다. 서사가 종결되는 순간 파국적 결말의 느낌은 다시금 처음으로 회귀하여 사후적인 운명을 보여주며 소설의 의미로 확정된다는 점에서 그 형식은 자연의 풍경화로부터 비롯된 아이러니에 소설적 의미를 부여하기 위해 마련된 직선적인 파국의 플롯이 그 의미를 더욱 확실히 하기 위한 장치가 된다.

28 모레티에 따르면 아이러니의 형식은 확실한 의미론적 기준이 붕괴됨으로써 도래한 근대성의 중핵으로서 그것에 대한 일반적인 비평적 가정과는 달리 '유연하고 문제적인 성숙'보다는 '회의주의와 우유부단'을 체계화하고 따라서 심오한 '영혼'이 아니라 불안한 '자동인형'을 양산한다. 결국 기계적 존재가 된 근대의 독자는 소설 담론의 불확실성을 피해 그 작품의 나머지 반, 즉 이야기로 옮겨가서 확실성을 찾는다고 한다. 그리고 근대의 독자가 위안을 구하는 그 확실성의 이야기를 모레티는 '대중문학'이라고 부르고 거기에 멜로드라마와 같은 것이 포함된다고 말한다. 프랑코 모레티, 성은애 옮김, 『세상의 이치』, 문학동네, 2005, 186~189쪽 참조.

는 아이러니처럼 애매하거나 불안하지 않고 모든 것이 명확하고 편안한 대중 서사를 발견하게 되는데, 실제로 「까치 소리」는 극한의 상황(6·25 사변)—선악의 이분법(봉수와 상호)—계속되는 우연(봉수의 생존)—운명의 엇갈림(정순의 결혼)—극단적 행동(봉수의 살인)—극적 결말(영숙의 죽음) 등의 요소로 전개되는 봉수의 사랑과 그 애인 정순의 배신과 친구 여동생 영숙의 운명적인 죽음 이야기, 요컨대 멜로드라마(melodrama)로 나타난다.[29] 이처럼 너무나도 아이러니하고 문제적인 '담론'은 독자의 의미론적 혼란을 진정시키기 위한 또 하나의 방편이라고 할 수 있는 멜로드라마의 아주 순진한 '스토리'를 필요로 한다. 그런데 혹시 이러한 스토리의 필요는 지금 우리보다는 어떤 특정한 시기의 역사적 독자들에게 더 절실했던 것은 아닐까? 어쩌면 그 독자들이란 봉수처럼 '전쟁'으로 인해 인생의 부침을 겪어야 했던 사람들을 지칭하는지도 모른다.

나는 그가 권하는 대로 잠자코 술잔을 들었다. 물론 맘속으로 좀 꺼림칙하긴 했으나 그것과는 전혀 별문제란 생각에서 일단 술을 들 수밖에 없었던 것이다.

얼마나 고생을 했는가, 주로 어느 전선에서 싸웠는가, 중공군의 인해전술이란 실지로 어떤 것인가, 이북군의 사기는 어떤가, 식사 같은 건 들리는 말처럼 비참하지 않던가, 미군들의 전의(戰意)는 어느 정도인가, 그들은 결국 우리를 포기하지 않을 것인가 […중략…] 그의 질문은 쉴 새 없이 계속되었으나, 나는 그저, 글쎄, 아냐, 잘 모르겠어, 잊어버렸어, 그저 그렇지, 따위로 응수를 했을 뿐이다. 나는 그가 돈을 쓰고 징병을 기피했다고 이미 듣고 있었기 때문에 그와

---

29 아이러니의 상황과 멜로드라마의 형식이 가지는 관계에 대해서는 좀 더 자세한 탐구가 필요하지만 일단 상황의 혼란이 서사적 진정을 필요로 할 때 멜로드라마가 출현하게 된다는 그 관계의 논리적 정합성에 대해서는 어느 정도 이해가 가능하리라 판단된다. 실제로 멜로드라마는 명확한 선악의 기준이 붕괴되면서 신화적인 통일성이 해체된 시대에 그 통일성을 이야기의 환영을 통해 충족시켜보려는 대중적인 갈망의 문화적 표현으로 간주되고는 한다. Peter Brooks, *The Melodramatic Imagination*, New Havern and London: Yale University Press, 1976, pp.5~23 참조.

더불어 전쟁 얘기를 하기는 더구나 싫었던 것이다.

　그러는 중에서도 술잔은 부지런히 비워냈다. 나도 그동안 군에서 워낙 험하게 지냈기 때문에 막걸리쯤은 어간 먹어야 낭패 볼 정도로 취할 것 같지 않았지만, 상호도 면에 다니면서 제 말마따나 는 게 술뿐인지, 막걸리엔 꽤 익숙해 보였다.[30]

　고향으로 돌아온 봉수가 자신의 연인을 아내로 취한 친구 상호와 첫 대면을 하는 장면이다. 상호는 이야기의 핵심을 피하기 위해 이런저런 전황들에 대해 묻는다. 물론 상호는 전쟁을 궁금해야 할 자격이 없다는 점에서 봉수는 그 친구와 '전쟁 얘기'를 나누기가 싫다. 그는 연적일 뿐만 아니라 "돈을 쓰고 징병을 기피했다"는 인물인 것이다. 그러나 이른바 6·25사변이 일어난 시공간에 몸담았던 사람들 중에 그 참화의 영향으로부터 자유로웠던 사람들이 있었을 리는 없다. 상호 또한 "는 게 술뿐"일 정도로 삶의 확실성이나 안정감과는 거리가 먼 극단의 상황에 놓여 있었기는 마찬가지인데, 그도 전쟁만 아니었다면 순수했던 어린 여동생의 죽음을 겪지 않았을 것임에 틀림없다. '사변'은 그 단어 그대로 인생의 유전과 격변이라는 근대의 세속적 아이러니를 드러내는 가장 첨예한 현실로 간주될 수 있다는 점에서 6·25를 겪은 전쟁체험 세대 전체는 그런 현실의 변화무쌍한 변전으로부터 오는 모순과 불확실성을 견디기 위해 서사적 차원에서나마 의미를 형성하는 비교적 안전한 시점을 갈망했을 것이다. 그런 의미에서 파국적 결말과 액자 구조와 멜로드라마적 상상력을 토대로 한 운명의 사후성 형식은 그 사변을 체험한 독자들이 전쟁이라는 엄청난 사건들의 뒤얽힘이 예견하는 혼돈과 무의미에 적응하도록 하기 위한 서사 형식으로 규정될 수도 있다.

---

30 김동리, 앞의 책, 267쪽.

결론적으로 액자 형식과 멜로드라마와 결합된 파국적 결말의 의미는 의미와 판단의 미결정성과 우유부단한 아이러니를 제한하고 종잡을 수 없는 인생의 유전적 차원을 진정시키는 데 있는 셈이다. 그것은 '전쟁이 아니었다면 그렇게 되지는 않았을 텐데'라는 사후적인 회한을 동반함에도 불구하고 전쟁체험 세대인 독자들로 하여금 비록 이해는 되지 않지만 그 운명이 돌이킬 수 없는 것임을 수용하도록 만든다.[31] 그렇지만 이것이 전쟁체험 세대들만의 문제는 아니다. 신화적 의미의 상실로부터 오는 의미와 사건, 혹은 판단과 서사 사이의 역사철학적 결렬로 이미 세계의 속성이 되어버린 아이러니는 현재의 우리에게는 하나의 일상이 되어 있다. 오늘날 납득할 수 없는 운명을 수용해야만 하는 현실은 오히려 심화되었다는 것이 아마도 맞는 말일 것이다. 한국전쟁 이후 "나도 어릴 때는 위대한 작가를 꿈꾸었지만 전쟁은 나에게 살인자라는 낙인을 찍어주었다"라는 김동리의 명제로 대변되는 아이러니한 인생의 유전은 그 주기가 훨씬 더 가속화되면서 이른바 세속적 인간들을 허무주의와 냉소주의 그리고 쾌락주의로 몰아가는데, 이때 김동리의 소설은 그 파국적 결말의 형식이 암시하듯이 죽음과 만나야만 그러한 근대 세계의 아이러니로부터 오는 고통을 중단시킬 수 있다는 심란한 진실로 우리를 인도한다.

---

[31] 사실 이 장은 김동리 문학을 바라보는 일반적 시각, 즉 그의 소설이 반근대주의적인 세계관의 표현이라는 기존의 해석에서 벗어나 탈마법화와 신화의 소멸에 따라 의미와 사건의 분리와 결합된 새로운 시공성의 출현에 주목함으로써 김동리 소설의 근대성을 탐구하는 것이 목표였다. 그런 의미에서 이 대목에 대한 자세한 논의는 그 과제를 뒤로 미룰 수밖에 없는데, 따라서 여기서는 잠정적이고 추론적 논의가 불가피하다. 말하자면 '회한의 수용'이라는 의미―즉 한 사람의 비극적이고 운명적인 멜로드라마는 사변을 겪은 사람들이 수많은 상실을 함께 슬퍼할 수 있는 공간을 문학 안에 구축한 일에 해당한다는 것―를 초점에 놓고 지금 여기서 말할 수 있는 것은 김동리의 「까치 소리」가 이후 한국 현대소설사에서 한국전쟁을 기억하는 동시에 망각하는 서사의 양태, 그러니까 일종의 서사적 애도의 양태를 이룸으로써 전쟁의 기억으로부터 자유롭지 못했던 1950년대 전후소설로부터 벗어나는 어떤 분기점을 형성한다는 추측뿐이다.

4. 세속 세계의 자연과 인간

이 장의 목적은 시공성이라는 개념을 통해 김동리의 「까치 소리」에 나타난 자연의 시공간적 특성을 분석하고 그 소설의 등장인물들이 보여주는 특정한 경험의 역사철학적 성격을 해명하는 것이었다. 그리고 이를 통해 가능하다면 이념적 지표들, 특히 반근대주의라는 관념 속에 감추어져 온 김동리 소설의 서사적 핵심에도 다가가고자 하였다.

신과 자연과 인간의 유기적인 결속을 보여주었던 이전의 소설들에 비추어 보면 김동리의 신화적인 자연에는 미묘하지만 결정적인 변화가 감지되었다. 그의 자연은 신성한 힘을 통해 인간의 삶과 운명에 깊숙이 개입하는 것이 아니라 신화의 소멸로 인해 더 이상 어떤 위력과 의미도 드러내지 못하는 무의미한 풍경으로 나타났다. 말하자면 그 힘은 존재론적 실체가 아니라 기껏해야 인식론적 환영에 불과한 것이었는데, 가령 「까치 소리」에서 어머니는 삶의 의미를 오직 신화에 대한 믿음에 걸지만 거듭된 주술의 배반으로 절망하고 아들 봉수는 그것을 사랑에 대한 믿음에 집중시키지만 반복적인 애인의 배신으로 절망한다. 어머니와 아들은 자연적인 것이 신화적인 것을 상실하고 나서 인간적인 것과 결합되었지만 그것조차 전근대적인 믿음의 상실 과정을 되돌리지 못한다는 점을 차례로 보여주었다. 이처럼 기대와 실망의 반복적인 결합이라는 서사적 전개와 더불어 김동리 소설에 나타난 자연의 시공성은 의미와 사건의 분리에 기초한 근대적 성격을 완전히 표출하였다.

이것은 분명히 주요한 역사적 전환들 가운데 하나다. 자연 따위에 깃든 의미와의 신성한 연관을 잃어버리게 되는 순간, 그것은 모순과 역설에 노출됨으로써 우연성과 불확실성이라는 경험의 어지러운 맥락 속에서 동요하게 된다. 즉 신성한 자연과 달리 풍경으로서의 자연은 궁극적 의미나 확실성을 통해 모든 존재와 사건들을 충만하게 결속하는 전근대적인 방식을 떠난 것이다. 말할 것도 없이 「까치 소리」에서 두 주동인물이 고통과 절망에 빠지고 만 이유도 여기에 있다. 그리하여 자연이 단지 실재로서의 풍경이 되어 의미와 사건이 분리되는 새로운 시공성의 형성은 드디어 인간의 삶에서 참으로 심란한 서사적 결과를 탄생시키는데, 그것은 바로 세계의 속성으로서의 아이러니의 등장이다. 이러한 속성은 의미와 사건의 분리를 정식화하고 모든 사건에 대한 가치판단을 유보함으로써 결국 불안하고 애매한 의식이 지배하는 근대 세계의 우유부단한 특성을 구축한다고 할 수 있다.

김동리의 「까치 소리」라는 서사 전체는 한마디로 의미와 판단의 미결정성으로 인해 우유부단한 아이러니의 시공성에 깊이 연루된다. 그런데 신화적 의미가 상실됨으로써 모든 사건들이 모순과 불확실성에 개방되는 그러한 세속적 아이러니가 종결되는 것은 파국적 결말이라는 서사적 필연이자 자의적인 전환점으로 나타났다. 왜냐하면 등장인물들의 삶이 보여주는 아이러니하고 이리저리 바뀌는 서사의 무한한 차원은 그러한 전환적인 파국이 아니고서는 잠정적으로나마 소설적 의미를 형성하는 안전한 시점을 제공할 수 없기 때문이다. 다시 말해 「까치소리」처럼 희망이 절망과 결합하고 기대가 좌절과 합체되는 세계의 아이러니로부터 오는 혼돈과 무의미는 죽음이라는 불행한 결말에 의해서만 진정될 수 있다. 그런데 이것은 독자에게 모든 것을 수용하라고 말하지만 이해하라고 권하지는 않는다. 즉 이해할 수 없는 운명에 대한 수용만이 남았던 것인데, 다시 말해 신탁이나 예언을 통해 운명을 미리 알고 있지 않았다는 점에서 김동리 소설을 통해 등장한 운명은 고대 비극이나 서사시를 통해 출현했던 운명과 다르다.

한편 「까치 소리」의 액자 형식은 파국적 결말이라는 형태와 더불어 아이러니가 초래하는 서사의 무한한 변전을 제한하고 소설의 잠정적 의미를 형성하며 안전한 시점을 제공하기 위해 마련된 또 다른 장치이다. 왜냐하면 그것은 한 인물이 지녔던 위대한 작가의 꿈이 살인자라는 현실로 귀착되는 한 인생의 아이러니가 시간을 멈추고 누군가의 운명을 돌이켜보는 사후성 형식인 수기에 제약되어 있음을 다시 한 번 확인시켜주기 때문이다. 소설적 의미의 바탕이 되는 안전한 시점은 액자 형식뿐만 아니라 그 내부 이야기의 멜로드라마적 성격을 통해서도 형성된다. 만약 서사가 판단으로부터 분리됨으로써 잠정적인 것 이외의 의미론적 확실성이 김동리의 소설이라는 담론의 차원에서 발견되기 어렵다면 독자가 기대하고 매달리게 되는 것은 그 소설의 또 다른 차원인 이야기가 될 공산이 크다고 할 수 있다. 그리고 거기서 바로 우리는 아이러니처럼 애매하거나 불안하지 않고 모든 것이 명확하고 편안한 대중 서사 즉 멜로드라마를 발견할 수 있다.

여기서 김동리 소설의 독자가 전쟁 체험 세대였을 것이라는 추론은 회피하기 어려웠는데, 무엇보다도 6·25사변은 인생의 유전과 격변이라는 근대의 세속적 아이러니를 드러내는 가장 첨예한 현실로 간주되어야 마땅하기 때문이다. 결국 파국적 결말과 액자 구조와 멜로드라마적 상상력을 토대로 한 운명의 사후성 형식은 전쟁을 체험한 독자들이 전쟁이라는 엄청난 사건들의 뒤얽힘이 예견하는 혼돈과 무의미에 적응하도록 하기 위한 서사 형식으로 규정할 수 있다. 그리고 이로써 파국적 결말은 액자 형식과 멜로드라마와 더불어 의미와 판단의 미결정성과 우유부단한 아이러니를 제한하고 종잡을 수 없는 인생의 유전적 차원을 진정시킴으로써 전쟁체험 세대인 독자들로 하여금 비록 이해는 되지 않지만 그 운명이 돌이킬 수 없는 것임을 수용하도록 만든다. 여기서 '전쟁이 아니라면 그렇게 되지 않을 텐데'라는 사후적인 회한을 동반함은 물론이다. 그러니까 김동리의 「까치 소리」는 한국전쟁을 기억하면서 동시에 망각하는 서사의 한 가지 양태를 형성함으로써 전쟁의 기억으로부터 자유롭지 못했던 1950년대 전후소설을 넘어서게 되는 징후적인 작품으로 해석된다.

4부

/

아이러니와 애도 *1955~1956*

11장 / 아이러니와 변신

손창섭·장용학 소설과 비인간

1. 아이러니와 전후소설

근대성은 무엇보다도 "세계의 탈주술화"라는 베버의 명제를 통해 정의될 수 있다. 합리화의 긴 여정과 더불어 자신감을 얻은 사람들은 주술에 사로잡힌 우주로부터 점차 멀어지게 되는데, 이것은 신 혹은 저 너머 세상에 대한 의존으로 구조화되는 사회의 종말을 부른다. 사람들은 자신과 세상 사이의 형이상학적 필연성이 사라짐으로써 이제 자신들의 삶이란 우발적인 것이 되었음을 깨닫는다.[1] 또 그 "초월성의 썰물" 이후 세상이 자신들의 삶에 완전히 무관심하다는 직관에 도달한 사람들은 어떤 필연적인 존재에게 환심을 사기 위해 아첨할 필요가 없는 절대적인 자유를 선물로 받는다.[2] 근대 세계의 의식과 태도들이 아이러니(irony)와 결

---

[1] 근대적 세계는 과거의 형이상학적인 필연성을 자연과학적인 필연성으로 대체함으로써 주지주의적인 합리성이 관장하는 세계라고 할 수 있다. 그러나 그것은 물질세계의 외면적 복잡성을 설명하는 데는 아주 효율적이었지만 그 대가로 내면세계의 의미와 목적 그리고 그 가치를 설명해 줄 척도를 부정함으로써 근대인들로 하여금 유동적이고 불확실한 현실에 처하도록 만든다. 막스 베버, 전성우 옮김, 「직업으로서의 학문」, 『'탈주술화' 과정과 근대: 학문, 종교, 정치─막스 베버 사상 선집』, 나남, 2002, 46~47쪽 참조.

[2] 페터 슬로터다이크, 이진우·박미애 옮김, 『인간농장을 위한 규칙』, 한길사, 2005, 155쪽 참조.

합되었던 것은 바로 그 때문인데, 말할 것도 없이 그것은 초월적 존재의 부인과 수직적 위계의 상실에 따라 다면적 시각과 대화적 목소리를 허용함으로써 확고한 것이나 이미 결정된 것에 대해 질문하고 그것들을 다른 관점에서 재검토하는 능력을 가리킨다.[3] 다시 말해 자의적인 결단에 의지할 수밖에 없게 된 새로운 문화는 모든 종류의 위계로부터 해방된 개인들로 하여금 의심 많고 회의적이며 비판적인 정신을 낳도록 한 것이다. 이처럼 근대는 다양성과 대화 내지 재검토와 비판을 존중하는 시대가 된다.[4]

하지만 우리는 여기서 어떤 대상의 모순과 의미론적 불투명성에 기초한 근대적 아이러니가 의심과 회의와 비판의 능력이 된다는 가정이 의심의 여지없이 성립될 수 있는 것인가 하는 질문을 던지게 된다. 사실

---

3 아이러니는 그동안 어떤 것을 말하면서 다른 것을 뜻하는 표현 기법과 그 효과를 아우르는 수사법의 일종이라는 제한된 의미로만 사용되어왔다. 그러나 그것은 현재 소설의 구성 원리나 세계 인식의 방법으로까지 외연이 확장되어 있다(박유희, 『1950년대 소설의 반어적 기법 연구』, 고려대 박사논문, 2002, 13~19쪽 참조). 그렇지만 아이러니에 대한 새로운 이해를 대변하는 모레티는 아이러니에 대한 20세기 비평의 암묵적인 동의에 의문을 제기한다. 즉 아이러니로부터 오는 불균형적인 전망에서 의미론적 애매성과 변화무쌍한 판단들을 찾아내고 자신의 마음 안에서 텍스트의 구조적 복잡성을 재생산해내는 사람들은 평균적인 대다수가 아니라 이론적인 소수라고 지적하면서 사실 아이러니는 전혀 다른 방식으로 기능한다고 말한다. 그는 아이러니를 안정적인 시점에 대한 의심과 회의의 능력이라기보다는 오히려 그러한 시점을 필요로 하는 불안하고 애매한 의식의 처지라는 의견을 제시한다. 이에 대해서는 프랑코 모레티, 성은애 옮김, 『세상의 이치』, 문학동네, 2005, 186~189쪽 참조.

4 전대의 서사가 근대소설로 이행하는 과정에서도 아이러니는 핵심적인 역할을 하게 된다. 즉 신의 섭리를 정점으로 구조화된 우주의 의미론적 질서가 붕괴된 데서 오는 자유의 상황이 기존의 모든 권위와 체제를 회의하고 비판할 수 있는 정신적 능력의 토대로 상상됨으로써 아이러니는 근대소설의 구성 원리로 부상한다. 이것을 루카치는 소설은 시간을 구성적 원칙으로 삼은 유일한 형식이라는 말로 정식화했는데, 말하자면 선험적 고향과의 관계가 사라지고 본질적인 의미로부터 행위가 분리된 이후 구성적인 것이 된 시간은 아이러니라는 근대소설의 진정한 경험을 구축한다는 것이다. 바흐친은 아이러니 형식으로서의 근대소설이 가진 새로움을 좀 더 명확히 하면서 "소설의 특징은 끊임없는 재해석과 재평가인 바, 과거에 대해 숙고하고 과거를 정당화하는 행위의 중심이 미래로 전이되는 것이다."(미하일 바흐친, 』, 전승희·서경희·박유미 옮김, 『장편소설과 민중언어창작과비평사, 1988, 50쪽)라고 규정하고 있다. 여기서 요점은 분명한데, 근대적 아이러니로부터 오는 의미론적 다원성의 형식은 오히려 세상에 대해 개방적이고 경험적이며 탐구적인 태도를 북돋워준다는 것이다(게오르그 루카치, 반성완 옮김, 『소설의 이론』, 심설당, 1985, 70~120쪽 참조). 그러나 이런 주장은 틀린 것은 아닐지라도 절반의 진실에 불과하다.

아이러니는 전혀 다른 방식으로 작용할 가능성이 높은데, 왜냐하면 그 것은 사람들로 하여금 어떤 사태를 그냥 수용하고 망각하도록 강요하지 무언가를 이해하고 파악할 수 있도록 도움을 주지 않기 때문이다. 실세로 다원적 시각들로의 분해를 촉진하는 아이러니는 사람들의 정신을 유연하고 성숙하게 만들기보다는 애매하고 불확실한 상황에 직면하도록 함으로써 그 정신이 불안감 심지어는 고통스러운 분열에 결속되게 만든다.[5] 확고한 기준 없이 한 시각에서 다른 시각으로, 또 그 시각에서 다른 시각으로 계속 옮겨간다면 사람들은 어지럼증과 당혹감을 느끼다가 마침내 완전히 미치거나 적어도 지쳐버릴 것이 자명하다. 그러니까 의미가 행위에 선행하는 것이 아니라 그 반대가 될 때, 따라서 사는 일이 선택이고 모두 자의적인 결단에 의지할 수밖에는 없게 될 때 사람들은 건강한 회의주의가 아니라 병리적인 심리학을 얻을 수도 있는 것이다. 요컨대 아이러니는 의미와 행위의 분리를 통해 모든 사건에 대한 판단을 유보함으로써 결국 유동성의 현실이 지배하는 문제적인 현실을 구축할 공산이 크다.

근대소설의 등장인물들이 대체로 변화무쌍하고 우유부단한 삶에서 벗어나지 못하는 이유는 무엇보다도 거기에 있다. 특히 의미론적 기준의 상실에 따른 도덕적 자기의 부정과 생존만이 유일한 가치가 되는 이기적 자기의 보존이 얽힌 혼란과 무의미의 결정체로서의 전쟁을 배경으로 한 소설인 경우에는 그러한 아이러니의 현실이 훨씬 더 첨예하게 드러나는데, 우리에게는 6·25전쟁과 그 이후의 삶을 재현하는 이른바 전후소설이 그 전형적인 예가 될 것이다.[6] 실제로 전후소설을 대표하는 손

---

5 아이러니가 고정된 시점에 대한 회의와 비판의 능력보다는 그런 시점을 필요로 하는 "애매하고 불안한 인식"(모레티)을 낳는다는 관점은 부조리하고 모순된 요구에 직면하는 소위 이중구속 (double-bind)이라는 상황과 그 아이러니의 연결점을 상기시킨다. 이중구속 상태로서의 아이러 니가 마음과 정신에 미치는 정신 병리적인 영향에 대해서는 그레고리 베이튼, 서석봉 옮김, 『마음의 생태학』, 민음사, 1989, 273~280쪽 참조.

창섭과 장용학의 작품들이 모순과 혼란과 무의미의 전후 현실에서 아이러니의 소용돌이에 휘말린 인물들의 어지러운 삶을 보여주지 않는 경우는 거의 없다. 물론 기존의 논의들도 그 핵심을 간과하지 않았는데, 손창섭과 장용학의 소설들에 대한 이전의 접근들은 대개 그들의 작품에 등장하는 인물들에게서 하릴없이 배회하고 무기력하며 종잡을 수 없는 삶의 형상에 특별히 주목해왔고, 또 아이러니라는 개념은 그 전후의 인간상을 논의하는 통상적인 도구가 되어왔다.[7] 그러나 기존의 연구에서는 두 작가의 전후소설에 나타난 아이러니가 작중인물이 처한 전후의 상황이 아니라 그 상황, 즉 전후 현실에 대한 미학적 거리와 비판적 장치로 간주되는 경우가 거의 대부분이었다. 즉 어지러운 상황 그 자체라기보다는 건강한 회의주의의 방법이자 작가 개인의 서사적 기법으로만 취급되었다.

아마도 손창섭과 장용학의 소설에 나타나는 아이러니에 대한 기존의 관점이 크게 잘못된 것은 아닐지도 모른다. 왜냐하면 그것은 아이러니

---

6 근대 세계가 곧 아이러니한 상황의 보편적 전개라면 그것은 근대소설 전반에 두루 영향을 미치는 것이다. 이 점을 뚜렷하게 보여준 경우로 우리는 1930년대의 염상섭 소설과 이상 소설을 거론할 수 있다. 그러나 아이러니는 염상섭의 경우 중산층 보수주의의 가치중립적 현실감각으로 나타났고 이상의 경우는 새로운 연애관과 결합된 배신으로 일상화된 남녀관계로 드러났다. 이처럼 1930년대의 아이러니는 몇몇 예민한 작가들에게만 감지된 것이었을 뿐만 아니라 아직까지는 근대 한국인들 전체의 실존적 감각에 깊이 각인되지는 못한 것이었다. 그러나 앞날을 예측할 수 없는 상황으로서의 아이러니는 6·25 사변을 통해 실로 첨예한 것이 되면서 1950년대 전후소설의 그것을 아주 특수한 것이 되도록 만든다.

7 우선 손창섭의 경우는 이상민, 「손창섭의 아이러니성 성격창조에 관한 연구」, 『성심어문논집』 제23집, 2001, 267~288쪽; 백지은, 「손창섭 소설에서 '냉소주의'의 의미」, 『현대소설연구』 제20호, 2003, 275~301쪽; 황정현, 「손창섭 소설에 나타난 욕망의 문제」, 『현대소설연구』 제28호, 2005, 183-205쪽; 양소진, 「손창섭 소설에서 마조히즘의 의미」, 『비교한국학』 제14집, 2006, 161~187쪽; 김주언, 「우발성의 휴머니즘-손창섭 소설을 대상으로」, 『비교문학』 제52집, 2010, 5~21쪽 등 참조. 또 장용학의 경우는 김한식, 「장용학의 '반전통' 의식 연구」, 『현대소설연구』 제7호, 1997, 103~125쪽; 장소진, 「부조리한 세계와 실존적 의식의 괴리-장용학의 〈비인탄생〉을 중심으로」, 『시학과언어학』 제5호, 2003, 345~371쪽; 이재인, 「장용학 소설의 근대 비판적 성격」, 『한국문예비평연구』 제24집, 2007, 175~199쪽; 김정관, 「장용학 소설의 서사 원형 연구」, 『비평문학』 제38집, 2010, 167~198쪽; 이 청, 「장용학 소설의 신체 담론 연구」, 『인문연구』 제58호, 2010, 223~250쪽 등 참조.

가 회의와 비판의 서사적 능력이라는 굳건한 이론을 토대로 정립된 것이기 때문이다. 하지만 전후의 현실을 전형적으로 반영하는 아이러니가 어떻게 그 양상을 재현하는 것이 아니라 반성하는 장치가 될 수 있을지 의심스럽다. 만일 소설의 원류가 모더니즘과 같은 미학적 왜곡이 아니라 리얼리즘의 사실적 재현에 있었다는 것을 믿는다면 우리는 어떤 모순과 역설에 직면하게 된다. 이것은 바로 이 장이 전후소설의 아이러니가 정신의 능력이 아니라 역사적 상황을 나타낸다는 새로운 가정에 입각해 손창섭과 장용학의 소설을 고찰하고자 하는 사실상의 이유인데, 그렇게 할 때 그들의 소설에 등장하는 인물들의 의식과 행위의 의미가 더 잘 규명될 수 있으리라는 기대도 가져본다. 그러니까 전후 현실에서 첨예화된 근대적 아이러니가 등장인물의 의식과 행위에 미치는 영향을 분석함으로써 전후소설의 인간상과 그 문학사적 맥락을 탐구하는 것이 이 장의 궁극적인 목적이다. 그리고 효율적인 논의를 위해 이 장은 전후 현실 속 인간의 이미지를 가장 선명하게 드러낸다는 점에서 무엇보다도 손창섭과 장용학의 대표적 소설인 「혈서」(1955)와 「비인 탄생」(1956~7)에 주목하고자 한다.

2. '우연히 살아 있는 인간'의 행방

진정한 삶이 오직 죽음과 함께만 시작된다는 신비주의를 버리고 나서 우리의 관심은 모든 사물이 계산을 통해 지배될 수 있다는 주지주의에 모아졌다. 뿐만 아니라 이러한 근대의 변화로부터 완전히 세속적인 시간 안에서의 사회적이고 정치적인 삶에 대한 합리적인 이해가 부상했다. 하지만 주지주의와 합리화의 증대에도 불구하고 세속화된 근대 세계는 주술적인 세계와는 달리 확실성이나 궁극적 의미 따위로 옭아매어진 방식일 수가 없었다. 왜냐하면 합리성이 전적으로 물질세계의 외면적 복잡성에 대한 이해에 관계한다면 초월적 기준의 부재와 함께 도래한 내면세계의 불가피한 주관화는 객관성의 상실로부터 오는 아이러니의 불합리한 명령과 결합될 수밖에 없었기 때문이다. 이것이 근대성의 기원이 가진 불길한 징조인데 바로 전쟁을 통해 그 징조는 현실이 된다. 물론 근대의 전쟁은 적의 의도를 좌절시키는 것이 한 공동체의 압도적인 목표가 되면서 사람들에게 존재의 강력한 또 다른 의미와 목적을 제공할 수도 있었다. 그러나 우리의 전쟁은 동족상잔이 됨으로써 사회적 분열의 잠정적 유예가 아니라 첨예한 상징이 되고 마는데, 말하자면 6·25의 현실은 공동체에 대한 감각을 제공했던 과거의 전통으로부터 멀어진 사람들의 삶에서 자라나는 공허감과 이와 더불어 다가오던 근대적 방향 상실감의 절정을 보여주게 된다. 손창섭의 「혈서」는 무엇보다도 그러한 "사변통"과 관계되어 있는 소설이다.

창애는 간질병 환자다. 밥을 짓다가 말고, 혹은 밥을 먹다가 말고, 갑자기 얼굴이 퍼래지며, 입술을 푸들푸들 떨다가는 눈을 뒤솟고 나가뒹구는 것이었다. 그리고는 입으로 거품을 뿜어 가며 사지를 허비적거리는 것이다. 본시가 이 집은 규홍이 부친의 친구네 집이었다. 6·25 전―그러니까 중학시대부터 규홍이가 다년간 하숙하고 있던 집이다. 사변통에 내처 고향과 부산에 가 있다가, 환도하는 학교를 따라 올라오는 길로, 규홍은 역시 이 집으로 찾아왔던 것이다. [⋯중략⋯] 그런 속에서 주인 대신 십육칠 세의 낯선 소녀가 나타났다. 그 소녀가 바로 창애였던 것이다. 창애에게는 육순이 넘은 노부가 있다. 그들 부녀는 1·4후퇴 당시부터, 주인 없는 이 집을 노상 자기 집처럼 지키고 있었던 것이다. 박(朴)노인이라 불리는 창애의 부친은 필사(筆士)였다. 모서리 떨어진 조그만 가죽 트렁크에다 모필과 먹 따위를 넣어 가지고 팔러 다니는 것이었다. [⋯중략⋯] 그러다가 한 달이나 두 달에 한 번 정도로 박노인은 딸을 보러 돌아오는 것이다. 그때마다 번번이 그는 맨손이었다. 그 자신도 매양 규홍이나 딸 보기가 안되었던지, 으레 똑같은 변명을 하는 것이다. 시골이란 현금이 귀하기 때문에 거개가 외상 거래라는 것이었다. 간혹 현금을 받는 수도 있지만 그것은 식대에도 부족하다는 것이다. 그러나 이번 한 행보만 더 하고 올라올 때는, 주머니가 불룩하도록 외상값을 거둬 가지고 오겠노라는 것이다. 그때에는 딸이 신세를 지고 있는 규홍에게 충분히 인사를 차릴 뿐 아니라 준석이와 달수에게도 미야게(선물)를 사다 주겠노라고 장담하는 것이었다.[8]

소설은 전쟁 직후 어떤 폐허의 장소에 집결하게 된 세 명의 젊은이와 한 소녀의 이야기를 들려주는데, 우선 창애라는 이름의 그 소녀가 "간질병 환자"라는 사실은 특별한 주목을 요한다. 만약 간질병이라는 것이 전쟁처럼 온전한 삶의 안정감을 느닷없이 붕괴시키곤 하는 발작적인 성격을 가진 질병이라면 그 병의 환자인 창애라는 존재는 모순과 불투명성으로부터 오는 기대와 불안, 그리고 좌절의 영구적인 순환으로 점철된 우유부단한 현실 그 자체가 된다. 다시 말해 그녀는 전쟁으로 첨예화된 근대적인 삶의 아이러니와 은유적 관련을 맺고 있는 상징적 인물이라고 할 수 있다. 그런가 하면 "모서리 떨어진 조그만 가죽 트렁크에다 모필과 먹 따위를 넣어 가지고 팔러 다니는"일 때문에 세 명의 젊은이에게 자신의 딸 창애를 맡긴 박 노인을 통해 그것은 알레고리적 의미와 결합되는데, 필사라는 고색창연한 신원을 가진 그가 새로운 세대인 젊은이들에게 어지럽고 심란한 현실 그 자체를 대변하는 자신의 딸을 떠넘긴다는 것은 일종의 역사적 과정을 환기시킨다. 실제로 "세상사를 잊는 방법으로는 술에 취하는 길밖에 없다"고 생각하는 그 육순이 넘은 노부는 나중에는 창애와의 결혼을 부탁하며 그들에게 자신의 딸을 유산처럼 남

---

8 손창섭, 「혈서」, 『잉여인간 외 − 한국소설문학대계 30』, 동아출판사, 1995, 93~94쪽.

긴다. 결국 박 노인은 아이러니라는 변화무쌍한 세계를 유산으로 물려준 앞선 세대의 표상인 셈이다.

여기서 우리는 우유부단하고 변화무쌍한 세계를 유산으로 물려받은 일이 세 젊은이에게 미치는 영향이 어떤 것인지를 생각해볼 수 있다. 그들의 의식과 행위에 미치는 아이러니의 영향에서 우선 달수는 전형적인 모습을 보여준다. 일단 그는 "취직 행각"을 통해 안정된 삶을 모색함으로써 모순과 불확실성의 현실을 벗어나고자 한다. 하지만 그의 거듭되는 노력은 언제나 수포로 돌아가는데, 요컨대 달수의 삶은 무엇이든 할 수 있음에도 불구하고 어떤 것도 그 일을 격려하지 않는 전후 현실의 근본적 성격을 드러낸다.[9] 이때 구직에 대한 기대감과 실직 상태에서 오는 실망감의 그러한 반복적인 결합이 그에게 피로감을 안겨주는 것은 아주 당연하다. 이것은 말할 것도 없이 현재의 의식과 행위가 과거의 상식적 토대를 갖지 못할 때 발생하는 전후 아이러니의 육체적 결과이다.[10] 물론 자의적인 선택과 결정이 인간의 삶에서 영원히 근절될 수 없는 것이라는, 즉 매일의 순간이 마지막이 될지도 모른다는 파멸의 가능성을 안고 살아가는 일이라는 직관에 이르게 될 때 달수의 피로는 아이러니로부터 오는 심리적 결과와도 결합된다. 모든 것이 다 가능하지만 또 그 모든 것이 물거품이 될 수 있는 현실로서 상징된 창애에 대한 달수의 반응으로 추측해보건대 그것은 곧 "살아 있다"는 것 그 자체에 대한 불안과 공포로 드러난다. 이에 다음과 같은 인간에 대한 서사적 규정이 따른다.

---

9 가령 준석과 벌이는 논쟁이 항상 무의미한 논쟁이나 "영원히 일치점에 도달할 수 없는 괴이한 논전"으로 치닫는 일, 또 이 과정에서 달수가 "왜 내 속을 이렇게도 몰라줄까!"라고 애통해 하는 것, 나아가 "울음과 웃음이 반반씩 섞인 운명적인 표정"을 지어보이는 것 등 역시 애매한 상황으로서의 아이러니 즉 모순과 불확실성의 전후 현실을 나타내는 디테일들이다.

10 상식적 토대의 붕괴는 합리적인 반응을 허물어뜨림으로써 사람들을 체념과 망연자실로 몰아간다. 그것은 그들로 하여금 수용을 종용하면서도 이해를 권유하지는 않는다. 그런 의미에서 아이러니의 반대는 곧 상식이다. 상식과 아이러니의 대립적인 의미에 대해서는 리처드 로티, 김동식·이유선 옮김, 『우연성, 아이러니, 연대성』, 민음사, 1996, 147쪽 참조.

역시 달수는 이십삼 년 동안을 이만큼 살아온 것이다. 악성 전염병이 그렇게 무섭게 창궐한 해에도 그는 병사하지 않았고, 수없이 많은 생명들이 애매히 또 부참히 쓰러져 간 육이오도 그는 무사히 넘겼고, 해마다 발표되는, 교통사고로 인한 사망자의 엄청난 숫자 속에도 그는 끼이지 않았고, 그렇다고 준석이처럼 한쪽 다리를 절단되는 일조차 없이, 지구상에 있는 이십여 억 인류의 그 누구와 나 꼭 마찬가지로 그도 역시 '우연히 살아 있는 인간'임에는 틀림없는 것이다. 어디 그뿐이냐. 달수는 군대에 나가기 전에 대학교 법과를 마치고 싶었고, 그 뒤에는 고시에 합격하여 판사나 검사가 되었다가, 국회의원으로 당선되려는 뚜렷한 희망조차 품고 있는 것이었다. 준석이가 아무리 그를 조소하고, 죽으라고 공격한대도, 어떠한 인간이나 매일반으로 장래라는 무한대한 미지수에 대하여 약속 없는 기대를 품어 볼 수 있는 자격을 그도 소유하고 있는 것이다. 그렇기 때문에 그는 어제도 오늘도 추위에 떨면서 취직을 구해 서울 거리를 헤매고 있는 것이 아니냐. 그렇지만 달수는 역시 이 저녁에도 '최선을 다한 나의 노력은 오늘도 수포로 돌아갔다'는 자신의 신음 소리를 들으며, 물거품이 수없이 떴다가는 꺼지고 떴다가는 꺼지고 하는 탁류 속에 자신이 휩쓸려 내려가는 것 같은 착각을 안은 채, 어둠에 쫓기어 돌아오는 것이다. 방 안에는 언제나 다름없이, 준석은 때에 전 이불 속에서 목만 내밀고 있었고, 창애는 목석같이 한구석에 멍청히 앉아 있는 것이다.[11]

「혈서」는 자의적인 선택과 결정에 기초한 전후 아이러니의 발작적인 현실을 경험하는 사람들을 "우연히 살아 있는 인간"으로 규정한다. 그는 오직 "무한대한 미지수에 대하여 약속 없는 기대를 품어 볼 수 있는 자격을" 소유하고 있는 것이어서 언제나 최선을 다한 노력이 오늘도 수포로 돌아갔다는 자신의 신음 소리를 들으며 공허하게 살 수밖에 없다. 사

---

11 손창섭, 앞의 책, 100~101쪽.

실 이러한 존재 규정에서 규홍도 예외는 아니다. 확실성 없는 기대감과 함께 시를 써 신문이나 잡지에 투고를 하지만 한 번도 발표된 일은 없는 그 역시 우연성에 노출된 전후의 현실을 경험하기는 마찬가지다.[12] 이것은 "내용 없는/혈서"라는 아이러니한 구절을 통해 삶의 공허감을 표현하는 규홍의 시에서 무엇보다도 직관적으로 포착되어 있다. 그러나 "모가지를/이 모가지를/뎅경 잘라"라는 그 시의 또 다른 구절에서 암시되고 있는 것처럼 유동적인 현실로 인해 방향을 종잡을 수 없는 전후 삶의 아이러니는 규홍으로부터 이른바 냉소주의를 이끌어낸다.[13] 실제로 달수와 준석이 심각하게 창애와 자신의 "결혼에 관한 토론"을 벌일 때조차 심지어 그로 인해 달수가 울음을 터뜨릴 때조차 규홍에게서 그 무관심한 냉소는 멈추지 않는데, 준석의 빈정거림에 주목해야 하는 것은 이 순간이다.

만약 아이러니가 만연한 근대적 현실의 첨예한 예가 전쟁이라면 준석은 바로 그러한 아이러니를 경험하는 전후 인간상의 대표적인 예라고 할 수 있다. 왜냐하면 그가 군속으로 나가 있던 전방에서 한쪽 다리를 잃고 상이군인이 된 일은 전쟁으로 인한 것이 아니라는 점에서 내용 없는 자부심의 근거가 되기 때문이다. 따라서 이러한 극단적인 아이러니

---

[12] 시를 신문이나 잡지에 투고해보지만 뜻과는 달리 낙선의 소식만을 접하는 규홍의 아이러니한 현실은 법대를 나와서 판검사가 되어야 한다는 조건하에 부친으로부터 하숙비를 받고 있음에도 오히려 국문과에 적을 두고 오로지 문학 공부에만 몰두하고 있다는 데서 다시 한 번 확인된다. 뿐만 아니라 규홍의 아버지 편에서 보면 자식을 위해 부치는 하숙비가 규홍을 위해서가 아니라 달수와 준석과 창애라는 그의 식객들을 위해 사용된다는 사실 또한 기대와 좌절의 영구적인 순환에 기초한 전후 현실의 아이러니와 무관하지 않다.

[13] 모든 것이 문제가 있는 것으로 변함으로써 어떤 점에서는 모든 것이 상관없어지는 아이러니한 세계는 아무것도 믿지 않으면서 무언가를 행하는 냉소주의적 태도를 야기한다. 아이러니의 현실 그 자체를 상징하는 창애가 아니라 그러한 현실이 영향을 미치는 대상으로서의 창애라는 관점에서 보면 "돌부처 이상으로 무표정한 소녀"로서 묘사된 그녀의 일상적인 무관심 또한 주목되어야 한다. 창애의 무관심도 결국 냉소주의의 또 다른 표현에 해당하기 때문이다. 냉소주의의 근대적 의미에 대해서는 페터 슬로터다이크, 이진우·박미애 옮김, 『냉소적 이성 비판 1』, 에코리브르, 2005, 20~163쪽 참조.

에 대한 준석의 반응은 냉소의 좀 더 공격적인 양상이라고 할 수 있는 빈정거림으로 나타난다. 그는 항상 달수의 구직 노력이나 규홍의 시적 몰두에 대해 시비를 걸고 조롱하고 빈정거린다. 그런가 하면 그의 공격성은 자신의 분노를 자신과 타인으로부터 숨기는 방어적인 권태로 전환되기도 하는데, 냉소주의자 준석은 "목석같이 한구석에 멍청히 앉아 있는"창애처럼 "때에 전 이불 속에서 목만 내밀고"아무런 움직임도 보여주지 않는 경우가 많다.[14] 이것은 우연성이 범람하는 아이러니한 전후 현실의 위협으로부터 자기를 보호하기 위한 이기적 노력의 일환으로 이해된다. 한편 분노와 권태를 반반씩 보여주던 준석은 마침내 도덕적 무감각을 표출하기에 이르는데, 그는 자신이 창애를 임신시키고도 규홍이가 창애와 결혼해야 한다고 파렴치한 주장을 펼칠 뿐만 아니라 말다툼 끝에 달수를 병역 기피자로 몰아붙이고 입대하겠다는 혈서를 쓰라며 격분하다가 그의 검지를 절단해버리는 살기에 찬 행위를 보여준다.

"자 무턱, 어서 손가락을 내놔. 이 자식, 못 내놓을 테야? 싫단 말야? 그러문 이 걸루 네 모가지를 뎅겅 잘라서 혈서를 쓸 테다."

달수의 얼굴에서 차차로 핏기가 사라지기 시작했다. 그는 죽은 사람처럼 눈을 감으며, 할 수 없다는 듯이 검지를 가만히 내밀었다. 그 손가락 끝이 바르르 떨리었다. 규홍이가 놀라서 준석의 팔을 붙잡으려 하는 순간, 어느새 도마 위에서는 탁 소리와 함께, 몇 방울의 피가 뻗쳤다. 이어 절단된 손가락에서는 선

---

14 근대적 권태는 전염병 같은 사회적 상황, 즉 온전한 정신으로 버티기 어려운 불안과 공포의 아이러니한 상황으로부터 사람들을 보호하는 심리적 기제이다. 정신 분석가들은 권태가 다름 아닌 분노의 산물이라고 믿기도 한다. 사람들이 스스로에게 가할 수 있는 분노와 적대감을 권태로 바꾸는 것은 한마디로 자기 보호를 위한 노력이라는 것이다. 요컨대 사람들은 권태를 분노의 등가물로, 그리고 자신의 분노를 자신과 타인으로부터 숨기기 위한 수단으로 사용한다고 한다. 아울러 권태는 앞으로 나타날 보다 해로운 상태를 조기에 알리는 경고 신호로도 작용한다. 심리학자들은 권태에 이어 극단적인 분노나 우울증이 나타날 수 있다고 말하는데, 어찌 보면 권태는 태풍 전의 고요함 같은 건지도 모른다. 피터 투이, 이은경 옮김, 『권태—그 창조적인 역사』, 미다스북스, 2001, 27~188쪽 참조.

혈이 철철 흘러내려 도마와 방바닥을 적시기 시작하는 것이었다.

"자, 써라. 얼른 혈서를 써!"

준석의 음성도 흥분에 떨리었다. 달수의 얼굴은 이미 시체의 살색처럼 더욱 창백해지더니, 입술을 약간 떨다가 그 자리에 푹 고꾸라지고 말았다. 기절한 것이다. 규홍이가 쫓아와 부둥켜안고, 달수, 달수 소리를 질렀다. 그러자 준석은 불뚝 일어서더니 비틀거리며 황겁히 밖으로 달려나가는 것이었다. 어디 가느냐고 규홍이가 묻는 말에 그는 잠시 멈칫했다. 그 자신, 자기는 어디를 가기 위해 뛰어나왔는지를 알 수 없는 것이었다. 그러면서도 준석은 그냥 그 자리에 서 있을 수는 없었다. 어디로든 발을 옮겨 놓아야 했다. 그는 걸음을 떼었다. 밖을 향하고 있었기 때문에 자연 대문 밖으로 걸어 나가졌다. 하늘의 별이 문제가 아니었다. 준석은 한쪽 다리 대신 사용하는 지팡이로 언 땅을 울리며 어둠 속으로 사라져 가는 것이었다.[15]

이처럼 준석의 살기는 달수의 불안과 공포, 규홍의 냉소와 무관심, 그리고 준석의 권태와 분노가 모여드는 귀결점으로 나타난다. 삶의 안정된 토대가 무너지고 모순과 불확실성에 기초한 유동적인 현실이 구축된다면 도덕적인 자기의 부정과 이기적인 자기의 보존만이 한없이 팽창하게 되는 것은 당연하다. 갈피를 잡기 어려운 그러한 전후의 현실에서는 근본적으로 살기가 만연할 수밖에 없는 것이다. 다시 말해 도덕적 무감각에 기초한 그러한 악의적인 분위기는 확실성이 우연성을 통해 해체됨으로써 방향을 상실하게 된 아이러니한 전후 현실에 대한 반응의 최종적인 결과라고 할 수 있다. 더욱이 준석의 악의적인 행위에 잇따르는 가출이 가리키는 것처럼 살기라는 도덕적인 무감각은 방기라는 도덕적인 무책임과 결합함으로써 이제 훨씬 더 불길한 양상을 띠기 시작한다. 준

---

15 손창섭, 앞의 책, 106~107쪽.

석은 결국 "한쪽 다리 대신 사용하는 지팡이로 언 땅을 울리며 어둠 속으로 사라져 가는" 기괴한 모습으로서 드러난다. 결론적으로 손창섭의 「혈서」는 근대성이 첨예화된 전후 현실을 배경으로 하여 확실성이 더 이상 삶을 붙들어 주지 못하는 현실, 그리하여 우연성에 노출된 세속적인 삶, 즉 불확실성과 유동성의 현실을 경험하지 않으면 안 되는 그러한 사람들의 비인간화 과정을 그려낸 작품이 된다.

3. '사나운 짐승'의 탄생

장용학의 「비인 탄생」 또한 전쟁으로 어수선한 세상을 배경으로 하는 소설이다. 그러므로 이 소설에서도 확실성을 상실하고 유동적 현실에 처한 사람들은 저마다가 세상을 어떻게 해볼 수 없는 예측 불가능하고 불안한 장소로 간주함으로써 전후 현실의 아이러니 문제에 직면한다. 다시 말해 사람들의 정체성을 불온하게 감싸고 있는 전후의 아이러니는 장용학 소설의 등장인물들에게 여전히 압도적인 힘으로 작용한다. 실제로 소설의 주인공이자 학교 선생님인 지호는 존재라는 것은 우발적이며 개인과 그 주변 세상 사이에는 필연적인 연관성이 없음을 깨닫는다. 그는 선의가 부재하는 그와 같은 세상은 자신의 우연한 삶에 완전히 무관심하다는 통찰을 얻는 것인데, 이런 깨달음은 아주 의식적인 것은 아니었지만 「혈서」의 젊은이들에게서 이미 선취된 바 있다. 교사라는 직업을 가지게 되었다는 점을 참고하면 지호는 열심히 구직 행각을 벌였던 달수의 직계이기도 하다. 그러나 지호에게서 아이러니한 전후 현실의 문제는 전혀 해소되어 있지 않다. 다만 그가 손창섭의 젊은이들과 약간 다른 점은 존재로부터 아무런 의미도 끌어낼 수 없는 그런 현실을 벗어나기 위해 인과적이고 필연적인 존재의 고리를 인위적으로나마 만들어내려는 노력을 보여준다는 점에 있다. 이것은 우선 그 유명한 "아홉시병" 알레고리를 통해 드러난다.

아홉시가 가까이 오면 배탈이 나는 아이가 있다. [⋯중략⋯] 학교에 가기 싫어 배가 아프다고 했더니, 엄마는 책가방을 저리로 밀어 버리면서 배를 만져본다 이마를 짚어 본다 어쩔 줄 몰라했다. [⋯중략⋯] 배가 낫게 되면 네가 제일 좋아하는 카스텔라를 배탈이 나도록 사주겠다든지 그런 약속까지 해준다. / 재미가 붙은 그 아이는 학교에 가기 싫거나 하면 배가 아프다고 했다. 언짢은 일이 있거나 욕심나는 일이 있으면 '배가 아파' 했다. [⋯중략⋯] 부모나 언니나 동생들만이 그의 비위를 맞추어주는 것이 아니었다. 언제부터는 배까지 그의 비위를 거슬리는 것을 꺼려했다. [⋯중략⋯] 종내는 아홉시가 가까이 오면 이쪽에서 '아이구 배야'도 하기 전에 저쪽에서 먼저 꾸르륵 꾸르륵 성화를 부리는 것이다. [⋯중략⋯] 나중에는 시간도 가리지 않는다. 불편한 일이 생기면 아무 때고 배탈이 났다. 주인이야 어찌 생각하든 자기만 불편하면 열한시구 세시구 상관하지 않았다. 비비 꼬여드는 것이다. [⋯중략⋯] 그렇게 자란 그 아이는 장정이 되어 군대에 들어갔다. 비 오는 날 탄약고 같은 데 보초를 서라면 배탈이 났다. / 전쟁이 일어나서 일선으로 나갔다. 작전 명령만 내리면 배탈이 났다. [⋯중략⋯] 전쟁은 끝났다. 군대에서 제대한 그는 은행에 취직했다. 숫자만 보면 배탈이 나는 것이었다. / 학교로 직장을 바꾸었다. '질문이 있습니다' 하는 소리만 들으면 배탈이 났다. [⋯중략⋯] 사회라는 데는 학교나 군대와 달라 결석이니 제대니 하는 것이 없었다. 배를 부둥켜안고서라도 직업이라는 것을 가지고 있어야 했다. / 그러는 사이에 그는 배탈의 아픔의 느끼지 않게 되었다. 그의 생리는 배탈에 아주 물들어 버린 것이다. 건강체가 된 것이다.[16]

---

16 장용학, 「비인 탄생」, 『원형의 전설 외 — 한국소설문학대계 29』, 동아출판사, 1995, 339~341쪽.

소설의 맨 처음에 나오는 "아홉시가 가까이 오면 배탈이 나는 아이"의 이야기는 이러하다. 즉 배가 아프다는 핑계로 얻은 어느 아홉 시의 만족이 재미와 함께 습관화되면서 한 아이는 그 시간이 다가오면 배앓이를 시작하는데, 나중에는 시간에 상관없이 또 더 나중에는 그 주인의 욕심과 무관하게 저절로 배앓이가 시작되는 고통을 겪게 된다는 것이다. 장정이 되어 군대와 전쟁을 경험한 이후에도 그 점은 달라지지 않았다고한다. 우리의 관점에서 그 알레고리의 요점은 분명한데, 과거의 인과적인 확실성은 세월의 흐름과 더불어 무작위적인 임의성 속에서 해소되고 말았다는 것이다. 그러고 보면 전쟁을 전후로 나타났다는 아홉 시 병은 삶의 안정감을 발작적으로 흔들어대는 「혈서」의 간질병과 유사한 것이고, 따라서 전후 현실의 아이러니를 상징한다고 할 수 있다. 물론 여기서 주목할 것은 그러한 생리로부터 오는 고통이 "배를 부둥켜안고서라도 직업이라는 것을 가지고" 있었던 시기에는 참을 만한 것이 되었다는 점이다. 이것은 무엇보다도 필연성에 대한 존재론적 의존이 소멸되어 혼란에 빠졌을 때 일종의 직업적 정체성이 그것을 대체할 수도 있음을 가리킨다.[17] 그러나 "건강체가 된" 또 한 사람의 장정 지호가 들려주는 것처럼 결국 직업적 정체성에 대한 의존도 오래가지는 못한다. 말하자면 전후 현실의 혼란 속에서 교사라는 안정된 직장을 가질 수 있었던 그는 교장과의 언쟁을 통해 학비 때문에 졸업 자격을 상실한 어느 우등생의 아이러니한 현실에 항거하다가 해직되고 마는 것이다. 돈 덕에 사람들은 무엇이든 될 수 있지만 또 돈 탓에 아무것도 되지 못할 수도 있다는 근대적 아이러니는 여기서도 위력적이다.

그 결과 집세를 내지 못하게 된 전직 교사는 채석장에 나가다 몸져눕

---

17 개인적인 삶에서 필연성에 기초한 세계의 해체는 저마다의 삶 속에 어느 특정 조직에 속한다는 직업적 정체성과 같은 유사-필연성에 의해 보상받을 수 있다. 이것은 사실 근대의 조직문화가 번성하는 이유이기도 하다. 찰스 테일러, 이상길 옮김, 『근대의 사회적 상상』, 이음, 2010, 279~288쪽 참조.

게 된 어머니와 함께 산 속에 버려진 옛날 방공호에서 혈거생활의 전락을 경험함으로써 아이러니의 소용돌이라는 전후 현실에 다시금 휩쓸리고 만다. 이제 우리는 삶의 순식간의 변모를 통해 드러나는 우유부단하고 변화무쌍한 현실의 횡포가 한 실직자의 의식 속에 각인되고 또 이로써 야기된 결과들을 살펴볼 수 있는데, 일단 지호는 "쥐의 시체를 보게 되는 것과 일이 팽글어지는 것이 꼭 인(因)과 과(果)가 되었던" 기묘한 일치의 발견을 통해 인위적으로나마 종잡을 수 없는 현실을 제어하고자 한다. 그러나 그것은 위안이 되기는커녕 쥐의 시체를 보는 날마다 일이 틀려지면서 오히려 불안과 공포를 수반하게 된다.[18] 이 상태는 전후 현실의 아이러니에 대한 지호의 일차적 반응이라고 할 수 있는데, 말할 것도 없이 새로운 직장을 구하려는 고달픈 노력이 거듭 좌절되면서 그의 반응은 곧바로 하릴없는 자유로부터 오는 무위와 고독에로 이어진다. 아울러 그는 현실과 반대되는 세계에 대한 그리움에도 종종 빠진다.[19] 불행한 현재에 대한 혐오감은 행복한 유아기에 대한 향수와 결합되곤 한다는 점에서 그것은 불가피한 것인지도 모른다. 하지만 전후 현실을 지배하는 압도적인 아이러니는 결국 지호의 애인 종희가 그와 맺어지기를 바라는 어머니 최후의 소망을 배반하고 어느 늙은 부자와 결혼하기로 한 일에서 절정을 이룬다.

---

18 쥐에 대한 믿음으로 자신의 불운을 설명해보려는 것이지만 이것이 지호로 하여금 자신의 불운을 이해하도록 만들지는 못한다. 그는 "왜 나는 이렇게 재수가 없을까"(장용학, 앞의 책, 353쪽)라며 허망한 탄식에 젖어들 뿐이다. 여기서 이 '재수'의 문제가 전후 현실을 경험한 사람들의 의식적 중핵이라는 것은 말할 것도 없다.

19 그는 "지상에서 모든 동화(童話)를 걷어 올려가는 잔도(棧道)"로서의 무지개에 대한 그리움에도 종종 빠진다. 실제로 무위와 고독에 빠진 사람의 감정 레퍼토리에서 향수병은 웬만하면 빠지지 않는다. 실제로 권태에 허덕이다 보면 유쾌한 상상의 세계로 달아나고픈 욕구가 일기도 한다. 그러나 안타깝게도 보다 행복했던 과거를 떠올리다 보면 현재에 대한 혐오감은 더 커질 수 있다. 향수병이 위안이 아닌 고통과 연결되는 점에 대해서는 피터 투이, 앞의 책, 195~228쪽 참조.

지각없는 그 얼굴. 이마 복판에 부처님처럼 됫병마개만한 기미가 찍혀 있는 것이 오히려 애수를 자아내기까지 하였다. 지저분한 애수를. [⋯중략⋯] 모든 것이 밸런스가 취해져 있지 않았다. 지각없는 것이라고 했지만 낙제생의 낙서 같은 얼굴이었다. 함부로 툭 튀어 나온 눈알에서는 동태의 그것과 같은 졸음이 느껴지는가 하면, 식인종을 연상케 하는 왕성한 입술, 그 사이를 남북으로 달리는 콧마루는, 뭐니뭐니 해도 여기서는 내가 최고봉이로라 하듯 두꺼비처럼 버티고 있다. 얼굴의 면적은 이들이 다 차지하여서 빈자리는 없었다. [⋯중략⋯] '녹두(綠豆).' / "근사하지? 호(號)야. 녹두대감이라구 불러 주면 좋겠어. '만리장성에서 소변을 보면'도 명곡이지만 난 그래두 우리나라의 '새야 새야 파랑새야. 녹두꽃에 앉지 마라' 하는 노래를 제일 좋아하지." [⋯중략⋯] "종희는 절대로 당시의 꾐에 넘어가지 않습니다." / 돌아서버린다. / "아니 뭐라고!" / 쫓아가서 지호의 어깨를 움켜쥔다. / 지호는 그것을 뿌리치지 못한다. 무서운 힘이었다. 거기가 으스러지는 것 같았다. / "이 딱따구리야!" / 툭 밀어 버린다. / 지호는 휘청거리면서 넘어지는 것만은 겨우 면한다. / "저런 땅굴 속에서 살면서 아직두 사람 같은 소리를 해!" / "⋯⋯" / "인간을 버리구 좀 천진난만하게 살란 말이야. 툭툭 앞질러 가면서 자기가 자기의 주인답게 살란 말이야⋯⋯." [⋯중략⋯] 두 손을 내밀더니 앞으로 엎더진다. 네 발이 된 것이다. 네 발 걸음을 하는 것이다. [⋯중략⋯] "여기에 이제 이렇게 꼬랑지가 나봐⋯⋯." / 하면서 한 손을 엉덩이로 가져가더니 꼬리를 뽑아 내는 시늉을 해보인다.[20]

「비인 탄생」에서 우유부단하고 변화무쌍한 현실은 다시 한 번 한 돈 많은 노인의 모습으로 다가온다. 말하자면 독립운동가에서 출발해 절간의 파계승이 되었다가 사원들을 거느린 사장으로 전신하며 "회천(回天)의 대업(大業)"을 이룩해왔다는 점에서 "녹두대감"으로 불리기를 원하는

---

20 장용학, 앞의 책, 371~377쪽.

그는 전후 현실의 변덕스런 아이러니 그 자체라고 할 수 있다. 지호가 그림의 모델로 삼기까지 했던 자신의 여자 역시 냉소적인 웃음과 더불어 가난은 그 늙은 부자와 결혼하는 모독보다 더 큰 모독이라 변명하며 부자의 유혹에 굴복한다는 점에서 그 자체로 아이러니의 일부이기는 마찬가진데, 그녀 "종희는 절대로 당시의 꾐에 넘어가지 않습니다"라는 지호의 마지막 믿음은 오늘의 애인이 내일의 애인과 같은 사람이 될 수 없는 불확실성에 기초한 그런 아이러니의 현실 앞에서 무력하게 좌절된다. 이처럼 부처님과 낙제생과 식인종과 두꺼비가 결합된 모습으로 묘사되는 녹두대감이 가리키는 것처럼 종잡기 어려운 모습으로 출현한 아이러니의 현실은 압도적인 힘으로서 부단히 지호의 의식과 행위에 영향을 준다. 그러니까 녹두대감으로 상징되는 전후 현실의 아이러니는 "자기가 자기의 주인답게 살란 말"이 "인간을 버리구 좀 천진난만하게 살란 말"과 다르지 않은 등가의 명제임을 암시하고 꼬리 달린 기괴한 이미지를 낳게 되는데,[21] 네 발 걸음을 하는 짐승의 모습으로 드러나는 그것은 사실상 지호의 변모를 예고한다.

물론 지호에게는 우연의 변덕에 기초한 이해할 수 없는 전후 현실의 아이러니로부터 오는 타격이 아직 더 남아 있는 것이어서 그의 결정적 변모는 한동안 유예된다. 즉 종희의 일을 궁금해하는 어머니에게 거짓

---

21 자기가 자기 운명의 주인이 된다는 것은 인간성을 드높이는 방향으로 작용하지 않고 인간성을 버리는 방향으로 작용하게 된다. 제들마이어에 따르면 우선 자연이자 동시에 초자연으로 존재한다는 것은 인간의 본질에 속한다. 다시 말해 이른바 신인동형동성설에 관한 신념과 추종 없이는 인간이라는 개념은 확보될 수 없다는 것이다. 그는 만일 인간 안에 내재하여 연결되어 있는 인간성과 초월성을 인위적으로 분리한다면 인간은 필연적으로 스스로를 망치고 훼손하게 된다고 지적한다. 왜냐하면 초월성으로 표현된 높은 기준을 인간성에서 제거해버림으로써 인간성의 표준을 하락시키기 때문이라는 것이다. 따라서 초월성을 인간과 무관한 것으로 생각하는 근대적 변환 속에는 역설적이게도 이미 인간의 초월성에 대한 부정이 포함됨으로써 처음에는 인식되지 않았지만 벌써 작용하고 있던 인간성 상실이라는 경악스럽고 치명적인 경향이 잠복되어 있다고 말한다. 한스 제들마이어, 박래경 옮김, 『중심의 상실』, 문예출판사, 2002, 320~326쪽 참조.

말을 하고 그녀를 안심시키면서 마음이 홀가분해지는 순간 그는 별안간 산 아래 어느 집에서 물건을 훔친 도둑으로 몰린다. 또 누명을 벗으려는 순간 "녹둔지 뭔지 하는 노인"이 놓고 간 "두둑한 지폐 뭉치"가 돌연 나타나서 지호는 결국 아픈 어머니를 남겨두고 경찰서로 끌려간다. 하지만 사흘이나 갇혀 있던 그는 갑자기 결백함이 밝혀져 풀려나고 방공호의 땅굴로 돌아온 지호는 또다시 까마귀로 인해 죽은 어머니의 시체가 "피와 누르스름한 고름의 바다"가 되어버린 상황에 직면한다. 지호에게 울분을 촉발하는 이른바 '녹두의 아이러니'는 여기서 멈추지 않는다. 어머니의 시신을 화장하기로 하고 나무로 제단을 쌓아올리고 불을 붙이려는 순간 어처구니없게도 성냥이 보이지 않는다. 이때 지호는 원시시대의 풍습을 상기하고는 막대기의 끝을 나무토막에다 대고 두 손바닥을 비비는 광기에 찬 행위로 나아간다. 이와 더불어 그는 마침내 꼬리가 달린 짐승의 냄새까지 풍기게 된다.

막대기를 찾아 가지고 거기에 들어가 앉는다. 그 끝을 말뚝 토막에다 대고, 두 손바닥으로 비비기 시작하는 것이었다. 인류의 의식은 아직 원시시대의 풍습을 완전히 잊어버린 것은 아니었다. 그는 불을 만들어 내려고 하는 것이었다. / 여기서 저 시가지보다 원시시대에 더 가까운 동혈(洞穴) 앞이기는 하였다. 그러나 이 문명시대에도 그런 데서 불이 생겨날 것인가? 거기서 불이 일려면 그의 미골(尾骨)에 꼬리가 남직도 하지 않겠는가? / 막대기를 비비고 있는 그의 몸에서는 사나운 짐승의 체취가 풍기었다. 유치장의 이틀 밤을 한잠도 붙이지 못했던 그의 눈은 뿌옇게 빛나고 있었다. [⋯중략⋯] 꼭끼오! 아랫기슭에서 첫 닭이 홰를 치는 무렵, 굴 앞에서는 가느다란 연기가 일었다. [⋯중략⋯] 마침내 빨간 불이 탄생했다. [⋯중략⋯] 지호는 여기가 겨울인지 여름인지 분간이 나지 않아서 멍했다. 녹두노인이었다. / "그런 호로자식이 어디 있어! 지 애비에게 식칼을 들구 대들다니 난 하마터면 죽을 뻔했네." / 제가 물에서 건져 준 사람에게 자기의 신세를 타령하는 것이다. / "산으로 갈까 바다로 갈까 하는데 노형 생각이 났거든……." / 어깨에 커다란 짐을 지고 한 손으로는 양산을 짚고 있었고, 다른 손으로 들고 있는 것은 보자기로 싼 것이 그 '마녀의 탄생'임이 틀림없다. 늙은 여우가 나그네의 모습으로 변해 가지고, 거기에 그렇게 서 있는 것 같았다. / "노형두 오늘 밤 하마터면 죽을 뻔했네. 알겠어? 나와 노형은 뭐든지 이퀄이란 말이야. 우리는 궁합이 맞아. 그렇잖어?"²²

비로소 필연성을 상실한 세계로부터 오는 불안과 공포, 또 무위와 고독, 그리고 향수는 파괴적인 울분과 광기로 수렴되어 한 사람에게 미치는 그 영향력을 절정으로 이끈다. 다시 말해 유동성과 불확실성이 지배하게 된 근대성의 첨예화된 형태로서의 전후 현실의 아이러니는 사람들을 미쳐버리지 않고서는 살 수 없는 궁지로 몰아넣음으로써 "문명시대"를 원시적이고 야만적인 존재로의 변이가 가능한 심란한 터전으로 만든다. 한마디로 말해 "사나운 짐승"이 탄생하게 되는 것이다. 이것은 단순히 문학적 상징에 그치는 것이 아니다.²³ 왜냐하면 그 짐승은 손창섭의 준석과 등가물로서 "지 애비에게 식칼을 들구 대드"는 패륜아로서 예감되고 있기 때문이다. 요컨대 만일 「혈서」가 "우연히 살아 있는 인간"이라는 규정을 통해 근대성이 첨예화된 전후 현실을 배경으로 확실성이 더 이상 삶을 붙들어 주지 못하는 세상을 고통스럽게 경험하는 사람들의 비인간성을 그려낸 작품이었다면 장용학의 「비인 탄생」은 비인간으로서의 짐승을 통해 그와 동일한 현실에서 비인간성이 극단화됨으로써

---

22 장용학, 앞의 책, 393~401쪽.

23 이는 사실 19세기 다윈주의가 적자생존이라는 명제로 근대적인 삶을 묘파하고 인간을 동물로 환원한 일에서 이미 예고되었던 것이다. 홉스는 '만인에 대한 만인의 이리'라는 표현으로서 그러한 비인간화의 근대적 현실을 정확히 포착한 바 있다. 막스 베버가 갈파한 바 있는 "제신들의 전장"으로서의 근대가 무엇보다도 이리들의 전쟁터였음은 여기서 단순한 비유에 그치는 것은 아닌 셈이다.

최종적으로 도달하게 되는 끔찍한 인간상을 보여주는 작품이 아닌가 한다.[24] 결국 전후 아이러니의 우유부단하고 변화무쌍한 현실은 삶으로부터 모든 종류의 형성적인 '성숙'을 몰아내고 그것을 하나의 '변신' 과정으로 대체해버리고 마는 셈이다.

4. 서사적 비인간화의 한 맥락

이 장은 아이러니가 어떤 대상에 대한 의심과 회의와 비판의 정신이 아니라 그 대상의 모순과 불확실성에 기초한 근대적 유동성의 현실을 나타낸다는 전제 하에 대표적인 전후소설이라고 할 수 있는 손창섭의 「혈서」와 장용학의 「비인 탄생」을 대상으로 하여 그러한 유동적 상황으로서의 아이러니가 등장인물의 의식과 행위에 미치는 영향을 분석함으로써 전후소설의 인간상을 탐구하였다.

우선 손창섭의 「혈서」는 전쟁 직후 어떤 폐허의 장소에 집결하게 된 세 명의 젊은이와 한 소녀의 이야기를 들려준다. 온전한 삶의 안정감을 느닷없이 붕괴시키는 전쟁이라는 발작적인 현실에 노출된 바 있는 그들은 오직 "무한대한 미지수"에 대해 "약속 없는 기대"만을 품은 존재로서 언제나 최선을 다한 모든 노력이 수포로 돌아가는 일에서 자신의 신음소리를 들을 수밖에 없는 공허감 속에 살고 있다. 말하자면 모순과 불확실성으로부터 오는 기대와 불안 그리고 좌절의 지속적인 순환으로 점철된 전후의 아이러니가 그들 삶의 터전이었던 것이다. 그들은 한마디로

---

24 기존 연구에서는 대체로 「비인 탄생」의 마지막 장면을 인간이 비인이 되는, 다시 말해 '비인이 인간이다'라는 아이러니한 규정을 통해 비인이 인간을 자처하는 근대 세계의 아이러니에 대한 미학적 저항을 보여주는 대목으로 해석한다. 그러나 다시 한 번 말하지만, 어떤 대상의 모순과 의미론적 불투명성에 기초한 근대적 아이러니가 의심과 회의와 비판의 능력이 된다는 가정이 의심의 여지없이 성립될 수 있는 것인가 하는 이견은 우리 논의의 출발점이었다.

"우연히 살아 있는 인간"으로 규정되었는데, 이러한 존재 규정이 기초 짓는 우유부단한 현실은 그들에게 심각한 육체적 정신적 영향을 미친다. 요컨대 창애의 돌부처 같은 처세와 달수의 불안과 결합된 공포 그리고 규홍의 냉소와 무관심 등이 그것이었다. 아울러 준석의 살기 섞인 도덕적 무감각은 그 모든 반응들의 귀결점이라는 사실이 드러나는데, 이것은 모든 것이 다 가능한 동시에 모든 것이 헛수고가 될 수 있는 전후 현실의 아이러니가 수반하는 불길한 결과라고 할 수 있다.

장용학의 「비인 탄생」 또한 사변으로 어수선해진 전후의 현실이 배경이다. 따라서 이 소설에서도 확실성을 상실하고 유동적 현실에 처한 사람들은 저마다가 세상을 어떻게 해볼 수 없는 예측 불가능하고 불안한 장소로 간주함으로써 전후에 나타난 삶의 아이러니라는 문제에 직면한다. 실제로 소설의 주인공이자 학교 선생님인 지호는 존재라는 것은 우발적이며 개인과 그 주변 세상 사이에는 어떤 필연적인 연관성도 없음을 깨달았는데, 이때 변화무쌍한 전후 현실의 그러한 아이러니에 대한 주인공의 일차적인 반응은 불안과 공포로 드러나고 이어서 그의 반응은 하릴없는 자유로부터 오는 무위와 고독 그리고 과거에 대한 향수와 결합된다. 그리고 그것은 그를 미치지 않고서는 살 수 없는 궁지로 몰아넣음으로써 이른바 "문명시대"를 원시적이고 야만적인 존재로의 변이가 가능한 심란한 터전으로 만들고 말았다. "사나운 짐승"이 탄생하는 지점이 바로 거기였던 것이다. 결국 유동성과 불확실성이 지배하게 된 근대성의 첨예화된 형태로서의 전후 현실은 "하늘과 땅이 오랜 야합에 종지부를 찍고 그 지평선을 청산해버린" 역사적 '사변'을 통해 마침내 울분과 광기의 결합 속에서 이루어지는 "비인 탄생"을 목격하게 되었던 것이다.

정리하자면 「혈서」는 "우연히 살아 있는 인간"이라는 규정을 통해 근대적 아이러니가 첨예화된 전후의 불확실하고 유동적인 현실을 배경으로 확실성이 더 이상 삶을 붙들어 주지 못하는 세상을 고통스럽게 경험하는 사람들의 비인간성을 그려내고 「비인 탄생」은 그와 동일한 현실에서 그런 비인간성이 극단화되는 양상을 드러낸다. 다시 말해 전후에 나타나는 종잡을 수 없는 삶의 아이러니는 사람들을 궁극적으로는 비인간으로서의 "사나운 짐승"으로 만들게 된다는 것이다. 이것은 이른바 '사변적인 현실'이란 삶으로부터 어떤 종류의 형성적 성숙을 몰아내고 그것을 하나의 변신 과정으로 대체해버리고 만다는 사실을 가리킬 뿐만 아니라, 쓸모없는 상품을 만들어 파는 것을 유용하고도 가치 있는 일로 간주하는 6·70년대 산업화의 아이러니가 낳게 될 문학사적 사태를 예고한다.

12장 / 감사와 용서

이호철·황순원 소설과 애도하는 인간

1. 전쟁과 서사의 의무

1950년 6월 25일에 발발한 한국전쟁은 이후 그 역사의 참화를 몸소 겪어야 했던 사람들에게 총체적인 박탈의 계기가 되었다.[1] 그들은 예외 없이 안온한 일상의 울타리를 파괴당함으로써 따뜻한 의복과 부드러운 먹을거리, 그리고 편안한 잠자리를 빼앗겼다. 그러나 전쟁으로 인해 사람들이 더욱 고통스러워했던 것은 가까운 가족이나 친지, 또한 어제 보던 동료들의 부재였다. 이러한 생명의 박탈은 특히나 살아남은 사람들에게는 무엇보다 견디기 어려운 것이었다. 실제로 6·25전쟁은 그 어느 때보다도 죽은 사람들과 사별을 당한 사람들이 과도하게 넘쳐나고 집중적으로 생겨나도록 만들었다. 하지만 주검과 사별을 경험한 사람들에게 전쟁이라는 역사의 거대한 위기로부터 야기된 상실감은 그 위기가 종료

---

1 6·25전쟁은 한국인들의 삶에 치명적인 영향을 미쳤다. 그것은 많은 것을 변화시켰는데, 물론 이 변화는 건설로 인한 변화가 아니라 파괴로 인한 참화였다. 한국전쟁이 야기한 사회적 변동에 대해서는 정성호, 「6·25전쟁과 한국사회 변동」, 『본질과 현상』 제20호, 본질과 현상, 2010, 116~131쪽 참조.

되었을 때 비로소 감당하기 어려운 슬픔으로 바뀌었다. 왜냐하면 생존을 위한 투쟁으로 급박하게 돌아가는 전쟁의 와중에는 슬퍼할 여유를 가질 수 없었고, 따라서 일상의 안정성을 어느 정도 회복하게 되는 전후 시기에 이르러서야 한동안 유보되었던 상실의 슬픔을 표출할 수 있었기 때문이다. 물론 생존자들은 어떻게든 살아야 했기에 전쟁으로 인한 상실감을 진정시키고자 하는 애도의 절차도 자연스럽게 뒤따랐다. 그렇지만 그것은 기념일 제정과 같은 공적인 애도 의식을 통해 국가적 부조가 이루어질 때까지는 국민들 각자가 알아서 처리해야 하는 개인의 문제로 남았다.[2]

그러나 슬픔을 처리하는 애도 작업은 결단코 지체될 수 없는 것이었다. 슬픔에 고착되어 무기력에 빠지면 새로운 행위의 가능성이 사라짐으로써 삶은 죽음과 다를 바 없는 것이 되어버리기 때문이다. 이때 문학은 개인의 부담으로 떠넘겨진 그 작업에서 결정적인 역할을 하게 된다. 특히 서사적 상상력은 전쟁과 같은 삶의 비극적인 상처가 우울증이라는 병리적 상태로 악화되는 것을 막는 데 커다란 도움을 주는 것이다. 사실 슬픔을 정화하는 애도의 작업은 어떤 의미에서 모든 서사의 특권이자 의무라고 할 수 있다.[3] 그리고 전후에 발표된 한국소설이 그러한 작업을

---

2 6·25가 기념일로 제정된 것은 1973년이었다. 이처럼 전쟁의 상처와 상실감을 처리하는 공적인 애도 의식이 전후 재건이라는 국가적 과제에서 누락되어 있었던 이유는 일단 국가가 보다 시급한 과제들에 골몰해 있었던 탓이 큰 것으로 보인다. 그러나 세계사의 보편적 과정에 비추어 그 이유를 짐작해 볼 수도 있다. 인류학자 제프리 고러는 『죽음, 슬픔, 애도』(1965)라는 책에서 서양의 경우 제1차 세계대전의 대량 학살로 인해 공적인 애도 의식이 쇠퇴하게 되었다고 말한다. 즉 셀 수 없을 정도로 시체가 즐비한 상황에서 한 사회가 죽은 사람들을 일일이 애도하는 일은 무의미할 수밖에 없었고, 그리하여 애도는 공동체의 삶으로부터 멀어지게 되었다고 주장한다. 여기서 고러의 주장은 한국전쟁과 애도의 문제를 이해하는 데도 암시하는 바가 크다. 대리언 리더, 우달임 옮김, 『우리는 왜 우울할까?─멜랑콜리로 읽는 우울증 심리학』, 동녘사이언스, 2011, 85~86쪽 참조.

3 서사는 대개 이별과 상실이라는 주제를 벗어나지 않는다. 그리고 이것은 사람들이 슬픔에 다가가도록 함으로써 그 슬픔으로부터 벗어나도록 해준다. 이른바 카타르시스 기능을 갖는 것이다. 문학적 기능으로서의 카타르시스 작용은 아주 오래전부터 하나의 공리로 인정되었다. 아마도 아리스토텔레스는 그러한 공리의 성립에서 최초의 기여자라고 할 수 있다. 아리스토텔레스, 천

자임하고 나섰던 이유는 바로 거기서 찾을 수 있다. 물론 1950년대 전후소설은 6·25전쟁의 트라우마에 대한 카타르시스적 애도의 임무를 성공적으로 수행하지 못했다. 아마도 전쟁의 여파로부터 벗어나 슬픔과 함께 살아가는 방식을 배우려면 더 충분한 시간이 필요했는지도 모른다. 실제로 전후소설의 등장인물들은 상실감이라는 전쟁의 고통에서 헤어나오지 못한 채 외부 세계에 대한 관심을 잃고 무기력에 빠져 있는 경우가 허다하다. 가령 손창섭이나 장용학 소설에 나오는 인물들은 하나같이 그러한 병리적 우울 증세의 임상적 사례들이라고 해도 크게 지나친 말은 아니다.[4] 그렇지만 전후소설이 사적인 애도에 실패하는 가운데서도 그 작업을 완수했던 서사들이 없지는 않았다. 이호철의 「나상(裸像)」(『문학예술』, 1956.1)과 황순원의 「비바리」(『문학예술』, 1956.10)는 특히 애도의 문제를 문학적 성취와 결합한 드문 예로 판단된다.[5]

이것은 우리가 무엇보다 그 두 소설에 주목하고자 하는 이유이다. 그런데 6·25전쟁이 한국사의 중차대한 위기였고, 또 이 위기는 치명적인

병희 옮김, 『시학』, 문예출판사, 1976, 46~51쪽 참조.

4 이것은 그 인물들이 대개 자책감이나 죄의식에 기초한 우울증을 보여주는 데서 확인할 수 있다 (이수형, 「1950년대 손창섭 소설에 나타난 죄의식에 관한 연구」, 『한국학논집』 제41집, 계명대 한국학연구소, 2010, 215~236쪽 참조). 프로이트는 사실 자책감을 우울증의 결정적 특징으로 취급한다. 그에 따르면 가버린 자와의 동일시는 상실에 대한 인간의 기본적인 반응이다. 그런데 사람들은 대개 그러한 동일시를 극복하고 새로운 삶으로 나아가는 반면 어떤 사람들은 그렇지 못한다. 이러한 사람은 가버린 사람의 일부를 취해 자기 것으로 삼되 그에 대한 원망과 분노를 함께 취함으로써 일종의 자기처벌로서의 죄의식 상태에 빠지는 우울증을 앓게 된다고 프로이트는 지적한다. 지그문트 프로이트, 윤희기·박찬부 옮김, 「슬픔과 우울증」, 『정신분석학의 근본개념』, 열린책들, 1997, 246~258쪽 참조.

5 사실 전후시기에도 많은 작품들이 창작되었다. 『사상계』와 『현대문학』 그리고 『문학예술』 등의 잡지가 간행되고 있었고 이들 잡지에 다양한 작품이 발표되었다. 하지만 대개의 경우 우울증에 압도되어 애도의 문제를 돌볼 겨를을 갖지 못하였을 뿐만 아니라 어떤 작품들은 이데올로기적인 문제에 천착하느라 감정과 삶의 문제를 소홀히 하기도 하였다. 게다가 문학적 성취를 외면하지 않는 가운데 애도의 문제를 전형적으로 다룬 작품의 예는 더욱 희소하였다. 이것이 바로 전후소설 가운데 유독 이 두 작품에 주목하게 된 이유이다. 물론 이 두 작품만이 애도의 문제를 성공적으로 다룬 것은 아니다. 그러나 감사와 용서라는 애도의 대표적인 방식을 대변한다는 점에서 그 두 작품에 특별히 주목하고자 한다.

상처로 남았음에도 불구하고 그 전쟁의 외상을 처리하는 서사적 애도의 문제는 사실상 거의 논의된 적이 없었던 것으로 보인다. 이렇게 된 이유는 여러 가지가 있겠지만 분명한 것은 그것이 50년대 전후문학에 대한 문학사적 평가와 무관하지 않다는 점이다. 말하자면 전후문학이 보여주는 객관성의 미비, 혹은 성찰성의 결핍은 4·19혁명을 기점으로 한 60년대 문학에 이르러서야 비로소 극복되기 시작한다는 문학사 일반의 논리는 50년대 문학과 함께 전쟁의 외상을 치유하는 문학적 애도의 문제 역시 소거해버린 것이다. 최근 한 논자는 이러한 문학사의 인식을 "4·19의 특권화를 통해 6·25의 효과를 보이지 않게 만드는 담론적 문제틀"의 한계로 지적한 바 있다.[6] 그러면서 그는 전쟁이야말로 "1960년대 문학의 정체성을 형성한 중요한 결정요인"이라고 지적하기도 하는데, 여기서 우리는 그 논의의 초점과는 별도로 전쟁 체험의 지속성을 상기함과 동시에 전쟁의 트라우마와 서사적 애도는 그때까지 여전히 진행 중이었던 문제라는 사실을 확인하게 된다. 따라서 전쟁과 애도라는 문제를 중대한 과제로서 떠맡았던 50년대 전후문학은 새로운 관심의 대상이 되는 것이 당연하며, 「나상」과 「비바리」라는 성공적인 애도 서사에 대한 고찰은 그러한 과제를 수행하는 데 작은 출발점이 되어줄 것이다.[7]

요컨대 이 장은 이호철의 「나상」과 황순원의 「비바리」를 대상으로 전쟁으로부터 오는 상실감과 슬픔을 애도하는 서사의 전형적인 방식들을

---

6 물론 이 지적은 "6·25라는 사건이 차지하는 구성적 중요성"이 50년대 문학이 아니라 60년대 문학으로부터 부각되는 것이라는 주장에 이어짐으로써 기존의 문학사적 논리와 다시금 결합된다. 다시 말해 50년대 전후문학과 60년대 문학을 구분하기 위해 6·25 전쟁에 대한 기억이 언급된 것이다. 이러한 논의의 방향과는 상관없이 50년대 문학에 이어 60년대 문학에서도 전쟁 체험의 중요성이 확인된다는 것은 6·25전쟁의 트라우마에 대한 애도 작업이 여전히 진행 중이라는 사실을 가리키는 것으로 보인다. 김영찬, 「불안한 주체와 근대─1960년대 소설의 미적 주체 구성에 대하여」, 『상허학보』 제12집, 상허학회, 2004, 55~56쪽; 「1960년대 문학과 6·25의 기억」, 『세계문학비교연구』 제35집, 한국세계문학비교학회, 2011, 5~19쪽 참조.

7 한 가지 예로 1966년에 발표된 김동리의 소설 「까치 소리」를 들 수 있다. 이 소설 또한 전쟁으로 인해 맞게 된 한 사람의 비극적인 운명과의 동일시를 통해 전쟁을 기억하면서 망각하는 일종의 애도 서사로 나타난다. 애도는 전후문학을 넘어 60년대 문학의 문제이기도 한 셈이다.

살펴보면서 성공적인 애도의 서사가 지녀야 할 조건을 생각해보는 데 목적이 있다. 그리고 이를 통해 전후에 발표된 소설들을 두고 객관성의 미비니 성찰성의 결핍이니 하는 기존의 문학사적 평가에 대해 우회적으로나마 이의를 제기하고자 한다.

2. 기억과 애도, 그리고 감사의 의미

이호철의 소설 「나상」은 주인공이 전후의 한 시점에서 6·25전쟁에 참전했다가 겪은 어떤 상실에 대한 슬픈 기억을 되살리는 것으로부터 시작한다. 주인공은 전쟁이 발발하자 국군으로 참전했다가 1951년 가을 무렵 인민군의 포로가 되었다. 그런데 적의 후방으로 인계되어 가던 그는 우연히 함께 국군으로 참전했던 형을 만나게 된다. 형 또한 포로의 신세가 되었던 것이다. 사실 형은 가족들로부터 "조금 모자란 사람"으로 무시당했고 주인공도 그런 천치 같은 형을 "쓴웃음"으로 대해 왔다. 하지만 적의 후방으로 끌려가면서도 여전히 "둔감했고 위태위태하도록 솔직했"던 형은 주인공에게 차츰 전쟁의 살벌함으로부터 놓여나게 만드는 감동으로 다가왔다. 아마도 동생은 형을 사랑하게 되지 않았을까 짐작하게 된다. 그렇지만 어느 날 형은 지병인 다리의 "담증"이 악화되고 또 더 이상 걷지를 못하게 되면서 끝내 인민군의 총에 맞아 죽고 주인공은 주검이 된 형을 뒤로 한 채 적의 수용소로 끌려갔다가 포로 교환 때 겨우 살아나왔다. 한 생존자의 기억은 여기까지인데, 이때 그 슬픈 기억은 애도와 우울증 사이에 놓이게 된다. 그는 망자로부터 자신을 천천히 떼어냄으로써 상실의 슬픔을 처리하는 애도를 수행하거나 그렇지 않으면 부재하는 형에게 집착함으로써 자신을 그 망자와 동일시하는 병리적 우울증에 빠지게 될 것이다.[8] 물론 「나상」에서는 상실의 경험에 대한 정상적인 반응으로서의 애도 작업이 선택된다.

일단 주인공이 죽은 형에 대한 기억을 되살리고 있다는 것부터가 이미 그 증거라고 할 수 있다. 말하자면 망자를 기억하는 일은 그 부재를 표상하는 상징적인 처리를 통해 생존자가 망자를 현실의 일부로서 기록하고 자신의 정체성을 재편함으로써 계속 살아갈 힘을 얻는 데 있어 가장 우선적인 과정이 된다.[9] 그러나 애도에 본질적인 상징적 재편 과정에서 기억은 단지 필요조건에 지나지 않는다. 왜냐하면 그것은 산 자의 생활을 위한 제의적인 상징을 낳지 못하고 오히려 죽은 자의 부활을 위한 상상적인 통로가 될 수 있기 때문이다.[10] 다시 말해 기억은 상징적 구획을 통해 산 자로부터 죽은 자를 떼어놓는 일이 아니라 죽은 자의 반복적인 재생을 통해 산 자를 괴롭히는 일이 될 수도 있는 것이다. 따라서 망자의 부재는 상징체계에 기입되는 좀 더 확실한 절차를 필요로 한다. 이것은 무엇보다도 언어에 등록되는 표현 과정일 수밖에 없다. 실제로 소설의 주인공은 인민군의 총에 맞아 죽은 형을 수없이 떠올리는 가운데

---

8 프로이트에 따르면 애도와 우울증은 단순한 감정 상태와는 거리가 멀다. 가버린 자의 부재로 인한 슬픔을 잘 처리해 삶의 의욕을 회복하면 애도 작업을 성공적으로 수행한 셈이지만 그렇지 못해 그 부재하는 자에 대한 감정적 애착이 지속되면 현실에 등을 돌리고 무기력에 빠진 우울증 상태에 처하게 된다. 현실의 인물과 마찬가지로 서사적 인물들도 그러한 애도와 우울증을 경험할 수 있음은 물론이다. 지그문트 프로이트, 앞의 책, 243~246쪽 참조.

9 일반적으로 말하는 서사적 기억이라는 측면은 일단 배제하기로 한다. 애도의 차원에서 보면 망자를 기억해야만 망자를 제대로 보낼 수 있는데, 여기서 기억한다는 것은 자기의 세계를 상징적으로 재편하는 과정의 첫 단계이다. 말하자면 상징화는 명명할 수 없는 것에다가 이름을 부여함으로써 망자를 현실의 일부로 등록하게 되는 과정이다. 이것은 이름붙일 수 없는 것들의 회귀로 인한 우울증적 고통을 방지하는 애도 과정의 첫걸음이라고 할 수 있다. 대리언 리더, 앞의 책, 136~139쪽 참조.

10 과거에 대한 반복적인 기억은 강박적이거나 억압적일 때 중지되어야 한다. 프로이트에 따르면 반복은 망각의 가장 나쁜 형태인데, 이러한 망각은 망각했다는 사실 자체를 망각해버리게 함으로써 기억의 고통을 강박적인 방식으로 무의식중에 실연해 내도록 강제하는 것이다. 이러한 반복 강박은 정신분석학이 치료의 대상으로 겨냥하는 것 중 하나이다. 이것은 애도 작업이 왜 정신적 트라우마로부터 벗어나 완전한 자아 상실에서 빠져나오도록 하는 방식으로서 그토록 중요한지를 보여준다. 프로이트의 반복 강박이라는 개념에 대한 개괄은 리처드 커니, 이지영 옮김, 『이방인, 신, 괴물』, 개마고원, 2004, 320~342쪽 참조.

헤어 나오지 못했을 이른바 우울증적 반복을 그 형의 부재로부터 오는 상실의 경험을 이야기함으로써 이제 중지시키고자 한다. 그리고 서사를 통해 상실의 경험을 재구성하고자 하는 의식적 노력은 망자와 밀착된 무언의 우울증으로부터 벗어나 삶에 대한 새로운 희망을 불러일으키는 죽은 자와의 분리, 즉 애도 작업의 기초가 된다. 그리고 이것은 바로 서사적 기억으로서의 「나상」이 존재하게 된 이유이다.

시원한 여름 저녁이었다.

바람이 불고 시커먼 구름떼가 서편으로 몰려 달리고 있었다. 그 구름이 몰려 쌓이는 먼 서편 하늘 끝에선 이따금 칼날 같은 번갯불이 번쩍이곤 했다. 이편 하늘의 별들은 구름 사이사이에서 이상스레 파릇파릇 빛났다. 달은 구름더미를 요리조리 헤치고 빠져 나왔다가는, 새로 몰려오는 구름더미에 애처롭게도 휘감기곤 했다. 집집의 지붕들은 깊숙하고도 싸늘한 빛으로 물들고, 대기에는 차가운 물기가 돌았다.

땅 위엔 무언지 불길한 느낌이 들도록 차단한 정적이 흘렀다.

철과 나는 베란다 위에 앉아 있었다. 막연한 원시적인 공포감 같은 소심한 느낌에 사로잡혀 무한정 묵묵히 앉아 있었다. 철은 먼 하늘가에 시선을 준 채 연방 담배를 피웠다. 이렇게 한동안 말없이 앉았다가 철은 문득 다음과 같은 얘기를 들려주었다.[11]

소설의 주인공 '철'은 죽은 자의 세계와 산 자의 세계 사이에 끼어 있는 우울한 인간으로 살아왔다. 시커먼 "구름이 몰려 쌓이는 먼 서편 하늘"과 구름 사이에서 잠깐씩 보이는 "이편 하늘의 별들"이 공존하는 이중적 풍경이 그것을 비유적으로 보여준다. 하지만 그는 자신의 형이 '서

11 이호철, 「나상」, 『소시민 외─한국소설문학대계 39』, 동아출판사, 1995, 325쪽.

편'으로 가고 더 이상 존재하지 않는다는 사실을 받아들이며 애도를 시작한 것으로 보이는데, 우선 묵묵히 앉아서 연이어 담배를 피우던 그가 마침내 입을 떼고는 '나'에게 자신의 형을 잃고 말았던 일에 관해 말하기로 작심하는 것에서 그 증거를 찾을 수 있다. 앞서 언급한 것처럼 이것은 망자를 '이편'의 상징체계에 기입함으로써 우울증적인 반복으로부터 벗어나려는 애도 작업의 일단을 가리킨다. 그러나 보다 더 결정적인 증거는 주인공의 이야기가 '철'이 '나'에게 그 이야기를 들려주는 형식을 통해 발설된다는 것에서 확인된다. 사실 「나상」의 액자 형식은 서사적 도입부로서의 단순한 형식 그 이상을 의미한다. 이 형식은 바로 자신의 테두리가 유발하는 시간적 분할을 통해 그 형식 내부의 이야기에 상징적인 가치를 부여한다.[12] 그러니까 이호철 소설은 망자에게 사로잡힌 주인공의 현실에 대한 표상에 그처럼 표상의 틀을 제공함으로써 애도 작업에 더욱 큰 진전이 있음을 알린다. 주인공의 경험 표상이 액자의 테두리를 통해 다시 표상되면서 이제 주인공의 상실감은 이른바 상징계의 공간 속에 묘사되고 있는 것이다.

여기서 전쟁의 트라우마적 중핵인 형의 죽음을 술회하는 일은 일종의 서사적 회화로서 나타난다. 다시 말해 「나상」의 서사적 전개 과정은 형의 죽음을 상연하는 무대가 되어 하나의 비극적인 그림을 제공한다. 주인공과 함께 인민군의 포로가 된 형이 적의 후방으로 끌려가다가 다리의 지병을 견디지 못한 채 걸음을 멈춤으로써 자신의 동생이 보는 앞에서 적에게 사살당하고 마는 장면이 그것이다. 이때 주인공은 상실에 대한 기억을 통해 죽은 형을 다시 한 번 죽이고 있는 셈이다. 물론 주인공

---

12 정신분석가 프란츠 칼텐벡은 애도 작업이 발생하려면 상실한 대상의 모든 표상들이 한 묶음으로 모아져서 표상 층위에서 또 다른 층위로 넘어가야 한다고 말한 바 있다. 이 변화란 한마디로 표상에 틀을 씌워야 한다는 것이다. 다시 말해 표상은 표상으로서 표상되어야 한다는 말이다. 이제는 특정한 표상에 다른 모든 것을 대표한다는 가치를 부여해주어야 하는 단계에 온 것이다. 대리언 리더, 앞의 책, 118~123쪽 참조.

은 형이 죽어가는 장면을 기억함으로써 자신이 망자를 죽이지 않았음을 재차 확인하는 가운데 애도의 반대편에서 우울증의 기초가 되는 자책감으로부터 벗어나려는 것인지도 모른다. 그렇지만 애도를 상실한 대상의 상징적 등록 절차라는 관점에서 보면 기억하기 싫은 장면을 기억하고자 하는 다른 이유를 떠올릴 수 있다. 말하자면 주인공은 형의 죽음을 서사적 기억이라는 무대를 통해 재연함으로써 그러한 대상의 부재를 상징적으로 표상하려는 것이라고 할 수 있다. 실제로 애도 작업에는 제의와 같이 상실한 대상이 더 이상 존재하지 않는다는 상징적 선언의 역할이 중요하다.[13] 결국 주인공은 애도 작업의 좀 더 진전된 수행을 위해 죽은 사람을 한 번 더 죽인 것이 된다. 하지만 그가 죽은 형을 자신으로부터 완전히 떼어내기 위해서는 그 상실을 온전히 느끼고 마음에 좀 더 확실히 각인시켜야 하는데, 이것은 마지막 애도 절차로서 망자를 의미 있는 대상으로 구성하는 작업을 필요로 한다.

철의 얘기란 대강 이러했다.

여름 날씨란 변덕도 심하다. 금세 한 소나기 쏟아질 것 같던 서편 하늘의 구름이 어느새 씻은 듯 없어졌다. 온 하늘에는 별들만 새파랗게 깔려 있고, 초이렛달이 한복판에 허전히 걸려 있다. 바람은 씽씽 더욱더 세차게 불고, 집집의 지붕들은 깊숙하고도 싸늘한 빛으로 물들고, 땅 위에는 차단한 정적이 흘렀다. 철은 또 담배를 꺼내 붙이면서 말끝을 맺었다.

"자, 넌 어떻게 생각하니? 형이라는 사람의 그 모자람이라든가 혹은 둔감이라는 것을? 결국 형의 그 둔감이란 어떤 표준에 의한 의례적인 몸짓이라든가

---

13 인위적인 무대 위에서 망자의 상징적 죽음을 시연하는 일은 애도의 본질적인 국면이다. 클라인은 우리가 고인을 죽이지 않았음을 드러내는 일이 애도라고 생각한 반면 프로이트에게 있어 애도가 발생할 수 있도록 해주는 것은 엄밀히 말해 고인의 상징적인 죽음이다. 프로이트의 관점에서 애도는 상징적으로 누군가를 영원히 죽게 하는 일이라고 할 수 있다. 지그문트 프로이트, 앞의 책, 245쪽 참조.

상냥스러움, 소위 상대편에 눈치껏 적응하고 또는 냉연하고 할 수 있는 능력의 결핍, 이런 것을 두고 하는 말이 아니겠느냐 말이다—그러나 동생은 그렇지 않았다. 그 표준에 의거해서 생활을 나루어 나가는 마음의 긴장을 늘 잃지 않고 있었다. 결국 그 일정한 표준의 울타리 속에서 민감하다든가 우아하다든가 교양이 높다든가 앞날이 촉망된다든가 이런 소릴 들을 수 있었다. 역시 아버지라는 사람도 이런 표준에 의해서 큰 아들을 단념했었고, 어머니는 큰 아들을 불쌍히 여기고 있었던 것이다. 그러나 포로로 잡힌 그들 형제 중에 누가 더 둔감했다고 보겠느냐, 형이냐? 동생이냐? 그 둔감이란 뜻부터가 어떻게 되느냐? 과연 누가 더……."[14]

「나상」은 마지막 부분에서 액자의 테두리를 완성함으로써 서사적 영역을 구획하고 하나의 공간을 특별한 관심의 대상으로 만드는 표상 과정을 완료한다. 그러나 액자 안에 묘사된 대상이 알아보기 어려운 모호한 존재로 남는다면 애도 작업은 종결될 수 없다. 누군가에게 무의미한 존재가 애도 대상이 될 수 없는 것과 같은 이치이다.[15] 사실 모자라고 둔감한 사람이었던 형은 전쟁 전에는 가족들 모두가 무시해버린 존재였다. 아버지는 단념했었고 어머니는 불쌍히 여길 뿐이었으며 주인공은 거의 무관심했다. 그렇지만 "일정한 표준의 울타리"를 벗어난 전쟁 상황 속에서 그 천치 같은 존재는 주인공에게 다른 의미로 다가오게 된다. 포로가 되어 적의 후방으로 끌려가는 초조한 순간들에도 형은 동생에게 말을 걸었고 밥을 먹였으며 세수까지 할 수 있게 만들었다. 드디어 전후

---

14 이호철, 앞의 책, 337~338쪽.
15 라캉 역시 대상의 구성이라는 과정이 애도에 포함된다고 말한다. 애도에 포함되는 것이 애도 대상이 더 이상 존재하지 않는다는 깨달음의 과정인 것은 분명하다. 그렇지만 대상을 총체적으로 사랑해야 그 상실도 온전히 느낄 수 있고, 이로써 애도자가 애도 대상을 아주 상실하고 말았다는 사실을 마음에 확실히 새기고 그를 떠나 보낼 수 있는 것이다. 대리언 리더, 앞의 책, 148~157쪽 참조.

의 한 시점에서 주인공은 형을 기억하는 가운데 모자라고 둔감했던 것은 형이 아닌 바로 자기 자신이 아니었는지 되묻고 있다. 다시 말해 그는 형이야말로 "민감하다든가 우아하다든가 교양이 높다든가 앞날이 촉망된다든가 이런 소릴 들을 수" 있는 자격을 가진 '별'과 같은 존재였다고 생각하는 것이다. 그리고 망자에 대한 인식에 있어 그러한 반전의 순간은 주인공으로부터 이제 그 애도 대상이 완전히 분리되는 순간을 보여준다. 왜냐하면 상실은 그 상실의 대상이 되는 사람을 의미 있게 구성하고 그에 대한 기념비적 관념을 형성할 수 있을 때에만 애도될 수 있기 때문이다.

비로소 "금세 한 소나기 쏟아질 것 같던 서편 하늘의 구름이 씻은 듯" 없어지고 "온 하늘에는 별들만 새파랗게 깔려" 있다. 하지만 풍경의 변화로부터 암시된 애도 작업의 완수에도 불구하고 애착의 대상을 상실한 일이 주는 고통이 완전히 사라질 수는 없다. 애도자는 다시 한 번 담배를 꺼내 문다. 형은 하늘에 빛나는 '별'과 같은 존재로 구성된 것이어서 주인공에게 형의 죽음은 그만큼 더 고통스러울 것이다. '형이 죽다니, 어떻게 그토록 끔찍한 일이 일어날 수 있단 말인가?' 동생은 아마도 그렇게 생각하고 있을지도 모른다. 물론 애도가 그와 같이 고통스럽다는 사실은 애도가 진정 필요한 이유이기도 하다. 즉 애도 작업을 통해 상실을 고통스럽게 떠올리는 것은 그 상실을 툭툭 털어버리고 잊기 위해서이다. 그렇다면 애도에 기쁨 또한 없을 수 없다. 이호철의 「나상」이 애도 작업의 서사적 수행을 통해 독자들에게 선사하려는 것은 무엇보다도 그런 환희가 아닌가 한다. '한때 그가 살았었다니!' 말하자면 애도 작업의 본질은 없는 대상은 없는 대상으로 받아들이고 이 부재하는 대상을 영원한 것으로 기억하며 그 대상에게 진심으로 '감사'하는 데 있는 것으로 보인다. 실제로 감사는 잃어버린 것을 되돌려주지는 않지만 그 상실을 기꺼이 수용하며 즐거이 회상함으로써 상실감을 치유하는 가운데 애도

를 완성시킨다.[16] 요컨대 「나상」은 바로 '감사의 서사'를 통해서 6·25전
쟁의 트라우마에 대한 카타르시스적 애도의 임무를 성공적으로 마친 셈
이다.

3. 애도와 용서, 또는 망각의 효용

황순원의 「비바리」는 「나상」과 달리 전후의 한 시점이 아니라 전쟁이
절정으로 치닫고 있던 1·4후퇴 무렵을 시간적 배경으로 한다. 하지만
거기에 나타나는 상실의 경험은 6·25전쟁이 아니라 그 이전에 있었던
제주 4·3사건을 기반으로 한다. 그렇더라도 그것이 전쟁이 야기한 트라
우마와 전혀 무관한 것은 아니다. 왜냐하면 4·3사건은 전쟁 전 제주에
서 발생한 사건이지만 6·25전쟁의 도화선이 된 이데올로기 대립이 똑
같이 그 원인이었을 뿐만 아니라 전쟁의 와중에도 그리고 전쟁이 끝난
후에도 지속된 일이었기 때문이다.[17] 「비바리」에서 이데올로기와 전쟁에
기초한 트라우마는 1·4후퇴와 더불어 제주 서귀포까지 오게 된 준이라
는 인물을 매개로 이야기된다. 그는 우연히 자신의 어머니가 해물을 팔
아주곤 하던 어느 젊은 제주 해녀에 대한 "놀랍고도 무서운 이야기"를

---

16 애도는 감사와 더불어 실행될 때 완성된다. 왜냐하면 감사는 상실의 끔찍한 고통을 부드러운
회상으로 절단의 아픔을 현실의 수용으로 그리고 고통을 기쁨으로 건너가게 만드는 아름다운
힘이기 때문이다. 이처럼 감사는 애도를 폐지시키는 것이 아니라 오히려 애도를 완성시킨다.
앙드레 콩트-스퐁빌, 조한경 옮김, 『미덕이란 무엇인가』, 까치, 2012, 167~169쪽 참조.
17 물론 제주 4·3사건을 바라보는 시각은 다양하다. 남로당의 선동 내지 음모에서 발생했다고 보
는 시각이 있는가 하면 우익정부에 대한 좌익의 반란이라는 전제에서 민족 내부적 차원의 대결
이었다는 점에 초점을 맞춘 시각도 있다. 그런가 하면 일종의 동족학살로 보는 입장도 있다. 사
실 그밖에도 여러 가지 관점이 존재한다. 하지만 다양한 시각 차이들에도 4·3사건의 직간접적
인 원인이 되었던 것이 바로 극단적인 이데올로기 대립에 있었음은 의심의 여지가 없다. 말하
자면 4·3사건은 작은 6·25라고 할 만한 사건이었다. 역사문제연구소 외 편, 『제주 4.3 연구』,
역사비평사, 1999 참조.

듣는다. 그 "비바리"는 원래 서귀포에서 동쪽으로 한 오리 가량 떨어져 있는 벌목리라는 곳에서 오빠네와 함께 살았다고 한다. 그러나 4·3사건 때 오빠는 빨치산이 되어 산으로 올라가고 올케는 자식들을 남긴 채 원인 모를 죽음을 당하고 말았는데, 그후 그녀는 토벌대에 의해 잔당이 얼마 남지 않게 된 시점에 집으로 돌아온 오빠를 그가 가지고 온 총으로 쏘아 죽였다는 것이다. 마을 사람들은 집안 꼴을 그르쳐 놓은 게 분해서 한 짓일 거라고도 했고 집안을 망쳐 놓을 게 두려워서 한 짓일 거라고도 했다.

　물론 진실은 이와 달랐다. 소설의 결말에 가서 준이는 그 끔찍한 일에 가슴 아픈 기억이 감추어져 있었음을 알게 된다. 비바리는 준이가 육지로 나가기 직전 그에게 자기 오빠를 죽일 수밖에 없었던 사연을 털어놓는다. 그녀는 오빠를 누구보다도 좋아한 것은 사실 자기였다고 운을 떼면서 자신은 산으로 간 오빠에게 위험을 무릅쓰면서 옷과 식량을 날라다주기까지 했음을 밝힌다. 그런데 어느 날 밤 오빠는 병을 얻어 더 이상의 고역을 견디기 어려울 정도로 쇠약해진 상태로 산으로부터 내려왔고 할 수 없이 그녀는 자수를 권해보았다고 말한다. 하지만 오빠는 한참 동안 여동생을 바라보던 끝에 들고 있던 장총을 놓고 변소로 들어갔고 이때 비바리는 오빠가 바라는 것, 즉 오빠를 다른 사람이 아닌 자신의 손으로 제주도 땅에 묻어야 한다는 것을 알아차렸으며 결국 오빠를 죽일 수밖에 없었다고 고백한다. 자신의 형이 적군에 의해 죽음을 당하는 것을 목격한 동생의 고통도 감당하기가 어려운 것이지만 자기 스스로 오빠를 죽여야 했던 여동생의 고통은 이루 말할 수가 없을 것이다. 당연히 망자와의 분리를 통해 상실의 고통을 치유하는 애도 작업은 훨씬 더 어렵고 더딜 수밖에 없다. 그리고 이것은 상실감을 처리하는 가장 일차적 단계인 기억을 통한 표상화가 소설의 서두가 아니라 결말에 나오는 이유인데, 비바리의 기억은 그 참혹함 때문에 오랫동안 억압되어 있었음이 분명하다.[18] 실제로 「비바리」에서 기억하는 일은 애도의 결과이지 애도의 시작이 아니다. 황순원의 서사에서 애도는 그처럼 다른 방식으로 시작된다.

낚시에 물린 것이 얼핏 물 밖으로 나타나는 것을 본 준이는 그만 낚싯대를 내던지면 뒤로 털썩 주저앉아버리고 말았다. 사람의 머리인 것이다. 그러나 자세히 보니 그것은 죽은 사람의 머리통이 아니요 산 사람의 것이었다. 머리 다음에 동체가 드러나고 그 다음에 둑으로 올라서기까지 하는 것이었다. 잠녀였다. 잠녀 중에서도 다른사람 아닌 비바리인 것이었다. 입에 낚시를 물고 있었다. 입술 새로 피가 번져 나왔다. 비바리는 옆에 누가 있다는 것은 아랑곳않는 듯이 준이만을 바라보았다. 검은 속눈썹 속의 역시 검은 눈이 흐리지도 빛나지도 않고 있었다. 이윽고 비바리는 제손으로 낚시를 뽑더니 그 피묻은 입술에 불현듯 미소같은 것을 띠우고는 그대로 몸을 돌려 바다로 뛰어들었다. 그리고 맵시있는 선 돛대를 보이면서 물속으로 사라져버렸다. 준이는 어리둥절했다. 사람이 낚시에 걸려 나오는 것을 보고 놀라기도 했지만 비바리가 이쪽의 실수를 나무라듯 바라보는 동안은 온몸을 웅송그리고 있을 수밖에 없었다. 그러다 비바리가 피묻은 입술에 미소같은 것을 띠우고 돌아서는 것을 보고야 자기 낚시가 실수를 해서 잘못 입술을 꿴 것이 아니고 비바리편에서 장난을 치느라고 자기 낚시를 와 물었다는 것을 알 수 있었다. 절로 얼굴이 달아오름을 느꼈다. 그러면서 바다로 눈을 주었을 때는 이미 비바리가 저쪽 잠녀들이 떠있는 가까이에 솟구쳐오르며 휘파람을 부는 소리가 수면을 타고 건너왔다.[19]

---

18 황순원의 「비바리」에서 주인공은 사실 준이와 그의 어머니이다. 준이네를 통해서 보면 그 소설은 모성의 보살핌 속에서 쇠약해진 육체가 건강한 생명력을 회복해 가는 과정을 그린 것으로 볼 수 있다. 비바리의 기억이 소설의 마지막에 술회되는 이유는 그처럼 비바리가 보조적인 역할에 그치는 인물이라는 점에서 불가피한 것인지도 모른다. 그러나 슬픔을 처리하는 애도 작업의 관점에서 보면 소설의 제목 그대로 황순원 소설의 주인공은 '비바리'가 분명하다. 그런 관점에서 비바리의 기억이 그 소설의 마지막에 가서야 시작된 이유 또한 새롭게 해석될 수 있다. 그것은 한마디로 애도 작업의 어려움을 가리킨다.

서사적 애도의 주체는 상징적인 방식으로 망자를 죽이거나 망자와의 동일시 속에서 함께 죽는 것 가운데 하나를 선택할 수 있다. 비바리는 일단 오빠와 함께 죽는 것을 선택했던 것으로 보인다. 말하자면 그녀는 무엇보다도 산 자의 세계와 죽은 자의 세계 사이에 끼어 있는 우울한 인간이 되었던 것이다. 이것은 낚시에 걸린 "사람의 머리"라는 비바리의 섬뜩한 이미지를 통해 짐작할 수 있다. 실제로 비바리는 오빠가 죽은 뒤 마치 유령처럼 "눈이 흐리지도 빛나지도 않고" 있는 모습이다. 따라서 고통스러운 상실의 경험을 이해하려고 노력하며 언어로 표상하는 일은 그녀에게 아마도 불가능한 일이었을지 모른다. 비바리의 기억은 억압되어서 분명 무의식 깊숙이 가라앉아 있었음에 틀림없다. 그러나 마침내 그녀는 제주에 온 준이의 낚싯대로 인해 우울증적 반복에 기초한 오랜 망각으로부터 벗어난다. 이와 같은 상황은 "죽은 사람의 머리통" 같던 비바리가 자기 몸을 드러내고 둑으로 올라서는 순간으로서 암시되고 또 그녀가 준이에게 "피묻은 입술에 미소같은 것"까지 띠게 되면서 명백해진다. 물론 그것은 단순히 감정적 애착의 리비도가 오빠에게서 준이에게로 옮겨감으로써 애도 작업이 완료되었음을 가리키지는 않는다.[20] 비바리가 준이에게 관심을 보인 이유는 사실 망자를 표상하는 일의 어려움을 그가 해소시켜준 데서 찾을 수 있다. 바로 준이는 쇠약한 육체성의 표상을 공유함으로써 그녀에게 오빠와 같은 존재로 다가왔던 것이다.

이처럼 「비바리」가 보여주는 본격적인 애도 작업으로서의 표상화 과정은 내면적인 기억이 아니라 외부적인 현존을 통해 촉발된다. 그러니까 준이는 무엇보다도 죽은 오빠의 상징적 현존이라고 할 수 있다. 여기

---

19 황순원, 「비바리」, 『학/잃어버린 사람들─황순원 전집 3』, 문학과지성사, 1981, 230쪽.
20 애도는 망자에 대한 감정적 애착의 리비도를 새로운 대상에 재투자하는 방식으로 정의될 수 있다는 점에서 애착 대상이 죽은 자에서 산 자로 변경된 사실은 애도 작업이 완료되었음과 무관하지 않다고 할 수도 있다. 왕은철, 『애도예찬─문학에 나타난 그리움의 방식들』, 현대문학, 2012, 16~17쪽 참조.

서 비바리가 왜 그렇게 준이에게 적극적으로 접근했는지 그 이유가 드러난다. 비바리는 준이에게서 오빠의 현신을 발견하는 순간 아마도 처음에는 자신이 오빠를 죽여야만 했던 장면이 떠올라 자책감으로 더욱 우울했을지 모른다. 그렇지만 비바리가 망자를 자신으로부터 떼어내 상실감을 처리하기 위해서는 그 망자에게 사로잡힌 현실을 표상해야만 하고 또 그것에서 그치지 않고 그 현실을 변형함으로써 궁극적으로는 자신으로부터 비워내야만 한다.[21] 「나상」이 망자를 액자라는 인위적인 구획 속에 표상하며 서사적 회화에 각인된 대상으로 만들고 일종의 제의적 기념비로서 그 망자를 생존자에게서 분리해내었던 작업이 「비바리」에서도 실행되어야만 하는 것이다. 이를테면 비바리는 준이라는 외적 표상만으로는 충분치가 않고 그 표상을 자신의 내부로부터 끄집어내는 인공적인 절차를 필요로 하게 된다. 비바리의 표상 작업이 현존으로부터 촉발되었던 것처럼 그러한 절차는 불가피하게 기억이 아닌 행위를 통해 전개된다. 실제로 비바리는 오빠를 자신으로부터 떼어내기 위한 상징적인 역할 연기를 위해서 오빠의 현존적 표상에 해당하는 준이를 자신에게서 비워내는 방식, 즉 놀랍게도 그의 아이를 임신하는 방식을 선택한다.

준이는 비바리가 무슨 생각으로 말을 끌고 왔는지 알아차릴 수가 없었다. 뒤로 간 말이 별안간 코를 불며 번쩍 앞굽을 들어 앞말의 뒤를 덮쳤다. 준이는 이

---

21 어떤 대상을 처리하기 위해서는 그 대상이 부재하는 것이 아니라 존재해야만 하고 따라서 비바리의 오빠는 현존의 형태로 다시 만들어져야만 한다. 그리고 부재와 존재의 이러한 교체는 상징적인 등록 절차로서 의미를 갖는다. 준이를 통해 오빠는 상징체계의 일부로 받아들여지는 것이다. 여기서 프로이트가 고찰한 실패 놀이는 비바리가 오빠의 부재와 현존을 경험하는 방식에서 애도 작업의 핵심을 비유적으로 보여준다. 그것은 바로 한 아이가 어머니의 현존(da, 여기에)과 부재(fort, 가버린)를 상징하는 과정으로 달리 제어할 수 없었을 어떤 상황을 자기 마음대로 주무르게 되는 상황의 변형을 통해 어머니의 부재를 극복하는 방식이다. 지그문트 프로이트, 「쾌락 원칙을 넘어서」, 『정신분석학의 근본개념』, 윤희기 · 박찬부 옮김, 열린책들, 1997, 278~283쪽 참조.

갑작스런 광경에 흠칫했다. 초닷새 으스름달빛 속에서 커다란 두 몸뚱어리가 한덩어리가 된 것이다. 비바리가 몸을 돌려 준이의 손목을 와 잡았다. 그리고는 끌고 내달리는 것이다. 이 말들은 말들대로 뒤둬야 한다는 듯이. 바다기슭에 이르렀다. 거기서 비바리는 몸에 걸친 것을 홀랑 벗어던지더니 바다로 뛰어들었다. 그리고는 준이더러도 어서 들어오라는 것이다. 준이는 얼굴만 화끈거릴 뿐 어인 영문인지를 몰라 주춤거렸다. 비바리가 바다에서 올라왔다. 준이에게 다가오더니 대뜸 노타이 앞섶을 좌우로 잡아헤치면서 옷을 벗기는 것이다. 노타이 단추가 뚝뚝 뜯겨져나갔다. 양손에서 귤알이 떨어졌다. 어스름 속에 준이의 희멀건 육체가 드러났다. 비바리의 손길이 탐내듯이 준이의 몸을 돌아가며 어루만지기 시작했다. 준이는 그만 몸을 빼내야 한다고 생각하면서도 아지못할 힘에 이끌려 그냥 내맡기고 있었다. 점점 비바리의 손에 힘이 주어지며 입가에 어떤 미소같은 게 지어졌다고 생각되는 순간, 뜨거운 입김이 준이의 목줄기를 물었다.[22]

사실 비바리의 유혹과 임신은 자연적인 욕망과 그 소산처럼 보이지만 애도 대상의 구성이라는 측면에서 보면 가장 인공적인 것이라고 할 수 있다. 왜냐하면 비바리의 임신은 그녀가 자신으로부터 오빠를 떼어내기 위한 작업을 수행하기 위해 자신의 내부에 그 오빠를 통째로 재창조하는 방식이기 때문이다. 그렇다면 비바리의 성적인 행위는 단순히 육체적 쾌락을 위한 것으로 볼 수 없다. 물론 비바리의 성행위는 감정적 애착의 대상인 오빠에게 집중되었던 리비도를 새로운 대상에게 투여할 수 있게 됨으로써 죽은 오빠로부터 해방되기 시작했다는 신호로도 보인다. 애도는 망자와 묶여 있던 관계에서 자신이 차지하던 이미지와의 인연을 끊는 일이라는 점에서 그러한 행위는 분명 자신이 더 이상 죽은 오빠의

---

22 황순원, 앞의 책, 234~235쪽.

여동생이 아니라 살아 있는 한 남자의 애인, 나아가 아내가 되겠다는 의미로 이해될 가능성이 있다. 한마디로 비바리의 성행위는 애도를 잘 마쳤다는 뿌듯한 기쁨과 관련될 수도 있는 것이다. 하지만 소설의 말미에서 비바리는 다시 뭍으로 나가게 되었다는 준이의 전언과 같이 가자는 준이의 요청에도 불구하고 제주에 남겠다고 말한다. 이 거절은 당연히 준이와의 관계에 비바리가 부여했던 의미가 욕망보다는 애도에 있었음을 가리킨다. 또 그것은 동시에 「비바리」에서 애도가 아직 진행 중임을 나타내는데, 이때 비바리가 억압된 기억을 마침내 풀어놓게 되는 것을 보면 그녀의 애도 작업은 곧 종결될 것이라 예상할 수 있다.

실제로 자기의 배를 몇 번 쓰다듬는 비바리의 모습을 마지막으로 소설은 끝난다. 다시 말해 비바리에게 준이를 따라가는 일보다 준이의 아이를 출산하는 일이 더 중요한 것은 그것이 애도 작업을 완수하는 과정의 마침표라는 사실과 무관하지 않다. 그녀는 오빠를 닮은 준이의 아이를 출산하는 행위를 통해 상징적 재창조의 형태로써 오빠를 죽인 죄책감을 보상하고 우울증으로부터 벗어나려는 것이며 나아가 아이를 분리하는 역할을 실연함으로써 자신에게서 오빠를 떼어내는 서사적 무대를 상연하려는 것이다. 여기서 죄책감의 청산이 그러한 애도 작업의 완수에 선행한다는 점에 주목할 필요가 있다. 왜냐하면 비바리가 먼저 오빠를 죽인 자신을 용서하지 않는다면 그에게 영원히 종속됨으로써 오빠로부터 자신을 분리하는 일은 절대로 불가능할 것이기 때문이다. 따라서 '용서'는 어떤 형태로든 과거에 대한 강박으로부터 해방되는 심리적 계기로서 애도 작업에 필수적인 절차가 아닐 수 없다. 그리고 그것은 반복이 아닌 망각을 통해 마침내 과거에 미래를 제공하게 된다. 말하자면 애도하는 사람은 과거를 잊기 위해 과거를 용서하는 것이라고 할 수 있다.[23] 결국 잊으면 용서하게 되는 것이 아니라 용서하면 잊게 된다는 것이야말로 비바리의 애도 작업에서 얻게 되는 깨달음이 아닌가 한다. 황순원의 「비바리」가 애도 작업의 서사적 재현을 통해 얻게 되는 독자들의 공명은 무엇보다도 그러한 각성에 있는 것으로 보인다. 「비바리」는 바로 '용서와 망각의 서사'를 통해 이데올로기와 전쟁의 트라우마에 대한 카타르시스적 애도의 임무를 완료한다.

4. 서사적 애도의 조건

이데올로기 대립으로 촉발된 6·25전쟁은 거대한 상실감의 원천이었다. 전쟁의 종료와 더불어 상실의 슬픔은 파도처럼 밀려왔을 것이다. 그러나 전후 한동안 공적 애도 의식이 정립되지 않은 상태에서 그러한 슬픔을 처리하는 애도의 문제는 국민들 개인의 몫으로 남겨졌다. 생존자들은 어떻게든 살아야 했기에 전쟁의 상처로부터 오는 고통을 진정시키고자 하는 애도의 절차를 지체할 수 없었다. 슬픔에 고착되어 무기력에 빠지면 새로운 행위의 가능성이 사라짐으로써 삶은 미래를 가질 수 없게 되기 때문이다. 이때 문학은 개인의 부담으로 떠넘겨진 애도 작업에서 결정적인 역할을 했다. 특히 서사적 상상력은 전쟁과 같은 삶의 비극적인 상처가 우울증이라는 병리적 상태로 악화되는 것을 막는 데 커다란 도움을 주었다. 실제로 전후에 쓰인 소설들은 한 개인의 슬픔과 좌절, 그리고 절망과 같은 상실의 경험을 다양하게 카타르시적 애도의 방식으로 처리하였다. 그리고 이 중 「나상」이나 「비바리」와 같은 몇몇 소설들은

---

23 물론 과거에 대한 서사적 반복은 애도 작업을 완수하는 것이 아니라 애도 작업을 방해하는 것이 될 수 있다. 프로이트가 지적한 것처럼 반복은 망각의 가장 나쁜 형태이다. 여기서 용서는 반복을 가능케 하는 무의식적 망각을 반복을 중지시키는 의식적 망각으로 전환하는 결정적인 축이다. 그리고 용서를 통해 카타르시적 애도의 임무를 수행하는 서사는 독자들의 감정이입과 공명을 통해 용서 불가능한 일을 용서 가능한 일로 변환시키는 데 도움을 준다. 이것은 용서가 단순한 망각이 아닌 이유이다. 그러니까 과거에 대한 황순원의 서사적 반복은 과거를 잊기 위해 과거를 기억한다고 할 수 있다. 리처드 커니, 앞의 책, 181~193쪽 참조.

애도를 돕는 그런 서사적 임무를 성공적으로 수행하였다. 물론 하나의 소설작품이 애도 작업을 수행하는 방식은 한 개인이 그 작업을 진행하는 방식을 재현하는 데서 그치는 것이 아니다. 이른바 애도 서사의 관건은 등장인물이 상실의 슬픔을 처리하는 애도 과정에 독자가 참여하도록 하는 데 있다. 여기서 독자는 상실을 경험한 등장인물과 똑같은 상황에 자신을 위치시킴으로써 비로소 서사적 애도의 작업을 완결시키게 된다.

사실 「나상」과 「비바리」의 주인공들이 보여주는 애도 작업은 그 서사적 애도에 참여하는 사람들 모두가 자신들이 처한 심리적 난관에 대해 그 나름대로의 해결책을 찾도록 고무하는 것이다. 우선 「나상」은 인민군의 총에 맞아 죽은 형을 수없이 떠올리는 가운데 헤어 나오지 못했을 이른바 우울증적 반복을 그 형의 부재로부터 오는 상실의 경험을 기억함으로써 중지시키고자 하는 동생을 보여준다. 그리고 이호철의 소설은 그가 망자를 액자라는 인위적인 구획 속에 표상하며 서사적 회화에 각인된 대상으로 만들고 일종의 제의적 기념비로서 그 망자를 자신에게서 떼어내는 애도 작업을 시연하였다. 여기서 「나상」은 독자에게 대상의 부재를 받아들이고 형이 한때 자신들과 더불어 살았음을 감사하게 기억하는 방법을 알려준다. 그런가 하면 「비바리」는 빨치산이 되고 만 오빠를 스스로 죽일 수밖에 없었던 자책감을 오빠를 닮은 아이를 출산하는 상징적 행위를 통해 보상하고 우울증으로부터 벗어나고자 하는 여동생을 보여주었다. 이때 황순원 소설은 그녀가 출산을 통해 망자를 닮은 아이를 분리하는 역할을 상연함으로써 자신에게서 오빠를 비워내는 서사적 애도의 무대를 창출하였다. 아울러 「비바리」는 그런 무대를 통해 독자에게 용서야말로 반복이 아닌 망각을 통해 마침내 과거에 미래를 제공하게 되는 애도 작업의 필수적인 절차라는 사실을 드러냈다.

물론 우리는 상실감을 극복하라는 격려의 말을 매우 흔하게 듣는다. 하지만 사별한 사람들이나 비극적인 상실을 겪은 이들에게 애도는 상실을 극복하는 것의 문제라기보다 그 상실을 자기 삶의 일부로 만드는 방법을 찾는 문제라고 할 수 있다. 따라서 중요한 것은 상실과 함께 살아가는 것이 되지 않을 수 없다. 어떻게? 감사와 용서를 통해서. 한편 우리는 「나상」과 「비바리」를 통해 전쟁 체험의 지속성을 상기함과 동시에 전쟁의 트라우마와 서사적 애도는 당대에 여전히 진행 중이었던 핵심적 문제라는 사실을 확인하게 되었다.

그렇다면 전쟁과 애도라는 문제를 중대한 과제로서 떠맡았던 이호철과 황순원의 두 소설은 특별한 관심의 대상이 되어 마땅할 뿐만 아니라 50년대 전후문학에 대한 일방적인 평가에 대한 재검토를 요구하는 계기가 분명하다. 즉 전후문학이 보여주는 객관성의 미비 혹은 성찰성의 결핍은 4·19혁명을 기점으로 한 60년대 문학에 이르러서야 비로소 극복되기 시작한다는 문학사 일반의 논리는 50년대 문학의 중심적 역할 가운데 하나가 분명했던 전쟁의 외상을 치유하는 문학적 애도의 관점에서 반드시 재고되어야 할 것으로 보인다.

5부

/

형식의 정치성 | *1963~1969*

13장 / 소외와 환상

김승옥·이청준 소설과 조직 인간·기계 인간

1. 소외와 환상성

세속화된 근대 사회는 이전의 주술적인 세계와는 달리 확실성이나 궁극적 의미 따위로 옮아매어진 체계일 수가 없다. 왜냐하면 초월적 기준으로 구조화되는 삶의 필연성이 경험의 임의적 성격에 기초한 삶의 우연성으로 대체되는 그 순간 사람들은 우유부단한 세계의 아이러니로부터 오는 불안하고 애매한 의식에 사로잡히기 때문이다. 이것이 근대성의 기원이 가진 불길한 징조인데, 우리의 경우 그것은 무엇보다도 한국전쟁을 통해 첨예한 현실로 다가온다. 실제로 우리의 전후소설은 예측불가능하고 제멋대로인 그 전쟁을 직·간접적인 배경으로 삼고 가치 기준의 상실에 따르는 도덕적 자기 부인과 생존만이 유일한 가치가 되는 실질적 자기 보존이 압도하는 아이러니한 현실을 집요하게 드러낸 바 있다. 그러나 삶의 안정감을 붕괴시키고 어지럽게 요동치던 전후 현실의 아이러니는 국가 재건을 위해 경제 개발 계획을 관철시켜 나가게 되는 1960년대에 이르러 진정될 기미를 보이게 된다. 산업화에 따라 직업이라는 삶의 안정적 토대가 일정하게 구축된 때문이었는데,[1] 이것은 필연성에 대한 존재론적 의존이 소멸되어 혼란과 무질서에 빠졌을 때 일종의 직업적 정체성(occupational identity)이 그것을 대체할 수도 있음을 가리킨다.[2] 말하자면 직업은 앞날을 예측할 수 없는 상황에 지배된다고 느끼는 세계에서 안정감을 찾고자 하는 사람들의 희망적 가능성이었을 공산이 크다.

1950년대 전후소설에서 작중인물들이 다양한 형태로 보여주었던 취직에 대한 노력도 사실 그와 무관하지 않을 것이다.[3] 그런데 1960년대 소설들은 직업의 획득 기회가 크게 증대된 현실과 관계하면서도 그것을 희망적 가능성이 아니라 오히려 삶의 절망적인 한계로 형상화하기 시작한다. 도대체 무슨 일이 있었던 것일까? 직업적 정체성에 무언가 잘못된 것이 있었음에 틀림없다. 사실 산업화로부터 획득한 직업적 정체성에서

---

1 1960년대 '1·2차 경제개발5개년계획'의 수립과 함께 한국의 산업입국에 대한 목표는 많은 어려움 가운데서도 그 결실을 보게 된다. 실제로 1차 산업부분이 급속히 감소하고 2·3차 산업부문이 대폭 증가하면서 그 부문에서의 취업자 수 또한 급격한 증가를 보여준다. 물론 1960년대 전반기의 '제1차 경제개발 5개년 계획'은 그다지 성공적이지 못했다. 그러나 중반기에 수립된 '제2차 경제개발 5개년 계획'은 '외자도입'과 '월남특수'를 통해 산업화의 진척에 있어 더 큰 폭의 상승세를 기록하는데, 2·3차 산업부문에서의 취업자 수 또한 예외가 아니었다. 김성환 외, 『1960년대』, 거름, 1984, 278~292쪽 참조.

2 근대의 변화로부터 완전히 세속적인 시간 안에서의 사회적 삶에 대한 이해가 부상하는데, 이제 삶은 다른 모든 행위와 존재상 대등한 세속적 시간 안에서의 공동 행위로 여겨진다. 이때 무엇이 사람들을 그렇게 결속시킬 수 있을까? 그것은 바로 강력한 공통의 목적 또는 가치이고 이 공통의 목적과 가치의 체계는 새로운 세계에서 정치적 정체성이나 다양한 사회적 정체성으로 나타난다. 그러니까 개인적 삶에서 형이상학적 필연성에 기초한 세계의 해체는 저마다의 삶 속에 강력한 국가의 신민이나 어느 특정 조직에 속하는 직업과 같은 유사-필연성이 관여하고 있다는 강한 느낌이나 헌신에 의해 보상받을 수 있다는 것이다. 이것은 어쩌면 한국전쟁 이후 우리 사회에 군사독재 정권의 출현과 산업적인 조직문화가 그렇게 성공적으로 정착될 수 있었던 이유인지도 모른다. 찰스 테일러, 이상길 옮김, 『근대의 사회적 상상』, 이음, 2010, 279~288쪽 참조.

3 전쟁으로 어수선해진 세상을 배경으로 하는 전후소설은 사람들이 세상을 저마다가 어떻게 해볼 수 없는 예측 불가능하고 불안한 장소로 보게 됨으로써 모든 일이 우연성의 혼란과 위협적인 무질서에 빠진 현실을 주목한다. 그러니까 사람들의 정체성을 불온하게 감싸고 있는 아이러니한 현실은 전후소설에 등장하는 작중인물들을 지배하는 가장 강력한 힘으로 작용한다. 이때 그들의 구직 노력은 그러한 현실로부터 벗어나려는 안간힘의 목표가 직업이 되고 있음을 암시한다고 할 수 있다. 가령 손창섭의 「혈서」(1955)에 등장하는 달수나 장용학의 「비인 탄생」(1956~7)에 등장하는 지호의 '구직 행각'은 전형적인 예가 된다.

현실을 제어할 수 있다는 안정감과 자신감은 곧바로 그 현실의 통제 대상이 되는 데서 오는 열등감이나 박탈감으로 변질된다. 말할 것도 없이 김승옥과 이청준을 비롯한 1960년대 소설가들의 작품에서 직업인들은 대부분 조직 사회(organized society)의 규율에 따라 모든 것을 숫자로 계산하며 질적 가치를 양적 가치로 환원하는 일로 하루를 소진하는 인간들로 나타난다. 다시 말해 그들은 거대한 조직의 명령 속에서 움직이는 한낱 사물과도 같은 존재로 '소외'되고 마는 것이다. 하지만 인간은 현실이라는 외부 세계의 압력과 상상이라는 내면세계의 열망이 비례하는 독특한 구조로 되어 있다. 실제로 1960년대의 소설가들은 이른바 소외(alienation)를 환상적인 것(the fantastic)을 통해 돌파하는 문학의 힘을 보여준다. 그 가운데서 가령 김승옥의 「역사(力士)」(1963)와 이청준의 「무서운 토요일(土曜日)」(1966)은 그러한 소외 때문에 촉발된 환상성을 아주 대조적인 방식으로 드러내는 작품들이라는 점에서 흥미롭다.

이 장에서 김승옥의 「역사」와 이청준의 「무서운 토요일」을 통해 직업적 정체성이 소외의 원천으로 전환되는 현실을 분석하고, 그러한 현실을 극복하기 위해 활용되는 소설의 두 가지 환상성을 대비하려는 이유는 바로 여기에 있다. 나아가 대조적인 방식으로 정립된 그러한 환상성에서 환상문학의 가능성 또한 제시하고자 하는데, 이것은 사실상 이 장의 궁극적인 목적이 된다. 물론 기존의 논의들이 김승옥과 이청준 소설에 나타난 소외의 문제나 환상적 성격에 대해 완전히 무관심했던 것은 아니다. 아니 오히려 활발한 관심의 대상이었다는 것이 아마도 맞는 말일 것이다. 그러나 그들의 소설에서 소외와 환상을 논리적으로 결합하고 그 소설들의 환상성을 적절하게 평가한 경우는 아주 드문 경우에 속한다.[4] 하지만 그렇게 한 경우라도 문제점이 없지 않다. 크게 두 가지 점

---

4 소외와 환상을 논리적으로 결합하고자 했던 논의들로는, 우선 김승옥의 경우는 이승준, 「초기산업사회의 명암과 그 지양—김승옥의 〈역사〉에 대한 구조적 분석」, 『어문논집』 제48호, 2003,

이 지적될 수 있다. 하나는 환상성에 대한 문학이론을 원용하는 것까지는 좋은데 그 적용이 올바르지 않은 것이고[5] 다른 하나는 문학이론의 올바른 적용에도 불구하고 그 환상성의 구조적 측면과 심리적 내용이 적절하게 결합되지 못한 것이다.[6] 결국 우리가 기존 논의들의 문제점에 유의하며 해야 할 것은 이론을 소설에 올바르게 적용하는 일과 더불어 그 이론을 각각의 소설에 맞게 적절히 재구성하는 일로 요약된다. 그리고 이때 기대되는 것은 구조와 내용의 논리적 결합을 통해 문학적 환상을 역사적 맥락에 위치시키는 일이 가능하리라는 점이다.

423~446쪽. 그리고 이청준의 경우는 정원채, 「형상의 환상적 조형과 다면적 현실의 반영―1960년대 이청준 소설의 환상성 연구」, 『한성어문학』 제26집, 2007, 423~445쪽; 김소륜, 「이청준 소설에 나타난 환상성 연구―'모성' 추구 양상을 중심으로」, 『구보학보』 제3집, 2008, 179~204쪽.

5 정원채는 환상이란 자연 법칙밖에 모르는 독자가 초자연적인 양상을 가진 사건에 직면해서 체험하는 망설임을 통해 정립된다는 토도로프의 이론을 원용한다. 그는 토도로프가 그 환상과 구분되는 것으로 유형화했던 기괴(초자연적인 사건이 자연적인 것으로 설명되는 환상성)에 해당하는 사건들, 예컨대 이청준의 「무서운 토요일」에 나오는 '사격선의 꿈'이나 '웃음소리'의 환청을 환상이라고 성급하게 판정한다. 로즈메리 잭슨을 참고하고 있다면 실제로 그것은 '환상적 기괴' 정도로 간주되었어야 할 대목이다(정원채, 위의 글, 425~429쪽 참조). 김소륜의 경우도 좀 다른 방식이지만 동일한 문제를 보여준다. 그녀 또한 토도로프 이론을 근거로 이청준 소설의 환상성을 분석한다. 그녀는 토도로프가 그 환상과 구분되는 것으로 유형화했던 경이(초자연적인 사건을 초자연적인 것 그대로 납득하는 환상성)에 해당하는 사건들, 가령 「배꼽을 주제로 한 변주곡」에 나오는 '배꼽이 사라지는 믿을 수 없는 사건'을 토도로프적인 환상으로 오해한다. 그러면서 그것을 모성의 상실에 대한 관념적 상징으로 해석한다. 이렇게 되면 그것은 환상이 아니라 기괴가 된다. 적어도 그것은 잭슨의 용어로 '환상적 경이' 정도로 간주되었어야 하는 것이 옳다(김소륜, 앞의 글, 183~187쪽 참조).

6 이승준의 경우 역시 토도로프의 이론이 활용된다. 그는 사실 그 이론에 대한 이해와 적용에서 최선의 경우를 보여준다. 특히 김승옥의 「역사」에 나타난 액자 형식을 세밀히 분석함으로써 그 소설의 환상성이 토도로프적인 환상(필자에게는 환상적이지만 경이의 성격을 간직한 환상성, 즉 잭슨이 말한 '환상적 경이'에 가까워 보이지만)에 해당한다는 구조적 측면을 정확히 분석하는 부분이 돋보인다. 그러나 그가 프로이트의 환상 개념과 로즈메리 잭슨의 환상 개념을 결합해 그러한 구조의 심리적 내용, 나아가 그 문학적 의미를 해명할 때는 그러한 개념들의 논리적 불일치에서 오는 혼란이 두드러진다. 즉 이승준은 현실이 주지 못하는 소망 충족의 표현으로서의 도피적 환상 개념과 부정적 현실에 대한 전복적 표현으로서의 비판적 환상 개념을 아무런 유보 없이 자의적으로 뒤섞는다(이승준, 앞의 글, 431~440쪽 참조).

2. 소외로부터의 환상 혹은 통합적 환상의 의미

김승옥의 소설 「역사」는 "사변이 남겨놓고 간 것"을 배경으로 한다. 그런데 전쟁의 유산은 단순히 물리적인 폐허에 국한된 것이 아니었고 사실 더욱 심각한 것은 정신적인 폐허를 포함하는 것이었다. 말하자면 현실을 예측 가능하지 않으며 제멋대로 돌아가는 아이러니한 운명의 공간으로 구축했던 6·25사변은 한동안 사람들로 하여금 자기 보존이 자기 개선을 대체하도록 하면서 삶의 공허감과 방향 상실감, 즉 내면적 아이러니에 빠지도록 만든다. 하지만 「역사」의 주인공이 전후 소설의 등장인물들과 명백히 다른 점은 우연적이고 혼미하며 무질서한 그러한 상태를 개선하기 위해 자신과 그 주변 세상 사이에 필연적인 연관성을 정립하고자 적극적으로 나서는 데 있다. 실제로 "일부러 타락한 자의 그것을 닮으려는 점"에서 "무궤도하고 부랑아 같은 생활태도"를 정당화해 오던 그 희곡 습작생은 "자신의 기만"을 인정하고 앞날을 예측할 수 없는 상황에 지배된다고 느끼는 현실의 문제가 그것으로 해결될 수 없다는 점을 깨달으며 "창신동의 그 지저분한 방"에서 이른바 직업적 정체성에 기초한 "이 깨끗한 양옥"으로의 이주를 결심한다.[7] 그는 "무질서하고 퇴폐적인" 자신의 예술적 정체성을 버리고 마침내 "질서가 잡히고 규칙적인" 세계로 하숙을 옮기는 것이다. 그러나 한 하숙생에게 그러한 세계는 얼마 지나지 않아 기대감과 희망을 '생소감'과 좌절로 바꾸어 놓는다.

[7] 아이러니한 현실을 벗어나기 위해 전후소설의 등장인물들이 보여주는 노력은 1950년대의 경제적 조건의 지원을 받지 못함으로써 운이 좋은 경우가 아니라면 거의 실패하게 된다. 가령 손창섭의 「혈서」(1955)에 등장하는 달수의 구직 노력은 번번이 좌절되고 마는데, 이때 그 소설의 또 다른 인물인 규홍은 그러한 현실을 자신의 시작(詩作) 속에 반영함으로써 일종의 예술적 정체성 속에서 돌파구를 찾는다. 하지만 그 역시 달수의 현실을 타개하지는 못한다. 따라서 「역사」(1963)에 등장하는 희곡 습작생은 그 규홍이라는 인물의 후배 격이라고 할 수 있다. 물론 그는 규홍과 달리 예술적 정체성의 자기기만을 깨닫고 직업적 정체성의 세계로 나아간다는 점에서 1950년대 전후소설과 구분되는 서사적 양상을 보여준다. 그리고 여기에는 1960년대의 경제적 뒷받침이 필수적이었다고 할 수 있다.

아침 여섯시에 기상. (그러나 나의 경우는 자발적인 기상이 아니라 할아버지가 차를 끓여가지고 손수 들고 와서 나를 깨우고 그 차를 마시게 하고 내가 무안함에 가슴을 두근거리며 황급히 옷을 주워입으면 아침 산보를 시키는 것이었다. 그래서 나는 수면 부족으로 좀 자유로운 낮에 늘 낮잠이었다. 그러나 그 집 식구들은 심지어 세 살난 어린애마저도 그 규칙을 지키고 있는 모양이었다.) 아침식사, 출근 혹은 등교. 할아버지도 어느 회사에 중역으로 나가고 있었으므로 집에 남는 건 할머니와 며느리, 어린애와 식모, 그리고 노곤한 몸을 주체하지 못하는 나뿐이었다. 그 동안 나는 오전 열시경에 며느리와 할머니가 놀리는 미싱 소리를 쭉 듣게 되고, 열두시경에 라디오에서 나오는 음악을 듣고, 오후 네시엔 「엘리제를 위하여」를 듣게 된다. 오후 여섯시 반까지는 모든 식구가 집에 와 있어야 하고 저녁식사. 식사가 끝나면 십여 분 동안 잡담. 그게 끝나면 모두 자기 방으로 가서 공부. 그리고 식모가 보리차가 든 주전자와 컵을 준비해서 대청마루 가운데 있는 탁자 위에 놓는 달그락 소리가 나면 그때 시간은 역시 오륙 분 전, 그 소리가 그치면 여러 방의 문이 열리고 식구들이 모두 나와서 물 한 컵씩을 마시고 '안녕히 주무십시오'를 한 차례 돌리고 잠자리로 들어간다. 세상에 이런 생활도 있었나 하고 나는 놀라지 않을 수 없었다. 식구 중 누구 한 사람 얼굴에 그늘이 있는 사람은 없었다. 나로서는 상상도 하지 못하던 세계에 온 것이었다. 동대문이 가까운 창신동 그 빈민가의 내가 들어 있던 집의 식구들을 생각하지 않을 수 없는 이 정식(正式)의 생활.

내가 간혹 이 양옥의 식구들의 얼굴을 생각해보려 할 때면, 물론 대하는 시간이 적었던 탓도 있겠지만 그보다는 차라리 아마 낮잠에서 깨어났을 때 내가 지금 있는 방에 대해서 생소감을 느끼던 그런 알 수 없는 이유로써 나는 이 집 식구들의 얼굴을 덮어 누르고 보다 명료하게 떠오르는 창신동 식구들의 얼굴 때문에 적지 않게 괴로워했다.[8]

---

8 김승옥, 「역사」, 『생명연습 외 - 김승옥 소설전집 1』, 문학동네, 1995, 74~75쪽.

「역사」의 주인공 '나'가 입주한 양옥집의 구성원들은 할아버지와 할머니, 그리고 대학의 "물리학 강사"인 아들과 며느리, 또한 그 대학 강사의 여동생인 '여고생'과 세 살짜리 딸 등이다. "어느 회사에 중역으로 나가"는 할아버지가 그 구성원들의 중심인데, 그는 사변으로 파괴된 '가풍', 즉 '질서정신'을 만들어가야 한다면서 그 집을 "규칙적인 생활 제일주의"라는 토대 위에 구축한다. 실제로 양옥집 식구들은 아침 여섯 시에 기상하고 아침식사 후 출근 내지 등교를 하고 오후 여섯 시 반까지 귀가하고 저녁식사와 잡담과 공부를 마치면 물 한 컵씩을 마시고 열 시에 잠자리에 든다. 이른바 "정식(正式)의 생활"을 엄격히 준수하는 것이다. 여기서 이 양옥집의 실체가 산업화로 시작된 사회의 조직화와 제유적인 관련을 맺고 있다는 점은 의심할 여지가 없다. 물론 시계 시간의 준수로부터 오는 노동과 생산의 효율성이나 약속과 협정의 확실성이 가정으로까지 확대된 그러한 조직 사회의 생리는 사변 이후 예측할 수 없는 힘에 지배된다고 느끼게 된 세계에 우선적으로 안정감과 평온함을 가져다주었을 것이다. 이것은 한 늙은 회사원의 규율과 훈육을 자발적으로 받아들이고 따르는 식구들이 보여주는 것처럼 '조직 인간(organization man)'의 형성이 저항 없이 이루어지는 데서 확인된다. 그러나 새로 온 하숙생인 '나'는 그러한 '조직 인간'의 자발성을 낯설게 느끼면서 직업적 정체성의 획득이 수반하는 무언가 수상한 영향력을 감지한다.

요컨대 조직 인간의 직업적 정체성이 또 한 사람을 휘감으려는 순간, 그는 그것이 자발성에 기초한 혜택이 아니라 강제성에 순종한 대가라는 점을 깨닫는다. 이 점은 '나'의 아침 기상이 "자발적인 기상"이 아니라 규칙적인 생활을 종용하는 할아버지의 압력으로 인한 것이라는 사실에서 일차적으로 나타난다.[9] 그리고 결정적으로 "세 살난 어린애마저도 그

---

9 할아버지가 '나'의 기상을 위해 '차'를 권함으로써 규율의 준수에 대한 압력을 행사한다는 대목에서 일종의 각성제로서 등장하는 '차'는 산업화가 기호품과 맺고 있는 의미심장한 관계를 암시

규칙을 지키고 있는 모양"에서 그 사실은 분명해진다. 조직 사회의 효율성과 확실성이란 일률성과 획일성의 가면이었던 셈이다. 결국 시계 시간의 규율이 강제되는 사회에서는 조직의 규칙과 일치하지 않는 개인의 리듬은 철저히 억압당한다. 말할 것도 없이 개인의 주관성이 전적으로 외부의 규율에 의해 좌우된다고 생각하는 '나'와 같은 사람들은 그런 정체성과 자신의 가능성 사이의 낯선 '간격'과 이로부터 오는 "서먹서먹한 느낌"을 감지하고 궁극적으로 인간과 물건이 등등하게 취급되는 사물화된 삶의 객관성이란 무엇보다도 소외를 의미한다는 사실을 의식하게 된다.[10] 다시 말해서 소외 의식(sense of alienation)의 출현은 조직 인간의 삶에 잘못된 것이 있으며 특히 산업화로 촉발된 조직 사회에 근본적인 문제가 있다는 것을 드러낸다. 이런 문제를 보면 직업적 정체성을 가지게 된 사람들이 질서의 제단에 복종하면서 내면적으로는 어떤 대가를 치르는지 알 수 있다. 이때 불만스러운 내면이 그 제단의 반대편 '그늘'을 떠올리고 그곳을 이상화하는 것은 충분히 논리적인 일이다.

한다. 말하자면 공장과 사무실로 대변되는 산업화 문명은 시계 시간이 지배하는 규율적인 공간의 창출을 위해 식품으로 위장된 중독성 강한 각성제가 필요했는데, '차'는 바로 산업 문명이 권장하는 건전한 마약으로서 노동력의 원활한 회복을 도왔다. 이것은 '커피'로 대체되기도 하는데, 흥미롭게도 이청준의 「무서운 토요일」에는 '차' 대신 그 새로운 각성제가 등장한다. 아마도 산업화와 결합된 조직 사회는 차와 커피 덕분에 가능했던, 그러한 각성 효과가 없었다면 지속될 수 없었을지도 모른다. 볼프강 쉬벨부쉬, 이병련·한운석 옮김, 『기호품의 역사』, 한마당, 2000, 33~103쪽 참조.

10 소외라는 단어는 근대적 자아가 처한 조건을 설명할 이론과 인간의 소외된 느낌을 설명할 이론을 모색하는 것과 관련이 있다. 소외의 개념은 우리의 삶에 근본적으로 잘못된 것이 있으며, 특히 자본주의적 산업 사회의 삶에 잘못된 것이 있다는 사상을 표현하고 있다. 마르크스의 시각에서 보면 우리가 소외되는 것은 산업화가 우리로 하여금 우리 자신과 타인들을 목적이 아닌 수단으로 보도록 강요하기 때문이다. 인간의 산물들이, 그중에서도 특히 자본이 우리의 진정한 욕구를 만족시키는 수단이 되지 못하고 사실상의 목적이 된다. 반면에 프로이트와 에리히 프롬과 허버트 마르쿠제의 저작물에서는 소외의 심리적 의미를 강조한다. 그들은 소외를 타고난 본능을 억압한 결과로 본능을 만족시키지 못하는 무능력의 결과로 본다. 요컨대 모든 소외의 개념은 근대 사회가 우리를 진정한 인간이도록 만드는 것들로부터 분리시키는 것을 의미한다. 앨런 케이헌, 정명진 옮김, 『지식인과 자본주의』, 부글북스, 2010, 341~391쪽 참조.

이윽고 서씨의 몸은 성벽의 저 너머로 사라져버렸다. 그리고 잠시 후에 나는 더욱 놀라운 광경을 보게 되었다. 서씨가 성벽 위에 몸을 나타내고 그리고 성벽을 이루고 있는 커다란 금고만한 돌덩이를 그의 한 손에 하나씩 집어서 번쩍 자기의 머리 위로 치켜올린 것이었다. 지렛대나 도르래를 사용하지 않고서는 혹은 여러 사람이 달라붙지 않고서는 들어올릴 수 없는 무게를 가진 돌을 그는 맨손으로 들어올린 것이었다. 그는 나에게 보라는 듯이 자기가 들고 서 있는 돌을 여러 차례 흔들어 보이고 나서 방금 그 돌들이 있던 자리를 서로 바꾸어서 그 돌들을 곱게 내려놓았다.

나는 꿈속에 있는 기분이었다. 고담(古談) 같은 데서 등장하는 역사(力士)만은 나도 인정하고 있는 셈이지만 이 한밤중에 바로 내 앞에서 푸르게 빛나는 조명을 온몸에 받으며 성벽을 디디고 우뚝 솟아 있는 저 사내를 나는 무엇이라고 이름붙여야 할지 몰랐다. […중략…] 족보를 보면 헤아릴 수 없는 많은 장수(將帥)가 있다고 했다. 그네들이 가졌던 힘, 그것이 그들의 존재이유였고 유일한 유물이었던 모양이었다. 그 무형의 재산은 가보(家寶)로서 후손에게 전해졌다. 그것으로써 그들은 세상을 평안하게 할 수 있었고 자신들의 영광도 차지할 수 있었다. 그러나 이 서씨에 와서도 그 힘이 재산이 될 수는 없었다. 이제 와서 그 힘은 서씨로 하여금 공사장에서 남보다 약간 더 많은 보수를 받게 하는 기능밖에 가질 수가 없게 된 것이다. 결국 서씨는 그 약간 더 많은 보수를 거절하기로 했다. 남만큼만 벽돌을 날랐고 남만큼만 땅을 팠다. 선조의 영광은 그렇게 하여 보존될 수밖에 없었다. 그리고 서씨는 아무도 나다니지 않는 한밤중을 택하고 동대문의 성벽에서 그 힘이 유지되고 있음을 명부(冥府)의 선조들에게 알리고 있다는 것이었다.[11]

주인공 '나'가 전에 하숙했던 창신동은 무질서와 악다구니가 들끓는

---

11 김승옥, 앞의 책, 83~84쪽.

빈민가라는 점에서 사실 그는 그 공간을 '절망감'과 '자기혐오' 속에서 경멸한 바 있다. 하지만 소외감에서 오는 강한 불만은 그로 하여금 '양 옥집'의 어두운 그림자에 가려져 있던 창신동 '빈민가'로부터 오히려 "맑은 것"을 상상하도록 하면서 그곳을 환상적인 색채로 물들이게 된다. 「역사」의 환상성이 서서히 발현되기 시작하는 것은 바로 이 지점이다. 특히 이전 하숙집에서 만났던 '서씨'의 놀라운 행위에 대한 '나'의 목격 담으로 그것은 절정을 이룬다. 즉 창신동 시절의 어느 날 밤 '서씨'를 따 라 동대문을 찾았던 '나'는 "지렛대나 도르래를 사용하지 않고서는 혹은 여러 사람이 달라붙지 않고서는 들어올릴 수 없는" 돌을 그가 맨손으로 들어 올렸다가 살며시 내려놓는 환상적이고 경이로운 광경을 보았던 것 이다.[12] 여기서 이 경이로운 환상에 대한 회상은 일단 직업적 정체성과 강제적인 질서로부터 오던 '나'의 소외감과 불만에 대해 상상의 차원에 서 하나의 보상을 제공하는 것으로 보인다. 왜냐하면 '역사'가 "공사장 에서 남보다 약간 더 많은 보수를 받게 하는 기능밖에 가질 수가 없게 된" 상황에서 그 거짓된 보수를 거절하고 "푸르게 빛나는 조명을 온몸

---

12 이러한 문학의 환상적 성격을 개념적으로 더욱 명확하고자 하는 논의들은 종종 환상성의 유형 학적 구분이라는 토도로프의 이론에 기대고는 한다. 그는 초자연적인 사건을 초자연적인 것 그 대로 납득하는 환상성을 경이(the marvellous), 초자연적인 사건을 자연적인 것으로 설명하는 환상성은 기괴(the uncanny), 초자연적인 양상을 가진 사건에 직면해 경이와 기괴 사이에서 체 험하는 인식론적 망설임을 가져오는 것은 순수한 환상성(the fantastic)으로 규정하는데, '역사' 의 환상적 행위는 그러한 관점에서 간단히 '경이'로 판정되고는 한다. 물론 그러한 이론을 좀 더 정확히 적용하려는 논의는 「역사」의 액자소설적 형식, 즉 바깥 액자의 서술자 '나'가 우리가 주인공이라 불러왔던 내부 이야기의 서술자 '나'로부터 이야기를 전해 듣는 구조에 착안함으로 써 사건의 신빙성을 인식론적으로 확정할 수 없다는 데서 기존의 경이를 순수한 환상으로 교정 하기도 한다. 그러나 확실성을 위해 의심과 회의를 보편화한 근대는 망설임에 사실 인식론의 근본 조건을 두고 있음을 상기한다면 경이와 기괴 모두 결국 순수한 환상의 범주에 포함된다고 할 수 있다. 순수한 환상 안에서 '경이로운 환상'과 '기괴한 환상'을 구분하는 것이 현상에 좀 더 잘 부합한다는 생각이 설득력을 얻는 것은 이때이다. 말하자면 '역사'의 행위는 액자형식에 연루됨으로써 기본적으로 그 초자연성을 자연적인 것으로 설명하는 일이 확정되지 않는 순수 한 환상에 해당하지만 그 안에 초자연적인 행위의 힘을 여전히 보존하고 있다는 점에서 '환상 적 경이'로 규정됨이 타당한 것이 아닌가 한다. 로즈마리 잭슨, 서강여성문학연구회 옮김, 『환 상성─전복의 문학』, 문학동네, 2001, 23~82쪽 참조.

에 받으며 성벽을 디디고 우뚝 솟아 있는"'서씨'로 돌아오는 일은 일시적으로나마 환상의 자유를 통해 현실의 제약을 넘어 소외된 정체성으로부터 탈출하는 만족감을 주기 때문이다.[13] 그러나 「역사」의 환상적 경이(the fantastic marvellous)는 단순히 과거에 대한 향수와 결합된 소망 충족의 표현으로서만 이해될 수 없다.

이를테면 인간은 분열적인 상황의 수동적인 희생자로서만 머무는 것이 아니라 상상의 힘을 통해 그 분열을 극복하는 능동적인 행위자로서 새로운 종합에 도달하려는 존재이다. 소외된 힘을 파는 노동자인 '서씨'가 자신의 본래적인 "힘이 유지되고 있음"을 확인시켜주는 '역사'로서의 은밀한 의식(儀式)으로 나아가는 환상이 제시되는 이유는 무엇보다 거기에 있다. 게다가 그 행위는 직업적 정체성을 극복하는 순간의 의례적인 성격을 통해 자신에 대한 신뢰를 일회성의 충동으로 풀어놓는 것이 아니라 장기적으로 쌓아올리는 것의 가능성을 보여준다. 물론 의례적인 되풀이는 노동 현장의 반복적인 작업과는 완전히 다른 것이다. 이것은 특별히 "역사, 서씨"가 돌들을 들어 올린 후에 "방금 그 돌들이 있던 자리를 서로 바꾸어" 내려놓는 일에서 암시된다. 다시 말해 변형은 똑같은 반복 작업이라도 그 반복의 내용을 일신함으로써 작업자에게 의욕과 보람을 가져다줄 수 있다.[14] 주인공 '나'에게 다가온 환상성은 결국 단순히 과거에 대한 향수를 통해 억압된 불만의 일시적인 도피처가 되기보다는 미래에 대한 동경을 통해 통합된 삶의 지속적인 전모를 제시

---

13 이 부분은 종종 프로이트의 방어적 환상 개념을 통해 설명된다. 이상하게도 현실에서 이루어질 수 없는 것에 대한 소망적인 표현에 대한 그러한 이해는 아무런 매개 없이 손쉽게 현실에 대한 전복적 표현으로서의 공격적 환상 개념과 결합되곤 한다. 환상은 현실 저편에 존재함으로써 비판적 반성의 계기가 된다는 모호한 낭만주의적 논리는 갱신될 필요가 있다. 이승준, 앞의 글, 433~436쪽 참조.

14 반대로 노동이 솜씨에 의해 일을 변형시키는 성질을 잃을 때 그것은 전적으로 추상적이고 권태로운 일이 된다. 노동에서 변형이 가지는 가치는, 리처드 세넷, 김홍식 옮김, 『장인』, 21세기북스, 2010, 198~213쪽 참조.

하는 것에 가깝다.[15] 이처럼 현재를 거부하고 미래를 보기 위해 과거로 눈을 돌리는 환상적 경이의 방식은 통합적 성격을 드러낸다. 통합적 환상(integrating fantasy)이 대안적 질서에 대한 비전(vision)을 통해 '나'에게 비판적 활력을 회복시켜주는 것은 이 순간이다. 그리고 이것은 일종의 위악으로 나타난다.

꼭 무슨 행동이 필요하다는 충동이 그날 오후 내처 나를 쿡쿡 찔렀다. [⋯중략⋯] 무얼 찾느냐고 아주머니가 친절한 음성으로 물었다. 나는 여전히 고개를 숙인 채 진열장을 두리번거리며 흥분제 있느냐고 대답했다. 얼마나 필요하냐고 아주머니가 물었다. 나는 속으로 그 집 식구들을 헤어보았다. 할아버지, 할머니, 대학강사, 며느리, 여고생, 식모, 손주딸, 모두 일곱 사람이었다. 나는 한 사람의 칠 회분을 달라고 했다. [⋯중략⋯] 나는 나 자신이 이 평온한, 부자유하게 평온한 마을을 해방시켜주러 온 악마라는 생각이 문득 들었고 어쩐지 그것이 나를 즐겁게 했다. 혹은 그 빈민가가 파견한 척후인지도 몰라, 라고 나는 생각하며 [⋯중략⋯] 이제 몇 분만 있으면 식모는 보리차가 든 주전자와 컵을 대청마루 가운데의 탁자 위에 올려놓을 것이다. 식구들이 나오기 전에 먼저 내가 그 음료수에 빻아놓은 가루약을 넣어야만 하는 것이었다. 나는 약봉지를 들고 내 방문에 몸을 대고 식모를 기다리고 있었다. 그리고 그때 나는 만일 내가 이 집 식구들의 음료수에 가루약을 타지 않고 지금 바로 그 빈민가로 돌아간다면 거기서

---

15 환상이 내적 세계를 통합하고 원만한 가능성을 추구하는 일과 관계된다는 사실은 문학적 환상성에 대한 연구에서 그렇게 주목받지 못했다. 이것은 아마도 환상이 단순히 현실에서의 도피 기능만이 아니라 현실 파악을 고양시키는 기능을 포함한다는 점에 낯설어 한 프로이트의 유희적 개념의 유행과 무관하지 않은 것 같다. 환상을 통합에 의한 정신적인 균형과 결합하는 융의 건설적 개념이 그 균형추로서 요구되는 것은 바로 이 지점이다. 가령 캐스린 흄은 프로이트와 융 사이에서 효과적으로 균형을 취하며 환상문학을 유형화하는데, 이것은 탈환영(disillusion)의 문학과 성찰(vision)의 문학을 구분하는 데서 드러난다. 그러니까 환상은 자동적인 반응을 교묘하게 회피하면서 관습의 껍질을 깨뜨리는 새로움을 제공하는 동시에 우리 자신을 포함한 느낌과 정보 등을 서로 연관 지을 수 있는 의미 체계를 제공한다는 것이다. 캐서린 흄, 한창엽 옮김, 『환상과 미메시스』, 푸른나무, 2000, 271~313쪽 참조.

나는 무슨 행동을 할 것인가고 생각해보았다. 그러나 그것을 생각해낼 수가 없었다. 오히려 나는 내가 결코 그곳으로 돌아가지 않으리라는 것을 잘 알고 있었다. [⋯중략⋯] 식모가 문단속을 하러 나가는 소리가 난 뒤 나는 조용히 방문을 열었다. [⋯중략⋯] 얼마 후, 나는 모두들 그 물을 마시는 것을 그들이 다시 각기 자기 방으로 돌아가는 것을 보았다. [⋯중략⋯] 아무 소식이 없었다. 그러자 나는 잠들지 못하고 몸을 이리저리 뒤척이고 있을 그들을 상상해보았다. 그들은 지금 잠든 체하고 있을 뿐인 것이다. 내가 이제라도 쾅 하고 피아노를 울리기 시작한다면 그들은 구원이라도 받은 듯이 뛰어나오리라. [⋯중략⋯] 나는 피아노 앞으로 다가갔다.[16]

마침내 '역사'의 "몽상적인 의미에서의 성실"을 고려하게 된 '나'는 그 환상의 통합적 성격을 토대로 '비판'을 '행동'으로 옮긴다. 양옥집 식구들의 거짓된 질서를 완성하는 중핵과도 같은 '음료수' '보리차'에 '가루약' '홍분제'를 탐으로써 그 질서를 바꾸고자 하는 것이다. 이때 그는 "이 평온한, 부자유하게 평온한 마을을 해방시켜주러 온 악마라는 생각"으로 즐거움을 느낀다. 하지만 '나'의 말대로 그런 위악적 행동은 "천박한 장난"이기는커녕 "엄숙한 기도"처럼 진지한 것이다. 그가 창신동 빈민가, "그곳으로 돌아가지 않으리라는 것"은 그러한 진지함을 직접적으로 증명한다. 물론 환상을 위악과 결합하는 것은 문제를 해결하는 방법이라기보다는 단지 그 문제를 환기하는 반사회적 행동의 한계를 상징적으로 표현한 것에 지나지 않는다. 그러나 하나의 상징조차도 문제적인 현실의 극복 가능성을 상상하도록 도와주는 것이라면 사실상 '나'의 행동은 단지 위악적 포즈로 그치는 것이 아니라 '역사'의 행위처럼 자신의 힘으로 사태를 변형시킴으로써 직업적 정체성으로 구조화된 양옥집의

---

16 김승옥, 앞의 책, 87~89쪽.

미래를 새로운 질서로 재편하는 의미심장한 제스처가 된다. 「역사」의 결말부에 그 위악적 행위의 실패를 알리는 후일담이 등장한다고 해도 그 사실에는 변함이 없다.[17] 왜냐하면 환상을 행동으로 옮기는 일의 어려움과 복잡성을 상기시킨다는 점에서 그것은 오히려 김승옥의 환상이 현실과 무관한 망상의 형태로 떨어지는 일을 막아주기 때문이다.

3. 환상으로부터의 소외 혹은 분열적 환상의 의미

이청준의 소설 「무서운 토요일」은 오직 "용무상 필요한 이야기"만이 존재하는 '사무실'의 세계를 자신의 무대로 삼는다. 이제 「역사」 속 '서씨'의 이야기와 같은 것은 더 이상 들어볼 수가 없게 된 산업화의 좀 더 진전된 국면과 만난 셈이다. 그 이청준 소설에서는 예측할 수 없는 사변 (事變)의 세계로부터 오는 혼란과 불안감을 직업적 정체성을 통해 극복하려 했던 사람들이 사회적 규율에 의해 확립되는 그것을 거의 완벽히 수용하고 있는 모습으로 나타난다. 실제로 「무서운 토요일」은 회사원으로 등장하는 주인공 '나'를 통해 이른바 '조직 인간'으로서의 전형을 보여준다.[18] 가령 그는 "말부터 먼저 해 놓고는 자신의 말을 명령삼아" 움

---

17 김승옥의 「역사」는 우리가 논의의 대상으로 삼은 내부 이야기를 처음과 마지막에 배치한 바깥 이야기로 감싸는 일종의 액자 소설이다. 이 소설의 결말에서 내부 이야기의 주인공 '나'는 바깥 액자의 서술자인 또 다른 '나'에게 자신의 위악적 행위가 가져온 실패한 결과를 알려주고 있다. 즉 '나'가 울린 피아노의 "광폭한 소리"에 방문을 열고 나온 사람은 할아버지뿐이었고 결국 그의 팔에 이끌려 '나'는 다시 잠자리로 되돌아가야만 했다는 것이다.
18 「역사」(1963)의 '나'는 한 회사원으로부터 직업적 정체성을 훈련받는 "일종의 오리엔테이션" 수준에 있었다면 「무서운 토요일」(1966)의 '나'는 그 오리엔테이션을 마치고 회사의 정식 직원으로서 업무를 본격적으로 수행하게 된 수준이라고 할 수 있다. 이것은 3년이라는 시간적 간격을 두고 있는 두 작품이 초기 산업 사회와 좀 더 진전된 산업화 단계에 각각 대응한다는 사실을 가리킨다. 실제로 1960년대의 전반기와 달리 중·후반기는 한국 산업화의 본격적인 시기로 규정된다.

직이는 사람일 뿐만 아니라 심지어 "한 번도 신통한 결단을 내리지 못하고 머뭇거리기만 하는 머리를 늘" 그 움직임이 대신해주는 사람이다. 이때 주말 하루를 성적인 '호강'에 바치는 "토요일의 습관"이 그와 동일한 정체성을 공유하는 동료들에게서 충실히 이행되는 이유가 분명해진다. 말하자면 그날은 조직 사회의 강제로 행동의 자발성을 거세당한 수동적 처신의 스트레스를 저마다가 본능의 만족을 통해 해소할 수 있는 기회가 된다. '나' 또한 머리에 대한 동작의 우월성에 기초함으로써 생겨난 정신적 긴장을 "현명한 배려"로서 정한 그런 육체의 습관적인 만족으로 해결하고 있다. 그러나 어느 날인가부터 그는 "토요일에 대한 혐오의 근본적인 증세"를 보이며 자신의 습관을 낯설어 한다.

결혼을 한 지 三 개월쯤 되던 어느 토요일이었다. 그 즈음에 벌써 우리는 매 토요일로 〈그 날〉을 정하고 약을 사다 먹는 일에 상당히 익숙해 있었다. 나의 회사 일도 고되려니와 아내 쪽도 결혼 후부터 곧 석사 학위 논문을 쓰기 시작했기 때문이었다. […중략…] 그 토요일도 나는 五 일간의 출장에서 돌아오는 참이라 벌써 굉장히 피로해 있었으나 습관대로 약방에서 약을 사들고 집으로 들어갔고, 아내는 또 아내대로 서재에서 아직 논문에 골몰한 얼굴로 나타났다. 그리고 곧 두 잔의 커피를 내왔다. 커피에 대해서 말이지만, 아내는 참으로 한결같은 데가 있었다. 내가 밖에서 들어오거나 손님이 왔을 때 아내는 반드시 커피를 내왔다. […중략…] 커피가 끝나면 상대가 나이거나 손님이거나 상관하지 않고, 아내는 다시 서재로 사라지는 것이었다. […중략…] 그 날도 아내는 커피를 마시고 나자 곧 자리를 일어서는 것이었다. 나는 갑자기 역정이 치올라서,

「그냥 거기 좀 앉아 있구려.」

하고는 아내를 쏘아보았다. 그러나 아내는 무엇을 오해했는지 그냥 선 채로,

「예외를 두게 되면 우리는 피차 피해를 입게 돼요.」

하고는 마치 거기 나 말고 또 다른 사람이 앉아 있거나 한 것처럼 경멸스런

웃음을 흘리며 결연히 돌아서 나가 버리는 것이었다. 나는 멍하니 앉아 있을 수밖에 없었다. 방안이 갑자기 진공 상태로 변해 버린 것처럼 답답했다. 二 미터 안팎의 맞은 편 벽이 아득히 멀었다. 방안의 집기들도 낯이 선 것 같았다. 나는 손가락 하나 달싹하지 않고 앉아 있었다. 엄청난 나태감이 나를 짓누르고 있었다.[19]

「무서운 토요일」의 '나'는 자신의 본래적인 자발성을 "회사 일"의 강제성에 희생시켜야 하는 데서 오는 '피로'로 항상 지쳐 있다. 따라서 주어진 업무를 위해 곧바로 제자리로 돌아가야 하는 사무실의 세계를 살아가려면 그 정신적인 피로감을 빠르게 해소할 수 있는 수단이 필요하다. 이것은 '나'의 아내가 보여주는 사무적인 태도와 몰인정한 엄격성이 그에게 '커피'를 내놓는 그녀의 습관과 연관되고 있는 장면에서 우회적으로 확인된다. 아마도 사무원은 그 각성제가 아니라면 사무실로의 효율적인 복귀가 불가능한지도 모른다. 하지만 개체성과 인정(人情)을 토대로 한 정서적 관계가 사물성과 숫자에 기초한 직무상의 관계로 대체되는 데서 오는 이른바 소외의 상황은 의식적인 차원뿐만 아니라 육체의 차원에까지 파괴적인 영향을 미친다. 즉 사람들은 소외된 삶의 순수한 객관성이 사적인 공간의 감정적 영역마저 점령해버린 결과로 육체적인 무감각 상태에 빠지는데, 여기서 '나'와 아내가 '임포텐스'와 '불감증'의 관계 속에 살아가는 이유의 사회적 근거가 드러난다. 물론 두 사람은 "약을 사다 먹는 일"을 통해서나마 다른 회사원들이 '술'을 통해 그렇게 하는 것과 마찬가지로[20] 본능의 만족에 바쳐지는 주말의 습관을 지속함

---

19 이청준, 「무서운 토요일」, 『별을 보여드립니다』, 일지사, 1971, 57~58쪽.
20 「무서운 토요일」에서 회사원들이 본능의 만족을 위해 마시는 '술'은 공장과 사무실로 대변되는 산업화 문명이 지속되기 위해 '차'나 '커피'와 같은 각성제와 더불어 마취제 또한 필요했음을 암시한다. 물론 그 알코올이 일종의 취음제로 기능하고 있지만 성적인 만족을 목표로 하고 있는 것이라는 점에서 그것은 조직 사회의 지탱을 위해 노동력의 원활한 회복 기능과 더불어 이

으로써 그런 문제조차 해결한 것으로 보인다. 그렇지만 "결혼을 한 지 三 개월쯤 되던 어느 토요일" 마침내 '나'는 어떤 종류의 예외도 허락하지 않는 조직 인간의 생리에서 생소함과 권태로움을 느끼고 '역정'을 내게 된다.

이처럼 "맹세를 하고 약정을 한 것은 나 자신이었지만, 그것들은 이미 나로부터 떠나가서 오히려 나를 지배하고 있는 것"이라는 느낌에 무감각한 사람들과는 달리 그런 느낌을 자각한 사람이 소외의 힘에 대해 분노를 표하게 되는 것은 아주 당연하다. 하지만 그가 자신처럼 똑같이 소외된 사람들이 짓는 '경멸스런 웃음'에 직면함으로써 이중의 소외(double alienation)에 처하게 될 때 위축되는 자기를 감지하는 분노의 주체는 조직 사회로부터 오는 스트레스에 더욱 취약하고 더 크게 고통받을 수밖에 없다. 분노를 순응의 제단에 바쳐야 하는 그 고분고분한 주체가 "무서운 꿈"에 반복적으로 시달리게 되는 것은 바로 이 순간이다. 다시 말해 "총을 잘 못 쏘는 훈련병"으로서의 '나'를 기억하게 만든 "훈련소 시절의 그 잊을 수 없는 사격장의 꿈"은 그에게 "그 사격장의 움직이지 않는 타게트"가 "하나의 거대한 로보트"로 변신하는 심란한 꿈이 되어 다가온다. 분명한 것은 자신의 직무를 '잘' 이행하는 사회는 그러한 일에 '서툰' 인간에게는 하나의 악몽이 되리라는 점이다. 결국 조직 인간이 자신의 삶이 오직 외부의 힘에 의해서만 좌우되는 '기계 인간(mechanical man)'으로까지 악화된 상황에 대한 그 상징적 암시는 사회의 완벽한 조직화가 가져올 일에 대한 "불길한 징조"가 된다. 그리고 어느 순간 그 징조는 꿈의 장벽을 무너뜨리고 그 경계를 넘는다.

것에서 오는 스트레스 해소 기능을 하는 기호품이라고 할 수 있다. 어쩌면 산업화된 조직 사회는 '커피'와 '술' 덕분에 가능한 가파른 이륙과 착륙이 없었다면 유지할 수 없었을 것이다. 산업 사회가 기호품으로서의 알코올과 맺고 있는 관계에 대한 자세한 고찰은, 볼프강 쉬벨부쉬, 앞의 책, 169~227쪽 참조.

그 때 아내의 서재 쪽에서 그 웃음 소리가 들려왔던 것이다. 나는 그대로 자세를 굳힌 채 귀에다 신경을 모았다. 이번에는 아무 소리도 들려오지 않았다. 착각이거니 했다. 그러나 조금 후에 웃음 소리는 다시 들려왔다. 키득키득 스며드는 것 같은 소리였다. 나는 귀를 세워 그 소리를 쫓다 말고 오싹 소름을 느꼈다. 비슷한 웃음 소리가 번쩍 머리에 떠올랐다. [⋯중략⋯]

「개구리가 춤을 추게 하는 방법을 가르쳐 드릴까요?」

영문을 몰라내가 물끄러미 쳐다보기만 하니까, [⋯중략⋯]「개구리의 뒷발을 솜뭉치로 두툼하게 싸매서 깡통에다 담고, 그 깡통 밑에서 불을 지피는 거죠. 그래서 깡통 바닥이 더워지면 개구리는 앞발이 뜨거워 올 게 아니겠어요? 그러면 개구리는 앞발을 아직 더워지지 않은 깡통 벽에다 올려 붙이겠지요. 그렇지만 깡통 벽도 차츰 위로 더워져 올라가고, 그러면 개구리도 점점 발을 위로 올려 붙이겠지요. 나중에 깡통이 모조리 뜨거워지면 개구리는 어떻게 되겠어요?」 [⋯중략⋯] 나는 웃지 않았다. 개구리가 정말로 춤을 출 것인지는 확실하지 않았다. 그러나 나는 그런 것을 생각하고 있지 않았다. 단지 신부의 키득거리는 웃음 소리를 듣고 있었을 뿐이었다. [⋯중략⋯] 사실 그 때 아내의 방 쪽에서 들려 왔다는 웃음 소리는 아내의 그 키득키득한 웃음 소리가 기억에서 되살아난 데 불과했던 것이다. 하지만 그날 밤도 우리가 약을 먹고 자리에 들었음은 물론이었다. 나는 굉장히 피곤해졌고 등을 대고 누운 아내 쪽에선 자꾸만 전번과 같은 그 웃음 소리가 들려 오는 것이었다. 나는 불그스레한 조명 아래 몇 번이고 몸을 세워서 잠들어 있는 아내의 얼굴을 넘겨다 보았다. 아내는 웃고 있지 않았다.

그러나 눈을 감고 누우면 그 웃음 소리는 다시 들려 오곤 했다.[21]

인간의 기계화에 대한 악몽이 자신의 경계를 넘어올 때 주인공 '나'는

---

21 이청준, 앞의 책, 58~59쪽.

어떤 소리에 전율한다. 그는 아내의 서재 쪽에서 들려오는 수상쩍은 '웃음 소리'에 "오싹 소름"이 돋는 것이다. 이 소리는 한동안 신혼 초 "개구리가 춤을 추게 하는 방법"을 이야기하던 "아내의 그 키득키득한 웃음 소리가 기억에서 되살아난 데 불과한 것"으로 치부되면서 그녀의 실제 웃음으로 간주되었다. 그러나 불을 지펴 뜨거워지는 깡통 속에서 춤을 추다 죽어가는 개구리의 그 끔찍한 이미지와 결합된 아내의 웃음소리는 암담한 절망을 즐거운 희망으로 간주하며 살아가는 기계화된 인간의 어리석음에 대한 자각과 함께 그 개구리와 같은 운명의 도래를 예감하는 '나'를 강박증적인 상태로 몰아간다. 「무서운 토요일」의 환상적 특성이 발현되는 것은 바로 그 순간이다. 요컨대 그것은 피곤해진 몸을 약을 먹고 몸을 합하여 더욱 피곤하게 하는 기계적 습관을 이행하는 주말마다 강박적으로 경험하게 되는 '나'의 환청을 통해 드러난다. 즉 어느 토요일 밤 '나'는 등을 대고 누운 아내에게서 웃음소리를 또다시 듣게 되고, 여기서 그는 몸을 세우고 넘겨 본 아내의 잠든 얼굴을 확인하고는 다시 눈을 감곤 하지만 그때마다 웃음소리를 거듭 듣게 되는 환청에 빠지고 만다. 물론 이 환상성은 그의 불안한 심리와 강박증으로 조장된 '착각'으로 설명될 가능성으로 인해 단지 기괴한 것에 그치는 것인지도 모른다. 하지만 소리의 청각적 현존과 아내가 잠든 사실이 보여주는 기이한 불일치는 끝내 그 환청의 기괴함이 판단의 불가능성에 기초한 순수한 환상과 결합되도록 만든다.[22]

---

22 토도로프의 환상 개념을 좀 더 정확히 적용하려는 논의는 「무서운 토요일」의 환상성에 내재하는 착각의 가능성을 염두에 두고 그것을 기괴(the uncanny)로 규정할 것이다. 그러나 주인공의 환청은 사실상 감각적 오류의 소산인지 아닌지를 결정하기 어려운 상태를 보존함으로써 인식론적 망설임에 기초한 순수한 환상(the fantastic)의 범주에 근접한다. 물론 기본적으로 그 초자연성을 자연적인 것으로 설명하는 일이 확정되지 않는 가운데서도 그것의 감각적 오류 가능성이 포기되지 않고 있는 것을 보면 결과적으로 「무서운 토요일」의 환상적 성격은 잭슨이 유형화한 '환상적 기괴'로 규정된다고 할 수 있다. 그런데 여기서 언급해야 할 또 한 가지 중요한 사실은 「역사」의 '환상적 경이'가 「무서운 토요일」의 '환상적 기괴'로 이동한 점이다. 이것은 경이와 같은 초자연주의가 더 이상 불가능한 과학적이고 합리적인 세계의 완전한 도래를 가리키면서

그런 의미에서 「무서운 토요일」의 환상적 기괴(the fantastic uncanny)는 '나'의 인식으로부터 최소한으로나마 주저와 망설임의 태도를 보존한다. 말할 것도 없이 이러한 인식론적 거리감은 기계 인간의 신원을 공유함으로써 조직 사회에 통합되어 있던 '나'가 모든 일이 잘 되어가고 있다는 가상으로부터 점차 떨어져 나오는 계기가 된다. 토요일을 맞아 귀가 중이던 그가 "약을 먹지 않고 아이를 낳고 싶다는 생각"으로 불현듯 "三가의 뒷골목"에서 여자를 사 자신의 능력을 시험하는 이유는 사실상 거기에 있다. 그리고 그 일에 실패함으로써 약을 먹어야 한다는 사실을 확인하였음에도 불구하고 약방에서 자신과 아내가 쓸 정제 형태의 '최음제'를 "가루로 부숴" 달라고 함으로써 어떤 음모를 꾀하는 대목에서 그 거리감은 행동으로까지 이어진다. 실제로 '나'는 귀가 후 아내와 함께 마시는 주전자물에 이전보다 많은 분량의 약을 타 넣고 그 "약을 먹지 않은 체하고" 아이를 가지려는 시도로써 "한 가지도 어긋나지 않은 토요일 밤의 룰"을 바꾼다.[23] 이처럼 주인공 '나'를 괴롭히던 환상적 기괴의 방식은 조직 사회가 확립한 기계적 규칙에 강박된 결과를 제시하면서도 자신이 수반하는 인식론적 망설임을 통해서는 모든 것을 통합하는 그 규칙에 이질감을 부여하고 궁극적으로는 무언가 문제가 있는 현실로부터 의식을 분리하게 된다. 그러니까 「무서운 토요일」의 이른바 분열적 환상(disillusioning fantasy)은 통합적인 것으로 여겨지는 그러한 현실의 환영(illusion)을 파괴함으로써 위선과 거짓에 저항하는 힘이 되는 셈이다.[24]

한국 산업화의 진전된 국면에 상응하는 문학적 환상성의 내적인 변화를 의미한다. 로즈마리 잭슨, 앞의 책, 40~48쪽 참조.

23 「무서운 토요일」에서 아내는 약을 먹고서도 임신을 한 적이 있다. 이때 '나'는 악몽과 환청에 시달리던 끝에 그녀에게 먼저 아이를 지우자고 제의한다. 그러나 "아이를 낳지 않으려는 이유"가 무엇인지는 모르지만 아내는 벌써 아이를 지운 뒤였다. 이것은 유기체적 신원을 포기함으로써 인간의 기계화에 대한 굴복을 보여준다. 그런 의미에서 주인공 '나'가 약을 먹지 않은 체하고 아이를 가짐으로써 유기체적 신원을 회복하려는 시도는 그러한 현실 전체에 반발하는 몸짓으로 이해될 수 있다.

24 명료한 사실의 언어로 구축된 현실에 맞서는 무기로 환상적 언어가 중요하다는 점은 호르크

「당신 무슨 장난을 하려는 거죠?」……

「아무 말도 맙시다. 모른 체합시다.」

찻잔을 비우고 나서 나는 한꺼번에 두 마디를 말했다. 말을 하지 마라. 모른 체 해라, 한 번만. 그리고, 너는 아이를 낳는 것이다. 그쯤은 할 수 있지 않으냐. 나는 계속해서 속으로 말을 하고 있었다.

「비열한 짓은 맙시다.」

「우리도 아이를 가집시다. 약을 먹지 않은 체하고 말이오.」……

「흥! 아이요?」

아내는 싸늘하게 웃었다. ……

「좋소. 당신은 훌륭한 기계요. 약품 반응이 정확합니다.」

그러자 아내의 자세는 갑자기 허물어져 버렸다. 와락 덤벼들어 나의 두 다리를 부여안았다. 나는 이를 악물었다.

그러나 이상적인 기계라고는 할 수 없다. 이 기계는 치사한 인간의 속성을 지니고 있다. 자칫하면 사람의 흉내를 내려고 한다. 그래서 나를 그 무서운 악몽에서 빠져 나오지 못하게 하는 것이다. ……

이제 나는 이 기계를 달랠 또 하나의 기계가 되고 싶지는 않았다.

「당신을 진정시킬 약이 있었으면 좋겠지만 그런 게 없어서 유감이오. 아까 쓰고 남은 것은 두 봉지가 있지만 그건 지금 당신에게는 소용되는 것이 아닐 테니까요.」

하이머와 아도르노의 이른바 '계몽의 변증법'에서부터 강조된 바 있다. 이를 로즈메리 잭슨은 프로이트 이론을 급진화함으로써 재구성하는데, 가령 환상적 기괴의 방식은 그녀에게 현실적 언어의 인식론적 불확실성을 활성화함으로써 이 세계를 친숙하고 편한 것이 아닌 이질적인 어떤 것으로 변형시키고 비로소 이 세계의 허위를 폭로하도록 만드는 문학적 기제이다. 그러나 그녀의 설명에는 강박증으로부터 오는 분리가 어떻게 반발과 거부의 의지를 가지게 되는지에 대한 논리가 부재한다. 이것은 강박증적 환상이 수반하는 분리가 의식의 표면 아래에 있는 인식의 힘을 표면화함으로써 외부로부터 오는 통제를 자신과 환경 모두에 대한 통제로 전환시키려는 관심과 의지에서 비롯되는 것으로 설명될 수 있다. 강박증적 환상이 비판과 저항의 토대가 되는 것에 대한 보다 자세한 논의는, 앤서니 스토, 배경진·정연식 옮김, 『창조의 역동성』, 현대미학사, 2009, 161~190쪽 참조.

나는 아내를 밀어 젖히고 두 다리에다 전신의 힘을 모으면서 방을 나왔다. …
… 오늘밤 나는 그 모든 것을 용납할 수가 없었다. 그럴 수 있는 한 나는 언젠가
아이를 가질 수 있는 희망을 버리지 않아도 좋다는 생각이 들었다.[25]

물론 "무서운 악몽"으로부터 벗어나기 위해 약을 먹지 않은 체하고 아
이를 가지려 하는 '나'의 시도는 기존의 양을 초과한 최음제의 효과를
눈치 챈 아내로 인해 실패하게 된다. 인간적 본능의 영역마저도 약품을
통해 조절하는 조직 사회의 기계적인 질서에 만족하는 그녀는 남편의
진지하고도 절박한 시도를 '장난'이자 "비열한 짓"으로 치부하고는 모
르는 체하고 아이를 낳자는 그의 제안을 끝내 거절하고 마는 것이다. 그
런데 어느 순간 몸이 뜨거워진 아내는 "훌륭한 기계"로서 "아이를 배는
흉내만의 공허한 행위를 되풀이하고 싶어" 도리어 남편에게 애원하며
매달린다. 이때 그는 스스로 "기계를 달랠 또 하나의 기계"가 되기를 거
부함으로써 자신의 음모를 완성한다. 말하자면 '나'가 실패한 섭섭함에
도 불구하고 그렇게 할 수 있는 한 "언젠가 아이를 가질 수 있는 희망을
버리지 않아도 좋다는 생각"에 도달한다는 점에서 그것은 아내라는 기
계가 보여주는 "사람의 흉내"를 더 이상 용납하지 않고 "육신만의" 인간
과 구분되는 "영혼의" 인간을 회복하려는 최초의 시도로서 가치가 있는
것이다. 따라서 환상의 불확정성으로부터 야기된 것은 문제의 결정적인
해결이라기보다는 사실 문제 해결의 가능성이라고 할 수 있다. 이것은
무엇보다도 「무서운 토요일」의 결말에서 드러나는 실패와 좌절이 '희
망'으로 전환되는 순간으로써 증명된다.

---

25 이청준, 앞의 책, 68~70쪽.

4. 환상문학의 두 가지 가능성

이 장의 목적은 김승옥의 「역사」와 이청준의 「무서운 토요일」을 통해 직업적 정체성이 소외의 원천으로 전환되는 현실을 분석하고 그러한 현실을 극복하기 위해 활용되는 환상문학의 두 가지 가능성을 도출하는 데 있었다.

김승옥과 이청준의 소설을 포함한 1960년대 소설들은 직업의 획득 기회가 크게 증대된 현실과 관계하면서도 그것을 희망적 가능성이 아니라 오히려 삶의 절망적인 한계로 형상화하기 시작하였다. 직업적 정체성에 무언가 잘못된 것이 있었던 것인데, 사실 산업화로부터 획득한 직업적 정체성에서 현실을 제어할 수 있다는 안정감과 자신감은 곧바로 그 현실의 통제 대상이 되는 데서 오는 열등감이나 박탈감으로 변질되었다. 말할 것도 없이 1960년대 소설가들의 작품에 등장하는 직업인들은 대부분 조직 사회의 규율에 따라 모든 것을 숫자로 계산하며 질적 가치를 양적 가치로 환원하는 일로 하루를 소진하는 인간들로 나타났다. 다시 말해 그들은 거대한 조직의 명령 속에서 움직이는 한낱 사물과도 같은 존재로 소외되고 말았던 것이다. 한 늙은 회사원의 규율과 훈육을 자발적으로 받아들이고 따르는 양옥집 식구들이 보여주는 것처럼 김승옥의 「역사」에서 그것은 소위 조직 인간의 형성으로 확인되었다. 물론 그가 자신처럼 똑같이 소외된 사람들이 보여주는 압력에 직면함으로써 이중적인 소외에 처하게 되는 이청준의 「무서운 토요일」에서는 그러한 조직 인간이 자신의 삶이 오직 외부의 힘에 의해서만 좌우되는 이른바 기계 인간으로까지 악화되고 말았다.

하지만 두 소설은 소외라는 외부 세계의 압력에 비례해서 상상이라는 내면세계의 열망을 크게 증폭시켰는데, 환상성은 바로 그러한 돌파의 효과적인 매개로 작용하였다. 특히 「역사」와 「무서운 토요일」은 현실의 소외 때문에 촉발된 환상적 특성을 산업화의 진전과 단계에 상응하는 방식으로 드러내는 작품들이라는 점에서 흥미로웠다. 우선 김승옥의 주인공 '나'에게 환상적인 '역사'의 행위는 단순히 과거에 대한 향수를 통해 억압된 불만의 일시적인 도피처가 되기보다는 미래에 대한 동경을 통해 통합된 삶의 지속적인 전모를 제시하는 것에 가까웠다. 그리고 현재를 거부하고 미래를 보기 위해 과거로 눈을 돌리는 그러한 환상성에서 두드러진 것은 통합적 성격이었고 「역사」의 통합적 환상이 대안적 질서에 대한 비전을 통해 비판적 활력을 회복시켜주는 것은 바로 그 순간이었다. 그런가 하면 이청준의 주인공 '나'에게 강박적으로 다가온 '환청'은 주저와 망설임의 태도를 보존하는 인식론적 거리감을 통해 모든 일이 잘 되어가고 있다는 가상이 붕괴되는 계기가 되었다. 이것은 모든 것을 통합하는 억압적인 규칙에 이질감을 부여함으로써 무언가 문제가 있는 현실로부터 의식을 떼어내는 분열적 성격의 것이었다. 따라서 「무서운 토요일」의 분열적 환상은 통합적인 것으로 여겨지는 현실의 환영을 파괴함으로써 위선과 거짓에 저항하는 힘이 되었다.

물론 여기서 주목해야 하는 것은 1960년대 소설들에서 산업사회의 소외된 현실에 대한 문학적 대응으로써 환상성이 만개했다는 사실만은 아니다. 더 중요한 사실은 김승옥의 「역사」에 나타나는 '환상적 경이'가 이청준의 「무서운 토요일」에 나타나는 '환상적 기괴'로 이동했다는 점이다. 이것은 경이와 같은 초자연주의가 더 이상 불가능한 과학적이고 합리적인 세계의 완전한 도래를 가리키면서 한국 산업화의 진전된 국면에 상응하는 문학적 환상성의 내적인 변화를 의미한다고 할 수 있다. 사실 1960년대 이제하 소설의 환상성은 그 계통 발생을 개체 발생을 통해 다시 반복하게 된다. 이때 1971년에 발표된 최인호의 「타인의 방」이 보여주는 카프카적 경이는 그러한 흐름의 반증이 될 수도 있지만, 그것은 사실상 예외적인 경우로 보인다. 그러나 한국의 산업화 과정과 맞물려 있는 경이에서 기괴로의 환상문학의 변화라는 그러한 계통 발생이 수반하게 된 것은 문학적 환상성의 약화로 결론 내려서는 안 된다. 왜냐하면 산업화는 그것을 완전히 제거하게 되는 과정이라기보다는 그것을 변형시켜 판타지라는 새로운 문학을 형성하게 되는 과정이기 때문이다. 우리가 비교의 근거로서 「역사」와 「무서운 토요일」이라는 두 환상문학에 주목했던 이유는 바로 여기에 있다.

이미 언급한 대로 두 작품이 환상성을 구축하는 방식은 두 가지로 드러났다. 하나는 분열적인 것으로 여겨지는 현실에 비전과 질서를 구축하는 일을 통해 비판의 토대가 되는 통합적 환상이었고 다른 하나는 통합적인 것으로 여겨지는 그 현실의 가상과 환영을 파괴하는 일을 통해 저항의 힘이 되는 분열적 환상이었다. 따라서 분명히 하지 않으면 안 되는 것이 있다. 환상문학은 서사적 환상들을 진실을 발견하는 방법이나 매개로 사용함으로써 진실 탐색의 기능을 포기하고 순수한 기표의 놀이로만 존재하는 판타지와 뚜렷하게 구분된다는 점이다. 말하자면 환상이 진실을 탐구하는 성찰적 매개임을 넘어서 소망충족이나 정신분열의 도피적 망상 속으로 떨어지게 될 때 환상문학은 판타지와 구분 불가능한 것이 된다.

14장 / 서사적 자의식
이청준 소설과 편집자

1. 산업화와 자기반영성

1960년대 한국사회는 급속한 산업화를 통해 전후 현실의 혼란을 진정시키며 삶의 질서에 대한 갈망을 어느 정도 충족시킨다. 사회적 무질서를 신속하게 조직화된 체계로 대체한 산업화는 직업 획득의 기회를 확대함으로써 서서히 사람들에게 현실의 안정감을 부여하게 된다. 그러나 산업화된 사회는 자신의 곤경을 곧 드러내는데, 조직화된 체계가 인간을 필요로 하지 않는다는 것이 바로 그 곤경의 핵심이었다. 다시 말해 산업화 과정에서 일은 능력의 확인과 성취의 야망을 결합하는 의미 있는 인간적 행위가 되지 못하고 기계적인 동작에 대한 적응을 통해 생산성 경쟁에서 승리하는 것만이 목표인 무의미한 역할 연기에 떨어진다.[1] 결국 직업적 역할의 가치를 선전하는 사회와 그 역할의 무가치를 체득하는 개인 사이에 커다란 심연이 가로놓였고 따라서 산업사회적 현실의 외면적인 안정성 내부에는 의식적인 혼란이 폭넓게 확산되고 만다. 말

---

[1] 현대적인 산업사회에서 경쟁적인 생존의 기술로서 형성된 역할 연기에 대해서는 크리스토퍼 라쉬, 최경도 옮김, 『나르시시즘의 문화』, 문학과지성사, 1989, 74~94쪽 참조.

하자면 현실 전체가 역할 연기에 수렴되고 진실 자체에 대한 확인이 불가능해지면서 사람들은 불신에 기초한 극도의 단절감과 불안감에 빠지게 되는 것인데, 이때 그들은 무엇보다 냉소적인 거리감이라는 태도에서 탈출구를 찾는다. 사람들은 무의미한 동작을 반복하며 살지라도 이러한 생활로부터 초연하다는 자의식의 고안을 통해 삶의 의미에 대한 희망을 얻었던 것이라고 할 수 있다.

하지만 아이러니한 자의식을 통한 도피는 일시적 위안에 그칠 수밖에 없다. 왜냐하면 그것은 비판적 자각의 포즈에 지나지 않는 것으로써 얼마 후 문제의 해결책은 문제의 일부가 되어버렸기 때문이다. 어떤 의식을 반성하는 자의식이 다시 그 의식을 반성하는 자의식의 대상이 되는 일이 반복되면서 마침내 자의식의 순환 주기가 고착되고 이른바 자기반영성(self-reflectivity)의 소용돌이에 휘말리고 만 것이다.[2] 의식에 대해 거리를 두는 반성적 태도의 자의식적인 되풀이는 오히려 산업화가 야기한 무의미한 역할 연기로부터 나오는 불확실성의 감정을 해소하기보다는 심화시켰던 것인데, 사실 1960년대 한국소설 또한 자기반영적인 의식을 무한히 확장하는 사회적 상황으로부터 자유로울 수 없었다. 실제로 1960년대 소설가들은 역할 연기의 세계에 사로잡힘으로써 불신을 자발적으로 중지할 수 있는 힘을 잃어버린 평범한 사람들의 자의식적인 불안감을 함께 겪는다. 이를테면 소설에 등장하는 인물들에게는 모든 상황에 대해 거리를 두는 작가의 반성적 자의식이 부단히 투영된다.[3] 아마도 역할 연기가 지배하는 사회에서 현실에 대한 믿음이 자의식으로 대체되는 것은 불가피한 일인지도 모른다. 그러나 당대의 몇몇 소설가들은 자의식이라는 문제의 재현을 그 문제의 인식으로 전환하는 데 성공

---

2 크리스토퍼 라쉬, 앞의 책, 95~126쪽 참조.
3 한국사회의 산업화라는 문제적인 현실에 직면하여 1960년대 한국소설이 표출한 "짓눌린 자기의식"에 대해서는 김영찬, 「불안한 주체와 근대—1960년대 소설의 미적 주체 구성에 대하여」, 『1960년대 소설의 근대성과 주체』(상허학회 편), 깊은샘, 2004, 39~60쪽 참조.

한 것으로 보인다.[4]

어느 순간 자의식의 팽창으로 번민하던 어떤 소설가들은 그 자의식의 배후에 의문을 가지게 된다. 예컨대 이청준은 자의식을 방법적으로 전유하는 서사적 자기반영성을 매개로 자신의 소설을 현실에 대한 순응이 아니라 저항이 되도록 만든다. 1960년대 이청준 소설에서 두드러지는 자기반영적 서사의 특성이 종종 메타픽션(meta-fiction)이라는 용어를 통해 포괄적으로 지칭되었던 이유는 무엇보다도 여기에 있는데,[5] 인공물로서의 자신의 위상에 대해 자의식적인 관심을 갖는 허구적 서사로서의 메타픽션은 현실과 허구 사이의 경계를 해체함으로써 그 현실의 허구성을 폭로하며 적극적인 현실 비판을 유도한다는 점에서 일단 그것은 정당하다고 할 수 있다.[6] 하지만 메타픽션을 오로지 비판적 저항의 형태로

---

4 산업사회로부터 야기된 자의식을 서사적 방법으로 전유한 작가에는 최인훈도 포함된다. 그러나 그는 자기반영적 서사를 다시금 자의식적인 관념으로 채운다는 점에서 자신의 작품이 갖는 인공물로서의 지위를 부각시키기보다는 작중인물의 자의식을 주인공으로 삼는 현실의 환영을 창조한다. 즉 최인훈의 서사적 자기반영성이 보여주는 저항은 현실 비판이 방법적으로 매개된 효과가 아니라 직접적으로 전개된 결과라고 할 수 있다. 물론 이것은 한국소설사에서 하나의 선례를 가지고 있는데 박태원의 『소설가 구보씨의 일일』(1934)이 그것이다. 이 역시 현실과 허구의 구분에 기초한 환영으로서의 리얼리티를 유지하고 현실 비판의 직접성을 포기하지 않는다.(나은진, 「소설가 소설과 '구보형 소설'의 계보―박태원 소설 〈소설가 구보씨의 일일〉과 소설가 소설」, 『구보학보』 제1집, 구보학회, 2006, 98~100쪽 참조.) 요컨대 이청준 소설의 자기반영적 성격은 모더니즘의 전통 속에서조차 그 영향력을 잃지 않고 있던 리얼리즘적 비판의 직접성을 거의 소거한 지점에서 독자성을 드러낸다.
5 소설이 스스로를 의식한다는 서사의 자기반영성은 메타픽션이 가진 가장 중요한 성격이다. 그런데 이청준 소설에 관한 논의에서 자기반영성은 종종 '소설가 소설'이라는 범주를 통한 접근에서도 거론된다. 소설가의 자의식을 다루는 소설가소설 또한 메타픽션과 일정한 접점을 가지는 것은 사실이다. 하지만 소설가소설은 소설의 자의식이 아닌 소설가의 자의식을 주제로 하는 '예술가 소설'의 일종이고, 따라서 메타픽션의 서사적 자기반영성과는 차이를 갖는다. 그러나 그동안 이청준 소설에 대한 연구는 '격자소설'이라는 범주를 통한 논의까지 추가되면서 복잡한 양상을 띠고 있는데, 이 장에서는 이청준 소설을 소설가의 자의식보다는 소설의 자의식을 전면화한 서사로 간주한다. 이청준 소설의 메타적 성격에 대한 기존의 연구들에 대한 간략한 개괄은 이채원, 「이청준 소설에서의 자의식적 서술과 자기반영성―『축제』(1996)를 중심으로」, 『한국문학이론과 비평』 제47집, 한국문학이론과 비평학회, 2010, 259~261쪽 참조.
6 메타픽션의 일반적 특성과 그 비판적 성격에 대해서는 퍼트리샤 워, 김상구 옮김, 『메타픽션』, 열음사, 1989, 15~35쪽 참조.

만 간주하는 것은 단순한 생각이다. 방법적인 것일지라도 자의식의 전유가 역할 연기의 세계로부터 유래한 불안한 자의식의 문제를 공유할 수밖에 없다면 이청준의 소설들은 순응과 저항의 상호작용 속에 위치해 있을 가능성이 크다. 그런데 이청준의 메타픽션에 대한 기존의 논의는 이른바 4·19세대 비평가들의 미적 인식 즉 자의식을 현실에 통합되지 않는 내면적 자기 확인의 방식으로만 해석하는 일면적인 논의에 포섭되어 있는 경우가 대부분이다.[7] 이 장이 1960년대 이청준 소설이 보여주는 자기반영적 특성에서 의의와 한계를 함께 논의하고자 하는 것은 바로 그 때문이라고 할 수 있다. 요컨대 이 장은 이청준의 메타픽션이 어떤 문제에 대한 비판이라는 미학적 정치성을 획득하는 가운데 비판의 위기와 결합되는 양면성을 밝히는 데 목적을 두고자 한다.

2. 서사의 재귀성과 관점주의

인간이 아니라 기계를 필요로 하는 산업화된 공간은 무의미한 역할 연기를 인간의 지배적인 행위로 만든다. 따라서 진실의 확인이 불가능한 사람들은 그런 불안한 사회적 상황에 대한 대응책으로서 현실로부터 거리를 두는 냉소적인 초연함의 자세를 구사하게 된다. 그러나 자신의 의식을 반성하는 자의식을 거듭 의식하게 되는 자기반영적 의식의 끝없

---

7 4·19세대 비평가들(김현, 오생근, 김병익, 김치수)은 이청준의 메타픽션을 4·19의 문학적 반향으로 단순화하고 거기에 나타나는 미적 주체의 인식을 비판과 저항이라는 측면에서만 규정한다. 그 이후에 등장하는 논의(성민엽, 정과리, 권택영, 우찬제, 김경수)도 약간의 차이가 있기는 하지만 대체로 그러한 세대론적 자기규정을 벗어나지 않는다(권오룡 편, 『이청준 깊이 읽기』, 문학과지성사, 1999, 77~332쪽 참조). 물론 최근에 한 논자는 이에 대한 연구사적 반성에 입각해 자의식을 통해 산업화와 같은 "한국적 근대를 성찰하면서 동시에 은연중 그 근대와 공모하고 그 일부로 얽혀 들어간 1960년대 미적 주체의 운명"(김영찬, 앞의 글, 59쪽)의 양상을 지적한 바 있다. 그러나 그에게서도 이청준을 비롯한 1960년대 소설의 자의식을 논의할 때의 강조점은 약간 이동하기는 했지만 궁극적으로 현실 비판으로서의 미적 정치성에 있는 것으로 보인다.

는 순환은 불안감을 해소하기보다는 오히려 강화한다. 말할 것도 없이 이러한 자의식의 문제는 1960년대 한국소설에도 그대로 반영되었는데 이청준 소설도 예외는 아니었다. 실제로 그의 등단작 「퇴원」(1965)에는 산업사회의 조직화와 그 비인격성으로부터 유래한 반성적 자기의식 그 자체가 주인공이라고 할 만큼 한 인물의 자의식이 전면에 부각되어 있다.[8] 하지만 이청준은 곧 자의식을 경험의 내용이 아니라 탐구의 형식으로 전환하는 자기반영적 서사를 도입함으로써 그 자의식의 문제를 이 문제에 대한 인식으로 전환한다. 자신의 소설을 현실에 대한 소극적 반영이 아니라 적극적 비판이 되도록 한 것인데, 이것을 통해 서사의 자기반영성에 기초한 메타픽션은 1960년대 이청준 소설에서 가장 기본적인 형식 중 하나가 된다. 물론 이청준의 메타픽션은 처음부터 완성된 형식으로 나타나지는 않는다. 「병신과 머저리」로부터 「가수」에 이르기까지 이청준의 메타픽션적 형식은 점진적인 변화의 과정을 거친다.

나는 형의 방으로 뛰어 들어가서 서랍을 열고 원고 뭉치를 꺼냈다. 잠시 나의 뇌수는 어떤 감정의 유발도 중지하고 있었다. 소설의 끝 부분을 펼쳤다. 그리고는 거기 선채로 나의 시선은 원고지를 쫓기 시작했다. 나의 감정은 다시 한 번 진공 속으로 빠져 들어갔다. 등을 보이고 쫓기던 사람이 갑자기 돌아섰을 때처럼 나는 긴장했다. 형의 소설은 끝이 달라져 있었다. 형은 내가 쓴 부분을 잘라 내고 자신이 끝을 맺어 놓은 것이었다. 형의 경험은 이 소설 속에서 얼마만큼 사실성을 유지하고 있는지도 모른다. 혹은 적어도 이 끝 부분만은 형의 완전한 픽션인지도 모른다. 형은 나의 추리를 완전히 거부해 버린 것이었다.[9]

---

8 이청준의 「퇴원」에 나타난 자의식에 대한 자세한 분석은 김동현, 「이청준 소설 『퇴원』 연구—반복충동과 서술의 상관성을 중심으로」, 『한국문학이론과 비평』 제32집, 한국문학이론과 비평학회, 2006, 325~352쪽 참조.

9 이청준, 『별을 보여드립니다』, 일지사, 1971, 111~112쪽. 이후 이 창작집에 수록된 소설들을 인용할 때는 소설명과 함께 쪽수만을 표시한다.

우선 「병신과 머저리」(1966)라는 소설은 자신의 내부에 형의 패잔과 탈출에 관한 이야기를 전개함으로써 액자 형식과 유사한 구성을 보여준다.[10] 하지만 이 소설은 이야기들의 단순한 병치를 통해 의미의 복잡성을 자극하는 데서 그치지 않고 그것들의 중층적 결합을 통해 자기반영적 서사를 유인한다는 점에서 '액자소설' 일반과는 다르다고 할 수 있다. 말하자면 소설 안에 형이 쓴 또 다른 소설은 결말의 소개가 지연되는 가운데 그것을 훔쳐보게 된 동생이 "나의 추리"를 허용하여 그 소설의 또 다른 이본을 낳게 되는 것인데, 이것은 서로 다른 결말을 통해 형의 소설과 동생의 소설이 경쟁하는 상황을 제시하며 다시금 이청준의 소설을 통해 그 상황을 재현함으로써 소설을 쓴다는 것에 대한 서사적 자의식을 조금씩 부각시킨다. 한마디로 픽션에 대한 픽션으로서의 성격을 드러내는 것이다. 여기서 그러한 메타픽션적 자기반영성이 산업사회 속 무의미한 역할 연기에서 유래한 작중인물의 자의식에 상응하는 서사적 상관물이라는 것은 말할 것도 없다. 다시 말해 「병신과 머저리」는 외과의사인 형이 수술 중에 한 소녀를 죽이고 난 후 봉착한 자의식과 화실을 운영하는 동생이 자기 애인과의 결혼에 실패한 후 직면한 자의식을 기본적인 내용으로 한다. 그러나 이청준의 소설에서 두 사람의 자의식은 내용적으로 병치되는 것이 아니라 형식적으로 구조화됨으로써 궁극적으로 서사적 자의식에 통합된다.

---

10 이청준의 메타픽션이 김현을 포함한 4·19세대 비평가들에 의해 "격자소설적 양식"으로 규정된 이래 그것의 자기반영적 성격은 그동안 액자소설이라는 오래된 형식을 통해 조명되었는데, 이런 흐름은 서사의 자기반영성에 대한 이론적 소개와 역사적 인식을 계기로 최근 변화하고 있다. 그럼에도 불구하고 이청준의 자기반영적 서사를 액자 형식에 귀속시키는 논의들은 여전히 많다. 물론 이와 같은 논의들은 액자 형식의 변형이라는 관점을 취하는 한 크게 잘못된 논의라고 볼 수는 없다. 그리고 이청준의 액자소설적 특성에 대한 정치한 분석의 예들은 메타픽션에 대한 이론적 논의가 간과할 수밖에 없는 부분을 섬세하게 보충한다는 점에서 여전히 효과적인 분석의 틀이라고 할 수 있다. 대표적인 예로 김영찬, 「이청준 격자소설의 정치적 (무)의식」, 『한국근대문학연구』 제6호, 한국근대문학회, 2005, 329~349쪽; 박은태, 「이청준의 1960년대 소설 연구」, 『현대문학의 연구』 제28집, 한국문학연구학회, 2006, 257~262쪽 참조.

「병신과 머저리」는 형과 동생의 소설 바깥으로 뻗어가지 않고 그 소설들 안으로 돌아가서 두 소설을 거듭 반추하는 재귀성을 통해 현실이 아니라 스스로를 지시하는 메타픽션적 양상을 표출한다. 이때 그러한 '서사의 재귀성'은 밖으로 향하는 시선을 되돌리면서 자신만을 바라보는 반성적 의식을 견인하게 된다.[11] 물론 반성이 서사적 의식으로서 소설의 전면에 놓이게 되면 현실의 무매개적인 전달자로 가정된 서술자의 권위는 붕괴될 수밖에 없다. 왜냐하면 자기반성과 함께 판단의 확신을 유보하게 되면서 소설가는 자신의 현전 그 자체가 리얼리티를 보증하던 목격자로서의 지위를 상실하기 때문이다. 그러니까 이청준도 형의 패잔과 탈출에 관한 이야기의 "사실성"을 놓고 작중인물들과 함께 경쟁해야만 하는 것이라고 할 수 있다. 현실과 허구의 경계를 더 이상 유지할 수 없게 된 「병신과 머저리」는 결국 그 이야기의 진실을 여러 관점에서 해석한 "완전한 픽션"의 하나로 나타날 수밖에 없다. 이것은 작가를 통해 "깨어진 거울"로 표상되면서 리얼리즘의 불능으로 인해 소설의 강조점이 현실 그 자체에서 현실의 인식 조건으로 옮겨가는 관점주의 (perspectivism)를 촉발한다. 이제 이청준에게 메타픽션의 서사적 재귀성을 통한 관점주의적 판단의 구조화는 그 판단의 상대성이 허무주의를 야기하는 인식의 치명적 결함이 아니라 독단주의를 비판하는 우월한 인식의 특징으로 수용되는 것이다.

가령 「공범」(1967)은 한 일등병이 자신을 학대한 두 동료 사병을 살해하여 사형선고를 받게 된 사건과 이에 대한 각계각층의 반응을 들려줌으로써 '판단의 관점주의'를 직접적으로 드러낸다.

一九五×년 九월 어느 날, 신문들은 일제히 특호 활자를 동원하여 그 날 군법

---

11 메타적 성격이 재귀성에 기초하고 있다는 언어학적 사실에 대해서는 전성기, 『메타언어, 언어학, 메타언어학』, 고려대학교 출판부, 1996, 107~132쪽 참조.

회의에서 사형 선고를 받은 김 효 일등병에 관한 기사로 사회면 右上端을 채우고 있었다. M 대학 재학 중 學保로 입대하여 전방 부대에서 근무 중이던 김 효 일등병은 월여 전 그의 애인(신문들이 그렇게 썼다)의 편지와 관련하여 그를 학대한 두 동료 사병을 사살한 사건으로 여론을 어수선하게 하였는데, 언도 공판에서 사형이 선고되자 신문들이 다시 붓을 모으기 시작한 것이다.

─할 말이 없다. 피고는 재판 중 충분히 변호되었을 것이며 법은 또 그에게 공정했을 것이다. 다만 아직은 구제의 방법이 있으니까 최선을 다해 그가 다시 참된 생을 누릴 기회를 갖도록 힘써 볼 작정이다.

H 변호사 협회와 인권 옹호회의 회장을 겸하고 있는 한 변호사는 재판 결과에 대한 소감을 묻는 기자의 질문에 퍽 침착한 답변을 하고 있었다. 김효가 재학했던 M 대학의 한 교수 역시 지극히 조심스러운 소감이었으나 스승으로서의 애정이 좀 더 배어 있는 목소리였다.

─가슴 아픈 일이다. 법이 좀 더 관용을 보일 수 있으리라 믿는다. 그는 젊은 이다. 모난 가지를 치고 나면 좋은 동량감이 될 수도 있을 것이다.

그러나 가장 직설적이고도 단호한 결의를 보인 것은 여류 소설가이며 어머니회 회장인 K 여사였다.

─내 자식이 당한 일처럼 가슴에 맺혀 오는 게 있다. 앞으로 여론 환기, 요로에의 탄원, 기타 가능한 모든 방법으로 그의 구명에 앞장서겠다.

그러나 김 효에게 희생된 두 사병의 형이라는 사람의 소감은 단지 〈말하기 싫다〉라는 짧은 한 마디뿐이었다. (135쪽)

어느 사건에 대한 다양한 반응들을 제시하는 이 소설을 일단 메타픽션이라 부르기는 어렵다. 소설을 쓴다는 것을 의식하며 소설을 쓰는 서사의 재귀성이 거의 드러나지 않기 때문이다. 다만 「공범」은 어떤 외부의 대상에 대한 사유를 스스로에게 되돌림으로써 자기 이야기의 권위가 아니라 그것을 상대화하는 '의식의 재귀성'을 부각시킨다는 점에서는 메타적 성격을 갖는다고 할 수 있다. "김 효 일등병"이 자신의 동료들을 사살한 실제적인 동기가 관점주의적 판단들 속에서 분해되어 그 진실이 각기 다르게 형성되는 이유는 바로 거기에 있다. 실제로 신문들은 그 이유가 "애인의 편지"로 인한 것이라 추단하고 소설의 초점화자인 사고 중대 서무병 고 준은 그 사건이 가해자가 "학보병"이라는 데 연관되어 있을 것으로 추리한다. 이를테면 모욕을 즐기고 향락하는 무지한 군대의 동료들이 아마도 "웬만큼 학교물을 먹은" 그에게 증오를 불러일으켰다는 것이다. 그렇지만 유일한 목격자들은 이미 죽은 상태이며 가해자 또한 침묵을 지키다가 사형을 당하는데, 이처럼 자신의 현전을 통해 진실에 대한 서술의 권위를 보장하던 '시각적 증인'이 구전과 문자언어를 통해서만 사건을 반추하는 '청각적 증인'으로 대체된 일은 「공범」에서 진실과 판단을 동일한 것으로 간주하는 관점주의의 정당화와 관련된다.[12] 시각적 증인의 부재와 함께 판단의 관점주의가 정립되면서 진실은 구성적인 것 즉 어느 정도 생산 가능한 것이 되는 것이다.

말할 것도 없이 메타픽션에서 진실의 생산 가능성에 대한 서사적 구조화는 판단의 관점주의를 통해 비판적인 의미를 획득하게 된다. 정부의 독단주의가 오직 하나의 이야기만을 관철시키려는 1960년대 산업화 공간에서 그것은 모든 이야기의 상대성을 설득한다는 점에서 특히 그러하다. 다시 말해 그것은 하나의 이야기를 통해 진실을 드러내고자 하는 전통적인 리얼리즘의 방식과는 달리 모든 이야기들이 편견과 허위로 빠져버리는 순간을 예측하고 진실은 미래에야 드러날 수 있는 것이라는

---

12 시각적 증인과 청각적 증인이라는 개념은 역사가 코젤렉의 개념이다. 코젤렉은 역사 서술에서 시각적 증인이 청각적 증인으로 이행해 간 일은 근대적 역사관의 특징으로서의 관점주의가 탄생하게 된 배경이라고 언급하고 있다. 하지만 그 구체적인 양상은 다르다고 할지라도, 이청준 소설의 관점주의에서 시각적 증인이 소멸하고 그 자리에 청각적 증인이 들어서는 모습은 이청준식 관점주의의 탄생과 긴밀하게 연결된다. 라인하르트 코젤렉, 한철 옮김, 『지나간 미래』, 문학동네, 1998, 196~211쪽 참조.

전제를 통해서 그 이야기들의 진실성을 유보하는 방식이다. 그러나 한 범법자를 놓고 법적인 심판론과 인도주의적 온정론을 오가며 다양한 여론이 전개됨으로써 권력에 의해 그의 사형 집행이 앞당겨지고 만 「공범」의 결말이 보여주는 것처럼, 진실들이 서로 경쟁하는 혼란스러운 상황은 진실이 드러나는 순간이 아니라 시각적 증인의 소멸로 인해 진실을 영원히 알 수 없는 계기가 될 수도 있다. 사실상 「공범」은 판단의 관점주의를 우월한 진실로 고양시키지 않고, 그것이 확립한 여론이 진실의 동일성과 충돌하게 되는 "기묘한 아이러니"에 더 주목한다. 하지만 거기서 독단주의의 제거가 언론의 자유를 가져오리라는 관점주의적 희망이 포기된 것은 아니다. 이청준 소설에서 판단과 분리된 진실과 그것의 증인이 존재한다는 사실은 오히려 판단으로부터 진실을 구제하는 객관성의 중재를 통해 책임의 문제를 상기시키는 '견실한 관점주의'와 관계하기 때문이다.[13] 이것은 아마도 이청준의 메타픽션이 간직한 하나의 가능성이었음에 의심의 여지가 없다.

3. 불가지론과 비판의 위기

그러나 이청준의 소설에서 관점주의에 기초한 관용의 지배가 진실의 포기를 유인할 수도 있다는 자각으로 인해 상대성과 객관성을 중재하려던 노력은 점차 사라진다. 만약 산업화된 공간의 무의미한 역할 연기에

---

13 오 중사와 김 일병과 형의 패잔과 탈출에 관한 이야기의 진실을 놓고 형의 소설과 동생의 소설이 경쟁하는 과정을 보여주는 「병신과 머저리」에서도 그 두 소설 모두 현실과 불확실한 관계를 맺고 있는 하나의 허구일 뿐이라는 사실이 강조된다. 그러나 형이 오 중사를 실제로 만나고 왔다고 하는 소설의 결말 부분으로 인해 형의 진실은 판단으로부터 진실을 구제할 수 있는 객관성을 포기하지 않게 된다. 따라서 형과 동생이 쓴 두 개의 소설이 서로 경합하게 된 상황으로부터 유래하는 「병신과 머저리」의 관점주 또한 무책임한 상대주의를 벗어난다.

서 나오는 자의식의 증대가 문학에서조차 거부될 수 없는 현실의 특성이 되었다면 그것은 불가피한 일인지도 모른다. 왜냐하면 문학조차도 이른바 자기반영적 의식을 한없이 확대하는 사회적 상황으로부터 자유로울 수 없을 때는 객관적 현실에 대한 믿음이 지극히 주관적인 자의식으로 대체됨으로써 '경험의 가치'는 현저히 하락하기 때문이다.[14] 객관적 현실로부터 오는 경험이 쇠퇴함에 따라 그 현실에 대한 보증인으로서의 시각적 증인이 사라지게 되면 결국 구전이나 문자적 전수와 같은 청각적 증인에 의존하여 현실이 구성되며 심지어 진실마저도 그렇게 되는 사태가 야기될 수밖에 없다. 1960년대 한국소설이 처하게 된 이러한 서술의 상황은 틀림없이 이청준 소설의 관점주의가 전개되는 과정에도 상당한 영향을 미쳤을 것으로 보인다. 말하자면 「공범」 이후 관점주의에 기초한 진실의 상대성은 객관적인 사실과 타협하지 않아도 될 만큼 우월한 진리가 되었을 공산이 크다. 하지만 이청준의 메타픽션은 관점주의적 판단에서 경험의 기회가 줄어든다는 한계보다는 인식의 기회가 늘어난다는 가능성에 무게를 두었던 것 같다. 「매잡이」(1968)가 그 증거이다.

아마 이 글을 읽는 사람은 〈매잡이〉라는 이야기의 제목이 눈에 익은 것을 먼저 알 것이고, 좀더 주의깊게 생각했다면 나의 이름으로 발표된 소설 중에 이미 그런 제목이 또 하나 있었음을 기억해 냈을 것이다. 그리고 왜 같은 제목으로 또 이야기를 시작하는가 의심했을 것이다. 그러니까 〈매잡이〉라는 제목의 글은 이것으로 두 번째가 되는 것이다. 한데 한꺼번에 고백을 하자면 이 〈매잡이〉라

---

14 자의식이 현실을 압도하는 세계는 외부로 향하는 시선을 내면에 가둠으로써 경험의 기회를 빼앗고, 따라서 경험을 주고받을 수 있는 능력을 박탈하게 된다. 벤야민에게도 '경험의 쇠퇴'는 인간적 빈곤의 가장 통탄할 만한 형태들 가운데 하나였는데, 그는 이 장의 논의와 달리 자의식의 증대라는 관점이 아니라 무의미한 정보의 폭증이라는 관점에서 현대적 경험의 문제를 부각시킨 바 있다. 발터 벤야민, 반성완 옮김, 『발터 벤야민의 문예이론』, 민음사, 1983, 166~173쪽 참조.

는 제목의 글이 이번으로 세 번째가 된다는 것을 말하지 않을 수가 없다. 앞서 말한 대로 벌써 발표한 〈매잡이〉와 지금 이 글을 합한 두 편은 물론 나의 것이다. 거기에 또 한 편이 있다는 말이다. 그래서 모두 세 편이라는 것이다. 그렇다면 그 다른 하나는 누구의 것인가—그것이 바로 작고한 민태준 형의 것이다. 그것을 나는 오늘 아침에 비로소 나의 책상에서 찾아내게 된 것이다. 그러니까 그것은 물론 아직 세상에 발표된 것은 아니다. 민형이 소설을 한 편도 쓰지 않은 소설가가 아니라는 것을 안 것도 오늘 아침이었고 그 때문에 나는 다시 이 세 번째 〈매잡이〉라는 제목의 글을 쓰게 된 것이니까. (265쪽)

「매잡이」라는 소설은 매를 부리는 매잡이 곽 서방을 소재로 하고 있다. 그러나 한 매잡이의 삶을 형상화하는 "매잡이"라는 제목의 소설이 "모두 세 편"의 이본을 가지게 된 과정이 그 소설에서 두드러지는 것을 보면 작가는 거기서 리얼리즘적 재현이 아니라 메타픽션적인 구현을 의도하고 있는 것이 분명하다. 실제로 「매잡이」의 메타픽션적 자기반영성은 곽 서방이라는 매잡이의 죽음의 진실을 놓고 같은 제목의 소설 세 편이 서로 경쟁하는 과정을 통해 구축되는데, 이로 인해 이전의 자기반영적 서사들과 마찬가지로 그 소설에서 사실성의 원천이라고 할 수 있는 서술자의 목격자로서의 역할은 거의 포기된다. 하지만 「공범」에서부터 이미 진행되고 있던 그런 변화는 「매잡이」에 이르러 거의 완료된 것으로 보인다. 이것은 몇 가지 서사적 계기들을 통해 상징적으로 나타난다. 먼저 주인공으로서의 작가가 민태준이라는 선배의 요구로 찾은 '곽 서방'은 죽어가며 침묵으로 일관한다. 그런가 하면 그 매잡이 이야기를 전하고자 하는 '중식'이라는 소년은 말 못하는 벙어리로 나온다. 또 작가가 돌아와 마주한 것은 자살한 '민 형'과 그의 유품들, 즉 유서와 중요한 부분이 찢겨 나간 노트와 무언가가 든 봉투에 지나지 않는다. 목격자로서의 시각적 증인이 문서 형태의 청각적 증인으로 완전히 이행하고 만 것이다. 한 매잡이의 진실은 결국 영원히 알 수 없는 것이 되어버린다.

이제 「매잡이」는 진실을, 이청준이 "작가의 눈"이라고 부른 특정한 관점으로 구성할 수밖에 없게 된다. 바로 세 편의 「매잡이」가 탄생한 이유인데, 우선 첫 번째 것은 민 선배의 요구로 작가가 곽 서방을 만난 후 자신의 관점에서 쓰게 된 최초의 「매잡이」이고 두 번째 「매잡이」는 선배가 자살하고 난 후 작가에게 유품으로 전달된 소설로 "민태준 형의 것"으로서의 관점이 드러난 것이며 마지막 세 번째 것은 유언 때문에 나중에 보게 된 선배의 소설에 자극되어 작가가 지금까지의 경위를 모두 쓰게 된 새로운 관점에서의 「매잡이」, 즉 독자 앞에 제시된 이청준의 소설을 가리킨다. 물론 여기서 주목할 것은 서사적 자기반영성을 통해 인공물로서의 자기 위상에 주목하는 메타픽션의 일반적인 양상만은 아니다. 「매잡이」는 작가가 같은 제목의 소설을 둘이나 쓰게 된 경위를 보여줌으로써 관점의 시간적 변화를 도입하고 한 사람의 관점조차 분화되는 양상을 드러내고 있다. 사실 청각적 증인의 변성과 결합된 그러한 '시간적 관점주의'는 작가 이청준의 관점조차 여러 관점들 가운데 하나로 규정함으로써 관점주의적 판단을 진실과 구분하는 것이 더 이상 불가능할 정도로 철저한 것이 되게 한다.[15] 요컨대 진실의 객관성에 대한 믿음을 버리지 않은 관점주의의 견실성은 「매잡이」를 통해서 소위 '진실의 불가지론'에 입각한 관점주의의 견고성으로 이행한 것이라고 할 수 있다.

진실이 실재한다기보다는 누군가의 관점에서 구성될 뿐이라는 불가지론적인 사유는 이청준의 또 다른 메타픽션 「가수」(1969)에서도 잘 드러난다.

---

15 형의 진실을 놓고 벌이는 「병신과 머저리」의 관점주의는 같은 공간 안에서 형과 동생이 벌이는 해석학적 싸움이라는 점에서 '공간적 관점주의'라 할 수 있고 이것은 작가가 포기하지 않은 객관적 판단의 가능성을 통해 조율된다. 그러나 곽 서방의 진실을 놓고 벌이는 「매잡이」의 '시간적 관점주의'는 작가의 관점조차 해석학적 싸움에서 자유롭지 않다는 사실을 보여줌으로써 이청준이 어렵게 유지해왔던 객관주의를 거의 완전히 소멸시키고 있다.

「우리들은 한 사람이 사건의 전체를 정당하게 볼 수는 없으니까요. 사람에 따라 한 사건이 자기쪽을 향하고 있는 부분만 보게 된다는 말입니다. 관찰자의 관심의 종류가 그 방향을 결정할 게 아니겠습니까? 하지만 사실 자체의 모습은 그런 한정된 시선의 저쪽 너머에 있는 것인지도 모르지요. 우리는 각자의 관심을 따라 한쪽에서 사건에 접근해 갑니다. 그리고 어느 점에 도달합니다. 그러나 사건의 진짜 모습은 그렇게 여러 방향에서 접근해오다 사건의 한 면의 사실과 만난 점에서 다시 상상력을 따라 그어진 여러 연장선들이 만난 지점의 근처에 있을 거란 말입니다. 그래서 ……」

「하지만 그런 논리로는 사건의 실제 모습을 아무도 볼 수 없다는 게 되지 않습니까?」

「그렇지요. 아무도 볼 수는 없습니다. 다만 느낄 수 있을 뿐입니다.」

허 순은 자신있게 말했다.

「유선생의 기사만 해도 그렇지요. 유선생은 어느 지점에서 사실과 만났으나 사건의 진실과는 만나지 못했지요. 거기서부터 유선생은 상상력을 따라 자신의 연장선을 긋고 있었읍니다. 그러나 유선생은 어디까지나 자신의 연장선 위에 있을 뿐이었지요. 실체와 만나서 사건에 대해 갖고 계신 의문의 해답을 얻어내지는 못했읍니다. 그 연장선 위에 있으면서 다른 사람이 그어올 수 있는 보이지 않은 연장선과 만나는 그 가상의 지점 근처에서 유선생은 뭔가 느낄 수 있을 뿐이었습니다.」

「하지만 전 그 느낌마저도 확실하지 않았읍니다.」(358~359쪽)

「가수」는 주간지 기자 유상균의 취재 과정을 통해 주영훈이라는 이름의 사람이 1년의 시간적 격차를 두고 운평역 부근이라는 같은 장소에서 같은 시간에 열차에 두 번 치어 죽은 사건의 진상을 들려준다. 실제로 유상균은 여러 사람과 인터뷰하는 가운데 서서히 진실에 다가가는데, 이 과정에서 허순이라는 소설가의 동료였던 주영훈은 과거 학생 시절

데모하다가 우연히 만난 어떤 사람에게 자신의 이름과 호적을 빌려주었고 또 다른 주영훈이 된 사람은 운평역 인근 학교에서 교사로서 살아가던 사람임이 드러난다. 그러나 두 명의 주영훈이 이름을 공유하게 된 까닭이나 동일한 시간 동일한 장소에서 죽은 이유의 불확실성은 끝내 해소되지 않고 유상균은 신문에 기사를 내보내고도 진실에 대한 궁금증 때문에 다시 허순을 찾는다. 바로 이때 그는 그 소설가로부터 "사건의 진실"은 "관찰자의 관심의 종류" 즉 관점에 따라 정해질 뿐이라는 말을 듣는다. 판단으로부터 진실을 구제하는 객관성의 중재로부터 오던 견실한 관점주의는 거기서 사실상 포기된다. 왜냐하면 소설가의 말은 진실과 판단의 구분 불가능성을 인정하고 진실의 객관주의를 완전히 부인하면서 그 진실에 대한 구성주의적 접근을 수락하고 있기 때문이다. 결국 「가수」의 관점주의는 '진실의 구성주의'에 기초함으로써 주영훈 사건의 진실을 놓고 경쟁하는 허순의 소설과 유상균의 기사를 특정한 관점의 소산으로 동등하게 취급한다.

물론 허순은 진실의 구성주의에 "성실하게 추적되어진 것"이라는 기준을 도입해 진실과 판단을 구분하지 않는 결합이 불러올지도 모르는 불가지론적 상대주의의 위험을 피하고자 한다. 하지만 그 성실성이라는 기준은 지나치게 유동적이고 자의적인 것이라는 점에서 진실은 여전히 상대적인 것으로 남는다. 진실은 하나의 관점에서 사실들의 편집을 통해 판단되고 구성되는 것일 뿐이라는 그러한 불가지론적 상대주의는 일단 어떤 진실의 권위를 추종하며 다른 진실들을 억압하는 독단주의를 견제하는 것이 분명해 보인다. 「가수」는 「매잡이」와 마찬가지로 서사의 자기반영성에 기초한 관점주의를 철저히 구조화함으로써 우선적으로 그와 같은 비판적 의미를 견인한다고 할 수 있다. 그렇지만 모든 진실이 이른바 편집자(editor)의 관점에서 구축되는 것이고 그 진실은 "몇 번이고 다시 고쳐 써질 기회"를 통해 언제든 생산 가능한 것이라면 어떤 판단을

"고집"하는 일을 할 수 없게 되면서 관용이 번성하는 그만큼 비판은 무력해지고 만다.[16] 고집이 비판의 기초는커녕 심지어 비판의 대상이 되는 일조차 생기게 되는 것이다. 결과적으로 진실을 판단과 뒤섞어버리는 관점주의는 언론의 자유를 촉발하는 희망의 원천에서 급기야 비판의 체념을 야기하는 절망의 순간으로 이행해갈 공산이 높아진다.[17] 이청준의 메타픽션에서 진실들의 상대적인 동등성은 진실의 객관적 동일성 안에 합리적으로 수렴될 수 없게 됨에 따라 '비판의 위기'는 이제 불가피한 것이 된다.

4. 메타픽션의 의의와 한계

이 장은 이청준의 메타픽션이 어떤 문제에 대한 비판이라는 미학적 정치성을 획득하는 가운데 비판의 위기와 결합되는 양면성을 밝히는 데 목적을 두었다.

1960년대 산업화 과정에서 노동이 기계적인 동작에 대한 적응을 통해

---

16 「가수」에는 눈을 뜨고 자는 "가수 상태"가 산업사회의 현실을 비판하는 일종의 비유로서 등장한다. 그런데 이청준의 관점주의가 야기하는 비판의 효력 정지는 그것이 반영적 은유일 수도 있음을 환기한다. 말하자면 진실과 판단의 구분 불가능성에 기초한 관점주의는 '비판의 가수 상태'를 초래한다고 할 수 있다. 실제로 소설의 결말에서 작가의 서사적 분신이라고 할 수 있는 허 순은 "가수에 빠져들어 버리듯 멍하니 앉아" 있는 모습으로 형상화된다.

17 하버마스는 언론의 자유가 비판의 체념으로 이어지는 과정을 공론장의 구조변동에 따른 비판의 위기라는 관점에서 매우 구체적으로 개관한다. 그에 따르면 사적인 의견이 비판적 여론으로서의 가치를 갖게 된 것은 진리를 추구하는 공론장이라는 공통의 토대를 전제하고 있었기 때문이다. 그런데 하버마스는 계급 갈등과 같은 사회적인 요인들로 인해 공통의 토대가 이데올로기적 차원으로 무너져 내리면서 여론은 사적인 의견들의 각축장으로 전락하고 비판적인 가치를 잃게 된다고 지적한다. 여론은 지배의 해체가 아니라 지배의 지속에 관련되고 만다는 것이다. 그리고 그는 공론장에서 경쟁하는 의견들이 합리적으로 해결될 수 없다는 체념은 관점주의적 인식론으로 포장된다는 말을 덧붙인다. 비판적으로 기능하는 공론장은 더 이상 권력해체가 아니라 다만 권력분할에 기여하는 정도로 변질된다는 것이다. 위르겐 하버마스, 한승완 옮김, 『공론장의 구조변동』, 나남, 2001, 177~244쪽 참조.

생산성 경쟁에서 승리하는 것만이 목표인 무의미한 역할 연기에 떨어졌을 때 사람들은 진실을 확인하는 일이 불가능해지면서 불신에 기초한 극도의 단절감과 불안감에 빠졌다. 이때 그들은 무엇보다 냉소적인 거리감이라는 태도에서 탈출구를 찾았는데, 하지만 의식에 대해 거리를 두는 반성적 태도의 자의식적인 되풀이가 판에 박힌 일이 되면서 산업화가 야기한 무의미한 역할 연기로부터 나오는 불확실성의 감정은 해소되기보다는 심화되었다. 물론 60년대 한국소설도 그러한 자기반영적인 의식이 확장되는 사회적 상황으로부터 자유로울 수 없었다. 그러나 당대의 몇몇 소설가들은 자의식이라는 문제의 재현을 그 문제의 인식으로 전환하는 데 성공하였다. 특히 이청준은 자의식의 배후에 의문을 가지면서 그 자의식을 방법적으로 전유하는 자기반영적 서사, 즉 메타픽션을 매개로 자신의 소설을 현실에 대한 순응이 아니라 저항이 되도록 만들었다. 그렇지만 자의식의 전유가 무의미한 역할 연기의 세계로부터 유래한 불안한 자의식의 문제를 공유할 수밖에 없다면 이청준 소설들이 '순응과 저항의 상호작용' 속에 위치해 있을 가능성은 클 수밖에 없었다. 이 장이 60년대 이청준 소설이 보여주는 메타픽션으로서의 특성에서 의의와 한계를 함께 논의하고자 하는 것은 바로 그 때문이었다.

그런 맥락에서 우리는 메타픽션에 대한 이청준의 실험이 판단의 관점주의가 수반하는 미학적 정치성을 넘어가는 순간에 특히 주목하게 되었다. 「병신과 머저리」나 「공범」에서 확인할 수 있었던 것처럼 이청준이 자기반영적 서사에 기초한 관점주의를 통해 독단주의에 대한 비판을 전개하는 데 방법론적 전제가 되었던 것은, 진실은 확인하기는 어렵지만 반드시 존재한다는 믿음에서 진실과 진실에 대한 판단을 분리하는 일이었다. 이청준의 메타픽션은 '진실과 판단의 분리'를 고집함으로써 의견들의 상호작용이 갖는 정치성을 유지했던 것인데, 이것은 의견의 복수성에 대한 관용을 포기하지 않으면서 진실의 객관성을 구제하려는 시도라고 할 수 있었다. 그러나 「매잡이」와 「가수」에 이르게 되면 이청준의 메타픽션은 진실은 결코 알 수 없는 것이라는 불가지론에 기초한 관점주의를 전개하고 또 '진실과 판단이 구분 불가능하다는 이론적 전제'를 수용하면서 진실을 통해 합리적으로 조율되지 않는 의견들의 소용돌이에 휘말리고 말았다. 이것은 논쟁이 진실의 매개가 아닌 소모적 논란과 결합되도록 할 뿐만 아니라 궁극적으로는 논쟁 그 자체를 회피하는 계기가 될 수밖에 없었다. 비판을 형성하던 것이 비판에 위기를 불러오는 것으로 전환된 것이다. 이청준의 메타픽션은 「병신과 머저리」로부터 「가수」에 이르기까지 그것의 완성된 형식을 이루어가면서 의의와 한계를 동시에 보여준 셈이다.

여기서 바로 이청준의 메타픽션은 이후의 소설사적 전개에 대한 징후적인 예표로 작용하게 된다. 사실 우리는 이인성이나 김영하의 포스트모던 메타픽션들이 어떤 위험을 간직하고 있는지 이청준의 메타픽션을 통해 미리 예측할 수 있다. 그들이 보여주었던 것처럼 인식론적 허무주의를 통한 메타픽션의 급진화로부터 야기된 가장 파괴적인 결과는 바로 어떤 의견에서 책임성을 제거한 일이라고 할 수 있다. 말할 것도 없이 오늘날 메타픽션의 작가들은 진실을 탐색하고 현실을 정복해야 하는 의무 대신 진실을 관점들로 분해하고, 진실과 판단을 뒤섞어버리는 허구적 유희에 충실할 수만 있다면 독단주의에 대한 비판으로서의 관점주의는 오로지 일종의 미학적 정치성으로만 작용한다는 착각에 빠져 있는 듯하다. 어떤 의미에서 그들은 예상되는 파국으로부터 눈을 돌리듯 비판의 위기라는 미래로부터 눈을 돌리려고 애쓰는 것 같다. 그들에게는 문제가 있는 '과거의 독단주의'와 논쟁하는 일 말고도 자신이 초래하게 될 문제 즉 '미래의 허무주의'와 논쟁하는 일 또한 중요한 것으로 보인다.

15장 / 줄광대 · 궁사 · 매잡이
이청준 소설과 장인

1. 장인의 정치학으로부터

이청준의 소설에는 장인들이 주인공으로 나오는 작품들이 많다. 그들은 줄광대, 궁사, 매잡이 등의 전통적인 기능인들로 산업화 과정에 적응하지 못하고 현실을 힘겹게 살아가는 영락한 인물들로 등장한다. 말하자면 작가는 어떤 기능으로 안정된 생활을 영위할 수 있었던 재래의 질서가 붕괴됨으로써 어려움을 겪는 장인들의 처지에 주목하는 것인데, 한 가지 능력을 키워가며 삶을 완성해가던 방식 대신 그때그때 주어지는 온갖 작업에 적응하며 생계를 이어가는 방식이 지배하는 산업사회에서 그런 장인들의 곤경은 불가피한 일이다. 사실 한 가지 일을 잘하는 사람이라는 관념이 쇠퇴한 상황에서 장인들은 설 자리를 잃을 수밖에 없다. 그러나 장인에 대한 이청준의 관심에서 중요한 것은 저마다의 일에서 삶의 의미를 찾을 수 있었던 장인적 세계의 가치가 아니라 모든 작업을 단순히 생계를 위한 노동으로 간주하며 개인과 사회의 생존에 필요하지 않은 여타의 활동은 모두 불필요한 유희로 폄하하는 산업주의의 현실이다. 다시 말해 이청준이 보여주는 장인의 소외는 무엇보다 사회적 조건으로부터 유래한 주제라는 점에서 일종의 비판적 질문이 된다. 장인을 주인공으로 한 이청준의 소설이 예술가가 등장하여 제작의 본질과 예술의 사명 등을 탐구하는 예술가소설 일반과 다른 이유는 바로 여기에 있다.

소위 이청준의 장인소설은 어떤 기능의 숙련 과정이 삶과 분리되지 않은 장인들의 세계에 비추어 모든 노동이 삶과 분리된 채 하나의 생계 수단으로 전락하고 만 산업사회적 상황을 비판하는 소설들이다. 이 유형에 대한 기존의 연구들 또한 그와 같은 이해와 판단을 뒷받침해준다. 실제로 김현이 산업화로 인해 사회의 변두리로 내몰린 장인들의 고통은 사회에 순응하는 안일주의자들에 대한 역설적 비판이 된다고 지적한 이래 후속 연구자들 역시 장인소설의 유형이 정치적 내용을 지니는 것으로 파악해왔다.[1] 이를테면 이청준의 장인소설은 '산업화의 현실에서 곧 사라져버릴 운명'(오윤호)에 처한 '장인적 질서에 대한 관심'(박은태)을 통해 그 '현실에서 소외된 장인들의 삶'(한순미)을 조명함으로써 우회적으로 '현실에 대한 대항의 논리'(황경)를 탐색하고자 한다는 것이다.[2] 이러한 언급들은 이청준의 장인소설이 말하고자 하는 정치적인 의미를 크게 무리 없이 드러낸다. 그렇지만 기왕의 논의들이 그 장인소설을 두고 지적하는 내용의 정치학을 '격자소설적 양식'으로 일컬어지는 소설가의 형식과 결합하는 순간 우리에게는 하나의 의문이 생긴다. 즉 단일한 의미의 형성을 의도적으로 방해하고 지연시킨다는 그 형식으로 인해 명백

---

1 김현, 「장인의 고뇌ー작가 이청준과 그의 작품」, 『별을 보여드립니다』, 일지사, 1971, 376~377 쪽 참조.
2 오윤호, 「이청준 소설의 직업윤리와 소설 쓰기 연구ー「병신과 머저리」, 「매잡이」를 중심으로」, 『우리말 글』 제35집, 우리말글학회, 2005, 295~318쪽; 박은태, 「이청준의 1960년대 소설 연구」, 『현대문학의 연구』 제28집, 한국문학연구학회, 2006, 239~269쪽; 한순미, 「이청준 예술가소설의 서사 전략과 '재현'의 문제」, 『현대소설연구』 제29호, 한국현대소설학회, 2006, 329~347쪽; 황경, 「한국 예술가소설의 맥락ー예술과 현실의 길항 관계를 중심으로」, 『우리어문연구』 제39 집, 우리어문학회, 2011, 491~513쪽 참조.

한 정치적 의미가 희석되는 것은 아닌가 하는 것이다.[3]

물론 기존의 연구자들도 이청준 소설에 나타나는 그러한 '내용과 형식의 갈등'을 무시하지는 않는 것처럼 보인다. 왜냐하면 그들은 「줄」이나 「매잡이」와 같은 소설들을 대상으로 장인의 주제로부터 오는 내용의 정치학과 격자 양식을 통해 다양한 의미를 구조화하는, 이른바 형식의 정치학 사이의 간극을 의식하고 그 둘을 조화시킬 수 있는 다각적 논리를 모색하기 때문이다. 이청준의 격자소설적 형식은 가령 장인의 정치적인 의미에 대한 "독자들의 공명"을 바라며 "'같이' 참여"(김현)할 수 있게 만든 장치로 파악된다. 또한 그것은 사회문화적 변동 과정에서 혼돈에 빠진 장인들이 "자신의 윤리적 고뇌를 재현할 수 있는 방법"(오윤호)이나 그런 장인의 문제를 "진실들의 관계적 구조"를 통해 탐색하는 "방법론의 차원"(박은태)으로 해석되기도 한다. 그런가 하면 격자소설은 "이화 효과"를 통해 장인의 의미에 대한 성찰을 유도하는 "전략"(한순미)의 하나로 간주되기도 하는데, 이 모든 논의들에서 특히 작가 그 자신마저 장인의 부류에 포함된다는 생각은 두 개의 정치학을 결합하는 핵심적 가정이 되어왔다. 하지만 소설가의 수사학적 형식이 장인의 정치적 내용을 따른다는 가정은 지나치게 유기체론적이다.[4]

따라서 우리는 다시 묻고 싶다. 과연 이청준 소설에서 내용과 형식은 조화로운 전체를 이루고 있는 것일까? 사실 내용의 정치학만 있는 것이 아니라 형식의 정치학도 있다. 문학적 형식의 변화는 항상 역사적이고 사회적인 변화와 관련된다는 점에서 그러하다. 예컨대 언어 그 자체를

---

3 이청준의 격자소설적 형식이 지닌 정치적 의미에 대한 간략한 개괄은 김영찬, 「이청준 격자소설의 정치적 (무)의식」, 『한국근대문학연구』 제6집, 한국근대문학회, 2005, 329~331쪽 참조.
4 형식이 어느 정도 내용을 따른다는 것은 사실이다. 그러나 내용과 형식이라는 두 차원이 조화될 때도 있지만 그렇지 않을 때도 많다. 따라서 내용과 형식이 항상 조화로운 전체를 형성한다는 문학적 믿음은 유기체론적인 오류를 범하는 셈이다. 내용과 형식의 유기적 상호 작용이 아니라 "상호 반작용", 즉 내용과 형식의 불용해성에 대한 보다 구체적인 논의는 테리 이글턴, 박령 옮김, 『시를 어떻게 읽을까』, 경성대 출판부, 2010, 123~188쪽 참조.

목적으로 삼는 모더니즘은 언어를 순전히 도구로만 사용하는 리얼리즘의 정치적 한계를 돌파하기 위해 형성된 것이었다. 그렇다면 이청준이 중층 구조의 격자 형식을 통해 다양한 의견에 대한 관용을 보여준 것도 산업화라는 시대적 독단에 대한 저항과 무관한 것일 수 없다. 그것은 실제로 '참여'의 의무를 환기하는 서사적 '방법'이자 '관계'에 대한 성찰을 고무하는 문학적 '전략'일 가능성이 높다. 그러나 형식의 정치학이 가능하다는 것과 내용의 정치학이 그 형식의 정치학과 유기적으로 연결된다는 것은 별개의 문제이다. 형식은 내용과 조화되는 것이 아니라 불화하는 것일 수도 있는 것인데, 이것은 이청준 소설에 나타나는 격자 형식의 정치학이 장인의 정치학과 맺는 관계에도 동일하게 적용된다. 도대체 어떤 이유 때문에 고정된 의미에 기초해서만 정치적 의미를 갖게 되는 내용이 의미의 단일성을 거부하는 유동적 형식과 결합하게 된 것일까? 또 그러한 결합이 야기한 문학적 결과는 무엇일까? 이 장은 1960년대 이청준 소설에서 소설가의 수사학적 형식이 장인의 정치적 내용을 따른다는 오래된 가정에 의문을 제기하면서 시작한다.

2. 침묵 모티프의 정치적 의미

1960년대 이청준 소설에서 현실에 대한 비판의 의미를 선명하게 드러내는 소설들은 무엇보다도 장인소설들이다. 「줄」(1966)이나 「과녁」(1967), 「매잡이」(1968) 등이 대표적인 예라고 할 수 있다. 이 소설들에는 줄광대와 궁사와 매잡이와 같이 일을 단순한 생계의 수단으로만 삼지 않고 일 그 자체를 위해 일을 잘 해내고자 하는 장인들이 직접 등장한다. 그들은 우선 자신의 의지와 기능을 일치시킴으로써 일할 때의 행동을 능숙하게 통제하고 또 일에 대한 몰입을 통해 그 일의 내용과 목적이 통합되는 경지를 보여준다. 가령 「줄」의 허 노인은 줄 위에서는 눈이 없어야 하고 귀가 열리지 않아야 한다는 기예에 따라서 줄을 타고, 「과녁」에 나오는 노인도 뜻 없는 겨냥은 헛된 것이라는 궁도를 따라서 활을 쏜다. 그런가 하면 그들은 어떤 기능을 숙련하는 데 있어서 일하는 것 자체가 주는 만족을 곧 보상으로 알고 다른 기대로 일을 그르치지 않으면서 일하는 과정을 통해 저마다의 기예를 향상시킨다. 이것은 「줄」에서 줄타기의 기예를 아버지로부터 전수받은 아들 운이 사랑 때문에 줄에서 떨어져 죽고, 「과녁」에서 궁술을 배우고자 하는 석주호 검사가 과시욕으로 인해 궁사 노인의 양아들을 상하게 하는 장면으로부터 우회적으로 암시된다. 또한 이청준의 장인들은 개인적 재능보다 사회적 규범을 중시하며 자신의 기능을 개발할 때 이전의 규칙을 성실히 준수한다. 「매잡이」에 묘사된 매잡이의 풍습이 가리키는 것처럼 장인의 기능은 이웃이나 선조들과 유대를 맺는 공동체적 결속의 고리가 되는 것이다.[5]

예전 사람들은 몰잇군 놀이를 무슨 삯일로 생각했다. 그저 재미만으로 즐거이 몰잇군을 자청해 나섰던 것이다. 종일 풀토끼 한 마리 잡지 못해도 좋았다. 하루종일 산을 타서 몸은 피곤하고 먹을 것은 없어도 그래도 그들은 얼굴이 붉어서 웃는 낯으로 또 틈을 봐서 사냥을 나오자고 다짐하며 집으로들 돌아갔던 것이다. 꿩이 잡히면 물론 더 좋았다. 그런 날은 잔치가 벌어졌다. 적은 안주 구실밖에 못했지만 그 꿩을 구실로 술판을 벌였다. 혹시 마을에 혼사나 다른 잔치가 있으면 그 꿩을 보냈다. 그러면 그 집에서도 떡시루 아니면 술말로 답례를 해오는 것이었다.[6]

---

5 장인은 일 자체를 위해 일을 훌륭히 해내는 데 전념하는 인간이라고 말할 수 있다. 장인으로 불리는 전통적 기능인들은 여러 종목의 기능을 가지고 있다가 그때그때 꺼내 쓰는 방식이 아니라 일하는 역사를 따라서 한 가지 능력을 키워가는 방식을 통해 어느 한 가지 일을 잘하게 된 사람을 가리킨다. 장인이 일하는 방식에 대한 좀 더 상세한 논의는 리처드 세넷, 김홍식 옮김, 『장인』, 21세기북스, 2010, 43~56쪽 참조.

만일 어떤 일을 단지 생계의 수단으로만 보지 않고 삶의 목적으로 생각하는 인간을 장인이라 부를 수 있다면 어떤 면에서는 이청준의 「퇴원」마저도 장인이 등장하는 소설로 간주할 수 있다. 이 소설의 중간에는 하나의 삽화로서 뱀 이야기가 소개되는데, 여기에는 소대장에게 뱀의 가죽으로 지휘봉을 만들어준 일이 빌미가 되어 부대의 여러 상사들에게 똑같은 지휘봉을 만들어 바쳐야만 했던 뱀잡이가 등장한다. 그러나 뱀을 잡아야만 하는 그 사병은 상사들의 비위를 맞추려고 마지못해 뱀가죽 지휘봉을 만들면서도 일종의 장인적 면모를 드러낸다. 왜냐하면 그는 본의 아니게 엉뚱한 일에 매달리게 되었음에도 뱀에 대한 식견에서 자부심을 가질 뿐만 아니라 지휘봉의 가죽으로 잘 어울리는 뱀과 마주치는 날이면 만족스러운 하루를 보내기 때문이다. 「병신과 머저리」도 마찬가지다. 이 소설에 나오는 외과의사는 이십 년 동안 한결같이 환자들을 돌보고 구해 오다가 얼마 전 의료 사고로 큰 고뇌에 빠진다. 이때 이 고뇌는 현대적인 장인의 고뇌라는 점에서 차이가 있지만 역시 자신에게 주어진 일을 훌륭히 수행하고자 하는 장인의 모습과 관련된다는 것은 두말 할 나위가 없다. 그렇다면 「건방진 신문팔이」(1974)에 등장하는 신문팔이를 장인의 부류에 포함시키는 것도 전혀 불가능한 것만은 아니다.

물론 이청준의 장인소설에서 공통적인 주제는 장인의 작업이 갖는 가치가 아니라 바로 장인이 처한 삶의 곤경이다. 이것은 무엇보다도 산업화라는 사회적 변동 과정을 반영한다. 산업 사회는 모든 인간의 활동을 살아가는 데 필요한 물품을 넉넉하게 공급하는 노동 활동으로 재편하면서 일과 직업을 오로지 생계와만 관련시킨다. 따라서 생계와 무관한 활동은 설사 그것이 아무리 진지한 것이라 할지라도 쓸데없는 유희로 간

---

6 이청준, 「매잡이」, 『별을 보여드립니다』, 일지사, 1971, 277쪽. 이후 이 창작집에 수록된 소설들을 인용할 때는 소설명과 함께 면수만을 표시한다. 「소문의 벽」의 경우는 이청준의 또 다른 창작집 『황홀한 실종』(나남, 1984)의 쪽수를 표기한다.

주되며 단지 취미의 수준에서만 작은 효용이 인정될 뿐이다.[7] 결국 개인과 사회의 생존에 필요하지 않은 장인의 활동은 흥행을 위한 구경거리(「줄」)나 경력의 보충에 필요한 장식품(「과녁」)으로 무시되고 심지어 천덕꾸러기의 기행(「매잡이」)으로까지 폄하된다. 이런 전락하는 직업인의 이미지는 말할 것도 없이 산업사회적 타락에 대한 비판으로서 장인의 정치학을 구축하게 된다. 그런데 여기서 주목해야 할 것은 그 장인의 정치학이 좀더 명확한 서사적 진술을 통해 확고해지는 것이 아니라 침묵의 모티프와 결합됨으로써 모호해진다는 사실이다. 예컨대 소설가 지망생이면서 소설은 쓰지 못하고 문화부 기자로서 살아가는 「줄」의 초점화자는 줄광대의 이야기를 자세히 취재하였음에도 불구하고 "좀더 확실한 목소리로 말할 수 있는 사람이 여길 왔어야 했다"(54쪽)며 진술을 포기하고, 석주호 검사라는 인물이 북호정이라는 활터의 질서를 깨버리는 과정을 들려주는 「과녁」의 내포화자는 궁사 노인의 아들이 그 검사의 화살에 죽고 마는 마지막 장면을 논평 없이 마무리한다. 「매잡이」에서 한 매잡이의 죽음에 관한 한 소설가의 진술 또한 취재를 부탁한 선배의 자살과 그 취재 대상인 곽 서방의 침묵과 더불어서 "버버리(벙어리-필자)"(272쪽)의 몸짓을 닮는다.

이처럼 진술에 소극적인 이유가 단지 암시의 효과를 유발하려는 일시적인 서술 전략이 아니라는 것은 분명하다. 왜냐하면 이청준은 침묵의

---

[7] 산업사회에서 우리는 무슨 일을 하든지 생계와 관련된 일을 한다. 여기서 중요한 점은 역사상 처음으로 모든 노동이 동일한 권리를 인정받았다는 사실이 아니라 모든 인간 활동이 삶의 필수품 확보와 그것을 풍부하게 공급하는 노동이라는 공통분모로 평준화되었다는 사실이다. 유일한 예외는 예술가이다. 그러나 예술가라 할지라도 그의 작업은 유희로 분해되고 그것의 세계적 의미는 상실된다. 왜냐하면 모든 진지한 활동은 그것의 결과에 상관없이 노동으로 불리며 개인의 삶이나 사회의 삶의 과정에 필요한 것이 아닌 모든 활동은 유희로 폄하되기 때문이다. 노동에 기초한 산업사회는 예술가의 활동을 단지 테니스나 취미생활이 개인의 삶에 미치는 기능과 동일한 역할을 하는 것으로 간주한다. 생계유지의 관점에서 노동과 무관한 모든 활동은 하나의 취미에 지나지 않게 되는 것이다. 한나 아렌트, 이진우·태정호 옮김, 『인간의 조건』, 한길사, 1996, 134~192쪽 참조.

모티프를 장인소설의 범주 밖에서도 다양하게 활용할 뿐만 아니라 이미 등단 초기부터 진술의 확정성을 여러 관점들로 분해하는 격자 형식을 통해 서사적 침묵을 구현해왔기 때문이다. 실제로 「병신과 머저리」 (1966)는 중층적인 시선의 형식화로서 형의 패잔과 탈출에 관한 진실을 말하는 것이 불가능하다는 결론에 도달한 바 있다. 사실 등단작 「퇴원」 (1965)의 주인공은 벌써부터 자신이 겪고 있는 위궤양의 고통이 강요된 "무언극"(21쪽)의 현실과 무관하지 않다는 점을 상상한 적이 있었는데, 이 잠깐 동안의 상상은 자신을 학대한 두 동료 사병을 살해하고 최후의 진술을 거부한 채 사형 집행을 당하는 어느 일등병의 이야기인 「공범」 (1967)에 이르게 되면 심지어 하나의 주제로까지 격상된다. 이 순간 누군 가는 자발적인 것이 아니라 강요된 것으로 그려지는 「퇴원」과 「공범」의 침묵에서 검열과 같은 정치적 억압을 떠올리고 이것으로부터 장인의 정 치학이 침묵의 모티프와 결합될 수밖에 없는 적절한 이유를 찾았다고 생각할는지도 모른다. 하지만 「공범」의 아이러니가 보여주듯이 그 침묵 은 정치적 전횡의 결과가 아니라 "개개의 진실들이 불가피하게 서로 야 합해서 저지른 무도한 횡포와 음모"(147쪽)의 소산으로 나타난다. 침묵의 모티프는 한마디로 말해 여론의 정치적 기능에 대한 불신을 드러내는 것이다. 결과적으로 그 침묵을 구조화하는 이청준의 격자 형식은 장인 의 정치학이 작동할 수 있는 여론 즉 공적 토대의 붕괴를 알리는 서사적 형태라고 할 수 있다.

사실 이청준 소설에서 여론은 더 이상 공적으로 중요한 사회적 영역 이 아니다. 그것은 비판의 힘보다는 순응의 징후로 간주된다. 다시 말해 여론의 지배는 그 역사적 기원이 보여주었던 것처럼 본래 지배를 특수 한 권위가 아닌 보편적 이성 위에 기초함으로써 억압적인 지배 일반을 해체하는 정치적 과제를 가지는데, 이청준의 소설은 여론이 사적인 이 해관계의 각축장이 됨으로써 지배의 해체가 아니라 오히려 지배의 유지와 관련되고 만, 이른바 여론의 타락에 주목한다.[8] 가령 「줄」에서 줄광대의 취재를 요구한 문화부장에게 중요한 것은 공의가 아니라 "재미있는 기삿거리"(39쪽)이고 「가수」(1969)에 나오는 어느 주간지 편집장의 언론관도 심각한 것을 싫어하는 독자의 취향을 위해서라면 사실마저도 "적당히 만들어"(355쪽) 쓸 수 있는 것으로 되어 있다. 그런가 하면 「굴레」(1966)의 화자는 한 신문사의 견습기자 채용시험에 응시했다가 선배로부터 "순종의 미덕이 없고, 역심(逆心)이 많다"(87쪽)는 이유에서 특정 지방 출신과 편모슬하에서 자란 사람을 우선적으로 제외한다는 그 신문사의 불문율을 듣는다. 말하자면 「굴레」는 한 언론기관의 공정치 못한 인사 기준을 예로 들어 공론의 영역조차 부분적이고 편협한 이해관계를 반영하고 있다는 의혹을 제기하는 것이다. 이것은 한 잡지 편집자가 소설의 게재를 거부당한 일로 미쳐가는 소설가의 이야기를 들려주는 「소문의 벽」(1974)에서는 사실로서 드러난다. 화자는 한 소설가가 "목이 잘리지 않기 위한 이해관계"(213쪽)로 인해 자신의 소설들을 거부당한 일을 알게 되는 것이다.

여기서 여론은 공론으로 위장한 사적 이해관계의 가면이라는 자신의 이데올로기적 성격을 마침내 드러낸다.[9] 지금까지 사적인 영역으로 밀려나 있던 이해관계의 갈등들이 공적 논의의 장으로까지 밀려들어 오고

---

8 개인적인 의견이 비판적 여론으로서의 가치를 갖는 것은 보편적 이성에 기초해 진리를 추구하는 공론장이라는 공통의 토대를 전제하고 있었기 때문이다. 그런데 신문과 선전의 확대와 같은 사회적인 요인으로 인해 그러한 토대가 이데올로기적 차원으로 무너져 내리면서 여론은 개인적인 의견들이 저마다의 이익을 위해 서로 다투는 경쟁의 장으로 전락하게 된다. 위르겐 하버마스, 한승완 옮김, 『공론장의 구조변동』, 나남, 2001, 177~244쪽 참조.

9 여론의 역사적 기원과 그 전개 과정에서 일어난 여론의 타락은 서구의 경우에만 한정되지 않는다. 실제로 이청준의 소설이 간행되던 시절 여론의 중심이 되었던 언론은 1950년대에 어느 정도 보장되던 정치적 다양성의 논리를 포기하고 군부의 경제발전 논리에 순치되면서 상업화·기업화되는 양상을 본격적으로 드러낸다. 말하자면 1960년대의 한국 언론은 점차 '탈정치화'되면서 스스로 '경제 기구화'된다. 이에 대한 비판으로 3선 개헌에 반대하던 학생들은 '언론 화형식'을 갖기도 하였다. 강상현, 「1960년대 한국언론의 특성과 그 변화」, 『1960년대사회변화 연구: 1963~1970』, 백산서당, 1999, 147~183쪽 참조.

그 갈등들을 중재해야만 하는 공론의 장은 언쟁과 같은 폭력적인 형태로 이해관계의 분쟁영역이 되면서 이제 여론은 불신의 대상이 되고 만다. 이것은 예들 들어 「소문의 벽」에 나오는 소설가가 침묵과 광기를 선택한 진정한 이유이다. 이때 이청준 소설의 침묵 모티프가 장인의 정치학이 지닌 공적인 명백성조차 가로막고 있다는 것은 여러모로 의미심장하다. 그러니까 이청준이 장인의 정치학이 약화되는 위험을 감수하면서까지 침묵의 모티프를 적극적으로 활용할 수밖에 없었던 것은 여론에 대한 단순한 불신을 의미하는 데서 그치지 않는다. 그것은 심지어 공적 토대 붕괴라는 심각성을 뜻하는 것으로도 보이는데, 그럼에도 침묵은 공적 토대의 붕괴와 여론에 대한 불신이 팽배한 상황에서 자신의 발언이 공적인 논의로 매개되지 못하고 주관적 사견으로 치부될 때 취할 수 있는 진지한 태도들 가운데 하나라고 할 수 있다. 그런데 만일 진술을 권리이자 의무로 하는 작가라면 사정이 달라질 수밖에 없다. 왜냐하면 그러한 침묵의 태도는 작가로 하여금 이야기의 생성을 중단하도록 만든다는 점에서 극복해야 할 서사적 난관이 되기 때문이다. 이청준 소설에서 격자 형식이 빈번히 차용되는 이유는 바로 그와 같은 맥락에서 찾을 수 있다. 요컨대 이청준의 격자 형식은 장인의 정치학이 작동할 수 있는 공적 토대의 붕괴로부터 오는 진술의 어려움이라는 서사적 난관을 바로 그 침묵을 구조화함으로써 돌파하고자 하는 서사적 형식이 된다.

3. 관점주의와 수사학의 전경화

공론장의 변동과 함께 이청준 소설의 무게중심은 장인소설에서 격자소설로 이동한다. 이청준은 내용보다는 형식을 중시하게 된 셈이다. 물론 작가적 관심의 그러한 변화는 점진적으로 일어난다. 가령 이청준의 격자 형식이 그의 장인소설과 완전히 분리되지 않고 일정 기간 중첩되어 있는 것은 무엇보다도 그 변화의 완만함을 보여준다. 실제로 「줄」에서 어느 줄광대 부자의 이야기는 한 기자의 취재 과정을 통해 소개되고 「매잡이」 역시 한 매잡이의 이야기는 선배의 요구로 취재 여행에 나선 후에 진행된 어느 소설가의 창작 과정을 통해 도입된다. 그러나 이 두 편의 소설이 이 년이라는 시간적 거리를 통해 보여주는 차이는 이청준의 관심에서 생겨난 느리지만 확실한 변화를 가리킨다.[10] 즉 「줄」은 줄과 줄을 타는 자의 구분이 없는 몰아의 경지에서 자신의 기능을 능숙하게 수행하는 줄광대와 줄 바깥 구경꾼들의 흥분을 자아내기 위해 자신이 익힌 재주를 요란스럽게 드러내야 하는 세상의 미혹을 대비함으로써 어느 정도 장인소설의 정치적 과제를 상기시킨다. 하지만 「매잡이」는 선배와 소설가 각각의 관점에서 매잡이 사내의 이야기를 들려주는 두 편의 소설과 이 소설들이 창작된 과정을 종합하는 「매잡이」 그 자체를 메타적으로 얽는 가운데 서사적 침묵을 형식화함으로써 장인의 정치학을 떠올리는 것을 사실상 어렵게 만든다. 결과적으로 이청준 소설의 관심은 정치학의 토대라고 할 수 있는 공론장의 붕괴와 여론의 변질로 인해 장인소설에서 격자소설로 옮겨간 것이다.

우리는 이미 이청준의 격자소설이, 침묵해야만 하는 사회적 상황의 서사적 난관에 대한 타개책으로서의 의미를 갖는다고 말한 바 있다. 그것은 침묵으로 중단될 위기에 처한 서사를 지속적으로 생산하기 위한 일종의 형식적 대응인 것이다. 이청준 소설이 격자 형식을 통해 침묵과 서사를 양립시키는 방식에는 대체로 어떤 공통점이 있다. 간단히 말해 이청준에게 '이야기 속의 이야기'라는 격자 형식은 대개 '이야기에 대한

---

10 이청준의 창작집 『별을 보여드립니다』(일지사, 1971)에는 작품 연보가 실려 있다. 그것에 따르면 「줄」과 「매잡이」가 발표된 1966년과 1968년 사이에 무려 열세 편의 단편이 발표된다. 이것은 이 단편들에서 작가적 관심의 초점이 장인소설에서 격자소설로 서서히 이행해갔음을 보여준다.

이야기'라는 일종의 메타픽션으로 전환된다. 말하자면 작가는 서사의 자기반영성을 이용해 다양한 이야기들이 결합되는 과정을 구조화하는 가운데 진술의 확정성을 여러 관점들로 분해하고 단일한 의미의 형성을 지연시킴으로써 말없이 있으려는 침묵의 의지를 관철시키는 것이다. 예 컨대 「매잡이」는 곽 서방으로 불리는 매잡이 사내의 죽음의 진실을 놓고 같은 제목의 소설 세 편이 경쟁하는 과정을 통해 그 진실을 해명하는 것이 아니라 "작가의 눈"(299쪽)으로 지칭된 서로 다른 관점으로부터 그 해명이 유예되는 서사적 침묵을 완성한다. 이것은 「가수」의 경우에 이르 면 더욱 극단적인 것이 된다. 주영훈이라는 이름의 사람이 일 년의 간격 을 두고 같은 장소 같은 시각에 열차에 두 번 치어 죽은 기이한 사건을 이야기하는 그 소설에서 진실은 여러 사람들의 증언들로 해체되고 나아 가 모든 진실은 "관찰자의 관심의 종류"(359쪽)에 따라 재구성되는 것일 뿐이라는 결론과 더불어 끝내 그 사건의 진상은 침묵 속에 묻힌다. 「소 문의 벽」 또한 마찬가지다. 한 잡지 편집자가 박준이라는 소설가가 소설 쓰기를 거부하고 미쳐버린 사연을 추적하는 과정에서 광기의 원인이 문 학 이념, 이해관계, 전짓불 체험 등 여러 가지로 거론되지만 그 원인에 대한 해명의 열쇠인 소설가가 실종되어버리는 결말과 함께 거기서의 진 실 역시 침묵에 결부된다. 이처럼 이청준은 격자소설을 가지고 침묵을 형식화하여 다양한 서사적 침묵을 만들어냄으로써 침묵을 서사의 중지 요인에서 서사의 생산 요소로 바꾼다.

그러나 이청준이 발견한 그 침묵의 서사적 형식은 우회적으로나마 여 론에 대한 불신을 표현하는 것임에도 불구하고 정치적으로 기능하는 데 에는 한계가 있다. 왜냐하면 침묵이라는 소극적 태도로 인해 현실에 대 한 작가의 생각을 알 수 없다는 점에서 그의 소설에 나타난 비판적 경향 을 확인하기 어렵기 때문이다. 서사적 난관에 대한 타개책이 정치적 난 관으로 이어지는 셈이다. 여기서 작가는 사적 이해관계의 분쟁영역이 되어버린 공적 논의의 장에서는 침묵만이 정치학의 과제를 수행할 수 있다며 여론에 대한 해석의 전환을 시도하는 것으로 보인다. 다시 말해 그는 공론장에서 경쟁하는 이해관계들이 사회의 보편적 이익에 일치하지 않는 상황이라면 여론이 권력이 되는 것을 막는 것이 최우선 과제라는 점에서 지배의 해체라는 비판의 이념보다 지배의 분할이라는 관용의 이념이 더 효과적이라고 생각하는 듯하다. 이청준의 격자 형식이 확립한 서사적 침묵 대부분은 사실 그런 관용의 이념으로부터 나오는 것이다. 가령 「줄」의 화자가 줄광대의 진실에 대해 "나는 이야기할 수가 없을 것이다"(55쪽)라고 말하는 것은 자신의 견해가 독단이 될지 모른다는 염려의 소산이고 또 「가수」에서 주영훈 사건의 진실을 놓고 경쟁하는 허순의 소설과 유상균의 기사가 서로 다른 "상상력"(358쪽)의 결과로 동등하게 취급되는 것 역시 비판을 관용으로 대체하고자 한 서사적 시도이다. 그런가 하면 「소문의 벽」은 한 소설가의 노력을 문학이념을 구실로 거절하는 안 형의 "편집"(205쪽)과 그 소설가에 대한 공감보다는 자기 분야에 대한 확신이 앞서는 김 박사의 "독선"(208쪽)에 대한 비판을 통해 관용의 이념을 좀 더 직접적으로 드러낸다.

결국 이청준 격자소설은 서사적 침묵에 기초한 관용의 구조화를 통해 장인소설의 정치적 과제를 계승한다. 여기서 장인의 정치학은 마침내 형식의 정치학으로 전환된다. 그러니까 어느 순간 이청준에게서 하나의 진실에 기초해서만 정치적 의미를 갖게 되는 내용의 정치학은 오히려 다양한 진실을 포용함으로써 하나의 진실을 고집하는 독단을 제한하는 서사로서 비판적 의미를 띠게 되는 형식의 정치학에 귀착한 셈이다. 이때 우리는 이청준의 격자소설을 진술의 확정성을 여러 관점들로 분해하고 의미의 다원성을 허용하는 이른바 '관점주의적 서사'로 부를 수 있다. 이러한 서사의 인식론이 어떤 것인지는 아주 분명하다.[11] 그것은 진실을 추구하는 소설에서 다양한 진실들을 하나의 진실로 환원하는 것이 불가능할지라도 서사의 강조점이 진실 그 자체에서 진실의 인식조건으로 이동함으로써 독자들이 진실을 만날 수 있는 기회는 적어지는 것이 아니라 오히려 더 많아진다는 것으로 요약된다. 이를테면 이청준의 격자소설에서 진실의 개방성은 더 이상 인식의 장벽이 아닐 뿐만 아니라 심지어 좀더 우월한 서사적 진실로도 간주되는 것이다. 그런데 독단을 억제하는 그러한 개방성은 진실을 여러 독자의 주관적 판단들 속에 분배함으로써 역설적이지만 그 진실의 추구를 일종의 퍼즐 맞추기가 되게 한다.[12] 그런데 이것은 이청준 소설에 비밀스러운 분위기를 부여함으로써 독자의 참여와 배제를 이중화한다. 독자는 한편으로 이청준의 격자소설이 다양한 해석을 인정하는 관용의 형식이라는 점에서 자신의 관점에서 진실을 찾는 일에 가담할 자유를 얻는다. 하지만 다른 한편으로 독자는 그 격자소설이 단일한 해석을 거부하는 비밀의 형식이기도 하다는 점에서 누구도 진실을 소유할 수 없다는 의식을 통해 그 진실로부터 배제되는 것이다.

예컨대 「매잡이」는 앞서 언급했듯이 곽 서방이라는 매잡이 사내의 죽음의 진실을 말하려는 소설로서 그 진실을 각기 추적한 세 편의 서사를 교차시키는데, 우선 첫 번째 것은 민 형의 요구로 '나'가 곽 서방을 만난 후 자신의 관점에서 쓰게 된 최초의 「매잡이」이며 두 번째의 「매잡이」는

---

11 근대적 진보의 관념으로 역사가 시간화되면서 역사의 진리는 그때그때 다른 것이 된다. 끊임없이 자신을 넘어서는 진보의 지평에서 옛 역사들은 자신들의 섭리나 범례성을 상실하고 만다. 때문에 역사적 판단의 상대성은 인식론적 결함이 아니라 이제 역사의 흐름 자체에 의해 조건화되는 더 우월한 진리의 증거로 간주된다. 바로 여기서 관점주의적 판단이 활성화되기 시작한다. 역사는 서사의 하나라는 점에서 서사적 관점주의 역시 동일한 배경을 갖는다. 공론장에서 경쟁하는 이해관계들이 합리적으로 해결될 수 없는 서사적 상황은 관점주의를 활성화함으로써 보편적 이성으로 환원되지 않는 주관성을 독단에 대한 억제책으로서 용인한다. 바로 관점주의적 인식론은 관용으로서 비판을 대신하게 되는 것이다. 라인하르트 코젤렉, 한철 옮김, 『지나간 미래』, 문학동네, 1998, 364~386쪽 참조.
12 이청준의 격자소설이 대개 추리소설의 형태를 띠고 있는 것도 그러한 맥락에서 이해해볼 수 있다. 물론 명백한 해답이나 결론 없이 끝난다는 점에서 이청준의 추리소설은 일반적인 추리소설과는 분명히 구분된다. 하지만 독자에게 일종의 탐정의 정체성을 부여한다는 점에서 그것은 여전히 추리소설의 외양을 갖는다.

민 형이 자살한 후 '나'에게 유품으로 전달된 소설로 민 형의 관점이 드러난 것이고 마지막 세 번째 것은 유언 때문에 나중에 보게 된 민 형의 소설이 계기가 되어 '나'가 지금까지의 경위를 모두 쓰게 된 새로운 관점의 「매잡이」, 즉 독자 앞에 제시된 이청준 소설을 가리킨다. 여기서 흥미로운 것은 '나'가 같은 제목의 소설을 둘이나 쓰는 관점의 시간적 변화를 도입해 한 사람의 관점조차 분화되는 양상에 있지만 우리의 논의에서 주목해야 할 것은 진실은 특정한 시각에서 구성될 수밖에 없는 것이라는 관점주의적 인식론에 있다. 물론 독자들은 관점주의에 따라 자신의 관점도 그러한 세 가지 관점과 대등한 것으로 간주하고 저마다의 관점에서 다양한 해석을 덧붙이고자 할 수 있다. 이것은 박준이라는 소설가가 미쳐버린 이유를 추적하는 「소문의 벽」의 경우에도 그 관용의 형식으로 인해 크게 다르지 않을 것이다. 그렇지만 그 형식 이면에 잠복해 있는 비밀의 형식은 자신이 소유한 진실로부터 이청준 소설의 독자들을 배제하며 또 그들로 하여금 그에 상응하는 소외의 감정을 불러일으키고 나아가 그 형식은 특별히 가치 있는 무엇인가가 담겨 있을 것이라는 추정과 함께 독자들로부터 예외적인 지위를 부여받게 된다.[13]

이청준의 격자소설과 비밀의 형식은 「가수」에서 다시 한번 화려하게 결합된다. 화자인 유상균 기자는 열차 사고로 죽은 두 사람이 주영훈이라는 이름을 공유하게 된 진실을 추적하는 가운데 친구 한 검사와 열차 기관사 최 씨를 비롯해 주영훈이라는 편지 대필업자의 동료 허순이라는 작가나 운평역의 역장 사내와 또 다른 주영훈의 아내였던 운평역 부근의 어느 부인 등을 인터뷰한다. 그러나 소설은 진실의 편린들만을 남긴 채 종결되고 독자들은 일종의 불가지론적인 체념과 함께 그 진실의 주변을

---

13 짐멜에 따르면 비밀은 모든 아웃사이더들을 강력히 배제함으로써 이에 상응하는 강력한 소유의 감정을 불러일으킨다. 그러니까 짐멜은 비밀이 비밀의 소유자에게 예외적인 지위를 제공해주고 사회적으로 정해진 매력으로 작용한다고 지적한다. 게오르그 짐멜, 김덕영·윤미애 옮김, 『짐멜의 모더니티 읽기』, 새물결, 2005, 243쪽 참조.

맴돌면서 이청준의 텍스트는 비밀스러운 분위기에 기초한 신화적인 위엄을 구축하게 된다. 이것은 마침내 이청준 소설에서 격자 형식이라는 수사학적 장치만을 결정적인 것으로 만든다. 격자소설의 수사학은 진실의 추구라는 정치적 목적을 상실하고 그것의 고유한 건축술에 따라서만 움직이는 것이다. 「소문의 벽」에서 박준의 소설에 대한 문학 면 담당 편집자 안 형의 비평이 다시금 조명될 필요가 있는 것은 바로 그 때문이다.

"왜냐하면 우리들에게 중요한 것은 우리 자신 속에 숨어 있는 어떤 비밀과 만나는 놀라움이 아니라, 그 비밀과 현실 사이에 꾸며지고 있는 생존의 방정식에서 보다 명확한 해답을 얻어내는 일이거든요. 분명하게 강조되어야 했던 것은 그 비밀을 만난 놀라움이 아니라, 주인공으로 하여금 늘 자신의 슬픈 습성을 택하도록 강요한 현실의 압박요인들이었어요. 그런데 그것은 거의 이야기하지 않고 자꾸 그 버릇만을 되풀이 강조하고, 그 버릇에 스스로 경탄을 금치 못함으로써 박 준은 독자의 관심을 엉뚱한 데로 끌고 가버렸어요. 독자를 속인 거지요."(204쪽)

물론 「소문의 벽」은 안 형의 주장을 그럴 듯한 것이라고 인정하면서 작가의 의도에 따라 화자로 하여금 그 주장에 의문을 제기하도록 한다. 말하자면 작가는 독자가 박준의 소설을 통해 "어떤 비밀과 만나는 놀라움"을 당장 이 "비밀과 현실 사이에 꾸며지고 있는 생존의 방정식"으로 정립할 수 없다 할지라도 "상징성이나 암시"(205쪽)를 통해 그것에 더 효과적으로 접근할 수 있다고 생각하는 듯하다. 형식의 정치학이 그렇듯이 수사학 역시 근본적으로는 정치적 의미를 가지는 것이기는 하다.[14]

---

[14] 긴 역사를 통해 수사학의 화려한 비유와 열정적 웅변술은 어느 때는 진실에 이르는 수단으로, 또 어느 때는 진실에 이르는 것을 막는 방해물로 여겨졌다. 수사학의 정치적 기원과 이것이 문체의 문제로 축소되는 과정에 대해서는 테리 이글턴, 앞의 책, 21~34쪽 참조.

따라서 그것이 과히 틀린 주장이라고 할 수는 없다. 하지만 이전에 장인의 정치학이 공개성과 결합되었던 것과 달리 공론장의 구조 변동에 따른 서사적 결과로서의 수사적 형식의 정치학은 명백히 비밀과 결합하고 있다. 이것은 수사학을 서서히 문학의 문제로 축소하면서 형식적인 것에 포함되어 있는 공적이고 정치적인 기능을 소거하는 위험을 초래하게 된다. 왜냐하면 비밀에 기초한 정치학은 독단을 억제한다는 미명하에 진실을 여러 독자의 주관적 판단들 속에 용해시킴으로써 사적 견해를 공적 논의로 이끌어갈 근거를 완전히 사라지도록 만들기 때문이다. 그것은 어떤 의미에서는 이성에 기초한 정치를 관철하는 데 기여하는 공개성을 비밀이 대체해버림으로써 특정한 개인의 권력, 즉 특권에 기초한 전근대적인 정치로 후퇴하는 일인지도 모른다. 이때 비밀의 형식은 독자들의 해석이 달라붙는 그만큼 속이 텅 빈 것이 된다. 이청준의 격자소설은 현실에 대한 진정한 관찰과 판단 대신 내용의 빈약함을 형식의 정교함으로 은폐하는 단순한 미학적 대응책이 될 공산이 커지는 것이다.

4. 형식의 정치성에 대하여

다시 한번 말하지만 이청준의 격자소설은 여론에 대한 불신에서 침묵해야만 하는 사회적 상황이 야기한 서사적 난관에 대한 타개책이다. 그것은 침묵을 형식화하여 다양한 서사적 침묵을 만들어냄으로써 침묵을 서사의 중지 요인에서 서사의 생산 요소로 바꾼 일종의 형식적 대응이라고 할 수 있다. 그러나 서사적 난관의 돌파가 정치적 난관마저 해결한 것은 아니다. 물론 이청준의 격자소설은 서사적 침묵으로 정립한 관용의 이념을 통해 이전 장인소설의 정치적 과제를 다른 방식으로 계승하는 데 성공한다. 이청준에게서 하나의 진실에 기초해서만 정치적 의미를 갖게 되는 장인의 정치학은 다양한 진실을 포용함으로써 하나의 진실을 고집하는 독단을 제한하는 서사로서 비판적 의미를 띠게 되는 형식의 정치학으로 전환된 것이다. 이런 맥락에서 우리는 이청준의 격자소설을 진술의 확정성을 여러 관점들로 분해함으로써 독단을 의미의 다원성 속에서 해소하는 관점주의적 관용의 서사로 호명한 바 있다. 이것은 산업주의라는 하나의 가치만이 전횡하던 시대적 상황에 대한 수사학적 비판으로서의 의미를 갖게 된다. 그렇지만 이청준 소설이 보여주는 그러한 형식의 정치성을 단지 억압적인 시대적 상황에 대한 효과적인 대응으로만 이해하기에는 무언가 미진한 것이 남는다. 독자의 참여와 배제를 이중화하는 그것은 사실 공개적 논의를 비밀의 형식으로 대체함으로써 사적 견해들을 공론화할 수 있는 근거를 소멸시키기 때문이다.

공적 논의의 장에서 경쟁하는 이해관계들이 사회의 보편적 이익에 일치하지 않는 상황일 때 작가 이청준에게는 무엇보다도 여론이 권력이 되는 것이 우선적인 문제가 된다는 점에서 지배의 해체라는 비판의 이념보다 지배의 분할이라는 관용의 이념을 형식화하는 것이 더 효과적인 것으로 보였을지도 모른다. 어떤 의미에서 진실을 비밀로 함으로써 다양한 판단과 해석들을 구조화하는 수사학적 장치가 독단이 횡행하는 시대적 상황에서 더 적극적인 정치적 의미를 갖는 것인지도 모른다. 실제로 이청준의 관점주의적 서사는 스스로를 복수적인 해석들에 개방된 것으로 다루고 텍스트를 저자의 의도로부터 해방시킴으로써 의미의 소유권에 기초한 권위주의적 체계에 저항한다고 할 수 있다. 그리고 이것이야말로 이른바 형식의 정치적 핵심이라는 것은 말할 것도 없다. 그러나 여론에 대한 불신을 구실로 객관적 이성에 대한 신뢰로부터 마련된 의견들을 단순한 이데올로기로 치부하는 것은 진짜 이데올로기에 대한 비판을 정당화할 수 있는 최후의 근거조차 남겨놓지 않는 일이 된다. 동일성에 기초한 객관성이 독단주의의 가면으로 간주되면 하나의 주장만을 강요하는 이데올로기의 전횡은 일단 논파될 수 있다. 하지만 그로 인해 하나의 주장이 상대화되면서 그 독단에 대한 비판의 효력 또한 훼손되고 마는 것이다.

여기서 사람들은 진실을 부정하지 않고 추구한다는 점에서 이청준 소설의 관점주의가 포스트모던의 급진적 상대주의와는 다른 것이라는 점을 상기시키고 싶을지도 모른다. 여론에 대한 불신으로부터 오는 이청준의 관점주의는 허무적 회의주의가 아니라 진실과 의견들에 대한 구별을 근거로 한 방법적 회의주의라는 입장이 그것이다. 말하자면 작가의 관점에서 진실은 편견 없는 "성실"(360쪽)을 통해 발견되며 그 외의 다른 모든 것은 이데올로기적인 사건에 지나지 않는다고 말이다. 하지만 그 성실이라는 기준은 매우 자의적인 것이라는 점에서 결국 이청준이 생각하는 문학은 다양한 의견들이 서로 충돌하는 가운데 진실을 찾아가는 비판적 작업으로 향하는 것이 아니라 그 의견들을 동등하게 취급하는 관용의 작업으로 향하게 된다. 의견들이 동등하게 간주될 때 다가오는 것은 건설적인 논쟁이 아니라 파괴적인 분쟁이다. 이청준은 진실을 추구할 수는 있지만 진정한 진실은 쉽게 알 수 없다는 관념을 수용함으로써 뜻밖에도 여론을 생산적인 논쟁의 장이 아니라 소모적인 논란의 장으로 끌고 갈 가능성이 크다. 사실 그는 언어의 모호성과 불확실성에 매혹되어서 회의주의와 독단주의 사이에 있는 중간지대를 간과하고 있다. 논쟁은 상대방의 주장을 경청하면서 그 주장에 문제가 있다는 것을 설득하는 것인 동시에 이 과정에서 자신의 주장에도 문제가 있다는 것을 인정하게 되는 과정이다. 하지만 진실의 진정성에 대한 이청준의 강박관념은 가장 치명적인 결과를 빚어내는 것처럼 보인다. 진실의 추구가 하나의 환상으로 밝혀지는 실망스러운 순간에 강박되어 회의주의를 성급하게 수용하고 마침내 언어의 지시적 권위에 기초한 진실을 불신하는 것이다.

6부

/

형식의 정치성 II *1962~1977*

16장 / 낭만주의적 상상력의 행방

김승옥 소설과 소비자

1. 과도기 의식과 멜로드라마의 유행

전후의 경제적 폐허와 정치적 퇴폐를 딛고 일어서게 만든 6·70년대 한국사회의 변화와 진보는 가히 혁명적인 것이었다고 할 수 있다. 물론 혁명적이라는 술어는 단순한 비유에 그치는 것이 아니다. 그것은 어떤 근대적인 경험들에 근거하는 것이다. 사실상 그 시대는 4월 혁명과 5·16 군사 쿠데타와 산업화로 이어지는 역사적 격변들로서 점철되었다. 근대적 의미에서 혁명(revolution)은 정치적이고 사회적인 변혁뿐만 아니라 최소한의 안정성을 토대로 한 장기적 개혁, 즉 산업화처럼 우리의 일상 속으로 깊이 침투하는 사건들을 총칭하는 개념이라는 점에서 실제로 그 시대는 명백한 '혁명의 시대'였다. 그러나 한국적 혁명의 시대는 4월의 정치적 자유가 5월의 군사 쿠데타를 통해 보류되고 경제적 안정 또한 산업사회의 소외로 인해 유보되는 혼란과 미결정의 시기이기도 하였다.[1] 따라서 불안정성과 불안, 그리고 역동성과 동요로 구조화된 한국의

---

1 근대적 혁명 개념의 적용 범위는 피비린내 나는 정치적·사회적 변혁운동에서 학문적인 혁신까지 광범위하다.(라인하르트 코젤렉, 한철 옮김, 『지나간 미래』, 문학동네, 1998, 76~98쪽 참조.)

6·70년대는 사람들로 하여금 근대적 발전의 시간 경험에 특징적인 감각과 인식을 첨예화한다. 바로 과거의 퇴폐와 미래의 쇄신 사이에서 아직은 아니라는 현재의 느낌이 지배하는 과도기(transition) 의식이 전면화되는 것이다.[2] 이 의식은 미래는 다르리라는 기대를 통해 현재의 경험들을 부인함으로써 모든 경험의 일회성이라는 역사적 원칙을 구축하고 불안과 동요를 더욱 촉진하게 된다.

이처럼 한국 사회는 과거와 미래 사이에 있다는 이행의 감각을 통해 경험의 지속적인 축적이 불가능해지고 미래에 대한 기대만이 증폭되는 과정을 통해 미지의 것을 향해 다급히 달려가고 있다는 시간 경험을 일상화하게 된다. 6·70년대 한국소설은 당연히 경험의 기회를 빼앗고 기대 속에서 부유하는 그러한 가속적인 시간의식의 피상성과 천박성에 대응하는 노력을 보여주었다. 덧없는 시간의 힘에 저항하는 서사적 기억을 통해 경험을 증대하고 기대를 축소하고자 하는 소설의 방식이 그것이었다.[3] 하지만 그 시대의 한쪽, 아니 전면에서는 경험의 빈곤 문제에

그런 의미에서 6·70년대 한국사회에서 연속적으로 전개되는 4월 혁명과 군사 쿠데타 그리고 산업화 모두는 혁명적인 사건으로 간주될 수 있다. 실제로 4월 혁명과 5·16 군사 쿠데타 그리고 산업화로 이어지는 6·70년대 한국 사회는 급속한 사회 발전과 혼란의 관점에서 가히 혁명의 시대를 통과했다고 할 수 있다. 이 혁명적 쇄신 과정에 대한 간략한 개괄은, 박길성, 「1960년대 인구사회학적 변화와 도시화—사회발전론적 의미에서」, 한국정신문화연구원 편, 『1960년대 사회변화 연구: 1963~1970』, 백산서당, 1999, 11~51쪽 참조.

2 코젤렉은 진보를 통해 궁극적인 낙원의 상태를 지향하는 근대의 혁명과 그 반동의 상호작용은 새로운 시대의식을 특징짓는다고 말한다. 즉 에른스트 블로흐가 '희망의 원리'로 불렀지만 상대방을 재생산하고 그것을 항상 지양해야 하는 '아직은 아님'이라는 생각은 사실 비극적인 무한성을 따라가며 반복적 당위의 의식을 생산한다는 것이다. 퇴폐와 쇄신의 반복적 교체에 기초한 그러한 새로운 이행 경험은 이른바 과도기 의식을 낳는다는 것이다. 현대의 일상적인 경험을 시간적으로 추상화시킨 모든 사건의 일회성이라는 역사적인 원칙 또한 거기에 기반을 두고 있다고 한다(라인하르트 코젤렉, 앞의 책, 334~387쪽 참조). 물론 커머드는 과도기 의식에 대한 코젤렉의 역사적 규정을 '과도기의 신화'라는 개념을 통해 보편적인 것으로 만든다. 즉 퇴폐와 쇄신의 과정에 살고 있다는 과도기 의식은 '사이의 시간'으로서의 현재에서 '종말'을 매순간 일어나는 것으로 생각하는 종교적 시간 경험을 가리키는 것으로 우리의 세계 이해 방식의 저변에 항상적으로 잠재해 있다는 것이다. 여기서 근대의 과도기 의식은 과거 종말론의 세속적 버전으로 규정된다(프랭크 커머드, 조초희 옮김, 『종말 의식과 인간적 시간』, 문학과지성사, 1993, 26~42쪽 참조).

대한 소설적 저항과는 다른 장르적 순응의 시도들이 가시화되었고 이것
은 무엇보다도 멜로드라마(melodrama)의 유행으로 나타났다. 특히 70년대
에 이르면 대중소설로 활자화된 원작이 그 원작을 각색해 만든 장르영화
로 이어지면서 멜로드라마는 융성기를 맞이한다.[4] 〈별들의 고향〉(1974, 최인
호 1973년 원작), 〈영자의 전성시대〉(1975, 조선작 1975년 원작), 〈겨울여자〉(1977,
조해일 1976년 원작) 등이 대표적인 예라고 할 수 있다. 분명히 멜로드라마
는 삶에 대한 재현의 상투성과 선정성으로 경험의 영역을 축소하고 미
지의 것에 대한 기대만을 증폭시키는 과도기 의식에 대한 영합을 통해
대중적인 호응을 얻게 되었음에 틀림없다.[5]

  70년대 멜로드라마의 유행을 보면 그 장르의 유혹은 대단했던 것으로
보인다. 실제로 60년대 후반에 혜성처럼 등장한 학생 작가 최인호가 대
중소설가로 전신했음은 말할 것도 없고 탄탄한 단편 미학을 구축했던
신예 작가 조해일도 그와 동일한 행로를 보여주었다.[6] 충격적인 것은

---

3 루카치에 따르면 소설은 시간을 구성적 원칙으로 삼은 유일한 형식이지만 거기에서 일어나는
모든 내적 행동은 시간의 힘에 대항하는 투쟁이다. 그리고 벤야민은 실제적 삶에 대해서는 아무
런 의미도 부여하지 못하는 문장이 그 내적 행동으로서의 기억된 삶에서는 여지없이 의미를 지
니게 된다는 말로 그러한 루카치의 정의를 계승한다. 따라서 기억의 형식은 근대적 시간 경험에
대한 보편적인 소설적 대응이라고 할 수 있다. 발터 벤야민, 반성완 옮김, 『발터 벤야민의 문예
이론』, 민음사, 1983, 183~185쪽 참조.
4 신파의 관습과 서구 멜로의 결합 속에서 형성된 1950년대 한국영화의 멜로드라마적 성격은 문
학작품을 각색한 문예영화의 융성기를 거쳐서 1970년대에 이르면 이번에는 대중소설을 각색한
멜로드라마 영화들로 중흥기를 맞게 된다. 이수현, 「김승옥 각색 작업에 나타난 멜로 드라마적
특성」, 『현대문학이론연구』 제31집, 현대문학이론연구학회, 2007, 293~314쪽; 박유희, 「한국 멜
로드라마의 형성 과정 연구—저널리즘에 나타난 멜로드라마 장르 개념을 중심으로」, 『현대문학
이론연구』 제38집, 현대문학이론연구학회 2009, 181~212쪽 참조.
5 싱어는 멜로드라마의 역사적 형성 과정을 추적하며 모더니티로 규정되는 사회적 상태와 멜로드
라마와 같은 문화적 표현 사이의 연관성을 정교하게 검토한다. 그에 따르면 근대적 경험은 불연
속적인 단절로부터 과도한 긴장과 감각적 혹사에 따라 총체적인 무감각을 낳는데 멜로드라마와
같은 선정적 상상력이 필요한 이유는 그러한 무감각을 상업적으로 '돌파'하기 위한 것이다. 반
대로 근대적 경험의 주체들은 과도한 긴장과 감각적 혹사로부터 스스로를 '보호'할 필요를 느끼
기도 하는데, 싱어는 그것이 멜로드라마의 상투적 상상력이 대중적인 호응을 얻는 이유라고 지
적한다. 그러나 서로 상반된 관점임에도 불구하고 돌파의 가설과 보호의 가설은 모두 멜로드라
마를 과도기 의식에 대한 대응이나 저항이 아니라 적응 내지 순응의 측면으로 간주한다. 벤 싱
어, 이위정 옮김, 『멜로드라마와 모더니티』, 문학동네, 2009, 151~194쪽 참조.

'감수성의 혁명'을 일으키며 한국문단의 총아로 군림했던 작가 김승옥마저 조선작이나 조해일과 같은 대중소설가의 원작을 영화의 시나리오로 각색하며 멜로드라마의 유혹에 굴복한 점이었다. 사실 그가 60년대 중반부터 시나리오를 창작하고 영화 제작에 참여한 전력이 있음은 그러한 전향으로부터 오는 충격을 어느 정도 완화한다. 그러나 「내가 훔친 여름」(1967)과 「60년대식」(1968)처럼 세태소설의 경향을 서서히 드러내던 김승옥은 결국 『보통여자』(1969)와 『강변부인』(1977)과 같이 멜로드라마적인 대중소설을 손수 창작하게 된다. 물론 그는 나중에 자신의 변신에 대해 먹고 살아야 했다는 솔직한 답변과 더불어 영화가 매력적이었다는 의미심장한 판단을 내놓는다.[7] 만일 영화와 멜로드라마가 당시 구분 불가능할 정도로 밀접한 것이었다면 그 판단은 멜로드라마가 그에게 경제적 보상물 이상이기도 했음을 암시한다. 이것은 무엇보다도 '망가진 예술'로서 도외시되어 왔던 김승옥의 대중소설에 대한 우리 논의의 출발점이 된다.[8] 멜로드라마는 그에게 어떤 매력을 가지고 다가왔던 것

6 군사 정권이 출범한 이후 발전 이데올로기에 따라 60년대 산업화가 가속화되면서 70년대에는 언론의 기업화와 상업화와 함께 대중문화가 폭넓게 확산된다. 멜로드라마의 유행도 그러한 언론 지형의 변화와 무관하지 않을 것이다. 6·70년대에 대중문화가 확산되어갔던 정치사회적 배경에 대해서는 박명규·김영범, 「문화 변동―지식 체계 및 생활 양식의 변모」, 한국사회학회 편, 『한국 현대사와 사회 변동』, 문학과지성사, 1997, 209~217쪽 참조.
7 주인석, 「그를 만나게 되다니」, 『김승옥 소설전집 4―보통여자·강변부인』, 문학동네, 1995, 312~313쪽 참조.
8 기존의 논의는 대부분 김승옥을 60년대 한국문단의 총아로서만 기억하고자 한다. 많은 논자들이 지적하듯이 김승옥은 60년대 초기작의 감수성 혁명에서 출발해 60년대 중반 이후부터는 허무의식과 트리비얼리즘 등과 결합된 세태소설의 경향을 보여주다가 창작 시나리오나 각색 시나리오와 같은 영화적 작업과 더불어 70년대에 이르면 『보통여자』와 『강변부인』 등 예술을 망가뜨리는 대중적이고 통속적인 경향에 영합하는 그런 작가로서 평가된다. 따라서 김승옥의 대중소설들은 그동안 거의 논의되지 않았는데, 사실 미학적 의미에서 그러한 기존의 취급이 잘못된 것은 아니다. 그러나 이 장은 대중적 멜로드라마에 대한 한 작가의 적극적 투신에는 그 나름대로의 문학적인 이유가 있을 것이라는 가정에서 김승옥의 대중소설을 새롭게 조명하고자 한다. 물론 김승옥의 대중소설을 새롭게 보고자 하는 시도(김영애, 「김승옥 장편 소설 연구―『보통여자』, 『강변부인』을 중심으로」, 『우리어문연구』 제25집, 우리어문학회, 2005, 499~517쪽 참조)가 아주 없지는 않았다. 하지만 김승옥의 대중소설을 이전 본격소설의 연장선상에 두고 그 주제적 연관성을 해명하려는 시도에도 불구하고 그것은 기존의 논의들이 합의한 평가를 재고하는 수준

일까?

혹시 김승옥은 멜로드라마의 세계에서 경제적 이점 이외에 문학적 이점 아니면 적어도 문화적 이점을 감지했던 것은 아니었을까? 다른 소설가의 원작을 영화 시나리오로 각색하여 경제적 보상을 받는 데서 그치지 않고 스스로 원작자가 되어 멜로드라마의 세계로 나아갔다면 또 그 세계가 소극적 일탈이 아니라 적극적 변신으로서 투신했던 곳이라면 우리의 가정이 전혀 엉뚱한 것만은 아닐지 모른다. 그런 맥락에서 이 장은 바로 김승옥의 대중소설 특히 70년대 멜로드라마의 유행에 가담했던 『강변부인』을 대상으로 작가가 구축한 멜로드라마적 상상력의 성격을 분석하고 그가 멜로드라마에서 발견한 매력의 정체를 해명해보려는 데 목적을 둔다.

2. 서사적 가속화의 구조

우리의 6·70년대는 혁명의 과정을 통해 과거의 퇴폐로부터 미래의 쇄신으로 이행해가는 이른바 과도기 의식이라는 '사이'의 시간감각을 구축한다. 이 미결정성에 대한 의식으로부터 초래된 불안하고 역동적인 현실은 또한 경험의 기회를 빼앗고 미래는 다르리라는 기대를 부풀리면서 돌이킴 없이 앞만 보고 달려가는 가속적인 시간의식을 만연시킨다. 이것은 70년대에 본격적인 궤도에 이른 산업화를 통해 더욱 첨예해지는데, 생산 과정이 요구하는 반복적이고 무의미한 직분의 수행은 사람들에게 진정한 경험으로부터의 소외를 일상화했기 때문이다. 물론 시간의식의 가속적인 성격으로부터 오는 경험의 빈곤 문제는 기억의 형식으로

에서 결국 그 의미를 조금 확장하는 데 그치고 만다.

요약되는 소설적 대응을 촉발하였다. 그러나 당대의 주류는 저항이 아니라 투항이었다. 실제로 멜로드라마의 유행으로써 나타나는 그것은 경험을 축소하고 기대를 확대하는 과도기 의식 고유의 가속적인 시간경험에 장르적으로 영합함으로써 대중의 폭발적인 호응을 얻는다. 『강변부인』은 바로 여기에 가담하였던 것이다. 결국 김승옥의 대중소설 또한 경험의 상실과 기대의 폭증으로 구조화되는 가속적인 시간의식에 순응하기 위해 삶과 현실에 대한 멜로드라마적인 재현의 상투성과 선정성을 공유하게 된다.[9]

남진이 나간 뒤 욕실에서 느릿느릿 몸을 씻으면서, 호텔을 나서면 남편 사무실에 들러볼까고 생각했으나, 엉뚱하게 어떤 허점만 보이고 말 불필요한 짓이라는 판단으로 그 생각을 취소해버렸다.

남편은 지금 무얼 하고 있을까? 영동 지구의 현장에서 일꾼들과 점심을 먹고 있을 게 거의 틀림없다.

옷을 입고 화장을 고치고 얼룩진 시트를 벗겨 뭉쳐서 의자 위에 던져놓고 민희는 도어의 핸들을 잡았다.

그때 복도를 사이에 둔 맞은편 방에서 소프라노의 음성이 남편의 이름을 불러대고 있었다.

"이영준씨 좀 바꿔주세요. 두시에 전화하기로 한 사람인데요."

전화에 찾는 사람이 나오는 모양이었다.

"저예요. 삼백육호실이에요. 금방 오셔야 해요."

9 한국문학의 멜로드라마적인 상상력은 시대별로 강조점이 다르기는 하지만 대체로 결혼을 전후로 한 애정 장애와 그 해결에 제한된다. 큰 흐름에서 보면 우리 멜로드라마의 문학사는 결혼 이전의 혼사 장애와 그 해결에서 결혼 이후의 가정 장애와 그 해결로 상상력의 초점이 옮아간다. 김지영, 「『무정』의 멜로드라마적 상상력」, 『어문논집』 제54호, 민족어문학회, 2006, 273~311쪽; 김종수, 「1930년대 대중소설의 멜로드라마적 성격 연구—『찔레꽃』을 중심으로」, 『한국민족문화』 제27집, 부산대 한국민족문화연구소, 2006, 153~172쪽; 이길성, 「1950년대 후반기 신문소설의 각색과 멜로드라마의 분화」, 『영화연구』 제30집, 한국영화학회, 2006, 195~221쪽 참조.

이영준, 성동구청 부근에 이영준이라는 이름을 가진 남자는 몇 명이나 될까?

민희는 도어핸들의 자물쇠 꼭지를 눌러놓고 기다리고 서 있었다. 차라리 오다가다 만나버릴까. 파괴적인 충동이 신통처럼 간헐적으로 그 여자의 관자놀이에서 펄떡였다.

복도의 카펫을 스치는 소리가 나고 맞은편 방의 도어에서 노크 소리가 울렸다.

"누구세요?"

"나야!"

남편이 틀림없었다.[10]

김승옥의 『강변부인』은 멜로드라마의 선정적인 클리셰 중 하나인 바람난 아내와 외도하는 남편을 통해 중산층 가정의 위기를 가시화하는 것으로부터 시작된다. 말할 것도 없이 "성동구청 근처의 호텔"에서 시작된 그 서사적 재현에서 경험을 빼앗는 상투성과 기대를 부추기는 선정성은 시간의 지체를 통해 명상적인 주저를 촉발하는 소설적인 내러티브 역학을 붕괴시킴으로써 멜로드라마의 가속적 서사를 구축한다. 그러한 서사적 가속화(narrative acceleration)의 두 축을 움직이는 핵심적 동인은 무엇보다도 '우연의 일치'라고 할 수 있다. 실제로 중산층의 "체면이나 규범으로부터 해방된 시간"을 갈망하는 아내 민희는 하필이면 남편이 일하는 건축설계 사무소 근처의 그 호텔에서 외간남자와 밀회를 즐기고 나서려다가 우연하게 중년의 "서글픈 갈증"을 풀어보려는 남편 영준이 자신이 투숙했던 방 바로 앞방에서 술집 호스티스와 관계하는 현장을 적발한다. 사실 터무니없는 우연의 일치는 소설적인 서사 진행의 인과적 사슬을 끊어버리고 행위의 에피소드적인 연발을 허용함으로써 멜로드라마의 서사를 더욱 숨 가쁜 것으로 만들고는 한다. 결국 김승옥의 멜

---

10 김승옥, 『김승옥 소설전집4—보통여자·강변부인』, 문학동네, 1995, 195~196쪽.

로드라마적 서사도 예외는 아닌 셈이다. 『강변부인』은 이후 우연한 행위들의 연속적인 연결을 통해 서사적 미래에 대한 기대로 부푼 독자 대중의 호기심을 가속적으로 고조시킨다.

아내 민희는 남편 영준에게서 가정을 '성역'으로 여기고 "자극에의 욕망"을 "사소한 재미" 이상으로 간주하지 않는 "자기와 똑같은 사고방식에 의한 행위"를 발견하고 충격을 받지만 "파괴적인 충동"을 누르고 그의 "음탕한 취미"를 모르는 체한다. 그러나 그녀는 "금방 미칠 것 같은 배신감"으로 괴로워하다가 자기에게 남자를 소개했던 윤여사의 의상실을 찾는다. 급기야 이혼 얘기를 꺼내는데, 가정이란 "자극적인 경험"으로 이루어진 1/10의 일을 눈감아주고 나머지 "십분의 구의 믿음"으로 유지된다는 "편리한 생각"으로 민희는 그 이혼 생각을 버린다. 하지만 그녀는 "호텔에서 남편의 끔찍한 낮의 도락"을 목격한 이후 "암내를 물씬 풍기는 모습"의 가정부 순자에게조차 긴장하고 마침내 운전사 김씨에게 남편의 감시를 부탁하기에 이른다. 영준이 안양에 있는 한 호텔에 있다는 운전사의 전화를 가정부에게서 넘겨받는 순간 민희는 다시 한번 갈등에 빠지고 만다. "진흙탕의 수렁 속으로 한발 한발 빠져드는 느낌"의 불안감과 "고용인들에게 주인의 추태만 보여주는 꼴"이라는 체면 의식이 자신의 발목을 붙드는 것이다. 그런데 잡념을 떨쳐버리기 위해 집을 나서던 그녀에게 남편이 공사 현장으로 오라고 했다는 말을 전하며 김씨가 다가오고 민희는 수상하다는 것을 느끼면서도 그의 차를 탄다.

"아니, 김씨. 어디로 가는 거예요?"

"다 왔습니다. 요 모퉁이만 돌면…… 저 미리 알아둘 게 있는데요, 절 내보내고 싶으시죠?"

민희가 숨이 컥 막히는 느낌을 받은 것은 김씨의 그 말 때문이 아니라 돌아보는 그 눈빛 때문이었다.

"김씨, 아무래도 이상한데?"

"이상하긴요, 나두 고추 달린 사내새낀데, 어차피 이 집에서 뜰 놈, 나한테두 한번 주시라는 거죠."

"뭐? 뭘 달란 말야?"

"그 몸 말예요. 아저씨 몰래 바람피러 다니시는 거, 다 안다구요. 순자년이 일러주데요. 사실은 아까 안양에서 호텔방까지 잡아놓구 불러내리던 건데 안 오시기에 별 수 없이 일루 모신 거예요." [⋯중략⋯]

"나쁜 새끼 같으니라구! 글쎄, 증거가 뭐냐 말야?"

"동일호텔 일 생각 안 나세요? 성동구청 근처에 있는 호텔 말예요. 그래도 시치미 떼시기예요." [⋯중략⋯]

"난 성동구청이 어디 붙었는지도 몰라."

"왜 이러세요? 현장을 붙잡은 게 아니라고 뻗대면 그만이다 그건가요? 내 눈으로 똑똑히 봤는데도 아니라면 나도 감정이 있는 놈예요. 적당히 눈감아주려고 했지만 감정을 돋우면 산통 다 깨버릴 수도 있다구요."

차는 약간 비탈진 오르막길을 오르느라고 속력이 줄었다. 민희는 차에서 뛰어내릴 수 있으리라고 계산했다. [⋯중략⋯]

"어떻게 할까요? 차를 세울까요? 어차피 오늘이 댁하고는 마지막 작별인 거 같은데 마지막 가는 사람 입보다 무서운 게 없습니다."

그러면서 김씨는 차를 스르르 세웠다.

"미친 소리 말고 빨리 가지 못해요!"

"담배 한 대 피울 테니 잘 생각해보세요."

민희는 후닥닥 차에서 뛰어내려 달리기 시작했다. 이 숲만 빠져나가면 남편을 만날 수 있으리라. 남편에게 울면서 매달리리라. 우리가 왜 이런 비열한 모욕을 당해야 하느냐. 그러지 말자. 앞으로는 제발 그러지 말자. 당신도 그러지 말고 나도 그러지 말자.[11]

『강변부인』의 에피소드적인 행위의 우연한 연발로부터 오는 서사적 가속화는 중산층 가정의 실제적 위기, 즉 운전사 김씨의 협박에서 사실상 절정에 도달한다. 그동안 1/10의 일탈과 부정에도 불구하고 아니 그 때문에 민희와 영준의 가정은 9/10라는 믿음의 토대를 지킬 수 있었다. 하지만 그 가정에 "저 악마 같은 운전사의 손아귀"는 "어떤 비극적인 파국"의 그림자를 드리우고 모든 '산통'을 깨버릴 수 있는 실질적 위기로 다가온다. 이것은 김씨가 성동구청 근처의 호텔에서 있었던 민희의 불륜을 우연히 알게 된 일이 빌미가 된 것인데, 여기서도 일단 가속적인 서사성은 믿기 어려운 우연의 일치로서 성립한 셈이다. 그러나 "어차피 해고당할 바엔 마침 쥐고 있는 약점을 이용해보겠다는" 운전사의 비열한 돌변으로 인한 그 서사적 위기는 내부의 적을 외면화함으로써 촉발된 '선과 악의 도덕적인 양극화'를 통해 김승옥의 멜로드라마에 더욱 절실한 긴박성을 부여한다. 육체의 폭력적인 위험과 시련을 통해 고양된 그러한 긴장과 절박감은 결국 우연성에 기초한 멜로드라마의 서사적 역학을 최고조로 이끈다. 그리고 여기서 마침내 서사적 가속화의 나머지 축이 드러난다. '위태로운 상황의 기적적인 해결'이 바로 그것이라고 할 수 있다. 실제로 모든 것이 붕괴되어버릴 것 같은 그 순간 상황은 극적으로 반전된다.[12] 운전사 김씨가 잠시 차를 멈추었을 때 민희는 차에서 뛰어내려 위기로부터 벗어나는 것이다.

---

11 김승옥, 앞의 책, 221~226쪽.
12 반전은 기대가 어긋남으로써 마주치게 되는 예상치 않은 경로를 통해 발견이나 깨달음에 도달하려는 우리의 욕구와 관계가 있다. 하지만 그것은 어디까지나 결말을 신뢰하는 우리의 안정감에 의존한다. 소설 작품은 그 위에서만 언제나 순진한 기대가 갖는 평범한 균형을 뒤집음으로써 우리로 하여금 진정한 무엇인가를 발견하고 조화로운 의미 안에 머물도록 해준다. 그러나 멜로드라마의 반전은 그 귀결이 의미론적 신뢰의 차원이 아니라 가속적인 시간감각의 차원에서 도입되기 때문에 '조화가 뒤따르는 일시적인 무효화'가 아니라 모든 것을 '무효화시키는 일시적인 조화'가 된다. 물론 발견이나 깨달음의 유무가 아니라 그것의 정도만을 따지는 포괄적인 관점에서 보면 결국 소설적 반전과 멜로드라마의 반전은 서사적 반전이라는 차원에서 동일한 것으로 간주될 수 있다. 프랭크 커머드, 앞의 책, 30~32쪽 참조.

3. '기대로서 선취된 경험'의 의미

지금까지 간략히 살펴본 것처럼『강변부인』의 서사적 가속화의 요소들은 모두가 다 경험(experience)을 축소하고 기대(expectation)를 확대하는 독자 대중의 과도기적인 의식에 장르적으로 호응하는 것이었다.[13] 특히 대중적 감상주의에 기초한 선과 악의 도덕적인 양극화는 김승옥의 멜로드라마에서 가속화의 서사적 절정을 이루는 것으로 드러났다. 물론 과도기 의식이 경험의 일회성이라는 역사적 원칙을 구축하고 도덕적인 혼란을 일상화한 세상에서 그러한 도덕적 양극화는 현실과 무관한 것일지도 모른다. 그러나 불가능한 것이라 해도 상상할 수는 있는 것이라는 점에서 그 멜로드라마의 허구는 도덕적 확실성을 통해 삶의 어떤 합치되지 않는 점들을 조화시키는 데 효과적으로 사용될 수 있다.[14] 그런데 김승옥이 끌어들인 도덕적인 이분법은 선한 개인과 악한 개인의 대립이라는 멜로드라마 일반의 도덕적 구조를 추종하면서도 약간의 차이를 보여준다. 이것은 무엇보다도 선한 개인 대 악한 사회라는 낭만주의적 변형으로 나타나는데,[15]『강변부인』의 위기 탈출이 평온한 일상의 회복에서

---

13 멜로드라마와 대중의 제휴를 서사적 가속화의 관점이 아니라 과잉이나 극단적 상황, 과도한 감정과 도덕적 양극화, 그리고 비고전적인 내러티브 역학과 선정주의라는 일반적 관점에서 다루는 논의들은 많다. 이에 관한 종합적인 개괄은 벤 싱어, 앞의 책, 63~82쪽 참조.

14 멜로드라마를 근대의 불안과 동요에 대한 상상적 보상의 표현으로 보는 견해는 수많은 학자들에 의해 전개된다. 가장 고전적인 예는 피터 브룩스의 논의이다. 그는 상투적일망정 불확실성과 역동성의 근대 세계에 내던져진 개인과 가정의 위기를 재현하고 궁극적으로 그 위기로부터의 탈출을 과장된 표현주의적 요소들을 통해 극화함으로써 어지러운 세상으로부터 오는 중산층 특유의 불안과 동요를 진정시키는 대중적 위안의 장르로서 멜로드라마를 규정한다. P. Brooks, *The Melodramatic Imagination*, New Haven and London: Yale University Press, 1976, pp.5~23. 참조.

15 루소를 포함한 낭만주의자들은 인간들은 선한데 사회가 그들을 타락시킨다고 말한다. 낭만주의의 논점은 도덕이란 인간의 자연적인 상태에 내재되어 있는 특성으로서 사회적 환경이 인간들을 그러한 참된 특성에 따라 살아가지 못하도록 방해한다는 것이다. 그에 따라 낭만주의자들은 대개 사회적 제약으로 억압된 본래적이고 자유로운 인간을 다시 발견하고자 노력한다. 사실 낭만주의는 기독교적 원죄에서 출발하여 루소와 독일 낭만주의를 거쳐서 니체, 프로이트, 아도

그치지 않고 억압된 욕망의 강조에 지속적으로 연결되어가는 것은 바로 그 때문이다. 따라서 민희는 운전사 김씨를 악한 개인이 아니라 악한 사회의 대변자로 바라보며 "사회의 감시" 속에 있다는 불안으로부터 벗어나지 못하고 할 수 없이 호텔방에서 몰래 자신의 선한 욕망을 "자위행위"로 충족시킨다.

"호텔에 지금 빈 방이……"
"아, 룸 말씀이군요. 예약이 안 돼 있으면 아마 없을 겁니다."
"잠깐 있다 갈 텐데……"
"알아보겠습니다."
프런트로 갔다가 돌아온 웨이터는,
"두 시간만 쓸 수 있는 방이 딱 하나 있습니다만……"
"좋아요."
"룸 차지는 한 시간 사용하시나 하룻밤 사용하시나 마찬가집니다."
"얼만데요?"
"만 육천원입니다."
두 시간에 만 육천원. 비싸지만 어차피 초라한 느낌을 떨쳐버리려면 차라리 칵 비싸버리는 게 낫다.
유리창을 두들기는 빗소리와 아득히 들려오는 자동차 소리들뿐, 아무 소리 나지 않는 아늑하고 청결한 방 속에 혼자 앉아 있으니, 문득 아랫배에서부터 목구멍을 향하여 서서히 올라오는 뜨거운 덩어리 같은 걸 느꼈다.
그것은 자유였고 호화스러운 고독이었고 기쁨이었다. 아마 어머니 뱃속에 들어 있을 때는 항상 이런 느낌이었을 거야.

르노, 프롬까지를 잇는 오래된 주제이지만 그것의 논점은 그와 같이 요약할 수 있다. 그렇지만 찰스 테일러가 지적하듯이 낭만주의적 경향은 주체성의 전회에 기초한 선한 개인 대 악한 사회의 구조화를 통해 근대성의 발전에 있어 부분적 현상이 아니라 중심적 전환을 나타내기도 한다. 찰스 테일러, 송영배 옮김, 『불안한 현대사회』, 이학사, 2001, 75~93쪽 참조.

웨이터가 주문했던 커피와 샌드위치를 들여놓고 나가자 민희는 도어의 자물쇠 꼭지를 단단히 눌러놓고 옷을 벗었다.

서두르지 않고 이 호화스러운 시간을 야금야금, 충분히 빨아먹겠다는 듯 겉옷을 벗고 스타킹을 벗고 브래지어를 벗고 팬티를 벗었다.

유리창에 흘러내리는 빗물은 훌륭한 커튼이었다. 새삼스럽게 커튼을 칠 필요도 없었다. 커피와 샌드위치를 먹고 나자 민희는 침대 위에 올랐다.

여기에 온 것은 전혀 생각조차 해보지 않은, 예정에 없던 일이지만 그러나 민희는 자기가 가장 바라고 있던 장소에 온 느낌으로 흥분해 있었다.

무엇을 상상할까? 누구를 상상할까?[16]

운전사 김씨의 협박을 돈으로 무마시킨 이후에 오는 평온한 일상의 회복도 한 가정의 위기를 완전히 해결하지는 못한다. 이 장면에 나타나는 민희의 욕구불만과 자위행위의 지속은 무엇보다도 그 점을 가리킨다. 사실 그녀의 선정적 행위는 오랜 습관이기도 하다. 그러니까 "자위의 습관"은 민희가 대학교 3학년 때 선배 기일과의 관계를 통해 "쾌락의 세계"를 만났음에도 불구하고 자신을 섹스의 대상으로만 취급하는 그에게 진정한 연애 상대로 다가가기 위해 육체적 욕구를 자위로 처리하면서 생겼던 것이다. 그런데 여기서 주목할 것은 선정성 그 자체라기보다는 그것의 상징적 의미라고 할 수 있다. 말하자면 민희의 자위는 미래 기일과의 연애에 대한 상상적 기대로서 현재 그와의 육체적 결합을 통한 성적 만족의 사실적 경험을 대체한다는 점에서 '기대로서 선취된 경험'이라는 과도기의 쇠퇴하는 경험이라는 문제를 은유적으로 포착해 보여준다.[17] 자위를 위해 호텔에 투숙하게 된 그녀가 "초라한 느낌을 떨쳐

---

16 김승옥, 앞의 책, 235~236쪽.
17 기대로서 선취된 경험이라는 관점에서 과도기 의식에 고유한 경험 빈곤의 문제를 이론적으로 검토하고 있는 논의로는 라인하르트 코젤렉, 앞의 책, 388~415쪽 참조.

버리려면 차라리 콱 비싸버리는 게 낫다"면서 "호화스러운 시간"에 대한 소비주의적인 갈망을 표명하는 것도 그와 무관한 것이 아니다.[18] 왜냐하면 소비의 과정 또한 현재의 초라한 처지를 미래에 대한 화려한 기대와 결합함으로써 경험적 위안의 일부가 되기 때문이다. 하지만 소비자(customer)로서의 정체성을 구축하는 그러한 경험의 자기위안적인 성격은 호텔에서 전화 통화를 통해 이루어지는 기일과의 간통이 "크나큰 슬픔"으로 채색되는 장면이 환기하는 것처럼 멜로드라마의 대중적 지표로 그치는 것이 아니라 모든 만족의 토대를 사실적인 현재가 아닌 상상적인 과거나 미래에 건설함으로써 현실을 비판하고자 하는 낭만주의적 상상력과 결합되면서 미묘하게 변형된다.

김승옥의 『강변부인』이 민희로 하여금 남편 영준의 일로 명사들의 부부 동반 모임에 참석했다가 "남여사의 비밀"을 알게 만드는 서사적 후반부는 멜로드라마적인 상투성과 선정성을 연장하려는 의도를 넘어간다. 이것은 억압과 해방의 이분법에 기초한 낭만주의의 미학적 정치성을 갖는다. 다시 말해 그녀에게 늙은 사회적 유력 인사의 부인으로서의 물질적 만족과 젊고 화려한 연예인의 애인으로서의 영혼의 열락을 동시에 향유하는 남여사는 "사회적 관계 속에서라야만 존재할 수 있는 자"의 낭만주의적 이상인 순수한 존재의 화신으로 다가온다. 자신의 비밀을 유지하기 위해 친정 조카 양일을 보내 민희의 육체를 겁탈하는 악의적인 방식을 취하지만 남여사는 그녀를 "육체의 신비에 압도되어 모든

---

18 소비자로서의 정체성이 탄생하는 순간이 지니는 중요성은 사회적 현실과 제도적 문화에 대한 공중의 신뢰가 붕괴된 정도에 비례한다. 과도기 의식구조에서 연원하는 기존의 사회와 제도에 대한 광범위한 각성은 새롭고 대안적인 형태의 현실을 창출하게 되는데, 이 과정의 주요한 상상적 수행자들이 바로 소비자들인 셈이다. 즉 과도하고 화려한 소비의 순간에 다가오는 낭만주의적 환상은 현재의 삶에 대한 불만인 동시에 그것에 대한 충족 모두를 나타내는 징표라고 할 수 있다. 이것은 무엇보다도 민희가 국산보다 좋은 양키 물건 운운하는 대목에서 직접적으로 드러나는데, 대중이 소비자로 전신하는 역사적 순간이 그것으로서 포착되고 있다. 낭만주의의 환상과 근대 소비주의 형성의 관계에 대한 자세한 논의는 콜린 캠벨, 박형신·정헌주 옮김, 『낭만주의 윤리와 근대 소비주의 정신』, 나남, 2010, 169~182쪽 참조.

일상적인 감정이나 사고로부터 뚝 떨어져나온 한 여자"로 만들고 "사회적 모든 인연을 초월한 순수한 세계에서 헤매고 있는 듯한 느낌"의 세계로 초대한다. 결국 민희는 남편이 부산으로 출장을 간 사이 아이마저 외가로 보내버리고 자신들의 신성한 침실을 남여사의 정사를 위해 내어주고는 거실에서 양일과 함께 영혼의 열락에 빠져든다. 물론 그녀는 "가정을 먹탕질한 죄의식"과 "자신의 육체에 대한 반발심"으로 한밤중에 남편이 있는 부산으로 향하게 된다. 그러나 따라붙은 양일과 고속도로 중간에서 다시 한번 순수한 자기를 불러내는데, 어떻게 알고 그들 앞에 나타난 남편 영준은 마침내 아내 민희의 낭만주의적 행로에 종지부를 찍는다.

"난 자기가 그런 짓을 하리라고는 생각도 못 했다. 세상의 모든 여자가 다 그럴 수 있다고 하더라도 민희만은 그런 여자가 아니라고 탁 믿고 있었지. 어쨌든 ……, 이런 일이 한 번 생긴 이상 두 번 생기지 말라는 법이 없다는 건 알고 있지만, 불신은 죽는 날까지 없어지지 않겠지만…… 아이들을 위해서 모든 것을 없었던 일로 생각할 테니까. 그 대신 나한테 맹세를 해줘야 해. 다시는 그런 일이 없을 거라구."

"어차피 우린 함께 살 수 없어요." [⋯중략⋯]

"그럼, 그 녀석을…… 사랑하나?" [⋯중략⋯]

여기서 민희는 양일과의 관계를 털어놓았다. 남녀사의 비밀을 알게 된 것, 입막음의 약속으로서 양일과 관계하게 된 것 등을 얘기하지 않을 수 없었다. [⋯중략⋯]

"강의원을 만나야겠어. 그런 것들은, 그런 것들은 이 세상에서 싹 없애버려야 해." [⋯중략⋯]

"제발 그만두세요. 지난일은 없었던 걸로 생각하겠다구 했잖아요. 남의 조용한 집안에 말썽을 일으킬 건 없잖아요." [⋯중략⋯]

영준은 민희의 말에 일리가 있다고 생각했다. 그러나 자기 아내가 양일이란 놈과 알몸으로 어울려 있는 모습이 생생하게 상상되어 미칠 것 같은 분노가 가슴을 찢어내는 것을 참을 수는 없었다. 이 분노를 평생토록 떠올리고 살아야 한다면…… 영준은 입으려던 양복저고리를 내던져버렸다. 그 대신 새삼스레 끓어오르는 분노가 손으로 뻗쳐 민희의 가뜩이나 부어 있는 얼굴을 한차례 힘껏 내리쳤다.

"이 바보야. 또 그런 짓을 하고 다니면 내 손으로 죽여버릴 거야."

얻어맞고 침대 위에 쓰러진 채 민희는 다만 한 가지 생각을 하고 있었다. 평생토록 이 남자 앞에서는 죄인으로서 얻어맞고 지내야 한다면……[19]

『강변부인』의 결말은 서사적 가속화에 따른 전개가 도덕적 이분법을 토대로 한 애정의 위기를 거쳐 해피엔딩에 귀결되는 멜로드라마의 일반적인 결말과는 다른 양상을 보여준다. 일상의 공간으로 회귀한 민희와 영준은 모든 문제를 극복하고 화합하는 것이 아니라 여전히 문제는 계속되고 있다는 미진한 느낌에 다시 사로잡히고 마는 것이다. 이것 역시 개인 대 개인의 대립을 개인 대 사회의 대립으로 변형한 낭만주의의 도덕적 구조와 무관하지 않다. 왜냐하면 악한 개인과 달리 악한 사회는 결코 제거될 수 없는 것이라는 점에서 문제는 영속되기 때문이다. 이처럼 기대로서 선취된 자기위안적인 경험을 통해 독자 대중의 과도기 의식에 충분히 호응해왔던 『강변부인』은 낭만주의적 상상력의 도입을 통해 과거의 문제점과 미래의 해결책 사이에서 현재의 미진한 느낌으로 충전되어 있는 그러한 대중적 의식에 일종의 미학적 정치성을 부여한다. 말하자면 김승옥의 장르소설은 멜로드라마의 도덕적 양극화에 대한 낭만주의적 변형을 통해 다른 미래에 대한 상상과 현실의 변화에 대한 갈망을

---

19 김승옥, 앞의 책, 303~306쪽.

유인하는 이른바 유토피아적 상상력(utopian imagination)과 접속되는 것이다.[20] 일단 그것은 대중들의 가속적인 시간경험에 제약된다는 점에서 비판적인 활력과 함께 표출되는 소설적 공간의 그것과는 구분된다. 하지만 비판적인 의식에 기초한 실천적 전환의 가능성이 미약한 대로 그것이 쇄신된 미래에 대한 상상을 자극함으로써 문화적 심리의 공간 안에서 대중적 욕구에 잠재한 변혁의 힘이 보존되는 방식이었을 가능성은 높다.

4. 멜로드라마적 상상력의 의의와 한계

김승옥의 『강변부인』은 70년대 한국 멜로드라마의 유행에 가담했던 만큼 혁명기의 과도기 의식에 적극적으로 순응하였다. 즉 과거와 미래 사이에 있다는 그러한 이행의 감각은 경험의 지속적인 축적이 불가능해지고 미래에 대한 기대만이 증폭되는 과정을 통해 미지의 것을 향해 다급히 달려가고 있다는 시간 경험을 대중화했다. 동시대의 멜로드라마들과 마찬가지로 김승옥 역시 경험을 통해 근거 지어지지 않은 멜로드라마적인 기대들을 서사적 가속화의 형식을 통해 충족시켰다. 특히 대중적 감상주의에 기초한 선과 악의 도덕적인 양극화는 김승옥의 멜로드라마에서도 경험 빈곤의 중핵인 가속화의 서사적 절정을 이루는 것이었다. 그런가 하면 『강변부인』의 내용 또한 기대로써 선취된 경험에 기초

---

20 낭만주의적 주체들은 현실성이라는 맥락에서 구분된 정상성과 비정상성을 전도시키고 거기서 오는 비현실성을 유토피아의 상태로 가치화하는 데서 어떤 정치학을 형성하고자 한다. 이른바 낭만주의적 유토피아 정치학이 만들어지는 것이다. 따라서 유토피아적 상상력은 언제나 다른 미래로 나아가기 위한 변혁의 힘이라는 가능성을 가진다. 이에 대해서는 제럴드 그라프, 박거용 옮김, 『자신의 적이 되어가는 문학』, 현대미학사, 1997, 43~78쪽: 러셀 자코비, 강주헌 옮김, 『유토피아의 종말』, 모색, 2000, 221~231쪽 참조.

한 대중적 소비주의에 대한 영합을 통해 미래에 대한 상상적 기대로써 현재의 사실적 경험을 대체하는 과도기의 쇠퇴하는 경험의 문제를 공유하고 있었다. 김승옥의 멜로드라마에 나타난 자기위안적인 경험의 양상들은 무엇보다도 '자위의 습관'으로서 표상되었다. 그리고 이것은 초라한 현실의 느낌을 화려한 시간에 대한 갈망으로 떨쳐버리려는 대중적 욕구와 정확히 결합되었는데, 결국『강변부인』은 당대의 다른 멜로드라마들처럼 대중의 소비자로서의 정체성이라는 문화적 토대가 없었다면 존재하지 않았을 장르적 시도라고 할 수 있었다.

하지만 김승옥의『강변부인』은 대중을 감상주의나 소비주의에 휩쓸리는 문화적 퇴폐의 원류로만 간주하고 그것에 영합만 하는 것은 아니었다. 거기에는 미래에 대한 기대와 쇄신에 대한 갈망을 가진 세력이라는 사실 또한 대중의 정체성을 이루는 것이라는 인식이 숨어 있었다. 이것은 무엇보다도 김승옥의 멜로드라마가 선한 개인과 악한 개인의 대립이라는 멜로드라마 일반의 도덕적인 구조를 선한 개인 대 악한 사회의 대립이라는 낭만주의적인 형태로 변형함으로써 유토피아적 상상력과 결합하는 데서 확인할 수 있었다. 문제의 진정에만 관심이 있는 멜로드라마의 도덕성과 달리『강변부인』의 멜로드라마적인 도덕성에는 문제의 해결을 상상하는 유토피아적 상상력이 충전되어 있는 것이어서 미진하고 잠재적인 것이나마 그것은 언제든 변혁의 힘으로 작용할 수 있는 것이었다. 그런 의미에서 김승옥의 멜로드라마에서는 초라한 현실의 느낌을 화려한 시간에 대한 갈망으로 잊어버리려는 대중적 소비주의에 고유한 자기위안적인 경험의 양상들조차 단순한 대중적 요소일 수가 없었다. 그것은 사실 모든 만족의 토대를 사실적인 현재가 아닌 상상적인 과거나 미래에 건설함으로써 현실을 비판하고자 하는 낭만주의의 소설적 힘을 드러내는 것이 되었다. 김승옥이 발견한 멜로드라마적인 매력의 정체는 다름 아닌 바로 그것이었다. 그리고 이것은 사실 김승옥이 소설

쓰기를 시작한 이후 변함없이 간직해왔던 소설에 대한 믿음이었다.

실제로 김승옥은 한국문학의 감수성을 일신하던 등단 초기부터 지속적으로 낭만주의적 감정의 이상에 집중하였다. 당연히 그러한 이상을 수용하고 나면 자기 내면에서 갈등하던 선량한 자기와 불량한 자기 사이의 규범적 위계는 전도될 수밖에 없다. 전자는 이상과 무관한 가짜 세계의 일부가 됨으로써 위선적인 것이 되고 후자는 진짜 세계로 가는 절차가 됨으로써 위악적인 것이 되는 것이다. 김승옥 소설은 바로 낭만주의 정치학에 기초한 그러한 위악적 상상력의 소설적 가능성을 처음부터 신뢰하였다. 물론 경제적인 이유 때문에 멜로드라마와 같은 대중적 장르에도 눈길을 돌릴 수밖에 없었지만 김승옥은 현실적인 타협에로 나아가면서도 끝내 자신의 미학은 포기할 수 없었던 것으로 보인다. 아마도 거기에는 문학적 자존심이 도사리고 있었을 공산이 크다. 그리고 이것은 작가 김승옥이 멜로드라마라는 대중적 장르에서 경제적 이점 이상의 문화적 이점, 즉 유토피아적 상상력과 같은 문학적 가능성을 발견하고 그 장르로 과감히 나아갔던 이유를 설명해준다. 하지만 김승옥의 문학적 자존심은 대중성과는 결코 양립할 수 없었다는 점이 곧 드러나고 만다. 그가 종교적 회심을 통해 작가임을 포기한 사실에서 그것을 확인할 수 있다. 그의 낭만주의적 유토피아의 상상력은 결국 대중에 대한 신뢰가 아니라 신에 대한 믿음에 귀착하고 만 것이다.

17장 / 공포의 정치학
최인훈 · 이호철 소설과 소시민

1. 공포감의 사회적 조건

이 장은 전쟁의 상흔을 딛고 산업화가 제 궤도를 달리기 시작한 시기에 발표된 최인훈의 소설 「귀 성」(1967)과 이호철의 소설 「큰 산」(1970)을 중심으로 이 시기 서사적 주체의 자기도취적 성격으로부터 연원하는 공포감을 분석하는 데 목적이 있다. 그리고 마지막에 가서 산업화 시대에 등장하는 공포 텍스트들을 통해 공포물과 구분되는 공포소설의 문학적 조건을 검토해보고자 한다.

전쟁을 경험한 사람들에게 1950년대의 한국사회는 앞날을 예측할 수 없는 상황이 지배하는 혼란스럽기 짝이 없는 세계였다. 삶의 안정에 대한 갈망이 클 수밖에 없었는데, 이것은 전후소설의 등장인물들이 보여준 다양한 형태의 구직 노력에서 단적으로 드러난다.[1] 물론 직업 획득의 기회를 통해 그들의 노력에 실질적인 희망이 되었던 것은 산업화가 시

---

[1] 예컨대 손창섭의 「혈서」(1955)에 등장하는 달수의 부단한 "취직 행각"이나 장용학의 「비인탄생」(1956~7)에 나오는 지호가 교사라는 직업을 잃고 방황하는 모습 등에서 삶의 안정감과 직업의 관련성에 대한 전후소설의 관심을 확인해볼 수 있다.

작된 1960년대였다. 그런데 산업화로부터 획득한 직업적 정체성은 1960년대 소설들에서 뜻밖에도 안정감이나 자신감의 토대가 아니라 오히려 열등감이나 박탈감의 계기로 나타난다. 그 이유는 무엇보다도 직업인들 대부분이 거대한 조직 속에서 사물처럼 취급되는 비인격적 존재로 전락하고 만 것에 있었다. 그러나 그들은 어느 순간부터 반복성과 획일성으로 구조화된 그러한 소외의 위협에 순응하면서도 회피적인 태도를 취하게 된다. 왜냐하면 안정된 것일지라도 삶이 의미를 잃고서는 결코 그 삶은 영위될 수 없는 것이기 때문이었다. 직업인들은 이제 집단적인 제도의 전횡에 직면할 때마다 '이것이 나에게 무슨 의미가 있지?'라는 반감 섞인 내면의 물음을 강박적으로 파고든다. 여기서 그런 자아 속으로의 퇴각은 바로 나르시시즘(narcissism)이라고 알려진 사회심리학적 태도의 성립을 가리킨다.[2] 다시 말해 그것은 사회적 영역의 무정한 관계로부터 오는 부담을 보상하기 위해 자기만족의 여지를 확보하려는 개인적 차원의 심리적 도피처가 되었다.

실제로 산업화가 본격적인 궤도에 진입하는 1960년대 중반 이후 한국 소설에서 이른바 나르시시즘의 주체는 지배적인 형상으로서 서서히 그 모습을 드러낸다. 그러나 1960년대 후반부터 70년대 초반에 이르는 시기에 발표된 상당수의 소설들은 자기도취적 영역의 확보를 통해 만족을 얻는 대신 불안에 빠지고 만 인물들을 자주 등장시킨다. 사실 사회적 관계에 대한 반감에서 스스로를 내면에 유폐시킨 개인들의 태도가 그러한 불안에 이어지게 된 것은 아주 자연스러운 일이었다. 왜냐하면 사회적 고립이 만연하는 환경에서 이상화된 자아의 환영과 이것을 둘러싸고 있는 프라이버시의 보호막이 깨질지 모른다는 불안감은 더욱 증대될 수밖

---

2 유아의 자기도취적 성향을 가리키는 정신분석학의 나르시시즘을 산업 사회를 살아가는 개인의 자기보존의 방식으로서 해석하는 사회심리학적 나르시시즘에 대해서는 크리스토퍼 라쉬, 최경도 옮김, 『나르시시즘의 문화』, 문학과지성사, 1989, 50~73쪽 참조.

에 없기 때문이다. 말하자면 자기도취적인 주체는 개인의 영역 안에서는 관대하고 오만하지만 그 주체의 테두리를 이루는 사회적 영역에 다가서게 되면 심히 인색하고 소심해진다. 범죄에 관련된 불안만이 아니라 심지어 소름끼치는 공포 일반이 그 자신의 내적인 힘을 획득하게 되는 것 또한 그러한 심리와 무관할 수 없다. 사회심리학적 태도로서의 나르시시즘을 고안한 주체는 결과적으로 더 넓은 세상과의 관계에 나서자마자 알 수 없는 공포감에 사로잡히게 된다.[3] 가령 이청준의 「꽃과 뱀」(1969) 같은 작품은 조화 가게를 운영하는 어느 가장의 "배암 노이로제"를 통해 상징적이지만 대단히 명료하게 편안하고 예측 가능한 나르시시즘적 삶의 편에서 돌연하고 이질적인 존재의 출현에 대해 극도의 공포심을 드러내는 산업화 시기의 전형적인 인물을 보여준다.

이처럼 나르시시즘과 공포감은 최인훈과 이호철 소설처럼 산업화 시대에 등장하는 공포 텍스트의 조건들이라고 할 수 있다.[4] 특히 최인훈의 「귀 성」과 이호철의 「큰 산」과 같은 소설은 자기도취가 야기한 공포를 라이트모티프로 하는 공포 텍스트의 전형으로 부를 만하다. 이것은 바로 사회와 개인 간의 부조화를 방지하는 나르시시즘이 만족감이 아닌

---

[3] 자기도취가 단순한 불안을 넘어 공포감과 연결되는 이유는 나르시시즘적 장애의 핵심인 타자성의 소멸과 무관하지 않다. 나르시시즘에서는 자아와 타자 사이의 경계가 소멸하는데, 이는 자아가 결코 뭔가 자신의 이해 범위를 넘어서는 새로운 것이나 이질적인 것과 마주치는 것을 두려워한다는 의미이기도 하다. 리처드 세네트, 김영일 옮김, 『현대의 침몰』, 일월서각, 1982, 521~526쪽 참조.

[4] 서구의 근대적 공포 텍스트들은 통상적으로 고딕소설의 문법을 차용하는 모더니즘의 방식과 확고히 결합되어 강력한 흐름을 형성했지만 우리의 근대적 공포 텍스트는 고대소설의 기괴담과 단절되어 있었던 탓에 1930년대 이상의 소설과 몇몇 심리소설들에서 미미한 잔영이 감지될 뿐 명백한 흐름을 이루지 못했다. 이것은 공포 취미가 1920년대와 30년대에 일본으로부터 수입되어 번역된 탐정물들과 뒤섞여 있었던 미분화 상태에서도 확인된다(김지영, 「'탐정', '기괴' 개념을 통해 본 한국 탐정소설의 형성 과정」, 『현대문학이론연구』 제41집, 현대문학이론학회, 2010, 93~122쪽 참조). 그런 의미에서 산업화 시대에 등장한 공포 텍스트들은 우리의 공포물이 탐정물과 명백히 구분되는 범주로 분화했음을 가리킬 뿐만 아니라 3·40년 전 한국적 모더니즘의 형태 속에 잠시 그 모습을 드러냈던 공포 텍스트의 재발견이라는 의미를 갖는다. 공포 텍스트는 1960년대 이후 한국 모더니즘 소설의 중요한 일부를 이루게 되는 것이다.

공포감에 귀결되는 과정을 분석하려는 이 장이 그 두 소설에 주목하는 이유이다. 나아가 공포감을 대중적인 공포물(horror story)과 다른 방식으로 다룰 수 있는 문학적인 가능성을 검토하기 위해서 「귀 성」과 「큰 산」이 보여주는 공포소설(terror novel)로서의 조건에도 주목하고자 하는데 이 장의 궁극적인 목적은 사실상 여기에 있다.[5] 물론 기존의 논의에서도 1960년대와 1970년대 소설들의 작중인물을 사로잡고 있는 공포감이 어느 정도 다루어지기는 했다.[6] 그러나 아주 드물 뿐만 아니라 이 경우에도 약간의 문제점이 발견된다. 즉 그것은 공포감을 폭력적인 근대에 노출되어 있는 무력한 개인들의 경험으로 부각시키지만 이른바 불안으로 번역된 그들의 주체성을 아무런 매개 없이 반성적인 자기의식과 곧바로 결합하는 미적 근대성의 논리에 성급하게 귀결시키는 양상을 보여준다.[7] 이때 근대화에 대한 성찰적 반응은 불가피하게 최인훈을 비롯한 모더니스트들의 전유물이 될 수밖에 없다.[8] 이 장이 공포소설이라는 범주를 도

---

5 서구나 우리의 경우 모두 공포소설이라고 하면 대개 고딕소설의 전통과 결합된 공포물, 즉 기괴한 공포감을 주는 소재나 이야기에 대한 취미가 지배적인 장르소설을 가리키는 것이 일반적이다. 그러나 서구의 고딕적인 공포의 역사가 보여주는 것처럼 호러물의 공포는 점진적으로 그 공포가 자아에 의해 산출되는 것임을 인식하는 모더니즘 일반의 불안과 접속된다. 물론 이러한 변화는 근대적 합리화에 따라 초자연적인 것에 대한 믿음이 점진적으로 쇠퇴하는 것에 상응하는 것이다(로즈마리 잭슨, 서강여성문학연구회 옮김, 「고딕 이야기와 소설들」, 『환상성-전복의 문학』, 문학동네, 2001, 125~161쪽 참조). 이처럼 공포소설이 근대 산업주의와 도시화의 가장자리에 위치하면서 그러한 문화에 순응하기도 하고 저항하기도 하는 모더니즘의 형식이라는 것을 부인할 수 없다면 공포소설이라는 명칭은 공포감을 대중적인 호러물과 다른 방식으로 이용하는 본격소설의 한 범주로서도 여전히 유효한 것이 아닌가 한다.

6 물론 기존의 논의에서 중심이 되는 것은 한국 모더니즘 소설들에서 보편적으로 발견되는 불안심리이다(김영찬, 「불안한 주체와 근대-1960년대 소설의 미적 주체 구성에 대하여」, 『1960년대 소설의 근대성과 주체』, 상허학회 편, 깊은샘, 2004, 39~65쪽). 하지만 막연한 존재론적 불안감과 구체적인 대상으로부터 오는 공포감은 다른 것이고 이것은 바로 최인훈이나 이호철의 공포 텍스트가 모더니즘 소설 일반과 구분되는 지점이라고 할 수 있다.

7 물론 기존의 논의는 우리의 모더니즘을 한국적 근대화에 대한 미학적 저항으로 단순화하는 일면적 관점을 극복하기 위해 그 둘의 복합적인 상호작용을 고려하겠다는 타당한 전제에서 등장인물들의 불안을 폭력적인 근대에 대한 수동적 반응이면서도 능동적인 대응으로서의 "일종의 반응형성물"로 간주하는 균형 잡힌 논의를 포기하지 않는다. 그런데 이러한 논의도 결국 근대와 공모하는 "불안한 주체"가 반성적 의식의 개입을 통해 그 근대와 길항하는 "미적 주체"로 전환된다는 결론에 도달한다(김영찬, 위의 책, 41~59쪽 참조). 하지만 어떻게 그 주체는 강박적인

입해서 최인훈이라는 모더니스트와 이호철이라는 리얼리스트를 함께 다루려는 것은 무엇보다 그 때문이라고 할 수 있다. 기존 논의를 염두에 두며 우리가 해야 할 것은 결국 공포감의 문제를 사회심리학적 리얼리티로 충실히 다루고 이를 통해 한 장르적 범주가 모더니즘의 미학적 목표에 접속되는 지점을 포착하는 일일 것이다.

2. 밀실 인간의 탄생과 공포 텍스트의 발생론

조직화에 기초한 산업 사회에서 직업적 정체성을 획득하게 된 사람들은 그 정체성이 안정감이나 자신감의 토대에서 곧바로 열등감이나 박탈감, 즉 소외감의 근거로 전환되는 순간을 맞이한다. 거대한 조직이란 사람들을 사물과도 같은 존재로 격하시키며 그들의 일상을 순수하게 객관적인 삶의 형식으로 만들어간다는 점에서 그것은 필연적인 것이었다. 이것은 물론 직업인들의 문제만은 아니었다. 개인을 사물처럼 취급하는 비인격화의 경향은 학교, 군대, 병원 등과 같이 사회의 모든 영역들로 확산됨으로써 사실상 모든 사람들에게 일상화된다. 이른바 '조직 인간'은 산업화된 공간에 속한 사람들 모두의 정체성이 되어 반복성과 획일성으

불안에 압도되지 않고 비판적인 사고를 획득하게 된다는 것일까? 소위 '계몽의 변증법'에 의해 완성된 서구 모더니즘의 신화에 따르면 불안과 공포는 극도로 소외된 일상과 잠든 의식을 뒤집거나 낯설게 만드는 방식으로 일깨울 수 있는 유일한 구제책이다. 그러나 친숙한 것이 낯선 것이 되면서 생겨나는 그 프로이트적 기괴함은 미적 주체의 도착점이 아니라 나르시시즘적 주체의 시작점이 아닐까? 그렇다면 모더니즘적 공포의 미학은 공포의 사회학이라는 리얼리즘적 매개가 필요하지 않을 수 없다.

8 실제로 김영찬의 논의는 최인훈, 이청준, 김승옥만을 대상으로 전개된다. 이것은 사실 1960년대 성찰적 주체의 심리를 1970년대의 실천적 주체의 행위에 대한 예비 단계로 한정하면서도 비판적인 성찰가능성을 이호철과 같은 리얼리스트들에게 더 많이 배당했던 또 다른 논의들에 대한 반작용에서 연유했을 가능성이 크다. 그런 논의들 가운데 대표적인 것은 하정일, 「주체성의 복원과 성찰의 서사」, 민족문학사연구소 현대문학분과 편, 『1960년대 문학연구』, 깊은샘, 1998, 13~44쪽 참조.

로 구조화된 소외된 일상의 형식을 확립함으로써 삶의 주관적인 형식 전체를 침식하고 만 것이다. 하지만 고유한 인격을 펼치기 어려운 조직화된 현실의 억압적 제약이 한계에 이르자 사람들은 그러한 위협적인 상황을 자각하고 적대감을 가지지 않을 수 없었는데, 이 때문에 일종의 "데모"가 생겨난다. 하지만 그러한 시위가 마련한 "광장의 감정"이 좌절되자 사람들이 품었던 공격적인 적대감은 방어적인 반감으로 움츠러들고 이 반감은 개인들에게 정치사회적 관계에 대해 거리를 두면서 회피하는 태도를 가져온다. 말하자면 자아로의 후퇴가 시작되는 셈이다. 이것은 무엇보다도 지극히 개인적인 한 남녀 관계에 주목하는 최인훈 소설 「귀 성」의 서사적 출발점이라고 할 수 있다.

"아무래도 수상한데, 이럴 수야 있나."
이것도 물론 분위기가 근사하다는 즐거움의 나타냄이었다. 전세를 내기나 한 것처럼 손님은 그들 둘뿐이며 레지들도 그들의 고용주에게는 불충실함으로써 그들 연인 두 사람에게는 안달스럽지 않은 어느 소도시의 신통치 않은 찻집의 신통한 분위기를 마련하는 데 이바지하고 있다는, 행복에 들뜬 사람들이 자기들 느낌에만 겨운 마음의 나타냄이었다. 그녀는 또 귓불을 만지면서 웃었다. 확실히 괜찮아 하고 그는 생각하였다. 점잖으면서 상냥한 여자라는 그의 바람의 현실적 등가물이 그의 눈앞에서 귓불을 만지고 있는 것이었다. 수정 같이 맑다고 그는 생각하였다. 아무것도 뒤에 감춘 것이 없는 그런 웃음이었다. 비겁하지 않은 게임을 마음놓고 할 수 있는 그렇기 때문에 지고 이김에 매임 없이 깨끗할 수 있는 뒷맛을 누릴 수 있는 그런 따위의 사람만이 보여줄 수 있는 그런 웃음이었다. 그것은 사실이라면 매우 알뜰히 지켜야 하고 황송스럽다는 마음으로 쏟아지지 않도록 조심하여야 할 복임에 틀림없었다. 아무리 주판을 튀기고 굴려봐야 남녀가 사귀는 것은 뺑뺑이 돌리기보다 조금밖에는 더 행운을 바랄 수 없는 것이 이 도시에서의 근사한 상대와 만나는 확률이라고 그는 생각한다. 그

때 그녀가 말했다.

"불길한 제안 하나 할까요?"[9]

소설에는 한 쌍의 연인이 등장한다. 여자가 남자의 귀성을 배웅할 뿐만 아니라 고향으로 가는 기차가 출발할 때까지 그와 남은 시간을 함께 보낼 만큼 그들은 아주 친밀한 사이이다. 그런데 "아무리 주판을 튀기고 굴려봐야 남녀가 사귀는 것은 뺑뺑이 돌리기보다 조금밖에는 더 행운을 바랄 수 없는 것이 이 도시에서의 근사한 상대와 만나는 확률이라고" 간주하는 남자의 속생각이 가리키는 것처럼 그 연인들은 조직 사회의 객관적 형식을 통해 형성된 비인격적인 관계라는 소외된 일상으로부터 역시 자유롭지 못하다. 그러니까 무언가를 감추고 비겁한 게임으로 인해 불안하며 더러운 승패로 찜찜한 "그런 따위의" 인간관계로 포위된 불만스러운 맥락에서 자아로 퇴각한 남자가 "점잖으면서 상냥한 여자라는 그의 바람의 현실적 등가물"이라는 자기만족을 통해 여자를 "매우 알뜰히 지켜야 하고 황송스럽다는 마음으로 쏟아지지 않도록 조심하여야 할 복임에 틀림없었다"고 생각한 것은 필연적일 수밖에 없다. 삶의 모든 영역에서 형식적이고 계산적인 관계를 경험하며 그것에 대해 반감을 느껴온 한 사람은 결국 "자기들 느낌에만 겨운 마음"이라는 표현 속에 정확히 포착된 자기도취의 심리로 도피해 감정적인 보상을 꾀한 것이다.[10] 즉 비인격적인 사회를 만든 바로 그 요소들이 인격적인 개인에게 영향

---

9 최인훈, 「귀 성」, 『우상의 집—최인훈전집 8』, 문학과지성사, 1976, 280쪽. 문단 전체를 인용하는 경우를 제외하고 분석 과정에서 텍스트의 부분적인 구절들을 인용하는 경우 이후 괄호 속에 쪽수만을 표기한다. 물론 인용된 부분을 재인용할 때는 인용문을 참고할 수 있으므로 별도의 쪽수 표시는 생략한다. 이호철의 경우도 동일한 방식이 적용될 것이다.

10 프로이트는 자기보존 방식으로서의 사회심리학적 나르시시즘의 보상적인 긍정성과는 다른 차원에서 그 자기도취의 심리를 유아적 자기만족에 고착되어 사람들에게 파괴적인 영향을 미치는 정신병리학적 결과물로 본다. 따라서 그는 언제나 나르시시즘을 경계하고 자신만을 좋아하는 일에 고착되는 데서 오는 파괴적인 정신의 결과를 경고했다. 브루노 베텔하임, 김종주·김아영 옮김, 『프로이드와 인간의 영혼』, 하나의학사, 2001, 160~161쪽 참조.

을 미친 결과로 나타난 나르시시즘은 개인화된 삶을 객관화된 현실의 억압적 힘으로부터 지키기 위한 자기 보존의 심리적 대응물이라고 할 수 있다.

실제로 「귀 성」의 연인들에게 사회심리학적 대응물로서의 자기도취적인 태도는 일종의 자긍심과 자기 자신만으로 충분하다는 만족감의 획득 수단이 된다. 물론 사물화된 사회적 관계에 대한 반감에서 자기만족적인 자아로 퇴각한 그들은 공동체적 유대감의 상실로 인해서 "널찍한 공간을 서로 찢어가지고 이웃간에는 거래 없이 여유 있게 지내는 사람들이 사는"(289쪽) 사회의 기초적인 형식 즉 "집 속에서들 서로가 서로를 앎이 없이 아마 관혼상제에도 오감이 없는 사람들 사이와 같은"(291쪽) 결사의 기술을 상실한 존재론적인 단자들이 될 수밖에 없다. 그러나 소설 속의 연인들은 자기보존의 차원에서 사회적 교류로서의 '오감'을 개인적 만족의 '여유'와 교환함으로써 마침내 그들이 만나고 있는 "신통치 않은 찻집"을 "신통한 분위기"로 채우는 데 성공한다. 이것은 무엇보다 그들이 "행복에 들뜬 사람들"로 나오는 이유이다. 여기서 "분위기가 근사하다"고 말하며 연인 한 쌍이 차지한 그 공간은 산업 사회의 무정한 관계로부터 오는 압박감을 상쇄하기 위해 자기만족의 영역을 확보한 나르시시즘의 주체와 은유적인 관련을 맺고 있다는 것 또한 분명하다. 요컨대 그곳은 두 사람의 연인에게 "전세를 내기나 한 것처럼" 아늑한 장소가 됨으로써 이른바 밀실 인간(closet man)의 이상화된 자아에 대한 탐닉을 허락하는 '행복'과 "즐거움"의 자리가 되고 있다.[11] 하지만 "황송"

---

11 밀실 인간이라는 표현은 사실상 조어인데, 최인훈 소설에서 그런 나르시시즘의 주체는 "창문형 인간"(「GREY 구락부전말기」)이라는 이름을 이미 얻고 있다. 즉 최인훈의 "창문형 인간"은 사회적 원자로서의 근대적 개인이 보여주는 자기도취적 성격 즉 나르시시즘의 주체성을 가리키는 상징이자 특별한 도상이다. 따라서 밀실 인간이란 바로 '밀실'이라는 최인훈식 용어를 빌려 "창문형 인간"에 상응하는 나르시시즘의 주체를 다시 기술한 것이다. 이것은 「웃음소리」 (1966)에 나타나는 주체성에도 그대로 적용할 수 있다. 다시 말해 여주인공이 'P온천' 인근의 산속에서 듣게 되는 다정한 연인들의 '웃음소리' 또한 나르시시즘적인 자기 관계의 만족감을

이라는 남자의 수상한 마음에서 예고되는 것처럼 사실 만족스러운 자아의 상태는 불행의 전조가 된다.

"흠."

그녀는 또 귓불을 만지면서 레지들 쪽을 살짝 봤다. 그녀의 것을 따라간 눈길은 이쪽을 보고 활짝 웃고 있는 두 사람의 레지의 얼굴을 보았다. 그의 눈에 그 두 사람의 여자의 입은 귀밑까지 찢어져 보였다. 머리는 산발하고 음침한 모퉁이에 그물을 치고 행복한 사람들이 걸려들기를 기다리고 있는 어둠의 여자들처럼 보였다. 어쩐지 이상하다 싶더니, 하고 그는 생각하였다. 악의에 찬 이 장소를 가리고 있는 휘장을 그 자신의 손으로 걷었다는 일이, 그것도 약간의 경솔함을 가지고 그렇게 했다는 사실 때문에, 그 노여움은 자기 자신에게 돌아오는 것이었다. 참다운 불행은 늘 스스로에 대한 꾸지람의 모습을 띠는 것이므로 그는 지금 확실히 두려워하고 있었다.

"뭘 드시겠어요?"

귀밑까지 찢어졌던 입을 움츠려 감추고 어느새 머리를 가다듬은 여자 하나가 걸어와서 레지의 탈을 쓰고 그들에게 자그마한 선택을 채근하는 흉내를 내는 것이었다.[12]

조금 전 여자는 남자에게 농담을 건네듯 하나의 내기를 제안한 바 있다. 그러니까 서로 헤어져 있다가 기차 시간 한 시간 전에 "찻집"에서 다시 만나되 오고 안 오고는, 예컨대 서점 "책가의 제일 아랫줄 첫번째 책이 남자 필자의 것이면 여기 오고 여자의 것이면 안 온다"(281~82쪽)는 방식으로 하자는 것이었다. 무언가 불길해하면서도 남자는 그렇게 해서

의미한다. 하지만 이 소설의 결말에서 웃음소리를 들려주던 연인들이 오래전에 죽은 시체들이었다는 사실이 밝혀지는 순간 결국 그 자기도취적 주체는 섬뜩한 공포감에 사로잡히게 된다.
12 최인훈, 앞의 책, 282~283쪽.

안 오는 것이 내기의 결과로 나오면 어떻게 하느냐며 이의를 제기한다. 여자는 내기를 하는 것과 그 내기의 결과를 감당하는 것은 "또 다른 일"이라며 그에게 그것은 각자의 자유라는 것을 상기시킨다. 그런데 자기도취적인 행복감으로 한껏 고양되어 있던 남자는 바로 그 순간 "어쩐지 이상하다"는 느낌에 휩싸이게 되고 그의 시선에는 주변의 "레지들"이 갑작스럽게 "머리는 산발하고 음침한 모퉁이에 그물을 치고 행복한 사람들이 걸려들기를 기다리고 있는 어둠의 여자들처럼" 보인다. 사실 나르시시즘에 빠진 사회적 원자로서의 개인들이 어느 순간 초조함을 느끼게 되는 것은 불가피한 일이다. 왜냐하면 그들이 저마다의 감정적 욕구에 충실하게 될 때 관계의 친밀성은 오히려 쉽사리 붕괴되기 때문이다. 마실 음료에 대한 그 연인들의 "자그마한 선택"조차도 "귀밑까지 찢어졌던 입을 움츠려 감추고 어느새 머리를 가다듬은" 그런 두려운 존재로부터 오는 "채근"과 결합되고 있는 사실이 암시하듯이 실제로 자의적인 결정에 기초한 인간관계는 더 이상 자기만족의 평안함을 주지 못하고 그 대신 배신에 대한 경계를 늦출 수 없는 끝없는 불안감을 낳게 된다.

이처럼 소설의 자기도취적 주체는 자기만족과 결합된 정체성의 "휘장"이 걷히고 타인과의 관계에 직면하게 될 때 심한 불안감에 빠진다. 그리고 심지어 그 안에는 친숙한 대상이 낯선 대상으로 돌변하는 데서 오는 공포감마저 싹트고 있다.[13] 말하자면 이상적 자아가 현실적 관계로 대체되는 무대에 한걸음을 내딛는 순간 이제 그 "악의에 찬" 무대는 공포감 그 자체를 주인공으로 하는 드라마의 상연장이 된다. 「귀 성」이 소위 공포 텍스트로 전환되는 지점은 바로 이 순간이다. 이때 남자가 내기

---

[13] 낯선 타인처럼 이름 붙일 수 없는 것에 대한 자기도취적 주체의 공포감에 대해서는 프로이트의 개념에서 도움을 얻을 수 있다. 즉 그는 완벽하게 친숙하고 편안한 상태가 어느 순간 전혀 친밀하지 않고 낯선 상태로 변할 때 일어나는 무섭고 소름끼치는 감정을 기괴한 것(운하임리히)이라고 부른다. 그리고 이러한 공포의 느낌은 친숙함(하임리히) 속에 억압되어 있던 것이 표면화되면서 돌연하게 생겨난다고 한다. 로즈마리 잭슨, 앞의 책, 88~94쪽 참조.

의 실행을 위해 찾은 극장의 상영작이 "「드라큘라의 복수」"라는 공포물로 나타난 것은 매우 의미심장하다.[14] 그 "음산하기 그지없는 것"이 "끝장에서는 결국 악한 자는 망하고 사랑하는 한 쌍은 무사히 위기를 벗어난다는 것으로는 돼 있었다"(283쪽)는 점이 그 이유이다. 이 해피엔딩은 최인훈의 공포 텍스트가 공포물에 대한 일종의 거울 이미지이면서도 명백히 다른 장르임을 일차적으로 보여준다. 물론 최인훈의 「귀 성」은 자신의 불안이 여자의 것이기도 하다는 불쾌감으로 앙갚음하듯 "내기의 횟수"를 늘리는 남자의 분노에도 불구하고 그가 결과적으로는 바라던 스코어를 통해 악몽 같은 자의식에서 벗어나도록 만든다. 그러나 이것이 "그가 바라는 결과에 대하여 꼭 절반의 확률밖에는 보장해주지 못할 것"이라는, 즉 "낭떠러지에 걸 외나무다리의 절반의 길이를 가지고 가지만 저편에서 와야 할 절반의 길이가 없을 때 자신이 지닌 절반의 길이는 어두운 추락을 위한"(296쪽) 것이 된다는 깨달음에 절망하는 남자의 표상과 결합됨으로써 소설은 끝내 행복의 위안을 제공하지 않는다.

　암, 그때는 또 그때다. 지금 이긴 것만은 분명하다.
　"전승 축하연을 하고 싶어요."
　"어떻게?"
　"귀성을 하루 늦추세요."
　그는 끄덕이면서 일어섰다. 그들은, 뒤를 돌아보면 행복이 달아난다는 이야기의 주인공들처럼 앞만 보면서, 다방을 나와서 그들의 전리품인, 그들이 더불

---

14 흡혈귀는 최인훈 소설에서 단순한 소재가 아니라 중요한 모티프로 등장한다. 예를 들어 『구운몽』(1962)의 서두에는 주인공 독고 민이 마치 복수심에 불타는 드라큘라처럼 관 속에서 괴기스럽게 걸어 나오는 장면이 제시된다. 이러한 독고 민의 변신은 「귀 성」의 주인공이 극장 앞에서 보았던 영화 속 드라큘라가 이미 현실 속에서 살아 움직이고 있었다는 사실을 가리킨다. 실제로 『구운몽』은 사랑하는 사람에게 배신당한 외로운 삶이 그 해답을 찾지 못하고 원망과 분노와 증오 등의 악의적인 감정에 유폐됨으로써 마침내 주인공이 사악한 존재로의 변신에 성공한다는 소름끼치는 이야기를 들려준다.

어 싸운 적의 손톱 자국이 선명한 시간 속으로 걸어들어갔다. 그러나 그는 울적했다. 그와 그녀의 이제부터의 시간은 결코 그 내기를 입 밖에 내기 전의 그들의 시간과는 다시는 같지 못하리라고 그는 생각했다. 옛날에 언젠가, 지금처럼 나란히, 꼭 이런 거리를, 이맘때 이런 심사를 안고, 돌이킬 수 없는 없는 일을 저지른 뒤 끝에 그녀와 걸어간 적이 있다는 분명한 착각인 회상이 떠올랐다. 그러자 그는 소스라쳐 놀랐다. 그, 풍문으로만 들어온 늙디늙은 시간 속에 귀성해 있는 자기를 발견한 탓이었다. 한 신화가 다소곳이, 미안한 듯이, 발끝에만 눈을 주며, 그의 팔을 붙잡고, 그와 나란히 걷고 있는 것이었다. 그것은 저 늙은 '이브'였다.[15]

최인훈의 「귀 성」은 얼핏 한 쌍의 연인이 공포에 가까운 심리적 혼돈과 방황을 경험하면서도 서로의 사랑과 신뢰를 확인하는 데 성공하는 결말을 보여주는 것처럼 보인다. 사실 남자는 여자가 오지 않을 수도 있다는 절망에도 불구하고 자신의 선택의 몫만은 포기할 수 없다는 생각에 약속 장소로 갔고 놀랍게도 그곳에서 한 발짝도 움직이지 않았다는 그녀를 만난다. 그러나 여자가 제안한 "전승 축하연"은 "이제부터의 시간은 결코 그 내기를 입 밖에 내기 전의 그들의 시간과는 다시는 같지 못하리라"는 것을 알게 된 남자의 울적함이 가리키는 것처럼 승리의 시간이 되지 못한다. 다시 말해 남자의 그러한 단절감이란 오늘의 승리가 내일의 승리를 보장할 수 없는 데서 연인들의 미래가 완전히 예측 불가능하게 된 세상에서 살게 되었다는 섬뜩한 느낌을 말하는 것이다.[16] 그는 결국 그 느낌을 통해 에덴의 신화를 상실한 그 불행의 시간 속에 "귀성해 있는 자기"를 포착하고 다시 한번 "소스라쳐 놀라" 깨어난다. 말할

---

15 최인훈, 앞의 책, 297~298쪽.
16 남자의 단절감은 「귀 성」에 나오는 "너무 행복해서 어쩐지 불안해요."(285쪽)와 같은 구문에서 암시적이지만 아주 첨예한 표현을 얻고 있다. 1960년대 후반부터 산업화를 경험했던 한국사회

것도 없이 친숙한 것이 낯선 것이 되는 공포감으로의 침잠이 다시 낯선 것이 친숙한 것이 되는 각성의 공포감으로 돌아오는 그러한 회귀의 구조는 「귀성」이 공포감을 망각과 쉽게 교환하는 공포물의 형식과 구분되는 결정적인 조건이 된다. 요컨대 최인훈의 공포 텍스트는 자기도취적 주체가 책임과 의무로부터 자유로운 까닭에 수반하게 되는 배신의 가능성과 신뢰의 상실을 망각이 아니라 경고가 되는 공포감을 통해 환기하는 작품이라고 할 수 있다.

3. 소심한 인간의 출현과 공포 텍스트의 정치성

앞서 언급한 것처럼 고유한 인격을 펼치기 어려운 조직화된 현실의 억압적 제약이 한계에 도달하자 사람들은 그러한 비인격화의 사회적 관계로부터 오는 스트레스와 압박감을 개인화된 영역에서 해소할 수 있는 길을 모색하게 된다. 물론 사적인 한 남녀관계의 친밀성에 주목했던 「귀성」은 각자가 저마다의 손쉬운 감정적 만족을 따라가게 되는 그러한 개인관계에서 그 감정의 자유로 인해 오히려 평온하고 안락한 관계의 영속성에 대한 환상이 두렵고 불안한 관계의 절망으로 붕괴되는 불길하고 끔찍한 미래를 드러낸 바 있다. 그렇지만 사적인 관계는 산업사회의 무정한 관계로부터 오는 부담을 보상하기 위해 개인적인 만족의 여지를 확보하고자 하는 사람들에게 여전히 하나의 가능성이라는 사실을 부인하기는 어렵다. 그런 의미에서 개인적으로 항구적인 관계를 기대하는

연인들에게는 개인들이 저마다 자유로운 내면을 가지게 되었다는 것을 제외하고는 어제의 애인이 오늘의 애인이 될 수 없고 오늘의 애인이 내일의 애인과 같을 수 없는 남녀 관계의 모더니티에 대한 그러한 불안한 의식이 지배적인 것이 된다. 이 연인들의 나르시시즘적 의식을 공포감과 결합한 최인훈 소설의 전조에 앞에서 언급한 『구운몽』과 「웃음소리」가 포함된다는 것은 말할 것도 없다.

남녀들은 그 관계의 유동적인 불안정성에도 불구하고 아마도 사물화된 사회적 관계로부터 벗어날 수 있는 개인적 차원의 간절한 도피처로써 연인관계를 유지했을 것이고 또 이 가운데 몇몇 관계는 부부관계로 발전하기도 했을 것이다. 말하자면 가정을 통해 자기도취적 이상이 보존되는 일상생활의 방식이 생겨나게 된다. 그리고 이 가정화된 나르시시즘의 일상은 발전된 연인관계로부터 오는 어느 부부의 생활을 다루는 이호철 소설 「큰 산」의 서사적 배경이 된다고 할 수 있다.

> 아내는 뜰 한가운데 파자마 바람으로 싱글벙글 웃고 서 있었다. 수북하게 눈이 와 있었다. 게다가 하늘은 활짝 개고 해는 금방 떠오를 모양이었다.
> "밤새 왔던 모양이지요."
> "그걸 말이라고 하나. 당연하지."
> "아이, 야박스러. 좀 그렇다고 맞장구를 쳐주면 어때요."
> "나는 합리적인 사람이니까 이치에 닿지 않는 소린 싫거든." [⋯중략⋯]
> 아내는 입은 비시시 웃고 눈은 얄팍하게 나를 흘겨보듯 하더니, 다시 장난스러운 표정이 되며 물었다.
> "하늘에 깝북 구름이 차 있다가, 가장 빠른 시간 안으로 이렇게 온 하늘이 깨끗이 개어 오르려면 몇 분이나 걸리는지 알아요?" [⋯중략⋯]
> 하고 아내는 낭랑한 목소리로 한바탕 또 웃었다.
> 눈 내린 겨울 아침과 저 낭랑한 웃음. 이 눈 내린 겨울 아침이 훨씬 더 눈 내린 겨울 아침으로 느껴지도록 하고 있는 저 웃음. 또한 저 웃음으로 하여금 더욱더 저 웃음이도록 해주고 있는 이 활짝 개어 오른 눈 내린 겨울 아침.[17]

소설은 한 부부가 맞은 "눈 내린 겨울 아침"을 보여준다. 그들이 사는

---

17 이호철, 「큰 산」, 『소시민 ─ 한국소설문학대계 39』, 동아출판사, 1995, 477~478쪽.

집 안의 뜰에는 눈이 "수북하게" 내렸다. 아내의 "파자마 바람"이라는 표상이 떠올리게 하는 것처럼 그곳에는 일상의 안온함 또한 수북하다. 아내는 겨울 아침 마당의 눈을 보고는 "밤새 왔던 모양이지요"라며 하나마나한 말을 내뱉지만 이 감상적인 성격의 말은 사실 스위트홈의 반복적인 일상을 우회적으로 확인시켜준다. 그런데 상관없다는 듯이 남편은 아내의 행복한 감상에 대해 당연한 "그걸 말이라고 하나"라며 야박하게 굴고는 자신은 "이치에 닿지 않는 소린 싫"어하는 "합리적인 사람"이라고 대꾸한다. 이것은 행복한 스위트홈의 일상을 영위하는 부부관계 역시 비인격적인 구조를 만드는 산업사회의 객관적인 삶의 형식으로부터 여전히 영향을 받고 있다는 점을 나타낸다. 그러나 가정에 기초한 개인화된 삶의 행복을 지키기 위해 그러한 형식의 무미건조한 힘에 대한 방어가 없을 수 없다.[18] 아내가 "좀 그렇다고 맞장구를 쳐주면 어때요"라며 남편을 "흘겨보듯 하"는 불만의 감정이 없지 않으면서도 "장난스러운 표정"으로 "비시시 웃고" 마는 이유는 바로 여기에 있다. 다시 말해 합리성을 매개로 틈입한 조직화된 현실의 힘이 한 부부가 형성한 자기도취적 주체성에 미세한 균열을 일으키자 아내의 웃음은 곧바로 그것을 봉합하는 것이다. 이때 행복한 부부의 일상은 "하늘은 활짝 개고 해는 금방 떠오를 모양"으로 다시금 깨끗하게 회복된다.

결국 「큰 산」의 부부관계에서 사회심리학적 대응물로서 두드러지는 것은 나르시시즘이 방어하는 가치를 살뜰하게 여기는 일종의 '가정적 자아'라고 할 수 있다. 그리고 가정에 대한 자기도취적 매혹을 보여주는 그런 자아의 의미는 무엇보다도 아내의 "저 낭랑한 웃음"을 통해 정확히 포착된다. 하지만 무정한 세상의 사회적 관계에 대한 반감에서 가정

---

[18] 사람들은 산업사회의 비인격적 힘이 보여주는 일방적 흐름이나 그 모순들에 의하여 자신들의 삶이 지닌 의미와 가치가 위협받는 상황에 대해 심리적인 반감을 가지고 나르시시즘을 포함해 다양한 방어 메커니즘을 만들어낸다. 이 구체적인 사례들에 대해서는 게오르그 짐멜, 김덕영·윤미애 옮김, 『짐멜의 모더니티 읽기』, 새물결, 2005, 35~53쪽 참조.

적인 자아로 후퇴한 사람들은 고립된 자아에 대한 집중과 끝없는 자기 탐닉으로 인해서 이웃과 사회적인 유대를 상실하고 시민적 무관심이라고 부를 만한 프라이버시의 보호막 속에 칩거하게 마련이다. 아마도 그 무관심만큼 가정적 자아와 절대적으로 결합된 정신적 현상은 없을 것이다. 이 가정적 자아의 이웃에 대한 무관심은 한마디로 자아의 바깥에 관심을 가지려는 능력의 침식을 보여준다.[19] 말하자면 가정적 자아로서 집 안에 유폐된 사람들은 이웃과 관련된 어떠한 현실주의에 의거하고 있으면서도 자신들이 그들과 연대감을 가지거나 혹은 사회적 관계의 일부분임을 느낄 수 없는 나르시시즘의 무능을 드러낸다. 이것은 "눈 내린 겨울 아침이 훨씬 더 눈 내린 겨울 아침으로 느껴지도록 하고 있는" 아내의 "저 웃음으로 하여금 더욱더 저 웃음이도록 해주고 있는 이 활짝 개어 오른 눈 내린 겨울 아침"이 한마디로 자기도취적 허상임을 가리킨다. 그러나 고립이 만연한 환경은 사회에 대해 무관심에 빠진 자아에게 쉽게 공포감의 토대로 작용한다. 왜냐하면 그 환경은 고립된 자아에 대한 집중이 외부 세계에 대한 무관심을 거쳐 소심함으로 이어지는 심리적 과정을 구조화하기 때문이다.[20]

"어마, 저게 뭐유?"

헛간 쪽의 블록담 밑을 꾸부정하게 들여다보았다.

"뭔데?"

나도 가슴이 철렁해지며 문득 열흘쯤 전의 그 일이 떠올라 그쪽으로 급하게

---

19 자신을 숭배하는 기회의 일상화는 환상과 구분되는 현실을 밀어내고 현실 그 자체가 환상이 되는 상황을 야기함으로써 현실에 대한 무관심을 팽창시킨다. 크리스토퍼 라쉬, 앞의 책, 112~116쪽 참조.

20 사회적 유대감의 약화나 공동체적 연대감의 상실이 범죄에 대한 공포나 공포감 그 자체의 증식을 부추기는 사회적 사실들에 대해선 프랭크 푸레디, 박형신·박형진 옮김, 『우리는 왜 공포에 빠지는가?』, 이학사, 2011, 35~67쪽; 지그문트 바우만, 함규진 옮김, 『유동하는 공포』, 산책자, 2009, 213~258쪽 참조.

다가갔다.

　동시에 좀전의 그 환하던 겨울 아침은 대뜸 우리 둘 사이에서 음산한 분위기로 둔갑을 하고 있었다.

　"고무신짝이에요, 또 그, 그 고무신짝."

　아내의 목소리는 완연히 떨고 있었다. 거의 헐떡거리듯 하였다. 맞다. 고무신짝이었다. 그 새하얗게 씻은 남자 고무신짝.

　"……"

　나는 마치 머릿속의 저 아득한 맨 끝머리에 쩌엉스런 깊고 빈 들판이 있다가, 그것이 또 확 열려 오는 듯한 공포 속으로 휘어감겼다.

　아내도 까맣게 질린 얼굴이다.[21]

　대략 "열흘쯤 전"에 부부는 자기 집 "대문 옆 블록담" 위에서 "흰 남자 고무신짝 하나"를 발견한 바 있다. 그런데 두 사람은 자신들과 이웃 사이의 경계를 이루는 곳에서 목격한 그 고무신 한 짝으로 인해 "다 같이 꺼림칙한 느낌에 휩싸였다."(471쪽) 사회적 원자로서의 개인들은 자기만족의 행복감에 집중하기 위해 외부 세계와 맞닿아 있는 저마다의 울타리들에 대해 과민할 수밖에 없다는 점에서 사실상 그러한 느낌의 연원은 명백한 것이다. 바로 나르시시즘에 빠진 가정적 주체의 내면 안에서 형성된 뾰로통한 소심함이 그것이다. 소설의 부부는 "한밤중이면 굿하는 꽹과리 소리가 가끔 멀리 가까이 들리곤 하는 것"을 두고서도 그동안 "기분이 나쁘고 음산하게 들린다"(472쪽)며 불길한 느낌에 사로잡히고는 했다. 따라서 이른바 소심한 인간(narrow-minded man)으로서의 신원을 획득한 부부 한 쌍이 자신들의 울타리를 허락 없이 넘어온 것에 대해 불안해하는 것은 불가피한 일이었던 셈이다.[22] 이것은 그 불안감을 상쇄

---

21 이호철, 앞의 책, 479쪽.

시키기 위해 곧바로 "고무신짝을 들고 골목길을 이리저리 기웃거리다가 길가의 아무 집이나 가림이 없이 여느 집 담장으로 휙"(477~478쪽) 던지는 "액땜"의 행위와 결합된다. 그러나 "또 그, 그 고무신짝"이 어느 순간 부부의 집 블록담 밑으로 다시 돌아오는 이른바 액막이의 순환 과정이 암시하듯이 자기만족으로 고양된 가정적 자아의 불안은 특정한 개인을 넘어 이미 모든 동네 즉 사회 전체로 확산된 사실임이 드러난다.

　말할 것도 없이 자기도취적인 주체성을 내면화한 「큰 산」의 '소심-인' 혹은 '소시민'은 자신의 불안한 상상의 중핵이 되었던 고무신 한 짝이 담장 위에서 마당으로 진입한 사실로 인해 불안감을 넘어 심지어 공포에까지 휩싸인다. 그러니까 "노선 혹은 룰에서 벗어져 나온 그 점"을 통해 주체가 호명할 수 없는 낯선 대상이 됨으로써 매우 익숙했고 또 잘 제어되었던 문제들에 갑자기 혼란을 가져온 "그것"은 이상화된 가정적 자아의 환영을 깨뜨림으로써 불안을 매개하는 대상에 그치지 않고 마침내 "까맣게 질린" 공포감 그 자체가 된다. 실제로 부부는 "좀전의 그 환하던 겨울 아침은 대뜸 우리 둘 사이에서 음산한 분위기로 둔갑을 하고 있었다"고 전한다. 바로 이호철 소설이 공포 텍스트로 전환되는 것은 이 지점인데, 여기서 이름 붙일 수 없는 것에 대한 공포가 "새하얗게 씻은 남자 고무신" 한 짝의 형태로 나타난 것에 주목할 필요가 있다.[23] 간단히

---

22 이 소심한 인간이라는 표현 또한 일종의 조어이다. 이호철 소설에서 나르시시즘의 주체가 심리적 결과로서 보여주는 그러한 인간의 이미지는 "소시민"(『소시민』)이라는 규정에까지 이어진다. 즉 자기도취적 인간에 대한 사회학적 규정이라고 할 수 있는 이호철의 "소시민"에는 기본적으로 뾰로통함과 소심함으로 구조화된 그러한 나르시시즘의 주체성이 표현되어 있는 것이다. 그리고 이것은 어쩌면 「닳아지는 살들」(1962)에 나타나는 주체성에도 그대로 적용될지 모른다. 물론 이 소설은 일차적으로 북에 남겨둔 맏딸에 대한 기다림을 통해 실향민 의식을 보여주지만 배면에는 산업화된 공간인 남한에서 가정적 일상에 유폐된 나르시시즘적 주체들의 무능이 숨겨져 있다. 이때 "응접실 소파"와 "파자마 차림"으로 대변되는 중산층 가정의 일상에 '꽝 당 꽝 당' 들려오며 근거 없이 불안감과 공포감을 자아내는 소리는 자기도취적 자아의 소심한 성격을 환기시킨다. 아울러 그것은 소설 전체에 그로테스크한 공포감을 만연시킨다. 실제로 그 집 막내딸 영희는 그 소리를 통해 "우리와는 다른 무엇인가 싱싱한 것이 서서히 부풀어서 우릴 잡아먹을 것 같은"(406쪽) 공포감을 느낀다.

말해 까만 공포감을 야기한 것이 개별적인 하얀 대상이라는 점은 미신적 주술에서 기원한 악마적 실체에 대한 집단적 공포가 이제 합리적 교육으로부터 오는 단순한 부재에 대한 개인화된 공포로 대체되고 있음을 상징한다.[24] 이로써 인간성에 위협적인 그러한 타자성에 대한 공포는 더욱 견디기 어려운 것이 된다. 소설이 그 공포감을 "악착같이 해볼 기세로, 시뻘게진 얼굴로 그 고무신짝을 신문지에 둘둘 말아가지고 어디론가 나갔다가, 아홉시가 지나서야 비시시 웃으며 들어서"는 아내와 "우리는 서로 존중해 줄 줄을 알고 있었다"(482쪽)며 그녀에게 아무 말도 하지 않는 남편을 통해 재빨리 봉합하는 일종의 망각의 서사에 귀결된 것은 그 때문인 것으로 보인다.

우리 마을 서쪽 멀리 청빛의 마식령 줄기가 가로 뻗어 갔는데, 마을 사람들은 이것을 '큰 산'이라고 불렀다. 내 경우 이 큰 산은 그곳에 그 모습으로 그렇게 있다는 것만으로 항상 나의 존재의, 나를 둘러싼 모든 균형의 어떤 근원을 떠받들어 주고 있었던 것이다. 내가 태어난 뒤 가장 먼저 익숙해진 것은 어머니의 젖가슴이었겠지만, 두 번째로 익숙해진 것은 그 큰 산이었을 것이다. 아침 저녁 우리집에서 건너다보이던 그 큰 산, 문만 열면 서쪽 하늘 끝에 웅장하게 덩더룻

---

23 호명될 수 없는 것에 대한 공포는 「닳아지는 살들」의 후속작이라고 할 수 있는 「무너앉는 소리」(1963)에도 등장한다. 영희는 북에 남은 언니의 시사촌 동생인 선재와 동침을 하고 아이를 갖게 된다. 그리고 어느 날 선재의 회사 동료라며 낯선 여자가 찾아온다. 선재를 만나지 못하고 돌아간 그녀는 사흘째 저녁마다 선재를 찾아온다. 그녀의 배도 불러 있다. 결국 선재와 묘령의 낯선 여인은 영희 몰래 집 바깥에서 밀애를 나누지만 아무도 관심은 없다. 그리고 「닳아지는 살들」에서 들려오던 강철의 굉음이 거기서는 '쿵 쿵' 하는 둔탁한 소리로 바뀌어 몸서리를 치도록 만든다. 여기서 정체를 알 수 없는 여인이 '새하얗게 썻은 남자 고무신' 한 짝의 대응물이라는 사실은 두말할 것도 없다.

24 공포물에 등장하는 드라큘라와 같은 공포의 외면적 실체는 현실주의에 대한 믿음이 점진적으로 쇠퇴하는 것에 상응하며 산업주의와 도시화의 확산에 대한 심리적 반응과 결합됨으로써 공포소설에서는 일종의 내면적인 환영으로 변화한다. 이것을 역사적으로 맥락화하면서 사회학자들은 초월주의에 대한 경의에 입각한 전근대의 집단적 공포에서 초월주의에 대한 믿음의 상실로 야기된 근대의 개인적인 공포로의 전환이라고 부른다. 이에 대해서는 프랭크 푸레디, 앞의 책, 46~50쪽 참조.

이 솟아 있던 그 청빛 큰 산. 그 큰 산에서부터 산과 골짜기들이 곤두박질을 치듯이 내려오다가 골짜기 하나가 길게 뻗으면서 갑자기 흰 치맛자락 펴듯이 큰 내를 이루며 내려오는 가에 미루나무숲이 우거지고, 우리 마을이 앉아 있다. 그렇게 우리 마을 앞에서부터 좁은 들판이 시작된다. 이 들판은 더욱 퍼지면서 밑으로 흘려내려가, 두 야산 끝머리의 한 머리는 원산 거리 쪽으로 금방 잘록하게 끝나고, 한 머리는 비옥한 안변 평야의 북쪽 끝으로 가닿는다.[25]

이호철의 「큰 산」은 굿하는 소리에 기분 나빠 하고 그런 종류의 일들을 입에 올리기조차 꺼림칙해하는 소심한 사람들의 자족적인 욕구에 간힘으로써 겉보기에는 문제에 대한 각성을 무효화하며 기존의 질서를 강화하는 공포물의 정치적 모호성에 귀의하는 듯하다.[26] 하지만 소설은 "큰 산"이 "구름"에 가려져 있던 흐린 날 "무밭의 지카다비짝"으로부터 오던 "머리끝이 쭈뼛해지는 공포감"에 대한 남편의 오래전 추억을 통해 그러한 모호성을 수정할 수 있는 미학적 정치성을 보존한다. 그것은 바로 '구름'의 공포와 모호성으로부터 개방되어 나오는 '큰 산'의 존재감과 경이에 대한 기억으로 나타난다. 물론 불가사의한 것에 대한 반응이라는 점에서 공포와 그러한 경이의 심리적 기원은 동일하다고 할 수 있다. 그러나 단순한 부재에서 내적인 힘을 얻는 도시의 공포와 "나를 둘러싼 모든 균형의 어떤 근원을 떠받들어" 준다는 지형학적 중심에 대한 숭배는 차원이 다르다. 왜냐하면 전자는 무언가에 도달하는 것과 무관한 공허감의 원천으로서 재빨리 자기위안의 도피로 전환되는 반면 후자는 모든 것에 대한 분별 있는 반응의 근원으로서 그런 욕구로부터의 탈피로 진전되기 때문이다.[27] 요컨대 망각의 서사 속에 보존된 그러한 기

25 이호철, 앞의 책, 475쪽.
26 고딕소설과 모더니즘의 공포 텍스트가 가지고 있는 정치적 모호성에 대한 간단한 논평을 곁들인 역사적 개관은 테리 이글턴, 김지선 옮김, 『반대자의 초상』, 이매진, 2010, 35~45쪽 참조.
27 소심한 인간들의 공포감에 대한 분별 있는 거리감은 「큰 산」에 나오는 "큰 산이 안 보여서 이

억의 정치학은 이호철의 공포 텍스트 「큰 산」이 공포감을 위안과 교환하는 안이한 공포물과 구분됨으로써 결국 나르시시즘의 주체들이 가정적 자아들이 되어서도 유대감의 상실을 회복하지 못하는 상황을 비판하는 작품이 되도록 만든다.

4. 공포소설의 문학적 조건

1960년대 한국 사회의 산업화로부터 오는 소외된 조직 문화는 사회적 영역에 구속된 공적 관계에 대한 반감을 통해 나르시시즘이라는 사회심리학적 태도를 전면화했다. 지금까지 살펴본 것처럼 그 시기에 발표된 최인훈의 「귀 성」과 이호철의 「큰 산」은 각각 그러한 사회적 관계에 대한 반감에서 등장한 자기도취적인 주체의 서사적 양상들 즉 '밀실 인간'과 '소심한 인간'이라는 나르시시스트의 단계들을 보여주었다. 하지만 기존의 논의들은 폭력적인 산업화의 소외에 노출되어 있던 무력한 개인들의 그러한 정체성을 반성적인 자기의식과 곧바로 결합하는 미적 근대성의 개념을 통해 이른바 성찰적인 주체성의 승리를 선언하는 논리적 비약에 빠진 바 있다. 이것은 그러한 서사적 주체성의 비판적인 힘을 독점하려는 모더니즘과 리얼리즘 사이의 각축과 같은 생산적이지 못한 논쟁의 빌미가 되기도 했다. 이 장이 최인훈이라는 모더니스트와 이호철이라는 리얼리스트를 함께 다루었던 것은 무엇보다 그 때문이었다. 그

래, 모두가"(481쪽)라는 남편의 마지막 중얼거림에서 직접적 표현을 얻고 있다. 말하자면 70년대 초 한 도시의 작은 동네를 전염시켰던 공포감을 신성한 존재에 대한 믿음을 상실함으로써 야기되는 텅 빈 공간에 대한 감정으로 묘사하는 그는 자기 자신을 형이상학적 지형학 안에 위치시키는 것의 불가능성에 비례해서 공포감이 증대될 것이라는 인식을 보여준다. 물론 산업화에 따른 형이상학적 중심의 상실과 공포감을 결합한 이호철 소설의 전조에는 앞에서 언급한 「닳아지는 살들」과 「무너앉는 소리」 역시 포함된다.

렇지만 「귀 성」과 「큰 산」이 보여주었던 것처럼 비판적 성찰성은 고립된 개인들의 자기도취적인 주체성에서 곧바로 연역되지 않고 공포 텍스트라는 장르적 문학과의 접속을 거쳐서야 가능한 것이 되었다. 그리고 여기서 공포감을 손쉬운 망각이나 가벼운 위안과 교환하는 공포물의 형식으로부터 분리된 소위 공포소설의 범주화가 가능했음은 물론이었다.

실제로 최인훈의 「귀 성」과 이호철의 「큰 산」은 비판적 사고를 발전시키기보다는 불안과 공포감에 압도된 나르시시스트의 경험을 묘사하고 있음에도 불구하고 그러한 공포감을 구조화하는 문학적 방식을 통해 끝까지 성찰적인 서사로 남을 수 있었다. 우선 「귀 성」은 친숙한 것이 낯선 것이 되는 공포감으로의 침잠에서 다시 낯선 것이 친숙한 것이 되는 각성의 공포감으로 되돌아오는 회귀의 구조를 통해 공포감을 손쉬운 망각과 교환하는 공포물과 구분됨으로써 공포소설적인 성격을 지니게 되었다. 최인훈은 자기도취적 주체가 책임과 의무로부터 자유로운 까닭에 수반하게 되는 배신의 가능성과 신뢰의 상실을 망각이 아니라 경고가 되는 공포감을 통해 환기하는 작품을 만든 셈이었다. 그런가 하면 「큰 산」은 전반적으로는 가벼운 위안과 결합된 망각의 서사에 귀착되면서도 그 서사 안에 기억의 정치학을 보존함으로써 의미심장한 공포 텍스트가 되었다. 그것은 가정적 주체의 만족감으로부터 연원한 공포감을 통해 시민적 연대감의 상실 나아가 소시민성의 출현을 분별해낼 수 있는 미학적 토대가 되었다. 요컨대 두 소설은 공포감이라는 라이트모티프를 망각이나 위안이 아닌 '각성'과 '기억'에 연결하는 서사적 방식을 통해 공포소설이 지녀야 할 문학적 조건이 어떤 것인지에 대해 일정한 시사점을 던져주었다.

말하자면 공포물의 경우 공포감은 장르적 문법 내에서 중심부로서의 확실한 위치에 놓인다. 공포물에서 선별된 세부사항들은 역설적이게도 안심해도 될 만큼 명백하고 또 단조롭다. 따라서 독자는 공포물을 읽을 때 삶의 의미를 묻는 존재론적인 긴장감 대신 모든 것이 어디에 있는지를 아는 가정적 평안함을 만끽하는 셈이다. 몇몇 창조적인 장르소설가들을 제외하고 일반적으로 장르소설로서의 공포물은 지루할 수밖에 없고 그래서 공포물을 이끌어가는 것은 습관적인 경험에 비판적 거리를 부여하는 실감과 물음의 요소가 아니라 그런 경험들을 반복하기 위해 끊임없이 자극과 호기심의 요소를 덧붙이는 일이 된다. 반면에 공포소설은 관습적인 경험의 리얼리즘에 공포감을 끌어들임으로써 명백하고 단조로워 보이던 일상적 세부사항들을 흔들어 깨우면서 모든 것을 불확실한 것으로 바꾸어버린다. 이때 독자는 쉽게 재생산하거나 다른 것으로 환원할 수 없는 잉여의 요소들에 의문과 회의를 가지면서 깨어난다. 그리고 여기서 가정적 평안함은 비판적 성찰성으로 대체된다. 결국 상업적인 공포물과 달리 본격문학으로서의 공포소설은 관습적인 리얼리티를 갱신하는 새로운 방법론이 됨으로써 삶의 의미를 묻는 존재론적 긴장감으로 충만하게 된다고 할 수 있다. 비유컨대 공포소설은 감각을 압도해 의식을 마비시키는 메두사적 공포(horror)가 아니라 그 감각의 적절한 자극을 통해 의식을 일깨우는 페르세우스적 공포(terror)를 내장한 것이라고 할 수 있다.

물론 공포를 오락적 대상으로 만드는 장르소설과 인식론적 각성의 계기로 삼는 본격소설을 서로 다른 장르적 범주에, 즉 공포물과 공포소설에 포함시키는 것은 작위적인 것인지도 모른다. 그러나 이 장은 본격소설 안에서 군집의 장르로서 공포소설을 호명하려는 장르론적인 논의가 아니라 본격소설이 공포감이라는 재료를 장르소설과 다른 방식으로 다루는 데 주목하는 다소 비평적인 논의라는 점에서 가치평가적인 개념으로서 '공포소설'과 '공포물'의 그러한 범주적 분할은 사실상 불가피한 것이었다. 그리고 6·70년대 공포 텍스트들을 포괄적으로 언급하지 못한 것 또한 그와 무관하지 않았다.

18장 / 부조리와 서술, 그리고 독자

서정인 소설과 탐정

1. 부조리와 서술의 문제

6·25전쟁이라는 역사적 격변을 경험한 사람들에게 1950년대 한국사회는 앞날을 예측할 수 없는 상황이 지배하는 혼란스러운 세계 그 자체였다. 하지만 6·70년대 한국사회 역시 혼란스럽기는 마찬가지였다. 물론 혼란의 양상은 약간 다른 것이었다. 왜냐하면 산업화를 통해 구축된 사회적 기반은 일종의 직업적 정체성을 통해 사람들에게 현실적 안정감을 가져다주었기 때문이다.[1] 그러나 안정된 현실의 뿌리를 소외의 문화에 두고 있던 한국의 산업화는 무정한 사회적 관계를 보상받으려는 직업인들이 가정과 같은 자아의 공간에서 만족을 추구하는 나르시시즘적인 인간들로 전신하게 만들었고 불가피하게도 이것은 사회적 고립이 만연하는 환경을 초래함으로써 오히려 일상생활의 불안을 강화하게 된다.

---

[1] 60년대에 산업화가 시작되면서 한국 사회는 조직 사회로의 이행을 경험하게 된다. 이것은 피고용율의 꾸준한 증가와 함께 산업화 시기 한국인들의 삶에 직업적 안정감을 부여하게 된다. 6·70년대 피고용율의 증가와 조직생활자의 증대에 대해서는 김필동·김병조, 「조직 사회로의 이행과 그 사회적 의미」, 한국사회사학회 엮음, 『한국 현대사와 사회 변동』, 문학과지성사, 1997, 260~267쪽 참조.

이른바 사회적 원자화는 전통적인 유대감의 상실을 통해서 자아 바깥의 세상이 무정하고 위험하며 어지러운 영역이라는 인식을 가져온 것이다. 말하자면 6·70년대 한국사회의 혼란은 상황의 혼란을 의식의 혼란으로 대체한 셈이라고 할 수 있다. 사실 상황으로부터 오는 이전의 혼란이 의식의 혼란과 무관한 것은 아니었을 것이다. 그렇지만 소위 가정적 자아를 주입함으로써 현실에 대한 무감각을 구체화한 본격적인 산업화는 모든 영역에 걸쳐 일어나는 각종 사고와 재앙에서 오는 산업 사회적 경험의 임의적 성질과 결합함으로써 사람들의 의식에 극도의 단절감과 불안감을 불어넣는다.

실제로 6·70년대 한국소설은 산업화가 처방한 안정된 직업적 정체성에도 불구하고, 아니 오히려 그 때문에 불확실한 상황에서 오는 자의식의 혼란에 빠져버린 인물들을 자주 등장시킨다. 모든 노동이 삶의 형성과 분리된 채 하나의 생계 수단으로 전락하고 만 산업사회적 상황에서 어제의 노동이 오늘의 노동과 단절된 채 서로 무관한 것으로 분리되어 있다고 느끼는 그들은 과거의 노동을 현재와 통합하도록 강요받을 때면 거의 불합리한 감정까지 경험한다. 이러한 감정은 주로 표면적으로는 긍정적인 어떤 것을 이야기하면서 사실은 이를 통해 부정적인 다른 것을 결과하는 모순된 산업주의 이념에서 기인한 바가 크다. 즉 6·70년대 한국사회에서는 건설적인 노동의 영역이 파괴적인 인간성과 결합되는 아이러니가 빈번하게 목격되는 것이다. 다시 말해 직업적 역할의 가치를 강제하는 사회적인 언어와 그 역할의 무가치를 감지하는 개인적인 이해 사이의 불일치는 불합리한 느낌을 야기함으로써 소설의 등장인물들로 하여금 세상을 부조리한 공간으로 인식하도록 만드는 것이다.[2] 사

---

2 가령 산업화의 부조리에 대한 서사적 형상화의 대표적인 예로 최인호의 「타인의 방」과 같은 작품을 예로 들 수 있다. 여기서 산업 사회적 상황을 살아가는 무미건조한 조직인간이 자의식의 확대와 더불어 불확실성을 경험하는 서사적 양상은 환상적 필치로서 묘파된다. 한국의 산업화라는 문제적인 현실에 직면하여 60년대 한국소설에서 지배적인 서사적 양상이 된 불안한 자기

실 사람들은 풍요롭게 되는 것이 올바르게 되는 것과 무관한 발전 이데 올로기의 불합리성을 겪으며 착실한 성취 대신 우유부단한 처신만이 살 길이라고 믿는다. 이처럼 과거가 현재에 대한 아무런 지침이 되지 못하고 미래가 완전히 예측할 수 없게 되어버린 세상에서 살고 있다는 느낌에 사로잡힌 인물들은 모순과 불합리에 기초한 부조리의 감정을 일상적으로 경험하게 된다.[3] 결국 내적인 것이든 외적인 것이든 세계의 이미지가 하룻밤 사이에 전혀 상상도 할 수 없을 정도로 급변하는 사회는 6·70년대 한국소설처럼 산업화가 본격적인 궤도에 진입한 시기에 발표된 텍스트들의 기본적인 배경이라고 할 수 있다.

물론 모든 것이 부조리하게 보이는 사회에서는 그 현실적 상황만큼이나 문학도 부조리한 것이 될 수밖에 없다. 리얼리즘의 사실적 재현을 원류로 하는 소설의 경우는 특히나 그러한 불합리한 현실로부터 자유롭기가 어렵다. 그러나 작가의 문학적 창조물이 현실에 순응하면서도 저항하는 미학적인 형상물이라는 것을 부인할 수가 없다면[4] 서사적 텍스트역시 불합리성을 핵심으로 하는 현실의 부조리를 반영하면서도 동시에그것에 반발하는 것이 될 것이다. 말할 것도 없이 산업화가 본격화된 시기의 한국소설은 다양한 형태로 그러한 현실에 대해 미학적으로 저항했을 것으로 예상할 수 있다. 서정인의 소설 또한 예외가 아니다. 실제로

의식에 대해서는 김영찬, 「불안한 주체와 근대─1960년대 소설의 미적 주체 구성에 대하여」, 『1960년대 소설의 근대성과 주체』, 상허학회 엮음, 깊은샘, 2004, 39~60쪽 참조.

3 산업사회는 전통이라는 사회적 기반을 부인함으로써 무한한 기회와 더불어 모든 종류의 가능성을 영위하게 되지만 동시에 그 무한한 기회가 부여하는 가능성은 무한한 선택으로 인한 당혹스러움이 된다. 즉 산업화로 첨예화되는 현대적인 공간은 자유로운 선택에 기초한 일상적인 혼란으로 구조화된다. 실존주의라는 철학 사조는 무엇보다 그것을 부조리라는 개념으로 설명한다. 마이클 폴리, 김병화 옮김, 『행복할 권리─부조리의 시대』, 어크로스, 2011, 47~72쪽 참조.

4 사회적 상황에 대한 문학의 형상은 순응의 측면과 동시에 저항의 측면을 가지고 있다. 즉 문학은 사회적 반영물일 뿐만 아니라 일정한 거리를 통해서 사회에 대해 비판적 검토를 수행하는 미학적 형상물이기도 하다. 이러한 문학과 사회의 복합적인 관련성에 대해서는, 김인환, 「한국문학의 사회사 문제」, 『기억의 계단』, 민음사, 2001, 22~33쪽 참조.

서정인은 자신만의 독특한 서술 전략을 통해 형식적인 언어와 실질적인 의미 사이의 불일치라는 산업사회적 부조리에 대항하고자 한다. 이것은 무엇보다도 서술의 차원에서 모순과 불합리를 증가시키는 자의적 견해의 축소를 통해 객관적 사실성을 도모하는 것으로 나타난다.[5] 그러니까 의견을 배제하는 확고한 사실의 서술은 부조리한 담론에서 독자들의 이해와 판단에 연속성과 안정감을 부여하는 비교적 합리적인 관점을 제공하는 방식이 됨으로써 일정하게 당대의 사회적 부조리에 대항하였다고 할 수 있다. 특히 서정인의 「뒷개」(1977)에서 그러한 서술은 매우 극단적이다. 여기서 의견에 해당하는 주관성의 서술은 거의 제로에 가까울 정도로 최소화된다. 즉 자의성에 기초해 부조리한 현실이 심화되는 산업사회에 대한 서술적 대응이라는 차원에서 이해되는 서정인식 사실의 서술은 그 「뒷개」라는 작품에서 절정을 이루는 것이다.

산업사회적 부조리에 대한 서사적 대응으로서의 서정인식의 서술 양상을 검토하는 데 목적이 있는 이 장이 무엇보다 「뒷개」를 중심으로 전개되는 이유는 바로 그 때문이다. 사실 서정인의 6·70년대 초기 소설에 대한 기존의 논의에서 언어와 문체는 거의 주된 논의의 대상이라고 해도 과언이 아니었다. 그만큼 다양한 각도에서 서정인 소설의 서술 방식이 검토되었다. 그러나 언어와 문체의 문제에 집중된 논의들은 대개 서정인 소설의 서술을 흔히 "바흐찐의 대화적 상상력"에 기초한 "회의론적 부정정신의 산물"로 규정하고는 하였다.[6] 이것은 작가의 문제의식과

---

5 서정인은 의견을 사실로 받아들이는 데서 생기는 산업사회적 부조리의 결과를 두 가지로 요약한다. 하나는 그냥 "속는 것"이고 다른 하나는 서로 "믿지 못하는 것"이라고 말한다. 그리고 그는 그런 문제를 극복하기 위해서는 의견과 다른 "사실을 밝혀 내려는 노력"이 필요하다고 덧붙인다. 하지만 엄밀히 말해 "중립적 사실"이란 존재하지 않으므로 그것은 "사실을 찾아 내기보다는 사실에 가까워지려는 끊임없는 노력"이 될 수밖에 없다고 지적한다. 서정인, 「작가서문」, 『벌판—나남문학선 6』, 나남, 1984, 10~12쪽 참조.

6 최근의 논의 가운데 문체론적인 연구들에 한정해서 몇몇 성과들을 열거해 보면 정혜경, 「서정인 초기 소설의 서술자와 시간 연구」, 『어문논집』 제43호, 민족어문학회, 2001, 183~221쪽; 김주현, 「서정인 소설 문체의 양면성」, 『어문논집』 제32집, 중앙어문학회, 2004, 271~297쪽; 설혜경,

연결점을 갖지 못할 뿐만 아니라 실제의 서술이 구현하는 객관적 사실성이 어떻게 그 반대가 되는 회의와 부정의 매개로 판명될 수 있는지 그 의문에 대해서도 대답하지 않는다. 실제로 그 회의와 부정의 서술은 모순된 산업주의적 상황에 비춰볼 때 부조리한 현실에 대한 대응이라기보다는 오히려 그것에 대한 순응에 가까워 보인다. 사실 서정인 소설의 서술 전략이 갖는 의미로서 제시된 회의주의와 부정정신이란 어떤 매개 없이 미적 근대성의 이념에서 곧바로 연역된 이론적 개념으로 보인다. 다시 말해 그것은 산업주의와 같이 모든 것을 통제하기를 원하는 어떤 중심과 권위의 세계에 대해서는 회의와 부정에 기초한 다원주의만이 효과적인 미학적 저항이 될 수 있다는 일방적인 가정으로부터 오고 있다. 결국 서정인의 서술 양상과 독자가 감지하는 그 서술의 효과를 좀더 면밀하게 살피고 이를 통해 서정인의 서술이 비판적 성찰로 전환되는 실제의 지점을 다시금 재정의 하는 일이 우리의 과제가 된다.

2. 사실의 서술과 이방인 의식의 형성

서정인의 6·70년대 소설에서 산업화를 위해 조직된 여러 제도적 영역으로부터 오는 모순되고 부조리한 현실은 언제나 기본적인 배경이 되어 있다. 그 소설의 등장인물들은 대개 본격적인 산업화로 인해 원자화된 개인으로 자아 바깥의 세상이 무정하고 불합리한 곳이라는 인식을 일상적으로 경험한다. 예컨대 서정인의 등단작 「후송」(1962)만 하더라도 한 장교는 자신의 귀앓이 때문에 후송을 원하지만 조직으로부터 후송 요청을 거듭 거부당하고 또 설명을 재차 강요당하는 일련의 과정을 통

「서정인 소설에 나타난 서술 시간의 지연 양상」, 『한국언어문화』 제30집, 한국언어문화학회, 2006, 147~174쪽.

해 그 조직의 현실에 대해 서서히 부조리의 감정을 갖게 된다. 그리고 귀에 문제가 있다는 사실보다 도표나 의견 따위를 중시하는 군의관들에게서 그러한 부조리는 절정에 이른다. 여기서 군대라는 한 조직 문화가 산업사회의 일반적 상황에 대한 은유라는 것은 말할 것도 없다. 그러나 서정인은 등단작에서 극화한 산업사회적 부조리를 어느 순간 단순한 재현이 아닌 미학적 저항의 대상으로 삼는다. 다소 관념적인 텍스트인 「미로」(1967)에서 직접적으로 표명되는 그 변화는 무엇보다도 사회적 언어와 개인적 언어 사이의 반목에 기초한 혼란과 부조리를 극복하기 위해 소설의 언어 안에서 자의적인 '술어들'을 추방하고 객관적 '사실들'만을 추구하자는 제안으로 나타난다. 사실의 서술 체계를 실험하고자 하는 것이다. 그로부터 10년 뒤에 발표된 「뒷개」는 바로 그러한 서술 방식을 첨예화한 서사적 전형이라고 할 수 있다.[7]

끈적끈적한 바닷바람이 갯가로부터 불어왔다. 시내버스 역앞 정류소에는 사람들이 후줄근하게 서서 차를 기다리고 있었다. 버스가 다가오자 사람들이 우르르 그리로 몰려갔다. 역앞 빈터 그늘에 지게를 눕혀놓고 그 위에 기대 앉아 파리를 날리면서 졸고 있던 지게꾼 두엇이 그 사람들을 덤덤히 바라보았다. 헌 농구화를 신고 검정 쭈그럭 가방을 옆구리에 낀 한 사내가 버스 안을 기웃거리면서 문 앞에 몰려 있는 사람들 중의 하나에게 『뒷개 가는 차는 안 오요?』라고 물었다. 얼굴이 누렇게 뜨고 지진 머리카락 위에 흙먼지가 부옇게 앉은 여자가 그를 쳐다보지도 않고 『곧 올 것이요』라고 대답하고 사람들 틈에 끼여서 버스 안으로 들어가 버렸다. 그 사내는 몇 걸음 뒤로 물러서서 차가 떠나는 것을 바라보았다. 낡은 시내버스는 달려들 때 일으켰던 황토 먼지가 간신히 가라앉은

---

7 사실의 서술을 구축하려는 시도는 「미로」(1967)에서 직접적으로 표명된 이후 그 구체적인 서사적 형상화는 아마도 「강」(1968)에서 거의 처음으로 이루어진 것으로 보인다. 그 이후 작가는 「우리 동네」(1971)와 「남문통」(1975) 등을 거치면서 서술 방식으로서 중립적 사실을 추구하는 일을 점차 극단적인 양태로 표출하게 된다. 그리고 「뒷개」(1977)는 그 절정을 이룬다.

공기 속으로 사내의 얼굴에다가 새카만 연기를 내뿜으며 떠나갔다. 사내는 코를 벌름거렸다. 연기가 흩어져서 사라지자 그는 바람결에 묻혀 온 비릿한 소금끼 냄새를 다시 맡을 수 있었다. 그슬리고 먼지낀 낡은 집들 너머 길 모퉁이 저쪽에서는 한없이 큰 바다의 한 끝이 쓰레기와 버린 기름으로 더럽혀진 채 찰싹거리며 선창가를 핥고 있을 터였다.

그는 버스를 타려던 생각을 버리고 반대 방향으로 터덜터덜 걷기 시작했다. 선창은 역에서 버스 정거장 두엇되는 거리에 있었다. 그의 발밑에서 흙먼지가 풀썩풀썩 일었다. 길 왼편 역과 부두를 잇는 철길 위로 곡간차만을 연결한 기차가 슬금슬금 기어갔다. 맨 뒤칸에 차장이 매달려서 펼친 파란 기를 빨간 기와 함께 한 손에 웅켜쥐고 흔들고 있었다. 철길과 길 옆 집들은 우스꽝스러울 만큼 바짝 붙어 있었는데, 기름짜는 집 앞에 한 늙은 여자가 널판자 의자를 내놓고 앉아서 지나가는 기차의 꽁무니를 아무 표정없이 바라보았다. 길이 철길을 버리고 오른쪽으로 꺾어지면서 잔교가 차츰 가까와지자 부두는 조금씩 술렁대기 시작했다. 길은 좁아지고 양편으로 건어물 가게와 선구점과 술집이 저자를 이루고 있었다. 왼쪽 가게들 뒤가 바로 선창이었다. 건장한 인부들이 웃통들을 벗어부치고 섬사람들이 마실 소주 큰병들을 말 구루마로부터 짝으로 떼고 있었다. 짐을 싣고 온 짐승들이 긴 고개를 흔들면서 꼬리를 쳐들고 배설을 했다. 사내는 김이 모락모락 피어오르는 말똥을 피해서 잔교 옆의 술집으로 들어갔다.[8]

「뒷개」는 "비릿한 소금끼 냄새"가 풍겨오는 전라도 지역의 한 소도시 어느 버스 정류장에서 '뒷개'로 가는 버스를 타려고 하는 어떤 '사내'를 제시하는 것으로부터 시작된다. 말씨를 들으면 그 지역과 무관한 사람은 아닌 것 같다. "헌 농구화를 신고 검정 쭈그럭 가방을 옆구리에 낀" 차림새와 자신의 목적지로 향할 버스의 도착을 확인하는 모양새로 보면

---

8 서정인, 「뒷개」, 『세계의 문학』, 1977년 겨울호, 304~305쪽.

그곳을 오랜만에 방문하는 자로 보인다. 독자에게 막연한 짐작을 불러 일으키며 소설은 이어서 사내가 자신의 목적지 반대편으로 발길을 돌려 인근에 있는 부두로 향하고 또 얼마 후에는 선창가 근처 "잔교 옆의 술집"으로 들어가는 장면을 보여준다. 그러나 이 대목에서도 사내의 움직임에 대한 명확한 이해에 도달하는 것이 불가능하다. 그 다음으로 펼쳐지는 술집 여주인과의 대화 장면 또한 독자로 하여금 대강의 추측으로 모종의 확신을 대체하도록 만들 뿐이다. 즉 그것은 사내가 그 여주인과의 사이에 아이를 두고 있지만 이혼한 상태이고 또 가끔 그녀에게서 돈푼께나 뜯어다 쓰는 반건달이라는 점을 간신히 드러낸다. 그리고 독자는 그가 원하던 "만 원 두 개" 대신 막걸리 잔이나 얻어 마시고 아이가 신문 배달로 벌어 내놓은 담배 값 정도만을 받아내서 다시 버스 정류소로 향하는 대목을 보게 된다. 이때도 역시 독자는 자신의 무지를 해소할 기회를 좀처럼 얻지 못한다.

이 소설의 서술은 실상 모호하고 암시적인 전달을 통해 의미의 형성을 도모하는 3인칭 관찰자 시점의 통상적인 객관 서술을 넘어간다.[9] 왜냐하면 그것은 서사적 의미를 만들어가는 모든 종류의 의견으로부터 자유로운 사실을 드러냄으로써 극단적인 실험이 되고 있기 때문이다. 여기서 독자는 서사적 사태에 대한 어떠한 확신도 지니지 못한 채 사건을 파악 가능한 것으로 고정시킬 수 없다는 무력한 무지의 상태에 계속 방치된다. 물론 「뒷개」에서 사실의 서술을 구축하는 일이 완벽하게 실현되

---

9 누군가는 이러한 독자의 무지를 단순히 인물과 사건의 외양에만 국한되는 3인칭 관찰자 시점의 서술로부터 야기된 '반주석'의 효과로 간주할지 모른다. 그렇지만 객관성을 외양으로 하면서도 관찰자의 주관성이 배제되지 않음으로써 독자의 자유로운 상상력을 자극하며 의미의 풍요를 도입하고자 하는 그러한 시점의 서술과 독자의 그러한 상상력이 사실로부터의 확산이 아닌 사실에로의 수렴을 통해 객관적 사실들에 집중되도록 하는 순전한 객관적 서술은 외양상의 유사점에도 불구하고 약간 다른 것이다. 사실 서정인의 서술은 3인칭 관찰자의 서술을 모든 형태의 주석으로부터 분리한 극단적인 형태의 객관 서술이라고 할 수 있다. 주석과 반주석의 서술 효과에 대해서는 김인환, 『상상력과 원근법』, 문학과지성사, 1993, 76~88쪽 참조.

고 있다고 말하기는 어렵다. 주관성의 언어라 할 만한 "덤덤히"나 "우스 꽝스러울"과 같은 부사와 형용사는 이 소설의 동사적 사실의 체계에 부 단히 도입되고 있을 뿐만 아니라 사실 "그슬리고 먼지낀 낡은 집들 너머 길 모퉁이 저쪽에서는 한없이 큰 바다의 한 끝이 쓰레기와 버린 기름으로 더럽혀진 채 찰싹거리며 선창가를 핥고 있을 터였다"라는 추측성 서술에서는 사내 내지 작가의 내면 어딘가에 위치한 주관이 직접적으로 표출되기도 한다. 그러나 서정인식 주관성의 서술은 최소화되어 있을 뿐만 아니라 거의 대부분 고리타분한 지방 소도시의 분위기에 대한 공통감각을 벗어나지 않음으로써 주관성의 특수한 견해가 아니라 상호주관적으로 인정될 수 있는 보편적 사실에 가까이 다가간다. 이로써 가능한 한 가장 객관적인 시점이 구현되는 셈이다. 따라서 독자의 무지는 전처가 운영하는 술집을 나온 '사내'가 '뒷개'에 도착한 이후에도 지속될 수밖에 없다.

사내는 가게로 가서 담배를 샀다. 낮은 집에다가 커다란 간판을 내건 가게들이 포구를 향해서 몇 채 서 있었다. 그는 새마을을 스무 갑 달라고 했다가 곧 청자 열 갑으로 바꿨다. 그가 신문지에 싼 담배꾸러미를 가방 속에 넣으면서 가게 안을 얼핏 들여다 보니 아는 사람이 기집애를 차고 앉아서 술을 마시고 있었다. 가게 한 쪽 구석에 의자 몇 개와 탁자를 놓고 병술과 사이다, 콜라 같은 것을 파는 모양이었다. 사내는 가게 안으로 쑥 들어갔다. [···중략···]

『신수가 훤하구나?』

사내가 말했다.

『쇠주 이 거 쓰겠냐? 우리 맥주로 한 잔 허꺼나?』

『마시던 병은 비워야제. 너 한 판 쎌었냐?』

『뭐, 이 거 말이냐? 에이, 나 그거 손 끊었다. 아줌마, 여그 맥주 두 병만 내와.』

『주색잡기 중에서 하나라도 빠지면 어쩔라고?』

『니는 그 동안에 한 본이라도 쪼았냐?』

『다시 그걸 만지면 손가락을 짤라뿔란다.』

『그라면 왼 손으로 쪼게? 허긴 왼 손이 붙을라면 더 잘 붙는다더라.』

『너, 지내기가 괜찮은 모양인디, 돈 있으면 이 만원만 맨들어라.』

『이 만원이 문제냐? 이십 만원이라도 해 주께.』

『장난이 아니여. 나, 지금 서울서 내려오는 길인디, 돈 그것 맨들라고 왔다. 내가 뭘 보고 뻘 바닥에 또 왔겄냐?』 [⋯중략⋯]

『에잇 사람. 그건 나도 손 털었단 말이여. 니, 서울 가서 재미를 별라 못 본 모양이구나?』

『집 짓는 데 가서 흙 파주고, 벽돌 져주고, 세번 버물어줬다.』

『그래, 집이나 한 채 지었냐?』

『한 채만 지었겄냐? 열다섯 채를 올렸다.』

『많이도 올렸다. 넘에 집만 지어주면 뭣헐 것이냐? 나는 여그 수출회사에서 일헌다.』

『취직을 했구나?』

『취직이라니? 합자를 해서 상무를 본다.』 [⋯중략⋯]

『이따 저녁 때 우리 집으로 오니라. 내가 술 한 잔 내께. 좋은 디가 있니라. 돈은 걱정허지 마라. 그까짓거이 문제냐?』[10]

사내가 목적지 '뒷개'에 도착한 다음에 이어지는 이 장면에서도 독자가 서사적 상황에 대한 온전한 확신을 가지기는 어렵다. 마치 카메라의 눈을 통해서만 포착되고 있을 뿐인 사내의 동작과 대화는 독자에게 이른바 영화적 이미지의 연속과 같이 제공될 뿐이다.[11] 가령 사내가 왜 담

---

10 서정인, 앞의 책, 307~309쪽.
11 여기서 하드보일드(hardboiled) 스타일의 문체적 특징을 떠올릴 수도 있다. 헤밍웨이의 「살인

배를 새마을 스무 갑에서 "청자 열 갑"으로 바꾸었는지 그 마음의 행로를 가늠하는 것은 불가능하다. 그러나 비싼 담배의 구입 이유에 대한 무지와는 별도로 앞선 장면들과 결합된 몇 가지 서사적 정보가 추가됨으로써 여기서는 좀더 진전된 추리가 가능해지고 있다. 말하자면 사내는 이 동네 노름판의 망나니로 행세하다가 손을 끊은 후 서울의 공사판을 막노동꾼으로 전전하던 끝에 고향으로 돌아왔다는 점, 또 우연히 만나게 된 과거의 노름 친구는 어느 수출 회사의 상무가 되었다며 돈을 만들어 달라는 사내의 부탁을 선선히 들어주고 저녁 술자리까지 청하고 있는 점 등이 그것이다. 하지만 이와 동시에 사내가 술집에서부터 계속 "이 만원"을 원하고 있다는 사실과 노름판 인심으로서는 낯설 수밖에 없는, 돈 요구에 대한 친구의 선선한 반응이 보여주는 뜻밖의 사실은 독자에게 궁금증 섞인 무지를 또 다시 선사한다. 결국 이러한 서술 양상은 독자에게 주어진 사실을 객관적으로 바라보고 더욱 면밀히 탐색하며 추론을 통해 서사적 사태에 참여하는 '이방인 의식'을 부여하게 된다. 이것은 바로 의견이 배제됨으로써 사실에 대한 판단과 해석이 불가능한 무지의 상황을 겪은 뒤에 얻은 인식론적 결과라고 할 수 있다. 서정인의 독자에게 부여된 그러한 이방인 의식은 이방인이 가진 존재 규정으로부터 좀더 구체화될 수 있다.

이방인은 방랑자와 달리 어떤 특정한 공간에 속하지만 그 방랑자와 유사하게 처음부터 그 공간에 속하는 존재는 아니다. 따라서 아웃사이

자들」과 같은 소설에서 전형적으로 볼 수 있는 그러한 스타일에서는 서술자의 개입이 철저하게 배제되고 행동과 사건들은 주로 대화와 묘사에 의해서만 제시된다. 그리고 서술은 자신의 역할을 피사체를 포착하는 카메라의 눈으로만 제한한다.(정규웅, 『추리소설의 세계』, 살림, 2003, 64~65쪽 참조.) 그리고 이것은 서정인 소설이 영화적인 메커니즘과 어떤 관계가 있다는 암시이기도 하다. 예를 들어 서정인의 「분열식」(1968~69)은 무감동한 카메라의 렌즈와 녹음기를 닮아 있는 서정인 소설의 시선과 목소리를 설명하는 데 아주 시사적인 작품이다. 이 소설은 주인공의 시선으로부터 주관성을 배제함으로써 그의 행위가 아니라 그를 통해 세상의 존재들을 보여준다.

더로서의 독자의 위치는 그로 하여금 그 공간의 성격으로부터 규정된 것이 아닌 이질적인 특성들을 끌어들인다. 그 가운데 객관성은 가장 두드러지는 특성이라고 할 수 있다. 왜냐하면 바깥에서 온 자로서 자신이 속하게 된 공간을 무지 속에서 처음 보는 것처럼 대할 수밖에 없는 처지는 아이러니하게도 그에게 객관적인 태도를 선사하기 때문이다. 실제로 '이방인으로서의 독자'는 행위에 있어서도 특정 지역의 풍토나 관습 그리고 제도에 구속되어 있지 않다는 점에서 실제적으로도 이론적으로도 더 자유로운 사람으로서 존재한다. 따라서 그는 새로운 공간에 존재하는 모든 사물과 관계들을 더 공평하게 바라보고 더 객관적인 관점에서 헤아린다. 그러니까 그는 고통은 더 따를지 모르지만 새로운 공간에 대한 적응을 위해 더욱 면밀히 탐색하면서 객관적인 태도를 유지한다.[12] 이런 점에서 서정인의 사실의 서술을 따라가면서 이방인 의식을 내면화하게 되는 것은 상당히 정치적인 것이라고 할 수 있다. 현실을 습관적으로 심지어 편안하게 받아들이는 정착민 의식에 비할 때 이방인 의식을 소유하게 되는 독자는 그 현실을 더욱 면밀히 탐색하면서 자신이 속하게 된 영역을 더욱 객관적으로 바라보지 않을 수 없게 된다. 왜냐하면 정착민에게는 그곳의 생활이 그저 자연스러울 뿐이겠지만 이방인은 그것을 당연하다고 생각할 수 없기 때문이다. 사실의 서술이 현실에 대한 대항의 차원에서 이해될 수 있는 것은 그처럼 이방인 의식을 매개로 할 때 분명해진다.

물론 이러한 이해는 소설 텍스트를 대상으로 의미화 작업을 수행하는 모든 독서 행위에서 이루어지는 일반적인 과정에 대한 설명처럼 보일지

---

12 주변을 편안하게 자기 땅이라 생각하는 정착민보다 이방인은 더욱 면밀히 탐색하면서 적응하는 요령을 배울 뿐만 아니라 자신이 속하게 된 영역을 더욱 객관적으로 바라본다. 정착민에게는 그곳의 생활이 그저 자연스러울 뿐이겠지만 이방인은 그것을 당연하다고 생각할 수 없기 때문이다. 이방인의 존재방식이 갖는 사회학적 함의에 대해서는 게오르그 짐멜, 김덕영·윤미애 옮김, 『짐멜의 모더니티 읽기』, 새물결, 2005, 79~88쪽 참조.

도 모른다. 소설 읽기는 대개 주어진 텍스트의 비지정영역, 즉 서술의 여백을 독자가 서사적 추론을 통해 재구성하는 과정이라는 점에서 그것은 어느 정도 맞는 말이다. 하지만 사실과 의견의 결합을 통해 서술의 여백이 확장되지 않도록 제어하고 작가적 주석을 통해 서술의 상황이 정황적으로 파악됨으로써 추론 욕구가 금세 해소되어 버리고 마는 소설의 일반적인 서술에 비해 서정인의 서술은 작가적 주석이 부재함에 따라 사실들 사이의 인관관계를 확립하여 서술 상황을 명백히 하려는 독자의 추론 과정을 활성화시킨다는 점에서 「뒷개」의 독자가 가지게 되는 이방인 의식은 조금 독특한 것이 되어 있다.[13] 실제로 사실의 서술을 첨예화함으로써 독자를 무지의 상태 속에 몰아넣는 서정인식 서술 방식을 따라 어느 지방 소도시에 진입하게 된 독자들은 해답을 얻게 되는 소설의 종결 부분까지 그러한 이방인 의식에 지배된다.[14]

---

[13] 소설의 일반적인 서술에서 비지정영역은 지정영역을 통한 독자의 추론을 통해 메꿔진다. 이를 서사적 추론이라 한다. 가령 이효석의 「메밀꽃 필 무렵」에서 봉평의 제일가는 일색 성서방네 처녀와의 하룻밤 인연을 회상하는 얼금뱅이 허생원의 추억은 그 인연의 개연성에 대한 추론을 요구한다. 물론 그 해답은 소설의 문면에 드러나 있지 않기 때문에 영원히 독자의 추론으로만 남게 된다. 하지만 「뒷개」의 경우는 다르다. 비지정영역이 지정영역을 통해 추론의 대상이 된다는 점에서는 같지만 서정인의 소설은 그 비지정영역을 독자가 추론을 통해 지정영역과 결합되도록 만든다는 점에서 추리소설적 성격을 띤다. 가령 주인공 사내가 소설의 서두에서 돈 2만 원을 필요로 한다는 사실은 서사적 추론 영역 속에 갇혀 있는 것이 아니라 소설의 말미에 나오는 지정영역 속 해답에 이어짐으로써 마침내 독자의 궁금증을 풀어준다. 서사의 지정영역과 비지정영역 사이의 관계에 대해서는 오탁번·이남호, 『서사문학의 이해』, 고려대출판부, 1999, 36~41쪽 참조.

[14] 서정인 소설에서 이방인 의식의 형성과 독자의 탐색 충동을 결합하는 다른 예들도 있다. 예컨대 「나주댁」(1968)의 서술 체계는 다양한 편차에도 불구하고 대체로 서술을 의미로부터 분리하려는 노력 속에서 중립적인 객관성을 띤다. 말하자면 '나주댁'이라는 인물은 소설의 표제가 될 만큼 중요한 인물임에도 불구하고 서정인 소설에 고유한 소위 '사실의 서술' 속에 감춰진 채 수수께끼 같은 인물로 등장하고 있다. 이 소설을 이해하는 일은 바로 그 비밀을 파헤쳐 그녀의 정체를 파악하는 일과 같다.

3. 탐정으로서의 독자와 진실 추구

이방인 의식에 포섭된 서정인의 독자는 '사내'의 동선을 따라 제시된 사물과 인물들, 사건과 일화들, 그리고 각종 이미지 등을 접하면서 작가가 말하려는 감춰진 메시지가 무엇인가 하는 호기심을 가지지 않을 수 없다. 다시 말해 「뒷개」의 독자는 사실의 서술로부터 오는 무지의 발생과 해소의 반복적인 교체로부터 형성되는 이방인 의식을 통해서 사실상 보다 적극적인 참여와 탐색의 충동에 이끌린다. 그는 주관적인 요소나 경향들로부터 영향을 받지 않음으로써 중립적인 객관성을 그 영역 안으로 끌어들인다. 당연히 이방인으로서의 독자의 의식에서 생성되는 그러한 객관성은 무심함이 아니라 특별한 종류의 관심이 될 수밖에 없다. 이를테면 그것은 사내가 담배를 살 때 값싼 담배를 원했다가 비싸고 좋은 담배로 바꾸어 달라고 한 것은 옛 노름꾼다운 낭비벽 때문인가, 또 그가 고향에 도착하자마자 만 원짜리 두 장을 만들려 애쓰는 것은 손을 끊었다던 도박을 서울에서 다시 시작했기 때문인가, 그리고 과거 노름 동무였다던 이가 사내의 돈 요구에 "이십 만원"이라도 괜찮다며 저녁 술자리에까지 초대하는 것은 허풍인가 아니면 회사 중역으로 입신출세한 자의 관대함 때문인가 등의 인과관계에 대한 탐색을 자극하게 된다. 다시 말해 독자의 이방인 의식은 점차 사실로서 일어난 사건들을 그저 반영만 하는 카메라의 눈과 같은 수동적 백지 상태에서 멈추는 것이 아니라 정상적인 의식에 고유한 합리성의 원칙에 따라 적극적으로 활동하는 상태로 나아간다. 이처럼 객관적인 사실을 합리적으로 검토하며 자신의 의문을 해결해가는 독자란 말할 것도 없이 '탐정'과 같은 정체성을 갖는다고 할 수 있다.[15]

---

15 이것은 한국소설사에서 탐정적 정체성의 형성에 대해 시사하는 바가 있다. 서구의 근대적 탐정 개념 유입에 기초한 한국의 추리소설사는 대체로 개화기 정탐소설의 시대, 식민지 시기 탐정소

여기서 '탐정으로서의 독자'는 서사가 진행되는 동안 마주친 서정인 식 서술의 배후에는 어떤 감춰진 중심부가 있을지 모른다는 것을 지속 적으로 떠올린다. 그리고 마치 추리소설에 등장하는 탐정이 사라진 보 석을 찾기 위해 사건의 중핵 속에 자리한 범죄자를 여러 가지 단서들을 가지고 찾아가듯이 서정인의 독자는 서사의 세부사항들이 무엇보다 그 중심부를 가리키기 위해 「뒷개」에 포함되었다고 간주하고 작가가 감 추어둔 중심부의 위치와 형태를 추론하며 알아내려고 애쓴다. 따라서 추리소설의 탐정이 범죄자를 찾아내는 것이 가장 중요하듯이 탐정적 정 체성을 가지게 된 서정인의 독자에게는 서정인 소설의 중심부, 즉 소설 의 진정한 주제를 발견해내는 것이 서사의 자질구레한 세부사항들보다 훨씬 더 중요한 것이 된다. 물론 그처럼 독자를 통해 추리소설적 성격을 갖는다고 해서 「뒷개」가 추리소설 그 자체가 된다고 말할 수는 없다. 사 실 추리소설에서 중심부는 범죄적 중핵이 언제나 같은 장소를 점유하도 록 하는 장르 문법에 따르는 것이어서[16] 그것을 읽을 때 독자는 아이러 니하게도 호기심과 탐색의 충동을 박탈당하는 경우가 많다. 장르소설을 읽게 되는 경우 독자들은 모든 것이 어디 있는지를 안다는 점에서 의외

___

설의 시대, 그리고 사변 이후 추리소설의 시대로 정리할 수 있다.(고은지, 「'정탐소설' 출현의 소설적 환경과 추리소설로서의 특징」, 『비평문학』 제35집, 한국비평문학회, 2010, 10쪽 참조.) 그만큼 긴 역사를 가진다. 하지만 전쟁 전 한국의 추리소설들은 우연적 요소의 개입이나 감성 적인 측면 등에서 이성적 추리에 자신 있는 탐정의 정체성은 아직 마련되지 않은 상태였다. 어 떤 논자는 5·60년대 이르러서도 그런 한계는 계속된다고 지적한다.(박유희, 「한국 추리서사에 나타난 '탐정' 표상―"한국 추리서사의 역사와 이론"을 위한 시론」, 『한민족문화연구』 제31집, 한민족문화학회, 2009, 411~430쪽 참조.) 추리소설이라는 하위 장르의 영역에서는 그랬을지 모르지만 본격소설들에서는 반드시 그렇지만은 않았던 것 같다. 서정인 소설에 나타난 탐정적 정체성은 바로 그와 관련될 수 있다. 흥미로운 점은 그런 정체성이 독자 쪽에서 발견된다는 점 이다.

16 추리소설은 일반적으로 두 가지 이야기로 구조화된다. 그 서사에 실재하는 '조사의 이야기'가 하나라면 다른 하나는 그것을 통해 해명되는 부재하는 '범죄의 이야기'이다. 후자는 소설 안에 먼저 나타날 수 없고 오직 전자를 매개로 특히 들은 말이나 관찰한 행동을 보고하게 되는 매개 자적인 인물인 탐정을 필수적으로 고용함으로써 도달해야 하는 것이다. 이러한 장르의 규칙은 약간의 변형이 가능하지만 언제나 고정된 장르 문법으로 존재한다. 추리소설의 일반적 문법에 대해서는 츠베탕 토도로프, 신동욱 옮김, 『산문의 시학』, 문예출판사, 1992, 47~60쪽 참조.

로 안전한 느낌과 평온한 기분을 향유하게 된다. 하지만 서정인의 소설을 읽어나가면서는 흥분과 호기심을 늦추지 못하게 된다. 독자는 거기서 부조리한 삶의 의미와 관련된 근본적인 의미를 묻는 본격소설의 소위 존재론적인 긴장감을 느끼기 때문이다. 존재들 사이의 인과관계가 불확실한 데서 오는 그러한 긴장감은 사회적 합법성과 안정성을 옹호하는 정치적 이데올로기로서의 추리소설과 구분되면서 「뒷개」가 그런 추리소설의 성격을 가지면서도 궁극적으로는 그러한 성격을 넘어가는 서사, 즉 '수수께끼의 서사'가 되는 이유라고 할 수 있다.[17]

집에는 사내의 아버지가 어두컴컴한 방에서 가래를 돋구며 담배를 피우고 있었다. 노인은 육십을 갓 넘었는데 팔십이나 된 것처럼 주름이 깊고 머리가 세었다. [⋯중략⋯]

노인은 손톱 끝을 노랗게 태우며 타들어 오는 담배 꽁초를 재떨이에 부벼서 끄고 담배 갑에서 새놈 한 개비를 꺼냈다. 새마을이었다. 사내는 가방의 지퍼를 열고 신문지에 싼 꾸러미를 끄집어내서 구석의 낡은 반토막 농 밑으로 밀어 넣었다. [⋯중략⋯]

『적금 열라고 챙겨 논 돈 혹시 없는가 모르겠오?』

『니는 그 동안에 애비가 똥 오짐을 받아냈는지, 어린 동생들 신상에 무신 일이 있었는지, 통간에 넘에 일이고, 니만 죽을 것걸애서 아무 돈이나 끌어다 써

17 미스터리 스토리나 디텍티브 스토리 또는 경찰소설이라는 뜻의 로망 포리셰나 범죄소설이라는 뜻의 크리미날 로만이라고 불리기도 하는 추리소설은 통상적으로 범죄를 추리하는 과정에서 과학이 마술을, 합리성이 비합리성을 대신하게 함으로써 정의는 실현되고 범죄는 처벌받는 이른바 부르주아적 합법성을 옹호하는 이데올로기적 기반을 가지는 것으로 간주된다. 그리고 이를 통해 추리소설은 범죄나 폭력 그리고 살인을 다루지만 궁극적으로 사람들을 위로하고 사회적으로는 통합의 역할을 하는 대중문학이 된다고 한다. 그런 의미에서 사회적 부조리에 대한 대응 차원에서 사실로 그리고 그것을 넘어 진실로 나아간 서정인의 추리소설은 사회적 합법성을 옹호하는 대중적인 추리소설과는 전혀 다른 양상을 보여준다고 할 수 있다. 추리소설의 이데올로기에 대한 자세한 분석은 에르네스트 만델, 이동연 옮김, 『즐거운 살인─범죄소설의 사회사』, 이후, 2001, 79~98쪽 참조.

야 허겄냐?』

『아무 돈이나 끌어다 댈람사 여그까지 뭘라고 내려 오꺼이요? 길 가는 사람 모가지에다가 칼이라도 들여다 대야 헐 형편이요.』

『아무래도 그래야 헐랑 갑다.』

『현장 감독놈 멱살을 거머쥐고 박치기를 해 뿌렀어요. 뚜드러맞기는 나가 직사게 뚜드러맞았는디, 배깥으로 불가진 거이 없어서 그 놈 헌티 고소를 당했그만이요.』

『나는 니 말이 하나도 귀에 안 들어온다.』

『나가 뭘라고 거짓말헐 꺼이요? 옆엣 사람들이 보도시 화해를 부처가꼬 오만 원만 주먼 고소를 취하허기로 합의를 봤는디, 돈이 쬐깜 모지래그만이요.』 [···중략···]

노인은 두어 개비 남은 담배갑과 성냥을 집어들고 자리에서 일어섰다. 그리고 아들을 돌아보지도 않고 밖으로 나갔다.

사내는 그래도 역시 아버지밖에 없구나고 생각했다. [···중략···] 그는 납작하고 길죽한 백동 열쇠로 농문을 땄다. 헌옷 가지들을 헤치고 농바닥을 더듬었지만 아무 것도 손에 잡히지 않았다. 한쪽 구석에 조그마한 옷 보따리가 있었다. 그 밑에도 아무 것도 없었다. 그는 그것을 꺼내서 방바닥에다 풀었다. 돈반짜리 반지나 목걸이를 찾았었는데, 맨 밑에서 신문지로 차곡차곡 싼 두툼한 돈 뭉치가 나왔다. 천원짜리 다발이 다섯 개였다. [···중략···]

『아부지, 나, 갑니다. 오늘 밤차로 서울 올라가야 겄어요.』

『몸조심 해라. 넘허고 싸와쌓지 말고.』[18]

탐정으로서의 독자는 이제 친구와 헤어져 집에 당도한 사내가 자신의 아버지와 대면하는 이 장면에 이르러서 합리적 추론을 통해 지금까지

---

[18] 서정인, 앞의 책, 310~312쪽.

의문투성이였던 사실들 사이에 몇 가지 인과관계를 확고히 정립한다. 좀더 많은 서사적 정보가 제공되고 있는 것에서 그것은 보다 적극적이고 활발하게 일어나는 것이다. 우선 자신이 산 담배를 아버지에게 건네는 행위가 보여주는 것처럼 사내는 이전에 자신의 아이가 벌어다 주었다며 전처가 건넨 돈을 자신이 아닌 자기 아버지를 위한 담배 값으로 사용했을 뿐만 아니라 좀더 비싸고 좋은 담배를 드리고자 '새마을'을 '청자'로 바꾼 것이었다는 점이, 그리고 이러한 마음 쓰씀이에 응하기도 하듯이 아버지는 아들의 곤경을 생각하며 사내가 두 여동생이 모은 돈에 손대는 것을 묵인하고 있다는 점이 독자에게 파악된다. 한편 독자는 사내가 그렇게 만들고자 노력했던 '이 만원' 돈이 서울 어느 공사장에서의 싸움과 고소 사건으로 필요해진 "오 만원"의 합의금에서 부족한 금액임을 비로소 파악하기에 이른다. 만일 호기심과 탐색의 충동을 가진 독자를 유인하는 「뒷개」를 일종의 수수께끼와 같은 서사로 볼 수 있다면 이때 독자는 마침내 이 소설이 해답을 감추어둔 중심부에 도달하게 된 셈이다. 실제로 「뒷개」의 중심부는 서울에서 더 많이 맞았다는 사내가 맞은 표시가 없다는 이유로 합의금을 물게 된 사실이 가리키는 것처럼 사건의 내용적 진실과 부합하지 않는 법률상의 형식적 절차가 강제되고 마는 산업사회의 범죄적 부조리를 드러낸다.[19] 물론 서정인의 소설은 그런 중심부에 위치한 해답을 찾아 명확하게 하는 작업을 통해 단지 부조리의 범죄적 실상을 고발하는 데서 그치지 않는다. 사실 우리는 이 점에

---

19 얼핏 보면 「뒷개」는 지방 중소도시를 공간으로 하고 있다는 점에서 서울과 같은 대도시에서 일어나고 있던 산업사회적 부조리를 대변하기에는 부적절하게 보일 수 있다. 그러나 「뒷개」는 더 많이 맞았다는 주인공이 맞은 표시가 없을 뿐만 아니라 공사장 간부의 위세에 눌려 오히려 공사장 간부에게 합의금을 물게 된 부당한 사실이 상징하듯이 산업사회적 부조리가 지방의 소도시에까지 영향을 미치고 있음을 드러낸다. 말하자면 부재하는 이야기의 범죄적 중핵이 지방 소도시라는 주변부 공간을 통해 해명되는 것으로 하는 「뒷개」의 서사 구조는 서정인의 이 작품이 비록 지방 소도시를 배경으로 하는 것이지만 대도시에서 전개되고 있던 산업사회적 부조리와 무관하지 않음을 가리킨다. 실제로 '뒷개'라는 소도시 공간에는 이미 서울처럼 "갯벌을 막아서 땅을 돋우고 있는 공사판"이 펼쳐져 있다.

주목해야 한다. 그렇지 않다면 수수께끼의 서사는 추리소설적 성격에 대한 단순한 비유에 불과한 것이 되고 말 것이기 때문이다.

집을 나와 달아나던 사내가 첫째 여동생이 부르는 소리와 그녀로부터 막내 여동생의 이야기를 듣게 되는 대목은 사실들의 인과관계에 대한 독자들의 최종적인 추론을 다시금 새로운 불확실성으로 휘감는다. 첫째 여동생은 오빠가 무슨 짓을 했는지도 모른 채 사내에게 막내가 어떤 유부남이 집적거리는 통에 외가로 피신한 상태임을 알려준다. 독자는 그녀를 통해 일단 그가 "자식 새끼들이 우글우글헌" 유부남임을 알게 될 뿐이지만 사내는 그 후 서울로 향하는 것이 아니라 시장에서 끝이 뾰족한 과도를 사서는 날이 어두워지기를 기다리는 것으로 보아 아마도 그 유부남의 정체를 잘 알고 있거나 적어도 어느 정도는 확신하고 있는 듯하다. 실제로 소설은 이어지는 대목에서 곧바로 그 유부남이 어느 수출회사의 상무가 되었다던 옛 노름 친구라는 사실을 드러낸다. 여기서 그가 앞서 사내의 돈 요구에 흔쾌히 응했던 이유도 이해된다. 바로 사내의 막내 여동생에 대한 흑심에서 그렇게 한 것이다. 정말 친구는 아까 사내가 원했던 돈의 열 배인 이십 만원을 내놓는다. 하지만 사내는 갑자기 가방에서 동생들의 돈 "천 원짜리 다발이 다섯 개"인 오십 만원을 꺼내고 친구는 그것이 '곰팽이' 돈이냐며 한 다발 더 얹어주겠다고 밖으로 나간다. 유부남 친구의 오해로 점입가경이 된 사태는 "이를 악물고" 돌아온 친구가 나머지는 내일 주겠다며 세 다발의 돈을 내팽개치는 장면에서 절정에 이른다. 결국 사내는 준비한 과도를 가지고 "우리 동생"을 건드리면 죽이겠다고 단단히 이른 뒤에 모든 돈을 챙겨 기차역으로 향한다. 그런데 거의 모든 사실들 사이의 인과관계를 발견하고 난 독자는 사회적 부조리의 반대편에서 인정 어린 가족적 유대감을 시종 보여주면서도 모자란 합의금이 아닌 동생들의 돈을 몽땅 가져오고 또 부당한 구애에 대한 응징을 구실로 협박과 갈취로 나아가는 사내의 모습에서 새로운 의문을 품게 된다. 또 다른 중심부가 있다는 말인가? 진짜 진실은 무엇인가?[20]

역의 벽 시계는 여덟시 이십오분을 조금 지나고 있었다. 제일 빠른 기차가 삼십분 후에 떠나는 서울행 완행열차였다. 그는 그 차의 표를 끊었다. 그가 매표구를 막 돌아섰을 때 누가 그의 팔을 꽉 붙잡았다.

『오빠, 어쩔라고 그요? 오빠도 사람이오?』

『깜짝 놀랬다. 니는 언제 나왔냐?』

『집에다가 그릇만 던져놓고 바로 나와서 두 시간을 기다렸오.』

『잘 나왔다, 우리 억순이 이리 오니라. 한 쪽에 가서 이야기 좀 허자.』

『이야기헐 거이 뭣이 있오? 얼렁 내놓시오. 오빠도 되겠지만, 나도 배도 고프고 하로 종일 갯지렁이 줍니라고 허리가 뿌러져 뿔라그요.』

『일이 벅차지야? 오늘은 많이 잡았냐?』

『이 키로 전표 받았오.』

사내는 동생을 데리고 대합실 밖으로 나가서 으슥한 한 쪽 구석으로 갔다.

『여그 돈이 있다. 보따리는 가져왔냐?』

『정신없이 나오니라고 그냥 왔오.』

『그럼 헐 수 없다. 가방채 가져가거라. 내 입던 헌 속옷이 들었다만 그냥 가져가거라. 가만 뭐 하나만 빼내자.』

사내는 과도를 슬그머니 꺼내가지고 바지 호주머니에 찔렀다.

『뭣이오?』

---

[20] 서정인의 초기 소설은 「강」 이후에 비로소 작가의 방법적 의도에 따라 '사실에의 추구'를 전면적이고도 급진적으로 행하게 된다. 가령 「나주댁」이라는 작품처럼 사실의 서술을 통해 가시적인 세계로부터 모든 지성과 감정의 작용을 분리하여 사실들 사이의 인과관계에 대한 추론을 자극하는 서정인 소설에는 마침내 이방인 의식에 고유한 탐정적 정체성이 마련되는 것이다. 그런데 여기서 관심의 대상이 되는 것은 언제나 사실의 문제였던 것과 달리 「뒷개」에 이르게 되면 사실의 문제는 진실의 문제와 결합되면서 서정인 소설에 깊이를 부여하게 된다.

『치술이다. 참, 그러고 보니 노자가 없구나. 나 십만원 하나만 줄 수 없겠냐?』

『후유. 어쩔 것이오. 다 뺏긴 셈 쳐야제.』

영이는 오빠에게 십만원 한 다발을 빼내가게 했다.

『고맙다. 조심해서 잘 가지고 들어 가거라.』

『오빠, 영순이는 어쩌면 좋다요?』

『외가에 기별해서 집으로 오라고 해라. 아무 일 없을 거이다.』 […중략…]

　사내는 영이가 대합실에서 흘러나오는 희미한 불빛 밖으로 사라져 가는 것을
지켜보았다.[21]

　「뒷개」의 마지막 장면이다. 사내는 역에서 여동생이 지키고 있으리라
는 것을 알았음이 분명하다. 그는 돈을 순순히 내놓을 뿐만 아니라 준비
없이 온 여동생에게 자신의 "헌 속옷"까지 든 가방을 통째로 그녀에게
준다. 그리고 거기서 과도만은 슬그머니 빼내 자신의 바지 주머니에 넣
고는 동생은 모르고 있을 전체 백만 원 중에 "십 만원 한 다발"을 부탁
한다. 오빠의 사정을 이해하는 여동생의 인정도 아버지의 인정 못지않
다. 결국 한 가족의 유대감은 희미하기는 하지만 하나의 "불빛"으로 완
성된다. 그러나 그럼에도 불구하고 독자에게 사내가 이전에 보여준 다
감한 인정의 마음들과 냉혹하고 잔인한 행위들의 불일치로부터 야기된
부조리의 잔상은 여전히 남는다. 말하자면 본인의 잘못이 아닌데도 폭
행에 대한 합의금을 일방적으로 물게 된 사내의 처지에 대한 독자의 해
답 찾기가 완료되어 산업사회적 상황의 범죄적 중핵이 드러나는 순간[22]

---

21 서정인, 앞의 책, 315~316쪽.

22 산업사회적 부조리라는 상황이 「뒷개」에 직접적으로 서술되고 있는 것은 아니다. 하지만 건설
현장이라는 산업사회의 은유적 공간 안에서 건설 노무자로서 일하는 소설의 주인공이 보여주
는 부당한 경험은 건설적인 노동의 영역이 파괴적인 인간성과 결합되는 부조리를 대단히 명확
하게 드러내고 있다. 게다가 이러한 사회적 부조리가 공간이 바뀐 자리에서 주인공 사내가 보
여주는 실존적 부조리와 결합된다는 것은 그러한 사회적 부조리의 확장과 심화가 이미 한국 사
회 구석구석에까지 미치고 있음을 간접적으로 보여준다. 사실 '뒷개'라는 공간에는 "뒷개포구

이것이 이번에는 가족에 대한 선의의 보호 본능과 그악스러운 위협으로서 친구의 돈을 갈취하는 사내의 악행 사이의 불일치로부터 오는 실존적 부조리와 결합되는 것이다. 아마도 사회적 부조리는 그 안에서 살아가는 자들의 삶과 현실조차 그냥 내버려두지 않은 것인지도 모른다. 여기서 독자는 이제 새로운 불확실성에 직면하고 있는 셈이다. 하지만 「뒷개」와 같은 수수께끼의 서사에서 중심부의 위치가 불확실하다는 것은 오히려 독자가 바라는 특성이라고 할 수 있다. 왜냐하면 추리소설처럼 중심부의 위치가 너무 명확하고 단순하면 소설의 주제가 너무 쉽게 드러나 버려 독자의 호기심과 탐색 충동을 고갈시켜버리기 때문이다. 반대로 서정인의 독자는 「뒷개」에서 중심부의 위치가 지니는 불확실성으로 인해 그 소설의 중심부가 어디인지를 계속해서 묻고 진실에 대한 해답을 계속해서 찾고자 한다.[23]

물론 「뒷개」는 독자에게 끝내 진실을 확정해 알려주지 않는다. 그러나 서정인 소설의 진실이 지닌 불확실성은 독자를 회의주의와 부정정신으로 이끌기보다는 그 소설에 중심부와 진실한 의미가 존재한다는 확신과 탐구정신으로 인도한다. 실제로 사회적 부조리와 실존적 부조리가 보여주는 의미론적 동일성에 대한 독자의 직관은 사회와 개인 사이의 관계에 대한 비판적 성찰로 그를 끊임없이 몰고 간다. 즉 「뒷개」로 인해 독자는 후자의 부조리는 전자의 부조리에 대한 순응에 불과할 뿐인가 아니면 후자의 부조리는 전자의 부조리에 대한 적극적 대응의 의미를 갖는가와 같은 질문을 던지고 이에 대한 해답을 찾으려는 노력을 지속적으

개발촉진위원회라는 간판"이 걸려 있다.

[23] 「뒷개」의 서두에 제시된 적이 있는 '선창가'의 이미지로 소급해 가다가 마침내 어떤 진실을 떠올릴 수도 있다. "한없이 큰 바다의 한 끝이 쓰레기와 버린 기름으로 더럽혀진 채 찰싹거리"듯 바다와 같은 사람들의 마음은 부조리한 현실을 통해 쓰레기와 기름으로 더럽혀진 것이라는 진실이 그것이다. 실제로 현실의 부조리를 닮아 있으면서도 그것에 오염되기 이전의 사내의 인간성은 고소하고도 합의를 거절하지 않은 서울의 현장 감독과 동생에게 흑심을 품고 있으면서도 아이들을 위해 책을 장만해 둔 사내의 친구에게서도 발견하게 된다.

로 경주하게 된다. 결국 사실의 서술을 통과해 진실에 대한 의문에 도달하는 과정은 독자들이 보여주는 수수께끼 풀이 과정을 의미한다. 다시 말해 서정인의 소설은 최대치의 객관성을 구현하려는 극단적인 서술 실험을 통해 독자들에게 이방인 의식을 부여함으로써 그들이 자기 시대의 관습적 사유로부터 자유로워지고 주관성에 오염되지 않은 사실들을 가지고 판단하며 나아가 사실의 어둠으로부터 진실을 발견함으로써 어떤 중심부, 즉 현실의 진상에 다가가기를 원하는 것이다. 하지만 앞서도 언급한 것처럼 서정인이 보여주는 수수께끼의 서사는 통상적인 추리소설과는 다른 면모를 갖는다고 할 수 있다. 왜냐하면 「뒷개」의 독자는 중심부에 대한 해답을 얻는 순간 그 중심부의 위치가 변경되는 불확실성에 직면하게 되기 때문이다. 그리고 서정인의 소설은 여기서 마침내 탐색의 충동을 통해 도달한 해답으로서의 부조리를 넘어서 그 부조리에 대한 해결책으로서의 탐색의 충동을 강조한다. 요컨대 「뒷개」는 진실에 대한 탐색 충동 자체가 곧 진실이라고 말하는 기묘한 형태의 수수께끼의 서사라고 할 수 있다.

4. 수수께끼의 서사와 그 의미

산업사회적 부조리에 저항하기 위해 서정인의 소설은 서술의 차원에서 자의적 견해를 축소함으로써 모순과 불합리에 대항하는 객관적 사실성의 서술 방식을 전략으로 삼았다. 「뒷개」는 바로 그러한 전략을 첨예하게 구현한 대표적인 소설이다. 여기서 서정인의 독자는 사실의 서술로부터 오는 이방인 의식을 통해서 중립적인 객관성을 그 영역 안으로 끌어들이고 사실상 보다 적극적인 관심과 탐색의 충동을 보여준다. 즉 서정인의 소설을 읽는 독자는 마치 탐정과 같은 정체성을 갖게 된다. 이와 더불어 「뒷개」라는 소설은 일종의 수수께끼와 같은 서사가 되었다. 결국 서정인의 독자는 해답을 감춘 그 비밀스러운 서사의 주제적 중심부에 도달한다. 말하자면 객관적 사실들 사이의 인과관계에 대한 합리적 추론을 진행해가는 그 독자가 마침내 탐정으로서의 임무를 완수하는 순간 수수께끼의 해답은 바로 산업사회적 부조리 그 자체로 드러났다. 요컨대 서정인의 소설 「뒷개」는 일단 객관성의 서술 전략을 구사함으로써 독자들로 하여금 사실들의 추론을 자극하고 그 사실들 사이의 인과관계를 분명히 하고자 하는 충동을 불어넣음으로써 사회적 부조리의 정체를 규명하는 추리소설에 가까운 형태라고 할 수 있다. 물론 서정인의 서술은 독자로 하여금 서사의 중심부에 위치한 해답을 찾아 명확하게 하는 추리소설적 작업을 통해 단지 사회적 부조리를 규명하는 데서 그치지 않는다.

실제로 「뒷개」는 사실들의 인과관계에 대한 독자들의 최종적인 추론을 다시금 새로운 불확실성으로 휘감았다. 말하자면 본인의 잘못이 아닌데도 폭행에 대한 합의금을 일방적으로 물게 된 한 사내의 처지에 대한 독자의 해답 찾기가 완료되어 산업사회적 상황의 범죄적 중핵이 드러나는 순간, 이것이 이번에는 가족에 대한 선의의 보호 본능과 그악스러운 위협으로서 친구의 돈을 갈취하는 그 사내의 악행 사이의 불일치로부터 오는 실존적 부조리와 결합되는 것이다. 여기서 탐정으로서의 독자는 사회적 부조리는 실존적 부조리에 이어지게 마련이라는 불투명한 직관에 도달하였으면서도 또 다른 중심부와 진짜 진실에 대한 상상과 더불어 새로운 의문을 품게 된다. 하지만 「뒷개」와 같은 추리소설적 성격을 가진 서사에서 중심부의 위치가 불확실하다는 것은 서정인의 소설을 추리소설 일반과 구분되게 만드는 것이다. 말하자면 서정인의 독자는 추리소설의 독자와 반대로 「뒷개」에서 중심부의 위치가 지니는 불확실성으로 인해 그 소설의 중심부가 어디인지를 계속해서 묻고 진실에 대한 해답을 계속해서 찾고자 한다. 그리고 마침내「뒷개」는 해답으로서의 부조리를 넘어 이 부조리에 대한 해결책으로서의 탐색의 충동을 강조하기에 이르렀다. 요컨대 서정인의 소설은 독자로 하여금 사실들의 추론에서 그치게 하지 않고 진실에 대한 추구로 나아가게 만듦으로써 현실의 진상보다 그것을 파헤치려는 탐색의 충동 그 자체를 부각시키는 기묘한 형태의 수수께끼 서사가 되었다.

결국 서정인이 보여주는 사실의 서술과 추리소설적 서사는 각각 이방인 의식과 수수께끼의 불확실성에 결합됨으로써 독자로 하여금 부조리한 세상을 그저 견디는 것이 아니라 성찰하고 문제시하는 부단한 탐색의 충동을 멈추지 않도록 구조화하고 있는 셈이다. 실제로 지젝과 같은 문화연구자는 부조리의 원인을 찾고자 하는 "특정한 자기반성적 경향"을 보여준다는 점에서 이미 현대소설이 추리소설을 포함한 수수께끼 서사와 동일한 문제를 중심에 두고 있다고 지적한 바 있다. 그러나「뒷개」와 같은 수수께끼의 서사는 진실은 쉽게 찾을 수 없을 뿐만 아니라 다른 것으로 쉽게 환원할 수 없다는 것을 지속적으로 상기시키면서 오히려 본격소설과 대중적인 추리소설이 구분되는 지점을 나타낸다. 서정인의 소설은 추리소설과 달리 그런 진실 찾기의 노력이 부질없음을 분명히 하면서도 독자로 하여금 중심부에 위치하는 진실에 대한 믿음에서 읽고 있는 소설의 중심부를 찾으며 진실이 무엇인지를 스스로에게 묻지 않고는 견디지 못하도록 만드는 것처럼 보인다. 이를테면 작가 서정인에게 소설 쓰기란 삶의 진실 혹은 현실의 진상을 서사의 어떤 중심부에 숨겨두는 일이고 독자의 소설 읽기는 반대로 작가가 감춘 중심부에서 그 진실을 찾는 작업이 된다. 즉 서정인의 독자에게 소설 텍스트는 해답이 곧 그 소설의 주제적 중심부인 수수께끼로서의 서사인 것이다. 그런 의미에서 서정인의 서술은 회의주의나 부정정신을 드러내는 것과는 거리가 멀다. 그것은 사실 그러한 회의주의와 부정정신에 맞서는 것이다.

19장 / 야성적 상상력에 대하여

김승옥·홍성원 소설과 야성적 인간

1. 산업화와 야성적 상상력

한국전쟁 이후 20년 동안 산업화는 전후 혼란의 불안감을 서서히 조직 사회의 안정감으로 대체하면서 사람들에게 현실의 확고한 기반을 제공한다. 하지만 산업 문명의 정착 과정이 순탄한 것만은 아니었다. 왜냐하면 사람들은 급속한 산업 발전과 급격한 사회 변동으로 인해 산업 사회의 부정적 영향들에 노출되었기 때문이다. 특히 직업인들 대부분이 군부 정권에 의한 조직화의 강제 속에서 목적이 아닌 수단으로 취급되며 사물과도 같은 존재로 소외되고 만 것은 그 영향들 가운데 가장 유독한 것이었다.[1] 실제로 그들은 산업적인 노동의 양식에 적응하기 위해 생산 과정이 강요하는 작업의 리듬을 흡수하면서 불가피하게 생활 자체를 기계적이고 인위적으로 구축하게 된다. 그리하여 반복성과 획일성으로 구조화된 그러한 산업사회적 일상은 안정된 삶의 토대를 형성하는 것임에도 불구하고 마침내 사람들의 생활로부터 자연적인 생기와 활력을 빼

---

[1] 한국사회사학회 편, 『한국 현대사와 사회 변동』, 문학과지성사, 1997, 25~75쪽; 한국정신문화연구원 편, 『1960년대 사회변화연구: 1963~1970』, 백산서당, 1999, 11~98쪽 참조.

앗고 만다.[2] 다시 말해 6·70년대 한국의 산업화는 사람들의 일상생활 전체를 무미건조하고 틀에 박힌 것으로 변환시킨 셈이다. 이때 산업화가 제공했던 조직화되고 정형화된 삶을 벗어난다는 것이 그들에게 어떻게 다가왔을지는 어렵지 않게 짐작할 수 있다. 아마도 사람들은 생동하는 자연의 힘과 관계되는 것들을 안정된 일상의 평화를 깨뜨릴지 모르는 것으로 간주하며 혐오와 공포의 감정으로 다루었을 공산이 크다.

어쩌면 산업주의를 통해 자연에 대한 통제를 공고히 한 사람들이 통제할 수 없는 자연에 대해 극도의 두려움을 가지는 것은 당연한 것인지도 모른다.[3] 사실 이것은 산업화 시기의 한국소설에서도 민감하게 인식되었다. 가령 이청준의 소설 「꽃과 뱀」(1969) 같은 작품은 계획되어 예측할 수 있는 삶의 범위를 넘어서는 자연에 대한 이른바 조직인간들의 두려움을 아주 명료하게 드러낸다. 이 소설에는 조화(造花) 가게를 운영하는 주인공이 나온다. 그런데 어느 날 그는 자신의 가게 근처에 있는 생화 가게 앞에서 딸 경선이가 빨간색 일색의 옷차림으로 서 있는 것을 목격하고는 "이상한 소름"이 돋는다. 얼마 후에는 자신의 가게에 있는 조화들 사이에서 뱀을 발견하고 공포감에 사로잡힌다. 그리고 그는 딸 경선이가 조화에 물을 뿌려 조화를 망친 사건 이후로는 거듭 뱀의 환영에

---

2 산업화는 삶을 고도로 조직화하면서 모든 것을 정형화된 틀 속에 가둔다. 그러면서 산업화가 제공하는 물질적 풍요와 편안함은 사람들로 하여금 점점 모험적인 활기에 대해 거리를 두도록 만든다. 그런가 하면 산업화의 과실을 따먹지 못했던 사람들은 고된 노동의 반복 속에서 정신적으로뿐만 아니라 육체적으로도 점차 핏기를 잃어간다. 산업화 시기 한국인들은 거의 대부분 노동과 생산을 통해 보다 큰 가능성을 여는 대신에 서서히 자신의 열망을 축소하고 일상이라는 좁은 궤도에 안주하는 생기 없는 삶에 제약된 것이다. 이에 대해서는 구해근, 신광영 옮김, 『한국노동계급의 형성』, 창작과비평사, 2002, 19~109쪽 참조.
3 기계적이고 인위적인 통제에 익숙해진 산업 사회의 개인들은 그 통제의 힘을 벗어나는 것에 대해 항상 두려움을 가지기 마련이다. 실제로 산업적 개인주의가 만연한 환경에서는 어느 순간 자신을 둘러싸고 있는 일상적 프라이버시의 보호막이 깨질지 모른다는 우려 때문에 그러한 두려움이 더욱 증대될 수밖에 없다. 가령 라쉬는 산업주의는 프라이버시가 가진 중대성의 증가와 더불어 범죄와 관련된 불안만이 아니라 심지어 소름끼치는 공포 일반이 그 자신의 내적인 힘을 획득하도록 만든다고 지적한다. 크리스토퍼 라쉬, 최경도 옮김, 『나르시시즘의 문화』, 문학과지성사, 1989, 64~117쪽 참조.

시달리고 결국 "배암 노이로제"에 걸린다. 말하자면 일상생활이 조화처럼 인위적인 계획 속에 구축됨에 따라 딸의 옷 색깔과 뱀의 출현이 의미하는 파격적인 의외성은 불안의 원인이자 두려움의 대상이 되고 있는 것이다. 이것은 바로 일을 계획하는 의식이나 예측 가능한 삶의 편에서 자연에 대한 충동적이고 모험적인 추구를 극도로 두려워하는 산업 문명 속 인간들의 창백하고 소심한 삶을 상징적인 방식으로 드러낸다. 물론 6·70년대 한국소설이 이청준처럼 통제 불능의 자연에 대해 방어적이었던 이른바 조직인간의 무기력한 삶에만 관심이 있었던 것은 아니다.

말할 것도 없이 사회적 일상에서 자연의 요소가 드물면 이 자연의 관점에서 그런 일상을 변화시켜 보고자 하는 욕구가 강하게 일어날 수밖에 없다. 실제로 당대의 몇몇 소설가들은 산업주의로 인해 일상생활의 기계적 인위성과 조직화된 삶의 정형성이 증대되자 이에 대한 불만에서 안정된 사회의 가장자리로 밀려나 있던 거친 자연으로부터 보다 적극적으로 생기와 활력이 있는 삶의 모범을 찾기 시작했다. 특히 김승옥이나 홍성원 같은 작가들이 대표적이었다. 실제로 이들은 산업사회적 일상의 좁은 궤도를 벗어나 자연으로 향하며 충동과 모험을 두려워하지 않는 야성적인 삶에서 그러한 모범을 발견한다. 그러니까 그들에게 자연은 야성의 원천이고 반대로 야성은 그러한 자연의 결과라고 할 수 있다. 예컨대 김승옥은 기계처럼 돌아가는 도시적 삶의 규칙적인 질서를 혐오하고 그 반대의 무규칙하고 부랑아 같은 생활태도를 찬양하며 도시 빈민가의 거친 사내들에게 이끌리는가 하면 홍성원은 질식할 듯한 도시 중산층의 삶 한가운데 도사린 원초적 욕구에 주목하고 전율이 흐를 만큼 잊을 수 없는 육체적 접촉에 해방감을 느끼며 근육질 인간들에게 매료된다. 사실 김승옥과 홍성원이 6·70년대에 보여준 야성적 삶의 이상화는 그 생동하는 야성을 부정하는 기계론적 이데올로기의 풍토에 도전하고자 했던 다양한 문학적 움직임들 중 한 가지에 지나지 않는다. 그러나 산업주의를 통한 한국적 일상의 식민화가 문학적 비판을 촉발하게 될 때 두 작가가 거의 동시에 이른바 야성적 상상력을 통과하고 있었다는 것은 흥미로운 일이 아닐 수 없다.

바로 이 때문에 우리는 김승옥과 홍성원의 소설에 나타난 야성적 상상력의 특징들에 주목하고자 한다. 물론 여기서 야성적 상상력은 넓은 의미의 자연적 상상력과 구분될 필요가 있다. 왜냐하면 그것은 문명 비판적인 가치라는 점에서 자연적 상상력과 유사하지만 반문명의 강도라는 측면에서는 자연적 상상력과 약간 다른 것이기 때문이다.[4] 어떤 의미에서 야성적 상상력은 자연적 상상력이 가지는 목가적인 차원을 더욱 급진화한 형태라고도 할 수 있다. 즉 그것은 자연적인 본능에 따른 삶의 활력과 생동성을 여과 없이 거칠게 드러내는 낭만주의적 상상력의 일종인 셈이다. 그런데 6·70년대 한국소설에 나타난 야성적 상상력은 자연적 상상력과 달리 기존 논의에서 충분한 관심의 대상이 되지 못한 것으로 보인다. 홍성원 소설에 비한다면 특히 김승옥 소설은 그 정도가 심한 편이다. 이것은 산업주의에 대한 불만이라는 역사적 맥락에 대한 무관심과도 맞물려 있다. 김승옥과 홍성원 소설에 관해 최근에 전개된 논의들도 크게 다른 것은 아니다. 비록 야성의 문학적 형상화에 주목한 경우라 할지라도 그것들은 대개 산업화라는 시대 배경에 대한 고려 없이 저마다가 동의하는 현재적 이념의 유효성을 확인하기 위한 사례 연구의

---

4 야성적 상상력은 자연의 상상력과 구분될 필요가 있다. 즉 야성적 상상력은 모두 자연의 상상력이라 부를 수 있지만 반대로 자연의 상상력이 모두 야성적 상상력인 것은 아니다. 사실 그 둘은 자연에 깃든 원초적인 생명력에 찬동함으로써 문명 비판적인 의미를 띠게 된다는 점에서는 공통적이다. 하지만 계획되어 예측할 수 있는 삶의 범위를 훌쩍 넘어버리는 거칠고 야성적인 자연과 또 다른 계획과 예측을 가지고서 새로운 삶의 영역을 가치화하는 심미적이고 목가적인 자연은 분명한 차이를 갖는다고 할 수 있다. 즉 본능 그대로의 성질을 뜻하는 야성은 문명에 보다 위협적인 것으로 제멋대로임, 무질서, 폭력 등과 연결된다. 그리고 이것은 이 장에서 제안하는 야성적 상상력이 산업화 이전 식민지 시대에 발표된 김유정이나 이효석, 이태준 등의 작품에 나타나는 자연의 상상력과 구분되어야 하는 이유를 가리킨다. 야성적 상상력에 대한 보다 자세한 논의는 게리 스나이더, 이상화 옮김, 『야성의 삶』, 동쪽나라, 2000, 25~58쪽 참조.

양상을 띠고 있다. 예를 들어 김승옥의 「야행」에서 낯선 사내들에게 이끌리는 한 사무직 여성의 원초적인 욕구는 여성주의의 관점에서 당대 여성들의 변화된 성의식을 반영하는 것으로 이해되거나[5] 막연하게 인간이 생명력을 갖춘 다면체적 존재라는 사실을 가리키는 것으로 해석된다.[6] 또 홍성원의 「폭군」이나 「주말여행」의 경우에도 창백한 도시적 삶으로부터 거친 야생의 공간으로 달아나는 사내들의 일탈은 오로지 생태주의 시각에서 환경 문학의 양상이나[7] 인간과 자연 사이의 관계를 재정립하려는 노력으로 단순화될 뿐이다.[8]

이 점을 반성하면서 이 장은 무엇보다도 김승옥과 홍성원의 6·70년대 작품을 대상으로 산업화 과정을 배경으로 그 야성에 적극적으로 주목했던 두 작가의 상상력을 비교하여 그 야성적 상상력의 서사적 양상들을 해명하는 데 목적을 둘 것이다. 나아가 우리는 두 작가가 보여주는 야성적 상상력에 대한 비교를 통해 궁극적으로 산업화 시기 한국소설에 나타난 야성적 상상력의 문학사적 의미를 밝히고자 한다. 그럼 먼저 김승옥의 야성부터 살펴보자.

---

5 김미란, 「국가재건의 시대와 대도시를 배회하는 여성산책자-김승옥의 「야행」(1969)을 중심으로」, 『여성문학연구』 제12집, 한국여성문학학회, 2004, 437~465쪽 참조.
6 곽상순, 「김승옥 단편소설에 나타난 '야행'의 의미 연구-낮과 밤의 대립구조 및 폭력과의 상관성을 중심으로」, 『현대소설연구』 제48호, 한국현대소설학회, 2011, 486~509쪽 참조.
7 오태호, 「자연 생태계에 대한 1960·70년대 소설적 대응 양상 고찰-홍성원의 「폭군」과 김원일의 「도요새에 관한 명상」을 중심으로」, 『고봉논집』 제23집, 경희대 대학원, 1998, 41~58쪽 참조.
8 이승준, 「야성 혹은 자연의 의미-홍성원 중단편소설의 생태학적 의미」, 『우리어문연구』 제25집, 우리어문학회, 2005, 219~242쪽 참조.

2. 야성에 대한 낭만적 매혹 혹은 모험의 서사

김승옥 소설이 처음부터 야성에 대한 관심을 적극적으로 가졌던 것은 아니다. 사실 김승옥의 주된 관심은 산업사회적 일상을 살아가는 개인들의 곤경이었고 그 곤경은 무엇보다도 거대한 조직 속 무정한 관계로부터 오는 것이었다. 어떤 의미에서 김승옥 소설이 구축하고자 한 "자기세계"(「생명연습」)는 바로 그러한 관계의 부담으로부터 벗어나기 위한 문학적 반응물이라 할 수 있었다.[9] 그 세계 안에 사회적 질서에 도전하는 위악적 행위들이 쌓여간 일은 김승옥 소설에 비판적인 의의를 부여하기도 하였다. 그러나 내면적 자아 속으로의 퇴각과 함께 활성화된 김승옥 소설의 자의식은 삶의 조직화에 대해 일종의 면역성을 가지는 것임에도 불구하고 사회와 개인 사이의 좁혀지지 않는 간극으로 인해 자기만족의 차원을 벗어나지 못하게 된다. 말하자면 김승옥의 서사적 자의식은 산업화가 강요하는 사회적 역할에 대해 방어적인 감정을 반복하면서 생산과정의 무의미한 작업 리듬처럼 점차 진부하고 숨 막히는 것이 되고 만다. 여기서 자의식적인 문학의 답답한 한계를 돌파하려는 과감한 시도가 생겨난다. 작가는 서사적 비판의 질곡이 되어버린 자의식으로부터 행위의 가능성을 해방하며 일상의 좁은 궤도를 벗어나려는 결단을 통해 마침내 산업사회적 상황에 대한 문학적 대응의 좀 더 대담하고 도전적인 차원을 발견하는 것이다.[10]

---

9 물론 기존의 논의들에서 김승옥 소설의 '자기 세계'는 김병익의 김승옥식 개인성에 대한 해석 이후 이전의 전쟁 체험과 추상적 이념에 편중된 서사적 경향에 대한 60년대의 새로운 전환이라는 차원에서 언급되어 왔다. 하지만 그러한 자의식적인 서사 공간의 구축을 산업화 시기에 고조된 무정한 세상으로부터의 심리적 방어 공간의 증대와 관련지을 수 있다면, 김승옥의 '자기 세계'는 미학적 차원을 넘어서 산업 사회적 변화에 대한 특별한 문학적 반응을 담고 있다고 볼 수도 있다. 김승옥 소설에 대한 기존의 논의가 가지는 일반적인 경향에 대해서는 백지은, 「김승옥 소설에 나타난 글쓰기 특징」, 『국제어문』 제44집, 국제어문학회, 2008, 304~309쪽 참조.
10 등단작인 「생명연습」(1962) 또한 자의식의 무력한 반복만을 보여주는 것은 아니다. 그것은 제목이 암시하는 것처럼 문명사회에 잠재된 원시적인 생기와 활력을 다채롭게 보여준다. 가령 애

실제로 「역사」(1963)에는 내면적 자의식의 공간이었던 "창신동의 그 지저분한 방"에서 새로운 거처인 "깨끗한 양옥"으로의 이주를 감행함으로써 이른바 "습관의 단절"을 꾀하는 희곡 습작생이 주인공으로 나온다. 그는 그 이주가 친구의 권유 때문이라고 말하면서도 은연중에 자의식의 답답한 전개로부터 벗어나기 위한 충동적 결정이었음을 고백한다. 즉 작가는 행위의 적극성을 충동적으로 결심하는 그러한 캐릭터를 통해 상투적이고 반복적인 서사적 자의식의 소용돌이로부터 탈출을 시도하고 있다고 할 수 있다. 하지만 자신의 하숙을 옮김으로써 내면에 고착된 자의식적 삶을 변화시키려던 그는 양옥집이 요구하는 정식화된 생활의 정체를 알게 되는 순간 좌절감을 맛보게 된다. 왜냐하면 주인공에게 새 하숙집의 "문화"는 "거대한 기계"가 돌아가던 창신동에서의 이전 생활과 비교할 때 더하면 더했지 별로 다를 바가 없었기 때문이다. 다시 말해 양옥집 식구들은 아침 여섯 시 기상, 아침 식사 후 출근과 등교, 오후 여섯 시 반 귀가, 저녁 식사와 잡담과 공부, 그리고 물 한 컵씩을 마시고 열 시 잠자리라는 이른바 "규칙적인 생활 제일주의"를 엄격히 지키고 있었다. 결국 산업주의는 이미 모든 공간을 인위적이고 기계적으로 식민화하고 있었던 셈이다. 그런데 이때 「역사」의 주인공에게는 그러한 삶 한가운데서 "무궤도하고 부랑아 같은 생활태도"를 조장하던 이전의 거주지 창신동이 새로운 의미로 다가오게 된다. 그는 도시 중심부의 "어두운 빌딩 그림자 속에서 숨쉬고" 있던 그 빈민가가 자의식만을 한없이 부풀리던 나약한 내면의 공간이 아니라 삶의 생기와 활력이 "꿈틀거리는" 거칠고 강인한 야성의 공간 즉 일종의 야생지(野生地)였다는 사실을 깨닫는다.[11]

란인 선교사의 수음 장면을 바라보는 시선에서 확인할 수 있는 것처럼 그 선교사의 원초적인 생명력을 가리키는 수음의 행위를 바라보는 그 시선에는 분명 어떤 매혹의 심리가 잠복해 있다.

11 이 야성적 꿈틀거림에 관한 상상은 「서울 1964년 겨울」(1965)에도 확인할 수 있다. 우연히 어느 선술집에서 만나 하룻밤을 함께 보내게 된 세 남자의 이야기 가운데 그 꿈틀거림에 관한 말

교과서의 직업목록에서는 찾아볼 수 없는 가지가지의 일터에서 사람들이 땀이 말라 끈적거리는 얼굴을 손으로 부비며 돌아오고, 이 마을에 들어서면 그들의 굳어졌던 얼굴들이 풍선처럼 펴진다. 웃통을 벗은 사내들은 모여 서서 쉴 새 없이 떠들고 아이들은 자기들 집과 집의 처마를 스칠 듯이 지나가는 기동차의 뒤를 좇아 환호를 올리며 달린다. 아낙네들은 풍로를 밖으로 내놓고 그 위에 얹은 냄비 속에 요리 책에는 없는, 그들의 그때그때의 사정이 허락하는 신기한 요리 재료를 끓인다. 이 냄비와 저 냄비 속에서 끓고 있는 음식은 나라와 나라 사이의 풍토보다도 더 다르다. 마치 마귀할멈이 냄비 속에 알지 못할 재료를 넣고 마약을 끓여내듯이 그네들도 가지가지의 마약을 끓이고 있는 것이다.

빈민가의 저녁은 소란하기만 하다. 취해서 돌아온 사내는, 기부운 하고 비명 같은 소리를 지르고 자기가 번 그날의 품삯을 내보이며 친구들을 끌고 술집으로 간다. 그러면 그 뒤로 그 사내의 아낙이 좇아와서 사내의 손에서 돈을 빼앗아 쥐고 주먹을 휘둘러 보이며 집 안으로 사라지고 그러면 뒤에 남은 사람들은 싱글싱글 웃으며 노해서 고래고래 소리 지르는 그 사내를 달랜다. 빈민가 가까이 있는 시장에서 생선의 비린 냄새가 물씬물씬 풍겨오고 도시의 중심부에서 바람에 불려온 먼지가 내려앉고 여기저기의 노점에 가물가물 카바이트 불이 켜지는 시각이 되면 사내들은 마치 그것을 피하기라도 하려는 듯이 자기들의 키보다 낮은

들이 끼어든다. 이 꿈틀거림은 젊은 여자 아랫배의 에로틱한 움직임에서 연상되고 또 욕망의 표상이 되기도 한다. 즉 김승옥에게 꿈틀거림은 규범적인 문명과 인공적인 특성으로부터 벗어나려는 움직임으로 인공적으로 가다듬지 않은 야생지에 흔히 존재하는 원초적이고 본능적인 에너지에 대한 언어적 표현이라고 할 수 있다. 이러한 표현은 또 「차나 한잔」(1964)에도 나온다. 여기서 작가는 주인공의 내면에서 꿈틀거리는 야성을 "벌레를 잔인하게 눌러버릴 때의 그"로써 표현하고 있다. 그런가 하면 「다산성(多産性)」(1966)에서는 "생존본능"이라는 말로 그것을 표현하기도 한다. 즉 김승옥은 주인공을 통해 "눈을 꼭 감고 내 아랫배가 명령하는 데 따라서 손을 움직이자"고 제안한다. 결국 김승옥의 야성적 상상력에 대한 언어적 대응물이 바로 그 꿈틀거림이라고 할 수 있다. 그러나 야성적 상상력이 전경화된 소설들과 달리 이 소설들에서 야생성은 내면적 자의식에 의해 억압되어 있다.

술집으로 몰려든다.[12]

사실 이 소설의 주인공은 "절망감"과 "자기혐오" 속에서 창신동 빈민가의 제멋대로인 무질서와 폭력적 악다구니를 경멸한 바 있다. 그렇지만 일상적 편안함 가운데 마음의 평화를 깨뜨릴지 모를 어떤 것도 회피하던 양옥집 생활에 대한 불만은 그로 하여금 "땀이 말라 끈적거리는" 생동하는 육체성과 "비린 냄새가 물씬물씬 풍겨"오는 원초적 생명력이 들끓는 이른바 야생지의 에너지를 그 빈민가에서 발견하도록 만든다. 실제로 그곳은 들판의 본능과 폭력성 혹은 악마적인 것 등이 거주하는 곳으로 묘사된다. 즉 문화의 금기와 제약을 벗어나는 야성적인 실재는 산업사회라는 틀에 박힌 일상의 가장자리에서 번성하고 있었던 셈이다. 이것은 「역사」의 주인공이 창신동 시절 "서씨"라 불리던 괴력의 사내와 조우했던 일을 상기하는 대목에서 결정적으로 확인할 수 있다. 어느 날 밤 "서씨"를 따라 동대문을 찾았던 주인공은 그가 맨손으로 그 "성벽을 이루고 있는 커다란 금고만한 돌덩이"를 머리 위로 들었다가 방금 그 돌이 있던 자리를 바꾸어 내려놓는 장면을 목격하는 것이다. 계획과 예측이 불가능한 그 괴력은 당연히 사람들의 열망과 능력의 범위를 왜소하게 만든 산업 사회적 일상의 편에서 위협적이고 또 이해 불가능하며 따라서 커다란 충격일 수밖에 없다. 그런 의미에서 창신동 빈민가는 야성적인 힘을 가지고 있고 산업사회적 문명을 충격하며 그것에 도전하는 장소라는 매혹적인 의미를 갖는다. 하지만 「역사」가 보여주는 야생성의 충격과 매혹은 덧없는 환상의 형식 속에 감싸임으로써 독자가 보여주는 불신의 자발적 중지를 믿음의 귀납적 유보로 대체하고 만다. 사실 그 장면은 자신의 생기와 활력을 억누르며 산업사회적 일상에 종속된 채 공사장 인부로 살아가는 "역사, 서씨"의 처지로 되돌아감으로써 새로운 현

---

12 김승옥, 『생명연습 외─김승옥 소설전집 1』, 문학동네, 1995, 79쪽.

실의 가능성으로 가깝게 다가오는 것이 아니라 낭만적 매혹과 이상화의 대상으로 멀리 물러난다. 결국 주인공은 양옥집 식구들이 잠자기 전에 마시는 보리차에 흥분제를 타는 위악적 행위로 만족하려 할 뿐이고 이 마저도 자신의 의도를 관철시키는 데 실패하고 만다.[13]

그러나 김승옥 소설에서 야성적 상상력의 단초는 쉽게 포기되지 않는다. 오히려 그것은 환상과 같은 상징적 형식에 결부되는 데서 그치지 않고 현실의 전개를 이끄는 서사적 중핵으로 자리 잡는다. 이것은 무엇보다도 「염소는 힘이 세다」(1966)와 같은 작품에서 확인된다. 이 소설은 도시 빈민으로서 어렵게 살아가는 한 가족의 이야기를 들려준다. 할머니와 어머니 그리고 누나와 '나'로 이루어진 그 가족은, 어느 날 애써 키우던 새끼 염소가 근처 "생사탕(生蛇湯)" 가게의 화로를 엎은 일로 맞아죽고 또 "꽃장사"로 생계를 책임지던 어머니마저 가을비를 맞고 몸져누우면서 큰 곤경에 처하게 된다. 그러나 할머니는 죽은 염소를 가지고 "정력 보강 염소탕"을 만들어 파는 일을 통해 가난한 삶의 역경을 어렵사리 헤쳐 나간다. 이처럼 「염소는 힘이 세다」에서는 '뱀'과 '꽃'과 '염소'의 생명력을 쥐어짜 돈과 맞바꾸는 일로서 살림을 이어간다는 서사들이 여럿 겹쳐 있다. 야생에 존재하는 에너지와 생명력은 기계적 이데올로기가 지배하는 도시의 산업화된 일상 한가운데서 철저히 희생되고 있는 셈이다. 그러한 도시적 일상으로부터 생기와 활력을 빼앗기고 시름시름 앓는 어머니는 실제로 그 점을 확인시켜준다. 그렇지만 힘센 염소로 대변되는 야생성의 힘과 위력은 결코 소멸되지 않는다. 그것은 소설의 진술대로

---

13 김승옥의 「역사」는 액자 형식의 소설이다. 따라서 우리가 지금까지 주인공으로 부른 희곡 습작생은 내부 이야기의 화자인 것이다. 우리는 그가 마지막으로 들려주는 위악적 해프닝과 그 후일담을 끝으로 액자 바깥으로 나오게 된다. 그런데 그런 형식으로 인해 '역사'의 경이로운 야성적 생동성에 대한 우리의 신뢰는 약화되어버리고 만다. 왜냐하면 액자 형식을 통해 청각적 증인만이 남겨진 상황에서 그 '역사'의 행위가 갖는 신빙성은 불가피하게 소멸될 수밖에 없고 그리하여 역사의 생명력 넘치는 야성은 현실적 가능성과 결합되는 구체적인 기억의 대상으로 또렷해지는 것이 아니라 낭만적인 이상화와 결합된 막연한 동경의 대상으로 희미해지기 때문이다.

사실 "죽어서도 힘이 세다." 즉 염소탕은 "우락부락하게 생긴" 남자들을 끌어오고 또 그 중 한 남자가 누나의 몸을 덮치도록 한다. 야성은 경제적 교환관계를 뚫고 들어가 사람들 내부에 잠재되어 있는 야생의 원시적이고 폭력적인 에너지를 풀어놓는 것이다. 물론 이러한 야생적 폭력성은 경제적 불평등을 이용한 성적 폭력을 통해 산업화 시대 빈자의 비극적 삶을 더욱 부각시킨다. 하지만 여기서 우리가 주목해야 하는 것은 야생성의 비윤리적인 측면만은 아니다.[14] 왜냐하면 야생지와 인간적인 윤리는 양립할 수 없는 것이기 때문이다. 그런 의미에서 「염소는 힘이 세다」라는 소설의 결말은 새롭게 읽을 수 있다. 누나는 그 일을 계기로 버스 여차장이 되고 마침내 한 가족은 무력한 살림에서 벗어나 생계의 활력을 회복한다고 했다. 이것은 비극적 삶의 양상을 가리키기도 하지만 잔인한 폭력성에도 불구하고 지속되는 생명력 또한 보여준다.

사실 김승옥은 산업사회의 기계적이고 인공적인 질서에도 결코 소멸되지 않는 야성의 거칠고 질긴 생명력을 더욱 급진적인 형태로 형상화하기까지 한다. 다시 말해 그의 소설은 산업화된 공간의 밑바닥에서 살아가는 도시 빈민들의 거칠고 강인한 생명력에서 산업적 조직인간이 잃어버린 야생적 생기와 활력의 이상화된 모범을 찾는 데서 그치는 것만이 아니라 이러한 생기와 활력으로 충만한 야성의 에너지를 현실 변화의 동력으로 간주하는 모험의 서사와 결합되기에 이른다. 「야행(夜行)」(1969)은 바로 한 여주인공의 기행(奇行)을 통해 그러한 대담하고 모험적

---

14 누나는 사내에게 강간당했고 결국 생활고를 해결하기 위해 그 남자의 성적 욕망을 지속적으로 충족시키는 대상이 된다. 하지만 이것에 대해 도덕적인 판단은 일단 유보할 필요가 있다. 야성의 서사 안에서 그것은 산업화된 문명사회의 무미건조한 삶 안에서도 염소로 대변되는 야성의 에너지는 결코 고갈되지 않는다는 사실을 환기하기도 하기 때문이다. 물론 김승옥이 야생성의 생기와 활력이라고 부르는 것을 어떤 독자들은 '폭력'이라고 부르며 비난할 수도 있다. 그러나 김승옥의 작품은 그러한 거칠고 폭력적인 야성의 분출에 대한 낭만적 매혹을 매우 집요하게 보여준다. 요컨대 누나의 이야기는 야성적 충동의 한 사례로서도 의미를 지니며 나아가 한 가족의 생활이 다시금 새로운 활기를 띠는 결과의 측면에서는 심지어 야성의 강인하고 질긴 생명력을 보여준다고도 할 수 있다.

인 행위를 가감 없이 보여주는 작품이다. 이 소설의 여주인공은 은행원 남편과 사내 커플이지만 기혼 여성은 쓰지 않는다는 직장의 방침 때문에 결혼한 사실을 숨기며 남편과 동료로서 직장을 다니고 있는 보통의 여자이다. "생활이 주는 평범한 행복"에 싫증이 날 때면 고향의 어머니 곁에서 휴가를 보내고는 한다. 그런데 휴가조차 무미건조한 일상의 울타리에 제약된 "외면적 생활"에 항상 염증과 불만을 느끼고 있던 어느 날 그녀는 대낮 도심 한가운데서 "낯선 사내의 억센 손"에 붙잡혀 후미진 여관으로 끌려가는 참담한 일을 경험하게 된다. 그런데 놀라운 것은 공포와 혼란으로 움츠러들면서도 그녀가 한 치한의 땀에 젖어 미끌미끌한 손으로부터 "생명의 거친 숨소리"를 들으며 오히려 자신이 평소에 지니고 있던 삶의 생동성에 대한 갈망이 해소되는 기묘한 환희에 빠진다는 사실이다. 이후 여주인공은 "지나치게 무모하고 비상식적이고 반사회적"이라는 것을 알면서도 심지어 야성에 대한 자신의 갈망을 만족시켜줄 남자를 찾아 밤거리로 나서게 된다. 이처럼 문화적 규범을 어기고서라도 자신이 욕망하는 것을 과감히 취하려고 하는 여성의 파격적인 이미지를 통해 김승옥 소설은 야성성에 대한 갈망이 단순히 낭만적 매혹과 이상화의 대상이 아니라 현실의 변화를 촉발하는 원천이기를 희망하는 듯하다.

그 여자는 자기의 욕구가 지나치게 무모하고 비상식적이고 반사회적이라는 걸 그 욕구의 싹이 자기의 내부를 자극하기 시작하던 처음부터 깨닫고 있기는 했다. 그러나 그 여자로 하여금 그러한 욕구를 갖도록 해준 어떤 경험이 그리고 인간이 지니고 있는 욕구는 그것이 어떠한 것이든지 그 속에 한줄기 강렬한 빛을 발하고 있다는 자각이 그 여자로 하여금 그 무모하고 비상식적이고 반사회적이라고 생각되는 울타리를 감히 넌지시 넘도록 한 것이었다. 어느 시간, 어느 장소, 어느 사람들 사이에서는 그것은 결코 무모하지도 않으며 비상식적인 것도 아니며 반사회적인 것도 아닐 수 있으리라. 가령, 그 여자는 포로수용소를 탈출하고 싶어하는 포로를 상상한다. 그는 철조망의 한 곳이 허술한 것을 우연히 발견한다. 그것을 발견하자 그는 자기가 이 수용소로부터 탈출하고 싶어했다는 걸 비로소 깨달은 것이다. 그는 계획을 세우고 준비한다. 그리고 예정했던, 어느 달 없는 밤에 그는 철조망을 넘어선다. 어느 입장에서 보면 그의 행위는 분명히 무모하고 비상식적이고 반사회적이다. 그렇다고 하여 그의 욕구가 완전히 부정되어야 할 것인가.[15]

실제로 「야행」은 여주인공뿐만 아니라 그녀가 마주치는 사내들에게서 야성적 생명력의 거친 기운을 발견한다. 즉 이 소설은 여주인공의 시선을 통해 "서울 중심지에서는 얼마든지 볼 수 있는 월급쟁이들"에게서조차 야생성에 대한 저마다의 욕구로 헐떡이는 모습을 반복적으로 보여줌으로써 개별적인 야성들의 연대 가능성을 점친다. 그렇지만 일상의 울타리 안에서 그 "사내들이 탈출하고 싶어하는 욕구"는 조건부에 불과할 뿐이고 그것마저도 술의 힘을 빌려서 가끔 표출되는 데 지나지 않는다. 결국 김승옥은 당시 산업 문명적 일상을 영위하는 사람들이 야생적인 생기와 활력을 잃은 나머지 법을 준수하고 점잔 빼는 평범하고 소심한 인간이 되어 있다고 조롱하고 있는 셈이다. 이것은 그러한 거칠고 강인한 생명력의 패기가 사라진 일상으로부터 "도망할 수 있는 사람과 욕구는 있지만 그러지 못하고 마는 사람"이 대부분이라는 사실을 가리킨다. 한마디로 사람들의 야성적 욕구는 잠깐 울타리 바깥으로 나갔다가 얼른 제자리로 돌아오는 '유희적' 야생성에 불과한 셈이다. 이 순간 우리는 산업주의에 기초한 도시적인 일상에서 "욕구의 자리에 의식(儀式-인용자)을 대신 들어앉히려는 유혹"이 얼마나 완강한 것인지 다시 한번 확인할

---

15 김승옥, 앞의 책, 266쪽.

수 있다. 그렇다면 산업사회적 일상으로부터 벗어나고자 하는 시도가 삶의 외피만 건드리는 '유희'와 구별되기 위해서는 그 삶의 전반적인 궤도로부터 떨어져 나오는 동시에 이 움직임과 더불어 다시 그 삶의 궤도 속으로 들어가는 야생성에 대한 '모험적' 추구가 필수적인 것이다.[16] 「야행」의 여주인공은 바로 자신의 관념 속에만 머물지 않고 자신의 욕구를 직접 실천함으로써 그러한 행위의 실천가가 된다. 즉 「야행」은 기계적이고 인공적인 사회적 관습에 속박되지 않는 한 야성인의 모험적인 자기 표현을 통해 변화를 위한 한 걸음을 내딛고 있다. 요컨대 김승옥의 소설은 「야행」에 이르러 여주인공의 '야행'이라는 '모험의 서사'를 통해 결국 야성적 생명력이 무미건조한 도시적 일상을 변화시킬 수 있는 서사적 매개임을 주장하고 있는 셈이다.

3. 현실로부터의 야성적 일탈 혹은 유희의 서사

이번에는 홍성원의 야성을 들여다보자. 김승옥 소설과 달리 홍성원 소설은 처음부터 야성의 세계에 대해 적극적인 관심을 보여준다. 물론 홍성원이 다루는 주제는 군대와 전쟁의 현실로부터 산업주의의 병리학 그리고 역사적 질곡에 이르기까지 실로 광범위하다. 그러나 이 다양한 관심들을 관통하는 핵심적 테마는 무엇보다도 야성의 도래에 대한 갈망이

---

16 모험의 개념은 단순히 우연적이고 이질적이며 또 단지 삶의 외피만 건드리는 유희의 개념과 구별된다. 모험은 삶의 전반적인 맥락으로부터 떨어져 나오는 것으로 그치는 그런 유희와 달리 바로 그 움직임과 더불어 다시금 삶의 맥락 속으로 들어가는 변화의 경험을 포함한다. 그리고 이러한 두 가지 태도를 서사적 특성에 적용할 수 있다면 주요 등장인물이 보여주는 행위의 수준을 가늠함으로써 두 가지 서사 형태를 가정해볼 수 있다. 모험의 서사와 유희의 서사가 그것이다. 결국 여주인공의 기행이라는 관점에서 「야행」의 서사 형식은 모험적이라고 할 수 있다. 모험과 유희의 개념 구분에 대해서는 게오르그 짐멜, 김덕영·윤미애 옮김, 『짐멜의 모더니티 읽기』, 새물결, 2005, 203~225쪽 참조.

다. 가령 전쟁의 참혹한 현실에 주목하는 등단작에서부터 이미 "전쟁을 기다리지"(『디데이의 병촌』)라는 도발적인 언사를 통해 야생적 활력에 대한 자신의 갈망을 피력하는 캐릭터가 등장할 정도이다. 사실 홍성원 소설은 틀에 박힌 정형성이 현실의 중핵이 되어버린 산업사회적 일상을 다루면서 동시에 폭력적이지만 활기 넘치는 삶의 필요성을 지속적으로 제기해왔다. 홍성원은 삶 전체를 조직의 명령에 종속시킨 산업적 일상에 대한 불만에서 시종일관 충동적이거나 계획되지 않은 행위들에 주목해온 것이라고 할 수 있다. 그렇지만 홍성원 소설에 고유한 야성적 상상력은 아이러니하게도 계획되어 예측 가능한 현실의 테두리를 훌쩍 넘어가는 김승옥식의 낭만적 과감성을 드러내지는 않는다. 말하자면 작가는 "'이곳'이 아닌 다른 곳"(『야행』)으로 넘어가는 일을 모험적 단절을 통해 추구하는 대신 그 두 영역 사이의 경계에서 머뭇거리며 야성적 상상력을 구축한다. 그리고 이것은 홍성원의 작품 세계가 통상적으로 "대결의 미학"[17]이나 "도전의 미학"[18]으로서 지칭되어온 것과 무관하지 않다. 즉 야성의 세계와 산업사회 사이에서 전개되는 대립과 그 긴장의 감각은 홍성원의 소설이 김승옥의 소설과 구분되는 결정적인 지점이 된다.

여기서 「폭군」(1969)은 바로 그러한 지점에 놓이는 대표적인 소설이다. 이 소설은 사람과 가축을 해치며 한 산골 마을을 공포로 몰아넣는 호랑이와 이 사나운 맹수를 제거하기 위해 서울에서 내려온 사냥꾼들 사이에서 벌어지는 긴장된 대결을 이야기한다. 이때 호랑이가 문명의 편에서 지배할 수 없는 것에 대해 느끼는 공포감의 상징적 현존이라는 것은 말할 것도 없다. 물론 사냥꾼들은 그 야성의 현존을 진압함으로써 야생성의 현실로의 틈입을 조금도 허용하지 않으려는 산업 문명의 대변자가

---

17 오생근, 「긴장과 대결의 미학」, 홍정선 편, 『홍성원 깊이 읽기』, 문학과지성사, 1997, 97~98쪽 참조.
18 김인환, 「도전의 미학」, 위의 책, 135~136쪽 참조.

된다. 그러나 그들은 산업화로 인해 문명의 가장자리로 밀려난 야생적 활력과 밀고 당기기를 지속하는 가운데 공포감과 더불어 짜릿한 스릴을 만끽한다. 실제로 홍성원의 「폭군」은 사냥을 "일종의 유쾌한 들놀이"로 묘사하고 있다. 그런데 오로지 일상과의 단절이 아닌 그 일상과 연계된 유희를 위해서 "과학적인 기구"를 가지고 호랑이에게 접근했다가 뜻대로 되지 않자 짜증과 신경질 속에서 증오심을 키워가고 마침내 완전히 지치고 마는 한 중년의 사냥꾼과 달리 어느 노인 사냥꾼은 그 야생성의 화신과 "한 몸이 되는 것"을 목표로 "직감이나 육감"을 믿고 녹록치 않은 상대에 대한 존경심과 함께 점차 긴장과 흥분을 고조시킨다. 문명의 대변자로서의 단순한 유희적 인간으로부터 야생적인 생명력을 존중하는 진정한 야성적 인간이 구분되는 것은 바로 이 지점이다. 안타깝게도 「폭군」은 그 야성의 인간이 호랑이와 한 몸으로 엉킨 채 산 속에서 죽게 되는 비극적인 장면으로 종결된다.

차가 공회당 앞을 지나 느린 속도로 부락을 떠나기 시작한다. 올 때와는 달리 그들의 차 안에는 두 명의 사람밖에 타고 있지 않다. 청년이 룸 미러 속으로 사내 쪽을 힐끔 돌아본다. 뭔가 망설이는 표정이더니 청년이 조심스레 입을 연다.

"사장님 전 아무리 생각해도 이유를 모르겠어요. 어쩌다 일이 그렇게 됐죠? 영감님은 왜 죽은 거죠?"

사내가 몸을 꿈틀하더니 청년을 꾸짖듯 돌아본다. 그는 이제 상처만 빼놓고는 몸도 자세도 옛날처럼 당당하다. 턱을 안으로 끌어당기더니 사내가 경멸하듯 입을 연다.

"죽어 있는 꼴이 볼 만하더군. 반가운 사람끼리 얼싸안듯 둘이 서로 마주 보구 껴안았어."

"껴안다니, 누가 누굴 껴안아요?"

"짐승하구 영감하구 마주 꽉 껴안구 있더라니까."

"마주 보구요?"

"어떻게 단단히 껴안았던지, 풀어내는 데두 장정 둘이 애먹었네."

대화가 끊어진다.

차가 마을 밖 비탈길을 오르느라 요란하게 머플러를 울린다. 사내가 한 손을 들어 자기 왼쪽 볼을 조심스레 어루만진다. 그의 볼에는 기다란 상처가 딱딱하게 아물어 긴 갑충처럼 붙어 있다.[19]

야성적인 현존이 보여주는 이러한 귀결은 소설이 집요하게 사냥꾼과 사냥감의 긴장된 대결을 부각시키고 있음에도 따라서 그 두 현존의 위엄이 두드러지고 있음에도 산업 문명적 현실의 압력이 얼마나 강력한 것인지를 보여준다.[20] 그러나 홍성원은 김승옥과 마찬가지로 본능적이고 충동적이어서 계획과 예측이 불가능한 자연적 본능의 성질, 즉 야성의 패배를 순순히 받아들이지 않는다. 그는 산업사회적 현실의 구속력이 강력하다는 것을 인정하면서도 그 현실 내부에 잠복해 있는 생기와 활력을 내포한 야생성에 거듭 주목한다. 구체적으로 말하면 홍성원의 소설은 호랑이와 사냥꾼의 대결 같은 외면적인 대립에서 조직인간들의 내면에서 벌어지는 문명과 야생성의 갈등이라는 내부적인 대립으로 야성적 상상력의 초점을 옮긴다. 「주말여행」(1969)은 무엇보다도 그 변화를 보여주는 예라고 할 수 있다. 실제로 이 소설에 나오는 등장인물들은 저마다가 일정한 사회적 역할과 지위를 갖고 있는 직업인들이다. "방송기자 김가"와 "집 장수 박가", "은행원 강가"와 "대학의 전임강사 이가",

---

19 홍성원, 『무사와 악사』, 동아출판사, 1995, 187~188쪽.

20 물론 「폭군」의 비극적 결말이 야성의 패배로서 해석될 수 있는 것만은 아니다. 노인 사냥꾼이 호랑이와 함께 죽는 것으로 처리된 결말은 반대로 이해될 수도 있다. 즉 야생성의 편에 서 있는 호랑이와 그 노인 사냥꾼은 죽음을 통해 산업사회적 현실에서는 패배한 것처럼 보이지만 그 비극적 파국을 통해 오히려 문명의 무미건조함과 비겁함에 패배를 안긴 아이러니한 작품으로도 해석되는 것이다. 하지만 여기서는 두 야성적 현존의 죽음이 현실로부터 배제되는 야생성의 처지를 부각시키는 것으로 해석하고자 한다.

그리고 가발 회사에서 일하는 "오가"가 바로 그들이다. 서른두 살 동갑 내기들로 "토요회"라는 모임에 소속된 그들은 어느 날 스트레스 해소 차원에서 "오래 전부터 계획한 주말여행"을 함께 떠난다. 그리고 그들은 G군에 도착하여 "유쾌한 이방인"으로서 첫 날은 술 마시고 오입하며 둘째 날은 개를 현지에서 조달하여 직접 잡아먹는 일정을 소화한다. 한마디로 「주말여행」은 자유와 방종으로 채워지는 어느 모임 구성원들의 이른바 보신 여행을 얘기한다. 그들의 여행은 호랑이와의 대결에서 여자나 개와의 대결로 그 위상이 축소되었지만 사회적 영역과 결합된 야생성의 존재 방식을 상기시킨다.

실제로 그 여행은 답답한 일상을 벗어나 스릴과 자극을 얻으려는 조직인간들의 일탈적 욕구를 '유희적'으로 해소하는 데 바쳐짐으로써 본능과 충동의 만족을 얻는 '현실적' 통로가 되고 있다. 다시 말해 "주말여행"은 야생성의 충족에 대한 갈망이 산업 사회적 일상 한가운데서조차 결코 소멸되지 않으며 나아가 현실과 타협하는 한이 있더라도 항상 자신의 출구를 찾아낸다는 사실을 보여준다.[21] 물론 「주말여행」은 황홀한 오입을 통해 본능과 충동에 기초한 야생성에 대한 욕구를 만족시키지만 개를 잡아먹으려던 계획은 그 개가 달아나버리는 바람에 성사시킬 수 없게 되는 것으로 끝나고 만다. 사회적 의무를 벗어난 자리에서 야성의 해방감을 만끽하려던 조직인간들의 계획은 반은 성공하고 반은 실패한 셈이다. 이것은 바로 인위적인 계획을 통해 야생성을 획득하고자 하는

---

21 야생성의 현실적 존재 방식은 홍성원 소설에서 빈번히 발견된다. 「역류(逆流)」(1970), 「흔들리는 땅」(1975), 「형제(兄弟)」(1976), 「염천(炎天)」(1976), 「잘 가꾼 정글」(1978) 등이 그런 소설들이다. 특히 이 소설들은 도시 빈민이자 사회 하층민들의 삶에서 원초적이고 질긴 생명력을 발견하고 있다는 점에서 특징적이다. 이는 김승옥 소설의 야성적 상상력에서도 특징적인 것이었다. 이를테면 6·70년대 산업화의 주류 세력이었던 중산층들은 젊잖은 사회의 가장자리에서 번성하였던 도시 빈민과 하층민들의 주변 문화에서 자발적이며 제약받지 않는 생생함의 야성적 모범을 찾았던 것으로 보인다. 그런 의미에서 김승옥과 홍성원은 그 하층민들의 저속함과 야성적 에너지에 호감을 가지고 있었던 것으로 보인다.

'주말여행'이라는 모험적이 아닌 유희적 일탈이 가진 한계를 드러낸다. 특히 가발회사 직원으로 나오는 '오'라는 인물이 자신의 짝이 되었던 술집 여자와 육체적 향락을 즐기는 데는 성공하지만 그녀로부터 서울로 데려가 달라는 부탁을 받고 여행에서조차 또 다른 현실의 부담을 떠안게 되는 장면은 오히려 사회적 일상의 안정감을 유지하면서 야생적 에너지의 거칠고 강인한 생동성을 향유하려는 일시적인 '유희'의 차원에서는 기껏해야 절반의 성공밖에 보장받을 수 없다는 점을 정확히 가리킨다. 나아가 가발회사 직원이 그 술집 여자를 데리고 서울로 향하리라는 것을 예고하는 소설의 마지막 결말은 조직인간들이 야생성에 대한 욕구를 충족시키는 일은 오히려 산업사회적 일상을 지탱하고 유지하는 또 하나의 구성 요소임을 암시한다. 그것은 마치 "재채기"처럼 현실의 좁은 궤도를 달리는 답답함을 순간적으로 해소하면서도 그 궤도의 항상성을 보전하는 것으로 작용할 뿐인 '현실적인' 것에 지나지 않는다. 사회적 일상의 무미건조함을 벌충하기 위해 가끔 주말을 이용해 벌이는 일시적 탈선이야말로 그것의 진정한 성격인 것이다.

　　재작년 나는 직장 친구 두 명과 몇 주일을 별러서 배밭에 간 일이 있다. 그러나 우리가 찾아간 배밭에는 배가 한 개도 남아있지 않았다. 이미 사흘 전에 배를 모두 따서 시장에 내다 팔았다는 것이다. 내가 배밭을 찾아간 이유는 상점에서 사 먹는 배보다 과목에서 직접 따먹을 수 있는 싱싱한 배를 맛보기 위해서다. 우리는 사소한 취미로 엉뚱한 비용을 쓸 때가 간혹 있다. 가령 봄철에 딸기를 맛보기 위해 수원까지 내려간다든가, 가을에 포도를 먹기 위해 안양까지 찾아간다든가, 좀더 규모가 클 경우는 싱싱한 전복과 해삼을 먹기 위해 멀리 여수까지도 내려가는 수가 있다. 그러나 나는 이런 거창한 여행이 과연 그에 합당할 만한 가치가 있는 것인가 하는 문제는 따지지 않기로 하고 있다. 사실 그런 경우 우리가 구하는 것은 돈으로 절대 환산될 수 없는 미묘한 종류의 것들이다.

나는 그런 것들이 어떤 이유로건 돈으로 환산되는 것을 싫어한다. 그것은, 우리가 그것을 구하려 노력했다는 점만으로 충분히 그 가치를 보상받고 있는 것이다. 아마 나의 이런 기분을 몇몇 사람들은 사치나 낭비라고 비난할지도 모른다. 그러나 나는 그들에게 그런 종류의 사치도 없이 어떻게 이 더러운 세상을 살아가느냐고 반문하고 싶다. 내가 이 경우에 세상을 더럽다고 하는 것은 물론 퍽 다의적인 뜻이 내포되어 있다. 요즘 나는 아무 까닭없이 산다는 것에 차츰 싫증 같은 것을 느끼고 이다. 직장은 점점 안정되고 세상 살기는 점점 좋아진다. 봉급도 올랐고, 승급도 약속되었고, 나는 그야말로 럭키 보이다. 그러나 왜 이런 럭키 보이가 세상이 싫어지는지 이유를 모르겠다. 뭔가 나라는 사람 대신 내 껍데기가 살고 있는 기분이다. 알맹이는 어딘가 빠져버리고 내 양복만이 걸어다니는 기분이다.[22]

결국 산업사회적 일상으로부터 벗어나고자 하는 시도는 삶의 전반적인 궤도로부터 떨어져 나오는 동시에 변화를 위해 그 현실에 부착되는 김승옥식의 '모험적 일탈'의 추구가 되지 못하면서 "주말여행"과 같이 삶의 표피만을 건드리고 다시 현실을 구성할 뿐인 '일탈적 유희'에 지나지 않는 것이 된다.[23] 그렇지만 홍성원이 보여주는 현실로부터의 야성적 일탈이 소위 행락객의 유희적 욕구와 결합된다고 해서 그의 야성적 상상력이 비판적인 의의를 잃는 것은 아니다. 사실 홍성원 소설에서 자유

---

22 홍성원, 『주말여행』, 문학과지성사, 1976, 226~227쪽.
23 유희는 노동이라는 삶의 통합적 맥락으로부터 떨어져 나오지만 다시 망각과 더불어 아무런 변화 없이 그러한 맥락에 결합되고 마는 행위를 가리킨다. 따라서 단순히 우연적이고 이질적이며 또 단지 삶의 표면만을 건드리는 유희의 행위는 노동의 맥락으로부터 떨어져 나오는 동시에 이 경험을 가지고 다시금 그 맥락 속에 들어가 삶의 전반적인 맥락을 변경하는 모험의 행위와는 다르다고 할 수 있다. 짐멜은 모험의 행위와 통합적인 노동의 행위를 대비한다. 여기서 우리는 삶의 통합적 맥락을 끝까지 존중하는 노동과 구별된다는 점에서는 모험과 유사하지만 모험에 내재하는 변화의 힘을 모른다는 점에서는 모험과 구별되는 유희의 행위소를 추출할 수 있다. 이 개념을 우리는 바로 홍성원 소설의 야성적 서사들이 보여주는 특성을 정의하는 데 사용하고자 한다. 게오르그 짐멜, 앞의 책, 211~212쪽 참조.

440 6부 형식의 정치성 Ⅱ 1962~1977

와 방종으로 채워지는 행락의 유희들은 산업화라는 기계적 이데올로기의 풍토에 기초한 도시적 삶을 대해 거칠고 폭력적인 야생성이 보여주는 일상 영역에서의 반발이라는 의미가 있다. 사람들은 저마다의 직장에서 일하다가 주말이 되면 계획된 것이든 충동적으로든 "거창한 여행"은 아니더라도 일상의 좁은 궤도를 벗어나 근교나 낯선 곳으로 나들이를 떠난다. 사람들은 거기에서 신선한 과일들이나 "싱싱한 전복이나 해삼" 등을 맛보기도 한다. 누군가는 그와 같은 취미를 소설의 진술처럼 "사치나 낭비라고 비난할지도 모른다." 하지만 일상을 벗어나 낯선 곳에 가면 비록 현지의 산물을 맛보는 즐거움을 누리는 데 실패한다 하더라도 "돈으로 절대 환산될 수 없는 미묘한 종류의 것"을 얻을 수 있게 된다. 바로 야생성의 일시적 회복을 통해 얻는 생동하는 자유와 해방감이 그것이다. 그런가 하면 그런 자유와 해방감은 간혹 야생성에 대한 갈망의 일시적인 출구가 됨으로써 사람들에게 반복성과 획일성으로 구조화된 도시적 일상에 대항하고자 하는 의지의 씨앗이 되기도 한다. 이를테면 사소하고 덧없는 것이라 하더라도 그러한 일상적 삶으로부터의 탈출은 산업화된 세상의 문제를 떠올려 볼 수 있는 대조의 시간을 제공한다. 사람들은 대개 단순한 도락으로 만족하고 일상으로의 복귀를 서두르지만 그 가운데서도 자신이 살아가는 도시로부터의 거리감을 통해서 "알맹이는 어딘가 빠져버리고" "껍데기"만 남은 그 산업화된 공간을 상기하며 그곳이 얼마나 핏기 없고 무미건조한 세상인지를 깨닫게 되는 것이다.

요컨대 작가는 '일탈적 유희'의 현실적인 한계를 강조하면서도 동시에 그것이 수반하는 현실에 대한 비판적 의의에도 주목한다고 할 수 있다. 무엇보다 「사공과 뱀」(1973)에서 그 점을 엿볼 수 있다. 「사공과 뱀」 또한 산업사회적 일상에 의해 억눌린 야생성에 대한 욕구가 여행을 통해 표출되는 이야기이다. 대학 교수를 남편으로 둔 덕에 서울에서 안정된 일상을 영위해온 중년의 여성이 이 소설의 주인공이다. 여름 휴가철을 맞아 여주인공은 남편과 함께 지방의 어느 섬으로 피서를 간다. 그런데 그녀는 여행 도중에 "쨍쨍한 시골의 들길"에서 남편의 허약함과 무기력을 발견한다. 자신의 일에서만큼은 "전혀 피로를 모르던 그이"가 여행의 피로를 견디지 못하고 땀에 젖어버리고 만 뜻밖의 모습은 그녀에게 실망스럽게 다가온다. 이 실망은 섬으로 들어가기 위해 배를 타게 될 때 정점을 이루게 된다. 남편의 "두 겹으로 겹쳐진 흰 목덜미"는 "땀으로 번쩍이는 사공의 어깨"에 대조됨으로써 여주인공에게 심지어 추하게까지 다가온다. 여기서 그녀는 마침내 "서울은 이미 헐거운 껍데기 불과하다"는 깨달음조차 떠올린다. 하지만 도시적 삶의 허위에 대한 여주인공의 발견과 각성은 단순한 "의식(意識)의 변화"로만 그치는 것은 아니다. 실제로 여주인공은 젊은 사공의 거칠고 강인한 야생적 생명력에 매혹되어 한밤중 해변에서 그 사공과 관계를 가질 뿐만 아니라 그 과정을 통해서 "폭넓고 부드러운 자연의 어루만짐"을 감지하고 "삶의 충일감"에 휩싸인다. 물론 그녀는 관계 후 "뜻밖의 공허감"에 직면하면서 자신에게서 "아무리 채워도 메울 수 없는 거대한 빈 자루와 같은 존재"를 느낀다. 그러고서 일상으로의 복귀를 서두른다. 하지만 홍성원의 주인공이 보여주는 그러한 각성과 지각의 비판적 의미는 아무리 강조해도 지나치지 않다.[24] 다만 홍성원 소설은 김승옥 소설과 달리 야생성의 인력을 통해 현실의 경계를 넘는 일탈을 감행하지만 그 일탈이 결과적으로 현실의 일부로 흡수되고 마는 유희적 차원에서 그러한 의미를 견인할 뿐이다.

---

[24] 「사공과 뱀」에서 여주인공이 느끼는 공허감은 자유와 해방감이 썰물처럼 빠져나간 뒤에 온다. 그녀는 자신의 존재에서 어떠한 충일감을 기대하는 일이 한시적인 것일 뿐이라는 깨달음을 얻는 것이다. 그러나 소설의 결말에서 여주인공은 그러한 공허감에도 불구하고 "두번 다시 나의 미래를 연극처럼은 살지 않을 것"이라고 다짐한다. 이것은 일상적 삶의 경계를 넘은 일탈적 유희를 통해 얻은 현실적 변화에 대한 암시를 뜻한다고 할 수 있다.

4. 야성적 상상력의 서사적 의미

지금까지의 내용을 정리해보자. 전후 20년 동안 한국사회에는 산업 문명의 부정적 영향들에 대한 불안감이 고조되어 있었다. 삶은 생산의 효율성을 위해 고도로 조직화되고 이에 대한 불만에서 사람들은 극도로 자의식적인 상태에 빠졌으며 또 모든 것이 정형화되고 틀에 박힌 것이 되면서 충동적이고 계획되지 행위와 활동들은 허용되지 않았다. 말하자 면 산업주의는 사회적 일상 전부를 예상 가능한 것으로 축소시켰다. 물 론 산업사회적 일상은 자신이 제공하는 물질적 편안함을 통해 사람들에 게 안정된 삶의 토대를 가져다주었다. 그러나 이러한 발전은 분명 전후 의 혼란과 불안감을 진정시키는 것이었음에도 불구하고 사람들로 하여 금 노동에서 기쁨을 느끼지 못하게 하고 답답한 일상적 질서로 모든 것 을 감싸버리는 삶을 혐오하도록 만들었다. 따라서 한국 사회에는 넓게 개방된 자연 공간에 대한 동경과 야생적인 것에 대한 관심 그리고 원초 적인 생명력에 대한 갈망이 그 어느 때보다도 증대되었다. 이것은 바로 산업화 시기 한국소설이 왜 야성을 자신의 주제로 삼았는지를 설명해준 다. 실제로 김승옥은 「역사」와 「염소는 힘이 세다」와 「야행」 등의 소설 들을 통해서 야성의 매력에 이끌려 삶의 습관적인 궤도를 벗어나서 야 성적인 세계로 들어가는 것을 두려워하지 않는 과감하고 도발적인 상상 력을 보여주었다.

이처럼 산업화 시기 한국소설은 거칠고 야생적인 삶을 고분고분한 일 상적 삶보다 우위에 놓고 야성을 이상화함으로써 산업사회의 인간들에 게 다른 미래를 부여하려는 희망을 가지고 있었다. 그렇지만 천국에서 편하게 지내느니 지옥으로 뛰어드는 모험을 감행하라는 모험적 서사의 급진적 충고에는 현실의 변화를 통해 새로운 미래를 모색하려는 노력을 허사로 만들어버릴 위험이 내재해 있었다. 왜냐하면 그러한 과격한 모험은 야성적인 삶을 완전히 수용하는 것과 야생적인 삶을 가까이 하며 문명적인 삶을 변화시키는 것을 구분하고 있지 않기 때문이다. 사실 삶은 사람들이 통제하기 어려운 사물과 세력들에 의해 움직이는 것과 사람들 스스로의 역량이 적극적으로 작동하는 것에 의해 동시적으로 결정되는 것이라고 할 수 있다. 만일 그것이 사람들 저마다의 역량으로는 달성될 수 없고 오로지 본능과 야성의 불가피한 숙명적 힘을 통해서만 달성된다면 아마도 그들은 단 하루도 살 수 없을 것이다. 즉 서사적 과장을 믿고 정말 야성적 인간이 되려고 하다가는 흐려진 삶의 판단들을 통해서 사회적 삶을 망치게 될 것이 자명하다. 이것은 바로 야성적 상상력을 현실주의적으로 조정할 필요를 가리킨다. 홍성원 소설은 「폭군」을 비롯해 「주말여행」과 「사공과 뱀」 등을 통해 그런 필요의 중요성을 일정하게 환기시켰다. 홍성원은 사회적 일상의 안정감을 유지하면서 야성적 자연의 생동감을 향유하는 일시적인 유희를 서사화함으로써 야성적 상상력의 비판적 의의를 지속적으로 보존하였던 것이다.

물론 6·70년대 한국소설의 야성적 상상력에서 일어난 현실주의의 강화와 야생성에 대한 갈망의 위축을 누군가는 한국 산업화의 진전에 상응해 야성적 상상력이 보여주는 문학적 후퇴를 의미하는 것으로 간주할지도 모른다. 그러니까 김승옥의 야성적 상상력이 보여주는 낭만적 과감성이 홍성원의 야성적 상상력이 보여주는 현실적 유희로 이동한 것은 산업주의의 현실이 더욱 강화되면서 당대 한국소설의 야성적 상상력에서 전위적 급진성이 삭제된 결과로 파악되는 것이다. 하지만 야성적 상상력이 현실의 강화된 견고함 앞에서 난처한 것이 된다는 것이 반드시 후퇴를 뜻하지는 않는다. 그것은 오히려 산업화 시기 한국소설의 야성적 상상력이 현실을 함부로 부정하거나 훼손하는 허황된 것이기를 그치고 현실의 압력을 고려하는 가운데 다른 미래를 모색하는 진지한 것이 되어갔다는 것을 의미하는 것으로도 보인다. 하지만 그럼에도 불구하고 김승옥과 홍성원의 소설이 6·70년대에 보여준 야성적인 상상력이 산업 사회적 일상에 도전하고자 했던 중요한 서사적 움직임들 가운데 하나였다는 사실에는 변함이 없다.

참고문헌

1. 기초자료

김동리, 「까치 소리」, 『김동리 단편선―등신불』, 문학과지성사, 2005.

김동리, 「산화」, 『김동리 단편선―무녀도』, 문학과지성사, 2004.

김동인, 「감자」, 『동인전집』 제7권, 홍우출판사, 1964.

김동인, 「광염 소나타」, 『한국문학대표작선집 13』, 문학사상사, 1993.

김동인, 「조선근대소설고」, 『김동인전집』 제16권, 조선일보사, 1988.

김승옥, 『생명연습 외―김승옥 소설전집 1』, 문학동네, 1995.

김승옥, 『김승옥 소설전집 4―보통여자 · 강변부인』, 문학동네, 1995.

김유정, 「동백꽃」, 『원본 김유정 전집』, 강, 2007.

나도향, 『나도향 전집 上』, 주종연 · 김상태 · 유남옥 엮음, 집문당, 1988.

서정인, 「뒷개」, 《세계의 문학》, 1977년 겨울호.

서정인, 『벌판―나남문학선 6』, 나남, 1984.

손창섭, 「혈서」, 『잉여인간 외―한국소설문학대계 30』, 동아출판사, 1995.

염상섭, 「두 파산」, 『염상섭 단편선―두 파산』, 문학과지성사, 2006.

오영수, 「갯마을」, 『오영수 전집 1』, 현대서적, 1968.

이광수, 「금일 아한청년과 정육」(1910), 『이광수전집』 제1권, 삼중당, 1962.

이광수, 「무정」, 『이광수전집』 제1권, 삼중당, 1962.

이광수, 「무명」, 『이광수전집』 제6권, 삼중당, 1962.

이광수, 「문사와 수양」(1921), 『이광수전집』 제16권, 삼중당, 1962.

이상, 「날개」, 『날개―이상 소설선』, 문학과지성사, 2001.

이청준, 『별을 보여드립니다』, 일지사, 1971.

이청준, 「소문의 벽」, 『황홀한 실종』, 나남, 1984.

이태준, 『달밤―이태준 문학전집 1』, 깊은샘, 1995.

이태준, 『돌다리―이태준 문학전집 2』, 깊은샘, 1995.

이태준, 『무서록―이태준 문학전집 15』, 깊은샘, 1994.

이호철, 『소시민 외―한국소설문학대계 39』, 동아출판사, 1995.

장용학, 「비인 탄생」, 『원형의 전설 외-한국소설문학대계 29』, 동아출판사, 1995.

정비석, 성황당, 『한국단편문학선 1』, 이남호 엮음, 민음사, 1998.

조연현, 「애욕의 문학」, 《백민》, 1948.10

채만식, 「맹순사(孟巡査)」, 『채만식전집 8』, 창작과비평사, 1989.

최서해, 『카프대표소설선 Ⅰ』, 김성수 엮음, 사계절, 1988.

최인훈, 『광장/구운몽-최인훈전집 1』, 문학과지성사, 1976.

최인훈, 「귀 성」, 『우상의 집-최인훈전집 8』, 문학과지성사, 1976.

최인훈, 「웃음소리」, 『우상의 집-최인훈전집 8』, 문학과지성사, 1976.

현진건, 「조선혼과 현대정신의 파악」, 《개벽》, 제65호 1926.

현진건, 『현진건 단편 전집』, 가람기획, 2006.

홍성원, 『무사와 악사 외-한국소설문학대계 49』, 동아출판사, 1995.

홍성원, 『주말여행』, 문학과지성사, 1976.

황순원, 「비바리」, 『학/잃어버린 사람들-황순원 전집 3』, 문학과지성사, 1981.

《작가세계-김승옥 특집》 2005년 여름호.

2. 논문 및 단행본

강상현, 「1960년대 한국언론의 특성과 그 변화」, 『1960년대 사회변화 연구: 1963~1970』,
백산서당, 1999, 147~183쪽.

강숙아, 「김동리 소설구성이론과 작품의 형상화 연구」, 『배달말』 제38호, 배달말학회,
2006, 255~281쪽.

강용운, 「이호철 문학의 시원」, 『한국학 연구』 제15집, 고려대학교 한국학연구소, 2001,
161~176쪽.

강헌국, 「소망과 현실-오영수의 소설」, 『국제어문』 제38집, 국제어문학회, 2006,
313~316쪽.

고은지, 「'정탐소설' 출현의 소설적 환경과 추리소설로서의 특징」, 『비평문학』 제35집, 한
국비평문학회, 2010, 10쪽.

고인환, 「현진건 소설에 나타난 식민지 지식인의 근대적 자의식 연구-〈빈처〉, 〈술 권하는
사회〉, 〈타락자〉를 중심으로」, 『어문연구』 제51집, 어문연구학회, 2006, 58~59쪽.

곽상순, 「김승옥 단편소설에 나타난 '야행'의 의미 연구-낮과 밤의 대립구조 및 폭력과의 상
관성을 중심으로」, 『현대소설연구』 제48호, 한국현대소설학회, 2011, 486~509쪽.

구수경, 「오영수 소설에 나타난 식물적 상상력과 순응의 미학」, 『현대소설연구』 제45호, 한

국현대소설학회, 2010, 89~109쪽.

구해근, 신광영 옮김, 『한국노동계급의 형성』, 창작과비평사, 2002, 19~109쪽.

권오룡 편, 『이청준 깊이 읽기』, 문학과지성사, 1999, 77~332쪽.

김경수, 「염상섭 단편소설의 전개과정」, 『서강인문논총』 제21집, 2007, 17~18쪽.

김경수, 『염상섭 장편소설 연구』, 일조각, 1999.

김교봉, 「현진건 문학의 민족문학적 성격 연구」, 『어문학』 제55집, 한국어문학회, 1994, 88~89쪽.

김동석, 『한국 현대소설의 비판적 언술 양상』, 소명출판사, 2008, 21~24쪽.

김동현, 「이청준 소설 『퇴원』 연구―반복충동과 서술의 상관성을 중심으로」, 『한국문학이론과 비평』 제32집, 한국문학이론과 비평학회, 2006, 325~352쪽.

김미란, 「국가재건의 시대와 대도시를 배회하는 여성산책자―김승옥의 「야행」(1969)을 중심으로」, 『여성문학연구』 제12집, 한국여성문학학회, 2004, 437~465쪽.

김미영, 「김동리 문학에 있어서 자연의 의미」, 『어문학』 제44호, 한국어문학회, 2004, 151~180쪽.

김미영, 「1930년대 후반기 소설에 나타난 생태학적 상상력―이효석의 〈산〉, 〈들〉과 정비석의 〈성황당〉을 중심으로」, 『비교문학』 제35집, 2005, 207쪽.

김미영, 「김동리 문학의 자연관 연구」, 『한국현대문학회 학술발표회 자료집』, 한국현대문학회, 2004, 202~207쪽.

김봉구, 「신문학 초기의 계몽사상과 근대적 자아」, 『한국인과 문학사상』, 일조각, 1964.

김상태, 「김유정의 〈동백꽃〉―동백꽃의 아이러니」, 『한국 현대소설 작품론』, 문장, 1990, 230~235쪽.

김성환 외, 『1960년대』, 거름, 1984, 278~292쪽.

김소륜, 「이청준 소설에 나타난 환상성 연구―'모성' 추구 양상을 중심으로」, 『구보학보』 제3집, 2008, 179~204쪽.

김승종, 『염상섭소설연구―서술양식분석을 중심으로』, 연세대 박사논문, 1992.

김양선, 「1930년대 소설과 식민지 무의식의 한 양상―김유정 소설에 나타난 향토의 발견과 섹슈얼리티를 중심으로」, 『한국근대문학연구』 제5호, 2004, 150~164쪽.

김열규 · 신동욱 편, 『김동인연구』, 새문사, 1982; 수정판, 1986.

김영민, 「남 · 북한에서의 이광수 문학 연구사 정리와 검토」, 『춘원 이광수 문학 연구』, 국학자료원, 1994.

김영애, 「김승옥 장편소설 연구―『보통여자』, 『강변부인』을 중심으로」, 『우리어문연구』 제

25집, 우리어문학회, 2005, 499~517쪽.

김영찬, 「1960년대 문학과 6·25의 기억」, 『세계문학비교연구』 제35집, 한국세계문학비교학회, 2011, 5~19쪽.

김영찬, 「불안한 주체와 근대－1960년대 소설의 미적 주체 구성에 대하여」, 상허학회 엮음, 『1960년대 소설의 근대성과 주체』, 깊은샘, 2004, 39~60쪽.

김영찬, 「이청준 격자소설의 정치적 (무)의식」, 『한국근대문학연구』 제6호, 한국근대문학회, 2005, 329~349쪽.

김영택, 「염상섭 소설에서 '거리(距離)' 문제」, 『한국문예비평연구』 제20호, 한국문예비평학회, 2006.

김예림, 「근대적 미와 전체주의」, 『문학 속의 파시즘』, 삼인, 2001.

김예림, 「이광수의 미 이념」, 《작가세계》, 2003년 여름호.

김우중, 「김동리와 순수문학의 지향」, 『한국현대소설사연구』, 민음사, 1984, 353쪽.

김윤식, 「반역사주의의 의미－김동인론」, 『한국근대작가논고』, 일지사, 1974.

김윤식, 『김동리와 그의 시대』, 민음사, 1995, 63~79쪽.

김윤식, 『김동인 연구』, 민음사, 1987; 개정증보판, 2000.

김윤식, 『김윤식 선집 1－문학사상사』, 솔출판사, 1996.

김윤식, 『염상섭 연구』, 서울대출판부, 1987.

김윤식, 『이광수와 그의 시대 1』, 솔출판사, 1999.

김윤식, 『이광수와 그의 시대 2』, 솔출판사, 1999.

김인호, 「오영수 소설에 나타난 생태학적 상상력」, 『국어국문학논문집』 제18집, 동국대학교, 1998, 43~53쪽.

김인환, 「도전의 미학」, 홍정선 편, 『홍성원 깊이 읽기』, 문학과지성사, 1997, 135~136쪽.

김인환, 「한국문학의 사회사 문제」, 『기억의 계단』, 민음사, 2001, 22~33쪽.

김인환, 『상상력과 원근법』, 문학과지성사, 1993, 76~88쪽.

김인환, 『한국문학이론의 연구』, 을유문화사, 1986, 139~142쪽.

김인환, 『희극적 소설의 구조 원리』, 고려대 박사논문, 1981.

김재용, 「세계질서의 위력과 주체 부재의 저항－해방직후 채만식의 소설을 중심으로」, 『채만식 문학의 재인식』, 소명출판사, 1999, 165~179쪽.

김정관, 「장용학 소설의 서사 원형 연구」, 『비평문학』 제38호, 한국비평문학회, 2010, 167~198쪽.

김정관, 「텍스트의 무의식과 소설적 진실-이상 문학의 텍스트 생산 과정에 대한 정신분석학적 연구」, 『배달말』 제38호, 배달말학회, 2006, 300~309쪽.

김정식, 「일제하 한국경제구조변동에 관한 연구」, 『한국항만경제학회지』 제13집, 한국항만경제학회, 1997, 623~626쪽.

김정진, 『염상섭 장편소설의 아이러니 연구』, 한국외대 박사논문, 1997.

김종수, 「1930년대 대중소설의 멜로드라마적 성격 연구-『찔레꽃』을 중심으로」, 『한국민족문화』 제27집, 부산대 한국민족문화연구소, 2006, 153~172쪽.

김주리, 「매저키즘의 관점에서 본 김유정 소설의 의미」, 『한국현대문학연구』 제20호, 한국현대문학회, 2006, 312~319쪽.

김주언, 「우발성의 휴머니즘-손창섭 소설을 대상으로」, 『비교문학』 제52집, 한국비교문학회, 2010, 5~21쪽.

김주현, 「서정인 소설 문체의 양면성」, 『어문논집』 제32집, 중앙어문학회, 2004, 271~297쪽.

김지영, 「'탐정', '기괴' 개념을 통해 본 한국 탐정소설의 형성 과정」, 『현대문학이론연구』 제41집, 현대문학이론학회, 2010.

김지영, 「『무정』의 멜로드라마적 상상력」, 『어문논집』 제54호, 민족어문학회, 2006, 273~311쪽.

김지영, 『연애라는 표상』, 소명출판사, 2007, 11~29쪽.

김진수, 『우리는 왜 지금 낭만주의를 이야기하는가』, 책세상, 2001, 111~120쪽.

김철·신형기 외, 『문학 속의 파시즘』, 삼인, 2001.

김필동·김병조, 「조직 사회로의 이행과 그 사회적 의미」, 『한국 현대사와 사회 변동』, 한국사회사학회 엮음, 문학과지성사, 1997, 260~267쪽.

김한식, 「장용학의 '반전통' 의식 연구」, 『현대소설연구』 제7호, 한국현대소설학회, 1997, 103~125쪽.

김현 편, 『작가론총서 1-이광수』, 문학과지성사, 1977.

김현, 「장인의 고뇌-작가 이청준과 그의 작품」, 『별을 보여드립니다』, 일지사, 1971, 376~377쪽.

김현·김윤식, 『한국문학사』, 민음사, 1973.

김현주, 「공감적 국민=민족 만들기」, 《작가세계》, 2003년 여름호.

김현주, 「이광수의 문화적 파시즘」, 『문학 속의 파시즘』, 삼인, 2001.

김현주, 『이광수와 문화의 기획』, 태학사, 2005.

김형중, 「김승옥 중·단편 소설 연구-정신분석 이론을 중심으로」, 『한국문학이론과 비평』 제

6집, 한국문학이론과 비평학회, 1999, 30~52쪽.

김홍규, 「황폐한 삶의 초상과 환상―김동인 소설의 세계상과 사조적인 특질에 관한 재검토」, 『문예사조사』, 민음사, 1986.

나소정, 「이청준 소설의 공포증 모티프 연구」, 『한국문예비평연구』 제23호, 한국문예비평학회, 2007, 253~275쪽.

나은진, 「소설가 소설과 '구보형 소설'의 계보―박태원 소설 〈소설가 구보씨의 일일〉과 소설가 소설」, 『구보학보』 제1집, 구보학회, 2006, 98~100쪽

민충환, 『이태준 연구』, 깊은샘, 1988, 183~189쪽.

민현기, 「오영수의 〈갯마을〉―자연과 인간의 융화」, 이재선·조동일 편, 『한국 현대소설 작품론』, 문장, 1990, 309~316쪽.

박상준, 「잃어버린 정체성을 찾아서: 〈날개〉 연구(1)」, 『현대문학의 연구』 제25호, 한국문학연구학회, 2005, 40~46쪽.

박유희, 「한국 멜로 드라마의 형성 과정 연구―저널리즘에 나타난 멜로 드라마 장르 개념을 중심으로」, 『현대문학이론연구』 제38집, 현대문학이론연구학회, 2009, 181~212쪽.

박유희, 「한국 추리서사에 나타난 '탐정' 표상―"한국 추리서사의 역사와 이론"을 위한 시론」, 『한민족문화연구』 제31집, 한민족문화학회, 2009, 411~430쪽.

박유희, 『1950년대 소설의 반어적 기법 연구』, 고려대 박사논문, 2002, 13~19쪽.

박은태, 「이청준의 1960년대 소설 연구」, 『현대문학의 연구』 제28호, 한국문학연구학회, 2006, 257~269쪽

박헌호, 「나도향과 욕망의 문제」, 『상허학보』 제6호, 2000, 316쪽.

박헌호, 「이태준 문학의 소설사적 위상」, 성균관대 박사논문, 1997.

박혜숙, 『소설의 등장인물』, 연세대출판부, 2004, 97~113쪽.

백지은, 「김승옥 소설에 나타난 글쓰기 특징」, 『국제어문』 제44집, 국제어문학회, 2008, 304~309쪽.

백지은, 「손창섭 소설에서 '냉소주의'의 의미」, 『현대소설연구』 제20호, 한국현대소설학회, 2003, 275~301쪽.

상허학회 편, 『1960년대 소설의 근대성과 주체』, 깊은샘, 2004, 39~60쪽.

서영채, 「두 개의 근대성과 처사 의식-이태준 작가 의식」, 『이태준 문학연구』, 깊은샘, 1993, 54~86쪽.

설혜경, 「서정인 소설에 나타난 서술 시간의 지연 양상」, 『한국언어문화』 제30집, 한국언어

문화학회, 2006, 147~174쪽.

소래섭, 「1930년대의 웃음과 이상」, 『이상 문학 연구의 새로운 지평』, 역락, 2006, 449~453쪽.

송욱, 「일제하의 한국 휴우머니즘 비판, 자기기만의 윤리」, 『문학평전』, 일조각, 1963.

송준호, 「오영수의 〈갯마을〉연구」, 『한국언어문학』 제49집, 한국언어문학회, 2002, 321~337쪽.

송하춘, 『탐구로서의 소설독법』, 고려대출판부, 1996, 138~191쪽.

송하춘, 『1920년대 한국소설 연구』, 고려대 민족문화연구소, 1985, 102~185쪽.

신동욱 편, 『현진건 연구』, 새문사, 1981.

신희교, 「신세대 소설의 구조와 의미」, 『1950년대의 소설가들』, 송하춘·이남호 편, 나남, 1994, 335~357쪽.

신희교, 「현진건의 초기소설 연구-주인공의 현실대응을 중심으로」, 『어문논집』 제28집, 안암어문학회, 1989, 217쪽.

심지현, 「오영수 초기 소설에 나타난 토속의 양상」, 『국어국문학』 제145집, 국어국문학회, 2007, 263~282쪽.

안확, 최원식·정해렴 편역, 『안자산 국학논선집』, 현대실학사, 1996.

양소진, 「손창섭 소설에서 마조히즘의 의미」, 『비교한국학』 제14집, 한국비교한국학회, 2006, 161~187쪽.

양현진, 「채만식의 희극적 풍자 문학 연구」, 『이화어문논집』 제21집, 이화어문학회, 2003.

여홍상 엮음, 『바흐친과 문학 이론』, 문학과지성사, 1997, 152~156쪽.

역사문제연구소 외 편, 『제주 4.3 연구』, 역사비평사, 1999.

역사문제연구소 편, 『해방 3년사 연구 입문』, 까치, 1989, 95쪽.

염무웅, 「김동리 문학의 현실인식」, 『동리 문학 연구』 제8집, 서라벌문학회, 1973, 106쪽.

오생근, 「긴장과 대결의 미학」, 『홍성원 깊이 읽기』, 홍정선 편, 문학과지성사, 1997, 97~98쪽.

오양진, 「낭만적 주체성의 형성과 전개-나도향의 경우」, 『우리어문연구』 제19집, 우리어문학회, 2002, 126~128쪽.

오양진, 『이제하 소설의 환상성 연구』, 고려대 석사논문, 1999.

오양진, 「한국 서사문학에 나타난 산(山)의 모습」, 『Journal of Korean Culture』 제3호, 고려대 BK21 한국학교육연구단, 2002, 5~7쪽.

오윤호, 「이청준 소설의 직업 윤리와 소설 쓰기 연구-「병신과 머저리」, 「매잡이」를 중심으로」, 『우리말 글』 제35집, 우리말글학회, 2005, 295~318쪽.

오탁번·이남호, 『서사문학의 이해』, 고려대출판부, 1999, 36~41쪽.

오태호, 「자연 생태계에 대한 1960~70년대 소설적 대응 양상 고찰―홍성원의 「폭군」과 김원일의 「도요새에 관한 명상」을 중심으로」, 『고봉논집』 제23집, 경희대 대학원, 1998, 41~58쪽.

왕은철, 『애도예찬―문학에 나타난 그리움의 방식들』, 현대문학, 2012.

우한용, 『채만식 소설의 담론 특성에 관한 연구』, 서울대 박사논문, 1991.

유병석, 「정비석의 〈성황당〉―건강한 원시주의의 예찬」, 『한국 현대소설 작품론』, 문장, 1981, 267쪽.

유인순, 「김유정문학 연구사」, 『강원문화연구』 제15집, 강원대학교 강원문화연구소, 1996, 60~65쪽.

유철상, 「식민지 대지주의 몰락 과정과 풍자의 방법―채만식의 〈태평천하〉론」, 『비교문학』 제37호, 한국비교문학회, 2005.

유태영, 「최서해 소설에 나타난 폭력의 성격 연구」, 『한국언어문화』 제23집, 한국언어문화학회, 2003, 290쪽.

이찬, 「김동리 비평의 '낭만주의' 미학과 '반근대주의' 담론 연구」, 『어문논집』 제54호, 민족어문학회, 2006, 350~353쪽.

이청, 「장용학 소설의 신체 담론 연구」, 『인문연구』 제58호, 영남대학교 인문과학연구소, 2010, 223~250쪽.

이길성, 「1950년대 후반기 신문소설의 각색과 멜로드라마의 분화」, 『영화연구』 제30집, 한국영화학회, 2006, 195~221쪽.

이남호, 「이태준 단편소설 연구」, 『한국어문교육』 제3호, 고려대 한국어문교육연구소, 1988, 20~37쪽.

이남호, 『교과서에 실린 문학작품을 어떻게 가르칠 것인가』, 현대문학, 2001, 345~354쪽.

이남호, 「한국 현대문학에 나타난 자연의 모습」, 『현대 한국문학 100년-20세기 한국문학 어떻게 볼 것인가』, 유종호 외, 민음사, 1999, 343~349쪽.

이도연, 『채만식 소설의 세계 인식과 미적 구조』, 고려대 박사논문, 2005, 44~45쪽.

이보영, 『난세의 문학』, 예지각, 1991, 16쪽.

이상민, 「손창섭의 아이러니 성 성격창조에 관한 연구」, 『성심어문논집』 제23집, 성심어문학회, 2001, 267~288쪽.

이상섭, 「현진건의 신변 소설」, 『언어와 상상』, 문학과지성사, 1980.

이상섭, 『문학비평용어사전』, 민음사, 1976, 123∼125쪽.

이상진, 「최서해 소설의 폭력과 무의식」, 『현대문학의 연구』 제7집, 한국문학연구학회, 1996, 458쪽.

이수현, 「김승옥 각색 작업에 나타난 멜로드라마적 특성」, 『현대문학이론연구』 제31집, 현대문학이론연구학회, 2007, 293∼314쪽.

이수형, 「1950년대 손창섭 소설에 나타난 죄의식에 관한 연구」, 『한국학논집』 제41집, 계명대학교 한국학연구소, 2010, 215∼236쪽.

이승준, 「야성 혹은 자연의 의미−홍성원 중단편소설의 생태학적 의미」, 『우리어문연구』 제25집, 우리어문학회, 2005, 219∼242쪽.

이승준, 「초기산업사회의 명암과 그 지양−김승옥의 〈역사〉에 대한 구조적 분석」, 『어문논집』 제48호, 민족어문학회, 2003, 423∼446쪽.

이재인, 「자연의 서정적 이해와 본질적 인간 긍정」, 『인문논총』 제7호, 경기대학교 인문과학연구소, 1999, 27∼67쪽.

이재인, 「장용학 소설의 근대 비판적 성격」, 『한국문예비평연구』 제24집, 한국현대문예비평학회, 2007, 175∼199쪽.

이정엽, 「이상 소설 문체의 수사학과 서사구조 연구」, 『한국학보』 제108호, 일지사, 2002, 203∼207쪽.

이채원, 「이청준 소설에서의 자의식적 서술과 자기반영성−『축제』(1996)를 중심으로」, 『한국문학이론과 비평』 제47집, 한국문학이론과 비평학회, 2010, 259∼261쪽.

이화진, 「채만식 풍자소설의 성격 재론」, 『국제어문』 제30집, 국제어문학회, 2004.

이화형, 「인정과 긍정의 미학」, 『어문논집』 제14 · 15합집, 안암어문학회, 1973, 194∼205쪽.

임명진, 「작가 오영수의 생태학적 상상력」, 『한국언어문학』 제70집, 한국언어문학회, 2009, 298쪽.

임영봉, 「김동리 소설의 구도적 성격」, 『우리문학연구』 제24집, 우리문학회, 2008, 341∼371쪽.

장경실, 「김승옥 각색 시나리오의 대중지향성 연구」, 『국어문학』 제51집, 국어문학회, 2011, 241∼244쪽.

장소진, 「부조리한 세계와 실존적 의식의 괴리−장용학의 〈비인탄생〉을 중심으로」, 『시학과 언어학』 제5호, 시학과 언어학회, 2003, 345∼371쪽.

장수익, 「김동인 소설과 근대 문학의 자율성」, 『김동인 문학의 재조명』, 새미, 2001,

233~234쪽.

장수익, 「나도향 소설과 낭만적 사랑의 문제」, 『한국문화』 제23호, 서울대학교 한국문화연구소, 1999, 379~380쪽.

장수익, 「이기심과 교환 관계 그리고 이념－염상섭 중기소설 연구Ⅰ」, 『한국언어문학』 제64집, 한국언어문학회, 2008, 308~328쪽.

장수익, 「최서해 소설과 조선자연주의」, 『어문논총』 제38호, 한국문학언어학회, 2003, 296쪽.

장영우, 「이태준 단편소설의 특징과 의의」, 『달밤－이태준 문학전집 1』, 깊은샘, 1995, 395~406쪽.

전석담 · 최윤규 외, 『조선근대 사회 경제사』, 이성과 현실, 1989, 432~445쪽.

전성기, 『메타언어, 언어학, 메타언어학』, 고려대학교 출판부, 1996, 107~132쪽

정규웅, 『추리소설의 세계』, 살림, 2003, 64~65쪽.

정성호, 「6 · 25전쟁과 한국사회 변동」, 『본질과 현상』 제20호, 본질과 현상, 2010, 116~131쪽.

정연희, 「근대소설의 형성과 현진건 초기소설의 산문의식에 관한 연구」, 『현대소설연구』 제27호, 한국현대소설학회, 2005, 195~200쪽.

정연희, 「김동인과 이태준의 서술기법 비교연구－「감자」와 「오몽녀」를 중심으로」, 『현대문학이론연구』 제15호, 현대문학이론학회, 2001, 310쪽.

정원채, 「형상의 환상적 조형과 다면적 현실의 반영－1960년대 이청준 소설의 환상성 연구」, 『한성어문학』 제26집, 한성어문학회, 2007, 423~445쪽.

정혜경, 「서정인 초기 소설의 서술자와 시간 연구」, 『어문논집』 제43호, 민족어문학회, 2001, 183~221쪽.

정혜경, 『한국 현대소설의 서사와 서술』, 월인, 2005, 22쪽.

정호웅, 『해방공간의 자기비판소설 연구』, 서울대 박사논문, 1993, 39쪽.

차승기, 『1930년대 후반 전통론 연구－시간-공간 의식을 중심으로』, 연세대 박사논문, 2003.

차원현, 「유명론의 세계 이해와 개체성의 윤리학」, 『민족문학사연구』 제22호, 민족문학사학회, 2003, 162~187쪽.

차원현, 「이상 읽기의 한 방식」, 『민족문학사연구』 제17호, 민족문학사학회, 2000, 456~469쪽.

천이두, 「현실과 소설」, 《창작과 비평》, 1966년 가을호, 433쪽.

최영석, 「민족의 마모된 비석, 이광수 해석의 역사」, 《작가세계》, 2003년 가을호.

최종길, 「염상섭의 삼대와 아이러니」, 『어문논집』 제42집, 민족어문학회, 2000, 241~245 쪽.

최현식, 「파탄난 '생활세계'의 관찰과 기록—해방기 단편소설」, 『염상섭 문학의 재인식』, 깊은샘, 1998, 126~151쪽.

최혜실, 『신여성들은 무엇을 꿈꾸었는가』, 생각의나무, 2000, 100~117쪽.

하정일, 「민족과 계급의 변증법—최서해 문학의 탈식민적 성취와 한계」, 『한국근대문학연구』 제6호, 한국근대문학회, 2005, 234쪽.

하정일, 「주체성의 복원과 성찰의 서사」, 『1960년대 문학연구』, 민족문학사연구소 현대문학 분과 편, 깊은샘, 1998.

한국사회사학회 편, 『한국 현대사와 사회 변동』, 문학과지성사, 1997, 25~217쪽.

한국정신문화연구원 편, 『1960년대 사회변화 연구: 1963~1970』, 백산서당, 1999, 11~190쪽.

한순미, 「이청준 예술가소설의 서사 전략과 '재현'의 문제」, 『현대소설연구』 제29호, 한국 현대소설학회, 2006, 329~347쪽.

한형구, 「기호 놀이의 시학, 난센스의 시학: 이상 문학 연구 서설」, 『한국근대문학연구』 제1 호, 한국근대문학회, 2000, 147~174쪽.

한혜경, 『채만식 소설의 언술구조 연구—서술자의 존재양상을 중심으로』, 이화여대 박사논문, 1996.

허수열, 「일제하 조선의 실업률과 실업자수 추계」, 『경제사학』 제17호, 경제사학회, 1993, 11쪽.

현길언, 「현진건 소설의 구조와 그 사회적 의미—초기 소설을 중심으로」, 『한국언어문학』 제22집, 한국언어문학회, 1983, 260~266쪽.

홍기돈, 「최서해 소설의 문학사적 의의」, 『비평문학』 제30집, 한국비평문학회, 2008, 434 쪽.

황경, 「한국 예술가소설의 맥락—예술과 현실의 길항 관계를 중심으로」, 『우리어문연구』 제39집, 우리어문학회, 2011, 491~513쪽.

황도경, 「위장된 객관주의—문체로 읽는 「감자」」, 『김동인 문학의 재조명』, 새미, 2001, 74~75쪽.

황정현, 「손창섭 소설에 나타난 욕망의 문제」, 『현대소설연구』 제28호, 한국현대소설학회, 2005, 183~205쪽.

황종연, 「낭만적 주체성의 소설—한국근대소설에서 김동인의 위치」, 『김동인 문학의 재조명』, 새미, 2001.

황종연, 「문학이라는 譯語」, 『한국문학과 계몽담론』, 새미, 1999.

황종연, 「한국문학의 근대와 반근대—1930년대 후반기 문학의 전통주의 연구」, 동국대박사 논문, 1992.

3. 번역서 및 외서

가라타니 고진, 박유하 옮김, 『일본 근대문학의 기원』, 민음사, 1997, 26~36쪽.

게리 스나이더, 이상화 옮김, 『야성의 삶』, 동쪽나라, 2000, 25~58쪽.

게오르그 루카치, 반성완 옮김, 『소설의 이론』, 심설당, 1985, 70~120쪽.

게오르그 짐멜, 김덕영·윤미애 옮김, 『짐멜의 모더니티 읽기』, 새물결, 2005, 18~225쪽.

그레고리 베이츤, 서석봉 옮김, 『마음의 생태학』, 민음사, 1989, 273~280쪽.

다카시나 슈지, 김영순 옮김, 『미의 사색가들』, 학고재, 2005, 54쪽.

대리언 리더, 우달임 옮김, 『우리는 왜 우울할까?—멜랑콜리로 읽는 우울증 심리학』, 동녘 사이언스, 2011, 85~157쪽.

디트리히 슈바니츠, 인성기 옮김, 『남자』, 들녘, 2002, 13~16쪽.

라인하르트 코젤렉, 한철 옮김, 『지나간 미래』, 문학동네, 1998, 76~415쪽.

러셀 자코비, 강주헌 옮김, 『유토피아의 종말』, 모색, 2000, 221~231쪽.

로즈마리 잭슨, 서강여성문학연구회 옮김, 『환상성—전복의 문학』, 문학동네, 2001, 23~82쪽.

리오 로웬달, 유종호 옮김, 『문학과 인간상』, 이화여대출판부, 1984, 3~10쪽.

리처드 로티, 김동식·이유선 옮김, 『우연성, 아이러니, 연대성』, 민음사, 1996, 147쪽.

리처드 세네트, 김영일 옮김, 『현대의 침몰』, 일월서각, 1982, 102~106쪽.

리처드 세넷, 김홍식 옮김, 『장인』, 21세기북스, 2010, 43~213쪽.

리처드 커니, 이지영 옮김, 『이방인, 신, 괴물』, 개마고원, 2004, 181~342쪽.

리하르트 다비트 프레히트, 박규호 옮김, 『사랑, 그 혼란스러운』, 21세기북스, 2009, 308~316쪽.

마르크스·엥겔스, 이진우 옮김, 『공산당 선언』, 책세상, 2002.

마이클 샌델, 강명신·김선욱 옮김, 『생명의 윤리를 말하다』, 동녘, 2010, 127~147쪽.

마이클 폴리, 김병화 옮김, 『행복할 권리—부조리의 시대』, 어크로스, 2011, 47~72쪽.

막스 베버, 박성수 옮김, 『프로테스탄티즘의 윤리와 자본주의 정신』, 문예출판사, 1988.

막스 베버, 전성우 옮김, 「직업으로서의 학문」, 『'탈주술화' 과정과 근대: 학문, 종교, 정치-막스 베버 사상 선집』, 나남, 2002, 46~48쪽.

미셸 제라파, 이동렬 옮김, 『소설과 사회』, 문학과지성사, 1977, 22쪽.

미하일 바흐친, 전승희 외 옮김, 『장편소설과 민중언어』, 창작과비평사, 1988, 50~460쪽.

미하일 바흐친, 김희숙·박종소 옮김, 『말의 미학』, 도서출판 길, 2006, 305~306쪽.

발터 벤야민, 반성완 옮김, 『발터 벤야민의 문예이론』, 민음사, 1983, 165~226쪽.

베르너 좀바르트, 이상률 옮김, 『사치와 자본주의』, 문예출판사, 1997.

벤 싱어, 이위정 옮김, 『멜로드라마와 모더니티』, 문학동네, 2009, 30~194쪽.

볼프강 쉬벨부쉬, 이병련·한운석 옮김, 『기호품의 역사』, 한마당, 2000, 33~227쪽.

브루노 베텔하임, 김종주·김아영 옮김, 『프로이드와 인간의 영혼』, 하나의학사, 2001.

시어도어 래브, 김일수 옮김, 『르네상스 시대의 삶』, 안티쿠스, 309~310쪽.

슬라보이 지젝, 김소연·유재희 옮김, 『삐딱하게 보기-대중문화를 통한 라캉의 이해』, 시각과 언어, 1995, 106쪽.

아리스토텔레스, 천병희 옮김, 『시학』, 문예출판사, 1976, 46~51쪽.

아서 폴라드, 송낙헌 옮김, 『풍자』, 서울대출판부, 1978, 2쪽.

알베르 카뮈, 김화영 옮김, 『시지프 신화』, 책세상, 2004, 155~160쪽.

앙드레 콩트-스퐁빌, 조한경 옮김, 『미덕이란 무엇인가』, 까치, 개역판: 2012, 167~169쪽.

앤서니 스토, 배경진·정연식 옮김, 『창조의 역동성』, 현대미학사, 2009, 161~190쪽.

앨런 케이헌, 정명진 옮김, 『지식인과 자본주의』, 부글북스, 2010, 341~391쪽.

앨버트 허쉬먼, 김승현 옮김, 『열정과 이해관계』, 나남, 1994, 17~71쪽.

에드먼드 윌슨, 유강은 옮김, 『핀란드 역으로』, 이매진, 2007, 590~603쪽.

에르네스트 만델, 이동연 옮김, 『즐거운 살인-범죄소설의 사회사』, 이후, 2001, 79~98쪽.

위르겐 하버마스, 한승완 옮김, 『공론장의 구조변동』, 나남, 2001, 177~244쪽.

이시하라 치아키 외, 송태욱 옮김, 『매혹의 인문학 사전』, 앨피, 2009, 132~231쪽.

제럴드 그라프, 박거용 옮김, 『자신의 적이 되어가는 문학』, 현대미학사, 1997, 43~78쪽.

존 맥퀸, 송낙헌 옮김, 『알레고리』, 서울대출판부, 58~61쪽.

지그문트 바우만, 함규진 옮김, 『유동하는 공포』, 산책자, 2009, 142~145쪽.

지그문트 바우만, 이일수 옮김, 『액체 근대』, 강, 2009, 54쪽.

지그문트 프로이트, 윤희기·박찬부 옮김, 「슬픔과 우울증」, 『정신분석학의 근본개념』, 열린책들, 1997, 243~258쪽.

지그문트 프로이트, 윤희기·박찬부 옮김, 「쾌락 원칙을 넘어서」, 『정신분석학의 근본 개넘』, 열린책들, 1997.

찰스 테일러, 이상길 옮김, 『근대의 사회적 상상』, 이음, 2010, 43~288쪽.

찰스 테일러, 송영배 옮김, 『불안한 현대사회』, 이학사, 2001, 75~93쪽.

츠베탕 토도로프, 신동욱 옮김, 『산문의 시학』, 문예출판사, 1992, 47~60쪽.

캐서린 흄, 한창엽 옮김, 『환상과 미메시스』, 푸른나무, 2000, 271~313쪽.

콜린 캠벨, 박형신·정헌주 옮김, 『낭만주의 윤리와 근대 소비주의 정신』, 나남, 2010, 169~182쪽.

크리스토퍼 라쉬, 최경도 옮김, 『나르시시즘의 문화』, 문학과지성사, 1989, 64~126쪽.

테리 이글턴, 김지선 옮김, 『반대자의 초상』, 이매진, 2010, 222쪽.

테리 이글턴, 이미애 옮김, 『문학을 읽는다는 것은』, 책읽는수요일, 2016, 108~119쪽.

테리 이글턴, 박령 옮김, 『시를 어떻게 읽을까』, 경성대 출판부, 2010, 21~188쪽.

퍼트리샤 워, 김상구 옮김, 『메타픽션』, 열음사, 1989, 15~35쪽.

페터 슬로터다이크, 이진우·박미애 옮김, 『냉소적 이성 비판 1』, 에코리브르, 2005, 17~163쪽.

페터 슬로터다이크, 이진우·박미애 옮김, 『인간농장을 위한 규칙』, 한길사, 2004, 155쪽.

프랑코 모레티, 조형준 옮김, 『근대의 서사시』, 새물결, 2001, 25~234쪽.

프랭크 커머드, 조초희 옮김, 『종말 의식과 인간적 시간』, 문학과지성사, 1993, 26~82쪽.

프랭크 푸레디, 박형신·박형진 옮김, 『우리는 왜 공포에 빠지는가?』, 이학사, 2011.

피터 키비, 이화신 옮김, 『천재―사로잡힌 자, 사로잡은 자』, 쌤앤파커스, 2010, 63~77쪽.

피터 투이, 이은경 옮김, 『권태―그 창조적인 역사』, 미다스북스, 2011, 27~188쪽.

한나 아렌트, 이진우·태정호 옮김, 『인간의 조건』, 한길사, 1996, 134~192쪽.

한스 제들마이어, 박래경 옮김, 『중심의 상실』, 문예출판사, 2002, 320~326쪽.

E. M. 포스터, 이성호 옮김, 『소설의 이해』, 문예출판사, 1993, 76~88쪽.

K. M. 보그달, 문학이론연구회 옮김, 『새로운 문학 이론의 흐름』, 문학과지성사, 1994, 106~136쪽.

Peter Brooks, *The Melodramatic Imagination*, New Havern and London: Yale University Press, 1976, pp.5~23.

찾아보기